THE DISCOVERY OF THE EAST POLE

发现东极

日本三部曲 *1*

西博尔德

〔德〕绿山 著　朱刘华 译

中国友谊出版公司

图书在版编目（CIP）数据

发现东极 . 西博尔德 / （德）绿山著；朱刘华译
. -- 北京：中国友谊出版公司，2022.12
（日本三部曲）
ISBN 978-7-5057-5274-0

Ⅰ . ①发… Ⅱ . ①绿… ②朱… Ⅲ . ①长篇历史小说
—德国—现代 Ⅳ . ① I516.45

中国版本图书馆 CIP 数据核字 (2021) 第 153592 号

著作权合同登记号　图字：01-2021-3697

Title of the original edition:

Author: Reginald Grünenberg

Title:

Die Entdeckung des Ostpols - Shiboruto (Nippon-Trilogie 1)

Die Entdeckung des Ostpols - Geheime Landkarten(Nippon-Trilogie 2)

Die Entdeckung des Ostpols - Der Weg in den Krieg(Nippon-Trilogie 3)

Copyright © 2017 by Reginald Grünenberg

Chinese language edition arranged through HERCULES Business & Culture GmbH, Germany

本书中文版权归属银杏树下（北京）图书有限责任公司。

书名	发现东极 . 西博尔德
作者	[德] 绿山
译者	朱刘华
出版	中国友谊出版公司
发行	中国友谊出版公司
经销	新华书店
印刷	天津中印联印务有限公司
规格	889 × 1194 毫米　32 开
	7.75 印张　181 千字
版次	2022 年 12 月第 1 版
印次	2022 年 12 月第 1 次印刷
书号	ISBN 978-7-5057-5274-0
定价	108.00 元（全三册）
地址	北京市朝阳区西坝河南里 17 号楼
邮编	100028
电话	（010）64678009

献给真由美

一切都是由她而起

目　录

致读者

《发现东极——日本三部曲》的绝大部分内容是基于真实事件创作的。在后文的世界史大剧中扮演角色的人物——数量过百——历史上几乎都确有其人。他们所卷入的一系列事件亦非虚构，实乃从历史本身逐节锻造而来。文中介绍的自然灾害的情况，也是根据同时代的编年史描述的。就连神话和宗教事件及其代表人物，也都是当时现实的一个生动组成部分。本小说的虚构部分不足十分之一。因此，《发现东极》是第一部纪实历史小说。这本书是如何诞生的，这个新文学体裁有何特征，作者的跋中将有更准确的说明。

附录中有一个人物列表，其中包含所有历史人物的简短生平，还有一个内容丰富的词汇表，它对书中的医学概念、博物学概念及日本的外来语词汇做了解释。这些名称、概念和词汇在文中首次出现时均以黑体① 标出。年表和一张简单的计量单位和货币单位表共同构成了一个仪器，可供精确定位古代日本和欧洲。

---

① 原文为斜体字，本书中均为黑体字。（除作特别说明，本书注释均为译者所加。）

I

路西法渴望成为一位艺术家，他看到了世界，明白了自己为什么想拥有自己的世界并成为这个世界的神，他想以蕴藏在万物之中的中心之火的力量来统治一切，使自己变成万物，他想成为自己想成为的一切，而非造物主要他成为的样子。

——雅各布·波墨，《神智学》，1624 年

日本刚刚友善地许可并接纳基督教，撒旦大概就得到了警告，他担心此事的后果，立即让日本人怒冲冲地反对基督教，日本人再次驱逐了基督教。（……）有几名学者暗示过，魔鬼的怒火将造成前所未有的灾难，这样的时代即将到来；他们说不准他将完全挣脱锁链，还是只是摆脱一阵子，我也一样说不准。

——丹尼尔·笛福，《魔鬼政治史》，1726 年

序 幕

宽政四年 ① 一月的一个傍晚，在日本南部的**岛原**半岛上，一群群鸟儿从树冠里惊起，大声鸣叫。太阳沉向西方的群山，凉风从海面吹来，掠过渔村冰见。花朵大张着花萼，兰花在咸味的和风里细语；蝉儿在酷热的下午唱累了，渴望暮色降临，转为唱更慢的小调。所有迹象都表明，一个温暖的春日夜晚将降临到有明湾上空。村后古老的**云仙岳**火山阒静安然。只有鸟群越来越大，家燕和麻雀越叫越响。

　　村里的盲人女先知手拄拐杖摸出门外，颤巍巍地走到路中央，朝着店堂的方向大声叫喊，她的儿媳正在店里忙碌。她的儿子龙是位渔民，儿媳在店里出售他捕回、晒干、储存的一切，主要是褐藻和海参，有时也有鲍鱼。

　　"小夏，快过来。出事了。快过来啊！快！"

　　然后她低声自语。

　　"哎呀呀，我感觉到了。我的感觉很强烈。"

　　儿媳掀起门口用来遮阳挡光的门帘，赶紧出来了。她也听到了异常的鸟叫声，心头很不安。

　　"妈妈，什么事？"她叫道，她一边从路上跑过来，将胳膊伸

---

① 公元 1792 年。

给老太太，让老太太扶住。老太太平时是拒绝别人搀扶的，但这回没有，她用结实的手指抓紧伸给她的小臂。

"你听听鸟叫！它们在诉说着恐惧。要发生某个大灾难了。哎呀，我骨头疼，像是有块岩石压在我身上似的。儿媳，我熟悉这感觉。这不是好事。龙在哪儿！"

"他同土生夜捕去了。他们去捕墨鱼了。"

大地震动了一下，空中随即传来轰隆隆的响声。

"你看到什么了？"老太太问道，浑浊的眼睛睁得大大的。

"没什么！没什么！"

"你看看云仙岳。快告诉我那里发生了什么！"

夏听从婆婆的吩咐，再次望向火山的山顶。她先是张口结舌，然后一个劲地嘶喊。老太太也望向那个方向，失明的双眼盯着火山。她看见的好似比儿媳看见的更多，因为她脸上的表情凝固了。山顶烟雾腾腾，颤动不已，然后直立起来，好像整座山喝醉了酒，想从它的岩石宝座上站起来似的。无形的链子将它拴紧在那里。远远地可以认出崩裂的碎石，它们涌出炸裂的岩坑，静静地顺着山坡下滑。片刻后山峰开始晃荡，山尖在空中画着圆圈。老太太念念有词，她的儿媳夹在邻居们中间，他们都已经从各自的屋子里出来了，闹哄哄地站在大路上喊叫。

"天神地神啊，帮帮我们吧！可怕的事情就要发生了。可怕的事情啊！破坏和毁灭！我不认识这个陌生的鬼怪。请你们帮帮我吧！我害怕。"

她突然直起身体，佝偻的背绷紧了，她咧开没牙的嘴，在原地缓缓转圈，可怕地喊叫起来。

"Hara, hara, hara memosama! Sukkurebusu gogamu! Sukkurebusu

4

Abaddonu! Sukkurebusu kollokami!"①

　　看着这小丑似的舞蹈，儿媳吓呆了，邻居们也都惊疑不定，他们望望山，再望望发疯的老太太。没人听得懂她的话。那不是日语。她越舞越狂，重复着令人毛骨悚然的句子，声音越来越高，一边发出刺耳、非人的笑声。然后她的预言开始成真，毁灭开始了。古老云仙岳浑圆的大山巅坍塌了，山峰慢慢下沉，跌进一座张大的深渊。数百代人熟悉的风景转瞬面目全非。烟雾从山里升起。老太太昏倒在地，躺在那里，躯体反常地扭曲着。令人作呕的蒸汽缓缓爬向山谷。

　　好多个星期过去了。巨大的熔岩还在云仙岳的熔炉里翻滚。山体喷吐灰烬和液态石头的间隔越来越短，那些呕吐物似的石头顺着沟壑纵横的山坡往下流淌。震动随之而来，声音轻细，但晃个不停。夜色降临后，乌鸦惊叫，在夜空下扑扑振翅。众人面色煞白，精疲力竭。夜里他们睁眼躺在**床垫**上，一次次将耳朵紧贴地面，努力想理解大山深处神灵的信息。古老的火神屋顶崩塌了，一直居住在山巅的善良神灵不得不掉进**地狱**那拥挤的牢狱里，受制于邪恶的神灵。

　　长崎的行政长官预料还会有更大的灾难，向都城江户的**幕府**送去一封信。在江户执政的是年轻的**家齐将军**，他方满十九岁，已经在位四年了。他立即派经验丰富的大臣**松平定信**前往长崎。松平大胆地乘坐帆船，顺着日本险恶的东海岸，不顾危险，一路南下。他抵达长崎时比走陆路早两星期。松平曾在全国各地建立储备米仓，他动员相邻的**筑前**和**筑后**两个领地做好准备，随时听从调配。他在天明时期（1781—1789）见得太多了：信浓国**浅间火山**的喷发，随

---

① 此处咒语为原文。

5

之而来的大饥荒，中部各藩的干旱和**关东**的洪灾。他知道，神意不可改，连安抚都不行，但给人类造成的后果可以得到缓解。这是他的信念。帝都京都的师仁天皇年龄几乎不比将军大，他关注着事态的发展，按神道教仪式打坐祈福。与此同时，名为**公家**①的天皇的顾问机构，开始编织一张精致、广布的网。它们像一只悄无声息的政治蜘蛛，巧妙地将蛛网从京都织向全国。他们感觉自己的机会可能来了。江户的军政府幕府和国家精神领袖——京都的天皇之间一直在进行权力斗争，国家南部愤怒的火山似乎在宣布：新一轮的比赛开始了。如果神灵是在以这种方式表示不满，可以想象，这将是个有利于国家改革的机会。神灵是天皇的亲戚。师仁是太阳女神**天照大神**的直系后裔，是唯一能够与她讲话的人类。将军如果控制不了此事，就得向一个更古老的神秘力量求助——菊花宝座上的天皇。

岛原的这座古老的山不想平静下来。从长崎走路到岛原需要八小时，长崎坐落于一条峡湾里，四周群山环绕，那里的人每天登上周围的高地，敬畏地远眺隆隆作响的云仙岳，祈祷。城东通往外尾山、英彦山和十胜岳观景点的狭窄小径都被踩宽了。只有荷兰人不能去那里。他们的**代表**团由商人和官员组成，住在长崎港里的人造岛**出岛**上，近二百年来，他们一直处于严密监视之下，不得离岛半步。震动持续不停，城里的居民惶惶不可终日，不再浪费脑力去管住在岛上的蛮夷。荷兰人也是一脸倦容。他们睡眠不足，心神不宁，港口小小殖民地上的生活单调无聊，这种情况愈演愈烈。

宽政四年四月一日中午，距云仙岳山顶崩塌后八个多星期，岛原的大地开始震动起来。人们先后多次感觉到了不规则的撞击，轻

---

① 指朝廷，"公家"是与幕府政权的"武家"相对应的叫法。

微、沉闷，但还听不清。后来间隔变短，出现了似乎有节奏的规律性：大声撞击……长间歇……轻声撞击……短间歇……更大声的撞击。撞击渐渐变为震动，像是有把巨大的锄头在地心里从下往上挖，越来越用力，震动越来越强烈，最后震塌了第一批房屋。人们再也站不住了。男女老少扑倒在尘土里，呜咽哭喊。沿海捕鱼归来的渔船感到海底深处有什么东西在闷声击打船体。没有一丝风。只有波涛在随着震动的节奏翻卷，将船只缓缓推向陆地。渔民们瞪视着邪恶的山，它像在呼喊他们似的。当古老的火神的屋顶崩塌时，龙的母亲是唯一的受害者，龙正与土生驾着船在无风的海上晃荡着。他们在用长竿捞海带。他们也感觉到了震动，龙担心起身怀六甲的妻子夏。

"走吧，土生，我们快点开回去。"

"你疯了！你想回去就游回去吧。我留在船上。在海面上我们是安全的。"

"土生，我得去救夏！我们去接她吧！我们一接到她就回海湾。"土生只在腰部系着条麻布裙，头戴一顶大草帽，他猛地站起来，挺身站到龙的面前，动作猛烈，狭窄的小船直晃。

"你想做啥就做啥。这条船反正不会开回岸边。我可不会拿我的性命去为夏冒险。你这个傻瓜，你最好还是感谢我救了你的命吧。"土生冲他吼道。

龙知道，土生敦实、有力，自己不是他的对手。朋友冷酷的眼神让他震惊。他绝望地望向村庄的方向，村庄背后，坍塌的火山的灰烬在飞舞。他听到恐怖的隆隆声正远远地从波光粼粼的平静海面爬过来，陆地上的空气却被巨大的雷鸣撕碎了。木屋像积木似的一栋接一栋地坍塌。村民们厉声尖叫，踉跄奔跑，最后跌倒在地，再也站不起来了。大地晃动得越来越厉害，撞击的节奏似乎正要接近高潮，却又突然中断了。静谧。海湾里风平浪静。人们很快又敢爬起来了，满脸的恐慌与泪痕。有几位以为灾难已经过去了，他们站在倒塌的棚屋前，为损失的财产哭泣。敏感、胆小的人沉默不语，紧张地向着山的方向侧耳倾听。太阳快升到顶点了，灿烂地照耀着这个支离破碎的地带。被炙热从神社里驱赶出的腐臭雾气弥漫到村庄上空。居民们为求宽恕，供奉了过多的祭品，几个星期来它们变成了一堆堆发酵的大米、黏糊糊的蔬菜、腐烂发臭的鱼和有毒的枯花，肥大、金属蓝的丽蝇密密麻麻地包围了它们。烈日当空，丽蝇不再动弹。就连往常唱得最起劲的鸣蝉也沉默了，好像不复存在了似的。大自然凝固了，世界仿佛屏住了呼吸。只偶尔还听得到孩子们有气无力的呜咽、母亲们的低声呢喃和松脱的石头滚落的响声。后来山体就爆炸了。

　　似乎整个陆地都在升抬，在掀起波浪。岩块大如房屋，沃土和干了的熔岩飞起，遮蔽了天空，失重似的在那里停留了片刻。砸落声如此之大，村民们的耳膜都被震破了。爆炸一直传到大海对面的中国。朝鲜的海防哨兵慌忙派出骑兵去王宫送信，说日本人正在准备一场战争，还与恶魔的势力结成了同盟。当滚落的巨石砸中他们时，山脚的人们已经听不到了。硫黄和火花纷落如雨。世界正在毁灭。数星期来贮满岩浆的巨大窟窿轰出了之前沉陷的山尖，山尖曾像一颗巨石堵在山的咽喉里。东麓被撕开一条缝，缝隙迅速扩大，直通平原，再向下通往海滩和水下，最后一直延伸到海里。山势隆起有多快，海滩下沉就有多快，汹涌的海水瞬间就将它淹没了。大水扑向内陆，涌向被撕开的山侧，灌满巨大的缝隙。它们在火山内部与岩浆相遇，液态的石头和水混合到一起，发生爆炸。缝隙已经裂成了峡谷，巨大的蒸汽喷泉疯狂嚎叫并喷薄而出，携带着灼热的熔岩炸弹蹿向天空。洪水迅涨，形成怒吼的瀑布。沸腾的水也离山而去，成为裂缝里的上层水流，回流向大海，又与较冷的海水相遇，形成涡流，涡流变成漏斗，越来越大，越来越快，在水里往下钻，直达底部，将海底搅翻。涡流里的水流方向各异，先是互不相连，在海滩前起舞，然后结合成一个漩涡，将一切吸进深处。海水像一只陀螺，疯狂摇摆，漫过海岸线，堆在最高的树梢上方，碰到什么就扯走什么。半岛周围的沿海居民眼看着自己被困在不停爆炸的山和咆哮的海之间。嘈杂声如此之大，就连邻村的人都听不见自己的声音了。颤动的空气用铁拳抓住人们，上下摇晃，像是摇晃着没有主见的稻草人，他们再也感觉不到自己的呼吸。与此同时，由熔浆和团团灼热岩尘组成的岩石流从云仙岳的山坡上滚滚淌下。由于被地面引向别的通道，它们未能到达的地方就成了无形的雾，闷死了所有的生命。最后，火山又可怕地喷发了一次，从火山口里呕出坚韧的岩浆。它们像滚轴一样滚下山去，用一件灼热的外衣，罩死了前卫部队留下的没有生命的峡谷。山麓余下的区域和草地均被烧成了白色灰烬。

当山体重新坐回它粉碎的宝座时，半岛周围的海底又开始全面抬升。大地的这个动作暗中释放出大自然最大的威力。

由水组成的整座山被抬升的海底轻松托起，不得不流散，形成一股巨大的水下波涛。它在黑暗的深处前进，疾如箭，搅乱大海，直达底部。海面依然平静，波光粼粼，丝毫没有透露它下面释放出的必须喷薄而出的这股巨大力量。岛原半岛不是面向公海，而是被相距几英里[①]的大陆包围着。这样，周围沿海地带的居民从一开

---

① 英制长度单位，1 英里约为 1.6 千米。——编者注

始就可以观看这次火山爆发。熊本、佐贺等地爱看热闹的人们聚集在海滩上，想站在自以为比较安全的地方观察火山继续爆发。他们听到大地震颤，听到山的隆隆声、嗡嗡声，看到从山脉、山坡和附近山顶上垂直升起的烟柱，这些烟柱升上午后的天空。内陆的人也纷纷赶来海边看热闹。当海面回撤时，他们不知道这与火山爆发是否有关，又有何关系。海平面瞬间回落了数米，还在继续下降，速度快得肉眼都能看出来。渔船搁浅在海滩上，大叶藻成堆地干瘪了，鱼儿呼吸急促，在淤泥里蹦跳，巨大的海蜘蛛躲进钻出来的岩石，险峻的暗礁露出来了。大海的腹部越张越大，沿海居民看得目瞪口呆，它袒露出的海底可是他们从未见过的景象。他们当中有几位好奇地走近这陌生的景象，有的甚至爬下去，捡拾从前掉进去的东西。"山喝光了海里的水！"另一些人胆怯地喊道。他们这样讲是在准确描述他们见到的情形，但这一现象的形成另有原因。火山岛周围，一道环形水下波涛正在扩散。先是一个波谷越过有明湾、立花湾和岛原湾，抵达对岸，整个沿海地带被吸走的巨大水量，形成了一股看不见的水下暴力。女人们较为谨慎，不肯走近海滩前露出的发臭的海底。她们站在较高一点的滩涂上，盯着那座山。她们最先发现了它，喊道："你们快看，你们快看那是什么！那里有什么东西。"男人们停下来，重新望向大海，他们也看到远方有根白线正快速移向海滩。眨眼间，白色波脊就涨为巨大波峰的白色大泡沫。隆隆声开始使空气战栗起来，那响声不是来自云仙岳，沿海的居民还没有人听到过这种响声。翻滚的隆隆声越来越响，大地也为之颤动不已，而在继续增长的水墙背后，地平线和冒烟的山都消失了。截至此时，人们几乎一直站在原地未动，被惊奇和恐怖拴住了。现在他们意识到了致命的危险。海湾平静的海水里腾起一道海浪——

没有飓风鞭打，沿海居民永远无法想象它会出现。男人们惊慌失措，试图走出淤泥，离开越来越空的水塘，从岩石往上爬。留在上面的人喊叫着跑离滩涂，希望只要赶到他们的茅屋就安全了。水面仍在沉落，落到那样一种程度：那些还没逃走的人，他们眼睛大睁，只望见一个深谷的黑洞洞的谷底。在那后面，水形成的山绝壁耸峙，要想逃离它已是不可能了。那不是人们曾经见过的潮水。那是一种从未有人描述过的原始力量，因为凡是见过它的人统统未能活下来。渺小的人们盯着面前震耳欲聋地堆积起来的大洪水，吓得六神无主、呆若木鸡。这是世界末日。水墙积聚了全部的力量，几乎垂直地竖在被吸空的海底上方。这座山像愤怒之神一样从深处钻出来，以一股难以想象的暴力抽打沿海地带。愤怒的大海冲来的速度让它自己坚如磐石，巨细靡遗地裹走了一切。水墙越过海滩，涌向内陆，扫荡村庄，将所有树木连根拔起，全力撞击岩石，将它们扯离原地。什么都无法逃脱。整个蹂躏过程在数秒内就完成了，水墙又后撤了。吸力将溺水者拖进海底。他们又多次返回陆地——以尸体的形式。再也没有活人见证第二波、第三波了，海水将那些漂浮的尸体再次冲进内陆，又将大多数尸体带走，让它们永远消失在海洋的肚子里。

傍晚时分，云仙岳四周安静了下来。混合了灰烬、纤尘和臭硫黄的云团遮蔽了天空。唯一幸存下来的是火山爆发时像龙和土生一样待在海上的渔夫。他们不得不瘫痪了似的目睹山的恐怖奇观，直到黄昏时分才敢返回陆地。在那里等着他们的只有这场灾难无声的目击证人。他们的茅屋曾经所在的地方，矗立着冒烟的岩石，宛如邪恶大自然的纪念碑。龙找到了夏，她被压扁了，一颗熔岩炸弹将她烧得半焦，灼热的熔岩还横在她身上，这让他无法接近她。那场面让他发疯。他厉声嘶喊，满腔仇恨，泪眼迷蒙，他冲上山坡，跑向云仙岳，举拳诅咒，粗声恫吓它。滚烫的石头烫伤了他赤裸的双脚，但他感觉不到。他在一座山脊上没踩稳，脚下打滑，掉进一个满是无味而致命的火山气体的洼地。他就这样痛不欲生、精神错乱地丧生了。夜晚，云从海上飘来，与残余的有毒气体结合，化作硫酸雨落下。谁也不能清除尸体。少数幸存者不得不立即逃走，要不然会被呛死，或者活活地洗一场硫酸澡。第二天早晨，空气中弥漫着腐尸令人窒息的气味。横在海滩上或漂浮在水里的尸体，已经被蟹和鱼消灭了。

周边沿海地带的渔民返回时再也找不到自己的村庄了。他们只见到了被连根拔起的树木和少数溺毙者的尸体。在一个曾经住着二百人的小地方，现在有一堆被冲上滩涂的巨大珊瑚，它们被埋在沙子里。他们一直以为，这种恶作剧只发生在云仙岳脚下，他们只是远远的旁观者。巨大的灾难性底浪毁灭了他们的房屋和家庭，而它曾从他们的渔船下悄然钻过。这些渔民给这场灾难取名为"Tsunami"（**海啸**），意为"港口海浪"，因为他们相信，它只出现在他们的海岸上和港口里，这是神灵的惩罚。此事发生于公元1792年6月12日，共夺去一万两千人的性命。

★ ★ ★

阳光穿过有毒灰尘和气体的钟罩，惨白而寒冷。没有呻吟，没有动作。尸横遍野，再也不闻叹息，不见飞鸟。荒凉之中，只有沟壑纵横的南山坡岩石间沸腾的热泉还在咕嘟咕嘟地响着。它们被称作Jigoku，即地狱，这是要让人们记住，那里曾经煮过不肯臣服的日本基督徒。他们曾经宣誓效忠西方来的"上帝"和其子"基督"，以及一位名叫"教皇"的将军。因此，身为日本皇帝的臣民，他们就输惨了。即使是一场真正的处决，也不能将他们再送进神灵的冥府。幕府在宗教问题上一向坚定而严厉，幕府认为，应该送他们去彼世，且要他们今世就对他们应去的彼世的类型有个印象。间歇式喷泉"嗞嗞"地低声独白，衬托着笼罩在萧条景色上空的寂静。山也筋疲力尽了。这时，它西边的一条峡谷里，响起另一阵咕咕声、嗡嗡声，这不是岩石轰鸣，也不是结晶熔岩轻细的咔嚓声。它听起来就像——一声辱骂。有规律，火山爆发似的，就像之前的喷发，但远没有那么有力。在另一个地方，一个高大的身影将雾撕成一缕缕，他悄无声息地迅速爬上山，似乎接触不到满是岩石的地面，仿佛途中没有障碍。火山喷发使火山口下方露出了一个洞窟。洞口是大张的冒烟的咽喉，四周是凝结成石头的大地之泪。两个黑影相距不远，先后穿过洞口，黑影很高大，有一阵子完全堵住了洞口。那里有多条下行通道，通向山体内的一排小房间。主屋位于该体系的最深处，比人类建造的任何一座建筑都大，比人类见过的任何一个房间都大。它像一座主教座堂的内部，矗立在一片湖泊上方，湖泊由液态的、冒着黄色火焰的橘黄色熔岩组成，熔岩的光芒忽闪着，照亮墙壁上和天花板下罕见的形状，它们像被囚在岩石里的生物一样移动着。熔岩湖里有几座岛屿，岛屿上岩石坚固，岛屿之间由一条宽栈道相连。火山宫殿中央最大的岛屿上竖着一根发光的黑柱，它没有固定的形状，也可能是个黑影。两个巨大的身影从房间的不同边缘，奔向中心岛。抵达时，他们突然停在了柱子前。

其中一个男人身材魁梧，面色狰狞，头发蓬乱，眼神狂野。他撩起粗糙的长袍，露出长袍下面光溜溜的双腿，它们是由大理石和

13

肌肉组成的肥粗、有毛的长方体。他的胡子修过，手指和脚趾都没有指甲，只有血淋淋的尖端。他看上去怒冲冲、气鼓鼓的，大鹰钩鼻下的嘴巴扭曲着，满嘴尖利、难看的牙齿。他转向柱子，讲话犹如雷鸣，整个房间都在颤抖：

"我是**建速须佐之男命**，自从我的太阳姐姐，伟大的天照大神，升上天空，将日夜分开，我就是典礼官，历代神灵的统治者。无数神灵服从我，山神、林神、风神、河神、海神、植物神和动物神和石神。我打死了八岐大蛇。人类全为我欢呼，向我献祭。不管是**绳文、弥生、大和**，还是**阿伊努**的部落，全都恭顺地遵守我的礼仪。他们的朝代世代更迭，他们向我的献祭不受时间限制。我就是神道，我有权将人类归还自然。我与古往今来的所有生命一样渴望和平。我强迫人类顺从我，强迫他们祭奠已进入我的王国的历代祖先。在奉我为神之前，人类于我一文不值。在那之前我允许他们请求我的保护，不让恶神伤害他们，"然后他高喊道，"这就是我的作品！"他边喊边抬起赤裸、无趾甲的脚，开始踩地，踩得整个大地都跟着颤抖，"我将这个岛国从海里抬起，几乎抬到和天一样高，现在我想知道，你，你这个外来神，这里有你什么事？"

说完这番话，他的肥臀就从两膝间蹲了下去。紧接着，第二个身影也坐下来，盘起双腿，开始讲话。那是个庞然大物。披垂的长袍形成巨大的褶皱，被一根普通的绳子系在一起，包着他肥硕的身躯。他全身上下均匀、绵软。他长着若有所思的圆脸，眼睛巨大，耳垂几乎及肩，声音低沉镇定。

"我是**佛陀**。我是善爱之道。我助那些能放下苦难的人摆脱苦难。我让那些能放下自身的人摆脱自身。我告诉人们，渴求义务是个灾难。我熟悉且尊重须佐的统治。我向能放下自身的灵魂指明一条高贵美丽的道路，让他们进入他的王国。只要人类不忘自身，他于我也是一文不值。而你又是谁呢，是来自地下的新神吗？"

柱子变形了，它变细了。出现了一个脸庞白皙、高大黑暗的形象，柱子的剪影在他肩上变成一条黑色长披风。他薄薄的嘴唇里冒出一个声音：

"我是**山塔努**，是堕落天使撒旦尼尔、路西法，是载光者、引诱者、控诉者和黑暗之王。我是晨星，最先和最后降临斯世。我有很多名字：拜利尔、比泽布尔、加德利尔、阿沙色尔、因库布斯、苏库布斯。很少有人为我举行专门的仪式，但我是人类激情的统治者。我想要你们所鄙视的那部分灵魂。它们是未来生命里的邪恶之种，我靠它们为生。我培植它们，呵护它们，直到它们成熟、可供收割。我的食物是人类的弱点、邪恶、成为伟人的渴望和对神灵关注的误解。他们一掉进我的王国，我就永远迫害他们的灵魂。在我的地狱里，绝望者苦不堪言。"

自称山塔努的大地的新神歇了很久，白皙的双手拉紧黑色披风。

"你们两个东方兄弟，我从西方给你们带来了坏消息。我曾经是一位强大的统治者，现在我正在丧失对人类的统治权。他们忘记了古老的宗教，忘记了他们对荣誉、复仇和牺牲的激情。我最强大的盟友——贫困开始消失。富裕在渐渐取代匮乏。饥荒和劳累驱赶人们前来找我的时代一去不复返了！"

"这与我们有什么关系呢？"须佐嘟囔道，"这里早就不存在你们可笑的基督教的上帝了。"

"是的，我很欣赏你们的日本王国，在这里，臣民的神圣义务是踩踏十字架、向上帝之子吐唾沫。我认为你们的**踏绘**是个好传统，也许，正因如此我才十分相信，我们联合起来要比各自单干更有效。你们已经不知不觉地赠给我很多东西了。你们在这山坡上的地狱里烧煮的成千上万自封的基督徒，意外地聚集在了我的王国的门外。他们不理解荒漠之神的信息，只用他的教义掩饰他们小小本性的邪恶。他们的灵魂进不了他们所向往的天堂的小门。**阿巴登**，我的仆人，深渊天使和黑暗的统治者，向我汇报了这群阵亡者，地狱的深渊里还从未见到过这一类人，也永远不会见到。燃烧的小房间在他们头顶上永远锁上之前，我将他们全部举到眼前，最后一次审查了他们。是他们让我想到，我可以来拜访你们——提议与你们订立一个契约。"

"我们干吗要与西方的地妖订立契约呢？难道我们要让别人将我们钉上十字架吗？那好像是你们的风俗啊？愚蠢神灵有失体面的、不光彩的统治！"须佐不耐烦地吼道。

"很显然你还不知道你是在跟谁讲话。"撒旦低声说道，他的影子变得那么高大，直达天花板。然后他满怀仇恨地用力讲起来，声大如雷，山体都为之颤抖。

"你这个蠢货！你这个肥胖的乡巴佬！你们在亚洲的汁液里煮得太久了。你们对与启示之神的斗争一无所知。将上帝之子钉上十字架是我的计划，他是我的兄弟。我要为这个四千年前来自沙漠的基督神之死准备一场血腥的盛宴。他像蛇一样狡猾，将自己分成**圣灵**、圣子和圣父。我让他的一部分在十字架上淌血，他私下将我的行为变成了针对我的最大武器。这条蛇神还有三颗头。我一个都不能砍掉。"他对着火山里主教座堂的圆顶嚷道。他地狱似的胸腔深处发出瘆人的嚎叫，他感觉到十字架的钉子正钻过他的身体。

"基督教上帝，"他吼道，"指挥着一支大军，它是你们所有活人与死者的总和的百倍。这支大军像瘟疫一样游荡在大地上。你们

16

无法阻止它。他们这回会像蝗灾一样袭击你们的国家。"说完，撒旦的声音又低了下去。

"你听着，佛陀，几千年前，你就不得不被我粗野的妹妹——嗜血女神迦梨①，从你的印度故乡驱逐出去了。你可不要忘了！她还不是你要对付的大对手，但你也没有成功。现在另一种完全不同的力量找你们来了。这个基督徒们的上帝让人们疏远自然，疏远古代神灵、崇高仪式，最后疏远信仰。他深藏在他们的心田，拘囚他们的灵魂，将其交给天堂，不再向他们索要任何回报。他说：我是善，是全能，我爱你们，你们应该像我一样善良强大。他们每个人都是他的映像。每个人都是一个小上帝。"

须佐厌恶地看着他。佛陀呆若木鸡。

"他们深谙与自然的联系。这也是我最初的计划。我交给他们武器，让他们贪权嗜财。我要他们追金逐银，数千年不辍，可他们很快就抑制住了各种形式的欲火，找到了力量的源泉和自然法则。我对他们讲：'你们在世上大发横财吧！'他们理解为：'在我的造物里寻找我吧！'他们还认为那是沙漠之神的一句话。也许是沙漠之神用诡计改变我的信息。现在，自然知识让他们富裕起来了，让他们越来越没有信仰。上个世代，我在**欧洲沿海的城市**下晃动大地②，埋葬了数千人，淹死了数千人。灾难之大，足以让上帝统治下的每个有思维的生命怀疑起他的力量和善良。全能的神怎能允许这场灾难的发生呢？上帝既然爱他们，又怎能如此恐怖地惩罚他们呢？但这件作品没有完成。它不足以动摇这一信仰。"

---

① 古印度教中毁灭女神湿婆的一个化身，面目狰狞，酷爱血祭。
② 指 1755 年 11 月 1 日发生在葡萄牙首都里斯本的地震，它是欧洲有史以来最大的地震。

"他的军队何时会抵达我们的海岸呢？"须佐怒冲冲地问道。

"快了，很快了。"

"你有什么建议？"他追问道。

"我主动提出与你们结盟。我们只有携手才能阻止这股力量。我有个计划。那将是对人类的一大惩罚。"

佛陀从恍惚中回过神来。

"果真，你是强大的黑暗之王。你这话我确信不疑。可我是佛陀。我不制造苦难，不实施惩罚。那不是我的本性。我教人们忍受、克服苦难。不存在比这世界本身更大的祸害。存在和生命，两者都像你一样，是与你一体的。上帝和反上帝对我来说是一回事。你是我的敌人，山塔努，而我，佛陀，在笑你，因为你控制不了我。"

佛陀感觉到山塔努盯着自己的眼睛在冒火，听到他的声音在低语："尊敬的东方兄弟，我们的共性比你想的要多。难道你会相信，我喜欢人类的这个渊薮，这个臭烘烘的肮脏世界？告诉我，这是谁的责任？不，佛陀啊，我的朋友，无论是你、我，还是须佐，或者我们在**非洲**的强大兄弟们，都无法将世界变得这样糟糕。那位来自沙漠的上帝，是他创造了这个我们不想要的世界。他没有问问我们，就决定将它造成这样。他让我们争夺所有地域，无论是在今生还是在来世。他是个煽动分子，他想征服一切，改变一切。他将夺走你们的灵魂，他将让你们的地盘渺无人烟，变成荒野。他不承认你的涅槃，佛陀，正如他不会安心让心灵成为自然里的灵魂一样。醒醒吧，该死的！我向你们预言，你们的末日来临了！"

"我告诉你，我不是专事否定的神。我的力量是忍耐，忍受苦难。灵魂一旦克服了否定、行动欲，克服了思维，它们就抵达了我的王国。"佛陀一阵默然，回答道。

"但有一点我承认你说得对。一旦人们在沙漠之神的启示里认识到了将他们重新拴进命运巨轮的最高目的，对义务和意义的要求就又赢了。那他们就再也无法跨出痛苦永恒轮回的河流了。我一直在寻找人类行为了无意义的伟大标志。要实现涅槃，我需要自己创造不出的形象的力量。一幅图、一样东西或一个行为，让他们放下所有的野心和希望，这将会帮我大忙。"

"你瞧，我的兄弟，"山塔努满意地回答，"我们还是取得了一致。我不会向你要求任何违背你本性的东西。"

"你要求什么？"须佐大声叫道。

"什么也不要求。你们只需要让我管理你们的岛屿。你们不要过早驱赶那些被你们称作蛮夷的人。你们不要阻止我的计划。而你，伟大的须佐，你不要吃惊，因为我会让你比此前任何时候更强大。看护好你的神龛，举行仪式。这是我所期望的你对我的帮助。"

"你打算做啥？你有什么计划？"须佐问道。

"我会及时告知你们的。如果我现在就告诉你们，你们根本就不会理解。现在只能告诉你们这么多：我带给你们一把有史以来未曾出现的火之箭。它将来自我们的敌人的小房间。好了，你们同意吗？我们结盟吗？"

"我同意。"须佐含糊地说道。佛陀默默地点点头。

"就这么说定了。我们再在这里碰头。我先得完善我的计划，必须做好预防措施。为了缔结和确认我们的联盟，我想把带来的这些灵魂交给你们。他们当中有最好的，也有最差的，有最伟大的，也有最渺小的。我未加区分。他们是你们的了，我尊重你们在此地的统治。"他向须佐和佛陀屈膝行礼，张开手掌，冲掌心的灵魂之灰吹气。

"他们应该在你们体内存活下去，你们应该支配他们。"须佐将他的那份灵魂吸进巨大的鼻孔，佛陀张嘴吸进那些改过自新了的灵魂。他们都对这份礼物表示满意，平静了下来，像来时一样离开了。

山塔努沉进岩石里，回到地下深处灼热的血管里，他在那里重新找到黑暗的通道，他可以不受打扰地穿过它们，返回他在西方的王国。他满脑子都是邪恶的念头。

我想做一件事，完全按我的方式。我想在其中注进我从失败中汲取的教训。善应该躺在那里，在疼痛中分娩恶。世界和时间的两端应该系在一起，好让我不再是一直想为恶却总是行善的讨厌鬼。我不再与造物主打赌。我每次都赌输了。我同意参加由他制订规则的游戏。即使在我占有犹大的灵魂时，我都没有看透上帝的计划。他拥有在时间里高瞻远瞩的能力。他看得到人类心灵里向我隐瞒的东西。因此，我所制订的计划，要大过之前的所有计划。

*我将启示。要让人不再怀疑我的存在。我的启示将照彻整个天宇，创造一个胜过现有人种的新人类。此事若不成功，那就让所有人灭亡。因为他们将再也听不到上帝的声音，再也没有圣灵，也没有法尼勒会为他们讲话。戒律之牌应该化为齑粉，十字架应该粉碎，联盟应该毁灭，没人再会记起沙漠之神带给世界的愚蠢。在时间的尽头，我们会看到，哪个启示更强大；看看我的兄弟耶稣和我们的父亲是否只是为我的创造做准备的通道。我的种子很冷，没错，可我的思想是熊熊烈火，我要用它们创造一个新世界。*①

---

① 以上两段原文为斜体字，同类段落本书均为黑体字。——编者注

第一章　维尔茨堡

这下，关于魔鬼如何管理他制造祸害的工具，学者们争论不休；因为有大批间谍暗中为撒旦效劳，他们既非体内有魔鬼，也不是更了解魔鬼。但撒旦利用他们，无论是借助他们的愚蠢，还是借助被人们称作狡猾的另一个弱点。对他来说，这是一码事，他让他们为他干活，而他们以为是在做自己的事情。他在领导精神薄弱的这部分世界时是如此狡诈，即使当事者自以为是在为上帝服务，其实也是在为他服务。当他们在为他工作时，他却让他们相信自己是在侍奉上帝，这是他的活动最奇特、最令人意外的部分。

——丹尼尔·笛福，《魔鬼政治史》，1726 年

拿破仑的愤怒

在日本九州岛的云仙岳火山爆发的时候，正在闹革命的法国还在为它与欧洲君主国的第一场战争做准备。四分之一个世纪后，复辟的阴影笼罩着整个欧洲。在拿破仑兵败滑铁卢之后，1815 年的维也纳会议①重新划分了欧洲大陆的版图，宣布了法国大革命的最终

① 由奥地利政治家梅特涅提议和组织、欧洲列强于 1814 年 9 月 18 日到 1815 年 6 月 9 日在奥地利维也纳召开的一次外交会议，旨在重新划分拿破仑战败后的欧洲政治地图，恢复拿破仑战争时期被推翻的各国旧王朝及欧洲封建秩序，防止法国东山再起。

失败。贵族的合法身份重新恢复了，许多国家原先的统治者又纷纷官复原职。德国①依然是个政权林立、复杂混乱的国家，有许多小小的王国，它们各有各的货币、法律、税收政策，专制君主们大多能力低下。反法的解放战争没有创造出一个要求自由、宪法和议会的强大统一的公民国家，反而带来了一种讲究舒适的小市民习气，后来人们称这个小市民习气流行的时代为毕德迈尔时代。德国语言变得复杂起来，人们讲话啰里啰唆，因为不存在随意讲话的文化。读过斯塔尔夫人②的《论德意志》的英法游客，都希望来到的德国是一个诗人和思想家的国度，却奇怪地发现这个国家精神狭隘、乌烟瘴气。占据上风的是一种偏狭精神，它回避所有伟大、公共和高尚的东西，尤其是回避感觉、观点和思想，转而满足于生活中的琐碎小事里的平凡幸福。这一反动行为令所有自由、光荣、崇尚英雄气概的精神窒息，只有大学还在对此表示不满。许多大学生在解放战争中当过志愿兵，了解臣民和公民之间的区别是什么。数百名大学生聚集在瓦特堡，举行盛大集会，他们全都来自刚成立的学生社团，他们高举火炬，高呼"德意志各王国统一"，焚烧《拿破仑法典》、普鲁士制服和士兵的辫子。

次年，在维尔茨堡的酒馆斯摩棱斯克，空气中烟雾弥漫。歌声和粗鲁的交谈此起彼伏，混杂在一起，又被二十多个男性喉咙里发

---

① 德国人的祖先是居住在中欧的日耳曼人，10 世纪时日耳曼人建立神圣罗马帝国，后分裂，直到 1871 年才由普鲁士王国完成统一，建立德意志帝国。本书发生的故事在此之前，但为了方便理解，以下统称德国、德国人等。——编者注

② 斯塔尔夫人（1766—1817），法国浪漫主义文学先驱、文学家和小说家。《论德意志》探讨了德国文学的人文环境，分析了德国浪漫主义文学的形成机制，对法国浪漫主义文学有一定的影响。

出的大笑声淹没。大学生联合会的莫纳尼亚社团正在庆祝一位社团成员的生日。

"威尔曼，我不要求你驱马驰骋，是因为我们今天在为你庆生。但我下星期想堵住你的大嘴巴。在那之前我先用啤酒好好给你冲洗嘴巴。我也一起喝。干杯，威尔曼。向你的十九岁生日致以我最好的兄弟般的祝福。"

社团兄弟施佩格坐下去，所有人都举起酒杯，举向威尔曼，高呼："祝你长寿，长寿，长寿，长寿，长长长寿。"随后便是一阵安静，只听到大学生们干渴的喉咙里发出的咕嘟声。

然后**西博尔德**站起来。

"社团兄弟威尔曼，幸好我不必再向你挑战。说到骑术，这里人人都知道，我早就胜过了你，就像其他所有人……"他故意顿上一顿，好让在座的人假装愤怒，高呼"哎哟""哎呀"。

"……我们一起勇敢地进行过两场决斗。我欣赏你是大胆的爱国主义者，赞同你的政治观点。因此我也祝你勤奋学习，继续取得成功，尤其是找到一个能够最终阻止你深夜在街头游荡的女人。"

众人听后齐声欢呼，拍着肚皮，有几位都笑呛了。威尔曼眼下正在追求大学图书馆管理员的女儿，她也是前不久刚去世的公证员的遗孀，这事是昨天才暴露出来的，社团兄弟们这是第一次有机会对此畅所欲言。作为渴望爱情的大学生，要不是威尔曼在夜晚试图一亲芳泽时表现得那么外行，因此毫无结果的话，这样粗俗的祝酒词肯定就太危险了。威尔曼自己冲着众人咧嘴傻笑，幽默地接受了这友好的嘲讽。

在座的所有社团兄弟都轮流说出了自己的祝福，掺杂着多少带点挖苦的议论、回忆和轶事，最后他们与寿星干杯。现在轮到威尔曼本人讲话了。由于已经喝光了三大杯，他感觉必须说出已经琢磨很久的大念头。

"尊敬的兄弟们，现在，在公元1816年6月18日，我们坐在一个安逸的地方，似乎没有什么会影响我们的田园生活。如果你们允许，我想像一只大鸟——尤其是一只我喜欢的威严的空中猛禽……"说到这里他故意停顿一下，等待掌声和笑声，然后更加坚决地继续说道，"……从这个座位上升起一会儿。我慢慢地越飞越高，看到可爱的维尔茨堡横卧在我身下，看到城堡和植物园，看到我尊敬的老师施麦勒教授的房屋和底下流淌着美因河的桥梁。然后风载着我，盘绕着，我越飞越高，我望见了从南部的阿尔卑斯山至北方沿海的德意志各国。一场情感运动正在全国发生。我犀利的鸟眼看到人们的脸，从巴伐利亚到萨克森、荷尔斯泰因、汉诺威，当然也有普鲁士。欧洲大战终于结束了，维也纳会议给大家带来了和平秩序，拿破仑·波拿巴被永久放逐了，人们如释重负。然后我飞得更高，鸟瞰欧洲各王国和诸侯国。那里的许多人也很满意，主人又成了主人，仆人又成了仆人，世袭的权利又重新恢复了，国家意志又与统治者的意志一致了。然后我飞得更高，一直往上飞，直飞到太空开始的地方。这下我在西南方的地平线上发现了一座小岛。它离非洲海岸一千多公里，在大西洋的深水区中央，海底是火山岩，与这个地区阴沉沉的天空相接。那儿，在圣赫勒拿岛所在的地方，我看到一名男子冒雨站在礁石旁，礁石壁立于他面前数百**英尺**①深的深色海浪里。他在张望欧洲。那是被囚禁的世界灵魂。拿破仑，这个怪物，这个军事天才，他曾将革命的火炬送到全欧洲，

———————————
① 英制长度单位，1英尺约为0.3米。——编者注

他在那里等待死亡。他的目光是愤怒的，我看到他在骂，在冲着欧洲抡拳头。现在，我们不必再害怕他的恫吓了。这个被推下宝座的陛下，兴许他是想以发怒的方式警告我们，如果我们破坏他的作品，就会失去什么，遭遇什么。我亲爱的兄弟们，实际上，我最担心的就是，这个残暴的法国人，在他身后，历史会证明他的这种诅咒是正确的。我知道，在座年龄较大的人，当《马赛曲》和革命者的自由意志突然袭击德国暴君的军队，人权在巴黎被宣布为基本法时，几乎没有人不希望自己是法国人。那可能成为一个美好的时代，一个人民的节日。后来那些革命者未能阻止历史变成肉案。他们先是杀害了自己的国王，然后是自己的人民，最后让欧洲燃起了战火。在此我不想细说是谁发动了这场战争，因为我完全能够想象，当年那些巧舌如簧的人，那些丹东们和罗伯斯庇尔们，尤其是狡猾的拿破仑，会如何言之有理地反驳我。欧洲人，首先是德意志民族神圣罗马帝国的国王和诸侯们，在不伦瑞克大公的率领下，将战争强加给了闹革命的法国。但我要说的根本不是一回事。拿破仑占领德意志帝国，这证明了我们的虚弱。我们为什么虚弱？因为我们没有真正的帝国，没有统一的民族，只有一块由王国和诸侯国组成的无法轻易拼缀的地毯。拿破仑在袭击和征服了它们之后是怎么做的？他将一千多个直属皇帝和中央的主权国削减到不足三十个。在他的管理下，许多关税栅栏和君主国的铸币消失了。他削夺了教士的权利，想用《民法典》给我们设立一个统一的宪法。但这位嗜血的天才不想彻底废除小邦分立主义，他只想更好地控制松散的帝国。因此他赋予几位大公和诸侯特权，赠给他们王国。他想在奥地利和普鲁士之间建立第三股势力。我们的巴伐利亚王国就这样诞生了。好吧，我不想说任何反对我们敬爱的马克西米利安国王的话，我打小就钦佩他，虽然他当时还只是个选帝侯①。我们也必须承认，在他的大臣蒙舍拉的执政期间，我们的国家取得了长足的进步，更大程度上实现了公民自由，争取到了更多的权益。但他们所有人都破坏了重要的一步，有这一步，才能远离短暂的权力追求，实现拿破仑的事业，也就是将所有讲德语的国家统一成一个德国，一个唯一的国家。如果我当时年纪够大、知识够丰富，两年前的一天夜里我可能就会拐走社团兄弟冯·西博尔德的美丽牝马，像魔鬼一样骑着它赶去维也纳会议，去阻止欧洲的新秩序，尤其是虚假的德意志联邦的诞生，它的诞生要归功于梅特涅亲王。那里当然也不会听我的。但我会戴上我的隐身帽——当你们在一些课上看不见我时，我就是戴的那顶帽子——成为德意志国家所有公使的秘密腹语者，当他们听到自己违背自私自利的国君的指示，要求民族统一、建立一个强大的中央政府和德国时，他们会惊讶的。可是啊，一切都事与愿违，我的话就像拍击着新制度的礁石的无力波涛，可惜这个新制度是在没有我的情况下决定的。我讲这么多是要说什么呢？既然我们舒舒服服地坐在一家酒馆里——它的名字让人想起斯摩棱斯克战役②，它敲响了拿破仑征战俄国失败的丧钟，那我们就该保持足够的清醒，记住法国大革命，也要记住将大革命火炬同样带到了我们这里的最伟大的传播者们尚有多少承诺未兑现。”

说完他就坐了下来，明显被自己的演讲打动了。掌声四起，有

---

① 选帝侯是德国历史上的一种特殊现象，指代德意志诸侯中有权选举神圣罗马皇帝的诸侯。——编者注

② 斯摩棱斯克位于第聂伯河两岸，是一座重要的军事要塞。历史上共有三次斯摩棱斯克战役：一次爆发于 1812 年 2 月拿破仑战争时期；另外两次发生在第二次世界大战中的苏德战场，一次是 1941 年德军进攻战役，一次是 1943 年苏军进攻战役。

些人用擂桌子来表示同意。两名年长者用手掩着嘴，耳语道：

"他作为医学生真是天资平平，除了在药剂学方面表现得有点聪明。不过，他倒是能说会道呢。"

"是的，比起我们有法学或医学本领的人，他这样的人也许更能改变国家。我们应该将他推荐给耶拿的学生社团。他们正在寻找有才华的演说家和爱国分子。这下可就精彩了。"

唐·莫斯提马

使劲鼓完掌之后，西博尔德从桌旁站起来。啤酒压迫着膀胱，他要去厕所小解。途中他看到，夕阳穿过窗框，在一张桌子上投下一个十字阴影，桌旁有个人在阅读一本书。那人装束奇特，亮丽的头发紧贴在头顶，他引起了西博尔德的注意。往回走的途中他一身轻松，沉浸在威尔曼的激情演讲带来的兴奋中，又好奇地望了望陌生人。对方突然抬起头来，直视西博尔德的脸，亲切地冲他喊道："冯·西博尔德先生！幸会幸会。请您陪我待一会儿好吗？"他边说边用左手指指桌旁的空位子，右手谨慎地合上书。西博尔德走到桌边，做了自我介绍。

"菲利普·弗朗茨·冯·西博尔德，医学生，莫纳尼亚社团的成员，您听见了也看见了，社团正在那里面痛饮呢。请问尊姓大名？"

那人打座位上站起来，西博尔德本就已经很高了，可对方差不多还要高出他一头。西博尔德很意外，他不得不仰起头，才能直视对方的眼睛。

"我叫唐·莫斯提马，来自巴斯克①的旅行推销员，热情的科学

---

① 位于比利牛斯山脉西部、比斯开湾沿岸，地跨西班牙和法国。

之友。"他边说边解开他的黑丝绒披风，伸出手来。西博尔德握住那只手，忍不住盯着它看起来，因为那手很大，很漂亮，摸上去凉飕飕的，像象牙。那些修长的手指握着他的整只手，出现在他的手背上，他能清楚地看到杏仁形的指甲。那一握坚强有力，有男子气概，却又透着亲密。与此同时，西博尔德闻到一股独特的气味，像是那人身上散发出来的，甜滋滋的，有点儿冲，但又好闻、撩人。西博尔德感觉某种模糊的回忆正在升起，寻思那是不是对麝香味的朦胧想象，那同名的鹿科动物的腺液，它高贵的特性让它被选来制造香水，但他还从没闻过纯粹的麝香。也可能是别的什么东西。他们坐下来，唐·莫斯提马肤色很白，体形优美，亲切地打量着他。

"您变得高大了，西博尔德，成了一个英俊男子。我看到您脸上都有剑疤了。一定是与某位勇敢的社团兄弟决斗时留下的。"他欢快地说道。西博尔德奇怪他这话是否当真，因为唐·莫斯提马仪表堂堂，看不出他会喜欢大学生们这危险的勇气考验，这可是受上流社会鄙视的。

"您不只是知道我的名字？"

"我不想让您困惑。是的，我认识您。您的名字曾经出现在某个我暂时不想告诉您的社会圈子里。我上次见到您时，您还是个孩子。我认识您父亲。"

"那在我面前，您就多了个优势，我自己都想不起我父亲克里斯托夫·西博尔德了。"他听后说道，努力克制自己，不让自己在陌生人面前有任何激动的表示。

"他去世于 1798 年 1 月，我两岁生日的前夕，死于痨病。"

"这我知道。可惜我是在他去世前不久才认识他的。一个人这么年轻就辞世，真是令人遗憾。要是我没记错，他当时才三十二岁。"

"没错。您与他是什么关系呢?"

"这个我非常愿意告诉您。但我有个条件,那就是您不会将下面的谈话内容告诉任何人。您能答应我吗?"

"那好,好的,我答应您。"西博尔德惊奇地回答。

"我造访他,是因为他大名鼎鼎,是个雄心勃勃而且特别关心科学创新的人。当时我已经与一大批德国医生谈过我在英国旅行时的一项发现。英国人有一种气体,他们叫它**笑气**。上流社会用它组织所谓的社交晚会,晚会上他们喜欢让优雅的夫人们服用这种气体,随后她们陷入一种眩晕状态,开始放浪地笑个不停,这让别的客人感到开心。我认为这气体的另外一个特性要重要得多。我认为它是一种强效止痛药。但大多数医生对这个说法不屑一顾,因为我没有医学博士的头衔。于是我就想设法找一位能干的外科大夫,让他对笑气的这一效果进行科学检查,最终将笑气推荐给他的同事们。对于外科学来说,给骨头和内脏动手术无疑会是伟大成就。在这件事上,我的兴趣是进口或生产这种气体。您父亲本可以靠它成为富翁的。我们本来可以挣一大笔钱的。"

西博尔德很惊讶,突然高度敏感起来,主动追问道:

"这事很有意思。您能不能告诉我,我父亲是怎么反应的?这计划最后为什么失败了?"

"不出我所料,您父亲完全赞成这个主意。我们当时也一致同意,再将此事保密一段时间。他立即开始拿重伤病人或垂危病人试验。可没等他对结果做系统分析,他就去世了。"

是的,他是累死的,累出了痨病。我让他夜以继日地工作,一

再承诺他可以独享这一划时代发现的荣誉。同时我破坏气体的样本，让它对病人的止痛效果只达到一定程度，让他不得不继续试验。他一直工作到死。他吐出生命的最后一口气的那天夜里，我站在他的床畔。他将这个丧父的孩子留给了我，我需要这个孩子，这个孩子现在好像已经准备好了，准备承担他父亲的任务。从其他效果到一个明朗、满足一切、照彻一切的最终效果之间，有一根不可缺少的长链，我想让他成为这根长链上的首个起因，我的计划终于在他身上奏效了。

西博尔德被打动了。他先前喝的啤酒也让他容易感动。荣誉和财富，就这么与父亲和自己失之交臂了？假如父亲就已经拥有财富了，他的大学生活本该轻松多少啊。他的贵族同学总让他意识到他的出身，这让他生活艰难。没有土地的年轻贵族几乎毫无地位，要想获得图恩、塔克希斯或巴滕贝格家后代些微的认可，就得拥有相当多的财产。

"顺便说一下，我也认识您的祖父卡尔·卡斯帕尔·西博尔德。那还是在您的家族尚未获得贵族头衔之前。他是德意志少有的几个和我差不多高的人之一。"唐·莫斯提马微微一笑。西博尔德记起来，事实上，他的祖父几乎是个巨人，气宇轩昂，差不多七英尺高。一个光辉形象，一个自己在园子里种植葡萄、追求享乐的人，一个音乐家和杰出的舞者。但他首先是德国最有威望的外科医生之一。他发明了新的外科技术和仪器，医学院授予了他特别光荣的头衔——德国首席外科医生。拿破仑战争期间，为了褒奖他在野战医院里的杰出贡献，皇帝将他晋升为贵族。

"我是在维尔茨堡的一个家庭舞会上遇见他的，那个家庭已被战争消灭了。他仪表堂堂，我很钦佩他。交谈中我发现他是我在这个地带遇见过的最热心、最聪明的人之一。不过，请允许我向您透露……"说到这里他犹豫了一下，"我可没有一丝不敬，晚会上的夫人们可不这么看！虽然他拥有非凡的男性之美，但她们几乎全都怕他。"

"是的，我听说过这气人的事情。我叔叔告诉过我。这种事到今天还有。"西博尔德冷冷地解释。

他不想敞开详谈。上流社会仍然认为医生，尤其外科大夫，是个匠人，一个从事与不幸和疼痛不可分割的血腥生意的人，这对他是深深的伤害。外科大夫有时甚至会被比作屠夫。在他祖父那儿，敌意还在继续。贵族夫人们始终记得，他的祖父过去只是一位伯爵的厨师。这个杰出的人曾在医院里和战场上救过数百人，在她们眼里却是个暴发户。他得到的嘉奖、勋章，他那所有孩子都上了大学并继续革新、丰富科学事业的家庭，他的财产，最后还有他靠勤奋和勇气赢得的贵族头衔，这一切只是让情况变得更糟糕。卡尔·卡斯帕尔·西博尔德本人对此一直无动于衷。他不关心上流社会的议论，感觉自己不依靠他们。西博尔德的父亲克里斯托夫则相反，他二十四岁时就通过努力成了一名非教席医学教授，不久就成了尤利乌斯医院的主治医生。他父亲常遭轻视，这让他痛苦。父亲在他眼里是个高大光辉的榜样，他的毕生追求就是竭力效仿父亲。直到父亲的第十个忌日，西博尔德的母亲阿波洛妮娅才将他家的这些历史背景告诉他。他当时还不满十二岁，但他的理解力从小就很强，这件事深深地影响了他。那天晚上她在祷告后对他讲的话，他一句也忘不掉。因为在那之前他对父亲的生活一无所知。

亚历山大·冯·洪堡

"您在阅读什么有趣的东西啊？我打扰您了吗？"为了不必再讲家族史的这一部分，西博尔德问道。

"一部内容丰富的关于一次著名的南美科学考察的作品，我刚刚收到作者寄来的最新版本。"

"您指的是**亚历山大·冯·洪堡**的《新大陆热带区域旅行记》吗？您认识冯·洪堡男爵本人？"

"关于您的第一个问题：是的，是这部作品。看样子您熟悉他的工作——我听说您会法语。对于一位年轻的医学生来说，这可是了不得的。好吧，您的第二个问题我也可以给您肯定的答案。我已经见过冯·洪堡先生几回了。上一回相遇是不久前在伦敦，在他成为英国皇家协会会员的时候。我对此深感骄傲，因为我认为他是当代最伟大的博物学家。"

"我可以**翻翻**这本书吗？"

"当然，您请便。"

西博尔德拿起用蓝色麻布包起的书，封面上可以读到金色的压印书名和作者的名字。他虔诚地打开书。这就是伟大的亚历山大·冯·洪堡的书啊，他曾亲手将它拿在手里！单看目录就能感觉到南美大陆上的自然和生活一定丰富多彩，也让人佩服洪堡的观察能力和百科全书式的知识素养。西博尔德本能地往下翻，发现了他预计过并暗自期望的东西，也就是作者的亲笔题献：

我亲爱的朋友唐·莫斯提马，您是我下面所讨论问题的鉴赏家，您不止一次将我的好奇心引向正确的方向，您惠我良多，同时，在我眼里您是一个谜，因为我从来不知道一个人能够知道那么多。

签名直接是"洪堡"。

"这真是一段让人特别舒心的献词呢，唐·莫斯提马！"西博尔德叫了起来。

"您得知道，洪堡的《自然观念》是我读过的第一本科学图书。我舅舅洛兹牧师是我的监护人，他在我八岁时就教我数理地理，我的童年是在他家里度过的，我就读于维尔茨堡高级中学时，他给了我这本书。他说，我一定有个不熟悉的赞助人，因为这本书是一位信使交给他的，附有一张便条，那人要我从这本书开始研究自然。"

巧合不会控制我的计划。一切都是精心策划好的。

"大概从一开始就有人坚信您的能力吧。"唐·莫斯提马说道，同时意味深长地笑笑。

"这本书我读过很多遍，从中学到了很多。自从住进我的老师伊格纳兹·都灵格尔家以来，我就不仅学医，也研习其他科学学科，亚历山大·冯·洪堡认为，它们不仅有助于全面理解自然，而且是必读的。因此这段时间以来，我也在学植物学、生物学和地质学。"

"您接受这些教育，有什么职业目标呢？"

"我刚刚开始读大学。直接目的当然是行医，比如在儿科领域。但我愿意向您透露，我最想成为一名考察旅行家。我想去巴西。洪堡还没有去过那里，但我可以以他的著作为基础，做个博学的医生，去那里旅行考察。"

此次相遇适得其时，我必须在此时此地进行干预。

"年轻的朋友，如果您致力于远东，您的计划肯定会更有前途。洪堡的旅伴埃梅·邦普兰最近才动身去了南美洲。我估计他这回会去更南的地方，去巴西和阿根廷。现在我向您透露一个秘密。洪堡多年来一直在说想去亚洲考察一回。但他感兴趣的不是爪哇、菲律宾群岛或朝鲜，而是内蒙古。因此我今天想给您提个建议，就像我当年也向您高贵的父亲提过建议那样，可惜他没能从中获得利润。您去日本吧！作为科学家，您可以在那里赢得名声和荣誉，甚至会积累一笔自己的财富。这个国家已经与世界隔绝二百多年了，我们对它几乎一无所知。"

西博尔德沉吟不语，惊讶地望着唐·莫斯提马。这主意真的可行吗？他不知道巴伐利亚或德国南部的其他小国与日本有什么联系，要去那里一定很难。事实上他自己对这个国家也几乎一无所知。这佐证了莫斯提马的说法。

"照您的说法，在我父亲那件事上您有自己的目的。要是我可以问问的话，您在这件事上兴趣何在呢？"

这很鲁莽。那个身穿巴斯克贵族长袍的人没料到这种咄咄逼人，他所预计的是对他所建议目的地的好奇、对这一指点的感激不尽或谦逊矜持。但这个年轻人充满自信，尽管为了让他成长为一名易受影响的天才男人，怀疑的种子早就被有计划地播进了他的早期生活。可唐·莫斯提马是不会无言以对的。

"您这么对比完全正确。您瞧，我只是一名商人。我的财产并非不可观，但身为商人，我一直在想如何能让它继续翻倍，这是我的本性使然。为此我一直需要能力强的合伙人。在日本这件事上，如果您决定在那里工作，我们完全可以做生意。我至今都没找到办法来引进日本的稀有植物或艺术品。而我读过日本研究家**图恩贝格**和**肯普弗尔**的文章，它们强烈激发了我的冲动。我肯定，我能将这个遥远且陌生的国家的产品卖到整个欧洲并从中盈利。您觉得这个动机够吗？"他卖弄似的反问道。

"嗯，足够了。"西博尔德有点羞愧地承认道，因为他也意识到自己的问题太放肆了，但话已出口，收不回来了。

"我现在又要回我的社团兄弟们身边去了。如果我们能保持联系，我会非常高兴。我愿意将我的努力的进展告诉您，因为我在考虑听从您的建议。"

"您别担心，我会更常路过维尔茨堡，并且会告诉您的。现在我也要继续我的旅行了。"说完，他从桌旁站了起来。西博尔德也起身与唐·莫斯提马告别。当他再次看到那个魁梧身影站在自己面前时，有什么引起了他的注意。

"哎呀，我看到了畸形足，德语就叫 Klumpfuß。像拿破仑的外长塔列朗一样，如果我的信息正确的话。您小时候没做过相应的治疗吗？"他凭着医生的本能问道。

"是的，年轻的西博尔德先生，一只畸形足。可惜我没做过相应的治疗。这畸形也没法再靠手术来纠正了。"

"有合适的机会时，我可以看看吗？"西博尔德关心地问道。

"不，还是不看的好。祝您身体健康，我的朋友，好好学习！但愿我不久就会听说您的成功。"说完，他优雅而礼貌地冲西博尔德深深鞠了一躬，转身离开了。

决 斗

"你遇到那个巴斯克人了？是的，我记得他。我怎么会忘了他呢？你父亲讲起他时钦佩不已。"阿波洛妮娅·冯·西博尔德断断续续地告诉儿子。他们早餐时一起坐在牧师住宅多荫的阳台上。唐·莫斯提马声称认识他父亲，与他有过前途远大的生意联系，这事得到了母亲的证实，这让西博尔德放心了。在与那个迷人的外国人相遇后的第一个周末，他就在最美六月天的一大早骑马去了附近的海丁斯费尔德，去看望他的母亲。父亲去世后，母亲就一直住在他的舅舅兼监护人，弗朗茨·约瑟夫·洛兹牧师家里。

"你当时对他印象怎样？"他打听道。

"啊呀，我只和他交谈过几句。每当他过来时，你父亲和他就立即将自己锁进工作室里，不允许别人打扰。他们磋商很久后才走出来，这位陌生人离开，这时你父亲总是激动得红光满面。但他不肯透露他与来访者的交谈内容。因此我只能说，这位莫斯提马先生，他大概是叫这名字，给你父亲的影响是振奋人心的，他的举止彬彬有礼，特有教养。"西博尔德盘起双腿，身体向后靠，双臂交叉到胸前，望向室外牧师住宅茂盛的果园，他想在那里寻找地平线，好将他的思想和计划拴紧在那里，它们正在渐渐越飞越高。阿波洛妮娅注意到住在都灵格尔教授家里的这位大学生有多帅气。他的形象特别优雅。纽扣织边上有合适镶边的洁白衬衫，带有绲边和立领的绿色短夹克，洁净得无可指摘，熨烫得平平整整，紧身的马裤衬托出肌肉发达的大腿轮廓，齐膝高的马靴像乌金一样闪亮。褐发剪得齐齐的，浓密，略鬈。脸色健康，鼻子坚挺，稍有点尖，嘴唇丰厚，下巴特征明显，让她觉得他比他的亲生父亲强壮得多，有男子气概得多，在她的记忆中，他父亲高挑、单薄，面颊凹陷。这一瞬间她非常幸福，因为在她的一生中至少有这个成功的儿子，这令她十分骄傲。她一直没能克服丈夫克里斯托夫的早逝带来的打击，她感觉自己亏欠她兄弟——那位牧师，因为她已经在他家住了十六年了，靠他养活。她对他感激不尽，因为这个体贴、有教养的人对她儿子太好了，没有哪位父亲比得上。自从小菲利普与母亲一道住进他家之后，他就高兴地将全部注意力倾注在活泼的小外甥身上。男孩在牧师住宅的花园里结识大自然。舅舅陪他在那里度过数小时、数天，向他解释各种植物的名字和特性，他们一起观察鸟儿和昆虫的生活。洛兹平生头一回有时间悠闲地做这些事，他不仅欢迎好奇心强、永不餍足的少年住在他家，还及时教他拉丁语、地理和历史，这样，少年在维尔茨堡拉丁语学校及后来在高级中学里听高级课程时，就一点困难没有了。

西博尔德浮想联翩，没有与母亲继续聊下去。她不生他的气，因为她本身就不是个话多的人。他来看看她，就够令她快乐了。他向她辞行，请她代为向舅舅问好，舅舅一大早就带着村里的两名少年去周围的森林里了。接下来那个星期一的傍晚，药学课结束之后，西博尔德与同为医学生且和他同属一个社团的鲍斯特发生了口角。西博尔德是骑马来学校的，因为他放学后还想出去骑行。他给自己漂亮的牝马取名为亚历山德拉，正当他给久候的马儿喂燕麦、对着它低语时，鲍斯特与一些同学经过他身旁。

"嗨，西博尔德，你就是为了这女人才打扮得这么漂亮吗？我说，这是不是有点夸张了？"众人听后都哈哈大笑。

"你知道，鲍斯特，像你这样脏兮兮地来回跑，不仅是对人类的侮辱，也是对动物们的不敬。"西博尔德冷静地回答，周围的人又笑了。他早就知道，康拉德·鲍斯特一直视他为挑战。鲍斯特为人虚荣，有危险的妒忌倾向，同时又不是很有才华，也不勤勉和富有。西博尔德始终形象时尚，完美无缺，身为大学生就能奢侈到养得起一匹马，而鲍斯特不得不满足于拥有一只圣伯纳犬，却又不好好照看它，导致犬毛打结，这些事实都引得天生就易受刺激的鲍斯特越来越厌恶和仇恨西博尔德。

"我认为你只是个花花公子和虚荣的纨绔子弟，你爱追女孩，却只能摸你的马的热屁股。也有不少人认为你是个真正的流氓。"

没有人笑。这是真正的侮辱。即使使用了间接引语和虚拟式来表达，这样的说法也是无法容忍的伤害。一个传统的挑衅必然会引起一场决斗。莫纳尼亚社团的团规允许成员之间为了名誉进行这种决斗。西博尔德向鲍斯特走去。"鲍斯特，你是叫我流氓吗？"他生硬地厉声问道。鲍斯特来不及挽回了。为了不必承担正式侮辱的后果，他本想用这个间接引语来掩饰他的怒火。他本想没有危险地取笑和讽刺西博尔德。可他彻底失败了。

"是的，我说过，有人称你是流氓。"

"你是追究过这些人的说法呢，还是愿意告诉我他们的名字，让我可以为此侮辱向他们挑战呢？"

"不行，就不行。"

"那我就向你挑战。明晚六点，古滕贝格森林的决斗场。我的助手是施佩格。决斗武器是佩剑。"

"同意。我的助手是洛克欣。裁判我选威尔曼。"

"不，我拒绝威尔曼。我和他还有个赌没有结束。他会偏袒你的。"

"行，那就选施瓦布。"

"同意。"西博尔德答道，转身跨上马，看都不再看鲍斯特周围的人一眼。

次日傍晚，西博尔德骑马穿越草地和田间小路，奔向森林中的秘密决斗场。大学生们的武装战斗，特别是用危险的佩剑决斗，是遭到警方禁止的。谁被抓到，就得支付一笔高额罚款，不管那是同学间的友谊式较量还是对荣誉问题的严肃处理，后者更容易造成重伤。因此，大学生社团基本上都是在不会被发现的地点举行决斗。

自从校园里的那件事发生后，西博尔德就不再想别的了。清晨，他还到都灵格尔家的顶楼锻炼。他不可以太大声，因为不能让都灵格尔和家人发现他在那里准备什么。大学生社团之外的大多数人不大理解或根本不理解这个野蛮仪式。而最重要的是，他要保护家族的名誉。这个寂寂无闻的鲍斯特不可以侮辱一名冯·西博尔德！毕竟几代西博尔德在大学里为科学效劳过，医学院常常被叫作西博尔德院。虽然他也担心，这场冲突可能真会有危险，但他感觉自己斗志昂扬，是有理的一方。到目前为止，他的决斗都是与社团兄弟的竞赛，严格按照规定，双方都有节制。他也受过几回轻伤。如今这是他首次真正为名誉而战，他期待更严厉、更危险的打斗。西博尔德心头有种紧张感，自从与唐·莫斯提马相遇后，这种紧张感就没有减弱过。他预感到，通过这一战，他将能最终摆脱这布满他全身的神经质的能量。

决斗场是橡树林中央的一小块空地，已有二十多名社团成员聚集在那里了，包括他的朋友和助手施佩格。施佩格马上开始给西博尔德系上带有黑皮裙、上缘到心窝的击剑裤，套上护臂和硬邦邦的护颈，给他的左手套上皮手套。鲍斯特早就穿戴完毕，正手持佩剑，一声声大吼着，用力劈打他面前的空气。他在激怒自己，他的嗜血举止甚至已经吓坏了根本不必畏惧他的旁观者。然后，裁判施瓦布宣布决斗开始。他俩全身都包裹好了，只有头部必须裸露。裁判要求他们将剑垂直上举到脸前，先向他致以问候，再互致问候。然后要他们伸出胳膊，用各自军剑的剑尖碰触对手穿着皮护套的胸，测量按规定必须保持的距离。最后他们必须站在这个位置上，尽可能远地向后伸左腿，让助手用一层薄薄的面粉画好后退的线，他们绝不可越过此线，否则将会被判出线。

"决斗者，我期望你们严格遵守我们的章程规定，光荣地决斗。共决斗六个回合，有一方被刺中或劈中，就算该回合结束。如果发现哪位决斗者挂彩了，有了超过一**英寸**①的伤口，决斗就终止。好了——安静！……开始！"

两位战士将剑搁在一起，交叉。他们弯曲膝盖，原地弹跳，左手撑在臀部，寻找有利的出击和进攻姿势。然后两剑用力击打在一起，叮叮当当，富有节奏感。鲍斯特刺得少，但劲头更足，西博尔德迅速敏捷地挡开了。西博尔德有节制地出击，尽可能避往一侧或后退。当西博尔德的右脸颧骨被刺中时，他已经避开三十多记了，伤口离眼睛很近，很危险，虽然不足一英寸长，但出血很厉害。第一回合就这样结束了，西博尔德让决斗医生用**明矾**处理伤口。盐的**收敛**效果立竿见影，出血被止住了。西博尔德平静且满意。他现在了解鲍斯特的打斗风格了。下一回合西博尔德也紧攻鲍斯特，让对方感受到他肌肉发达的左臂的力量。然后他一个出击，剑尖重重地刺中鲍斯特胸骨下方一点的皮甲上，这是一记"重拳"。鲍斯特呼吸困难，但没有负伤。现在他也自以为了解西博尔德的技术了，这为他接下来将施予的关键一击做好了心理准备。第三回合开始后，

---

① 英制长度单位，1 英寸 ≈2.54 厘米。——编者注

西博尔德却意外地不再矜持，拿出了他的本领。他一气呵成地击、勾、挡。他用精致的虚招刺激鲍斯特，将鲍斯特诱出防守位置，然后施展出他爷爷暗中教过他的全部击剑技术。卡尔·卡斯帕尔·西博尔德年逾六旬还体格健硕，曾经师从富有传奇色彩的哥廷根击剑大师克里斯蒂安·卡斯特洛普。菲利普·弗朗茨·冯·西博尔德小时候曾是他勤奋好学的学生。这件事他们也不得不向全家保密，因为首先洛兹牧师就绝对不会容忍他的被监护人接受这好战的训练。现在西博尔德将他的对手彻底控制住了，用一记快速佯攻诱使对方不小心暴露出左侧，以能够劈掉他头颅的一击击中了对手。鲍斯特惊慌地伸手摸摸头，他的耳朵被削掉了，已经落在地上了。围观的人群一声惊叫。这一剑很严重，算是完全挂彩，战斗就此结束，西博尔德的名誉又恢复了。决斗医生将鲍斯特抱到一床被子上，重新止血，用酒精给伤口消毒，现场缝合被削落的耳朵。

西博尔德的计划

从这一天开始，西博尔德又能聚精会神地学习了。与唐·莫斯提马相遇后的不安消失了。他在莫纳尼亚社团里声望很高，因为他公正公平、技术精湛地打赢了决斗。他的衣冠楚楚引起的闲言碎语虽然没有停止，但没人还敢真的再找他的麻烦，无论是在社团里，还是在其他大学生中间。西博尔德现在有一个目标了。头两学期他按家族传统学医，因为这似乎是他天生该做的。学习时他总感觉兴趣和热情还有富余，那是学医所无法满足的。如果他的目标从一开始就是做个执业医生、医院医生或医学教授，他所走的学习之路就会完全满足他的野心了。可这事从一开始就不确定。"为什么我就该只做个医生呢？"他心里想道。最后学医也许会大大限制他，让他只能做个外科大夫。西博尔德观察到，专业越分越细，他真正开始担心这也会决定他的职业和生活道路。他的科学好奇心已经大到远非靠医学就能满足了。吸引他的不是知识领域的整合，而是不断增加新的研究对象和兴趣。直到与唐·莫斯提马的那次重要相遇，他都还没找到一个北极星，好让他未来生活的虚构星空围绕它旋转。还有，他知道，说到去巴西考察旅行的前景，唐·莫斯提马说得对。他不想告诉唐·莫斯提马，两个月前他就与新近成立的森肯伯格自然研究学会取得了联系，想正面了解进行考察的可能性。他当时的想法是，新成立的学术协会一定特别先进，会关心雄心勃勃的考察项目。西博尔德的好名声还是起了作用，人家在拒绝时至少向他陈述了详细理由，但还是没谈到埃梅·邦普兰的旅行。学会更希望或更担心的，是著名的亚历山大·冯·洪堡会亲自进行这次考察旅行。这样，一个年轻医学生的打算，不管它只是处于计划阶段，还是已在执行，就毫无意义了。他无比钦佩的洪堡没有亲自插手，学会就以这一拒绝给了他第一个打击，挡住了他研究新世界的野心。有一段时间，西博尔德不敢承认，这条路对他来说是彻底断了。洪堡是独立的，他有自己的财产，完全可以自掏腰包进行考察。与洪堡不同，西博尔德要想考察旅行就必须得到大学、基金会或贵族赞助人的经济支持。这些当然都还是梦想，他还不敢告诉任何人。人家可能会认为他疯了。可后来这位巴斯克人突然钻了出来，让西博尔德牢牢记住了他早就想听的话。

现在，在重新确定了目标之后，如何实现这个目标的忧虑也烟消云散了。首先他想泛泛地了解亚洲，深入地了解日本。他开始拿出除吃饭、住宿、衣服和马的花费外的钱，购买能买到的有关亚洲旅行的资料。他在他的书商克诺普那儿订购这些书，也从很远的地方订购，有时订购的书要过上几星期才能到。他特别渴望拿到西奥菲利乌斯·弗里德里希·埃尔曼和弗里德里希·路德维希·林德纳的新版三卷本《亚洲最新概况》，它是由布拉格的迪斯巴赫书店出版的。第三卷里含有当时关于日本的全部知识。他两夜没睡，必须一口气读完这本书。他也购买了恩格尔贝特·肯普弗尔这位日本旅行者的原著《日本史》，这本书于1727年在伦敦出版，还有1788年在乌普萨拉出版的瑞典人卡尔·彼得·图恩贝格著名的《1770—1779年遍游欧洲、非洲、亚洲部分地区的游记》。但这回他失望了，因为他满以为自己已经十分精通瑞典文，读这本书能有收获，可事实并非如此。有一天他又意外地收到一个包裹，这让西博尔德很激动。包裹是唐·莫斯提马寄来的，附有一封短信。

尊敬的冯·西博尔德先生：

我想以随附的小礼物再次强调我给您的建议。您到哪里也不会找到对瓦伦纽斯论文的引用。而这是日本研究开始时的珍贵知识。祝您在今后的学习中取得成功。

顺致崇高的敬意

莫斯提马

随信附寄的书是伯恩哈德·瓦伦纽斯的《日本王国志》，1649年出版于阿姆斯特丹。西博尔德从没听说过这本书。他如饥似渴地阅读。作者写下本书后不久就去世了，时年二十八岁，他将他的书献给汉堡市的政府委员们，书中详细介绍了日本人的风俗习惯。可西博尔德发现这本书一点也不科学，因为瓦伦纽斯笔下的一切都是添油加醋的道听途说。他采用的主要是比利时见习水手和厨师弗朗休斯·卡隆的见证，卡隆被他的船长单独留在了日本，在那里将日语掌握得炉火纯青，不仅能灵活地用日语表达，也能用日文记录和翻译文件。但西博尔德读了这本书还是有很多收获，因为他认为他得到的是全世界最古老的作品之一，内有物理地理学和数理地理学的基础知识。

在满足对旅行文学的求知欲的同时，他也没有疏忽医学学习，因为他的整个考察计划已经成熟，最终能否成功，就取决于医学本领了。教他病理学的是施宾德勒教授，教授本身又是他父亲克里斯托夫·西博尔德的学生，他曾不止一次当着全体学生的面缅怀过先师。因此，西博尔德的父亲虽然早就去世了，却又经常在场。而他健在的亲戚们也在陪着他学习。西博尔德的叔叔埃利亚斯·冯·西博尔德在被请去柏林夏里特医院之前，创办了德国的第一所妇产学校，杜奥特里朋教授在那里教西博尔德如何助产。西博尔德一直仔细关注着他叔叔的杰出工作，他在柏林另外还创办了两所妇科和助产门诊部，出版了相关研究领域的权威性论文和教科书。西博尔德主修外科，教他的是卡捷坦·特克斯托尔教授，他是该领域无可争议的权威，西博尔德表现得特别心灵手巧。教授药学的是鲁兰德教授，化学和植物学他则师从赫勒、皮克尔和劳。

但是，对他影响最大的还是枢密院官员伊格纳兹·都灵格尔教授，他就借住在教授家里。这位杰出的解剖学家和生理学家，与学生交往时特别真诚和随和，他渐渐成了西博尔德的慈父般的朋友。由于大学楼房里的解剖房不够用，都灵格尔带领他的学生们在自己家里进行科学练习和进化论研究。他家里也有五花八门的收藏品，还有丰富的植物标本。西博尔德参与这个工作，他委托邻居家的学童搜集周围田野和森林里奇特的昆虫、花卉和草并拿给他鉴定。一且发现尚未拥有的品种，就会将其纳入收藏之列，孩子们就会得到一份小小的报酬。西博尔德与都灵格尔常常在收藏室、相邻的花房和庄园上分类种植的花园里一待数小时，甚至数天。他们好奇不已，迷恋细节，探索和讨论形态差别，试图直观地理解各物种清晰的发展脉络。他们与学生们一起去格拉姆沙泽或古滕贝格森林做学术旅行，有时候又在韦尼克和维茨霍然海姆的宫廷花园里考察，那里的植物品种繁多，真正取之不尽用之不竭，堪称栽培植物的楷模。另外，都灵格尔和他机灵、敏锐的妻子伊尔瑟都特别热心，他们的房屋敞亮，始终开放，常供旅行经过的科学家和德高望重者留宿。这样一来，西博尔德在吃午餐时或晚上喝啤酒时，自然就结识了许多德、荷、法、英和瑞典各个自然学科领域的著名学者。他还配合伊尔瑟·都灵格尔弹钢琴，她热情洋溢地拉小提琴。每当这种时候，他就常常感觉回到了童年，那时他也与母亲和众多叔叔阿姨们在祖父的房子里唱歌、弹奏。夜里他睡得很少，继续读他自己的书，或读他获准从都灵格尔的图书室拿回卧室的书。他的兴趣范围扩大了很多，因为他阅读与欧洲国家历史有关的一切：自艾萨克·牛顿《数学原理》以来的物理学发展，蒸汽压力的应用和充分利用蒸汽压力的设备，光学、光学测量仪器和望远镜领域的发现和发明，拉马克在《动物哲学》里提出的新进化论，或伦敦市中心刚引进煤气照明设备的新闻。他感觉知识的世界正在特别迅速、特别剧烈地发展。他不由觉得，一个激动人心的高品位时代就要开始了，如果你想跟上步伐，甚至通过新的知识、发现和发明影响它，光是入门就需要无比丰富的知识。他身强体壮，身体只需少量睡眠就能恢复，这让他在惊人的工作量之外还能进行击剑骑马的体育练习，以及参与大学生社团活动。接下来的几年里，他决斗过将近三十回，受过十几回轻伤，挂过重彩，也失败过。1818年年底，他与学长温森茨·瓦赫特尔医生进行了最后一次决斗。瓦赫特尔不久将举办一场与身份相符的告别筵，赶赴他的第一个岗位，去荷兰担任海军医生。瓦赫特尔很高兴，西博尔特在决斗中只和他进行了友好的较量，对他刨根问底，问他是如何获得这份让人渴望的工作的。可是，由于瓦赫特尔或多或少是被一系列运气冲到那里去的，他给不出什么有用的信息。西博尔德的时间就这样继续飞逝。很快又过去了两年，1820年10月8日，他衣冠楚楚、不无紧张地站在医学院讲堂中央。坐在他对面的是特克斯托尔教授、鲁兰德教授及他的三名同学。楼里坐满别的教授和学生，因为谁都不想错过向一位冯·西博尔德颁授博士学位的盛事。众人的眼睛全都盯着他。这是一场公开答辩，是大学生申请博士头衔的最重要的部分。他准备了三十五道有关外科手术的题，现在他必须面对主考官或容易理解或不太有说服力的反驳进行答辩。他出色地通过了这场科学辩论，从博士委员会主席鲁兰德手里拿到了"最优等生"的成绩，受到了最高的褒奖。他答应补交一篇论语言学的书面论文。现在他可以自称医学、外科学和妇产科学的博士了。当晚他与莫纳尼亚社团兄弟们在"和谐"酒馆里的酗酒颇具传奇色彩。豪饮的大学生和教授一桶桶地喝光了啤酒和葡萄酒，刚到午夜，酒馆老板就不得不承认，他的库藏已经被喝光了。由于他与同行关系好，他让附近的斯摩棱斯克酒馆用小车将酒推过来，客人们继续喝到凌晨时分。西博尔德很快就从这次痛饮中恢复了过来，接下来的周末他就骑马来到海丁斯费尔德，这令他母亲十分骄傲。那里的餐桌上也已经布置得跟过节似的，洛兹牧师甚至请来了邻居们，因为不是天天都有这样的盛事可以庆贺。西博尔德的母亲阿波洛妮娅幸福得满脸绯红，而且，当她，更准确地说是她哥哥，宣布这个惊喜时，那脸就红得更厉害了。当客人们围坐在桌旁，纷纷举杯向年轻博士表示祝贺时，洛兹告诉他，当地有个医生的职位需要立即安排新人，在牧师的建议下，市长希望看到由刚获得博士学位的菲利普·弗朗茨·冯·西博尔德补缺。西博尔德起先无法相信，因为尽管取得了学术上的成功，他还是担心过学业结束后去哪里工作。毕竟医生多、职位少的可不光是维尔茨堡。这样一来，至少接下来这段时间他的生活有着落了，他可以在母亲身边生活和工作。两个星期后他就从都灵格尔家搬了出来，自己在海丁斯费尔德开了个诊所。在刻苦努力的大学生活之后，他在工作中休息恢复，特别开心。新医生还相当年轻，病人们最初还不是很信任他，但很快就开始兴奋且无保留地向别人推荐他了。次年，西博尔德令十多个孩子健康地出生，处理了一系列复杂的骨折，治愈了**梅毒**病人，手术切除了许多恶性溃疡。频发的各种眼疾的病例大大深化了他的眼科学知识。他还尝试将最新的外科技术和知识用于白内障手术。除了少数例外，手术大多十分成功，他治愈了大多数病人。比起先前的学习，这小地方的工作量要小得多，于是他有了更多时间来满足他对自然科学的广泛兴趣。他心满意足，晚上和周末可以研究地质学、矿物学和应用物理学。西博尔德这样悠闲地生活着，他的行医经验也像科学知识一样在不断增长，在海丁斯费尔德的第二个圣诞节也过去了，与往常一样，这个圣诞节他还是在母亲身边度过的。在这个晦暗的冬季，他开始学业时感觉到的不安又出现了。他现在虽然经济上有了最低保障，在职业生活及兴趣爱好上享有很大的自由，但是，他从五花八门的自然科学研究中积累的知识慢慢也开始渴望得到应用。毫无疑问，这座村庄里的医疗实践无法带给这种种计划任何前途。他渐渐有了怨气，一想到必须长久地被困在现在的工作中，情绪就大受影响。他平生头一回察觉到和害怕起无聊来。可是，后来，1822 年春天，一个崭新的前景向他打开了，从此一件件事情接踵而至。善良的洛兹此时已是维尔茨堡主教座堂的牧师会成员，他和西博尔德在柏林的影响很大的叔叔一致同意，必须让这个才华横溢、已经极不耐烦的年轻人出去见见世面。他们联系到家族的一位老友**弗朗茨·约瑟夫·哈保尔**，哈保尔与西博尔德的父亲和祖父都很熟，现为荷兰的卫生部总监。叔叔和舅舅的好意策划如愿以偿。2 月中旬，一封哈保尔的来信就摆在了西博尔德面前，信中提出请西博尔德担任荷兰殖民部军医，要他当年就乘船前往东印度的**爪哇**。这是他有生以来最幸福的时刻。

第二章　前往爪哇

拜访权威——离港启航——洛维斯·范霍文——

白色斑点——巴达维亚

拜访权威

西博尔德欣然同意了这个安排。一寄走回复哈保尔的信件，他就开始为即将到来的旅行大做准备。他曾经经年研究科考笔记，知道必须在家乡建立和维护多方面的联系，以便发表研究成果——不管那是什么，因为一切都还是未知数。六年前他还在读大学时，曾经野心勃勃地向森肯伯格自然研究学会询问前往巴西考察的事，遭到了拒绝。这回他准备更加慎重，至少先想办法成为学会会员。意外的是，对方立即对他的问询表现出了兴趣，因为学会刚在法兰克福创办的新博物馆想扩充藏品，正在寻找各种物品。就这样，3月底他就成了森肯伯格学会的通信会员。

利奥波第那－卡洛琳皇家博物学院是德国最古老、最著名的学术协会，简称利奥波第那科学院，西博尔德在那里的经历也差不多。他的第一步是写信给科学院院长克里斯蒂安·尼斯·冯·艾森贝克，有一回都灵格尔老师过生日，西博尔德在最适宜的条件下结识了对方。尼斯·冯·艾森贝克长着灰白色的络腮胡子，样子像只老海熊，他在西博尔德身上发现了自己年轻时的影子，当时就答应要在权力范围内给予他力所能及的帮助。情况大致如此。他指示西博尔德，请他的老师都灵格尔或他熟悉的科学院院士写封推荐信。由于他还没发表过科学论文，又不担任要职，至少需要有人推荐，才能被纳入这个显赫的圈子。其他的事情就由尼斯·冯·艾森贝克以科学院院长的身份来安排了。最后西博尔德从植物学家安布洛修斯·劳那儿得到了必要的推荐信，劳以最大的热情推荐了他。西博尔德如释重负，因为他现在有了一定的把握，他未来的博物学发现和论文在德国会被介绍给科学界和社会大众。

后来，5月里护照寄到了，这张通行证适用于他将必须通过的许多国界，"用于经美因河畔的法兰克福前往荷兰直至海牙和返程的科考旅行"，证件上就是这么写的。但这些还不够。他不耐烦地期待着他所在行政县的书面许可和他的君王——巴伐利亚的马克西米利安一世·约瑟夫签发的证明，这样他才能获准为荷兰人效劳。5月的最后一天他终于拿到了关键文件。这文件同时也是一份正式的军方免役证明，上面贴着一张表情严肃的肖像，他无法将它与自己的形象完全联系起来——身高六英尺一英寸①，头发褐色，额头椭圆，眉毛褐色，眼睛蓝色，鼻子中等，嘴巴中等，胡子褐色，下巴椭圆，脸椭圆，脸色健康，体格强壮。

6月7日，他吻别哭泣的母亲阿波洛妮娅，她的眼神既恐惧又高兴，他再次接受了老洛兹慈父般的拥抱，登上车顶装满行李箱和手提箱的前往法兰克福的马车。这是他头一回越过国境，他熟悉这个国家，从小就在这儿进行过无数次漫游、骑行和考察。熟悉的风景从眼前掠过，有一阵子他被深深打动了。他离开家了，他在进行伟大的旅行了。他将游遍半个世界。这个夏日的早晨，故乡五彩缤纷的大自然在向他告别，他问自己何时能再见到这美景。在再见之前，他先要感受地球的每一寸土地从身下掠过，将每分钟、每小时

---

① 约为 185.4 厘米。

视作馈赠，保存在记忆里。过了施佩萨特之后，他透过敞开的窗户仔细观察植被的渐变、山丘的阵形和河溪的流向。

达姆施塔特是他的第一站。他花了几天时间拜访家族的朋友和曾经的同学，因为他恨不得告诉所有人他现在正在赶赴多么伟大的使命。在法兰克福，他拜会了解剖学家**萨穆埃尔·托马斯·索默林**和**菲利普·雅各布·克莱茨迈**，后者是位积极的动物观察员，也是森肯伯格基金会的发起人。西博尔德为旅行所做的大量准备现在得到回报了，他很高兴自己在此安排了很多时间，停留了一个多星期。与两位学者的相会对他来说无比重要。索默林年逾六旬，活泼健谈，早在世纪之交前就是著名科学家了，他的关于大脑的论文具有划时代的意义。他接下来的一部抱负远大的作品《论灵魂器官》，意外得到了伟大的万物消灭者[①]、著名的柯尼斯堡哲学家**伊曼努尔·康德**的关注和谈论。康德十分欣赏书中关于大脑组成的新认识，将其视为医学和哲学学科之争的样品，以此证明，不管医生们如何确定灵魂的位置，不管他们如何定义灵魂，他们也永远找不到灵魂。老索默林喝着白葡萄酒，吸着烟斗，开心地讲述他多么钦佩这位老狐狸的论述，哪怕只能将这个伟大人物的目光吸引到自己身上一会儿，他也非常高兴。他曾将作品寄给康德，请求他发表看法，但并未对此抱任何希望。索默林与魏玛枢密官歌德保持着频繁友好的书信往来，歌德也认为，灵魂可能存在于循环的脑液里这个想法错误地将哲学和医学混为一谈。但索默林认为康德的批判更高雅、更自信，因为他的反驳论据最充分。歌德曾经发现了人类颚间骨的存在，当时索默林坚持原则，拒绝承认，现在歌德这样说，明显是

[①] 因康德对形而上学的批判，门德尔松称他为 Allerszermalmer，即"万物消灭者"。

在报复他。西博尔德津津有味地听他讲故事，情不自禁地被伟人们的社会吸引住了，眼前这个随和的人似乎在很随意地维系着这个社会。之前他就已经从索默林那里学到了很多。索默林关于胚胎之美的论文几乎诗意盎然，1799 年发表的《胚胎之美》，激发了西博尔德对妇科学和儿科学的兴趣。另外，索默林关于感觉器官的生理学权威著作内容翔实、插图独特、艺术气息浓郁，是他关于舌头的答辩主题的基础。

"您早就该享受退休生涯了，可您听起来一点不像准备退休的样子。您目前还有别的科学计划吗？"西博尔德询问道。

老人狡黠地笑笑。

"前往印度的年轻英雄，您要是知道了，会不敢相信的。我年龄越大，思想越疯狂。由于我的声望，天知道我这么个捣蛋鬼怎么能够达到的，事实上我已经清除了所有障碍，我真的可以为所欲为。您瞧，我到法兰克福还不到一年，但我经过努力，成功地在这里引进了天花疫苗。您肯定知道，如今那血清不再取自天花重病人的脓疱，而是取自病情轻得多的牛痘病人的脓疱。您无法想象我一开始在这里遭遇的抵抗！可我这头老犟驴，显然什么都无法让我改变主意了。我一开始只给身强力壮的志愿者注射疫苗，他们能轻易摆脱有限感染的症状，这才让人们信服。其他的一切都是随后几个月里自行发生的。我认为尊敬的**爱德华·詹纳**在英国和**胡弗兰**在魏玛唯一做错的事情，就是先选择了最虚弱和最紧急的病人。我也从全欧洲的侯爵的家族中了解到，为了获取更多血清，他们偏爱给身心虚弱的孤儿或残疾人注射疫苗。他们这种做法才扩散了流行病！法兰克福市议会一开始威胁我，如果我坚持注射疫苗，就得支付五十塔勒①的罚款。我与他们交涉，说我会支付，前提是至少存在十个天花患者。确实有几人注射疫苗后病情恶化了，我立即将他们隔离进一座专门布置在偏僻乡下的农庄。在那里我给予他们积极的护理、最好的伙食，增强他们身体的抵抗力。在此我们也不能低估成本和疗效之间的密切联系。他们全都生存了下来——他们绝对不会死于天花了。我应该是赌赢了。现在我对天文学越来越迷恋。几年前在慕尼黑，伟大的**夫琅和费**解析阳光色谱的论文给我留下了深刻印象，他告诉我德绍有位疯药剂师，他放弃了自己的职业，要在水星轨道内再找到一颗太阳系的行星。我也一样是个疯子，我给那人——名叫**塞缪尔·史瓦贝**——写信，要他多给我谈谈此事。令我惊讶的是，他对日轮上的斑点的介绍要比他的狩猎行星理论有趣得多。于是我采购了最好的望远镜，从那以后主要观察太阳。因为史瓦贝可能说得对，那里存在规律性。另外，我，我十分理智。好吧，理智得就像人们在喝了很多杯酒之后还能做到的那样。我将我对宇宙的兴趣归咎于年龄，因为我探索的大概只是我很快就将消失其中的维度。不过，只要我不像托马斯·霍布斯所描述的那样，必须从一个洞爬出世界。"说完他笑了，咳嗽起来，咳得快要窒息似的。克莱茨迈以治疗病人的方式帮他捶背，让他恢复平静，而他转向西博尔德："好吧，我们是认真的：您不要从遥远的国家给我们寄报告，要以寄文物为主。爪哇是个非常有趣的研究领域，科学上几乎还没有被开发，因为荷兰人显然在费劲地将那里建设得文明一些。您先前提到的日本，事实上是个白色斑点，而且不光是在地图上，在我们所认识的地球仪上也是。我们对这座大岛上的文化和自

---

① 塔勒是 15 世纪中期至 19 世纪中后期被广泛使用的一种欧洲硬币。——编者注

然的现状毫不了解。尤其是，这个民族的手工、工艺或科学本领的物证，我们一样都没有。西博尔德，我向您保证，万一您哪天到了那里，可有您忙的喽。"

耳朵里回响着这些话，西博尔德继续前往哈瑙，在植物学家、植物保育专家卡尔·弗里德里希·冯·格特纳的家里待了几天，然后又去了波恩，在那他受到了热烈欢迎，热烈得出乎他的预料。尼斯·冯·艾森贝克已经等得不耐烦了，因为他要将利奥波第那科学院院士的证书颁给西博尔德。当西博尔德从高贵的学会主席手里接过证书时，他体验到了一种知识恐高症，一时间膝盖发软。现在他在科学院内的名字为卡塞利乌斯。在波恩，他也拜访了解剖学家约瑟夫·德·阿尔通及语言学家奥古斯都·威廉·冯·施莱格尔，后者给他讲了自己与斯塔尔夫人一起穿越德国的旅行。西博尔德知道他翻译莎士比亚的伟大成就无人能及，对他古印度语言学的工作兴趣盎然，施莱格尔在波恩大学讲授这门课。但他感觉自己与这位重量级人物在世界观上存在一定的距离，施莱格尔估计所有现象里要么存在崇高感情和古老精神，要么存在隐秘的生命力。对待神奇和美妙的东西时，施莱格尔的这种倾向更令西博尔德感到尴尬，因为他压根儿不知道该对此持什么态度。正如他以科学的好奇心所观察到的那样，这世界已经够神秘够惊人了。尽管如此，和他在波恩遇到的所有人一样，施莱格尔也对他关怀备至、亲切友善，这让他拿不准是该满意还是羞愧。尼斯·冯·艾森贝克及其同是博物学家的弟弟也答应将来要鼎力帮助他。在前往荷兰之前，他还激动地给母亲写了封信。

　　我的家族在这里很有名，很受人尊重。这就像一种存在了数辈的联系。西博尔德的姓氏在这里要比在我的故乡巴伐利亚管用得多，这让我吃惊！

1823 年 7 月 9 日，西博尔德一抵达海牙，就直接被带到了总监的办公室，总监还在出差，秘书告诉了他几个喜人的消息。哈保尔博士已于 6 月 11 日任命他为少校衔外科医生，也就是少校军医，即刻生效。他还将得到三千六百荷兰盾的年薪，这相当于他在海丁斯费尔德行医收入的四倍。另外，在哈保尔回来之前，他可以自由安排。这样他就有时间熟悉这座城市，尤其是平生第一回可以看看大海了。他也找到了前往阿姆斯特丹的机会，这座辉煌的城市似乎容纳了世界各民族的人，其商业活力令他如痴如醉。哈保尔终于回来后，西博尔德前去海牙拜访他，哈保尔的一番表白深深感动了西博尔德。

"冯·西博尔德先生，此刻，不是成名的您在向我申请。而是反过来，我要感激您的祖父和您的父亲，让担此重任的我可以在此接待并帮助您。您的先辈们是我的老师和赞助者。我亏欠西博尔德家族很多，现在轮到我来向您偿还了。"在站着说完这番简短热烈的欢迎辞之后，他们来到他的小房间，坐进窗旁深深的皮沙发椅，和蔼的总监讲起他与西博尔德家亲戚们相见的情形。当哈保尔向西博尔德告别，祝西博尔德一路顺风时，对老师的回忆让他泪眼婆娑。

西博尔德暂时被安排去乌得勒支的第一旅，在他抵达那里不久，卡西米尔·穆尔曼上校欣喜万分、毕恭毕敬地接待了他，因为他的性命是卡尔·卡斯帕尔·冯·西博尔德救下的。1800 年，伟大的外科医生和神医在维尔茨堡治愈了穆尔曼的可怕枪伤，要是在别处，这枪伤肯定会夺去他的性命。上校现在将感激全部转嫁到了恩人的孙子身上，因此他安排西博尔德继续休假，让西博尔德可以看看荷兰，还可以去巴黎。西博尔德给都灵格尔写信，报告了先辈们为他准备的这一系列神奇、友好、有益的会见。都灵格尔立即回复了："当年我开始动物解剖时，一分钱赞助也没有，只有一具鸽子骷髅，而现在一位东印度的朋友想要促进科学发展，想到这里真是令人欣慰；只可惜我已经这么老了。"西博尔德也向柏林的埃利亚斯叔叔做了汇报，因为是靠他的积极活动，自己才得以一开始就在荷兰军队里享受到这么高的级别，其他人至少得服役二十年才能达到这个级别。

> 我在荷兰的情形让我感到无比幸运。我终于可以不受限制、独立自主地投身医学实践，或在轻易获得的闲暇中研究各种心爱的自然科学了，以至于我相信，我不久就能为人类的知识和研究做些好事了；当我怀着始终不变的高度勇气，心平气和地开始这一事业时，我就更相信我能到达那尚不确定的目标了。在人类生活的天平上，科学、荣誉和财富，远远胜过危险、放弃和贫困！

离港启航

原计划的巴黎和布鲁塞尔之旅未能成行，因为他的船将早于原计划离港。他赶去鹿特丹，1822 年 9 月 23 日，"琼格·阿德里安娜"号停泊在内陆的避风港里。清风徐来，一枚落叶在栈桥上空飘舞，于清晨的秋阳下闪闪发光。西博尔德昨天就让人搬好了他的行李，那天夜里他在一家舒适的客栈里住了一晚。他是日出时分最早拎着轻便行李从跳板走上船的人之一。刚刚他可是返程前最后一次踏在欧洲的土地上，这一去就不知道要多少年才能回来了。他的所有愿望这么快就实现了，这让他幸福得像个醉汉似的。他不得不克制自己，才不至于兴奋到发狂，见到谁都主动搭话，告诉对方自己的喜悦。这也是他头一回登上一艘船。此时此刻，在他眼里什么都是新鲜的。他的科学好奇心让他立即研究起他还不认识的机械、设备和零件。盐、海藻、湿木的气味浓得刺鼻，不知从什么地方还飘来鱼腥和新鲜沥青的味道。

八点左右，最后的准备工作将船变成了一座蚁丘。船员们匆匆奔走，粗声喊着指令。士兵们的抵达是这天上午第一桩有条理、有秩序的事情。他们整齐划一，阔步走来，经过一根根跳板，立即分别站到四个区，每区五五二十五人。他们是众多后备部队之一，将驻扎在荷属东印度，那里的驻军常因病出现严重缺员。军官发号施令，让人将他们带去住处。最后上船的是几个带孩子的女人，她们是跟着自家男人来的，因为他们决定留在殖民地，在那里开始新的生活。连同船员和士兵，现在船上共载有一百五十多人。四百吨重的护卫舰在围观人们的鼓励和挥别下拔锚启航，西博尔德兴奋地观看满载的船只最初的运动，看它如何一厘米一厘米地远离码头。"琼格·阿德里安娜"号谨慎地滑过马斯河的浅水航道，随着航道渐渐变宽，一小时后它抵达了海洋。一驶出入海口，船就转向西南，顺着海岸扬帆驶往多佛海峡。西博尔德走去右舷，右舷位于行驶方向的右侧，这是他从游记里读到的。他眺望大海，他感到如此震撼，不得不抓紧栏杆。大海平静地横卧在他面前，从船上看显得比从陆地上看大得多，他不仅被这风光感动了，而且像是突然心醉神迷了，他平生头一回见到这熠熠生辉的壮阔景象，它在他心里幻化成即将面临的冒险的画面，大自然无边无际的背景在他心中唤醒一股庄严感，将他关于未来和使命的想法瞬间带到了令人眩晕的高度。

　　几小时后他觉察到船在微风中行驶得有多缓慢。怎么说它也是一艘护卫舰，一艘船身细长、有三根桅杆的全速前进的快舰。他感觉一辆马车在硬实的乡道上也要比这快两倍。他手拿铅笔和本子，坐下来计算他熟悉的数据。鹿特丹到**巴达维亚**有两万一千**海里**左右。通常情况下将这些军人运到目的地需要四五个月。他谨慎地将行程算作一百四十天，经过除法运算后得出，均速为每天一百五十海里或每小时六点二五海里，航海学上称之为**节**。这比急行军快一点！西博尔德热爱速度，因此大学期间才尽可能节约，好让自己养得起一匹马。船速这么慢，这让他惊呆了。由于线路长度相当于地球赤道的周长，想到不得不散步似的走完这个距离，他不由得感到诧异。

　　一开始天气晴朗，秋天的西南风迎面吹来，清新宜人。他们不能扬帆直航，必须逆风行驶。由于护卫舰是专为风大的航线设计的，逆风行驶时就会多少偏离理想的航道。第三天早晨，当他们途经英吉利海峡时，灰云低垂，太阳不肯再钻出来了。西博尔德站在左舷，观看法国的海岸和沿海岛屿，脑子里想着身后很远的圣马洛，它坐落在海湾里，已经看不见了，从前，可怕的海盗船手持路易十四世颁发的劫夺敌方商船的特许证，从那里冲出来伏击英国人。这些船的船员几乎清一色是圣马洛人，他们平时都是农民、渔民和匠人，靠陛下许可他们掠夺猎物维生，就像瑞士农民在收割完农作物后聚集在山谷里，成为膘肥体健、有作战经验、令人害怕的雇佣兵，为整个欧洲的侯爵效劳，他们的报酬除了佣金外，往往还有掠夺的权利。因此圣马洛人就是海上的瑞士人。那数千人平时和和气气，一到冬天，就变成残暴的强盗和杀人犯。这一切如今已经成为历史，因为雇佣兵和海盗的野蛮时代早就结束了。

海面暗下来。湿润的凉风扫过前甲板，云层被撕成灰条条。水手中年龄较大的望望水面，默默地摇摇他们沉重的头颅。乘客虽然发觉了这种兆头，却不清楚是怎么回事，战战兢兢的水手们什么都不透露。舰长助手派人检查货物的捆扎和密封情况；为小心起见，大副建议将帆落下一点，准备好风暴帆；可舰长命令"琼格·阿德里安娜"号全力以赴，继续前进。他在鹿特丹的水手酒吧里被传为一个拘谨的官员，但在基督教航海史上他是个未出过事故的人。水手们都渴望能够被他雇用。他船上的水手很少死亡。自从库克的环球旅行以来，死于营养不良症的人就很少了，在热带水域贮藏食品的知识是波恩舰长航海学问答手册里的重要一章。他想避开直布罗陀海峡的水下逆流，他了解东面的北非海岸。

士兵们忐忑不安。这是他们第一次海上航行，他们预感到，他们正面临着从未经历过的事情。他们也头一回感觉到了船身倾侧，因为随着下雨，又刮起风来，风让舰船倾斜得很厉害，这种情况开航以来从未有过。隐形自然力量的威胁仍然只是低语，但它已经对船舱板展示了它的小小暴力。在英吉利海峡，他们还不得不逆风行驶，过完海峡，船速就加快了。抵达葡萄牙界内时，旅人们目睹了大自然已经预告数天数夜的精彩大戏。大西洋的波浪越来越凶猛，像宽阔的脊背，在往前挤，慢慢堆起，上钻下潜，彼此重叠，吞没地平线，狂风呼啸，越来越响，很快就扯去峰尖上的泡沫，浪花飞溅，横穿过甲板，或噼里啪啦地落在上层建筑的木板壁上。船体变成了一只乐器，风暴和海洋在它上面弹出地狱般的音乐。几名士兵挤在舱房的舱口，只要没有军官明令禁止，他们就不想再待在舱里，与此同时，士兵不可以妨碍船员们工作，因为现在所有的绞盘都必须系紧，船员必须准备好所有的缆绳和索链，穿好防水服。天气越来越恶劣，几分钟就将所有好奇的人浇了个落汤鸡。船帆倾斜得厉害，帆声"啪啪"，像靴子一样喧响在船员们的头顶。士兵们愉快地看到了一个信号，它让眼下的境况不那么特别了。厨房上方两根尖尖的铁皮管里冒出烟来，风又将烟吹散。那些没晕船的人都知道，马上就要有饭吃了。这样，一顿饭至少就让他们感觉远离了末日。舰长穿全身防水服，站在后甲板上与舵手讲话，指示他接下来怎么做。如果风暴达到他预料的强度，并持续不减，差不多七十小时后，他们就可以越过北纬三十度。波恩舰长想要像利用弹射器一样利用这令人高兴的风暴，争取一点时间。一到 10 月底，等他们到了赤道无风带，就别指望会有季风突破令人担心的风平浪静了。在风最少的季节穿越南半球的副热带无风带费时费力，他想，一定要避免这种情况。

洛维斯·范霍文

船上的大多数士兵，虽然体形不同，但几乎清一色是金发碧眼，他们全是农家的孩子，都来自荷兰内陆。他们没有沿海地区居民的经验。因此，这也是他们第一次见识大西洋咸味的世界，海洋袒露的肚腹令他们害怕。他们眼神迷茫，想找点熟悉的东西，有些人低声向上帝祈祷，或在脑海里与留在家里的父母和朋友们交谈，恳请他们支持自己，不要忘记自己。那些待在舱里的人趴在盆和桶上呕吐，再也没有力气想这些，也不会为快开饭了而高兴，他们在接受航行中更艰苦的训练。甲板上的好奇者当中有一位很聪明，临行前带上了自己的防水衣，现在正紧紧压住宽檐帽。帽子是用软软的黑色毛皮做的，在这种天气的甲板上，大概是最不合适的衣饰了。但西博尔德是满意的，湿风吹打在他的脸上，现在船速至少加快了，至少达到了十二节。

　　接下来的两个多星期，西博尔德大多待在舱室里学习马来语和荷兰语，那之后的一天下午，天空突然裂开，像是进入了另一个世界。大海平静了，太阳火辣辣地照下来，北风均匀强劲，"琼格·阿德里安娜"号一路平安。这下也有旅客来到甲板上了，由于晕船，他们看起来像是被长期关押后终于逃出了地狱深处。他们瘦骨伶仃，像幽灵一样抓紧栏杆，或者干脆躺在平台上，吸着新鲜空气，以求恢复。西博尔德是少校衔外科医生，同时也是船医，这些旅客身体虚弱，主要是严重脱水，西博尔德设法让他们吃够喝够，这样，等下一回恶劣气候到来的时候，他们才不会有生命危险。其他不必担心什么，因为从那时开始航行匀速平静，让他反倒希望风力强一点。西博尔德慢慢与大多数旅客有了接触。他也离不开与同行者的交谈，因为他务必要让自己的荷兰语取得进步。他希望等他们抵达巴达维亚时，他也能流利地讲雇主的语言。另外他还野心勃勃，希望在爪哇岛上能讲当地的语言。遗憾的是，他在船上找不到一个可以用马来语交流的人。这几天一位年轻的大陆新兵试图引起他的注意，但显然又很害羞，不敢主动同这位级别比自己高的德国人讲话。而西博尔德已经观察他较长时间，悄悄偷听到了一场意味深长的谈话。当甲板上的风暴还很大时，这位新兵曾试图向他的战友们解释这个瞬间的历史意义。他这样做证明了他的教育程度比别人高，因为别的新兵几乎都没念过中学。他认为自己是在踏着克里斯托弗·哥伦布的足迹，那位伟大的哥伦布，他补充道。这位新兵告诉那些不感兴趣的听众，他们此时此刻所在的位置离佛得角群岛已经不远，他们也即将经过那里，哥伦布曾经从那儿向西，转离这条航线，被从斜后方吹来的东北风插了翅膀似的送去了新世界。这位年轻士兵胡子都没长，讲着标准荷兰语，他的教育热情让他并不招人喜欢，虽然他的"说教布道"真的是出自一腔善意，毫不利己。只要仔细观察，就能听出他潜在的绝望语气，那是争取得到认可所导致的，因为他成功的希望越来越渺茫。航行十天后他就明白了，自己和战友们之间的鸿沟有多深，夜里，他躺在床上，无法入眠，内心里惶恐不安。他视军旅生活为文明的高潮，他接受体检是希望这样可以去殖民地，在印度洋上航行。他要找到自己的个性，然后在军队里强化这种个性。他执着地认为，只要世界为他提供必需的材料，他就能自学成才，前往遥远的殖民地航行一趟似乎就能解决一切。现在他开始害怕接下来的数星期甚至数月了。做个平民百姓或许会更好，可他永远筹措不起旅行的费用。他已经失去了家庭的支持，也许将永远失去了。

西博尔德很好奇，最终在餐厅里向小分队的军官打听这位特殊的新兵。他了解到，年轻人是从一个有名望的家庭里逃出来的，如果不是出于宗教原因，那大概就是出于传统原因，那个家庭对远洋贸易没有兴趣。波恩舰长听到了这席谈话。

"冯·西博尔德博士先生，您会发现在去殖民地碰运气的人当中，有很多这样的人或类似的人。殖民地到处都是冒险家、撞运气的人、匪徒或骗子。我建议您，在我们抵达巴达维亚时，忘记您自以为了解的关于文化、文明、秩序和价值的一切。否则，我担心，在第一次返航的旅客名单上，您就赫然在列了。"

"是的，我可以作证。至今我才到过爪哇一回，但是，生活扮鬼脸时的样子，真是让我大吃一惊。"军官附和道。

"只有爪哇岛存在这个问题吗？"西博尔德非常谨慎地问道。虽然他很想问，这是否与荷兰人管理殖民地的方式有关。波恩回答了他。

"不是。在我们的国家被拿破仑吞并，法国本身又摆脱了拿破仑的统治之后，我到过很多殖民地，也到过英属和法属殖民地。我到处都能见到一样的没落和腐败现象，其表现都是生意人的贪婪，经常还充斥着虚假的传教狂热。您知道，好几代人都是这样。我父亲就从事航海，他当时告诉我的与我后来自己发现的没有区别。不可否认，东印度贸易公司在我们的殖民地挣得的利润最高，特别是在我们的直辖殖民地荷属东印度。但我是一个从事航海的基督徒，是有信仰的，每当我们从沿海开始占领和征服这些国家，见到那里的人民和我们自身都变成了什么样时，我都备受折磨。年轻人，您运气好，您是随这次新兵运输来爪哇的。您想象不到，我不得不将怎样的渣滓运输到巴达维亚。所有控制武器和航海技术的欧洲国家都是这么做的。他们出口犯人、冒险家、武器、酒和罪孽，然后进口调味品、贵重物品、烟、茶、奴隶、黄金白银。我们再回到您或许还很想问的问题上来吧：不，荷兰人的管理不是经营不善的特例。殖民主义完全就是我们带给人类的一种可怕的邪恶。"

西博尔德被深深打动了，他感觉将这个实诚人的每句话都牢记在心里了。牢记在心里？他还从没有过这么浪漫的想法。

次日下午，他在甲板上又遇到了那个年轻新兵。

"范霍文先生，您能帮帮我吗？"他理所当然似的请求道。后者奇怪医生怎么会知道他的名字，尴尬地走近医生，询问医生要他做什么。

"请您原谅，我忘记了做自我介绍。菲利普·弗朗茨·冯·西博尔德，医学博士，少校衔外科医生兼船医。我刚刚很幸运地捉到了这条小飞鱼，一条翱翔的鱼，我很想画下来，但是，如果不用两只手抓紧它，它就老是收起鱼翅。"

于是新兵范霍文分开那条怪鱼的鱼翅，西博尔德的目光在他的绘画本和鱼之间扫来扫去。

"年轻的范霍文，您知道吗，哥伦布头一回见到这个物种时，吓了一跳。根据贵族和教会的理论，这种生物根本不可能存在，除非是在世界的尽头，在怪物统治的地方。您看，这难道不是个可爱的小怪物吗？"

"是的，我今天中午见到这种鱼一群群飞过。真让人难忘。"他兴奋地回答。就这样，在西博尔德和普通新兵洛维斯·范霍文之间开始了一段旅途中的友谊，范霍文从此不离西博尔德左右。

10月16日，"琼格·阿德里安娜"号在西经10度横穿了赤道。这天夜里，西博尔德与范霍文站在甲板上，一起观察夜空。"您知道这里与世界上的其他地方有什么不同吗？"西博尔德问年轻人。

"不知道，您告诉我吧！"

"这里的星星及星座在东方升起时与地平线垂直。它们直接从我们的头顶经过，又在西方落下。相应地，它们也绕南北极各画一个完美的半圆。在这里，星星的轨道与地球的纬度是同心的。这与在极地观察星星相反，因为在那里，总是同一些星星日日夜夜绕着您跳来跳去。让我再换个说法吧：我们星球上任何地方能看到的星星都没有在赤道看到的多。在这里，您可以用肉眼像看沿海的信号灯一样，看到宇宙绕地轴转了一圈。"

他们就这样在那里站了好久，像是头一次观看猎户座，后来，子夜时分，麒麟座出现在东方，直到**六分仪**座出现在东方地平线与赤道的交点时，他们才告别夜空。

十天之后，西博尔德于深夜两点唤醒酣睡的范霍文，将那个睡眼惺忪的人从集体舱室拖到了甲板上。

"您知道吗，我们这些博物学家经常必须早起，"他说道，一边厚脸皮地笑着，"今天夜里终于可以指给你看南十字座了，我不想放过这个机会。1679年，它才被补充进那些已知的古代星座。快看，它们正好出现了！十字架四和十字架二。它们多亮啊。这个十字是侧卧的。"

他们继续站在大西洋巨大闪亮的星空下。在东北方向，月牙正在升起，有三分之一个月亮那么大。

"少校先生，您认识很多女人吗？"

"您说什么？"

"请您原谅，但是我想，我也许可以问问您这事，因为您比我大不了几岁，还在深更半夜来找我。然后我看到您，一个正在长途旅行的帅气美男，我心里就想，被您留在了家里的会是谁。"

西博尔德笑起来："您为什么会认为我会告诉您呢？"

"男人和男人的聊天？为什么不呢？我也告诉您我为什么问。我选择去殖民地，除了出于您知道的原因，还因为我所爱的女人。她嫁给了另一个男人。"说着，范霍文露出了忧伤的表情。

"您瞧，那我们某种程度上就是同病相怜。我去殖民地，是为了最终发现一个我喜欢的女人。"他突然想到，对这件他已经思考很久的事情，小伙子兴许正是适合聆听忏悔的神父。他看到海洋在星空下发出粼粼波光，听到海洋在星空下喁喁私语。大海打开了他胸中的笼子，他已经将这念头关在那里很久了。

"我没能爱上任何迄今为止有机会认识的女人。您猜得不错，我是缺少机会，但又不是那么回事。总有什么一直在妨碍我。无论是主动提出跟我玩玩的普通姑娘，还是带有严肃目的、行为坦诚的女士们，都不能拴住我的注意力。我并不是座无法攻占的堡垒。相反，我也想感受人们所说的恋人的那种无条件的爱。但我注意到，我所认识的女性和那些可以仔细挑选的女性，都具有男性的特征。是的，我不得不说，我觉得我这阶层的女性统统特别粗鲁。或许这只是个机会问题。因为您知道，在我出生的地方，医生不算什么。今天，医生拥有世袭贵族早就缺失的知识和文化。但这毫无用处，出身决定一切，因此，对我这样的医生，通往最高贵美丽的女人们的门是锁着的。我不确定有没有解决办法。这肯定不是我前往您的荷兰陛下的直辖殖民地的主要原因。但是，一定程度上，永恒的女性主题也是我旅行的原因之一。"

这番坦率的回答让范霍文感到惊讶，一方面它是严肃的、秘密的，另一方面它与他最关切的事毫无关系。他正想开始讲自己与阿德莱德·欧文迪克的悲伤故事，西博尔德挥挥手，明确表示他此刻一点也不想听。此时十字架一和十字架三正出现在地平线上空，南十字星璀璨夺目地悬在非洲沿海的夜空。

白色斑点

12 月 22 日，他们途经非洲最南部的好望角时，狂风暴雨再次袭来。他们在那里见证了大自然恐怖的一幕。至少有八个旋风从乌云密布的东北方同时向他们移来，个个都像冒烟的柱子似的，绕着无法预料的之字形路线，在浊浪滔天的海洋上方起舞。八种不同音调的嚎叫和呼啸向舰船移近，鼓胀成飓风式的呼呼声。这些风雨组成的怒吼着的旋涡，个个都有桅杆的两倍高，以难以预料的弧线从船旁滑走了。让人诧异的是，波恩舰长对这些现象不理不睬。他反倒极其满意，高兴地将油布张成漏斗状，接住噼里啪啦的雨水，直接将雨水引进桶里。这样一来无须登陆，储备的淡水就已经够了。此前"琼格·阿德里安娜"号一直都是按计划行驶。在毛里求斯以东，风势渐弱，炎热加剧了。一天早晨，西博尔德来到甲板上，什么也听不到。大海平滑如镜，船不在行驶，帆纹丝不动地挂在桅杆上。这是他们自出发以来头一回遇见完全无风的情况。这安静令人放松，让人迷恋，因为西博尔德现在意识到航行时噪声有多大。他开始与范霍文一起钓鱼，他们设法用测深绳、铅团和油脂团测量水深，但绳子太短了。于是他们将所有的备用绳接在一起，这样就能让测深锤下降到半英里的深度。但他们没有接触到海底。对经纬度的定位更加成功，精确度达到了弧秒。舰长不厌其烦地向西博尔德解释六分仪的用法，让他练习。由于西博尔德对地理学很了解，对航海绘图也有兴趣，所以他们一起进行定向和测量，然后将数据记录到地图上。舰长担心的主要不是没有风，而是水流造成漂移。无风时船就没了推动力，再也不能航行。波恩解释，如果不及时准确测量位置，水流有可能让船远远地漂离航向，而你根本注意不到。他在舱室里让西博尔德看其他地图。

"世界上的海洋加起来，构成一个巨大的水域。要想在那里确定航向，不仅需要了解这些地图上的海底特性和海岸线，也需要了解气流和水流。您见到的这些地图藏品，是我的宝贵财富。我全部的知识，是的，我的整个生命都绘在这些地图里。我将我旅途中的所有经验和测量结果都记录在里面。这些知识让一位舰长强大得不可取代。您知道，为什么航海史上很少有哗变吗？因为船员全都是舰长的囚徒！只有舰长一人知道如何确定航向，只有他熟谙水域，船员就算抢走船只，也没有机会找到下一座港口。撇开面临的严惩不谈，哗变不比自杀好多少。"

"您估计，世界上有多少海洋有地图了？"

"这个嘛，还缺地图的水域不多了。过去的三四十年里，我们取得了巨大的进步。问题不在于已经掌握了多少地带，而在于地图的质量。您看，每一张地图，都像这张一样，是一次汇编。一代代航海人重复记录下他们的测量结果和经验，这些记录经常相互矛盾，或是互无联系的碎片。因此，但凡不是我亲手绘制的地图，我都不相信。最危险的是那些没有标注出精确海岸线及其周边水深的大陆块。"

"日本水域的情况如何呢？"

"日本？在日本沿海航行是有生命危险的，因为我们至今没有一张合适的地图。由于那里不可以上岸，我们至今没能进行勉强有用的测量。从海上看，日本在我们的地图上是一块白色斑点——这不是好事。我们唯一准确知道的，就是驶往长崎市所在海湾的航线。这是因为，我们是世界上唯一与日本保持着通商关系的民族。但我还没到过那里。"

夜晚，西博尔德从他的一只书箱里取出肯普弗尔的《日本史》，翻阅起来。

> 但这个国家不是一整座岛屿，而是由若干座岛屿组成，海洋的许多狭窄裂缝将它们彼此分隔开来。大自然用一道攻不破的护墙围住了这个国家，同时让它变得不可征服，因为它被敌视航海家的大海环绕着。

这是 1690 年的认知水平。从那以来显然什么都没有改变。

作为医生，西博尔德现在更忙了。乘客们发烧，拉肚子，或因小小的伤口化脓发炎。这些伤部分来自船员之间的斗殴。这些人无所事事，靠赌博打发时间，赌博时总会发生争执。无聊也侵袭了士兵、女人和孩子，他们在燠热无风的天气里一天天百无聊赖，这委实折磨人。唯有西博尔德和范霍文忙碌不停。数千样东西在等着被发现，哪怕那是在仓库、底舱，甚至食物里做窝的一群群有害的小动物。没有什么是不可以收集的。西博尔德发现了近百种他还不认识的蜘蛛和蠕虫，他与范霍文一起对着显微镜观察它们。大海里的生物也一样多，当他们望见水里有条白鲨鱼时，他们很激动，那是大白鲨，一条长达二十多英尺的巨怪。

夜里，西博尔德躺在船舱里，努力想象身下的大海和海里的生物，他与它们只隔着几英寸厚的涂了沥青的木板。有些乘客像他一样带了书籍，活跃地相互交换着看，因为比起印度洋上这些安静湿热的日子，平时他们从未有过这么多的阅读时间。白天，就连水手们，至少那些能够阅读的水手，也捧着本骑士小说或航海史躺在帆影里。在这种气候下，无风带来的最讨厌的后果是舰上的卫生条件急剧恶化，粪便和腐物的恶臭越来越厉害。船身大多数时候漂浮在它自己的污秽里。每隔两天会放下一只小艇，水手们划着桨将船从废水洼里拖出半里左右。

一天晚上，西博尔德发觉水里有道弱光，他无法正确定位光的来源。它似乎就在船身下面，好像龙骨会发光似的。西博尔德叫来波恩，将这一现象指给他看，波恩看后笑了。

"这是海藻。您将看到，这些海藻会迅速增多。"

波恩说得对。几天之后，一到夜里，"琼格·阿德里安娜"号就被一块绿荧荧的漂亮"地毯"包围了，"地毯"还在不停地生长。当船身移动时，它尾随在后，像个大生物。西博尔德发现发光的水里漂着死鱼。水似乎有毒。西博尔德请求波恩允许自己用一根绳子顺着船壁下去提取水样，就近观察这一现象。他坐在一种用缆绳编织的篮子里，被放了下去。他停在水面上方，眼前的景象令他吃惊。他看到了船体四周恶臭弥漫的另一个原因。水面上厚厚一层细小的浮游生物，没有海浪冲击就死掉了，在炎热中慢慢腐烂。他在水面下发现了一道迷人的风景，有彩色管状植物、蚌类、小而敏捷的蟹类和曼妙地漂浮在绿光里的大叶藻丝。整个船体长满厚厚一层杂草和海洋动物，无风时它们一动不动，比平时生长得更快。这些寄生植物以船木为食，与较新的船只不同，这艘船的船体还没被包上防护铜板。那些动物则靠漂过的海藻和浮游生物为生。西博尔德恋恋不舍地离开大自然这无声的戏剧，取了一份水样和两条未腐的死鱼。次日他与年轻助手范霍文一起检测水样和死鱼，他现在已经直呼对方洛维斯了。他们发现，这个藻类就像萤火虫，体内有种冷光，但冷光出现时，量要比萤火虫的大得多，也密集得多。夜里发生了一个奇观：有海豚钻出来，在如云的绿色海藻里嬉戏。这些海洋哺乳动物显然玩得很开心。在那平时看不见的发光物质里，它们的每个动作都形成优美的旋涡和水流。它们像抛物线似的从水面腾空跃起，带起冷飕飕的水柱，再次下潜时将水柱尽可能远地喷向四周，形成独特的爆炸荧光烟花。乘客们聚集到甲板上，为这些动物的表演鼓掌。西博尔德估计海藻毒伤不了海豚，因为海豚跟别的鱼类不同，它没有腮，海藻毒是由鱼鳃进入血管的。这件小事大大改善了船上的气氛。第二天西博尔德建议波恩舰长和军官，为乘客和船员多提供点娱乐活动。他们弄来棍子，让士兵和水手在主甲板上举行没有危险的击剑比赛。西博尔德向年轻水手介绍如何决斗，并且自己也积极参与比赛。船上的人欢呼鼓掌，得到了放松。次日，在两个多星期的无风之后，终于刮起了救命的风。从这时开始，西博尔德又待在他的舱室里，将更多的时间用来学习。晚上他与洛维斯记录南方天空的星象图，也听了他和阿德莱德失败的爱情故事。虽然不停地刮着风，天气却是越来越热，他们又接近赤道了，这回他们是从南方过来的。日子一天天迅速过去，现在船员们都有事忙碌了，士兵们定期练习棍击，那是西博尔德为了娱乐和消遣而组织的。一天下午，终于等到了盼望的那一刻。桅楼里传来报告，说是看到苏门答腊和爪哇了。转眼间所有乘客和船员都聚在了甲板上。人们纷纷争夺舷梯边、阶梯上和可以自由进出的上层船身的位置。当希望之乡终于在地平线上浮出海面时，人们欢呼起来。

巴达维亚

1823 年 2 月 13 日傍晚，经过一百四十三天的航行，"琼格·阿德里安娜"号停靠在巴达维亚的停泊地。西博尔德感觉自己变了个人似的。在水上漂泊了将近半年，被关在这艘船里，现在他对它比对世界上的其他任何地方都熟悉，走过近两万海里的距离，他感觉自己变老了，更有经验了。途中他结识了很多人，还与一些人缔结了友谊，现在要与他们告别了。从洛维斯脸上可以看出来，这对他来说是一个可怕的时刻。他向西博尔德坦陈，他会非常想念他的，他真想有西博尔德这样的哥哥。然后他就不得不与他的队伍一起入驻附近的军营了。波恩舰长与西博尔德的告别也十分真诚，这让他感觉那是一次嘉奖。波恩舰长性格直爽，能得到他的高度评价，对西博尔德来说意义很大。

荷属印度总督已经为西博尔德的到来准备好了一切。他被暂时安置在一家荷兰人经营的客栈里，在那里他得到了好饭好酒的款待，人家大概知道，在这么长的旅途中船上的伙食十分简单。毕竟所有荷兰人都是某个时候走这条线路来到爪哇的，谁也没有忘记，当他们吞食第一块烤肉配时蔬、畅饮第一瓶葡萄酒时，是多么痛快啊。西博尔德途中体重减了很多，对这份关怀十分高兴。他有几天的休息时间来恢复体力，他利用这段时间来了解这座城市。一开始他觉得这里充满异国情调，发现了一个陌生的动物世界。壁虎大大方方地在他的房间墙壁上爬行，跟踪它们面前逃走的肥大甲壳虫。乌鸫那么大的美丽蝴蝶掠过他的窗前，让他觉得这里的大自然似乎有巨人化的倾向。然后他在散步时惊叹巴达维亚与阿姆斯特丹多么相似。民居和天主教教堂一样宽敞，只是形状多少显得有些不同。整座城市十分对称，像荷兰一样，中间有河穿过，河面横跨着小吊桥，整体来说华丽壮观。城市中央的小河里游着巨大的鳄鱼，真是不可思议。平静的水面蚊虫如云，湿度大得令人透不过气来。

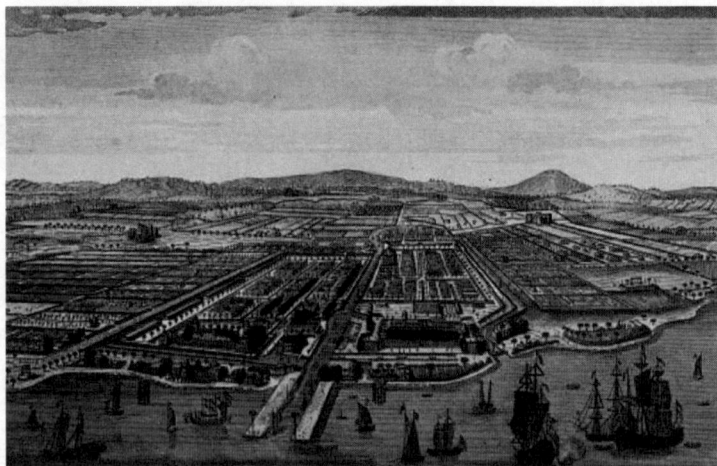

来自荷属东印度公司的巴达维亚城市图

西博尔德去过邮局，光顾了几家酒馆，去观察那里的人。与阿姆斯特丹类似，这里也有很多少数民族，唯一的区别是，欧洲人在这里是少数。许多人长得像中国人、泰国人或印度人。但他没看见像农民的居民或白种女人。相反，有很多军人、水手、商人和明显是仆役的人。欧洲人相互间的交往方式将他吓坏了，他们对待当地人的行为更可怕。荷兰人对爪哇人语气冷酷，他还目睹了几起荷兰人对爪哇人公开动用暴力的事件，施暴者却未受惩罚。荷兰人的表现像是自大的骑士在对待猎物，这里发财的似乎是他们当中最恶劣的一群人。西博尔德走过浮夸、不真实的观赏花园，走过无法决定是想成为茅舍还是宫殿的古怪建筑，他估计它们反映了房主的性格。他看到，新近富起来的肥胖荷兰人身后跟着一群奴隶，耀武扬威地穿行于街头，一逮着机会就劈头盖脸、粗鄙下流地痛骂他们滑稽可笑的侍从或其他行人。这城市就是一个莫洛赫神[1]，是文明的一个可怕的畸形儿。西博尔德感觉失望恶心。现在他能理解波恩舰长几个月前想警告他什么了。当时他的想象力不足，想象不出殖民主义是这种罪恶渊薮。因此，当一个使者出现在他的客栈，通知他被分配到韦尔泰夫利丁的第五炮兵团当军医时，他舒了口气。他立即动身，很高兴可以离开城市。韦尔泰夫利丁地处城外，距离这里仅半小时路程，但那里文明有序，符合他对一所军事基地的期待。安排给他的房子宽敞明亮。第二天他就在主楼里一座布置得很好的诊所上班了。团里的病情让他吃惊。许多人出现严重的皮肤湿疹、口腔和喉咙疼痛，患有未治愈的炎症、性病，或在发烧。西博尔德可能被他的一位病人传染了，因为几天后他就起不了床了。他患上了

---

[1] 古代腓尼基人所信奉的火神，以儿童为献祭品。

严重的风湿热，不得不卧床数星期，身体越来越虚弱。

这期间，荷属印度总督**范·德·卡佩伦男爵**收到了德国学者和哈保尔总监的推荐信及波恩舰长出具的关于西博尔德的书面证明。他打听年轻医生适应新环境的情况，听说西博尔德患了病，男爵立即让人将西博尔德送去自己在茂物的乡下别墅。经过十八小时的行程，西博尔德来到一个山区，那里的气候与欧洲相似。西博尔德被要求接下来几星期在那里休养恢复。

他先在床上躺了几天，然后开始散步，欣赏范·德·卡佩伦家大庄园周围的风景。大庄园有座布置合理的植物园，这让西博尔德想起了故乡维尔茨堡。不久，范·德·卡佩伦就邀请西博尔德坐到自己的那一桌去，从此他每天就与茂物的植物园园长卡斯帕尔·莱因瓦特、印度最高法院的一位专员和总督的年轻女儿亚历山德拉一起用餐。

"我听说，您在旅途中治疗了五十二名病人，他们全都活下来了。这次航程中一个人也没死，这是极为罕见的。"男爵开门见山地说道。

"有时必须通过护理来迫使病人痊愈。他们身体一虚弱，就会丧失食欲，觉察不到自己脱水多严重。于是我就坐到他们身边，喂他们水和汤，哪怕他们一点都不想喝。"

"波恩舰长向我做了详细汇报，说您无微不至，还说您一直忙个不停。"

"舰长这么夸我，我很高兴。是的，我利用这段时间学习语言，继续进行我的比较解剖学研究，收集海洋动物。在艰辛漫长的航程中，懂得以自然为乐，是最最有益的。"

"我不懂以自然为乐，如果我要返回荷兰，面对可怕的航程，我该做什么呢？"年轻女士打听道。

"那您就带上满满一箱子书，也许再带几部剧本。您可以与船员和乘客们演出其中的一到两部。这些人无论什么出身，都会乐于参加一切消遣的。船上有许多志愿演员，到头来您甚至可能会发现您有做剧场经理的才华呢。"

这主意让亚历山德拉乐开了花，桌旁的其他客人也发觉西博尔德的主意让他们很开心。他现在明显感觉自己的体力恢复了。总督的女儿美丽、轻盈、活泼，宛如一剂补药。在多数粗鲁无礼的男人中间待了几个月之后，西博尔德觉得她就像个精灵。她的其他问题和议论稍许透露出一个骄纵公主的智慧和挑剔。她卖弄挖苦他，这也令西博尔德每回都感觉到小小的刺激。

开心地相处、安静地恢复和重新学习，日子就这样不知不觉地过去了。西博尔德渊博的动植物学知识多次让莱因瓦特园长吃惊，男爵也更加喜欢客人的知书达礼和历史知识了。他们每见一次，男爵好奇的好感就增加一点，渐渐产生了一种慈父般的爱。范·德·卡佩伦很快就发现，西博尔德身上有他一直想要的儿子的特征。为了巩固这一幻想的家庭纽带，他告诉西博尔德，他曾与他的祖父在哥廷根同窗学习过。这个男人风度翩翩、值得钦佩，一旦有什么充分理由，甚至不回避与西博尔德肢体接触，将手放到西博尔德的胳膊和肩上，他男性间的倾心和友谊也让西博尔德感到得意。西博尔德发觉，这大大满足了他心里的一个强烈愿望，一种长期感觉到的需求。现在他们越来越经常地谈到日本。这方面西博尔德也所知甚多，男爵再从政治角度介绍最新发展，补充西博尔德的知识储备。近年来荷兰殖民部一直认为，与日本的通商被忽视得太厉害，比较过去百年的资料和数据，会发现明显的回落。这不是孤立现象，自 1770 年以来，曾经无比强大的联合东印度公司的收支状况严重恶化。1800 年，公司破产，被王室收购，此后公司不想再按纯经济的观点来管理殖民地，而是任由管理中掺进了军事、战略和政治目的。荷兰政府发现，殖民地对国家有好处。爪哇由王室及其各部管理，全部通商往来都按政治标准有计划地组织。后来法国占领了荷兰的殖民地，将它更名为巴达维亚共和国。然后英国人又接管了荷兰的开普敦、锡兰和爪哇这三块殖民地。直到拿破仑失败，恢复荷兰地位、收回爪哇的维也纳会议召开，有整整十年，地处世界边缘的长崎港口里的小岛出岛都是地球上最后一块飘扬着荷兰国旗的地方。国家知道这一点，想重新恢复与日本的关系。这也是一种感恩的形式。

1823 年 4 月 14 日晚，茂物的伙伴们重新聚集在菜肴丰盛的宴席上，这回参与的还有另外几名外国客人。范·德·卡佩伦马上开始了讲话。

"尊敬的来宾们，亲爱的朋友们，我有个好消息要报告给大家。经过仔细权衡和与印度最高法院的详细商量，我决定给我管辖范围之内最重要的岗位重新安排人选。冯·西博尔德先生，我的年轻朋友，如果您能接受我的委托，前往日本，出任出岛商馆馆长的保健医生的话，我将很高兴。我所见所闻的有关您的一切，还有您起草的文件，您系统性的学习和完美无缺的表现，让我坚定地认为，您是这一要求很高的重要使命的合适人选。"

桌旁响起一阵掌声，西博尔德惊讶得说不出话来。待镇定下来后，他道谢并同意了。男爵紧接着告诉他，6 月他就要与新当选的馆长一起上路。

当天夜里西博尔德给洛兹写了一封信，由洛兹在维尔茨堡的朋友和亲戚当中传播这个好消息再合适不过了。

"……本来，可能还要等上许多年，我才能前往日本——如果能去的话！但我似乎吉星高照，正好——或许只是一瞬间——拥有被人们叫作机遇的东西，这种神奇的幸福让一个人能够实现不可能的事情。这比我想象的要快得多。我的愿望实现了。现在等着我的要么是死亡，要么就是幸福光荣的一生！亲爱的洛兹，您知道，范·德·卡佩伦男爵在宴席上当着在座客人的面还说了什么吗？'我们期待他的优秀作品，因为我们的冯·西博尔德先生，'他说时转向我，'将是第二个肯普弗尔和图恩贝格。'"

西博尔德向洛兹隐瞒了男爵最后的那句话，虽然正是这句话让他当天夜里再也无法入睡："……如果不是第二个亚历山大·冯·洪堡，远东的洪堡的话。"

第三章　日　本

继续航行

第二天下午，总督的秘书递给他一封规定了所有细节的信函。前一晚宴会快结束时西博尔德还与范·德·卡佩伦商量过，此次远行需要什么装备和多少费用。范·德·卡佩伦让他放心，只说已经做了宽裕的安排。事实上，他的薪酬马上就由每年三千六百荷兰盾升至五千三百荷兰盾，他还将获得他本人促成的贸易销售额的百分之十及在殖民岛屿出岛上的免费食宿。此外，政府还一次性拨给他一千八百荷兰盾的资金，让他为此行做科学研究的准备。5 月中旬他由总督别墅返回巴达维亚。他精神抖擞，充满活力，再也感觉不到城市的威胁，与第一次来时完全两样。重新遇见那些荒诞人物，他甚至能取笑他们了。房屋和人们像是从孩子们爱画的杂乱缤纷的图画里跳出来的。他一心一意准备远行需要的设备。财政主任先把钱给他，然后从韦尔泰夫利丁的军用仓库里拨给他物资。仓库管理部门也协助西博尔德尽快采购了一些物理学和地质学仪器，包括打气筒、**起电机**和**电镀**设备，好让日本人印象深刻。让他特别开心的是额外买到了一只经过大幅改进的显微镜，之前他一直在等它问世。因为他读大学时就知道，如今能够用燧石玻璃和无铅玻璃制作**消色差**透镜，早在 1800 年之前，透镜就被用来制造望远镜了。消色差透镜有个显著的优点，观察对象的周边不再有一圈彩虹色，这圈彩虹色此前是无法避免的。西博尔德当时知道，这种新透镜也在被尝试用于显微镜。这下他终于拥有这台神奇的仪器了。

　　他向为军管处服务的书商订购了一批科学手册和生物学、物理学、医学、地质学、植物学领域的最新权威著作，还请他替自己弄到了最新的日本游记，分别是法国人拉普鲁斯于 1799 年、德国人兰斯多夫于 1812 年、俄国人**克鲁森施滕**和**戈洛夫宁**于 1812 年和 1817 年出版的。他们在世纪之初都尝试过与日本建立联系，却徒劳无功。戈洛夫宁甚至被关进了监狱。有关日本的最后一份自然科学报告是瑞典人卡尔·彼得·图恩贝格的《1770—1779 年遍游欧洲、非洲、亚洲部分地区的游记》，而这已经是半个世纪前的事了。图恩贝格 1774 年在出岛上担任荷兰商馆医生，是西博尔德的前任之一。西博尔德还有该书的原版，几年前买的，但这书读起来吃力得很。这回他订购了荷兰语版。最后他订购了大量啤酒和葡萄酒，他总想着能随时让日本东道主心情愉快。啤酒被灌进酒瓶，存放在石膏里，放上十二年或更久也不成问题。他的中古钢琴自然也是少不得的，他让人将它从韦尔泰夫利丁运过来了。离开维尔茨堡后他就再也没有弹过钢琴，因为第一次航行时它被堆放在货舱里，再说他也没有弹琴的闲情逸致。现在他很高兴在日本能有它陪伴。

　　两艘商船，"三姐妹"号和"翁德尼明"号，已经在停泊地做好了去日本的准备，却不知何故一再推迟起航。西博尔德计划乘坐较大的"三姐妹"号，它的船长雅科麦提寡言少语，西博尔德除了等待别无办法。但这次等待是值得的，因为一艘鹿特丹来的船抵达了，意外地给西博尔德带来一个包裹。包裹立即就被送了过来，里面是一本书和一封唐·莫斯提马的来信。

尊敬的冯·西博尔德博士少校先生，敬爱的朋友：

听说您走了我给您指示的道路，我很高兴。为了让您以后还能记得我，我再次在我的科学宝库里寻找合适的纪念品，随信寄来的就是我的发现。我希望，这能为您攻克下一阶段提供必要的帮助。

您最忠实的

唐·莫斯提马

天哪，他想道，鬼才知道这个巴斯克人如何能够跟踪他到这里，并这么及时地将包裹交给他。无论是包裹还是信，上面都没有发件人的地址，这和唐·莫斯提马当时将伯恩哈德·瓦伦纽斯的日本著作交给他时一样。这本书用宣纸包着，是本沉甸甸的有皮书套套着的大开本厚书。书名为《大地图的秘密》，作者叫阿文蒂纳斯·梅耶贝尔。西博尔德既没听说过作者，也从没听说过书名。《大地图的秘密》，这会是什么呢？更惊人的是，书的卷首插画是一个僧侣在天使、魔鬼和地质学仪器的包围下绘图，这插画不是印的，而是手绘的。它美轮美奂，像有生命似的。画面优美，赏心悦目，他觉得画面仿佛动了起来。西博尔德继续翻，他的猜测得到了证实。这是一本原稿！整本书艺术气息浓郁，全是手写的，满是详细的神秘地图，这本书甚至可能是个孤本。传说中世纪的僧侣就这么抄写和复制《圣经》的。从希波克拉底到盖伦，古代医疗学和药物学的手写本都是这么来的，寺院里复制了很多这样的书。虽然西博尔德从没亲手拿起过一本古滕贝格印刷机获胜前的作品，但他可以肯定地说，这本书不是中世纪的。因为它既不是用中古高地德语写的，也不是用早期新高地德语写的，而是使用了流行的新高地德语。

1823 年 6 月 28 日，"三姐妹"号和"翁德尼明"号终于准备起航了。西博尔德被安排与新任命的出岛商馆馆长**德·施图尔勒**上校同行。临起航前他俩在一家巴达维亚军官俱乐部里碰头。施图尔勒四十五岁左右，虽然长得矮墩墩的，却是个聪明人。与法国人交战时，他是炮兵，曾多次获得嘉奖。仕途上他步步高升，从普通士兵一直做到上校，成功地弥补了他的普通出身和教育缺陷。相对于他的出身，他已经算得上很有文化了。现在他是荷日使命的最高使节，是西博尔德的顶头上司。西博尔德平时与各种各样的人都能友好交往，但对施图尔勒，他无法跨越礼貌与好感之间的分界线。施图尔勒那方面也没有表现出需要将他们的客套关系转变成友好关系。他关心的是西博尔德在日本的计划，他也知道，该计划得到了最高权力机关的支持。因此，他决心在各方面坚决支持西博尔德，后者随时可以找他解决关于使命的所有科学和文化方面的事。相比他的大多数前任，施图尔勒是位开明、机灵、平易近人的馆长。在联合东印度公司存续期间，在日本的荷兰人几乎全是贪财、投机和粗鄙的商人。西博尔德知道此事，并且为开明的新通商政策而高兴，这次的通商政策除了要使贸易业务量重新回升，还提倡积极从事科学、文化和外交交流。安排施图尔勒这样老成持重的人领导这一使命，也让西博尔德放心。

船只在停泊地的抛锚处距离陆地约略半海里远。无数划子满载着货物，陪着船员和乘客上船。划子上的人们冲自己的亲戚、熟人和朋友大喊，大声祝他们旅途愉快，一个劲地挥手告别。起锚绞盘终于呻吟起来，粗重的铁链哐里哐当地相互撞击，周围的中国船只敲响了钟声，喊人们去做晨祷。西博尔德观看船上的忙碌景象和船帆的升起，心中掠过一阵天真的悸动。双脚重新踩在晃荡的船舨上，日夜感觉到大海的存在，同时又在不停地前进，重新踏上一次将他更远地带离家乡的浩大旅行，这令人陶醉。他很惊讶，他已经学会欣赏船上的生活，而且已经在想念它了，虽然在爪哇的短期生活带给了他纷繁的印象，这种想念还没能成长为一种强烈的渴望。第一天晚上，他坐在船舱里，它又将连续数月成为他的家，他阅读完首次航行的日记，再次怀着激情概括了这次使命。

　　航程中被迫的悠闲让你不由自主地深思，心灵摇摆在希望和恐惧之间，憧憬未来最丰富多彩的画面。九个月前我离开欧洲，在辽阔大海上颠簸了五个月，幸福地抵达了我的目的地。作为热带气候里的新人，我很快就患上了重病，担任军医时常常不开心。意外的是，我现在摆脱了这些情形。我现在离前往东印度时怀揣的目标越来越近了，因为我正在乘船前往欧洲人到过的最奇特、最遥远的国家。只可惜不是去一个欧洲人可以自由生活的国家，不，去的是这样一个国家：那里的亚洲民族的政治手腕禁止我们与政府和人民有任何自由往来！但博物学家和旅行者的生活故事让我们看到了热情和毅力，这使我保持勇气。一个年轻旅行者的想象力反而被激发了，如果他决定像那些令人崇敬的榜样一样，忍受一切艰辛，献身危险，那他就会感觉到难以抵挡的动力，想赶去那地方。在那里，也有一个祭灶在为他这个科学的崇拜者和促进者熊熊燃烧，他可以将他的小小礼物放在灶上。

　　他发觉自己的风格很夸张，当他描述自己时，字里行间传出的语调多么庄严肃穆，几乎是忧虑谨慎的。但是，面对他从此参与撰写，并将在其中占有重要的一席之地的历史，他觉得隆重还是合情合理的。现在他终于可以开始创作他的作品了，开始将自己的生活变成一部冒险家、博物学家和发现者的长篇巨著了。

第二天早晨就能看见苏门答腊了，那是东印度的主岛。他们沿着海岸驶向较小的、位置偏前的邦加岛，通过两块陆地之间的海峡。炎热和潮湿大大加剧。随着他们接近赤道的每一天，是的，几乎是随着每一海里，水银柱似乎都在继续上升。西南季风轻轻吹个不停，带给船员们些许凉爽。对西博尔德来说，此次航行实在太丰富多彩了，这让他注意不到炎热的痛苦，因为还能看到陆地，可以拿着高倍望远镜好好察看沿海地带。当他打着赤脚、灵活有力地爬进桅尖下的瞭望塔时，船员和几个乘客讶异地看着他。爬上那里后，他先是往下看，那高度让他害怕。他突然感到从未有过的恐惧。可他一旦拿起望远镜，搜索地平线，注意力就被引开了，晕眩感减弱了。不过，他不得不返回，这对他来说比往上爬难得多。观察海底没有这么费劲。它就在下方几**英寻**[①]处闪烁，时而绿色，时而黄色，时而蓝色。他看到巨大的剑鱼和鳐鱼在水中游弋，他估计它们的重量在五百至六百磅之间。他遗憾不能离这些巨型动物更近些，心想必须发明出一种玻璃笼子才行。

7月5日，巨港的河口在望了，船只在蒙托克要塞附近抛锚，他们充分体验到了热带气候的威力。船只停在陆地下方的避风处，这里风平浪静。西博尔德观察到，船舷之间的沥青开始熔化，太阳将船木残存的油脂煮出来了。晚上，从陆地方向忽然吹来特别温和、飘着香味的微风。太阳沉落在苏门答腊群山背后，温暖的光芒下，

[①] 海洋测量中的深度单位，1 英寻 ≈1.829 米。——编者注

亮闪闪的灌木和葳蕤的森林在岸边构成一幅热带画，总有棕榈树鹤立于森林上方。隐藏其间的高地上，要塞的红屋顶一闪一闪的。紧接着西博尔德就像每天晚上那样，观看两艘船之间的沟通，它们借助话筒和旗语，为船长的相互拜访做准备。这回，"翁德尼明"号的勒尔斯船长来拜访"三姐妹"号。为了庆祝这一天，雅科麦提船长吩咐军官餐厅的服务人员将宴席摆在前甲板上，这样船长和军官们就可以边享用晚餐边欣赏美妙的夜景。德·施图尔勒上校在一个无人注意的瞬间含笑转向西博尔德。

"这是我的主意。雅科麦提这样的勇士是永远不会想到用这种安逸来宠坏我们的。我很高兴他能接受我的建议，将同桌而坐的客人的范围扩大了一些，也邀请了别的乘客来军官桌。身为南德人，您一定很重视这种非正式的社交聚会，对不对？在年轻的巴伐利亚王国，这是不是就叫惬意？"他边说边用荷兰口音将这个词说得像漱口似的 ①。

"对，完全正确，"西博尔德开心地回答，"我很感激您的这个好主意。我读大学的时候，在维尔茨堡的啤酒园里，我们就这样与教授们一块儿吃饭。"他们与二十多名军官和客人一起在宴席旁坐下来，桌上铺着白色台布，摆好了镶金边的瓷器和银餐具。施图尔勒接着说道："我明天上午要上岸，去拜访邦加代办。一般情况下他在我们已经路过的那座岛屿上，岛上有锌矿，可这几天他待在蒙托克要塞。锌是我们与日本人交易的重要商品。因此我要与代办谈谈未来几年可能的价格和产量。蒙托克要塞里也有个有意思的年轻人，他和您一样，也是军医。我们明天摆渡上岸，您想陪我去吗？

---

① 德语原文为 Gemütlichkeit，施图尔勒说成了 Chemuiitliichchaiit。

我不会要您写什么报告的。我只是想，您可以借机上岸，得到一些直观印象，认识一下外科医生**弗里泽**少校。"

"非常乐意！"西博尔德回答道，虽然他心知肚明，施图尔勒所做所说的一切都不是想讨他喜欢，只是想最后能向范·德·卡佩伦提交一封内容丰富的精彩报告。施图尔勒就这样十分巧妙地与他保持着一种不即不离的客气，这虽然让西博尔德迷惑，但他相信自己得习惯它。露天晚餐大受欢迎。有腌牛肉配冬葱、生姜和李子干，还有加了肉桂的红葡萄酒，也供应啤酒。气氛热烈，人们的交谈明显要比在船上餐厅里欢快。雅科麦提船长不想让水手们泄气，吩咐也给他们开两桶啤酒。西博尔德在核对给养和储藏清单时就曾经感到惊奇，两艘船装载的啤酒几乎是饮用水的两倍。施图尔勒向他解释，在这个纬度，气候炎热，人们经常吃不下饭菜，啤酒能让水手们既精力旺盛又情绪高亢。

手拿听诊器的文艺爱好者

翌日早晨他们上岸。由于有红树林，两只划子不能直接划到滩涂，西博尔德不得不骑在一名强壮水兵的肩上，让对方驮着他蹚过泥泞的浅水区，这让他难堪，几乎感觉丢脸。施图尔勒自己也坐在一个男人的肩头，不过那人比他还矮，也没有他结实，他看出了西博尔德的不适应，带点嘲笑意味地笑了起来。他们从海滩直接走去医院，它位于要塞边缘的一座小山上。施图尔勒在门口与西博尔德道别，去会晤邦加和苏门答腊的两位代办。西博尔德走进平顶、宽敞的木建筑。大厅里大约有一百张木板床，有人的不到一半，他看到有个人瘦瘦小小，蓬头乱发，髭须极长，正在给一名病人做**听诊**。他显然是在给病人听肺音，但他使用的仪器西博尔德还未见过。

它像只大夹子一样塞在医生的耳朵里，一根软管连着夹子与一只盒子，他一下一下地在病人背上滑动盒子。西博尔德走上前，做自我介绍。

"弗里泽少校，请允许我自我介绍一下，我是少校冯·西博尔德博士，军医，也是将要前往日本的商馆馆长的保健医生。"弗里泽转过身来，从耳朵里摘下仪器，站起身，吃惊地望着西博尔德。然后他咧嘴笑了："很高兴认识您。我是弗里泽，蒙托克的军医。我……请您原谅，我有点说不出话来。有幸这么意外地认识您，我十分高兴。谁也没有告诉我您赴日本的途中会在这里上岸。您知道，人们都是怎么说您的吗？那么……哎呀，我该怎么说呢？您是多么了不起啊！我得克制自己，才不至于向您来个中国式叩头，以表尊敬。我知道许多有关冯·西博尔德家族的故事，现在站在我面前的就是这个大家族最年轻、前途无量的后裔。我们一起走走吧，我想带您看看我的简陋设施。"他边说边将一只手搁在西博尔德的背上，另一只手指着一个方向，轻轻地将西博尔德推向那里。

"我衷心感谢您的这番恭维，虽然您过誉了。作为医生，您至少比我领先一步。您刚刚使用的是什么仪器？"

"啊，您是指**听诊器**吧。"说着，他从脖子上摘下仪器，递给西博尔德。

"这是个了不起的新发明，几星期之前才送到这里。这对放大器官的噪声帮助极大。不过当然，它主要是用来更好地听诊心肺的。"

"我可以试试吗？"

"当然。您自己挑个病人吧。"西博尔德走近一名年轻男子，那人看上去其实相当健康，西博尔德用马来语请对方允许自己对他进行一番检查。那人一声不吭，解开自己的白色轻便衬衫，十分配合地让西博尔德用仪器触碰他的胸。

"现在我真的好吃惊啊。您都会讲马来语了！您真是名不虚传啊。"说完他就不再吭声，让西博尔德可以专注地倾听病人的心跳和肺部杂音。

"这个发明确实是一大进步。我几乎能听到他的血液的汩汩声。"

"是的，但您不要忽视一点，这仪器不仅能有助于更好地进行医学诊断，它还有魔棒的作用。自从我使用这个听诊器，在自称Orang Gunong，亦即山民的土著人那里，我的地位就相当于一个会魔法的真正的巫医了。有了这个仪器，我的魅力和病人对我的医术的信任都大大增加了，我想，在所有不熟悉我们西方医术的民族那里，这种现象都会产生。"他对着比他高出许多的西博尔德笑起来，像同谋似的。但西博尔德感兴趣的是弗里泽话中的另一点。

"您说 Orang Gunong 是山民的意思。那么 Oran-Utan① 在他们的语言里就表示森林人吗？"

"是的，正是这样。"

"这就是说，马来人不认为自己和猩猩之间存在大的区别？"

"确实如此。山民们甚至声称，森林人之所以不讲话，就是为了不必干活。"两人都笑了。但西博尔德还抓着这个念头不放。

"我必须向您承认，我很吃惊，"西博尔德沉思着说，"我还从未听说过人类生命与自然怀抱之间存在这么亲密的关系。这就必然引出这个问题：如果他们不能在自己和动物之间进行区分，那他们本身是否还是人类？"

---

① 当地方言，指猩猩。

"高贵的、令人万分尊敬的同事啊。您必须亲眼见过一位森林人才成。您必须亲眼见见善良多毛的森林人,观察他们之间的交往。届时您也必然会问,这些生物是否确实像学术理论所说的那样,与我们有本质的区别。到时候您会重新思考您的问题的。"

西博尔德若有所思地望着他,感觉这个瘦小、清醒的人给自己上了重要的一课。他至今在旅途中遇到的那些殖民分子多半粗鲁、不爱思考,这位生活在殖民地的谦虚、亲切的医生准备向动物界的生命开放人性的概念,只要他们的行为能证明他们有资格被称作人。蓦地,简直就是一个小小的顿悟似的,西博尔德理解了人类对自身经常多么不人道。他清晰地回忆起了他初抵巴达维亚时感觉到的厌恶。当时,难道他在发怒的一刹那没有将人比作盲目的蠕虫和害虫吗?基督教和人文主义自然教导说,即使在最卑鄙和最腐败的主体里也存在一个尊严的内核,这构成了人类不可分割的一部分。那么,弗里泽有没有权力,让其他生物,也通过它们的行为,挣得这份尊严呢?或者,说不定它们一直就拥有呢?为此他同时尊重土著人的理解:在他们和森林人之间不存在本质的区别,而只有一种渐进的、偶然的区别。西博尔德也曾经短暂地有过那种倾向,将土著人视作动物,从而不可避免地进入了巴达维亚的残酷荷兰人的精神社会,而弗里泽不视土著人为动物,他在动物中看到了最有可能成为人类的生物,它们甚至比许多真正的人更像人。所有这些瞬间的念头,都让西博尔德对矮个子军医弗里泽的无差别心产生了敬意。

他们继续穿过医院。"我们在这里主要治疗**痢疾**、肝病和脚溃疡。当然也有梅毒和眼睛发炎的病例。我们这里有个病人,两星期前我不得不给他截掉双腿。"他们一起查看已经痊愈的残肢,一致认为,印度人的伤口愈合得要比欧洲人的快得多。西博尔德注意到，这里的设施十分整洁，他认为平顶木房里的干燥气候正是病人恢复所需要的。弗里泽讲道，他从生活在印度的英国人那儿学到了这种建筑方式，那里的殖民者几乎全部住在这种所谓的单层平顶房里，否则他们就经受不了湿热。重要的是房子四面开有窗口，一直保持空气流通，整个医院建在山顶，陆风和海风吹来吹去，这有益健康。就这样，西博尔德意识到弗里泽是个富有实践经验的人，他注重这些事，有计划地将最新的诊断、治疗、营养学、卫生和护理学技术引进他的医院。

午饭后施图尔勒又过来接西博尔德了。弗里泽离开了一下，回来时手里拿着两只细长的硬纸盒。

"我亲爱的冯·西博尔德先生，我很想用这些来印证我们的友谊，请求您从此与我保持联系。我特别好奇，很想知道您在日本会如何发展，您的信会让我高兴的。请您带走这两只听诊器吧，它们会对您有帮助的。我给您两只，是因为到了陌生的国家，一只您可以自己用，另一只可以当作礼物送给上流人士或好朋友。"

"我衷心感谢您，并向您承诺，我会与您保持联系，向您汇报在日本发生的所有重要或有趣的事情。"西博尔德十分感动地回答。施图尔勒专注地看着两个男人之间的这场小小仪式，他们好像当他不在场似的。

大地图的秘密

第二天，两艘船又出发了，西博尔德继续观察大自然。航速缓慢，因为仅早晚才有微风。白天船只经常静立不动，帆篷像湿布一样挂在桅杆上。他们已经抵达中国南海了，当夕阳西下时，中国南海就像一只巨锅横在他们面前，世界之血在锅里轻轻沸腾。与其他

96

人完全不同的是，西博尔德享受这段时间，因为他可以从容不迫地分析每一块漂浮物，心醉神迷地观察巨大的鱼群，它们从船体下方游过，后面总尾随着一群群饕餮的海燕、海鸥和猛禽。他还开始学习日语，提升他的荷兰语。他的发音依然带有南德口音，语法上还是没把握。现在他也有了充足的时间研究唐·莫斯提马的礼物《大地图的秘密》了。西博尔德对作者阿文蒂纳斯·梅耶贝尔撰写本书所使用的拉丁语感到奇怪。那修辞既不同于西塞罗那种尽管使用复杂句和从句但是依然清楚优雅的经典榜样，也不同于自打中世纪以来整个欧洲使用的那种学院派的做作迂腐表达。那是一种简单、感性的语言，让读者能够直接记住。它含有一种庄重的韵律，当西博尔德大声朗读文本时，气氛肃穆。在逐页阅读时，这种氛围像一个鬼魂笼罩其上，让他想起——《圣经》。

梅耶贝尔讲述了一部自托勒密时代以来的绘图艺术的宏大史诗，托勒密于公元 2 世纪活跃在亚历山大。在《天文学大成》一书里，托勒密不仅将整个天空绘制成图，包括所有星星，还列出了当时已知的世界各地最重要地方的位置，为后来的科学地理学奠定了基础。接下来讲的是比利时地理学家**基哈德斯·墨卡托** [①] 的杰出贡献，1567 年，他首次将球形地球投射到一个平面上，投影后的经纬线都是平行直线，这样就最终解决了经纬线分布不均的难题。当时伟大的发现之旅早就开始了，船长们虽然没有一张可用的地图，但还是大胆抵达了假想中的世界边缘。虽然葡萄牙人留下了**航海日志**，但它们属于重要机密，只有知情人才可以阅读。这些书里收录了质量参差不齐的地图和航海家们的详细旅行报告，这些文献代表

---

① 1512 年，墨卡托出生于当时荷兰的佛兰德斯省。但目前对于其国籍仍存在争议，有人认为墨卡托是荷兰人，也有人视其为比利时人。——编者注

了这个骄傲民族的全部海洋优势。当荷兰人开始反抗信奉基督教的西班牙和葡萄牙时，他们也想跻身海军强国的行列。虽然他们早已是杰出的帆船手和造船匠，却不熟悉海洋。他们设法搞到了几本葡萄牙人的航海日志。但十几次远征几乎都失败了，更多的船搁浅了，撞碎在海岸上，或者船员们在深海渴死了饿死了。那些航海日志是葡萄牙人为误导荷兰人故意编造的。从那以后，整整一个世纪之久，荷属东印度公司都在绘制和搜集可靠的地图，将它们汇编成一本《秘密地图册》，靠这本书，1700 年前后他们终于在西南太平洋领先葡萄牙人了。

西博尔德紧张地阅读地图的历史，因为在那之前他一直不知道已经有多少力量投入在这方面。此前他只是根据实用性和精确性来评价它们。但是，就像荷兰人的《秘密地图册》一样，它们也是国家机密，许多盗窃、贩卖或搞丢它们的人，也不得不为此付出性命。阅读时西博尔德注意到，梅耶贝尔这本精美的书根本没有注明日期。内容上几乎直达现代，但从整个式样看又可能有五百年历史了。

地图学史只是为实际内容所做的准备。梅耶贝尔最终想洞悉地图的秘密。他想揭示大地图与其他所有地图的区别。他的核心理论很简单。大地图的秘密不是为了争权夺利，而是为了寻找上帝。创作这些地图是为了找到造物主的路标。用它们来变得富裕强大只是一个令人高兴的副作用。梅耶贝尔假定，实际上这些地图是通往天堂的钥匙。同时他也承认，他明白持这种异端观点是会遭火刑的。但他相信，这个秘密的暴露是上帝的启示，这是上帝直接告诉他的，因此他不可以独享这个秘密。他继续推测，像托勒密一样，大地图始于测量天空，也将终于那里。墨卡托在其最早采用等角投

《地图集，对世界的结构或构成世界之形状的宇宙学沉思录》卷首插画

射法绘制地图之后，又撰写了这方面最重要的著作。1595 年，他出版了 *Atlas Sive Cosmographicae Meditationes De Fabrica Mundi Et Fabricati Figura*，翻译过来就是《地图集，对世界的结构或构成世界之形状的宇宙学沉思录》。那是一部五卷的世界宇宙学巨著，尚未完成，但它揭示了绘图研究的唯一真实目的。

如果作为世界此岸的地球能被充分了解，人们就能继续探索天空和彼岸。但是，只有在准确测量过地球之后，才能开始这一探索。因此，梅耶贝尔认为，地理学家绘制大地图必须掌握三种技能。第一，必须能够精准测定自己的方位，也就是随时能够精准掌握经纬度、高度和水深；第二，必须正确绘图，因为画错一笔就会全图尽毁，从而毁掉数月或数年的工作；第三，这也是最重要的技能，是要相信上帝的作品是完美的，要有在宇宙最隐秘的角落发现、测量和理解这件作品的坚强意志。

西博尔德先从最容易理解的着手。掌握地图的绘制技术能大大加快绘图速度——这让你能迅速制作副本。因此，有关绘画练习和绘画用笔规范的内容就几乎占了全书的一半。西博尔德被这个实用指南吸引了，每天练习迅速准确地画山脉、岩层、峡谷、道路、街道、居民区、河流、海岸线、礁石和浅滩的垂直视图，一练数小时，用纸无数。没过多久，他绘制起地图来就相当娴熟了。

阿伦·门德尔松

这几天，军官食堂的午餐桌旁出现了一名男子，早在蒙托克要塞前的甲板大晚宴时他就引起过西博尔德的注意。像那回一样，他兴高采烈，几乎是滔滔不绝。他流利的荷兰语带有轻微的口音，舌头卷动得重了一点，这证明他是德国人。但军官们显然都喜欢听他讲话。西博尔德得知，军官们征得船长的允许，邀请他来餐厅助兴，他似乎正以悦耳的声音讲着有趣的事情。当几名军官返回他们的岗位或舱室后，西博尔德在一个离现场较近的空位上坐下来。陌生人大讲格陵兰岛的原住民和水晶之美，讲行星轨道和深海火山。军官和少尉们发表着解释性的评论，并向他提问。他一再在他的观察之间画短短的连线，揭示它们对人类文化发展的意义。

这天傍晚，西博尔德在前甲板上又看到了那人。他坐在画架前的三脚折椅上，眼瞅着别的甲板，在画炭笔画。西博尔德爬上阶梯，向他走过去。

"您好，先生。"他主动打招呼道。

"您就是供职于殖民部的巴伐利亚医生，是吗？"

"您说得对。是的，我就是，我叫菲利普·弗朗茨·冯·西博尔德，效劳于荷兰国王的少校外科医生。"

"很高兴认识您。我是阿伦·门德尔松，商人和旅行者。"

"商人？这可没想到。您在军官餐厅的谈话给我留下了深刻印象。您的谈话毫无商业气息。与您正在从事的艺术活动一样，没有商业气息。"

门德尔松难为情地笑了。

"多谢。好吧，我没能很好地隐藏自己的个性，我是一名旅行推销员，因为只有从事这个职业才能尽可能不受妨碍地追随我的科学和文艺爱好，了解世界。您知道，得到一所大学的委托来进行这次日本之旅是很难的，我得找到很多赞助者，才能促成此行。"他边说边佯装愠色。

"您通过做什么生意来获得这次冒险的资金呢？"

"我受阿姆斯特丹、巴黎和伦敦的多家出版社委托，去搜集可以在欧洲翻译出版的日本文学作品。我们至今对日本的文学、哲学和科学一无所知。但我们知道，那里的学者熟悉最重要的欧洲作品。"

"同时为多家出版社工作，在挑选样品和手稿时又不能引起冲突，您是怎么做到的呢？我要是没猜错，谁都想要最好的。"

"这相当简单，因为各家出版社要我引进的书都属于某个特定的知识领域或某种特定的文学体裁。"

"那您讲日语吗？"

"这不能说不重要。不，还不会。"

"那您是如何让别人相信您能胜任这一任务的呢？"西博尔德意识到，他问得有点太急了。

不过，门德尔松幽默地接受了，微笑着回答说："我能流利地说和写俄语、法语、希伯来语、阿拉伯语、葡萄牙语、拉丁语——还有，正如您已经听到的，我也讲荷兰语。我生来就有这方面的天赋。我很容易掌握一种语言。估计我需要六星期时间，就能流利地与日本人讲话。"

门德尔松看上去年纪并不比西博尔德大。他的中等长度的黑发被和煦的晚风吹散在头上，两只大眼睛活泼、友善，好奇地望着西博尔德。他的身躯显得瘦弱，身上的灰色衣服布料精致、轻薄透气，十分适合这次闷热的旅行。

"现在请换成我来提问吧。"过了一会儿，门德尔松亲切地说道。

"您真是一位医生，也就是说，只是一位医生，还是跟我一样，只是将自己隐藏在这重身份之下？"

"门德尔松，您再次让我吃惊了。您哪里来的这种感觉呢？我们之前没见过，我不知道，您从哪里估计出我此行还有隐藏的动机。"

"您别操心了。我就是善于识人，也许还是个出色的观察家。"

"我不想故弄玄虚。是的，比起只在长崎做名普通医生，我有更多的目的。我有一项大任务，我对自己真正想在日本从事的研究有更大的设想。您的目标与我的计划明显接近。顺便说一下，到目前为止，我掌握的日语与您一样少。也许这方面我们能找到共同话题。那样我会很高兴的，我从中得到的好处肯定会比您多。"他轻松地含笑回答。

"同意。但前提是您讲话别再这么迂回。身为德国人，您倾向于将说和写当成一回事。您别紧张！您与我讲话时，请别用这么正式的学者德语。"

"我尽力。"

这人让他喜欢，也可能对他有用。可实际上，西博尔德感觉这另有原因。在爪哇岛上与范·德·卡佩伦真诚相处，在苏门答腊与军医弗里泽短暂相遇，自发地成为知交，此后西博尔德一直在寻找这种交情的延续。老总督慈父般的心灵让西博尔德初次感受到了这种男性间的亲密，他很难向自己掩饰，他怀着一定的忧伤，渴望得到更多这种感情。特地向自己强调这个男人会有用，让他不必为内心增加的好感辩护，这只是自欺欺人并且容易被识破的尝试。

直到那时，一路都没有发生什么意外事件或不愉快的事情。现在西博尔德每天都见到门德尔松，向他解释自己在调查什么。他们一起观察饕餮的鲯鳅，追逐飞鱼或在船舵后面潜伏了几天的大鲨鱼，用标枪捕捉海蛇，用计程绳测量速度。绳子一端有块木板，像风筝一样被固定着。一旦将木板抛进水里，只要一拉木板，木板就会垂直竖起，形成阻力，让绳子滑过一只线轴。十五秒内解绕的绳子长度为计算速度提供了基础数据。然后他们将用这个方法得出的结果与他们借助前漂的海带或其他漂浮物所做测量的结果进行比较。

慢慢地，一直待在海上又开始让人不耐烦了。就像上次航行一样，卫生条件在恶化，臭味又来了，食品已经紧缺了。船上害虫成群，导致食品紧缺提前出现。船只前几年在东印度运输过各种货物，尤其是木柴和糖，所以一直招来蝎子、蜈蚣和蜘蛛。它们成功地找到食物之后，数量又大大增加了。而真正的烦恼是蟑螂。它们成千上万地出现在船上，将难闻的气味留在它们接触的所有东西上。凡被它们接触到的食物，统统腐坏，再也不能吃了。衣服、吊床、船缆和其他所有用品上也都沾上了它们的臭味。一天晚上，西博尔德端着一只碗走进门德尔松的舱室。他曾试图用最浓的白千层油——一种取自印度尼西亚的桃金娘属植物的油，有樟树和桉树的气味——驱逐这种动物，失败了，现在他又从水手们那儿学来了一个简单的方法。他向门德尔松演示如何捕杀这讨厌的害虫。他往碗里盛上半碗水，在碗沿上涂上红葡萄酒泡的糠。这东西对蟑螂具有无法抵抗的诱惑力。第二天早晨，碗里就满是淹死的害虫了。那场面虽让人不舒服，但西博尔德和门德尔松将碗里的内容倒进大海时，还是有一定的满足感，他们在这场战役中不仅打败了讨厌的敌人，还能用它们的尸体喂鱼。他们开玩笑似的庄严地握了握手。打赢的这场战役是个小小的胜利，但他们永远赢不了战争。

7月18日，船只经过小小的昆仑群岛，一艘帆船与他们交叉而过。西博尔德仔细观察那条笨重的帆船。它臃肿宽大，吃水很浅，木工粗糙。雅科麦提认为，那条船卫生条件恶劣透顶，大约有八百人挤在船上。那是将走投无路者运去爪哇的船只之一，他们要去爪哇碰运气。

7月22日他们穿越中沙群岛，一座巨大的红珊瑚礁。水还很深，到处都可以行驶。但这种情况再过几年或几十年就会改变，因为珊瑚在不停地生长。西博尔德唯一的愿望就是能更好地观察水下风景。他期盼彻底的风平浪静。要是有他先前想观察鱼类时想到的工具就更好了：一只木箱，箱底装着一面玻璃窗。可船上根本没有做这东西的设施，他也不敢去向雅科麦提提这个建议。两天后，突然能看到海面掀起先前在暗礁上方见到的惊涛骇浪了。这是浅水的明显迹象。雅科麦提冲进他的舱室，检查地图，匆匆翻阅他的笔记。然后他又同样迅速地跑上去，使劲冲舵手喊：立即转向。他们正满帆驶向普拉特暗礁！舵手的助手立即开炮警告"翁德尼明"号。两艘船惊险地绕过了刀一样锋利的水下暗礁，它埋伏在水下，距离水面只有一英寻，甚至更少。直到惊慌平息下来，西博尔德才醒悟，这是他至今在整个旅途中遇到的最危险的情形。

船难者

随后几天，一开始的薄雾变成昏暗的浓雾，不断有狂风刮过。船有时行驶很久，但无法确定位置。雅科麦提说出了他的担忧，他担心船会突然触礁，甚至与另一艘船相撞。7月27日，浓雾终于散开，能够看到火山爆发形成的台湾海滨了。荷兰人向往地眺望这座美丽岛屿的海岸。台湾具有重要的战略意义，本可以发展成一个联系爪哇和日本的中间站。但是，1661年，中国将它收复了。因此船只不可以接近海岸，但又想将它保持在视线范围之内，好暂时能靠它判断方向。后来气候突变。风向和水流突然发生了冲突。海浪的波长越来越短，船的四周似乎形成了激浪。涛声哗哗，响亮、单调，连续数天数夜让船员们的神经都绷紧到极点。人们再也无法入眠。整个船体像鼓一样被海浪拍打着。8月5日凌晨，他们刚抵达云雾缭绕的台湾的北端岛尖，瞭望员看到航线附近漂着一艘没有桅杆和帆的船。雅科麦提决定朝遇难船只开过去。在确定船上还有人后，"三姐妹"号放慢速度，放下一只小艇。雅科麦提本想登上小艇，亲自监督救援，后来同意恳求同行的西博尔德陪自己一起去。风大浪高。他们好不容易才到达那艘漂浮的小废船。然后，当他看到船上的人员时，西博尔德几乎窒息了。是日本人！他看到的第一批日本人竟然是船难者。谁也没料到，会在远离他们本国海岸这么远的地方遇到他们。日本人没有适合远洋航海的船只，只能沿着海岸航行。当失控日船上的人认出准备接纳他们的是荷兰人时，他们欢呼起来。他们知道，荷兰是他们国家唯一还维持着良好关系的国家，他们还推测出，他们的救星正在前往他们的家乡日本。这时"翁德尼明"号放下的另两艘小艇也驶近了。日本船长与自己和船员们还为到底可不可以离船纠结了一阵。他打手势告诉荷兰人，他们一定要在船底凿个洞，让船沉没。雅科麦提不理解这么做的目的，但同意了。当二十四名日本水手带上最简单的行李分坐进三只小艇之后，水手长将日本船凿漏，让它迅速沉没了。日本人镇定地看着大海吞没他们的船。然后小艇立即返回大船。一名日本人在西博尔德身旁坐下来，热情地冲着他笑。西博尔德有点尴尬，因为他担心自己的好奇会写在脸上，显得不礼貌。那个男人三十岁左右，肤色黝黑，尽管从脸上能看出陷身风暴中那几天的艰难和绝望，尽管他的衣服被撕破了，脏兮兮的，但是，他与他的难友们一样，不仅给人健康、强壮和整洁的印象，而且一直透出尊严和自信。来到"三姐妹"号上后，船难者立即整理起自己的东西，理所当然似的在甲板上铺开垫子，取出个人行李，开始收拾，令大多数围观的荷兰人颇感奇怪。他们大搞个人卫生，极其灵巧地刮脸剃头，他们的头发中央插有一把宽梳子。之后他们取出自己的给养，喝粥吃泡菜，喝同样被救了出来的**清酒**，他们叫它 Sake。西博尔德掩饰不住自己的好奇，仔细观察陌生人的行为举止。在收拾干净、吃饱更衣之后，他们也友善地微笑着在船上走来走去，仔细观察那些引起他们关注的不熟悉的东西。他们欣赏荷兰船只的整体设计，因为他们还从没见过类似的东西。西博尔德和门德尔松一起，想借助即兴创作的手语与日本人沟通，很快就成功了。西博尔德告诉他们，他是船上的医生，要给他们检查身体。但他没发现哪位船难者生病或残疾。直到傍晚，他们才了解到关于这些日本人的出身和命运的一些情况。他们来自大岛九州岛最南端的**萨摩藩**，受藩王委托去更南面的琉球群岛购买米和糖。他们载着一船货返航，途中遭遇了猛烈的逆风，它升级为暴风，扯断了他们的帆、桅杆和锚，吹着小船继续向西漂。他们无疑会被吹到很远的地方，被饿死或渴死在那里。他们中有些人腰带上系着辫子，这是他们自己的，是他们此前在绝望中自己剪下的，好在获救后回到故乡献祭给水手的保护神。门德尔松和西博尔德就这样与心情很好的日本人进行交谈，虽然费劲，但开心有趣，时间不知不觉地就到了晚上。对他们来说，这是他们最早的日语课。他们根本不想与这些人分开，这些人热情、合群，他们刚刚逃脱死亡，就又大笑着做出最滑稽的夸张手势，讲述他们的故事。

大风暴

气压计骤然回落。舵手的助手通知大副，大副又立即通知船长。一个巨大的低气压区正向他们迎头压来。数分钟后海上刮起了凉风，天空呈现出一种幽灵般的深灰色。西博尔德被请去向日本人翻译，要他们带着行李去甲板下面。雅科麦提站在舵手身旁，紧张地等待着天气的持续变化。然后他决定升起风暴帆。但风势已经强到让水手们几乎没能收篷，一个小时后风暴帆才被升上去。天空下起暴雨，船壁上伴随了他们好几天的哗哗声，变成一种有节奏的雷霆。现在他们只能依靠前桅帆、前桅中帆和风暴后帆，在狂风大作的时候，他们几乎无法操纵这些帆。夜色降临时，几乎所有人都必须离开甲板。只有力气最大、最有经验的水手留在那儿，他们将缆绳系在臀部，牢牢拴在栏杆上，免得被冲走。海浪越来越大，船体随击中它的海浪前后左右地倾斜，好像它想翻掉似的。艏柱潜入水下，又深又久，水手们每次都担心它能不能再钻上来。风和波涛是唯一的怒吼。甲板上的人只靠手势交流。大家都听不见自己的声音了。西博尔德忐忑不安。他想去甲板上看看情况，但一时打不开舱口。那里迎击他的力量几乎让他窒息。浪花、飞溅的海水和雨水凌空飞来，像数千根针扎在他的脸上。他忧心忡忡地抬头仰望沉重的帆具，它们将桅杆敲得哐当响。主桅的底部被巨大的张帆杆压得嘎嘎响，张帆杆又吓人地扯着桅杆，很危险。就在这一刻，西博尔德看到前帆被"嗤"一声扯破了，数秒后就只剩下碎片在狂风中飒飒飘拂。然后，他们几小时前还用来救日本人的随船小艇像旋风似的在甲板上方原地旋转，"咔嚓"一声摔烂在前甲板下方的舱壁上。此时此刻，他头一回感觉害怕了。在鹿特丹至爪哇的长途航行之后，他满以为自己已经勇敢正视过暴风和海洋的威力。可现在他明白了，他至今经历过的只是一次十分普通的平静航行。他回忆起来，当海水像湍溪一样从"琼格·阿德里安娜"号上方呼啸而过时，他曾经钦佩过波恩舰长的沉着冷静。这回情况不一样。在这个漆黑如墨的夜里，海浪埋葬了船，在这些力量的影响下船会直接粉碎，这也许只是时间问题。甲板下乱作一团。水手和乘客们像木偶似的被抛来抛去。舱室里，床、橱和柜子都松掉了，恐怖地在房间和走道里飞舞。那些东西一旦被从固定处扯出，就会波浪一样上下翻飞，西博尔德不得不十分小心，这样才能避免被重物击中。他竭尽全力，设法走到了船长的舱室。当他到达那里时，他看到船长一个人目光呆滞、一声不吭地坐在围绕着他的军官们中间。他们不停地问他接下来该做什么，前景如何，但他不回答。看到西博尔德走进去，他突然从椅子上站起来，走向他的床铺，干脆躺了下去。军官们张口结舌。这种行为他们还从没见过。难道他们真的如此接近死亡，以至于船长已经提前向死亡投降？他们真的必须沉船溺死吗？后来舵手助手冲进来，上气不接下气地汇报，要水手们奋力排水，尽管风暴可怕，但船上水深只有 16 寸。众人的目光都谴责地望向船长，他转过身去，背对手下。大副接过指挥权，指示他的手下去取出斧子，要他们必要时砍断桅杆，不让船被自己的"上层建筑"拖下海底。这些消息安慰了西博尔德，有一瞬间在他的心里绝望曾经占取上风，他也担心会葬身海底，现在这担心结束了。他想到，如果能从这场飓风中幸存下来，作为医生，大家会需要他。他担负着责任，当人们需要他时，他必须精力充沛。于是他返回舱室，拿一根绳子系在臀部，再将绳子另一头牢系在床铺上。事后他将在日记里这样写：我想办法回到我的住处，尽可能将自己固定在床铺上，极力回忆我留在祖国的可爱可敬的一切，听从命运摆布。我很快就累得睡着了，黎明的钟声才将我唤醒。

　　风暴依然很大。波浪有房子高，在令人毛骨悚然的晨曦里翻滚，但不及夜里那么峭拔了。西博尔德先是走进船员的舱室，查看全体船员的伤口和肿块。情况没有他担心的那么严重。他给一条断臂打上夹板，给另一个脱臼的部位恢复原位，缝合了多起裂伤。船长不见踪影。甲板上的军官们最担心姐妹船"翁德尼明"号是否从飓风中幸存了下来。到了中午它才突然钻出来。当西博尔德望见它时，它岿然不动地屹立在一道巨浪上，旋即又跌进下一个浪谷。众人大松了一口气，看样子大家都熬过**台风**，活下来了。风和雨都还很大，不用考虑挂帆航行了。相反，舵手正在助手们的协助下进行必要的修理和维护。快到傍晚时，天空平静下来。风均匀地从西南偏南的方向吹过来，风势强劲。当日本人看见西博尔德时，个个都很高兴，既礼貌又愉快地向他打招呼。他们告诉他，他们很欣赏这船的构造；同时严肃地睁着大眼睛向他保证，他们已经再一次为迎接死亡做好了准备，他们一个劲地点头，一边大声喊着："哈咿！哈咿！"后来门德尔松也露面了。西德尔博很高兴重新见到他的旅伴。

"我的天哪，门德尔松，您的样子好像遇到了船魔本人似的！您的脸色苍白如纸。您那儿有个肿包和刮伤。让我看看。"

"我承认，这是我经历过的与大自然最不愉快最不文艺的相遇，"他疲惫地笑着回答，"这期间我真想死去。我在生死之间飘浮了数小时，极其难受，非常绝望。当末日来临时，你几乎一点都无法保持镇静，这太打击人了。我从没有这么难受过。"门德尔松这样评价昨夜。

"您不是唯一的一个。船长是那样心灰意冷，我没料到一个勇敢的海员也会这样。我也向您招认，昨夜我体验到了我的勇气和信心的极限。现在我想先请求您，立即来我的舱室。我得给您的伤口清理消毒。不过那个肿包我没办法解决，它还要过一段时间才会消去。"

"您知道我们什么时候才会再见到陆地吗？或者问得更准确些：我们什么时候会抵达，重新脚踩结实的陆地呢？"门德尔松假装渴望地叹口气，问道。西博尔德笑了。

"日本人认为，我们明后天肯定就能到达最早的岛屿。因此这不是几星期的事，而是几天的事。"

第二天上午他们果真望见了女岛。望见远方隆起的云遮雾罩的山尖，西博尔德心里升起一股甜滋滋的不安，胃里有种刺激紧张的幸福感。后来又是一阵瓢泼的暴风雨。这样恶劣的天气下，他们无法接近海岸。雅科麦提船长又闷闷不乐地重新接过了指挥棒，他显然不想再提昨夜的事，他吩咐将帆收起一部分，与海岸保持安全的距离，抢风行驶。

抵达日本

第二天是 1823 年 8 月 8 日，一大早，野母崎町终于在望了，那是驶往长崎湾的方向标。雅科麦提船长将全体船员和乘客叫上甲板，分发《圣经》，举行最后一次弥撒。荷兰人在日本不可以举行关于他们的信仰的仪式，连一本《圣经》都不可以带上岸。旅客们热情地与水手们一起唱荷兰语赞美诗，西博尔德尽量跟着合唱。他的思绪在别处。前天起就没再见到"翁德尼明"号的任何痕迹。弥撒结束后，他们驶向海湾口，野母崎和大崎两山的峭壁就像警卫似的，立在他们的两侧。背后，雄伟的云仙岳火山矗立在地平线上，像要给这个前哨助威似的。

雅科麦提让人在桅杆尖上挂上荷兰旗帜和一只秘密信号灯。数分钟后，他们看到一颗照明火箭高高地蹿向蓝天，它告诉长崎的港口哨兵：有船到了。同时，在岬角最高位置，一个大火堆被点燃了，它将燃烧一天一夜，通过日本群山之巅一长溜的其他烽火，将消息一直传到江户。数星期来头一回，天气晴朗，空气清新，从东南方吹来一阵均匀的风，"三姐妹"号的船首无声、迅速地划开平静的海水。当他们经过湾口，背对这个夏日的朝阳，第一眼看到长崎的大海湾时，西博尔德想，这一定是到了天堂。这美景是对遭受所有艰辛困苦的人多么大的补偿啊！他向往这一刻已经好多年了，他曾在自己的幻想里尽可能生动地描绘它。可现在他发觉，哪怕要想幻想出勉强相似的东西，他的调色板上也缺少多少颜色和形状啊。

呈现在他面前的沿岸地带的全貌，比他见过的一切景象都更壮观，更美丽。前景是海湾两侧苍翠欲滴的绿色丘陵和建有房屋的阶梯状山脊，中间夹杂着居民区锃亮的白色房屋和熠熠生辉的庙宇屋顶，它们突起在雪松、冷杉和云杉上方。远方的背景里，深蓝色的山脉像个慈祥冷静的影子。色彩斑斓的座座山岩突破了大海光滑的镜面。到处可见小**舢板**、渔船和奇怪的三角帆帆船。美丽的海湾里一派忙碌景象。渔民们几乎赤身裸体，只系着一种遮羞布，他们从四面八方友好地向船挥手。从船上的日本人的脸色可以看出，他们是多么激动，因为自己还能活着见到祖国，他们几乎无法控制自己的喜悦。风势渐弱，只剩下习习微风了。在一座小山丘上，一名哨兵引起了大家的注意，他正将荷兰旗帜升上一根高高的桅杆，以示欢迎。前方的地平线上终于慢慢出现了海湾的尽头，长崎的轮廓隐约可见了。

第四章 长 崎

日本程序——荷兰山民

日本程序

距离港口还有几海里。雅科麦提老远就让人收起了帆篷，只留下前桅帆和桅楼帆，这让西博尔德觉得奇怪。测深员测得水深为80英寻。他们不能在那里抛锚。链子长度不够，锚会抓不到底的。可是，由于没有水流，风已彻底平息，他们可以就这样停在那里。雅科麦提下令升起足够控制航行方向的帆，在港口前抢风行驶。然后他们就看到有小船径直朝着"三姐妹"号驶来。港口办事处使者的舢板轻快地从水面划来，那是些长形扁舟，船首高翘，两把桨穿过桨耳。三名军官和两位翻译登上船来，庄重严肃地站在主甲板中央，雅科麦提船长带着两名军官走到他们面前。船上十分安静。一位日本军官高声讲起话来，那声音几乎盛气凌人，一点也不友好。这印象与美丽风景、最早的升旗问候和渔民们的手势体所现出的真诚好客的气氛相矛盾，令人痛苦。第一名翻译以一种不太粗暴、尽可能冷淡的口吻用荷兰语说，这是日本政府对这艘荷兰船的第一批指示，得先执行这些指示，才可以将它拖进港口。同时日本军官递给雅科麦提一份文件，雅科麦提拘谨地鞠了个躬，接了过来。翻译继续解释，文件里另有关于全体船上人员和货物的常规问题，须在次日中午之前予以书面答复。他预告长崎奉行的代表将在那时候到达。另外，在军事安全措施结束之前，船长或一名军官必须跟他走，充当人质，接受软禁。一位荷兰军官走上前，点头告别雅科麦提，站进了日本人的队列。随后日本人默默地鞠了个躬，转过身去，像来时一样迅速地带着人质离开了。西博尔德和门德尔松都认为，雅科麦提船长应该事先告诉他们与日本军方的会面和这套程序。整个航程中他一句也没透露。经过这意外的可怕场面，船上气氛压抑。两小时后他们见到了"翁德尼明"号，这是它自野母崎町风暴之后首次出现，它正缓缓驶近。还是几乎一点风都没有。紧接着，像先前那样，同一批舢板又出现了，迎向姐妹船。这回有一群较大的驳船陪着它们，信号旗和灯笼的形状表明它们是武装巡逻船。船队在前往"翁德尼明"号的途中分开，大约十几只这样的警船驶近"三姐妹"号，从此就一直包围着它。令西博尔德吃惊的是，渔船仍被允许接近舰船，甚至可以与船上的人员讲话。在舱壁最低的船中央，船难者和船员们趴在栏杆上，身体深深探下去，与站在细窄小船上的渔民热烈交谈。他们将捕捞到的鱼和贝类放进吊下去的篮子里。这些稀客抵达后应该好好吃顿晚餐。另外，那也是对日本当局的粗暴对待的一种道歉，当局的行为总是让长崎的普通民众感到抱歉。饥肠辘辘的水手们对这些礼物感激不尽。最近三个星期的伙食很少，因为昆虫毁掉了大部分粮食。船长助手和门德尔松要给他们买这些美味的钱，但渔民们拒绝了。船上遇难的日本人试图解释，最后直接指出渔民们一定喜欢的交换物品：普通的绿色葡萄酒瓶！其他任何东西都会被疑为外国走私货物，尤其是在这儿，在港警的监视下。当船上的厨师让助手们拖来成箱的瓶子时，水面爆发出兴奋的欢呼，渔民们的船是系在一起的，像个漂浮的小住宅区。西博尔德又慢慢地放松了，他决定与门德尔松一起，去问问施图尔勒当下正在发生什么，还会发生什么。

116

"你们不知道吗？请你们原谅，我还以为你们知道呢。相当简单。几年前，准确地说是在 1808 年，英舰'**法厄同**'号在佩柳船长的率领下开到了海湾这里——挂着荷兰旗帜！如果说英国人无视日本和国际航运的所有外交规则，那就太客气了。那是海盗行为，实际上是一次宣战。**亨德里克·多伊夫**时任出岛荷兰商馆馆长，他毫不疑心，在三名日本港警的陪同下，将手下派去了船上。英国人直接拘捕了他们。"

"这次侵略目的何在呢？"西博尔德问道，他已经预感到施图尔勒会如何回答以及这与日本人的行为有什么联系。

"很简单。荷兰在欧洲不复存在了。1795 年，在正闹革命的法国的保护下，荷兰本土上成立了巴达维亚共和国，在那个时代，还有后来的拿破仑占领时期，这个国家再也没有能力维持它的殖民制度了。英国人以为他们可以趁此良机，用这种方式接管出岛，就像接管我们的殖民地锡兰、开普敦和爪哇一样。就这点而言，这是对我们国家的宣战，除了在国外的这座小岛上，荷兰已经不复存在，您很快就会在前面看见这座岛了。但英国人没明白的是，我们在这里住下来靠的不是武力，我们数百年来都是日本人的朋友，甚至备受尊敬。您肯定知道，自 1639 年以来，我们是唯一正式获准与日本通商的国家。"

"后来那些英国人怎么样了？"门德尔松不耐烦地问道，他宁可听听海盗故事，而不是日荷通商史。

"啊呀，是的。日本人旋即封锁了整个海湾，禁止一切水运。他们甚至用中国帆船加强封锁。英国人顿时明白他们被困住了。面对这种对手，他们没有获胜的机会，因为小船速度很快，轻而易举就能用箭点燃'法厄同'号。他们虽有枪炮，但能拿这些灵活的对手怎么办？后来他们威胁说，如果得不到食物、水和木材，就轰沉港口里所有的船只。日本人认为这个妥协可以接受，因为他们知道，让对手有机会保住脸面有多重要。于是英国人又释放了他们的俘虏，得到了要求的食物，获准自由撤离。佩柳的任务失败了。另外，此次事件之后，当年的港口警长源平松平决定承担全责，他写好遗嘱，自尽了。尽管这个结局损失不大，幕府还是被震动了，下令港口警长手下的七名官员统统自裁，并加强了安全措施。从那以后，"他边说边用手指指港口方向，在海湾上空画了一条无形的线——"在那儿，紧贴水面之下，横着一条沉重的铁链，必要时，面对入侵船只，它将保护港口。可我恳求你们对此事保密，因为日本人甚至认为我们不知道这个装置。还有，"这回他指着海湾两侧的小山，隐藏的铁链应该就在那个高度，"你们看见哨所上的那些旗帜了吗？那后面有个洼地，从海上看不见它，那里就是大集合场。由于我们的到来，锅岛和黑田**大名**的部队刚刚在那里集合。他们对强大的将军负责，未经许可，不允许任何人入港。由于长崎对日本与其他国家的通商往来意义重大，整个长崎都受江户幕府的直接管辖。"

"这么说来，所有措施都是对我们的保护了？"西博尔德问道。

"对。我请求您这么看待此事。我们应该对日本人感恩戴德，因为他们不仅在那一次危机中保护了我们。他们要我们今天履行的程序，也只为确保我们的安全。您会明白的。一旦程序结束，证明了我们是日本民族的朋友，一切都会改变。"

"我很感动。这让我们到目前为止不得不忍受的新口吻确实更容易忍受了。但是，上校先生，有一件事还请您告诉我们，"门德尔松追问道，因为英国的海盗故事似乎结束了，"既然荷兰是唯一

118

与日本通商的国家，为什么这里会有中国的帆船，也有中国的商人呢？"

"这也很容易回答。中国商人都是自己花钱来的，甚至可以说是私自来这儿的。日本和中国并没有正式交往。在前往江户参勤、晋谒将军时这个区别表现得最为明显，我们三年后就会参勤。只有荷兰人可以派一支官方使团进入幕府所在城市的城墙内。中国人被允许来到这里，但他们不被看作他们国家的代表，只被当作旅行推销员。"

"那么在日本工作的中国医生呢？"西博尔德询问道，施图尔勒的信息那么全面，让他几乎掩饰不住自己的惊讶。

"冯·西博尔德博士先生，您会看到，中国医生多得惊人，您最好现在就做好准备。"

西博尔德觉察这一说法中有一丝满足，这让他专注地聆听起来。

傍晚时分，雅科麦提和他的军官们已经在甲板下为日本当局填好了内容丰富的表格，门德尔松和西博尔德又坐在栏杆旁，或彼此交谈，或与那些不想离开他们的渔民交谈。他们一起跟着这些普通人学日语，一块儿进步。

"您注意到没有，"门德尔松问道，"他们根本不用'我'这个词？"

"是的，不仅如此。他们人称后面的动词也不变位。不是 ich esse、du isst、er-sie-es isst、wir essen ① 等，而只用一个词表示吃，taberu，形式始终不变。只有过去时才说 tabeta。掌握了动词的这一

---

① 德语：我吃、你吃、他—她—它吃、我们吃。

基本形式，就简单多了。"

"观察得很仔细。你并不像我们第一次见面时你想让我相信的那样没有外语天赋。顺便说一下，从 taberu（吃）开始是个好主意。我饿坏了，我想我得一个人吃完那些热心人白天给我们的可爱小鱼。"

"那我又该说啥！您看看这里。"西博尔德将裤腰和腰带远远地抻离肚子，腰带的搭扣已经钩在最后那个孔里了。自鹿特丹出发以来，他的体重减了许多，衣服已经变得松垮垮的了。漫长的航行和爪哇岛上的疾病消化掉了他那维尔茨堡人朴素的壮实感。

"是的，您说得对，"门德尔松笑着回答，"这条裤子里能装下一个渔民和一个英国胖子。可是，您别以为您这样就能在餐桌旁有优先权。"

不久招呼去军官餐厅用晚餐的铃声就响了。除了新鲜的鱼和大蟹，就只有稀汤和腌黄瓜了，因为库藏的蔬菜和水果要么吃光了，要么烂掉了。随着暮色降临，巡逻船点亮了灯笼，周围小山的山顶上点燃了大火堆，火堆远远地照耀着海湾上空。另外还有小火源，是渔船上点的，被挂在柱子上，用来夜捕。就这样，在四面八方众多灯光的映照下，海湾幽暗、平静的水面忽明忽暗，迷人地闪烁着。西博尔德和门德尔松一直观看到深夜，看渔夫们用网、钓竿、鱼叉极其灵活地收集海洋的丰盛礼物。

荷兰山民

第二天中午时分，像预告的那样，长崎奉行的代表来了，这回由四名翻译陪着他。雅科麦提事先通知了施图尔勒和西博尔德，要求他们在即将举行的会谈上必须在场。雅科麦提亲自陪代表走进船长舱室，里面为前来的使者、军官们、施图尔勒和西博尔德布置好了一张宴桌，要用船上还剩下的最好的东西款待日本客人。有各种利口酒、葡萄酒、烧酒、朗姆酒、威士忌和啤酒。日本人明显很开心，是的，甚至情绪亢奋。现在他们享受到了全日本的大名都妒忌的特权。代表喜欢红葡萄酒。他穿得特别体面，或像西博尔德所想的——"裹在布里"。代表的大袍里衬着一种织物，料子和颜色都是新的，让人很难看到裹在里面的衣服。代表肤色黝黑，为人机智，眼睛比西博尔德至今见过的所有日本人的眼睛都更细长。他先闭眼享受了两杯红葡萄酒，然后礼貌地对着雅科麦提低声讲起话来。翻译告诉雅科麦提，政府，当然还有整个长崎城，欢迎船的到来。荷兰人一直是日本人唯一且最好的朋友。日本人对扩大经济和文化交流规模很感兴趣。雅科麦提听后告诉他，今年的荷兰船正是带着这一使命来的。他趁机介绍了德·施图尔勒上校和冯·西博尔德少校。日本代表瞅空又喝了一杯十年前在波尔多灌装的葡萄酒，雅科麦提向他保证，这是荷兰政府向日本派来了最优秀的人才。代表心情愉快，大胆反问，这么说，以前出岛上的人是不是都是放高利贷的和刑事犯？雅科麦提听后哈哈大笑，这是西博尔德认识他以来第一次见他这么笑。这可能是一个信号，意味着会谈的正式部分结束了，接下来将过渡到无拘无束的开心部分，这也正合日本人的意，而且特别合日本人的意。但是，仿佛有一只无情的义务之手躲在暗地里要求他们遵守制度，代表和翻译们的脸再次严肃起来。代表转向施图尔勒，施图尔勒地位仅次于船长，有资格引起他接下来的注意。他告诉施图尔勒，他很高兴，以后在有关出岛的所有事务中，他们又有一位能力强、名声好的联络伙伴了。他让翻译们强调，他本人至今对智慧的荷兰商馆馆长**扬·科克·布洛霍夫**一直评价很高。当

121

他这么说时，西博尔德察觉日方全体成员的脸色都变了。他们突然全都变成了蟹红色！西博尔德担心，这个和蔼的人及其陪同人员的心里正暗暗升起巨大的怒火。他紧张地寻思会不会此前所说的话语中有什么伤害了他们，或者那只是享受酒精的一种生理反应。施图尔勒不受影响，十分清醒地回答：

"尊敬的代表先生，我永远不敢说自己能够取代一位智者。我只是个说话可信的人，母亲给了我坚定的秩序感。智慧不是我的强项。为此我专门带来一个人，他虽然年纪轻轻，却被多次证明，他至少在自然王国里是位智者。"说时他直接指着西博尔德。翻译们哧哧笑了，他们觉得这个回答聪明机智，同时又不知道怎么翻译才合适，才不会让代表哈哈大笑。自然的智者这个想法在日本人看来很可笑，因为每个日本人都生活在自然的怀抱里。这几乎就等于施图尔勒说的是，少校衔的冯·西博尔德医生适合做一株植物。翻译们交头接耳，一致认为，施图尔勒是想说，冯·西博尔德先生比他本人更接近智慧，因为他认识许多植物。代表显然没有理解这是什么意思，但他也没兴趣坚持。他直接转向西博尔德，亲切、审视地看着他。然后他讲了比先前长得多的话。翻译们集中精力，想记住整段话。他们再次将头凑到一块儿，低声细语。然后他们中一位一直没讲话的人站了出来。

"西博尔德先生，代表欢迎您来到日本，他希望您与您的同伴们很快就能从俘虏变成国宾。数百年来，出岛上的医生给了我们最好的体验。您应该知道，对您来说，在法律允许的框架内，长崎是一座开放的城市，那里许多人对您从西方带来的知识极感兴趣。代表还想告诉您，他喜欢您的目光。您有一种我们在日本叫作望穿群山的眼力的东西。很少有人能得到这种赞美。因此代表很愿意相信德·施图尔勒上校先生说的话，您是一位智者。"西博尔德目瞪口呆。他在施图尔勒的话中，又一次感觉到了对他个人的巧妙讽刺。但他做梦也不会料到，代表会误解施图尔勒的本意。他也抵挡不住从一开始就对这位代表怀有的好感，代表虽然外表上具有特别显著的亚洲人特征，但他的举止和丰满下唇让人想起罗马元老院议员的肖像。在一直十分正式的外交会谈中可以加进这种主观印象，也让他吃惊。他同样感到惊讶的是这位翻译所讲的荷兰语非常流利，不带任何口音，听起来就像个土生土长的荷兰人。现在轮到西博尔德为这份友好向他道谢了。

"尊敬的仓科先生，您是个有很大影响力的人。您对我们的宽容和满意将带给我们很多有利条件，这也能将日荷两国的关系建设得更好。我懂得如何做日本人民最温顺的臣仆，让我们的国家'陈为'纪律和秩序的模范。我们'印该'衷心地感谢您和您的国家。"

他很骄傲能在代表的名字后面加上敬称 **sama**，那是他先前从代表与翻译们的交谈中听来的。翻译们全都吃惊地望着西博尔德。他从眼角看到雅科麦提轻叹一声，垂下了眼睛。

"请原谅，西博尔德先生，您说的'陈为'和'印该'是什么意思呢？我不懂这些表达。这是最近几年出现的固定用语吗？"翻译用完美的荷兰语问道。

西博尔德感觉脸在发烫发红。他没有预料到这种情形。他没想到一个日本人会揭穿他的非荷兰人身份。为什么没有人警告他要小心这位天才翻译呢？他还是低估了日本人，这是他必须意识到的。他没料到他们的思维和语言表达如此精确。他认为他之所以这样倒霉，全怪所有非欧洲国家都是落后原始的那种刻板印象。这时他想到了一个主意——喝下的威士忌让他灵机一动。

"噢，请您原谅，这是我讲的一种方言，高地德语，我们部分使用另一种前缀。我自然是指'成为'和'应该'①。"

仓科坚持让翻译立即汇报出现了什么不妥。他听后突然警醒起来。他们有没有可能是掉进了一个陷阱呢？这些坐在宴桌旁假装成荷兰人的人，实际上全是英国人或俄国人？端给他和他的随从人员喝的饮料只是为了让他们丧失抵抗，好更容易捉住他们？他的生命岌岌可危了，因为他犯了这么大的错误，将军会要他的命的。或者，为了挽救他的名声和家族的荣誉，他必须主动做出牺牲，就像当年英国人进攻之后源平松平所做的那样。他手按剑柄，厉声下令，让翻译和军官们保持高度警惕，严密监督外国人的一举一动。除了雅科麦提，那些荷兰人都没懂是怎么回事，他们被日本人过激、狂暴的姿态吓坏了。然后仓科在翻译的帮助下又对西博尔德说道。

"西博尔德先生，您要怎么让我们相信您的确是荷兰人呢？您如何能够向我们证明，你们全是荷兰人，不是伪装的英国间谍或俄国间谍呢？"

"仓科先生，至于我本人，我请您相信，我来自荷兰的一个地区，这个区域不在海边，而在欧洲大陆南部，那里的人讲高地德语，它与荷兰语有些区别。我估计，九州岛的人与本州岛北部的人讲的日语方言也不同，对不对？但仍然是同一种语言，同属一个国家。"

"是的，事实上，差别有时候大到人们相互听不懂的地步。如果您说高地德语，那么，您是住在内陆某处的山上，那是在很高的地方吗？"

---

① 西博尔德讲错了动词的前缀。为了译文的通顺未予以体现。请参考上下文理解。

"是的，可以这么说。"

"那您就是个 Yamahollanda，一个荷兰山民了。那好吧，我被说服了。您的伙伴们呢？"

"您以为，如果我们抱有战争目的，我们会开着两艘各自只有两门大炮的笨拙商船进来吗？我向您保证，新的欧美战舰是如此强大，如此危险，我们肯定不会放弃它们的。两艘这种船就能轰毁长崎和……"说到这里他咬住舌头，因为他想说，就连笨重的水下铁链也不会管用的。可他答应过施图尔勒，对那早就不再是秘密的秘密保密。

"和什么？"翻译追问道。

"……和派出三百名全副武装的士兵占领城市。我以我自己的生命担保，荷兰人没有这打算。事实正好相反。东印度的总督对我说过，我们这次的使命首先是要与日本民族进行科学交流。荷兰人刚刚被从外国的俘虏和占领下解放出来。我们不想再在世界上挑起战争，只想要和平、贸易和科学。接下来您的随从人员反正会搜查这艘船。请您注意，在我的小舱室和仓库里堆着很多书籍、药品和仪器。其中大部分是带给你们最优秀、最聪明的同胞的礼品。在侦察之前先与对方分享所有知识，有我们这样奇怪的间谍吗？"

翻译将这番话译给仓科听，仓科多次嘟囔着表示同意，与此同时施图尔勒看向西博尔德的眼睛，赞许地向他点点头。然后，当翻译讲完西博尔德的最后一句时，仓科大笑起来。这话他喜欢。泄露的秘密比了解到的更多的间谍。冰就这样破了，仓科的疑心来得快去得也快，他不再粗暴，重新恢复到交谈开始时的愉快口吻。"荷兰山民，嗯嗯。"仓科连说几遍，同时咧嘴望着西博尔德笑，他的翻译们也笑个不停。

与西博尔德讲话的那位翻译请西博尔德有机会教教自己荷兰山民的方言规则，教教高地德语。西博尔德笑着答应了他，事实上对方的注意力只在他正端到嘴边的威士忌上。太险了。后来他又问那位翻译，代表听到"荷兰山民"这个概念时为什么那么开心。

"嗯，这个词不仅表示'荷兰山民'，也表示'荷兰蛮夷'，甚至'野人'的意思。代表没有不尊敬的意思，他只是觉得一个'山里来的野蛮间谍泄露的秘密比他们了解到的还多'这句话实在太逗了。"

港口警察局的六名检查员彻底搜查了全船，手拿填好的表格比对武器、给养和商品的总量，代表又讯问了船难的日本人，后来，在严格按照规定检查完毕之后，西博尔德去德·施图尔勒上校的舱室拜访了他。

"上校先生，我不想放肆地干涉您的计划，或怀疑您的决定。但有些事让我想不通。难道不能事先告诉我这番讯问和其中的危险吗？我必须向您承认，有一刹那，我感觉我的神经像我的钢琴的弦一样绷紧了。"他最后这句玩笑话是想缓和他的狂妄，虽然事先表明了对上校的尊重，这问题中的狂妄却是不容忽视的。

"我想，那只会让您紧张不安。您将形势掌控得很好啊。或者，换成您的比喻：您表演了一支优美的乐曲，每个音调都合适。"这想法让施图尔勒感到开心。

"如果事情不这样呢？如果我没想到高地德语和荷兰山民的故事呢？"

"那您的遭遇就会像四年前被日本政府下令遣返的比利时医生一样——因为日方代表的翻译听不懂他的话。这也是为什么您在出岛不会遇见一个由您接替的乘这些船返回家乡的医生。顺便说一下，您不知道吗，五十年前，您的著名前任——瑞典人图恩贝格最大的麻烦也是让日本人承认他是荷兰人？"

"不知道。您说的这一切对我来说都是新鲜事。兴许您说得对。知道这里的规定多么严格，会让我不安。我肯定也不可能再加快学习荷兰语的速度，因此我也根本不可能影响'礼貌讯问'的过程，如果我们可以这么称呼它的话。"

整个检查进行得令人满意，于是日方代表将书面许可证递给船长，有了它，"三姐妹"号就可以进港了。然后他告辞，带着他的人员前往"翁德尼明"号，他将去那里重复同样的程序，包括社交部分。不久后就出现了许多比舢板坚固的划子。它们是拖船。共有二三十只，且越来越多，最后他们被五十多只船包围了。船员捡起水手们给他们扔下来的缆绳，将船拖进港口。这么多划子也很难移动满载的船。片刻之后，长崎和港口的轮廓就更清晰了。然后他们看到了对面极小的出岛，能够认出建筑及其在阳光下闪烁的玻璃窗和绿色百叶窗。一根高高的旗杆上悬挂着荷兰国旗。这景象打动了西博尔德。他们离得越近，风光越是迷人。肃穆的庙宇和亲切的住房交织，坐落在常绿的橡树、雪松和月桂树组成的茂盛植被里。峭壁前，庄稼地和菜园子成梯田状，坐落在火山生成的肥沃丘陵上，这鲜明地体现出这个地方人与自然的紧密结合。港口的白色仓库排列对称，码头宽敞，看上去很友好。西博尔德再也平静不下来了。终于见到目的地了，他心潮澎湃，有一会儿不得不走去船尾。他站在舵手背后，顺着船后的平滑尾迹眺望大海——哭泣。他抛洒了几滴激动的热泪。他克服了多少障碍啊！一切，就连他的生命，遇到过多少次危险啊！有多少回，就差一点点，他就永远无法经历这伟大的时刻了！他振作精神，重新挤进主甲板上的人群，大家都在等候出岛荷兰人的第一批小船。大船鸣炮九响，向这座城市宣告荷兰船只的抵达，测量员这回报告龙骨下方水深是二十五英寻。雅科麦提让人抛锚。锚砸在水面，紧接着就响起沉重锚链震耳欲聋的哗哗声，这是一个明确的标志——象征完成任务的声音。他们到达日本了。西博尔德再次控制不住自己了。在嘈杂声和船员们的欢呼声中，他的眼光遇上了门德尔松的眼光。他们相视一笑，两人脸颊上都有快乐的泪痕。

第五章 出 岛

监狱岛屿

"三姐妹"号和"翁德尼明"号此前一直处于战争状态，并相应地被当作怀有战争目的的敌国船只对待，现在这一状态结束了。政府方面的怀疑立即停止，就连警船上目光严厉的警卫现在也显得亲切友好、乐于助人。首先，被扣作人质的军官可以回来了，几名荷兰供货商来到船上，因循原先的葡萄牙式称呼，他们仍被叫作Comparadores。他们手持出岛首脑的介绍信，将一筐筐水果、蔬菜和面包送到船上，作为欢迎礼物。船员们饿狼似的扑向这些新鲜物品。过了一会儿，去岛上的摆渡开始了。这次运输不得不由日本人组织，因为中国沿海的台风毁掉了"三姐妹"号的两只小艇，而出岛上的荷兰人不可以拥有船只。十几条舢板分几批将船员和乘客运去岛屿西侧，那里是来船的停泊处波止场^①。荷兰人高大笨重，要很灵活才能钻出日本人的狭窄小船。不是人人都能成功的。每当他们中有一位落水，都会引起哈哈大笑，可就连这些被迫洗澡的人也幽默地接受了。到达目的地的快乐让人们忘记了其他的一切。不过水手们必须留在船上，他们不可以上岸。

"翁德尼明"号的检查没有这么复杂，两艘船的荷兰人员都聚

---

① 码头的意思。

集在了波止场。在给他们安排住宿之前，当然还要有热烈的欢迎仪式。当一支队伍突然大张旗鼓地绕过拐角，向聚集者走来时，西博尔德一愣。走在欢迎队伍最前列的是荷兰驻日贸易首脑，具有传奇色彩的出岛商馆馆长扬·科克·布洛霍夫骑士，他身穿黑色的真丝大礼服，沉甸甸的绒帽罩着浓密的金发，脸上的笑容透露出一切：轻松、高兴、激动、怜悯和感激。这些年轻人将会接替他，继续他的事业，随着他们的到达，他的未来将前途无量。他将接受殖民部的委托，分析记录他的旅日成果，然后才能休息。出售私人收藏的日本物品会改善他的收入。他会友好地关注荷兰在日本的进展，尽可能用他的知识和关系提供支持。

其他队员的打扮也一样奇怪。他们身穿绣花绒裙、黑大衣、羽毛帽，腰侧的佩剑引人注目，每人手执一根带金把手的藤条，优雅而威严。两船的乘客瞪大了眼睛，你看看我，我看看你，满目疑惑。有的忍不住咯咯笑起来。不过，虽然简朴威严的制服让新来者觉得荒诞，同胞们的这番盛装符合出岛 17 世纪时的旧礼仪。很显然，不仅在日本，而且在出岛，二百年来没有什么变化。时间在这儿凝固了。

馆长隆重地走向德·施图尔勒上校，两人互相握手问候。布洛霍夫是个巨人，可确实不帅气。他的脸长满雀斑或早生的老人斑，软塌塌的，有点肿，肤色浅。当他张开厚嘴唇发笑时，大黄牙就露出来了，两颗门牙间有个大洞。西博尔德马上就从对方的相貌上看出他患有疾病，或经受过极其痛苦的考验，但他的热情和信心掩饰了这个缺陷。他的整体形象与随从人员有点骄横的旧式装束形成了令人困惑的矛盾。布洛霍夫请施图尔勒陪他去出岛商馆的楼上，去他未来的官衙和工作岗位。狂欢的队伍跟随着他俩。直到荷兰使节的新老两代领导在身后关上门，游行队伍才解散。入住安排开始了，西博尔德被领进一座日式双层建筑，房子是按欧洲标准布置的。新来的人还得等候他们的私人行李，因为按照规定，先要将所有武器和弹药运下船，运进地处大陆丘陵里的专设仓库里去。然后拆下舵轮，交给港口警察局保管。在那之后，荷兰人才能拿到他们的行李。当挑夫们将行李箱、手提箱和钢琴运进医生房屋里时，已经是傍晚了。西博尔德只简单收拾了一下床，立马就沉沉地睡着了。

第二天早晨他很早就醒了。岛上还是静悄悄的。他的房屋楼上一角有两扇窗户，一扇朝向海湾，一扇朝向侧面长崎港的栈桥。他看到荷兰的帆船停泊在那里。中国工厂的码头上，中国的帆船和日本的货船在静静地随波晃荡。除了远方轻拍的涛声，西博尔德还听到帆具轻轻的啪嗒声，这是一种在宁静的清晨里让他进入昏昏欲睡状态的旋律。甜蜜的战栗沿着他的脊柱，往上爬过他的头发。他穿上衣服，出门走去岛屿面朝大海的一侧，那里，来自东方的第一缕阳光照进群山之间的海湾，画出温暖闪烁的斑点。这最初的印象不可捉摸，稍纵即逝，像一缕芳香。昨天，在荷、日双方的所有行政工作和岛上的例行安排都结束后，这个国家开始对他产生影响了。越过低矮的玄武岩堤眺望大海一侧，他前方的右首是大浦的白色浅滩，左首看到被稻佐森林覆盖的海岸壁立于海湾上方。海洋坐落其间，像一种真正的呼吸平静的原始力量，群山和天空映照在海水里。大气层特别通透，光线明亮，所有的轮廓都无比清晰，西博尔德惊呆了。他感觉像终于戴上了一副眼镜，看什么都清晰得多，色彩强烈得多。在中国海域上漂泊的那许多苍白日子的记忆也十分有力地衬托了这一印象。他好像能看到比此前远得多的地方，就连南方遥远的海湾尽头，在它注入公海的地方，他也看得一清二楚，近

133

得触手可及。他就这样独自伫立在这座人工小岛的海边，接下来的几年它将是他的家乡，他觉得不是他在观看寂静的海湾、天空和群山，反而是它们在望着他这个小小人类，他从那么远的地方赶过来探索它们的秘密。他从未如此真切地感受过自然，它像是一个由伟大人物组成的共同体。同时他感觉全身的紧张正在减弱，他原先都不知道它的存在。随着紧张的消失，他才头一回感觉到了比来日本的普通愿望深切得多的渴望。这风景，更准确地说，是这风景看他的方式，松开了一只夹子，它维系着他迄今的生活，与他至今所做所想的一切都多少有联系。一种力量推动他找到了目标，将他释放，让他去从事新的任务。他感觉自己接受了洗涤，做好了准备，要去迎接一个新的开始，开始另一种生活。

为了熟悉小岛，他在岛上散步。小岛形如一把扇子，向海的南侧约六百英尺，向陆地的一侧五百英尺，两者之间刚好二百英尺。有二十多幢双层木屋，其中有七八幢是供荷兰官员使用的。余下的是商人的住处、军火库和仓库。最大的建筑是糖仓，因为自打通商以来，糖一直是日本人出价最高的商品。旗杆四周有座小广场和一个可以进入的荒芜菜园。那里有得收拾！他经过唯一的一座桥，两名哨兵纹丝不动，默默地看着他。桥对面是港口区，那里道路整洁，两旁坐落着漂亮的白房子，房子上安装着很多窗户和大推门。那后面慢慢出现的就是长崎市了，它依山而建，有蜿蜒的街道，有周围环绕着房屋和寺庙的狭窄广场，还有精心打理的花园。因此，他必须适应的岛屿是个略显荒凉的小世界，与四周海洋和大陆的壮观美景刚好相反。

这一整天他都在收拾行李。他必须归整、堆放他的许多仪器、药品、图书和服装。西博尔德运气好，安排给他的是一座按最新标

远眺出岛和长崎湾

准装修的住房，拥有各种欧式便利设施。旅途中他的伦敦产的"罗尔夫父子"牌钢琴一直堆在仓库里，安然无损。在这儿，自离开海丁斯费尔德以来，他头一回有机会和足够的位置安放它。他的诊所安排在隔壁，他立即着手布置起来。后来布洛霍夫过来邀请他和施图尔勒一起去他家用晚餐。当西博尔德踩着暮色出门去布洛霍夫家时，四面八方传来刺耳、有节奏的蝉鸣，日本的夏季又湿又热，这是夏天的一种独特的音乐。在一盏巨大的枝形烛台的光芒下，布洛霍夫用葡萄酒、酥脆的烤羊排，以及有关日本人、小岛和他的隔离岁月的各种故事款待了客人们。

"那时多伊夫还是这儿的馆长，我是他的助手。一个杰出人才，一个传奇式人物。1813 年，他面对英国人，拒绝放弃岛屿、返回巴达维亚的命令，你们应该看看他当时的样子。1811 年，整个荷兰殖民地东印度都被英国人接管了。多伊夫坚持这里就是荷兰，他不会离开这块土地。"

"'法厄同'号事件后英国人又来过这儿？"西博尔德问道。

"是的，事实上，那是夺取荷兰的贸易办事处的再一次尝试。又是了不起的多伊夫，他没被英国人吓倒。他不信他们。他们告诉日本人，作为自主国家的荷兰已经不复存在，英国接管了曾经的荷兰殖民地。更糟糕的是，英国人贿赂了我们商馆从前的领导人**威廉·瓦德纳**，由他出面为他们进行谈判。瓦德纳在日本人那里仍然享有很高的声誉。但多伊夫态度强硬。他也不信任瓦德纳。最后他找到了一个解决方法：安排一位商馆领导返回爪哇，去让英国人提供证据，证明他们所言属实。日本人同意了。于是我实际上是被当作人质带去了爪哇，因为被选做使者的自然是我。您觉得在那里等待我的会是什么？我与英国王室安排的**托马斯·莱佛士**总督进行了一系列交谈。他本身是个博学、睿智、思想自由的人。"

"他还是一位公认的博物学家，他在爪哇任职期间发现了拥有二千六百年历史的寺庙城市婆罗浮屠，为了表示嘉奖，乔治四世晋升他为骑士，"西博尔德补充道，"另外，我觉得他的两卷本的《爪哇史》堪称杰作。让我们耐心等待，看看他为东印度公司在马六甲海峡兴建的名叫新加坡的城市会怎样吧。"

"是的，他是一个有意思、有野心的冒险家，我们肯定不该只是消极地理解他，"布洛霍夫意味深长地笑笑，答道，"但我不得不认定，英国人卑鄙地撒谎了。当他们在出岛出现时，法国对荷兰的统治已经结束，巴达维亚共和国已经解体了。尽管如此，在收买了瓦德纳之后，冷冰冰的莱佛士又试图贿赂我——用不容轻视的一万五千西班牙比塞塔①。但面对欧洲传来的好消息，我心里在欢呼

---

① 比塞塔是西班牙及安道尔在 2002 年欧元流通前使用的法定货币。——编者注

雀跃。我的国王即将重登王位，我建议莱佛士最好与他商讨此事。莱佛士怒火填膺，将我当作战俘投进了一座骇人的巴达维亚监狱，随下一艘船运回英国，我被关在那里的伦敦监狱，等候被送上军事法庭。莱佛士想让军事法庭判我有罪。但事与愿违。拿破仑已在流亡厄尔巴岛的途中，荷兰大使就关押我一事向英国王室提出抗议。此事让英国人特别尴尬。我当即获释，政府做出口头道歉，主动提出，允许我自由返回巴达维亚。但我不想再与英国人结伴同行，我回了荷兰家中。"

"你们想象不到当时是什么情形。你们要知道，我们啥都没了。就连多伊夫也穿着稻草和粗羊皮做的鞋跑来跑去。许多人不得不用已经泛白的床单缝制裤子和衬衫，因为他们的衣服烂了。几乎没东西可吃了。这个……"说到这里他顿了顿，举起酒杯，杯子里盛的是用特内里费岛的优质葡萄酿造的红葡萄酒，他垂涎地笑着，望着它，"……一滴也没了。这种状况持续了不止几星期或几个月。不，它持续了三年、四年、五年，一直持续下去。你们能想象当时的道德状况吗？而且人们还是日复一日地被拘在这岛上，一直得不到确切信息，不知道家乡的家人如何，是的，家乡本身又怎么样了！真恐怖啊。我回来后耳闻目睹的和多伊夫讲给我听的，让我理解日本人究竟是怎样的人。他们虽然表面上保持着严厉，实际上不顾政府指示和《外国人交往条例》，尽可能善待我们。就连官员们也让人偷造简单的小帆船和划子，装上米袋粮袋，在顺风时让它们从海滩漂向岛屿，漂过封锁。他们这样做得不到钱，因此这不是走私。谁也不必踏上岛屿或亲自庇护一名荷兰人。他们可以说，那是漂浮的祭品，是献给他们的神灵的，等等。就这样，我们可怜的同事们发现，在暴力和严厉的**面具**下面，日本人对他们很有好感，十分同情他们。从那以后我对这些人就深怀感激。我可以说，有几名官员已经成了我的好友，离开这个国家后我会非常想念他们的。"

"您在故乡有家庭吗？"西博尔德随口问道。但问题的效果将他吓坏了。布洛霍夫的表情刹那间就变了，脸部肌肉松弛了，脸上许多肉灰溜溜地挂下来，他突然看上去像只衰老的猎犬。他用疲倦、顺从的声音回答道：

"哎，我本希望可以跳过这一章的。可是，既然您已经问起了。与日本人的交往也并非像我刚刚讲的这样诸事顺遂。六年前，在长期隔离之后，我搭乘第一艘船，带着妻子和小儿子回到这里。她叫**提蒂娅**。她长得很美，在我眼里是天底下最漂亮的女人。她热情洋溢——又顽固执拗。当时我无法让她放弃陪我来日本的计划。这不仅从一开始就有风险，而且是不可能的事。出岛的规定和《外国人交往条例》都特别禁止外国女人在这里居住。但我太兴奋了，坚信我能够说服日本人与时俱进，更新这些传统规定。盲目的我甚至相信，这是他们欠我的，因为我主动充当英国人的人质，为他们免除了许多损失。这有多么胆大妄为，抵达当天就已经有目共睹了。你想象不出随之而来的丑闻有多严重。日本人一见到提蒂娅就彻底疯狂了。她是日本人见到的第一个欧洲女人，她完全超出了这里的人的想象。我正式为我的妻儿申请居留权。但幕府的决定十分无情。两星期之后，提蒂娅不得不搭乘来时的那艘船离开这个国家。哎呀，那离别是多么痛彻心扉啊！我俩都痛不欲生，我的小儿子懵懂无知。三名水手不得不将拳打脚踢、拼命反抗的提蒂娅拖回船去。直到最后一刻她都不想承认我们的斗争输掉了。这还不够。由于一场风暴，那只船连续几天无法离开海湾。我一直可以看到它停在海上，我知道这又给提蒂娅额外增添了多大的痛楚。返欧的航程旅途漫漫，对于她一定是一趟穿越地狱之旅。回去两个月后她就死在了海牙，她生病了，绝望了。我在这里的任务给我带来了小小的荣誉，她便是我为此付出的代价。她将儿子留给我作为纪念，他在我妹妹家盼望我回去。"

布洛霍夫克制着自己，不让眼泪流出来，他的脸看上去像雨中废弃的采石场。德·施图尔勒上校即将光荣地接替布洛霍夫，他想到不得不忍受同事哭泣的样子，心头感觉不快。他不理解这种多愁善感，尤其是在自己邀请来的客人面前更不该这样。西博尔德感觉到施图尔勒越来越冷淡，他对善良的布洛霍夫在好感之外又多了份怜悯。面对施图尔勒表现出的蔑视，他感觉自己有责任为布洛霍夫辩护。

"我是半个孤儿，我非常能体会您的损失。与所爱之人在空间上分离，以及因真正的死亡而分离，当然加剧了这种损失。亲人死时身在远方、不能与自己告别也绝对不同于亲人在久病之后离世。可您妻子为什么不顾旅途的艰辛和危险，坚持要来日本呢？"

"那是出于她的性格，和她的爱。"

北斋和马琴

"为一先生！为一先生！这是什么该死的蠢事啊！为什么只因你又想出了一个新笔名，我就得像傻瓜似的满城找你。而且还是这么个普通名字，别人听了还会以为是个鱼贩、编篮匠或制烛工呢。**葛饰北斋**才是个听起来规规矩矩的名字，人家不会将它与这种幼稚的行为搞到一起。"

"老朋友，别激动。没有办法，我不得不将我的名字让给一位年轻艺术家。我可是到处给你留下了线索的！我告诉过所有人，你要是来了，就让你来找我。顺便问一下，你知道，为了让他们认出你来，我是如何描述你的吗？"

"不知道。"

"如果来了个老头，他心情恶劣，眼睛发黄，他的神情和走路姿势像是到处都得踩着你们的屎走，那就打发他来找我吧。这只能是**马琴**先生。"他模仿马琴的样子，随后粗俗地开怀大笑起来。

"快坐下，陪我喝酒。时间正合适。"他安慰道，因为马琴受不了他的笑话，他不想再激怒敏感的朋友。饭店的女招待一直默默站在门口，此时她端上一壶清酒、两只小酒杯和一碗盐腌鳗鱼丝。

"是什么风把你吹来这儿的？我只是碰巧听说，有人在谀访神社见过你。你不是一直住在江户嘛，我记得，你可不喜欢像我们一样长途旅行。"

马琴的脸痛苦地扭曲了，因为几年来他不仅不能走路，连坐也不那么容易了。"别跟我提这个。是痔疮和疖痈就了我从江户到这里的道路。我不知道，是哪个魔鬼跟在我屁股后面来了，"他边说边愠怒地抬起干枯、瘦削的手抚摸光秃秃的头颅，"我来这里，是因为朋友们告诉我，今年会有个几家外国出版商的代理人搭乘荷兰船来这儿。"

北斋收紧他的和服腰带，圆滚滚的肚皮已经露出来了："那又怎么样？你想给幕府找麻烦吗？让我猜猜。你想让你的书在国外出版。"

"当然。我已经有好多年都对这儿的出版商感到恼火了。全国都在读我的故事，而他们只是请我吃顿饭，最多也就是给我一些零花钱。"

"你是不是有点夸张了？我听说你最近非常成功啊。听说你开始创作一个大系列了。请您原谅我没有读过。我从早到晚都在作画——除非我正好与老朋友们坐在一起。"马琴疑惑地看着他,想弄清他这是当真、恭维,还是又一次冷嘲热讽。他们多年没见了,他不确定自己是否还了解北斋。他也发现北斋这段时间保养得很好,比他本人要显得年轻,这让他不由得有点妒忌。北斋长得圆润健康,皮肤几乎是金色的,头发依然浓密、乌黑,向后梳理得一丝不苟。

"对的。我的新作读者很多。有数万。我第一次能养活一个家庭,妻子偶尔也不再烦我,这也是真的。但我挣的也只有桥梁监理这样的低级官员或流动商贩挣的那么多。"

"我对钱没兴趣。给我讲讲你的新作吧。不过最重要的,是先喝酒吧。"

马琴顺从地端起酒杯,一口喝光,又小心地放回去,下巴向前翘,挠挠脖子,然后做个痛苦的鬼脸,舔舔牙齿——当他不得不讲他的作品时,总免不了这几重姿势。

"它叫《**南总里见八犬传**》,简称《**八犬传**》。我十年前就已经动笔了,如今已经写了二十多册。我至少还要写上二十多册。因此我还不能给你讲完整的故事。故事从安西大名的军队包围安房大名里见的城堡开始。被困者已经饿了七天了。眼见家庭、家臣和自己即将毁灭,里见知道这回死定了,夜里,他怀着苦涩的幽默对他的猎犬八房讲,它要是能杀死敌人,他就将女儿伏姬嫁给它。第二天里见醒来,看到八房坐在**榻榻米**上。巨犬的两腿间躺着安西大名的头颅,头颅上没有生气的眼睛盯着里见。这胜利让里见非常难堪,现在他必须将女儿嫁给一条狗了。事实证明,八房不是一条普通的狗,而是犬神。伏姬本人坚持举办婚礼,她觉得一位大名若不能兑现承诺,大家都无法容忍。婚礼如期举行,八房带上伏姬去了富山。

在那里，伏姬不久就梦见自己怀孕了。可她还是处女。她将要生下一条狗的孩子，这耻辱让她再也无法承受。当她**切腹**自尽时，她的佛珠碎了，佛珠共有一百粒珠子，这是一年前一位僧人送的，僧人预言她将有奇特的命运。珠子散落满地，其中有八粒开始闪出蓝光，升上天空飘走了。它们是伏姬真正的儿子，分别由各藩不同的女人生下来，成了人。他们每人都有一粒刻有经文的魔珠，他们都将成为武士，八犬士，分别象征一种儒家道德。他们将在魔珠的帮助下，在**安房藩**共建一个更加公正的新秩序。他们将一直执行任务，直到某个时候珠子上的经文消失。"马琴被自己的话感动了，睁大眼睛望着天花板，又透过天花板望向天空，他猜想他希望能在故事里生效的力量就在那里。

"马琴，这是一则很动人的故事，一部真正了不起的小说！再给我们斟点酒，女人，快。我们老了，快死了，你快点，我可不想清醒着死去，"他冲女招待嚷道，"你讲给我听的比你已经写好的更多。这我听出来了。我马上就意识到了，你的犬士不是那些傲慢无用的无赖武士。"

"对，是这样。武士的时代早就过去了。他们不再是我小时候认为的神圣的化身。"

"老朋友，谢谢你。在我的精神之眼前立即产生了戏剧性的凌乱图像，它们的伟大配得上你的题材。我只是在想，你为什么要偷偷委托我女婿柳川重信来为它们绘图。不过，我们还是喝酒吧。"

"别喝了！我永远不会再请你替我的故事画插图了！我不想再重复《椿说弓张月》的经历了。你不知道我期待你画什么样的画。当读者给我写信，为插图祝贺我时，我还一直怒气未消。他们不理解，我想象的是迥然不同的东西。"北斋笑了。马琴又因他们当年的艰难合作发起火来，仿佛那是刚刚发生的似的。

"你果真还是从前那个让人恶心的老家伙。说不定你还真是对的。我们不该再合作。你变得跟我一样虚荣了。虽然我俩只可以靠我们的艺术娱乐一下下层民众。没有哪个贵族会拿起我们的作品的。喝，快喝啊！"

"不喝了，不喝了，够了。"马琴拒绝道。他害怕北斋喝多后过分的亲昵——因为他知道，他本人对此是多么没有抵抗力。可他后来还是喝光了杯中的酒，北斋满意地笑起来。"你这期间做什么了？"马琴问道，虽然当年有过争执，但他十分清楚，与他坐在一起的是当代最伟大的画家——不管贵族们怎么看待此事。

"让我给你看几张画吧，"他边说边打开一只大木箱，取出几幅用布包着的版画，"这是我的《富岳三十六景》系列中的一幅。我已经画了将近五十幅，它们很受欢迎。这是《神奈川冲浪里》，这也是这个系列里经常有人买的主题。"

"很震撼。"马琴低语道，手指不接触纸，沿着前景里大浪的浪脊轻抹，直到背景里的浪谷，那里可以见到摇摇晃晃的小船和遥远地平线上的富士山，它显得比怒海狂涛要小得多。

"然后我还研究了各藩的瀑布，画成了《诸国名瀑布》，这个作品出名了。现如今我甚至在卖我的速描，'漫画'。幸好我不必自己再站到市场上，出售我的**浮世绘**和漫画了。储备的复制品很多，我可以一直委托别人去卖。全国各地赶来的商人都来询问。"

"如果我们的政府扩大和改善与外国的交往，对你不是也有好处吗？也许欧洲的蛮夷会通过你的画意识到我们的文化具有更高的价值。"

"你以为我为什么在这里！去年，被围在港口里的荷兰军队的负责人，向我订购了一大批画。他有一张吸引人的脸，长得像条老狗，我是说，像个犬神，跟你故事里的一模一样。可是……好吧，我还没有完成订单。老实说我都还没有开始。我来这儿是另有原因的。我想见到像上回在出岛上短暂出现的外国女人那样的女人。为了至少能远远地看她一眼，我们在桥附近的岸边连续露营了几天。我该怎么对你说呢？我见到她了！那是怎样的形象啊！你无法想象！一个既像动物又像魔鬼的女人！我连续几星期无法入眠。她离桥很近，被我们的一群翻译围在中间，她比他们高出了不止一头。她是个巨人。她的眼睛像新鲜的熔岩一样，红通通的，嘴里发出无法理解的声音，嘴巴大到能一口咬掉一颗日本人的头颅并吞下去。嘴里长着很多大白牙，牙齿周围是肉嘟嘟的嘴唇，像出芽的果实似的。"

"你在捉弄我。你喝多了。"马琴不高兴地指责道——又喝光了一杯，沉默的女招待立即又满上了。

"马琴，在你的故事里，公主被狗搞怀孕了。你不清楚自然都构想出了什么。所以，你听着。"北斋闭上眼睛，让女魔的形象重新浮起在眼前，继续往下讲。

"她的头发像风暴中的灌木丛，乱糟糟的。它们在空中盘旋，完全缠在一起，那里面有一绺绺的，有一卷卷的，像男人的胡子一样。她的身体几乎从中间被剖成了两半。她的臀部大约齐我们翻译的胸膛，从那里开始，宽松的布料向下盖过她的双脚。向上，一直到肩，她的身体也更宽，布料紧贴着其下的肉体。你无法想象她有怎样的乳房！两座富士山挨在一起，每座肯定有南瓜那么大。这形象和她表演的地狱之舞，既惊悚，又令人激动！我真恨不得这个魔鬼会从水面上向我扑过来，将我一口吞下。我只希望她在吞食我渴望被这样对待的肉体时不紧不慢，希望我的骨头对她来说足够香甜。我头一回在想到死亡时怀有快感。"

"我一直知道你变态。我国所有的女性之美都被你白白浪费了。但我感谢你的描述，没错，这也引起了我的兴趣。我国的女人小鸟依人，什么都比不上她们可爱的**瓜子脸**。听你这么说我很满意。**平安时代**的画家留给我们的这些漂亮的瓜子脸，就是我的永恒喜悦的化身。"

"这一切全是贵族们的胡扯。我宁要集市上的任意一个粗壮的村姑，也不喜欢这些装腔作势的贵族女人，我宁可在窑子里多泡一小时，也不想辛苦地学这无聊的、千篇一律的道德说教，而我们贵族的高尚观点就从中汲取养分。你知道吗？哈哈！她们很喜欢买我的春画，当然是私下里。她们派自己的仆人打扮成商人，问都不问，就支付我开的价钱。我真想知道她们用来做什么。"

马琴又干了一杯，正要放下杯子，听到这里直接破口大骂。

"我看过一本这种书籍。这种下流货！这种可耻的东西！快过来，让我看看你的**男根**是不是像你画的那么大，这我倒想知道。"说着，他怒冲冲地扑向北斋，想透过**浴衣**抓到北斋的生殖器。画家的力气原本更大，意外遭袭后身体失去平衡，向后倒去，并且带倒了马琴，马琴倒在了北斋身上，北斋又试图甩开他。两人就这么扭打在一起，在榻榻米上滚来滚去。"住手，你这个疯老头！你中邪了吗？"他嚷道，一边笑，"你是妒忌还是怎么的？要我也给你这么画吗？你是不是想要这样？"他抓住马琴，让他坐正，马琴顺从了。两人都上气不接下气。女招待不为所动，往酒杯里加满酒。

北斋冷笑着摇摇头："我们说到哪儿了？啊，是的，中国人。但愿我们国家会在海上漂得远远的，远远的，好让他们不再来这里。我必须写他们的文字，我必须接受他们的医疗，然后我还得看他们自命不凡的风格的画。"

"天哪，你自己也还在和中国人一样作画呀！"

"你这话什么意思？"

"你跟我一样，只在你的屋子里、你的作坊里工作。你应该看看年轻的**广重**去。他的画已经和你的放在一起出售了。当他画大自然时，他携带全部工具，在野外作画。你还是个十分传统的画室画家，因此只是个日本中国人。"北斋皱起鼻子，不高兴地做了个鬼脸。在野外作画？这是个多么荒谬的想法啊。马琴为自己小小的恶作剧感到得意。

与门德尔松一起散步

"门都鲁松先生！门都鲁松先生！"西博尔德看见门德尔松正在路上闲逛，放肆地模仿他姓氏的日语发音，冲下面喊道。漫长的旅程结束后，他们已经三天没见面了。

"哎呀，西博尔德，我正在找您呢。我需要您的帮助。"西博尔德走近他，门德尔松的苍白脸色将西博尔德吓坏了。

"我可以帮您什么忙呢？"

"我感觉不舒服。打从我们抵达这儿，我就一直无法久站，我头痛，疲倦。"

"好吧，您快到我诊所里来吧。本来今天已经关门了。但您的情况这么严重，我还是感觉有义务尽我的医生职责。可是，要我给您检查，您先得答应之后与我散个小步！我会搀扶您的。"门德尔松望着他，目光既抗拒又惊讶。此刻他可没有心情开玩笑。检查很快结束了，结果出乎意料。门德尔松没有西博尔德的健壮体魄。虽然冒险已经结束，旅途劳顿和营养不良却让他付出了代价。但头痛另有原因。

"门德尔松，我有一个好消息和一个坏消息要告诉您。您想先听哪一个？"

"请先说坏的吧。"他低声回答，感觉很虚弱。

"您需要一副眼镜！"西博尔德故作严肃地说，"过去几星期里您不知不觉地变成了近视。这不是问题。我们船上有足够的眼镜。它们属于要卖给日本人的商品之一。我要看看，我们能不能在城里找到一个优秀的透镜打磨师，让他为您配上一副。"

"那好消息是什么？"门德尔松追问道。

"您不会死，您根本算不上有病。您只需要注意规律用餐、健康饮食。另外，我很想让您做点运动。但是，我们这种情形，除了散步或击剑，我几乎无法向您提供别的项目。"

"哎呀呀，击剑，不，您可不能要我这么做。我们还是绕着这个土堆散散步吧。我已经感觉好些了。一方面是身体状况，另一方面是对身体状况的担心，两者积累起来，产生共同的效果，这还是很有意思的。医生的本领不仅在于治疗一种疾病的生理起因，也在于尽可能消除与此相关的担忧。"

"这才像您。刚打消疑虑，您转眼又变成哲学家了。"

西博尔德关上诊所的门，与门德尔松一起前往岛屿面海的一侧。

那里有张长椅，已风化褪色，这是某位怀念他的巴黎岁月的文艺爱好者打造的，但荷兰人比较实际，不太喜欢闲逛，从没用过它。

他们用手擦净长椅，在温暖的暮色中面对整个海湾坐下来。

"看您无忧无虑的样子，我发现您适应得很好。"门德尔松说道。

"是的，我自己都感到意外。我觉得我就像是来到了命中注定的目的地。尽管如此，我也注意在劳累之后让自己得到充分的休息。只不过我们的'监狱'空间狭小，让我有点压抑。除了怎么能够去大陆开始我的考察，我几乎啥都不想。"

"我问您，对于日本和外国之间往来的历史，您了解多少呢？因为您，我现在对硬骨鱼类呼吸器官的形态了解很多，作为您的勤奋好学的好学生，我认识的害虫的种类比我随身携带的荷兰盾还要多，可是，面对丰富多彩的大自然，我们在海上彻底忘记了这个历史话题。"

"您说得很对。"西博尔德说道，身体向后倾。

"两天前在馆长家吃晚餐时，我们详细谈论过这个话题。布洛霍夫不仅唤起了我的记忆，还讲了一些关于我们的使命及其历史的内容，那是我一直不知道的。您得想象一下：这座美丽的长崎城，当遇到船难的葡萄牙人 1543 年首次在附近登陆时，它还是一座小渔村。贝尔瑙·孟德茨·平图船长从澳门带来一个中国人，他能与一位生活在这里的中国人交谈。与平图一起被冲上岸来的中国人形容这些葡萄牙人是不怀恶意的商贩。但他们身上携带了金属长管——枪支，日本人很快就对它们产生了浓厚兴趣。当时内战已经持续了数百年，火器的进口决定内战的走向，因为火器落进了**织田信长**的手里，他是拥有领地的诸侯之一——日本人称之为大名，他的目标是实现国家统一。于是葡萄牙人在日本受到热烈欢迎。他们可以从事贸易，在国内自由活动。这些欧洲客人也没忘记将基督教带给日本人。1549 年，耶稣会士**方济各·沙勿略**开始了他的传教工作。令人吃惊的是，大量日本人纷纷皈依基督教，虽然他们对我们的宗教只有极其朦胧的了解。可是，那些虔诚的兄弟们所到之地，似乎情况都是这样。"

"那您是个虔诚的基督徒吗？"门德尔松打断道。明显地听得出，他对耶稣会士很反感。

"我这是站在神圣的宗教法庭上吗？"西博尔德狡黠地笑着，反诘道。但他已经知道他该如何理解这个问题了。

"您知道，您让我有点难为情。我承认，虽然我接受过彻底的宗教教育，我很难认为我理解那个被《圣经》称作天地创造者的善良的高级生物。我理解的《圣经》，特别是《新约》，是一则正义英雄走向了悲惨结局的动人传说。那么您呢，您是个虔诚的犹太人吗？"

"啊呀，不幸的是，不管愿不愿意，犹太人总是虔诚的。我要是能有选择就好了。可犹太人生下来就属于他的宗教。他不必先皈依，他不需要洗礼，不需要坚信礼，不需要受圣餐。犹太人逃不脱犹太教信仰。而我内心更喜欢的是伟大的莱布尼茨所代表的宗教。或者康德。"

"我们是不是该回到主题上来？"西博尔德不感兴趣，不失礼貌地问道，语气里带着一丝讽刺。

"好的，好的，当然。"门德尔松赶紧说道，好像他想撤回这个不必要的信仰问题。西博尔德继续做他的历史学报告。

"好吧，我们说到哪儿了？啊，想起来了。幕府渐渐觉得耶稣会的影响很可怕。很快，皈依基督教的就不仅是数十万普通人了，大名的数量也在增长。大村纯忠大名甚至将长崎城赠给了耶稣会士。当时**丰臣秀吉**将军推进了日本的集权化，率军十六万进攻朝鲜。不过征战失败了。于是他颁布了首个驱逐外国人的敕令。敕令虽未得到执行，但是，为了杀鸡给猴看，几年后丰臣让人枪杀了二十六名耶稣会士和皈依基督教的日本人。他还从耶稣会士那里收回了长崎，将该藩置于自己的控制之下。他死后，伟大的**德川家康**接手了政府权力，于1600年在**关原**合战中消灭了国内的所有对手，统一了日本，建立起一个中央政府。他重新接受了将军头衔。德川王朝就此成立，其统治一直延续到今天，没有中断过。江户成了新都。那里的人越来越担心那个遥远欧洲的统治者，外国人都称他'教皇'，他们不知道他是谁，特别是他的军队有多强大。将军和他的大臣们当然也没有忽视，基督教在亚洲多是打前阵的，它预示着殖民军即将到来。但是，关键在于，日本臣民和大名信仰并忠于基督教的皇帝这一点，会重新削弱刚刚强大起来的中央政府。后来荷兰人才加入游戏。第一个外国办事处是我们于1609年开设的，设在离这里以北一百海里左右的平户岛上。与英国人类似，我们对传教没兴趣。不久，西班牙人第一个被赶出了这个国家。后来发生了一件事，我在之前的学术论文里都没能找到。布洛霍夫讲到了在邻藩岛原藩皈依基督教的农民举行的起义。那是1638年。这个采邑的大名想修建一座宫殿，向臣民勒索钱财，臣民们越来越抗拒。于是他派去军队，但抵抗比他预期的激烈得多。在原城要塞附近发生了激战。被长期包围后，起义者投降。男女老少共有四万人。他们无一例外，全都死得很惨。他们被捅死、刺死，或被扔进云仙岳含硫黄的热泉里烫死了，我们驶进海湾时看见过那座火山。不久葡萄牙人也被永远驱逐了。而荷兰人以不太光彩的方式获得了特权，被允许留在日本。因为他们支持地方当局，从一艘船上炮击了起义者。荷兰人在迫害基督徒时的这份忠诚得到了回报，获得了在出岛居住的权利。他们不得不解散平户岛上的办事处，搬迁到这儿来。因此我们是从葡萄牙人手里接手的出岛，这座岛是他们几年前被迫在港口里堆土建起来的，因为日本政府开始严格执行从前的敕令，不允许任何外国人再涉足日本。"

"的确，的确，这胜之不义。"门德尔松沉思着叹息道。

"这样说还是客气的。哪怕向基督徒发射一颗子弹都是对我们自己的文明的背叛。您以为，在我们这些国家的殖民行为中真能找到什么道德或理智吗？"

"反正我还没听到一个民族说，认识我们之后，他们变得更幸福了。我只希望，我们的暴力行为、我们对通商特权的贪婪和对各种形式的好客的滥用，不会作为欧洲之耻在人类的记忆里存在数百年。"

"我要告诉您，爪哇岛上的日子给我留下了深刻的印象。在那里我认定，除了加强知识和文化的交流，再没什么能够证明我们的行为的合理性了。当然，通商也是，但只有在互惠互利的情况下。因此某种程度上我感激日本人，因为他们严格控制自己的利益，让我可以在这里安心工作。尽管我不是真喜欢未来我将面临的无法克服的障碍。"

"是的，我们这就又回到主题了。日本接下来是如何对待外国人的呢？"门德尔松坚持问道。

"这一下子就讲完了。从 1638 年起，这个国家就与世界彻底隔绝了，只与出岛上的荷兰人保留官方接触。您将在这里遇到的中国人，不被当作外国人，因为他们不是委派来的。这就是说，他们在这里是得不到中国政府保护的，因此算是没落人士。他们与荷兰人最明显的区别是，他们不可以每年晋谒江户城的将军。除了荷兰人，谁都无此特权。"

"我无法想象，英国这样的航海大国和殖民列强会长期容忍此事。"

"完全正确。也发生过一系列事件。有些法国、俄国、英国的船只直接搁浅甚至撞碎在日本沿海。另一些多多少少想用武力打开其中一座港口。它们全都失败了。日本政府一心只想让这个国家与世隔绝。我们必须将此事放在和平时期持续了近二百年的背景下看待。日本的最后一场战争结束于 1600 年，也就是上文提到的关原合战。日本拒绝与外国往来，拒绝加入全球贸易，这被看作一个卓有成效的模式，也是有一定道理的。"

"您对当今的将军了解多少呢？"

"他叫家齐，从 1786 年开始执政。据说他是个自大狂，生活奢靡，好摆阔气，掳掠国库，已经不可思议地生了五十二个孩子。年轻的皇帝名叫惠仁，日本人将皇帝称作**天皇**，他自 1817 年开始统治。他是国家的宗教首脑，是神道教地位最高的神职人员。这两人应该很合得来，因为将军娶了岛津家族的一名贵族女子，这无疑让他更接近皇亲国戚。"

"多谢这番教导。我现在可明白多了。如此说来，我们处在世界尽头的一个非常奇怪的国家，实际上它根本不想与我们往来。就算想，也是因为日本人喜欢我们运来的糖。这可不是什么美妙的前景。"

"您等着瞧吧，门德尔松。我听说这城里许多人很有教养，对荷兰知识感兴趣。我已经有了一个如何争取这些人的计划。您等着瞧吧。"

荷兰人会谈

荷兰新使团在出岛住了一星期之后，布洛霍夫将翻译社的全体成员召集来，把他的继任德·施图尔勒上校和少校冯·西博尔德博士介绍给他们。这次会面的主题是传统的世界局势报告，日本人对此满怀期待，称之为荷兰人会谈。它最多也就是一席非正式交流，须有详细的书面记录，由馆长在参勤时亲自呈交将军。但私底下荷兰人会谈会预先讨论整篇报告，参与会谈的都是日本外交信息最灵通阶层的翻译，一度超过五十人。很多成员出身翻译世家，已经是家族中第三、第四甚至第五代为出岛的荷兰人从事翻译的人了。拥有悠久翻译传统的家庭特别有教养，这些知识也让他们很有影响力。其建议受欢迎的范围远远超出了长崎城。随着时间的推移，每位翻译和每个翻译家庭都专门从事一个领域，或科学或艺术，因此这些人不只是普通帮手，他们接受过出色的教育，是荷兰人的对话伙伴。

　　"我在巴达维亚岛上就书面通知过德·施图尔勒上校，这里会等着他介绍世界形势，"布洛霍夫解释，"我认为，您，少校先生，应该参与这场活动。如果德·施图尔勒上校同意，也请您介绍一下您本人对欧洲政治的观察和认识。"施图尔勒不吱声地点点头。"但我请求您，尽量莫谈殖民政策的话题。日本人听起报告来特别专注、认真。我们每说一句话都必须仔细权衡，因为这个话题极其敏感。您得知道，这些消息会从这里传到全国各地。我们对自己的知识还得有所保留，免得我们的参勤报告还没送去，将军就从他的密探和情报机构那儿知道全部内容了。"听完这种指示，西博尔德与他的上司一起走进商馆接待室，等在那里的翻译起身向他们三鞠躬致意。布洛霍夫和西博尔德坐下来，施图尔勒站在那里，直接开始做起报告来。

　　"尊敬的翻译社的诸位先生，我们很高兴再一次有机会向你们报告法国大革命和战后欧洲的有利发展。先宣布最重要的：人间的战争之神，法国的魔鬼，那个统治过全欧洲的侏儒，已经不在了。

拿破仑·波拿巴死了！"

　　室内响起一阵嘀咕声。西博尔德也诧异地望着施图尔勒，对他宣告这个消息的戏剧性方式感到惊奇。同时他忆起了得知拿破仑死讯的那一天。消息登在《维尔茨堡报》的首页。欧洲松了口气。这个幽灵终于完蛋了，法国革命终于结束了。奥地利的养老金证券涨了两个塔勒。但西博尔德当时心情郁闷。他想着他的同学威尔曼的动人演说，思绪化成鹰，飞往圣赫勒拿岛，拿破仑愤懑地坐在那里的礁石上。是的，他想，如果我们忘却拿破仑及其所作所为，可能威尔曼说得对。他重塑了欧洲，引进了统一的司法制度，剥夺了贵族的权利，废除了迫害。最重要的是，西博尔德想道，拿破仑提倡科学。他让法国成为欧洲的科学研究中心，不仅仅因为其他国家都在进行战争。拿破仑是个十分现代的人，一个放眼未来的伟人。单是这种伟大就让他的灭亡变得极其可悲，极其崇高。西博尔德当时产生了同情，好像这个结局里存在某种不公似的。这种同情是如此强烈，他个人的感受是如此之深，他不得不承认，这是隐藏的畏惧和希望的混合体，他既畏惧又希望自己有一天会有可以与之相比的命运。同时他也很清楚，政治上他倾向于自由主义，是的，他是个自由分子和民主分子。与梅特涅在欧洲建立的保守制度的支持者们相反——保守制度限制自由，保护君主制，拒绝参决权的要求；简言之，与这个想阻遏时代前进的制度相反，西博尔德相信宪法的必要性，相信人民自主，相信人权不可转让，相信通过议会这样的机构能限制政府和国家权力，最后也相信全球的自由贸易。他尊重世袭君主，他明白不可以将权力交给群氓，他看到殖民帝国的竞争不可避免。可这些只是进入一个新时代途中的过渡阶段。欧洲不可以止步在那里。他认为进步不可避免，拿破仑是它的一个象征，它也会短暂地露出它的狰狞面孔。

"他被英国人俘虏，于1821年5月5日死在了大西洋中的圣赫勒拿岛上，被所有人抛弃了。"施图尔勒接着说道，这口吻与他平时的性格根本不符。

"事实证明，1815年维也纳会议上确定的欧洲新秩序是有效的。自从我们上次的报告以来，欧洲再没有发生过战争。旨在重建1792年的欧洲秩序的复辟政策非常成功。大国成立的神圣同盟①于1818年接纳了法国，目的是在君权神授原则之上保障欧洲势力的平衡。所有国家都停止了革命、自由和民族主义的活动。不过，最近几年，大不列颠明显退出了欧洲列强的合唱。他们推行光荣孤立政策②——英国人这么称呼他们的政策，致力于工业化和买卖奴隶。1806年被拿破仑解散的前德意志民族神圣罗马帝国至今没有恢复。再也没有德国皇帝了，只有一个由三十九个诸侯和君王组成的德意志同盟，荷兰的威廉一世国王陛下也以卢森堡大公的身份加入了同盟。"

施图尔勒继续做报告，一直讲到荷兰对日政策的新方向。除了活跃贸易，主要任务是将科学交流提高到一个空前的水平。如果从他嘴里讲出的这些话从现在起风传至整个国家，对西博尔德的计划不会有害，而是正好相反。西博尔德本人则明智地克制住了，没有谈自己的政治观点。他可不敢讲，日本人会揭穿他的非荷兰人身份，将他重新送回爪哇或立即送回欧洲，这事造成的惊惧还让他心有余悸呢。

---

① 1815年俄国、普鲁士、奥地利三国君主订立的同盟。
② 19世纪晚期，英国在保守党首相迪斯雷利和索尔兹伯里侯爵任内奉行的一项外交政策。

白内障手术

几天之后，一名士兵走进西博尔德的外科诊所，向他报告，一位大陆来的老僧由一位委派的翻译陪同，前来看病。已有几名日本人过桥来岛上接受西博尔德的治疗了。他们患的都是皮肤病或溃疡之类的小毛病。

"您好，医生先生，欢迎来到长崎。我想向您介绍吉田茂承师傅，崇福寺令人尊敬的僧人。"年轻翻译问候西博尔德道，一口荷兰语说得无可挑剔。老者听后鞠了一躬，含糊地问候了一句，西博尔德没听懂。

"吉田大师十多年前就差不多完全失明了。他想知道敬爱的荷兰医生能否帮助他。您要知道，吉田师傅在长崎深孚众望，声名远扬。这么长时间以来，他是首位获准来出岛的僧人。"

"您坐在这张椅子上吧。"西博尔德客气地对老人说，领他走向椅子。翻译向僧人解释"椅子"是什么东西，因为只有极少数日本人知道外国人的这一发明。老僧谨慎、笨拙地在这件家具的椅面上坐下来，他从没见过椅子，现在只能用双手摸索。西博尔德将老人的头向后掰，用大拇指和食指分开两眼的上下眼皮，鉴定瞳孔的宽度和晶状体的情况。晶状体上覆盖着密集的翳。西博尔德看出来，这是典型的白内障。

"您明天再来吧，"西博尔德对僧人说道，"请带上几名男性，再从城里带个本地医生来，他以后可以继续为您治疗。我会在这里给您做手术。手术大概半小时。之后可以让您的帮手送您回去。"翻译将这番话译成了日语，僧人默默地、顺从地点点头。

第二天早晨，西博尔德满怀期望地从窗户望向桥上，桥位于诊所的斜对面，桥头有人守卫，它就像一堵无形的墙，将他与大陆隔开了。他下决心要尽快让这座桥不再妨碍他。僧人出现了，按约定的那样带着四名陪同男性、翻译和一名年轻医生。所有人都得接受严格的搜查，才可以过桥。他们走进诊所的房间，向西博尔德鞠躬问候。西博尔德又请僧人坐下来，取出弗里泽少校送他的两只听诊器中的一只，同时不由自主地想起他的话来。当他用那只令人难忘的仪器叩听老人的心率和肺音时，现场的人果然都在虔诚地嘟嚷——即将做的手术或许不用这样诊断，但他这么做是要给他的观众留下印象，一下子来了那么多观众，真让人开心。然后他请病人在手术台上躺下，解释他要做什么。翻译用日语向在场的所有人重复了一遍。

　　"尊敬的高僧，我先请您喝杯汁，这里面含有一种镇静剂，喝下它您的眼睛就不会动得太厉害，然后我要用这种溶液给您的眼睛消毒，将它局部**麻醉**。"他边说边指着收拾得清清爽爽的仪器台上的两只药瓶。

　　"最后往您眼睛里滴几滴药，"他动作夸张地举起小瓶子，"这是最重要的药。"说完他把镇静液递给僧人，后者毫不犹豫、表情严肃地喝了下去。他用滴管先后将不同的溶液滴进病人的眼睛，病人忍不住眨眼，部分液体从眼角流出，沿着太阳穴往下流淌。

　　"等所有药都生效了，我就开始动手术。我将用这把手术刀将您的眼睛取掉一块。您不会痛的。之后您的眼睛也只会流点泪，必须包上绷带，休息几天，直到眼睛上的伤口愈合。"西博尔德在书桌旁坐下来，做了些记录，僧人安静地躺在那里，他的同伴们抑制不住好奇。尤其是那位年轻医生，他毫不拘谨，查看仪器、药柜、墙上的解剖图和摆放了医学权威著作的小书架。他对听诊器特别感兴趣，西博尔德将它与挑选出的几种制剂一起放在专门带来的桌子上，一目了然。僧人的陪同人员交头接耳，像嗡嗡叫的苍蝇，声音小到几乎听不见，但又很激动。他们谁也没见过一位欧洲医生的诊所。西博尔德的前任之一——伟大的瑞典博物学家卡尔·图恩贝格在这个房间里治疗日本病人已经是很久前的事了。

西博尔德望了一眼僧人，感觉他已经很放松了。**吗啡**生效了。这次手术很重要，西博尔德不想冒险，因此为他的病人挑选了一种可靠的镇静剂。他起身走向一只橱子，从中取出一块巴掌大的凹面镜，从头顶拉出一根带子，将镜子紧紧地固定在额头上。日本人惊愕地互相望望，因为西博尔德看上去突然像个准备举行法事的神道教教士了。然后他点燃一盏明亮的油灯，灯上装有另一面可移动的镜子。他调整两面镜子的位置，让灯光和窗口洒进的日光尽量照在病人脸部。他拿起一只眼夹，将它固定在第一只眼睛的眼皮上，让僧人再也无法合眼。僧人反应迟缓，这让西博尔德感到满意。如果没有药物和局部麻醉，强烈的灯光会让僧人眼花的。西博尔德现在能看清楚那只眼睛了。**阿托品**起作用了。瞳孔放大到极限，这是精确切割最重要的条件。他拿起眼手术刀，一刀挑开整个角膜，连同下面的晶体。僧人纹丝不动，显得很镇静。但西博尔德注意到他喉结下方肌肉发达的脖窝里的冷汗。他不为所动，又在第二只眼睛上重复了同样的程序。然后他让僧人合上双眼，扎好绷带。

"请您好好休息，绷带要系一星期左右。然后您再过来，我们看看怎么样。"他对僧人说。翻译译完后，老人又默默点头，但这回他张着嘴巴，好像想从面前的黑暗中认出什么来似的。这下他将好几天一点也看不见了。僧人的四名陪护一起扶他出去，过桥，他们像对待某种易碎的东西一样，将他夹在中间，轻轻往前推。他们过桥之后，西博尔德满意了。现在他只需要耐心等待。

犬川美铃

　　还没到一星期，西博尔德就接到一封信，是副港务专员亲自送来的。他被要求次日上午到先前被治疗的僧人家去一趟。僧人眼睛痛，认为自己没有能力到出岛上来。港口警察局将派三名警察护送他。西博尔德心里乐开了花。他终于可以离开这个岛屿了。虽然只是几个小时。同时他又热切希望，老人在痊愈过程中一切顺利。否则这会对他的计划不利。如果他控制不了眼睛的炎症，这将造成严重后果。那天晚上布洛霍夫和施图尔勒还恳求他不要出错。这是很长时间以来岛上的居民首次去大陆。

　　第二天早晨，他穿起合身的制服，靴子擦得锃亮，不耐烦地在诊所里等着护卫人员。三名港警直到中午才从桥上走过来，他们在桥上也不得不出示警长的信函。他们走进西博尔德的诊所，列队站成一排，手持晓人的长矛，板着脸。他们当中有一位会讲荷兰语，他请西博尔德拿上仪器跟他们走。西博尔德拎起医疗箱，跟随警察离开诊所。在桥上他不得不接受搜查。两名哨兵负责检查每一位行人，上下摸索，翻检所有口袋，对西博尔德也不例外。大陆一侧的入口立着一块日文牌子，牌子上严厉地写着与外国人交往的规定。

　　第一

　　女性禁止入内——高级妓女 ① 除外

　　第二

---

① 日本游女中地位最高的艺伎。

僧侣和苦行僧禁止通过大门，高野派①除外

第三

募捐者和乞丐禁止入内

第四

禁止从禁行杆上方或桥下通过

第五

未经特殊许可，禁止荷兰人离开岛屿

他在出岛上的荷兰语《岛上生活指南》里见过译文。原文他还是头一回见到，因为这牌子是背对出岛的。后来他们终于通过了。他迈出了在日本大陆上的最初几步。抵达出岛不久，他就痛苦地意识到了，他还是没有正式踏上日本领土，出岛只是一种代替领土的涤罪所，没有对也没有错。现在：日本！他终于真真切切地踏在日本的土地上了。过去的二百年里，曾有多少人有幸踏足这里呢？而且是受地方当局的专门邀请？西博尔德感觉自己像个发现者，在这陌生的海滨，他断定他的同胞还没踏足过面前的国家。更确切地说，是这个国家决定与他建立一种特殊联系，他是一位受到欢迎的客人，因为人家对他和他的知识感兴趣。日本民族为他破例，这个决定独裁、果敢，也让他显得高贵。他多愁善感起来，有种回到家园、得到理解的感觉。此刻，在他的心头，对日本的热切向往被对这个国家深沉的爱取代了。他到达了希望的目的地。从此他就处于继续实现希望的状态了。他情难自禁，不由地咧开嘴，幸福地笑了。他感觉——不，他知道，数星期以来他一直期望的故事的新的一章终于开始了。

---

① 日本佛教真言宗的七大教派之一，宗祖是空海。

他头一回走在街上，十分兴奋，此前他只可以遥望它。作为博物学家，他训练有素的目光捕捉到了许多详细印象，他几乎没空看看街头的人。他们打量他，欣赏他，他们很久没见到这个荷兰人和他的这身打扮了，这令人眼花缭乱，他的制服炫目、干净，他的皮鞋闪闪发亮，仿佛他就是一位理应坐轿子的国王似的。这人是谁啊？无论是撑着蜡纸伞、涂抹得白里发黄的女人，还是脚穿轻便草鞋、从没见过这阵势的农民，都纷纷向他转过身来。街道两侧林立着店铺和各种精品屋，一长排鱼肆的惊人陈列品里有西博尔德不认识的罕见海洋动物，部分还在蹦跳，部分昏迷、窒息了，布商、象牙商、调料商和陶器商向路过的人群吆喝。只系着遮羞布的工人们不害臊地冲着他傻笑。这正是西博尔德想象中的东方市集，他被那非凡的热闹打动了。他们经过一个药店，店里挂着各种草药，有个女子身穿漂亮的云纹和服站在药柜前，在与卖家讲话。西博尔德看不见她，于是他对讲荷兰语的警察说，他得去这家店里，看看有没有有益于治疗僧侣的草药。对方没有异议，西博尔德站到店前木踏板上的那位女士身旁。她转过身来，望着他，脸上浮现出妩媚的笑靥。圆圆的眼睛赋予她一种天真、机智的表情，那是他在成熟的欧洲女人的容貌里没有见过的。她脸上没有长睫毛和浓眉毛。眼睑光滑，像绷紧的帆篷，一直延伸到眼角。眼白被遮住了，满目浅褐色的虹膜。牙齿因此显得更亮。她的笑靥恰到好处，没让眼睛变小，眼角周围不会形成任何皱纹。这张脸是一件西博尔德从未见过的艺术品，框在蓝黑色的、光滑的头发里，她用一根玳瑁针将头发优雅地系在后脑上。这是很长时间以来第一个他注意到并且一见倾心的女人。西博尔德一时浮想联翩，呆呆地看着她，却不知道讲什么好。为了摆脱这尴尬场面，她笑着向他打招呼："您好，**夷人**先生。"

"您说什么？"他机械地用荷兰语反问道，虽然他准确理解了她想说什么。

"您好，夷人先生？"她咯咯笑着用荷兰语重复她的话，同时用右手掩住发笑的嘴。

"您会讲荷兰语？"他不顾应有的礼貌，没有给予理智的回答，而是这样反问道。另外这个问题是多余的，非常愚蠢，因为她已经回答了这个问题。

"当然。谁不会讲呢？"她的荷兰语比正与他的两名同事聊天的警察说得好。

"您是想说，所有的长崎人都会讲荷兰语？"

"那当然。好吧，至少很多人会讲。您不知道？"

"不知道，老实说我不知道。"他答道，心里却越来越疑惑。

"您是说，我可以用荷兰语问这位先生，有没有晒干的鼠尾草叶吗？"

"可惜我没有鼠尾草，荷兰人先生，"卖家主动回答道，"但我可以向您提供人参。"

西博尔德顿时张口结舌了。真叫人吃惊啊，虽然他本应该想到的。他给门德尔松讲过整个历史啊。几代人以来，长崎民众虽然受到严格监视，但与出岛上的外国人保持着密切联系。这座城市原先是个无足轻重的渔村，是荷兰人让它变大、变富裕了。那么，在这么长的时间里，为什么日本人不能学会他们的语言呢？

"我可以问您一个问题吗，夷人先生？"女子好奇地问道。

"当然，请便。"

"您在出岛上做什么？您叫什么？"

"这是两个问题，年轻女士。"

"噢，请您原谅。我太不礼貌了！"她真的难为情起来，同时看上去像个后悔的孩子一样可爱。但西博尔德还是恨不得收回他合乎逻辑的自以为是。

"我是少校衔外科大夫，是荷兰使团的医生。夫人，我是菲利普·弗朗茨·冯·西博尔德博士。"当他这么说时，他不确定他的称呼是否合适，因为夫人是那样年轻，他觉得她更像一位少女。但就他从和服下看到的而言，她已经发育充分，举止自信，很有教养。

"希利普·胡兰茨·洪·西博鲁托①。这么长的名字！其中哪个最重要呢？当您再次这么大声地在我们城里散步时，我可以喊您最重要的名字。"

"我估计是西博尔德。"

"好，那么，从现在起您就是西博尔德先生。"

"是，夫人。"西博尔德略带讽刺地回答。卖家一直全神贯注地听他们讲话，头部相应地摆动着，像对着一则有趣的故事的结局似的笑起来。而她再次垂下眼帘，鞠了一躬，转身准备走。

"您等等！您叫什么！"西博尔德在她身后喊道。

"西博尔德先生，"她柔声说道，一边缓缓地只将头和肩向他转过来，"在我们国家，是不在大街上这么高声追问女人的。您不知道吗？可我们想对荷兰客人保持热情。我叫犬川美铃。我希望，您在居留期间，会光临我们店——引田屋，然后记住我的名字。"说完这些，她又嫣然一笑，终于转过身去，撑开伞，踩着啪嗒响的**木屐**，沿着集市的石板路，迈着碎步往前走去。

---

① 这是菲利普·弗朗茨·冯·西博尔德的日语发音的音译，书中其他地方均采用德语发音音译。

★　★　★

他随护卫人员来到一座有宏伟塔顶的大寺院，警察们严格遵守指示，去侧门站岗。一名仆人打开薄薄的移门，笑吟吟地请西博尔德进去，示意他进去前还得先脱掉靴子。然后他领着西博尔德穿过几条走廊，这些走廊的一侧或两侧是羊皮纸墙，好让日光照射进来。僧人住在崇福寺的一间偏僻侧房里。西博尔德走进去，见到了不止十二个男人，他们全都站立着，深深地向他鞠躬问候。僧人自己坐在一张窄桌前的地面上，也鞠了个躬，满意地笑着。他看上去一点也不难受，情况恰恰相反。

"您请坐，西博尔德先生。"僧人说道。西博尔德在他对面的桌旁坐下来，试图盘起穿着袜子的双腿，像他看到的僧人那样端坐。看来是真的。许多人会讲或至少听得懂荷兰语。包括这位老人。其他人围着他俩，在低矮的地板上坐下，双腿合拢弯曲，跪坐在自己的脚趾上。随即一个矮个子老太走进来，她给大家分发小巧的杯子，小心翼翼地斟起透明的茶。

"欢迎光临寒舍。您大驾光临，令我们蓬荜生辉。"他顿了顿。西博尔德已经知道，日本人在谈正事之前，会谦恭地讲上一通很长的客气话。

"我不知道，您能不能恢复我的视力，西博尔德先生。但我的陪同人员都有健康的眼睛，他们在可敬的医生的屋子里看到了惊人的东西。他们想告诉您，他们有兴趣与您进行密切合作。"

场面仍显得像一场仪式，盲僧讲话声音洪亮，节奏感强，一边用蒙着绷带的眼睛盯着西博尔德和其他人，好像他能透过敷布和绷带看见世界似的。

164

"这是我莫大的荣幸，吉田师傅。"

"您得知道，在座的我的客人不但是长崎最好的医生，而且其中有些还是远道而来的。他们谁也不敢做您为我做的手术。我们全都在紧张地在等待结果。您无疑已经理解，我只能以不适为借口，请您来这儿。**托您的福**，我感觉自己健壮如牛。另外，一个人到了我这年龄，反正也不再完全依赖眼睛了。我什么都见过了。可现在我不想多说，更不想谈论自己。我的客人都迫不及待了。请允许我向您介绍尊敬的**高良斋**，一位雄心勃勃的年轻医生，他从遥远的安房藩赶来。我先介绍他，因为他是眼科专家，他热切地渴望认识您。我担心，如果我拒绝给他这份特权，他会在我们中间，在区区寒舍里，变成一座火山。而您肯定知道——我们是火山方面的专家。"

客人们开怀大笑，但不是所有人都这样。高良斋一开始也笑了，但他很快又控制住了自己，严肃地讲起话来。

"尊敬的西博尔德先生，我们等待了很久，一直在等待，终于又等到一位杰出的荷兰医生来出岛居住了。您可能知道，我国政府严禁与外国人交往。同时我们又迫切地想了解，近几十年荷兰的科学有哪些创新。因此我们的同事都赶过来见您了，我们敬爱的吉田师傅的失明是我们无法解决的病例。"他边说边朝僧人的三位陪同的方向点点头，他们手术时也在现场，这时他们向西博尔德鞠了一躬。原来，他们本身全都是医生。

"他们向我们讲述了从未见过的仪器，谈到比至今见到的更为精确的解剖图——说您在进行我们做不了的手术时果断利索。我们还不知道最终结果，但我们几乎不怀疑您能否成功，我们不想再等了。如果您方便的话，您能不能给我们做一场简短的报告，谈谈自从您的前任肯普弗尔先生离开出岛之后，科学界都有了哪些重要发现？"西博尔德被这场欢迎会打动了——同时，这位年轻医生讲的荷兰语是那么有教养，不带一丝口音，让他不得不佩服。

"尊敬的高先生，尊敬的同事们，我确实有来自欧洲科学界的新闻要介绍。自从恩格尔贝特·肯普弗尔离开日本以来，科学又有了惊人的进步，特别是在解剖学、外科学、药物学、物理学和植物学领域，这只是举几个例子。我带来了很多图书，大量你们可能还不熟悉的仪器。我还要先向你们提供一种治疗天花的疫苗。你们听说过疫苗原理吗？"听众们相互看看，一个劲地摇头。

"那是一种将病人伤口的微量分泌物注射在健康人体内以预防危险疾病的方法。他们可能会出现轻微的病症，但病症很快就会消退。只要熬过这一阶段，就再也不会感染这种疾病了。"房间里响起窃窃私语，医生们沉思着点着头。这番描述他们听明白了。

"这只是我想提供给诸位的知识中的一小部分。但我需要几个月的时间才能让你们熟悉这些细节。如果我每次必须在这么严格的条件下来你们这里，就很难将这些新知识介绍给你们，很难向你们演示那些仪器。"

"我们知道有多少障碍在妨碍您以及我们自己，"高回答道，"但我们也不是一点影响力也没有。如果您同意的话，我们会设法安排，好让我们在座的所有人能够定期去岛上您的诊所里。我们也会设法尽量经常叫您进城，比如在遇到棘手的病例时。这样我们就可以看着您工作，必要时给您做助手。"西博尔德正在品尝绿茶，它喝起来有点涩。

"这是个好主意，"他高兴地说，"我也很期待能从你们那儿学到东西。我们何时开始交流呢？"

"明天就开始。"高会心地笑着说道。

第六章　其　扇

取胎术

"您看，血液必须流淌。不然您在这儿的工作能力很快就会受到影响。您肯定注意到了，岛屿生活不纯粹是快乐。"在上午的形势讨论会上，当布洛霍夫不得不临时离开馆长办公室时，德·施图尔勒上校想给西博尔德提些与日本女人交往的好建议。西博尔德太笨了，竟向他提起了遇到迷人的犬川美铃的事。

"我已经打听过了。在长崎有些女士，她们以照顾荷兰使团为业。您也许会当她们是普通妓女，可她们不是。不，这些女士长期与她们的外国……客户过着一种婚姻生活。您遇到的那个女人，就属于这种所谓的高级妓女。引田屋是长崎最好的一家。它位于丸山区。您该考虑一下，在接下来的四年里，这种活动是否最能将您的需求和我们的任务结合起来。"

"我感谢您的关怀和您想给我的好建议。我本人对这种活动不感兴趣。我有很多工作要做，这些女士肯定极其有趣，可我怀疑我根本没时间找一位来解闷。"

实际上他完全能够想象与美铃这样的女人发生关系。只是一想到那是接受了施图尔勒的建议，而且还是在施图尔勒眼皮底下做这件事，他就一点乐趣都没了。施图尔勒刚刚假装亲热，要充当拉皮条的，帮他解决生理上可以预见的、典型的男性需求，这伤害了西博尔德。事实上，教学和考察计划对他的刺激比女人能有的刺激更大。因此此刻他感觉自己很安全，坚信不会掉进那难堪的处境：有一天他会迫不得已，不得不接受施图尔勒的建议。

他还向施图尔勒汇报了他与日本医生们的约定，施图尔勒赞赏地同意了。后来，下午果然有一整支代表团出现在桥头，所有人都必须接受哨兵的搜查。当他们踏进西博尔德的诊所，向他鞠躬问候时，他确信昨天在场的所有医生都来了。

"实际上根本没那么难。我们全都登记为首席翻译的仆人了，他支持我们的事情。他本人只是陪我们过了桥，现在找馆长处理其他事务去了。因此我们大约有一小时的时间。"高良斋解释道，他依然担任小组的发言人。西博尔德立即开始向他聪明机智、求知欲强的客人们介绍起西方最新的科学知识。对于他们中的一些人来说，坐在一张椅子上都是新鲜事。他们尤其迷恋透过显微镜观看标本，西博尔德借助这些挑选出的标本，比如活蚤、细沙和玫瑰花瓣的截面，让他们看到微观世界的神奇画面，他们对这个世界至今一无所知。西博尔德为此十分骄傲，因为这第一台装有消色差透镜的显微镜确实是同类当中的佼佼者。一小时就这样过去了，日本同事们大开眼界。

下一次会晤的机会没过多久就来了。当天夜里他就被一位自称为**高野长英**的医生从床上叫了起来，陪同高野长英的是一名翻译和另一位港口警长。有个紧急情况要请他进城去。高野讲，有个女人隐瞒了她怀孕的事实，现在病得很重。这信息对西博尔德来说很重要。他将助产所需的所有设备装进医疗箱。书面许可证已经准备好了。他们匆匆上路，来到土佐城区一幢漂亮的大房子。一位中年妇女和一名年轻女孩等在门口。女主人试图保持克制，但她泪流满面，绝望地哽咽着，说不出话来。由于她不会说荷兰语，就由年轻女孩负责问候。

"敬爱的医生大人，这么晚了，请您快进楠本家不幸的屋子来吧。我们敬爱的父亲外出了，我姐姐快死了。医生们说，只有荷兰医生还能帮她。我们恳请您想尽一切办法抢救我的姐姐。她还那么年轻，那么漂亮。她还不该去见我们的祖先。这是我母亲让我对您讲的。请您跟我来。其他医生都已经到了。"

她没有化妆，穿一件普通的睡衣，讲话时垂着头，一次都没有看西博尔德。她的长发刚及肩胛骨，只随便扎了一下。西博尔德按日本风俗脱掉靴子，走进房屋。两名港警在门外放哨，高野长英则陪西博尔德进入病房，高良斋和另外两名医生在里面等着他们。母女俩等在门外，盘腿坐在地板上。铺着榻榻米的房间里躺着一个二十岁左右的女子，膝盖弯曲，双臂抱腹，躺在一床被子上。高向他介绍，直到她患病，都没人知道她怀孕了。她说着胡话，低声呻吟，高烧不止，全身汗淋淋的。西博尔德请同事们在病床周围点起四盏油灯，脱光病人的衣服，让她仰面躺着。房间里还很暗淡。他戴起装有凹面镜的头带，开始检查，他撩起她的眼皮，在聚焦的光线下观察她眼珠的反应。检查结果令人担忧。她已经在从谵妄往昏迷过渡了。然后他用指尖触摸口腔、甲状腺和腋窝，戴上听诊器，聆听肺和心脏。他用手掌抚摸僵硬的下体，断定她已经怀孕很久了。他奇怪怎么这么久都没人发觉这个年轻女子的状况。但他自己推测这是因为日本女子穿的是宽松长袍。然后他分开她的双腿，检查外阴和阴道。他在那里发现了一种稀薄、发臭的棕色分泌物。高野对他讲，那不可能是月经。西博尔德也觉得不是。他请同事们弄来热水和毛巾。他们又将这个任务转交给门外的两个女人。男人们将几床被子卷起，垫高病人，让她像是坐在产椅上一样——一种日本人不熟悉的家具。这样西博尔德就能更好地接触她的下身了，地心引力有助于继续治疗。他清洗外阴和阴道，闻到一股腐臭味。然后他从口袋里取出一把钳子，钳子的圆夹子形如鸟喙，越往前越细。

"这是窥阴器。我可以用它查看病人的下身，不必仅靠触感。"

他将窥阴镜伸进阴道，张开夹子，将阴道扩大，沿着张开的阴道口调整好头镜的焦点，这样就能在它的底部看到子宫颈了。他很想让日本医生也看看一个女人的器官，可时间来不及了。更重要的是向他们解释诊断方法和后续步骤。

"我们必须给她动手术。羊水破了，孩子已经死了。我估计，她曾经想办法打胎。很难说她是不是使用了什么工具或烈性草药。现在这也不重要了，因为情况危急。她的病是因为胎儿没打掉，引起了中毒。她已经怀孕六个月了，腐烂的胎儿已经死去好几天了。母亲没死，这近乎一场奇迹。我们要取出胎儿，我们在西方医学里称之为取胎术。剖宫产是不行的。病人太虚弱了。"

他的同事们毕恭毕敬地点头。西博尔德知道，对于日本医生来说，作为一种应急助产术的取胎术是一种全新的医术。虽然他们一般都知道剖宫产，但也仅有极少数人掌握，大多数人都对经验不足导致的大出血怀有近乎神圣的畏惧。

"首先，我们必须转动子宫里的胎儿，因为胎儿的头部位置不正。然后，挑战在于尽量扩张病人的子宫颈口，好让我们能摸到胎儿。如果我们办不到，我觉得她就没有希望了。最后我们要打开胚胎的头颅，并将其排空。那之后我们才能从子宫里取出胎儿。诸位，准备度过一个漫长的夜晚吧。"

医生们震惊地互相看看。他们谁也没有对一个人的身体进行过如此剧烈的干预。这对西博尔德来说也是一个极端病例，要求他使出全部的医术，更何况他还必须临时准备。一方面他庆幸自己通过叔叔埃利亚斯·冯·西博尔德的论文和教诲做好了充分的准备，他叔叔如今已是柏林夏里特医院著名的产科医生和妇科医生，曾向荷兰殖民部推荐西博尔德，让他做军医。另一方面他很高兴，死胎让他不必面对他能想到的最严重的道德决定：医生可以为了挽救母亲的性命，杀死母亲体内有生命的孩子吗？这不是谋杀吗？他叔叔著有《实用妇产科教材》，该书还未付梓，叔叔就让他带上了手稿，他在前往爪哇的途中读完了。叔叔在书中明确强调："对有生命的胎儿做取胎术是不合适的。"在这种情形下，总是优先考虑剖官产。

　　第一个任务是在子官里转动胎儿。西博尔德按摩病人发僵的腹部，试图将婴尸的头移向产道方向。事实证明这很困难，因为胎儿不再漂在液体介质羊水里，而是像一个器官一样固定在腹腔里。但他靠着耐心和力量，最后还是成功了。其他东西从病人的膀胱和肠子里流出，不得不更换毛巾。此时西博尔德想到了圣奥古斯丁的 *Inter faeces et urinam nascimur*[①] 的说法，而西博尔德要为它增加一点：生下来就是死的也不好。这一刻病人大声呻吟起来，嘤嘤哭泣地说着胡话。她多次重复一个单词，日本医生吓坏了。高向西博尔德低声解释，那是强大的**岛津氏**的一位将军的名字，这位将军统治着萨摩藩。西博尔德不让自己分心，向医生们解释，他用一根滴管将乙醚通过扩阴器滴进子官，好让子官放松。之后他将用手按摩官颈，让它彻底张开，他好使用其他仪器。他先给病人喂了一口掺入了高剂量吗啡的水，然后拿布蒙住她的眼睛。无论如何不能让她看

---

① 拉丁语，意为"生于屎尿之间"。

到即将做的手术，更不可以让她看到死胎，如果她意外地从麻醉中醒来的话。然后他开始手术。他往子宫中涂乙醚，重新取走扩阴器，在自己的双手上和病人的阴道壁上涂上油。他有力地按摩阴道，一边试图将手往病人的下身里越伸越深。他必须扩张狭窄骨盆里连接子宫的通道。但是，尽管他的胳膊很有力，他的手却怎么也伸不进去。手太大，伸不进娇小女人耻骨和骨盆口之间的开口。他喘着粗气，坐直身体，想了想。然后他依次看了看他的同事。

"您叫什么？"他问四个男人中最年轻、最瘦弱的那位。

"最上，老师，"他惊慌地回答，"我叫最上。"

"我需要您的帮助。我的手太大了。您的手能够伸到子宫口。请您对它进行按摩、扩伸。"他移到一边，示意最上接替他的位置。年轻医生跪在地上，迟疑地靠近了一点。他也清洗右手，涂上油。当他将手指捏成鹤喙一样，想这样将手伸进去时，西博尔德看见它在哆嗦。

"勇敢点，年轻朋友。"

最上同样必须转动手臂，不断往前推，但他的骨节很快就消失在了阴道里，阴道包住了他的手关节。他脸上和头部被剃光的位置汗涔涔的。

"您能摸到子宫口吗？"

"是的，老师。"最上低声回答。

"那您就设法用大拇指和食指将它绷大。如果可以的话，就用三根手指按摩它，设法伸进去。我们必须从这个开口取出死胎。开口越大越好。"

最上照他说的做。现在他除了害怕，还很费劲，汗珠从他的鼻尖掉落。突然，他大声叫起来。

"啊——！啊——！"他惊慌失措，想把手缩回来，但他无法控制自己的动作，被真空紧紧吸在阴道里。西博尔德迅速行动，抓住他的小臂，将它固定在正确的角度，从病人的下体里慢慢拖了出来。最上啜泣着将发臭的手伸得远远的。西博尔德帮他洗手，问他发生了什么事。

"我摸到了死胎的头颅！我摸到尸体了！"最上放声大哭，"我不行，老师，我不行。"他在榻榻米上滑开，脸朝向墙，羞愧得无地自容，蹲在那儿呜咽。西博尔德担心地看着别的医生。高试图向他解释怎么回事。

"我们日本人认为人的死尸是世上最不干净的东西。从前我们都不土葬或火葬，只将尸体扔进森林喂野兽。请您原谅我的同事，他还年轻，没有经验。"高说完后移近，移到病人的两腿之间。

"我来。最上先生已经为我们做好了准备工作。"

接下来的几小时，高将子宫口扩伸到西博尔德又可以接手的程度。现在要使用一只新仪器，颅骨钻。这是一根长长的铜管，一端装有一只圆锯片。医生可以抓住另一端，让它前后移动、旋转。赫尔曼·弗里德里希·克利安是圣彼得堡一位杰出的年轻医生和医学教授，常拜访维尔茨堡，是他在叔叔家里向西博尔德介绍了颅骨钻的样品。他也在取胎术上给过他实用的指点，特别是应用他的这个发明。在海丁斯费尔德期间，西博尔德得到克利安的允许，让人仿制了这个仪器，但他在出发前还未有机会试用。日本的医生——包括最上，他的脸面被高保住了，现在他又平静下来了——全都入迷地打量着这个仪器，它的样子像一条长着利齿的蠕虫。

西博尔德指示最上和高按压病人的下身，将胎儿固定在张开的子宫口。然后他先收回颅骨钻的锯片，再伸进阴道，以免伤及阴道。

他将颅骨钻搁到胎儿的头颅上，当他感觉到坚硬的阻力时，他用柄将锯片向前推，小心地旋转起锯片。锯片转了几下后，阻力消失了，锯片钻进了脑浆里。他从阴道里抽出颅骨钻。他要医生们待在原位不动，只要给他腾点位置就行。然后西博尔德将两手交叠，放在耻骨上部，直起身，双臂突然用力下按，将全部力量和整个体重压在这个位置。虽然无法听见，但大家手里都感觉到了产道里头颅的破碎。西博尔德继续用力按，因为必须将脑浆全部排出来。这个残酷的过程让日本人惊呆了。但事情远远没有结束，他们还得继续保持原先的姿势不动。西博尔德又将颅骨钻伸进去，通过它的管子，将一根带有锋利倒钩的棒推进去，将棒穿过被压碎的头颅，捅进胎儿体内。当他在拽它时，其他医生必须继续压住下身，让胎儿在产道里慢慢移动。突然，胎儿脱落，从阴道里弹了出来，将一摊血和脑浆浇在布上，形成一个血洼，散发出死亡和腐烂的臭味。西博尔德拎起脐带，胎盘也一下子被拎起来了。他如释重负地舒了口气。如果这个挤压拽拉的方法不管用，就必须在子宫里锯碎尸体，那是最后的方法。他也有一种相应的新仪器，那是一个专门的碎胎器。他希望不需要这个额外的、费劲的步骤，那会危及母亲的生命，因此他根本没有将它从医疗箱里取出来。另外，他的学生们在这几个小时里已经学得够多了。他用水冲干净碎尸，将它们干净整洁地铺在一块新毛巾上。那扭曲的胎儿，只剩一块皮还粘在脸上，头颅的碎片、脐带和胎盘，都像纸样一样被摆到一起，以便确定还有没有什么留在了子宫里。然后他用水清洗子宫和阴道，用一个大注射针将水推进去，针尖上安装着一根活动的**橡胶**软管。最后他请同事让女人们拿来沸水煮过的毛巾，一层层垫起，紧紧地敷在病人肝部。手术至此结束。

西博尔德将包着孩子遗骸的毛巾交给女孩，她讲话时仍然垂着头，不敢看他。

"我们万分感激。我们希望我的姐姐**常**留在我们身边。但我们至少可以将这个礼物还给神。孩子将被埋在花园里的一个漂亮的地方。我们当然会为您的服务支付相应的报酬。我们非常抱歉，但我们请您再耐心一点，等我们敬爱的父亲回来。"

"年轻女士，我不要报酬。这么做是我的任务和天职。我用别的方法挣钱。另外，你姐姐还没有脱离危险。我会想办法每两天来看她一回。请每隔四小时更换一回敷布，必须先用热水泡一下敷布。这样做是在保护她的肝，因为她体内还遍布危险的毒素。"

"我会照您说的去办的，医生大人。"

"我叫菲利普·弗朗茨·冯·西博尔德。你叫我西博尔德好了。我喜欢我名字的日本发音。我可以问一下你叫什么吗？"

她惊讶地抬起头，有一会儿他在半明半暗中看到了她漂亮的眼睛和美丽、机灵的脸庞。

"泷，大人，**楠本泷**。"

"晚安，泷，现在你睡觉去吧。我们很快会再见的。"

"晚安，西博尔德大人。"

突 破

两天后，西博尔德面临着一件最重要的大事。他又得进城，这次已经有两个不同的任务在等着他。港口警察局为每个任务各发给他一张临时通行证。担任翻译的助手们准备好了一切。施图尔勒对西博尔德工作中的这一快速进展持保留态度。西博尔德应该已经从其他的荷兰官员那儿听说了，就连商馆馆长每年也只能有一次去大陆的机会，最多两次，而且是在最严密的监督之下。西博尔德却在极短的时间里赢得了日方前所未闻的慷慨，他出岛上的同胞都知道这回事。

第一件特别重要的任务又将他带去了崇福寺。警察们按照命令在门外站岗，他在寺内遇到了聚集在一起的全体医生。高良斋和他更年轻的同事高野长英当然在场。移门和移墙都打开了，发出丝绒般短促、均匀的沙沙声。房间里光线充足，老僧坐在地板上。所有人都知道将要发生什么。无人吭声。西博尔德放下医疗箱，跪下去，取出现在需要的工具。他以果断和近乎仪式般的缓慢动作庆祝他的医术。现场听不到一丝呼吸声，只有小心剪开蒙在老人眼睛上的绷带所发出的咔嚓声。西博尔德从他的眼睛上摘下敷布，在眼睛边缘涂上一种油膏。然后他请僧人睁开眼睛。僧人听从指示，刹那间不由得张开了只剩少量牙齿的嘴巴，发出粗重的呼吸声。

"尊敬的吉田师傅，您痛吗？"

"不，一点不痛。"

"那您能看到什么？"

"光！我看到很多亮光。但我认不出什么来。"

"当然认不出。您先眨几下眼睛，重新适应一下亮光。"然后西博尔德从一只软皮盒里取出一只眼镜框，架到吉田的鼻梁上，在耳后夹紧。

"现在您看到什么？"

僧人没有回答，呼吸比先前更重了。他对着房间，用日语重复了两三遍某些话，最后又转向西博尔德。

"列祖列宗啊，我一辈子都没见过这么多东西！一生都没见过！我的眼睛比过去任何时候都亮堂。我像一只鹰，像鹰隼一样看

178

得清清楚楚。"他喊道，站起来，像灯塔似的探头向四面张望。然后他又用日语讲话，在场的医生听后双手抱额，朝着西博尔德的方向跪下，额头一直触碰到地面。最后僧人也跪下去，同样向他深深鞠躬。

多么幸运啊！多么大的胜利啊！手术成功了。另外，僧人似乎天生视力不正常，只是从没被诊断出来。眼镜取代了西博尔德彻底摘除的病态晶状体，没有比这更好的结果了。他知道，这是突破。然后所有的人都站起身，吉田师傅郑重地开始讲话。

"西博尔德老师，您将世界的光芒还给了一个普通的老人。您赠给了我太阳，让我这辈子还能再见到我的花园。为此我都没有忍受一点点疼痛。我在场的朋友们和我本人见证了您的杰出才能。我们当然也都知道您对楠本家大女儿的治疗。如果不是您给她做手术，她今天肯定已经死掉了。虽然我本人不是医生，但我要荣幸地以在座所有您尊贵的同事们的名义告诉您：您是一位十分伟大的医术家，没有一位日本医生能与您颉颃。您给我们带来了崭新的科学知识和方法，如果没有您，我们也许永远不会了解到它们。您能够治愈那些在我国只能等待悲惨命运甚至是死亡的病人。因此从今天起您就叫作'西博尔德老师'。您是大师，在座的都是您忠顺的学生。"

然后他们又一次向他鞠躬。西博尔德被感动了，激动得都快呼吸不畅了。他极力保持镇定。幸好仪式这就结束了，集会必须马上解散。每个人往外走时都再次深深地向他鞠躬道谢。然后僧人将他拉到一旁，请他再小坐片刻。

"西博尔德老师，我已经知道，您不肯收费。但您肯定会理解，您为我这可怜的人做了这么大的善事，如果不可以聊表谢意，我就不想活了。因此我想将这个小礼物送给您。这只是一块小小的点心，但它是一种神圣的食物。它很罕见，全日本只有少数人会做。人类不能食用这种点心，它只被用来献给神灵。过去的日子里，当我完全失明时，我与神灵和祖先们讲过话，请求他们为这食物祈福，以便有一个选中的伟人可以破例服用它，以增强体质，获得幸福。我祈祷时当然必须讲到您，西博尔德老师，至少讲了我所知道的那些事。对我来说这事不难。我了解您的许多情况，仅仅从您的声音就能了解了。好了，现在请您收下这份礼物，开始您的伟大事业吧，我们大家都在等着呢。"

★　★　★

当警察们护送医生前往楠本家时，他还很迷糊。他感觉自己勇敢，强大，像个新生的巨人；同时又觉得自己很渺小，成为配得上这个高大形象的人是个长期挑战，他对此充满恐惧。手术的成功超出了他全部的预期，他从一开始就有意将它变成表演。当泷为他打开门时，这些念头又像是突然被驱散了。他面前站着一个美若天仙的年轻女子，他还以为之前没见过她呢。她穿一身迷人的和服。白色背景上，一只浅蓝色的鹤正从一根芦苇飞向橘红色的地平线。她的头发这回高高绾了起来，用一根玳瑁针别在一起。她化了妆，但远不像美铃和他遇见过的其他女人的妆容那么浓。她笑盈盈的，显得极其拘谨不安。她深深地弯腰鞠躬，欢迎他的到来。

"欢迎光临寒舍，西博尔德老师。"

"您好，泷小姐。您是从哪儿知道我的新外号的？"

"别，老师，请您不要这么称呼我。您上回直接叫我泷，用'你'称呼我的。请您继续那么做。那样我就告诉您我是从哪儿知道的。"

180

"好，泷，见到你我很高兴。我想说……"说到这里他尴尬地轻咳一声，又重新说道，"我不由自主地用'您'称呼你，是因为你今天的样子与我头回来时截然不同。"

"您这话怎么讲，老师？"

"这个，当你上回站在我面前时，我以为你是个小女孩。可你显然已经是个女人了，而且是个很漂亮的女人。"

"您太客气了，西博尔德老师。我是一个很普通的女孩，才满十六岁。好吧，我说了要告诉您，我是怎么知道您的巨大成功的。高野长英是我家的好朋友。他从一开始就关心我姐姐，您知道吗，因为他爱她。你们在崇福寺高僧家的相聚结束后，他立即来到我家，报告了您的成功。他想给我们鼓气。请您原谅他，好吗？"

"嗯，这显然算不上什么罪状。我们去看看你的姐姐常吧。"

他们经过一个房间，她的母亲站在门里，恭敬地对着西博尔德微笑，他们见到姐姐正在昏睡。她还不能交谈。泷在房间的角落里坐下来，不想引起注意或造成干扰。西博尔德给姐姐做检查。他再次查看眼睛、口腔黏膜，观察了一下阴道。然后他用听诊器听心脏和肺。他还不能肯定，但他感觉已经能听到生命力在恢复了。听诊器的辨别能力是惊人的，他想。靠这个仪器他慢慢学会辨认许多病象，他也能借助身体里的响声很好地关注病势的发展。阴道里流出的分泌物已经很少了，下身已经不像手术那夜那么僵硬了。然而，压碎胎儿并将其挤出子宫的有力的男人的手导致她出了很多血。淋巴结已经开始消肿了。眼睛也透露出肝功能正常。他很高兴，现在可以做出积极的诊断了。无论如何他不想失去她，不想在刚刚获得这么大的信任和认可时失去她。一旦失去了她，他无疑会感觉糟糕，感觉是高估了自己。她必须活下来。

"泷，你能告诉我她怎么会流产的吗？她是偷偷怀孕的吗？你家人一点都不知道吗？我向你保证，我不泄露出去。但我得知道情况才能更好地为你姐姐治病。"

泷不吱声，也不看他。后来她抬起头来，严肃、焦虑地直视着西博尔德的眼睛。

"我姐姐是个娼妓，一个**游女**。她在我现在这么大时，就开始做游女了。您可以看出来，她是个值得追求的年轻女人。她的顾客有财有势。她的妓名叫作千岁，'快乐千年'的意思。她很快就可以自己挑选客人了，上达大名的藩府。她野心勃勃。因此怀孕对她来说是件很危险的事。您知道，她要是经常堕胎，就会有很多人知道，人们会传说她得罪了神灵。"

"女人堕胎，这和神灵有什么关系？"

"在我们的**神道教**里，孩子是一份礼物。如果这个孩子因为父母的意志，尤其是因为母亲的意志不能活下来，我们就说，我们将礼物还给神灵和祖先。我们称之为'**疏苗**'，相当于'砍树'的意思。光这样还不算是耻辱。但高贵的客人担心，这些罪行会玷污他们。因为他们不知道礼物是否遵循仪式还给了神灵。因此您所做的手术，对我们来说是个福音。这样一来，我们可以按照仪式埋葬这个没有出生的生命，我姐姐就不欠神灵的了。但她的贵客们不会再信她。因此她未来将成为一名很普通的高级妓女，虽然她本来可以成为最伟大的那个的。"

"高级妓女们也会服务我们荷兰人吗？这是些什么样的女人呢？"

"她们也被称作游女。她们是这行里最优秀的。日本政府下令，游女必须给荷兰人留下特别好的印象，因为荷兰人是本国仅有的外国人。当荷兰人最初在这儿住下时，这对那些虽有才华却不得不委身蛮夷的可怜女人来说，是个可怕的命令。但她们的声誉慢慢上升了，因为您得知道，荷兰人在我国有许多朋友。有一些日本人，甚至一些高贵的大人，将娶一个在荷兰人怀里躺过的游女视为一项特权。"

"你有什么计划？你这辈子想做什么？"

"哎呀，大人，不久前我也想做个游女的，我在受人尊重的引田屋登记过。这是城里最有名的游女屋。我姐姐活得很快乐。骄傲的武士和达官显贵们纷纷追求她。就像我前面提过的，就连大名们也对她垂涎欲滴。但我日渐看出了她内心的空虚和完全的从属性。从我俩都年轻的时候到现在，她变了，我指的是真正年轻的时候，还是孩子的时候。我也注意到，当她按职业习惯彬彬有礼地娱乐男人，而他们反过来虐待她时，她是多么气愤。就这样，我开始怀疑这条道路是否真适合我。我是个普通女孩。但我也有我的骄傲。我姐姐生病时，我做了最坏的打算。现在我肯定不想做高级妓女了。我不想有她这样的命运。"

泷还让他看了她姐姐用来熬药的药草，这是用来打掉胎儿的。正如西博尔德已经猜到的，那药由番泻叶和蒿叶混合熬成。室外，暮色降临在举国上空，泷在西博尔德的眼里变得越来越漂亮。这姑娘，他差点忽视了她。

泷的求婚

崇福寺老僧眼部手术成功的消息很快在全城传播开来。西博尔德老师的名字变得家喻户晓，每家**居酒屋**里都在激动地讲述这则故事。真来了一个能教给日本人新东西的荷兰人。多年以来，港口里小小的荷兰殖民地已经从大众关注的中心消失了，现在大家又对它提起了兴趣。不仅如此，现在，有些夜晚，那个头发金黄、制服华丽、高大魁梧的蛮夷会坐在岛中央室外的一件古怪家具上，家具前面还有个更奇怪的立在细腿上的箱子，箱子里发出城里还没人听过的响声。有一天西博尔德让人将他的伦敦产钢琴搬了出去，将这座岛屿变成了大陆上的城市和开放的海湾之间的一座舞台，他沐浴在晚霞和最早的星光之中，弹奏亨德尔的皇家焰火音乐和莫扎特精彩的奏鸣曲。有些听众聚集在海滨，一脸诧异地欣赏这叮当作响的声音瀑布。另一些在哭，却不知道为什么哭。

西博尔德按之前说的，每两天去楠本家一次。两个星期内，姐姐明显好转了，这令他大大松了口气。她从昏迷中醒来了，烧退了，几天之后她又能进食了。当泷获准看着姐姐喝汤时，她一脸喜滋滋的。每次西博尔德检查完毕，她都将他领去面朝花园的房间，在那里他们可以兴奋地不受打扰地聊上一阵。就这样，他知道了"啪嗒"作响的木拖鞋叫作下驮，知道了花园对人类的灵魂有多重要，有时泷在**三味线**上给他小弹一曲，那是一种只有三根弦的小巧乐器。

父亲在这期间也出差回来了，他是个身材微胖、体形匀称的木材商，举止平易近人。他多次想付钱给西博尔德，西博尔德每次都谢绝了。他不否认，他喜欢这种慷慨的姿态。常很快就恢复得能起床了。她的体重减得很明显，脸凹陷下去了，头发里出现了白发，这让她很不开心。但她拥有强烈的生存意愿，这一点不容怀疑，比起漂亮地死了，这样变丑却活着让她更幸福。

但是，随着她的痊愈，西博尔德定期来楠本家探视、与泷亲密交谈的时间也要结束了。他忙得不可开交，神灵在长崎湾上空升起的每一天，西博尔德的威望和名声都与日俱增。他在诊所里接诊了很多日本病人，他的名声远远地传出了城外。但他还是觉得有只无形的钩子在将他活泼的心脏越掏越空。一想到突然有天不可以再见泷，必须放弃她那女性的、机灵的关注——还有，是的，永远不可以再闻她的头发散发的鸢尾根的香气，他就无比沮丧。晚上，他躺在出岛的床上，无法入眠，被子上堆着文件和书籍。他绞尽脑汁，琢磨有没有一条走出这可怕困境的出路。他先是开始诅咒日本政府，然后又诅咒自己的计划。他在脑海里掷骰子，想找到一个出乎意料的新组合，让一切能够同时实现。他过去还从未感到这种力量，胸中的这种冲动似乎在不容抗拒地将他赶进这个女人的怀抱。他琢磨得越久，那名字就越深地铭刻在他的心里，既甜蜜又痛楚：泷……

　　当他被护送去楠本家做最后一次会诊时，他想，腹部中枪一定就是这感觉。这回他必须忍受繁文缛节，忍受她父母各种空洞的客套话，永远地向美若天仙的泷告别了，想到这里他就心如刀割。到达那里后，他得到了热情的招待。看样子他们不需要他的医疗服务了。他受邀与全家人一起在正屋里坐下，母亲直接端上来一小碗热清酒，还有撒着芝麻的腌蔬菜和烤鳗鱼等美味小吃。泷的样子妩媚动人，像是要过节一样，打扮得漂漂亮亮。但她一言不发，不敢看他。

　　"西博尔德老师，有幸在寒舍款待荷兰名医，真是无上光荣，"她父亲开口说道，"您救了我们心爱的大女儿的性命。在我们国家，这就连神灵都做不到。您知道，为了报答您的恩德，我曾经多次想付给您高额费用，可您统统拒绝了。我也从别的病人那儿了解到，您的服务不是金钱可以偿付得了的。因此，我知道我们只剩下一个办法来抵偿我们的欠债。您能否赏光，娶我们的小女儿泷为妻呢？"

　　楠本直视着他的眼睛。西博尔德如遭雷击，感觉身下的大地在摇晃。他什么都猜想过了，什么都想到了，就是没想到这个。他设法集中思想，掩饰他的迷惑，以免留下不好的印象。

"尊敬的楠本先生，您的提议让我受宠若惊。由父母决定女儿出嫁，并与未婚夫商谈，这大概是本地的风俗。我不想隐瞒，不久之前这也是我故乡的风俗。但是，就像我给贵国带来了西方科学的最新消息一样，我也得向您报告，对于我这一代的这个年纪的人，未婚妻若只是服从家长的意愿出嫁，这简直让人无法忍受。在我们国家，越来越盛行的传统是未婚妻和未婚夫先详细商量他们的意图，然后才告诉各自的家长。因此我请求您允许我与您的女儿私下谈一谈。"

他说得这么肯定，父亲别无选择，但是，当父亲离去，只留下他和泷时，西博尔德也感觉到了室内的困惑气氛。他俩来到另一个房间，在一张小桌旁席地而坐。她不敢讲话。

"泷，这是怎么回事？我……我不知道我该说什么。这个提议真的让我十分荣幸。如果我可以接受的话，我将是最幸福的人。但是，一方面我不知道这是否符合你的愿望；另一方面，我很清楚如果这不是出自你的愿望，这会毁掉你的生活。请你告诉我这是怎么回事。"

"先生，我想了很多，自从您头一回出现在这里，我不得不不施粉黛、头发蓬乱地穿着睡衣出现在您面前。每看您一眼，我的思绪都比以往任何时候多。我热切地希望神灵会指给我一条路，将我引向您的身边。我父亲是应我的请求才主动提亲的。"

"可你是知道的，我是外国人，你只能做高级妓女才可以嫁给我，然后也只能在有限的时间内与我一起生活。你不是说过，你无论如何不想做一名高级妓女吗？"

泷忽然号啕大哭，抽抽搭搭，几乎直不起身来。

"没错，没错，我说过这话。我本来也是想这么做的。可现在……如果我不可以再见您，我宁愿去死。您根本无法想象，当您不在这里时，我有多痛苦。我日日夜夜流泪，祈求您快来，别去做其他更重要的事。眼见着我姐姐神奇地好转，我又希望死神重新站在她的床前，只为了让您再来……多么可怕啊。您在这儿的那些日子，是我生命中最快乐的日子。在认识您之前，我从没这样跟人讲过话。我得拥有一种魔力，才能阻止自己立即扑到您肩头，扑进您怀里。我要，我要，是的，我要。为了可以与您共同生活，我要做高级妓女。就像我姐姐喜欢她用美丽所支付的生活一样，为了与您在一起，我情愿付出做高级妓女的代价。"

泪泪流满面，她的妆被冲化了，她的头发散开了。但他觉得绝望中的她比之前任何时候都更漂亮。令他感动的是，他们俩对彼此都有如此相似的感情，她却敢不顾一切，公开讲出来了。她刚刚向他做了爱的表白，他欠她这份表白。他豁然开朗了。现在他看到了道路，虽然这条路不是他找到的，而是这个勇敢温柔的生命找到的。西博尔德绕过桌子，爬去她身边，将她抱进怀里。他曾经多么渴望这样啊！她抓紧他的肩，忍不住泪流成河。

"泷，我要娶你为妻。别担心。我天天都在思念你。我请你原谅，是我让你不得不独自走这条路，是我让你担心和害怕遭到拒绝。你不知道，虽然我俩几乎不认识，可我是爱你的。"

当他们与全家人在客厅里重新就座后，西博尔德庄重地告诉泷的父母，他非常乐意接受他们的提亲。父母和女儿都幸福地笑了，大家举起清酒杯，为订婚干杯。然后回岛的时间到了，否则会有被罚的风险。虽然泷和他现在同意结婚，但他们的告别仍像先前一样礼貌和正式。他们相互鞠躬，泷陪他走到门口。唯一变了的是她的微笑，它含情脉脉，向他诉说着无限的幸福。

由于西博尔德汇报时措辞巧妙，他的上司还以为是自己的善意建议促成了此事。德·施图尔勒上校对这个决定非常满意，但接下来的步骤要比预期的难。泷只有做高级妓女才可以上岛。这一点西博尔德也是知道的。他原以为在她的通行证里盖个简单的图章就行了。但是，由于高级妓女这个行业威望很高，她们组织得像个行会，泷必须先得到一家官方批准的游女屋的认可，并登记注册。她需要像她姐姐那样接受多年的训练。这当然不行，于是西博尔德请他的医生们以他的名义联系上一家有名望的游女屋，打听他能否出钱为泷购买高级妓女的头衔。考虑到在他离开日本之后，认证泷为高级妓女的游女屋的名气也会影响她以后的生活，他只考虑最好的——丸山区的引田屋。几天之后，那里的女主人暗示这种可能性是存在的。西博尔德通过他的亲信得知，他的询问引发了激烈的争论。还未有买卖高级妓女头衔的先例，那些在引田屋登记的女人表现得尤为愤怒和妒忌。这令价格上涨了。因此，当西博尔德得知花四千荷兰盾才可以将泷认证为高级妓女时，他吓了一跳。这对他来说是一大笔钱，差不多是整整一年的收入。但他毫不犹豫地同意了，他征得了施图尔勒的许可，让商馆的财务先支付这笔钱。一星期之后的某天晚上，在引田屋的一名女仆和两名挑夫的陪同下，泷出现在桥头。表情冷淡的哨兵们仔细搜查了所有袋子和盒子。泷的通行证盖有红章，他们在里面头一回读到了她作为引田屋高级妓女的名字。从现在开始，她的名字是其扇。

出岛婚礼

一个身穿华丽制服、高大魁梧的年轻男子迎接了其扇，从现在起他就是她的 pro tempore① 丈夫——荷兰人是这么说的。这个秋天的夜晚温柔地笼罩着长崎湾，这天菲利普·弗朗茨·冯·西博尔德二十六岁，已经是一名经验丰富的医生和少校，一位旅行了半个世界的博物学家——他害怕。这个温柔漂亮的生命，一个刚满十六岁的女孩，身着昂贵的真丝和服，和服上白色和黑色的鹤在红色背景的梅花海中飞翔，女孩迈着碎步，笑吟吟地向他走来，温暖的金色晚霞像是幸福和爱情的承诺。尽管他一直尽可能冷静地对待结婚这件事，他听从德·施图尔勒上校的建议，将这件事视作他在荷兰人岛屿上生活的必要的一步，现在，面对日本神灵为他创造出来的这位仙女，他很难保持镇定了。不仅因为他知道这个迷人的年轻女子向他坦诚了无限爱慕和顺从，而且他自己对她的爱也是越来越浓，这与他本想采取的自持态度形成了强烈的冲突。让他不安的还有他对下一个日出之前的几小时的期待。即将到来的新婚之夜是意想不到的诱惑的结果，细节上无法准确预见，这是自然的奉献和征服的相互作用，被感官的冲动驱使着，但环境没有给他们机会去体验这样的夜晚。是的，西博尔德紧张不安，尽管他表现得自信、坚定，但他绝对不是个经验丰富的情人。他知道他能给女人留下出色的印象。当年在维尔茨堡就有不少女孩喜欢这位机灵骄傲的小伙子。但是，这位绝不冷酷的小伙子在女人面前太规矩，他对女性的要求实在太高。异性的魅力根本无法将他的激情引离诸如大学里的同学活动和科研之类的活动，更不能激发他肉体的兴奋。这样，现名其扇的日本姑娘泷，就极其幸运地得到了一个来自遥远德国的成熟、强壮、英俊的处男。他刚刚痛苦地意识到，他没法成为一个深谙性事

---

① 意为临时的。

的伴侣。除了精确的解剖学知识，他提供不了别的。身为自然科学家，他虽然听说过一些关于性交形式和互相摸弄性器的内容，但它们就像每个道听途说的传闻一样，是不可信的，他对这件事实在懵懵懂懂。当他的脑海里掠过这些令人不安的想法时，他的助手们已经接过了其扇的行李，准备跟随他们去他们的屋子。西博尔德将胳膊伸给其扇。她看着那只平端的胳膊，盯着不放，像是想在上面发现什么似的。然后她瞪大眼睛，疑惑地望着他，他好不容易才醒悟过来。当然！她不懂这个表示，她还从未见过。他拉起她的手，想向她演示他这是要做什么。

"你看，在欧洲，男女在街上是这样一起走的。夫人将她的手从内侧穿过，放在小臂上，这样挽住男人。这是为了防止女士跌倒，同时，男人可以骄傲地站在她身旁，做她坚强的支撑。"

"夫君，对不起，我不能走在您的身旁，"她突然有点绝望地说道，"这绝对不行。我是日本女人。我必须跟在您身后，保持三步远的距离。"西博尔德为自己的无知和必须让其扇一直跟在身后跑的想法感到沮丧。他也不想被她这么正式地唤作夫君，不希望她以第三人称与自己讲话。但此时提出异议不合适。他年轻爱人可怜的心脏跳得像只被吓坏的小鸟，他不想再增加她的不安。于是他不再添乱，走在前面，虽然他觉得这样对女性极不礼貌。西博尔德想到俄耳甫斯，当他将他的欧律狄克带出冥府时，他不可以转身，现在西博尔德相信自己理解这个诅咒有多重了。到家后，他领其扇看所有房间，就像对待一个好奇的访客一样，向她解释如何使用她还没见过的家具。她专注地站在钢琴前，然后更加吃惊地站在巨大的法式床前，这是西博尔德在这期间让人打造的。她觉得它像只漂浮的箱子，这太奇怪了，完全不像她认识的直接铺在地板上的日本床垫。她暗地里问自己，他们在那上面，在这艘摇晃的席梦思船上，夜里会不会晕船。他俩都克制着兴奋的心情。西博尔德尽量保持放松，他跟着其扇穿过一个个房间，和她一样尴尬。他们像跳舞一样继续前进，做了一些不显眼的脚尖旋转动作，一次次地避开对方，又接近对方。西博尔德感觉自己很笨拙，但不知道如果不这样做又该怎么做。他不知道怎么对付这个极其棘手的情形。其扇这么漂亮，这么高雅，外表镇定自如，礼貌有加，他别无办法，只发现自己这一刻十分害羞。他将化妆桌和那些供她使用的橱柜指给她看。她非常惊奇，小心翼翼地用修长手指的指尖触摸橱上的镜子。她还从未见过一面真实的镜子，这是日本人爱向荷兰人购买的商品之一，虽然它们价格高昂。当他还在地下室为这一晚做准备时，她和她从引田屋带来的女仆想取出她的化妆物品，整理她的衣物，这令西博尔德十分感激。过了一会儿，矮小的女仆走下来，恭顺地告辞离去了。现在只剩下他和其扇了。他等着听到她的脚步声。后来她来了。她缓缓走下楼梯，低着头向他走来。

"夫君，我准备好举行仪式了。您现在想请证人来我们这里吗？"她几乎是在耳语。

"我可以将你单独留在这里一会儿吗？我马上就带他们过来。"其扇默默地点点头，走向罩着黑色丝绒的大沙发，谨慎地在沙发边缘坐下，双手叠放在大腿间，似乎想以这个姿势等候西博尔德和证人。西博尔德观察她的每个动作，她强作镇静所表现出的不安令他兴奋。然后他强迫自己离开，走出家门。几分钟后他又在两名男子的陪同下回来了，他们长得与他完全不同。第一个人带着震惊和愉快的表情走向其扇，主动拉起她的手，俯下身去，似乎想用嘴接触她的手。但幸运的是，他没那么做，其扇只感觉到一股气息，他的嘴唇和他的呼吸散发出的一点暖气。

"欢迎来到出岛，亲爱的其扇。我们很高兴能有机会在寒碜的岛屿殖民地欢迎这么漂亮的日本佳丽。我叫扬·科克·布洛霍夫，我是即将离任的荷兰商馆馆长。同时我请您原谅，我们的新馆长德·施图尔勒上校没能来。他生病了，但他还是祝你们有个幸福美满的未来。"然后第二个男人走近她，重复了一遍"对着手吐气"这个动作，这是其扇对这个动作的叫法。

"亲爱的其扇，有幸认识您，我很激动。我叫阿伦·门德尔松，您和冯·西博尔德将这么一桩重任委托于我，我深感荣幸。"

"我肯定，西博尔德老师为此事挑选的是正确人选，他有充分的理由请求你们帮这个忙。"她讲得多么成熟啊！她多么漂亮啊！门德尔松和布洛霍夫忍不住公然对望了一眼，以表达对西博尔德发现了这么一位妩媚女子的极大赞赏。布洛霍夫立即看出来，西博尔德也非常幸福。她与至今在岛上出没的高级妓女们迥然不同。其扇庄重，不做作，虽然年轻，却举止高贵，绝对不同于粗俗、无礼、说话带刺的普通娼妓。

"好吧，这事简单，"西博尔德略一迟疑，打破客人赞美他的未婚妻之后出现的寂静，"门德尔松先生不会弹钢琴，因此他必须接手牧师的任务。我相信，我们这样做是在帮他一个大忙，因为这个男人的体内沸腾着很大的虚荣。"这一小小的无礼逗乐了大家，笑声帮助其扇稍许摆脱了紧张。

"那么，作为司仪，请允许我要求新婚夫妇走到我面前来。我要求布洛霍夫上校去弹钢琴。"其扇和西博尔德并排站到门德尔松面前，布洛霍夫走近钢琴，立即弹了一首巴赫的弥撒曲。其扇几乎是全神贯注地望着他，因为她还从没一下子听到这么多铮铮琮琮声，这些音符像一条蛇，越来越高地盘旋向空中。然后门德尔松开始了。

"亲爱的其扇，亲爱的冯·西博尔德博士少校，你们站在我面前，是要按照本岛数百年来的习俗，在一段有限的时间内缔结姻缘。远离信奉基督教的欧洲，但也不是完全依据日本宗教，你们决定许下自己的婚姻承诺，希望世界上所有神灵欢迎你们的联姻。因此，冯·西博尔德博士，我请您说出您的承诺。请您将这些话直接说给您的未婚妻听。"西博尔德从他的上衣口袋里掏出一张写满字的纸，转向其扇，庄重地读出他准备好的话。

"最亲爱的其扇，此刻站在你面前的我，是最幸福的男人，因为你将我从一场漫长的睡眠中唤醒了。那是爱情的睡眠。我之前从未有过这种感觉，来到这个遥远的国度，来到你的家乡，我才体验到它。你让我发现了我的灵魂。这也不会是最后的发现，我希望我们一起探索你的国家，度过我们未来的岁月。因为就像我在这段时间里热切渴望生活在你身边、与你分享一切一样，我也迫切需要你的爱和对我在此地的工作的支持。因此，我请求你做我的妻子。我向你保证，我要做你忠实体贴的丈夫。我会牢记为了我们能够相爱，为了未来可以共同生活，你所做出的伟大牺牲，在此我向你承诺，即使我在日本居住的日子结束了，我也会一直照顾你。最后我还要向你承诺，我会尽我最大的努力，让我们的婚姻超越这段时间，继续存在下去，直至死亡分开我们。"其扇惶恐地望着他。这种爱情宣言是她所没有料到的。他们约好了各人准备自己的婚姻誓词，彼此事先没有通过气。西博尔德的话深深地打动了她，她都快忘记说出自己的誓言了，它要简单、谨慎和空泛得多。门德尔松看出了她的慌乱，善意地冲她眨了眨眼睛。然后她开始读她写的话，声音尖细，带有日本口音，这让粗鲁的荷兰语听起来阴柔脆弱。

"尊敬的西博尔德老师，少校先生，博士先生，我是一个出身普通的不体面的姑娘……"她开始读道，后来又放下纸张，屏息片刻，脱稿讲下去，"但神灵决定给予我特殊的命运。当我初次见到您时，我就听到一段旋律、一首歌。他向我讲述站在我面前的这个伟大男人的传说。我知道我属于他。我知道这是天命。我欣喜若狂，我得到了一个如此明确的信号。我想做您的女人，因为这是我的命运，我感激地顺从它。作为您的女人，我要忠诚、恭顺和勤劳，我要做您希望我成为的人，您需要我在哪里，我就要在哪里，我要为您生孩子，您想要多少就生多少。我们只能结合几年，这我不去想，因为我的承诺是永远有效的。我要像女人所能属于男人的那样，全身心地属于您，做您的女人，不仅仅是此生，来世也一样。"随着她的话，房间里的气氛在变化，一切都融化了，仿佛只剩下闪闪发光的思想，只剩下这两个四目相对的恋人。门德尔松和布洛霍夫感受到了一种温柔的情感颤动，一个更高意志的启示，它将一切领到一起，将这一对人托到他们面前。西博尔德感觉某种神圣之物在抚摸自己，这是一种他从未有过的感觉。那里面有惊骇和美丽，因为他头一回充分感觉到了生命的短暂，也感觉到了救赎、爱情、无限和永恒，它们存在于这个温柔年轻的女人的话语和生命里。

★　★　★

当这个瞬间的魔力渐渐消逝，门德尔松将婚戒递给二人，让他们互相给对方戴上。其扇浅棕色的手指很漂亮，指节很长，戒指戴好后，她的手指看上去像件艺术品。然后司仪按文明民族的习俗宣布两人结为夫妻，他正要提议新人用吻证明他们的结合，琴声突然盖过了他的声音。布洛霍夫激动中跳过了过门，已经在激情演奏约瑟夫·海顿热烈的降 E 大调奏鸣曲第三乐章了。门德尔松不敢打断上校，更何况他与西博尔德一样被布洛霍夫弹奏时的娴熟和优雅打动了。在上校按下最后一个键，乐器的绕梁余音结束之后，大家纷纷鼓掌，包括其扇，她小心地模仿鼓掌的动作。然后西博尔德请大家前往一旁的餐桌，那里已经隆重地备下了马来式晚宴。他们就着大大的银烛架美美地用餐，畅饮最高档的法国红葡萄酒——一瓶圣埃美隆的白马庄园，这是专为特殊场合而贮存在商馆仓库里的。他们高兴地向惊讶的其扇解释如何使用刀叉，解释烤牛排和布丁的配料，看着她喝下平生第一口葡萄酒，她的脸霎时红了。门德尔松和布洛霍夫聊得火热，是的，他们甚至发现他俩志趣相投，门德尔松开始直率地为布洛霍夫不久就要离去表示遗憾。其扇尽力倾听他们的交谈，只在被提问时才开口讲话。她还在消化那无数的新鲜印象，自她几小时前从日本大陆过桥来到荷兰岛屿，从而钻进了另一个世界之后，这些印象就向她蜂拥而来了。由于男人们心情极佳，喝了很多珍贵的葡萄酒，她不想失了礼貌，也让人给她重新倒上了。西博尔德虽然也在激动地与客人们交谈，但他的目光一直无法离开她。因此他很快就注意到，其扇渐渐累了。他悄悄示意布洛霍夫和门德尔松，他想和其扇独处了，他俩见后站起来，再次祝新人幸福健康，离开了。其扇已经累成一摊泥——他终于将她抱了起来。现在只剩下他俩了，等待他们的是婚床。他感觉自己的胆子比她刚来时大多了，葡萄酒让他甚至放肆起来。

"其扇，你知道不，我们那里有个美丽的传统。当两人从教堂回到家时，新郎要抱着新娘过门槛进屋。既然我们没法这么做，我至少要抱你上床。"说完，他粗壮的胳膊直接将她抱起，抱上了楼梯。其扇嗔怪、尴尬地叹着气抗议，双腿乱动了几下，同时，她看到自己亢奋、微醺的绅士丈夫这样兴高采烈，又很开心，不禁哧哧地笑起来。她用胳膊缠着他的脖子，直到他将她放在床上。

"你现在会教我脱和服的技巧吗？"她一言不发，只是望向照亮房间的那些灯。这回他理解了，他站起来，旋转灯芯，直到它们熄灭。那是一个星光灿烂的夜晚，苍白的月色透过窗户洒进来，让他们能够看清彼此。然后他在床沿上坐下。她爬下床，站到他面前，解开她的带子上的一个结，将绸腰带的一端塞进他手里。他开始小心地抽拉，她转身，顺着曾经缠绕在她身上的布条，越转越远。她一次次露出光溜溜的胳膊、脚、小腿，然后是大腿，最后还有臀部。然后她用宽布的最后一段裹住自己，那布只是松松地披在她的肩头，她身体向前倾，推开他的制服上装，解开他的衬衫。他努力褪下他的靴子，让她不必做这碍事的复杂工作。褪下靴子之后，他站起来脱裤子，她想帮他脱，又弄不懂系紧裤子的纽扣。当她发现了裤子下的另一条裤子时，她惊叫了一声。

★　★　★

在这个新婚之夜，其扇引领年龄比她大却毫无经验的丈夫进入爱情之门。西博尔德感觉她对男人的身体了如指掌，她已经十分准确地知道触摸哪里会让他喜欢。他享受她那小麦色的柔滑皮肤和她披散着的长发，现在它们像条黑色的河流落在他们共享的枕头上。她欣赏他健壮的体魄，轻抚他匀称的肌肉，贪婪地呼吸他的男性体味。当他头一回亲她时，他觉察到她在第一波最甜蜜的兴奋中弓起了身体。他被她结实身躯的美丽曲线所吸引，他以前从未被允许愉快地接触这诱人的形体，也被大自然奇迹所笼罩的芬芳且无比柔嫩的皮肤所吸引。按照日本风俗，此刻她可能还应低声喊着"不要，不要"来挑逗男人。但她感觉到了他的迟疑，明白自己的任务是用别的方法来唤醒他的兴奋。他轻抚着探究她的身体，而她在想，荷兰女人为对方做的也许更多是行动，而不是热情，不是干等着接下来会发生什么。他对心上人的主动感到意外，而更令他意外的是，这种从他的下身出发、穿过全身直达他大脑的欲望是如此刺激。她吸着他，让他像波浪一样轻轻起伏，他在起伏中渐渐感觉到了自己的力量，最后他占领主动，让波浪飞溅得越来越高。直到他们都因精疲力竭而愉快地沉睡后，风暴才减弱下来。

★ ★ ★

"其扇，我不是介意，但你不是处女了，是吗？"

"是的，我最亲爱的，没错。你真的不生气吗？"他昨夜还让她发了一个誓，那就是以后她要叫他菲利普，或者像她的发音"菲里普"，与他像朋友一样以"你"相称。

"不。我只是吃惊，你这么年轻，做爱就这么有经验了。"

"你想知道这是哪儿来的吗？"

"当然，我迫不及待！"

"可是，你先要向我发誓你不吃醋。"

"我发誓。"

"你不可以出卖我。你能发誓吗？"

"我也发誓不出卖你。"他越来越好奇地答道。

她站起来，走向她的衣橱，取出一个装订好的本子，在他身旁坐下来。

"你知道，在我第一次来月经后不久，我第一次与邻居家的一个男孩同床共枕。当时我们差不多还是孩子，但爱得很深。一天夜里他来找我，之后就经常来。我父母知道此事，他们至少感觉到了。这也没什么严重的。我们称这为**幽会**①，意思是'暗夜潜行'。后来我从我姐姐那儿发现了这些册子。它们是用来培训高级妓女的，好让她们学习客户喜欢什么。它们叫作艳本②，我听说，有时候，当年轻的贵族女性举行婚礼时，它们也被用来当礼物。这一本是我姐姐送给我的。"她打开小册子的丝带，展开一系列图画——它们让西博尔德快要窒息了。那是对性爱的描绘，详细得惊人，男人有着巨大充血的生殖器，女人的图像既有解剖学的准确，又很夸张，十分淫荡，他们做着人类能想象到的种种姿势。同时，在这部分荒淫的性爱搏斗中，拥抱似乎是能让人感觉到的最大快乐。西博尔德愣住了，他不知道该如何反应。他还从未见过这种荒诞的伤风败俗的人类交配图。其扇笑嘻嘻地望着他，姐姐送她的这份秘密的结婚礼物显然让她自豪。"我们叫这些图'**春画**'。你喜欢吗？"原来其扇借此自学成才，好向丈夫传授这门爱的艺术。她一点也不感到羞耻，只担心拥有艳本不符合她的身份。"你看，这是他的男根。你的幸好没有这么大，否则我会害怕的。这是她的**阴户**。我的也是这样吗？"她低声笑起来，"你们的语言里这个怎么叫呢？我还从没听说过表示它的词汇。"她的落落大方给了他勇气，他承认他根本不熟悉这种光明磊落，是的，整个信奉基督教的西方都不熟悉，但

---

① 指夜间男人潜入女子卧室。
② 描写闺房秘事的书籍。

他也许会喜欢上它。她很开心。他接下来的坦白让她惊呆了。她几乎不敢相信,她丈夫大她十岁,可昨天夜里他才与她一起放弃了自己的禁欲。

几天后他给舅舅洛兹写了一封信,首次详细汇报了他到目前为止在遥远的日本的生活。他推敲最久的是提到其扇的那一句。他要如何讲述自己与其扇一起经历的这一切,才不会让舅舅难堪呢?

"我也屈从于荷兰旧风俗,临时与一位可爱的十六岁日本女子结合了,我不会用她来交换一个欧洲女子的。"

第七章 鸣泷

勤学日语

　　在其扇来到出岛的那些秋日里，西博尔德明白了这女人会让他的整个生活发生怎样的变化。他大多数时间在诊所里度过，来出岛就诊的日本人越来越多，他们都是通过翻译社弄到上岛的许可证的。可是，一旦他回到自己家中，其扇就形影不离，他的图书室和全部的学习资料、研究资料都在家里。有她守在身边，既舒适又刺激，这种感觉是他所不熟悉的。虽然她来去都是轻手轻脚，几乎不讲话，避免发出任何噪声，但她忙碌不停，从不要求他去照顾她。相反，他感觉得到她无微不至的关心体贴。她很快就成了他的大帮手。他越来越频繁地向她提问，问题涉及日本语言、国家风俗和她自己的生活。他发现她博学多才。能向他介绍自己的生活和国家，令她无比开心，他于是就问得更多了。他很快就遏止不了自己的好奇心了，他从她那里汲取知识，像从一口井里吸水一样。他慢慢了解她，对她既爱慕又尊敬。他一开始喜欢的主要是她那异域风情的椭圆形脸蛋、仙女一样娇小的身材和甜美轻细的声音，如今幼稚的热恋渐渐具有了更加成熟的内在特质。

　　这些日子，岛上的生活匆匆忙忙。贸易旺季快结束了，为了返程时不会在中国海上遇见冬季的无风气候，船只很快又得驶出港了。但关于最后一批货的交易谈判还在继续。日本人不停地讨价还价。已经检修过的船只的吃水线要比它们抵达时低得多。数量有限的装着铜的箱子取代了用立方米、百升和吨计量的进口商品。荷兰人大老远运来的货物有荷兰棉花、中国丝绸、印度调料、波尔图葡萄酒和啤酒，也有橡胶、锡、皮革、象牙之类的原材料，还有热带的细木良材，以及镜子、钟表、眼镜、玻璃器皿等荷兰工艺品，所得收益要比来时少得多。荷兰人最希望对方用金银支付，但自1671年以来，日本就严禁使用贵金属支付了。与外国人做生意——最后只跟荷兰人做生意时，日本人一开始是拿黄金购买昂贵的欧洲商品，后来日本人发觉这让国内的货币量大减，导致流通性相应萎缩。日本学者计算出，货币流失的价值超过十亿荷兰盾。为了说清楚自己的忧虑，他们解释，矿物质和贵金属是国家的骨架。在国家的有机体里，工艺品和食物相当于肉、皮肤和毛发，可是，与工艺品和食物相反，骨骼是无法更新的。后来日本甚至禁止用铜支付。

不过，这回幕府在收到糖后，额外用铜支付了一笔1818年就到期的货款。这令布洛霍夫喜出望外，因为回到巴达维亚后，这会被当作他个人的又一个成果，让他得到赞赏。岛上的仓库里堆满像糖这样的没能一下子全卖掉的货物，因此，在两次交货期间的这段时间里，也还存在少量的贸易。关于班卡产的锡的谈判还拖延着，这不是巧合，因为以吨数计算，锡占了货物的很大部分，只有当锡也卸完并卖掉了，两艘船才能动身。锡太贵，不能长时间存放在仓库里。船一回到巴达维亚就得交出进项，而不是等到来年再说。日本人对荷兰人的时间压力心知肚明，微笑着将他们当作人质，直到谈出日本人想要的价格。精确计算的利差就这样在日本温暖的秋阳下融化了。自从禁止用金银支付之后，荷兰人在谈判时就处于不利的地位，这是二百多年来对日贸易日渐萎缩的另一个原因。荷兰人经常被勒索，这导致他们交易时经常还亏钱。扣掉一应成本后还能有百分之二十的赚头，他们就可以自认幸运了。远洋贸易风险巨大，弄不好就会损失整条船，甚至整个船队，相比之下，这报酬是微乎其微的。在印度次大陆，尤其在中国，情况是多么不同啊！在那里，最好的时候利润曾经高达百分之五百到百分之一千。它们是伦敦操控的东印度公司和现已破产的荷兰东印度联合贸易公司的基础。日本的荷兰商人们只能做做梦了。因此，生意的另一部分，也就是为欧洲市场购买日本的商品和货物，就显得十分重要。特别受欢迎的是伊万里和有田的瓷器，伊万里和有田是九州西北部的两个城市。西博尔德想着有一天自己会返回故里，想看看自己将来可以销售日本的哪种文化产品和自然产品。他惊奇地发现，日本没有奶牛，因此也没有牛奶和奶酪产品，也没有好吃的苹果。这些天他想起了唐·莫斯提马，七年前在维尔茨堡，他告诉过西博尔德，说他有兴趣与日本做生意。

接下来的那个冬天，西博尔德开始努力学习日语。但学语言的难度比他预期的要大。他差点因助数词①体系发疯。日语里有普通基数，它们只代表自己或构成表示人员的助数词的词干，还有表示物体的数词。因此基数"八"就叫作 hachi，但是，如果你想用它表示物体，你得说 yattsu。还有表示人数的后缀 nin，表示图书和本子的 satsu，表示装有饮料的杯子或碗的 hai，扁平的东西用 mai，长物体用 hon，四足动物用 hiki——仅在它们还不够大时！那时的日本文字不是由普通字母组成，而是由四十五个日文符号组成，它们可以组合成有一百个音节的系统，也就是**平假名**。用它们可以书

----

① 汉语里叫作量词。

写一切，可这只达到了普通人和儿童的表达水平。另外还有一种同样发音的音节字母表，仅用于外来词汇，也就是**片假名**。这样，在日语里，西博尔德的名字不用平假名写成しいばる，而用片假名写成シーボルト。但西博尔德学得最吃力的是书面的敬体形式，中国的象形文字**汉字**，这种复杂的表意文字将音节文字的语音学价值概括成词、图或整个句子。日本人地位越高，他书写时使用的汉字就越多。贵族和学者至少掌握六千个字符——他希望与这些人员交往时不存在语言障碍。西博尔德给自己制订了目标，要在一年内至少学会两千个汉字符号。他不分昼夜地学习，与其扇一起练习，她在教他时表现出极大的耐心和技巧。在他们的住处和他的大研究室里挂着好几张**伊吕波歌**，这是背诵平假名的诗。他想学会东道主国家的语言，他知道这个愿望会引起误解。说到底，日本外交的基本政策就是让外国人搞不清楚他们国家的内部情况。如果外国人可以学习他们的语言，日本人就为他们的秘密打开了第一道门。但他想起布洛霍夫讲的伟大的荷兰商馆馆长多伊夫的故事，多伊夫讲一口流利的日语，至今在日本人那里都享有崇高的威望。后来，听说他在学日语，不仅他的学生，连那些翻译都十分开心，这让他感到诧异。如果翻译们认为他的打算会造成令人不安、危险的竞争的话，他反倒更容易理解。可他们似乎都没有这么想。西博尔德的威望已经很高了，高得大家不再拿他当外国人看待，不对他耍国际政治和贸易中迂回狡猾的政治手腕。最后首席翻译**末永甚左卫门**坚持要亲自教他。第一节课开始时，他拿毛笔分别用日语的片假名符号和汉字从上往下，画出了西博尔德老师的名字，字体优美，像一幅书法作品。

シ
ー
ボ
ル
ト
先生

然后他将笔递给西博尔德，要求他写自己的名字。西博尔德对
结果不满意，虽然末永微笑着说，这才刚开始，或许正因为末永这
么认为，西博尔德才不满意吧。

长崎奉行藤原得知，翻译社的人数增长到了五十多人，他打听
原因，听到很多人夸奖荷兰医生是善人，是日本人的朋友。西博尔
德的医术好像在这个国家传开了，不久，在所谓的翻译当中也出现
了医生和科学家，他们是慕名从远方赶来长崎的。长崎远离江户，
一直享有日本其他地区无法想象的自由，跟本城传统一致的是，奉
行也是一个思想自由的人。这下他左右为难了，自己本该是独裁政
府的爪牙，应该遵守数百年的具体规定，严格监督与外国人的往
来。另外他感觉手下的官员们热心过头了，他们不仅视怀疑和猜忌
外国人为己任，也视怀疑和猜忌自己的上司为己任。藤原本身还不
认识年轻的外国医生，但是，面对怀有敌意的政治气氛，他还是想
方设法给西博尔德提供方便，让他与他的病人，尤其是与感兴趣的
日本科学家相见。他很快找到了解决办法。借萨摩藩大名藩府使者
的来访，他与这位使者私下里讨论此事，向他求计问策。他就萨摩
氏对外国人问题的立场提了几个问题，请求书面答复。使者当然理
解他所求信函的功能，他支持藤原，返回鹿儿岛后立即回信，让人

用急件给他送来。信函送达时，藤原召集所有的秘书，由他的首席秘书宣读了内容。奉行满意地听到里面写着他想要的一切，某种程度上这些内容是他没有明说但暗中授意的。萨摩藩的这个强大家族，不仅统治着国家南部，而且自德川统治开始以来，一直是江户中央集权最危险的挑战者。它明白地宣布，与外国人往来，得到的会比失去的多。因此，要大力同时又尽量谨慎地推动与荷兰人殖民地的关系。这不是大名的主张，而是鹿儿岛藩府里的氛围，但这还是起作用了。他给宣读信函时在场的官员们三天时间，让他们主动在各级管理层逐字逐句地宣布这个消息。没人会低估唯一有望成为下任将军的大名的藩府里的消息。这样一来，虽然范围有限，但是藤原很大程度上可以自作主张，规定与荷兰人，特别是与岛屿殖民地上年轻医生的官方交往形式了。首先，他允许日本的科学家和医生上岛听西博尔德讲课，不用专门申请，无须通行证。从此西博尔德每星期用荷兰语讲三回课。不久奉行所又将这份慷慨扩大到允许西博尔德定期去大陆问诊。西博尔德的声望与日俱增，越来越多的城里人知道了他的事。工作、授课、研究，再加上其扇的体贴支持，第一个冬天像一个凉爽的上午一样，很快就过去了。春天几乎比他希望的来得更快，因为他计划在花期从事植物学研究，还有很多事没有准备好呢。给出岛上的花园翻土和重栽是想都不用想了。西博尔德根本没时间去干这事，岛上的荷兰居民也不会去做，在他们眼里这都是无用的事情。到目前为止，他只从日常的成功中看到了一个预兆不祥的小小阴影，这也是唯一的阴影。他野心勃勃，想实现科学上的进步，但荷兰人对他的努力持冷淡甚至怀疑的态度。他的特权范围越来越大，而他们没捞到一点好处，这令他们明显很妒忌。布洛霍夫12月动身回巴达维亚了。从此在西博尔德和病魔缠身、心情恶劣的德·施图尔勒之间就没有了调解机构。自己的军医精力充沛、健康热情，这对施图尔勒的刺激很快就大过肉体的痛楚了。他多疑，厌世，胡思乱想，很快就开始怀疑西博尔德这位神医是故意不治好他，让他久病不愈，这样西博尔德自己就可以不受妨碍地充分享受自由。施图尔勒很快就感觉，作为使团的政治和军事首脑，他的地位可能有危险。西博尔德大概有所觉察，但来自各方面的赞赏让他泰然面对这些扫兴的事。暗地里他也承认有一丝兴奋，他这么容易就用自己的成功激怒了荷兰人，而他们又不可以阻拦他，这让他洋洋自得。他只对门德尔松保持着真正的友谊，现在也越来越难见到门德尔松了。正是门德尔松不时提醒西博尔德要更加谨慎，因为西博尔德还得在岛上忍受好几年。在这漫长的时间里，命运完全可能也跟他作对一回。由于西博尔德忙得不亦乐乎，他们很少能够见面，即使见了，大多也是在门德尔松的病床前。与德·施图尔勒上校一样，门德尔松也很难适应这里的饮食和气候。他从一开始就不想爬起来，经常一连几天发着低烧，在头痛或恶心的折磨下躺在席梦思床上，他想了很多，至少想将其中的一些思绪告诉他的医生，他经常生病，身体虚弱，只能用他的这类病中反省去麻烦西博尔德。在这些日子里，西博尔德认识和器重的那个门德尔松——那个轻浮、狂妄地探讨哲学问题的世界主义者——消失了。

初次出游

4月的第一个星期，此时的欧洲已是 1824 年了，一天上午，西博尔德最忠实的学生高良斋和高野长英来诊所里拜访他。礼貌的问候之后，他们几乎无法掩饰自己的兴奋。他们有幸告知他一个消息，这消息那么重要，那么喜人，以至于他们不知所措，只能咧着嘴傻笑，直到西博尔德要求他们快说出来。

"老师，"高说道，"经过三位医生，也就是吉雄小佐井和楢林宗建、楢林素绚兄弟的介绍，您忠实的学生们成功地争取到了两个可以载入史册的特权。首先我们可以通知您，高岛城代将允许荷兰使团的医生前往上述医生领导的医院，在那里治疗病人，以及给医学生上实习课。在高岛的支持下，藤原奉行也赞同。"说到这里高故意停顿了一下，因为客人们大概是想静观西博尔德脸上的表情，看他是否真如他们期望的那样吃惊。他们可以满意了，因为西博尔德喜形于色，他们从没见过他高兴成这样。

"第二个消息事关您的植物学研究。奉行也同意，从现在起，在我们的亲自监督下，您可以去长崎周边考察旅行。"

"考察旅行……？"西博尔德低声脱口而出。这确实超出了他的预期。他当然每天都在想着如何才能扩大他的影响范围，因为，尽管有偶尔可以出诊的放风方式，对于他所计划的科学研究，被囚在岛上还是最大的妨碍。

"亲爱的朋友们，这是多年来最好的消息，准确地说，是自我获悉我可以来日本以来最好的消息！"他喊道，恨不得将那些比他矮小得多的男人拥进怀里。但他压抑下这股冲动，因为他不想用他的狂热让他忠诚又腼腆的学生们难为情。当晚这消息就在出岛传开了。这使得他们中至少有一个人能够以一种相当有尊严的方式与日本东道主打交道，但席间交谈中，人们对这一突破的态度夹杂着明显的妒忌和不解，为什么偏偏是医生享有这种特权，对于通商使命，他最多只能提供辅助服务。荷兰人还嗅出了此人的另一种僭越，他甚至没有荷兰出身，是个外国人，是靠庇护才获得现有地位的。德·施图尔勒上校特别不满，因为他被直接跳过去了。奉行既没有向他提供这种行动自由，也没有与他联系商讨过这一举措。西博尔德已经意识到了这种妒忌，也想到这消息对本就棘手的病情肯定会有不利影响，接下来施图尔勒无疑会恼羞成怒。只有其扇打心眼里与西博尔德一样高兴，当他告诉她这个消息时，她是真正激动得发抖了。她已经习惯将他的希冀和期望完全当成自己的，这样，自然而然地，她很快就让他的感觉变得更加强烈了。她尽可能让自己变成他心灵的一面镜子，这样一来，他总是喜欢找她，向她汇报一切，因为年轻娇妻的共情让他看到了别人不能向他展示的自身形象。他还不知道，这正是日本女子的交流技巧，她们接受这样的教育，以便将来取悦自己的丈夫。他以为这种取悦完全是针对个人的，这也没错，因为其扇真的轻而易举地就进入了她所学的角色，丈夫的满意和成功令她高兴。

★　★　★

三天之后，期待的时机就到了。奉行做出决议，为西博尔德下达了一份烦琐的文件，说烦琐是因为文件是用外交辞令表达的，文件上说，允许他定期登陆，同时规定他必须严格遵守原先绝对不会允许这项决议的外国人法令。高和高野一大早就来到通往岛屿的桥头，来接西博尔德。他将诊所关闭一整天。他背上背包，包里装着干粮、植物学工具及一系列装昆虫、蜗牛和植物的容器，出发去进行一场他梦想了多年的漫游。他想起他的著名前任图恩贝格，图恩贝格是此前唯一跨越过长崎城边界的人。他记得，图恩贝格的条件总体来说要比他的糟糕得多，因为在图恩贝格的时代，荷兰在日本的使命主要还是服务于重商精神，住在出岛上的全都是讨厌透顶、傲慢骄横的家伙。在那个艰难时期，图恩贝格是唯一能与日本人建立友好关系的人。这回预兆不一样，因为这回的使命是以科学交流和外交为主，这样西博尔德在使团里的地位从一开始就比图恩贝格高得多。他走在长崎的街头，脑子里这样想着，他开心的学生和居民们惊奇的目光陪伴着他。有些人想和他们搭话，向这位现已大名鼎鼎的医生讨个主意，但他的监督者遵守指示，严禁西博尔德在公共场合接触日本人，在这事上他们虽然没有经验，但不想掉以轻心，拿争取到的这份认可冒险。人烟渐渐稀少，不时可见，有小块草地熬过了冬季几个月的严寒，又冒出了新绿，山坡上零星生长着深色的针叶树，像是要在其王国的门口迎接漫游者似的。游伴们穿越一道道山溪，溪里都有很多水，与季节相符；他们跨过一座座小桥，桥的拱形让人想到躬着身的猫儿。现在已经没有什么念头会让西博尔德分神了。他全神贯注，仔细观察，欢迎涌向他的一切，寻找动植物界之间的联系，又不忽视它们与矿物学和地质学环境的联系。上午天气凉爽，他们攀登长崎西北方的一座座小山，一直背对着四月的阳光。太阳还没升到最高处，西博尔德就头一回望见了浩瀚壮阔的海湾。景色真美啊。那个 8 月的上午，他在抵达后第一回站在出岛海滨，眺望海湾——海湾也望进他内心，他再次忆起那令人难忘的印象，将它深化。一阵战栗掠过他的头皮，伴以轻微的晕眩。他平生第一次不禁觉得自己直接见到了一幅创世纪的作品。它横亘在他面前，如此庄严、平静和优美，刹那间，自然、偶然或进化都不足以形容陆地、海洋和植物区系这些庄严阵形的存在奇迹。它更像一个预兆，它越过自身，指向远方，一个无限、永恒的意志想通过它宣告它的目的，展示它原始的善。他被先验的感觉深深震撼了，他与同伴们都沉默了好一阵，他们也在沉思冥想，他

212

估计他们冥想的中心更接近佛陀的伟大虚空、神道教的自然神灵或他们自己的祖先。

接下来他们休息，坐在草丛中用午餐，西博尔德带的是夹奶油和腌黄瓜的小面饼，学生们吃的是当地典型的荷叶包饭团。然后他们开始动植物学的工作，也搜集引人注意的岩石样本。展现在西博尔德眼前的陌生东西那么多，他不知道该从何开始。他检查草、花、灌木和大树，做迅速的、像密码一样的记录；时不时用一把小铲子挖出看起来有意思的植物样本；分析植物分布的情形；搜集甲虫和其他昆虫；检查树皮，又在树皮后发现新昆虫的幼虫和蛹；测量根的长度，用火柴点燃一些草，闻它们的气味；搜集水样，以供之后在实验室里化验其矿物和铁的含量。西博尔德工作时专注细致，令高和高野钦佩不已。他们立即理解了，这背后一定存在一个观察自然的体系，比起他们自己的日本方法，这样做能从事物中获得更多不一样的知识。

自从离开德国之后，这是西博尔德头一回走了一整天，晚上他筋疲力尽地躺在沙发上，头埋在其扇的怀里。他们习惯了彼此大方、温柔的接触，这在日本夫妻之间是不可想象的，德国市民阶层即使不认为这是下流，也会认为这有伤风化。她抚摸他的头发，嘲笑他额头和鼻梁上的轻微晒伤，听他滔滔不绝地讲述他的观察和发现。

"回程中，最亲爱的，我找到了我最大的发现。我多么想现在就向你汇报啊！可那还是个必须严守的秘密。时机未到。"

"你这个骗子！你这样极端卑鄙。快讲！你很清楚，我有多好奇。"

"拔刀之前，你先耐心等等。如果一切顺利，这小小的推迟会让你得到更多的补偿。但我有个主意，我暂时可以用别的方法补偿你……"

"你不要以为这样就能骗得了我！可是，既然你现在都这么讲了……"

瀑布旁的房子

"门德尔松，见到您这么健康，我真是太高兴了！您准备好了吗？"西博尔德一大早就来到门德尔松的门口接他。两人穿戴齐整，要去进行另一次考察，因为西博尔德经过努力，获准带一名画师陪自己。于是，为了重新唤醒门德尔松的活力，他向门德尔松提议，如果健康允许的话，下次请他陪自己一起出游。门德尔松果然已经恢复得差不多了，他抵达日本以来第一次相当健康。

"我准备好了。可漫游途中等着我的惊喜是什么呢？我知道您是想带我看点什么。您瞒不了我。"

"耐心点，我的朋友，您不会失望的。哲学家的特点可是镇定和克制，不是吗？反正古罗马的智者还没教过什么哲学的好奇心，尽管在这种视角下哲学或许会让我更感兴趣。"

"行，那就趁我们还没有开始争论，赶紧走吧，争论会缩短我们的白天，夺走您热衷的美景。"

高和高野又准时来到了桥头，在例行检查过通行证和画师额外的许可令之后，哨兵们放西博尔德和门德尔松登陆，这一小队人马又开始漫游了。这回长崎街头的居民更吃惊了，因为他们已经很久没见过门德尔松这样的长发外国人了。他们猜测他携带的设备的用途，这个设备被固定在背包的侧面。一个约两码长的木制品，由若干节组成。这是武器吗？不是，这是个画架。

他们很快来到了小山，但比上回攀登得更高。西博尔德想去一个更高的观景点，从那里眺望周边的景色。当他们爬上最高点冰见隘时，门德尔松已经喘不过气来了。站在这里，他们不仅能看到长崎湾，还终于看到了东侧山脉后的橘湾。空气干燥，天空无云，能见度特别高。大约十五里开外，云仙岳巍然屹立，薄雾缭绕着它平坦的山巅。这是西博尔德和门德尔松首次见到一座火山。他们站在那里眺望了很久，西博尔德向伙伴们介绍欧洲地质学对火山的形成和力学有了什么新见解。

"您在这一带到处都会发现火山起源的痕迹。我们上回出游就收集到了斑岩结构的玄武岩，混有角闪石。"

"人们还估计月球上有火山。"门德尔松补充道。

"是的，没错，**威廉·赫歇尔爵士**三十年前就报告过此事。另外，您知道他两年前去世了吗？我是出发前不久读到这个消息的，在鹿特丹。"

"不，很遗憾，我不知道这消息。但我的言下之意不在这里，在别的东西。他那月球上有火山的论点发表于 1783 年。次年哲学家伊曼努尔·康德发表了一篇不太受重视的短论文，题为《论月球上的火山》。他在文中置疑月球上会有火山。还有，您知道吗？他说得对！如今已经证明了，月球上的山脉不是源于火山，而是由规模巨大的彗星撞击而成的。"

"有意思！一个足不出书户的哲学家能够纠正一位著名的博物学家。我真希望这是个例外。"西博尔德挤挤眼睛，回敬道。高和高野张口结舌，聆听着这番有关地球和月球上的火山的深入介绍，一句话也没漏掉。有一刹那他们感觉到，西方科学比他们先进太多了，日本与世隔绝了数百年，错过了多少东西啊。

门德尔松支好画架，开始作画。他只画了些速写，因为他的水平还很一般，还不能代替西博尔德的随从人员中训练有素的绘图员。他们中的一位以后可以加工这些草图。无论如何，他们必须带几张可信的画，以防返回时受到检查。

西博尔德和他的学生们则继续进行他们上回出行时的动植物和矿物学工作。寻找哪些物种，采集哪些样本，他这回有详细计划。就这样，几乎不知不觉间，就到了下午。他们喝着新鲜的溪水，大口啃食带来的干粮。暮色降临前他们动身返回。不过他们避开了来时走的小道，门德尔松发觉这条路不是直接向下通往城市，而是顺着一条等高线通往北麓。他问西博尔德这样绕道的意义，西博尔德不回答，意味深长地对着他笑。树木稀疏起来，他们走近一个依山建着许多房子的农庄。不久他们就在主屋背后看到一道小瀑布，它是由一条山溪跌落下来而成的。地皮周围的矮树篱高低错落。一切都比例适中，草地周围的树和灌木疏落有致，最上面是个竹林，处处光影交织，引人入胜。大自然真是多产而完美啊。被施了魔法似的童话般的庄园啊，如果日本的无数神灵中有几位住在这颗真正的珍珠里，门德尔松不会感到奇怪的。

"就这里！"西博尔德终于告诉惊诧不安的同伴，"这是鸣泷居，喧闹的瀑布旁的房子。"

"好漂亮的乡村别墅啊。您上回经过这里了？"

"嗯，是的。可您知道我为什么带您来看它吗？"

"不，当然不知道。也许因为它无人居住，您想向我透露点您最隐秘的愿望？"门德尔松答道，又想恢复他的玩世不恭。

"这将是我未来的居所和工作地点，"西博尔德骄傲地回答，"我要在这里办一所学校，在这里继续开我的诊所。我听说昨天公布了消息，他们允许我住在陆地上的这里。我期望我们今天回去时就会收到文件。"高和高野听后十分开心地笑了，因为他们从一开始就知道这个计划，这下看到它终于成功了。

"真不敢相信！天哪，您是怎么做到的？二百多年来都没有外国人获准住在岛外啊。"

"是我在这里的日本朋友们和他们的很多同事帮的忙。奉行虽然只允许我办学校，但经他许可，我不久就会买下这幢房子，为了不让江户的政府紧张不安，我将使用一个日本假名。"

"不可思议。长崎的管理部门为了您真是冒了好多风险呢。我必须承认，再怎么高估您都不为过。但我现在已经知道，我们的'囚友'会有什么反应，尤其是德·施图尔勒上校。"

"好了，我们快走吧。天色晚了。是的，我知道我这样做又在惹荷兰人不高兴了。但我希望您知道，我不会受他们妨碍的。我肯定不久又会得到巴达维亚总督的支持。这是初次走科学道路的荷兰外交的一大突破。通商固然重要，但我们的时代也要求文明民族间的其他联系。由于日本人的猜疑和市场封锁，在贸易上我们还会长时间失败。相反，在科学上，他们迫切渴望得到我们的指教。我们的科学知识是一种他们无可取代也不想放弃的原材料。"

晚上，当西博尔德一声不吭地将白天如期送达的公告给其扇看时，其扇喜出望外。当他接下来向她解释文件上没有提到的其他信息，以及即将搬去鸣泷的乡村别墅时，她更是高兴得哭了起来。其扇喜不自禁。可以与丈夫被关在港口岛屿上生活几年，然后以高级妓女的身份返回她的社会，她本来已经接受了这样的安排。现在眼见着本不可能发生的事情竟然变为可能了。她很少能直接体会到丈夫的声望，但它一定很高，甚至能征服她的国家的古老法律。她太为他骄傲了，事后再次为自己的聪明选择感到庆幸。

迁往鸣泷

"少校先生，我祝您的使命圆满成功。您每星期按照约定向我汇报一次。您继续每星期来这里的诊所上三天班，每天四小时。其他方面，您当然可以随时进出岛屿和您现在的居所及工作室。一旦收到巴达维亚的消息，我们就会通知您的。"施图尔勒消沉、沮丧地坐在办公桌后。他又一次被越过了，但他已经习以为常了。在当前的形势下，抵制西博尔德的成功没有意义。尽管抵制会对西博尔德造成很大的影响，但是不管施图尔勒有多冲动，他也明白，一旦发生冲突，无偏见的第三方一定会认为这种行为是出自他的妒忌和恶意。

"谢谢，上校先生。"西博尔德客气地回答，上司冷冷的客套及背后克制住的感情没有逃过他的眼睛。但主动权掌握在西博尔德手里，他还想听到施图尔勒亲口证实一下。

"您认为巴达维亚满足我的请求的机会有多大？"

"很大。"施图尔勒干巴巴地回答。

西博尔德前不久给范·德·卡佩伦总督写了一封详细的报告，附带请求另一笔资金，用来添购科学收藏用品及建一座带温室的植物园。那是相当大的数目，要比他临行前巴达维亚提供的首笔资金高出四倍多。不止如此。西博尔德还请求给他派来一名绘图员、一名地质学家和另一位医生。这相当大胆，在荷兰的外交史上还未有过先例。但这是提升他的地位和扩大他行动余地的机会，西博尔德可不想白白放过。他知道，这么个好机会短期内是不会再出现的。施图尔勒当然也知道这极度狂妄，只希望西博尔德因为太过分而失宠。因此他明知道那封信，却不想要求西博尔德克制一点。相反，野心勃勃的军医的过度轻率让他感到高兴。

第二天搬迁开始了，这在长崎引起很大的关注。老人们也一辈子都没见过这种事。人们围在大街两侧，头一回见到欧洲人的家具、地毯、家居用品和行李箱。西博尔德身穿他的华丽制服走在搬运队后面，夹在奉行安排的一队士兵中间。在他身后相隔三步，其扇按照日本传统的要求，穿着木屐，以碎步小跑着。她身穿蓝色的绣鹳和服，由引田屋跟来的女仆陪着她。一个多小时后，隆重的搬迁队伍才到达鸣泷。西博尔德的学生、他们的家人和感激的病人在那里等着他们。所有人都想帮忙。西博尔德和其扇受到大约一百人的迎接，这让他很感动。对于在场的人来说此事也是罕见的，因为在全国范围内，这么大规模的露天聚集都不会被允许。警察会立马干涉的。这回又是奉行在保护他们。两百只手一起布置整幢房子，一直忙到傍晚，然后它看上去就像西博尔德和其扇已经在那儿生活了很久似的。饭做好了，床铺好了，人们都没允许他俩插手，哪怕是碰碰家居用品。曾经的病人个个都想报恩。因为他们仍然相信，西博尔德免费治病，纯粹是他慷慨大方。但其实，作为出岛上的使团医生，他被严禁在薪酬之外对医疗服务收费。有几回他曾敷衍地试图向病人们解释这道禁令。但他们还是固执己见，认定荷兰医生是个做善事的人。西博尔德知道，他并没有真心努力说出真相，以免给这道美丽光环蒙上阴影。但他立即为自己找到了辩解理由，他一直是为了增加科学知识才接受这个好处的。病人们送来的许多礼物最终将收入欧洲的博物馆，成为科学展品。

第二天西博尔德的新诊所就开门纳客了，他也开始授课了。他一大早先在新庄园上转了一圈，庄园曾经属于长崎诹访大社的大宫司[①]，占地二公顷左右，因而比整个港口岛屿出岛都大。所有房间分

布在日式风格的两座主楼和两座侧楼里，里面布置了欧洲家具。正对园门的两层楼的主建筑里，每层各有一个铺着地板的大房间。他将楼下的用作工作室，楼上的用作书房，这两个房间里面放着他的研究材料、博物标本收藏、药物及欧洲和日本的书籍。这些房间用半透明的、叫作**障子**的**纸拉门**与外面隔开，这样房间里就特别亮堂，尤其是白天，一推开纸拉门，就可以看到有少量房屋的绿色山谷的深邃全貌。西博尔德已经注意到了，日本人不知道望远镜。他从前任的记录中推断，全日本都没有玻璃工业。这座房子的左侧是另一栋平房的主屋，内有两个并排的宽敞房间，现被用作其扇和他的客厅，其中较大的一间也用于授课、检查和治疗。其他的附属建筑用作固定的书库，紧挨着的是一间厨房和一个大工具棚。有两口井，一口在治疗室旁，另一口在厨房边。各栋之间由狭窄的石子小道相连。建筑间的空地上都种上了竹子和树木。他计划花两年时间，将它变成一座连通的药草植物园，收集最重要的日本植物。

西博尔德授课

第一天非常忙碌，因为他的许多学生与第一批病人同时到达。为了协调各种活动和理智地工作，他制订了一个时间表。从现在起，他将在鸣泷讲授理论和实用医学，尤其是妇产科学、儿科学、眼科学和外科学，还有自然史和药物学。西博尔德主张在实践中学习，学生们与他一起处理每天来诊所就诊的病人。这对病人有一大好处：他们不必与这个外国人单独待在诊疗室里。日本医生的在场让他们产生信任感。虽然大多数人相信荷兰老师拥有魔力，但他们还是害怕这个手劲很大、高大魁梧的男人，尤其是女性。西博尔德还是免费治疗。但是，由于病人们不想亏欠他，他们带给他许多贵重礼物、艺术品和日常用品，也有罕见的植物、石头和昆虫。

东亚医学水平已经很高，尤其是在内科领域。但在解剖学和外科学领域，欧洲领先一大步。1774年，约翰·亚当·库尔姆斯的《解剖学图表》被翻译成《解体新书》，得以出版，从此日本学者就知道此事了。该书最早是1722年在但泽①出版的，由于**德川吉宗**将军允许进口荷兰图书，它才得以抵达日本。

日本医学深受中国传统医学的影响，中国传统医学叫作汉方，也就是"医疗说明"的意思。医者设想人体与天文和宇宙环境密不可分。另有一种元素理论，与欧洲的炼丹术差不多。他们认为所谓健康就是许多相互抗拒的力量和汁液之间处于平衡的状态。关键在于，生命力"真气"的流通不受阻滞。这种流通可能会受到不明确的"毒"的影响。欧洲医学的影响始于1600年前后，当时葡萄牙人将截肢和结扎血管这些外科方法引进了日本。自从德川政府实行**锁国**政策以来，只有荷兰人能够将医学知识带到日本。比如卡斯帕尔·沙姆贝格，1649年他参加了首次江户参勤，一举成名，创立了**Kasuparuyugeka**，即**"卡斯帕尔外科手术"**。恩格尔贝特·肯普弗尔1690年至1692年住在出岛上，最早对日本医学进行了科学记录，但这在他的家乡没有得到重视。他的《日本史》一书也是几经周折，先是在他身后于1724年在伦敦以英文出版，最后于1774年在德国出版。它首次详细介绍了针灸和艾灸。西博尔德在前往爪哇的航程中带着浓厚的兴趣阅读了该书的这一章。现在他向他的学生学习这种亚洲疗法的实际操作方法。灸术是一种热疗法，治疗时，用晒干的艾或别的草药卷成的小圆棒，摁在特定部位硬币大小的皮肤上烧

---

① 即格但斯克，原属东普鲁士，现属波兰。

221

烫。这是为了促进组织的血液流通，让身体更好地抵御各种疼痛。西博尔德饶有兴趣地注意到，灸术也被用于教育，是让顽劣吵闹的孩子安静下来的最佳手段。另外，针灸师必须熟悉他们扎针的皮肤位置。这一疗法特别吸引西博尔德，他立即请人翻译御用针灸师**石坂宗哲**的重要文章。

他在极短的时间里学到了很多日本医学知识。作为报答，他教学生们使用听诊器和显微镜，这给年轻人带来了印象深刻的体验。清楚聆听体内器官的运动，看到体液、植物和昆虫的微观世界，这比他们从中医里学到的更新鲜、更感性。在药物学方面，西博尔德也能向他们介绍重要的革新。阿托品这种药物给眼科手术带来了全新的可能，并且对他以后的工作具有重要意义。他给老僧吉田做手术时就使用了这种药物。这一成功让他自己都吃惊了，尤其是他也因此被称作神医。现在他必须向学生们公开他的魔药的本质，这几乎让他感到遗憾。在欧洲，1800 年前后，人们发现所有茄属植物里都含有这种有毒的生物碱，在颠茄和曼陀罗里浓度特别高。阿托品有消除痉挛和放松肌肉的作用，比如说可以用来治疗哮喘病人支气管肌肉的痉挛。它在眼睛里的作用是剧烈地扩张瞳孔，让人类头一回可以观察眼底。因此西博尔德在进行白内障手术时就能更清楚地检查需要削除的角膜层。剩下的就是要有一只镇定自如的手了——在这方面没有谁能比得上他。

在头几个月里，西博尔德给学生们讲解产钳分娩的知识，首先是剖宫产术。由于日本人要么根本不做手术，要么执刀的医生自己也因惊恐而在做手术时笨手笨脚，常有产妇死于剧痛。西博尔德向学生们展示，如何通过腹部和子宫的小切口，应用**剖宫产术**，救出几乎所有的孩子和大多数女人。他教他们如何从新生儿肺里吸出羊水，这样新生儿就不会窒息而亡。西博尔德教学生们使用疝气带，这给他们留下了深刻的印象。那是一根有弹性的、腰带状的带子，装有气垫，用于阻止内脏疝，比如腹股沟疝——这种疝在挑客和轿夫中特别常见。年龄过大或不宜从事艰苦训练的剑手，也常患腹股沟疝。但西博尔德行李中最重要的医学新成就，是他从爪哇带来的牛痘疫苗。他可以用它们来教学生们种植牛痘，同时向他们介绍牛痘的基本原理。此时他感激地想起了索默林的介绍，索默林向他讲过爱德华·詹纳和克里斯托夫·胡弗兰的牛痘种植经历和他自己的改良。

几个月过去了，鸣泷的活动内容也超出了医学的范围。西博尔德有更多的时间研究动植物学，众人为了感谢他，送来许多动植物，他还得给它们分类和编目。鸣泷的气候、土壤和灌溉条件很适合建一座花园。西博尔德先种药物学植物，好让远道而来的医生和学生可以自己配制草药。另外他也开始讲授地质学、矿物学和语言学，计划不久就推进到人类学和文化学，以便更多地了解这个国家的历史、艺术、宗教和政治。他自己也是通过与同事们的交往偶然了解到这些的。与他们的讨论给了他一种洞察力，而在日本这样的国家，这是很难获得的。有关日本历史和文化的图书很少，政治则无论如何都是一桩秘密事务，就像报刊和最早的议会产生之前的欧洲国家机密一样。要想更多地了解日本的政治、文化和传统，最有效的方法就是凭借自己从欧洲带来的知识，尤其是连带个人印象，开启一席交谈。

在东极

于是，西博尔德将长崎和周边地区几位学识渊博的朋友和学生邀请到鸣泷。他事先也邀请了门德尔松参加聚会。他可以很容易地为门德尔松搞到通行证。他希望在招待日本客人时，身边有个受过教育的欧洲人做伴。他们踏着暮色来了，还带来了礼物，奇异花卉、小漆器、草药和果实。他们事先了解过他家花园里还缺哪些样本。对日本人来说，坐在一张欧式桌子旁的椅子上是一种独特的经历，桌上除了筷子还备有刀叉，如果他们想试一试刀叉的话。当他们坐在桌旁，活泼地闲聊并哈哈大笑时，日本仆人负责准备饭菜——出岛的马来厨师、侍者和助手们严禁踏上大陆。西博尔德和门德尔松对这种非正式的社交行为印象深刻，这在德国资产阶级中是无法想象的。这更像是大学生的聚会喝酒，因此西博尔德也不由一时感伤，想起了他与社团兄弟们的狂饮欢宴。等到饭菜端上来了，胃口就战胜了多愁善感，他几乎失礼地扑向荷兰特色菜，先是丰盛的豌豆汤，然后是在海湾里新捕的金枪鱼，它像鲭鱼一样在盐卤里腌了整整五天，有点发酵了，最后是烤牛排。烤牛排引起了西博尔德的日本同事的轰动。由于佛教相信生命是神圣的，几个世纪以来官方一直禁止食肉，全日本都没有肉畜。乡下偷偷地吃野猪、熊、猴子、马和狗，有剥兽皮工人。他们使用死去动物的尸体，供应的肉大多质量低劣，已经开始腐烂。猪还没被圈养，牛只是役畜，受到家庭成员一样的对待。因此吃这道菜时，需经一番善意的劝说，日本医生们才敢用刀子切开肉吃起来。牛是在出岛上宰杀的，肉嫩味美，出色的煎烤、盐和胡椒粉都功不可没。他们当中一位叫坂本的，十分兴奋。

"如果神灵想要我们不吃动物，他们就不该用肉做成它们，对不对？"他故作狂喜地叫道。

其扇为客人们布菜时，西博尔德感激地望着她，没有说什么。

是她教会了她的日本助手如何烹制欧洲菜肴以及如何上菜，结果看上去很成功。

在这个十几名日本人的小社会里，有几个安静的伙计，他们因为腼腆，想待在幕后，只是含笑倾听；也有引人注目的人，他们拥有独特的生活故事，也有讲述的热情。比如坂本尘一郎是个渎神者，这不是秘密，在大名的城堡里、在江户和九州发生的任何事都瞒不过他。再如爱穿真皮的羽场左十郎是个酒鬼，喝上两三碗清酒他就活跃起来，他的滑稽笑话让所有人都笑出眼泪。最后还有大槻磐水，大家说他有哲学家的悲观倾向。但他的佛教式悲观却是智慧的，得到同事们的尊重。他已经被看作一个活圣人了，只不过是个胃口巨大的圣人，这让他比一些空谈家更加快乐。

"给我们讲讲外面的世界吧，老师！它是什么样子？它有多大？还有日本这样的国家吗？"羽场已经很兴奋，对着众人喊道。

"好吧，这世界是一只大球，它的海洋、大陆和国家已经被仔细勘察过了。日本岛国肯定是独一无二，它还是南北极之间被考察得最少的地带。"

"原来如此。那么这只球也有东极和西极吗？"羽场狡黠地追问道。出现一阵短暂的沉默。日本人在寻思他这是想说什么，而西博尔德拿捏不定，不知他是该觉得羽场的问题荒谬还是天才。然后他真诚地笑了一声，结束了充满期待的沉默，客人们也跟着笑起来。

"不，尊敬的羽场，没有西极，也没有东极。可是，如果有东极，那一定是在日本。因为日本以东又是最西边了。"

"老师，到底有没有，这根本不重要。您直接在欧洲宣布，您发现了东极！那样就会有更多您这样了不起的欧洲人来日本寻找它了。这样我们就可以学到很多，说不定可以享受更多您带给我们的这些美味。"

这下众人都高兴得欢呼起来,因为风趣的羽场说出了他们的心里话。在餐具被清走,酒碗又端上之后,仍然清醒的坂本想从这个无聊的话题转换到严肃的话题。

"西博尔德老师,今晚给我们多讲些基督徒的情况吧。虽然我们从前就知道一些这方面的知识,直到幕府禁止信仰耶稣和上帝。您肯定知道,通过'踩踏耶稣'和重罚拒绝者,踏绘阻断了我们了解基督教的新尝试。"

"是的,我也很想知道,你们是怎么想到让你们的上帝之子死在一根木头十字架上的。如果我记得不错,你们是可以在他和一个普通的小偷之间进行选择的。"羽场补充道。

"这是上帝之子受难史的必由之路,"西博尔德回答道,"你们必须理解,死在十字架上是他的目标,因为他这样做是想为我们承担罪责,让上帝与人类和解。他与**撒旦**斗争过,创造了奇迹,因而是他父亲的忠实奴仆。他死在十字架上,是为了拯救整个人类。他是我们文化里最重要的神,可以说是最高神灵,因为敬奉他本人能保证信仰他的人死后在天堂拥有一席之地,天堂就是被你们称为净土的东西。"

"撒旦是谁?"正昏昏欲睡的大槻低声问道。

西博尔德迟疑了一下才回答:"他是创世主上帝的一位堕落天使,他将邪恶带到了世上。恶人死后灵魂会去他的王国,一座炼狱。地狱是另一个彼岸。也可以称之为苦难之国,在那里等待罪人的是对他们生前恶行的永恒惩罚。"

"那撒旦长什么样呢?"大槻无动于衷地继续眯着眼问道。

"他有很多形象,"西博尔德回答,"这让他十分危险。撒旦能够变形，有许多名字，比如魔鬼、贝利尔、路西法、靡菲斯特或者蝇王，他是个强大、奸诈的魔法师。人们常将它画成舌头开裂、长角、长着一只马脚的样子。"

"这听起来像我们的须佐之男神，太阳女神天照大神的弟弟。他是冥府的统治者，一个高大野蛮的人。他的手指和脚趾的甲床血淋淋的，因为有一回他因暴行受罚，指甲被拔掉了。他的牙齿尖锐锋利，像鲨鱼的牙，"坂本答道，然后又笑着问，"真的有这个魔鬼吗？西博尔德老师相信它，相信山塔努吗？"

"这问题有意思，亲爱的坂本先生。这我还从未思考过。相信存在一个创世主，而这个创世主偏偏是基督教上帝，这对我来说已经够难了。可是，没有，这个魔鬼不存在。这不是真的。这就是说——我不相信它存在。"西博尔德回答道。

门德尔松插进来，想回到先前的话题："而且，耶稣死在十字架上的事也可以有别的解释。"他尴尬地轻咳一声，开口说道。西博尔德吃惊地望着他。在他尽可能以**和平**、巧妙的方式摆脱了宗教问题之后，他现在又会听到什么呢？特别是，他希望门德尔松现在不会从犹太人的角度否认耶稣作为弥赛亚 ① 的意义，让一切复杂起来。

"你们看，这故事只是基于一本书：《圣经》。不过，这本书由两个重要部分组成，《旧约》和《新约》，《旧约》讲的是从上帝创世一直到崇神天皇时代的故事，《新约》讲的是这个时代出生的耶稣的故事。有四位大作家讲述过这段历史，他死在十字架上之前的人生也被讲了四回。现在，情况是这样的，我再怎么仔细阅读，在

---

① 犹太人期望中的复国救主。

所谓的《福音书》的最后几节，也找不到一句耶稣亲口说的、某种程度上能证明是当事人选定了这个命运的话。"

"可是，亲爱的门德尔松，《福音书》作者马太报告，围聚的民众要求彼拉多让基督流血，您怎么看呢？"西博尔德回敬道。

"彼拉多——在巴勒斯坦的罗马总督的大名——知道耶稣因被妒恨，遭到出卖才被交给他。这位帝国的总督是整个传说中最公正的人，因为他给命运指明了一条出路，不要求牺牲上帝之子。他想看到小偷巴拉巴被判刑。他的妻子在宣判前还来找他，跪着求他不要伤害耶稣，因为她昨天夜里梦见他了。彼拉多甚至在众人面前洗手，说：'流这义人的血，罪不在我，你们承担吧！'他看着面前的犹太群众，他们令他厌恶。"

门德尔松意识到，他已经理屈词穷，自我否定的伤害太大了，让他不得不想着收回自己的话。可这有什么用呢？就算他和他的教友们不相信耶稣是弥赛亚，不相信他当时的到来：他怎么能反驳这个传说呢？《约翰福音》也可佐证这一点。尤其是，如果他想像他打算的那样忠实于这些文章的话。他从未怀疑过，耶稣是犹太群众的受害者。此外他还坚信，人祭是人类文化最深的根源，而耶稣，日本人讲这个名字时讲得那么清新质朴，是一位启蒙者，他想让人类永远摆脱集体屠杀。

"您此话怎讲呢，门德尔松先生？宣判不公正吗？大名彼拉多只因为胆怯和讨好才这么做的吗？让民众宣判一个人的命运，这是什么方法啊？难道没有严格的法律吗？"坂本问道，显然很生气。

"有的，有的，有严格的法律。但那天是个节日，有位犯人被判刑了，大名想免去对他的惩罚，向民众证明他的慷慨和宽容。"

"那约翰的《启示录》又是怎么回事？关于耶稣，那里面一开篇就可以读到'……他爱我们，用自己的血使我们脱离罪过'。"西博尔德主动问道，因为他不满门德尔松对宗教的批评。

"《启示录》是否真属于《圣经》，这是有疑问的，"门德尔松讲道，"是天主教会的神父们决定将它收入《圣经》的。也许此文的目的只是为了让人们畏惧。您知道鹿特丹的伊拉斯谟曾经拒绝翻译《启示录》吗？他认为这是一篇**伪经**，与《圣经》毫无关系。"

然后他转向其他客人，接着往下说道："我和西博尔德老师，我们在这个问题上显然不完全一致。一个自以为是创世者之子的圣人，怎么会自愿让人将自己钉在一只十字架上呢？又为什么要这么做呢？这也是你们的问题，对不对，坂本先生？我根本不相信。天主教里也有很多别的殉道者，他们是被罗马教皇封圣的，教皇既是天主教的天皇，也是天主教的将军。可是，只要谁稍有怀疑，认为殉道者是眼睁睁地铤而走险和故意牺牲的，这人就会被认定疯了，不会被封圣。我认为，这是有道理的。这是病态狂热。Eli, Eli, lama asabthani——'父亲，父亲，为什么离弃我？'这是耶稣在生命的最后一刻说的话。一个主动让人将自己钉上十字架的人会这样说话吗？一个因为救世主计划成功而感到高兴甚至感到满足的人，会这样说话吗？不，我不信。如果真的有过这个人，如果他曾被钉上十字架，之后真的从死亡中复活了，如果基督徒们自他升天后就在期待着他返回，那么这故事就只能有一个意义。耶稣，这位无辜者，这只羔羊，他的一生是绝对公正、正直、真实的。这神圣的生活将他带去了死得其所的地方，带去了十字架。他是一连串符合逻辑的事件，完全符合一个不能容忍善的罪恶世界的逻辑。他不想这样，人们牺牲他这样的无辜者让他绝望。他考验过人类，人类不听。从那时起人类就必须独自应对，没有了化身为人的善良的神。因此，只有在一种时间节点下，他才会返回，那就是当他这样一个上帝之子能够不受阻挠、不遭迫害地生活在人间的时候。"

门德尔松的讲述深深打动了西博尔德，但是，桌旁没有罗马天主教徒，这让他感到放松，在他脑海中，一个欧洲正在浮现，三十年的战争中，这种宗教诠释问题将它破坏掉了。日本客人们诧异地大眼瞪小眼。这场报告他们一点也没听懂，对他们来说一切都没有意义。他们不理解，为什么一个儿子不愿为他的父亲和一个神圣家族的荣誉去死，为什么他临死时要这么哭哭啼啼，一点也不像个男子汉，关于他复活归来的这一切又是什么意思。他们没人读过《圣经》，虽然每次有新船抵达时，出岛上的日本管理机构就会没收荷兰语《圣经》，并将其钉在圆桶里，桶里的一些《圣经》被盗走或走私了。西博尔德最年轻的学生中曾经有一位骄傲地向他展示过这些《圣经》中的一本，当时他吓呆了，建议对方如果多少重视自己和家人的性命的话，就该立即将其销毁。了解基督教的秘密并没有重要到值得为之去死。毕竟，荷兰人之所以得到日本政府的容忍，只是因为他们不试图向其臣民传教布道。

"尊敬的门德尔松先生，许多日本人可不这么看，尤其是那些上层人士、贵族和武士们，"哲学家似的大槻又以平静的声音插话道，"比起荣誉和忠诚，生命一文不值。牺牲自我是一种高尚行为。它拯救灵魂和家族数代的声誉。因此，德川王朝初期还有数万日本人是基督徒，当时这个想法肯定没起作用。可后来呢？"

门德尔松尴尬地沉默不语，因为现在他明白了，他刚才所说的话没有顾及日本客人，是在自言自语，也许是对西博尔德讲的。他望向西博尔德，向他求助。

"就我们所知，普通日本人大多是农民、渔民和乡下人，基督教天堂的理念深深打动了他们，"西博尔德接过话头，"在这片净土上，一个人生前规矩、勤劳、敬神和顺从，死后就会得到回报。在那里，他生前所有被禁的愿望都将得到满足。另外，在那里，死者的灵魂永远继续生活在上帝身边。在基督教里，灵魂和它得到拯救要比肉体及其死亡重要得多。我们甚至可以说，信仰能战胜死亡，这是来自耶稣的一则信息。"

"这又是可以理解的，因为净土是佛教概念，普通人几乎不熟悉，也不怎么理解。神道教对他们的影响更大。神道教认为没有什么地方可以供人死后居住，除非你成为神，继续活下去。相反，死亡本身是不洁的。在古代，死者被直接扔进森林喂动物和昆虫。就连天皇也是被这样野蛮地埋葬的。今天的死者至少能像佛教徒一样被火化。但仍得举行烦琐的仪式，对死亡地点进行清扫。人要以这样的方式渐渐失去父母乃至失去整个家庭，这不太令人欣慰。"

室外黑魆魆的，风从四面吹着房屋，天凉了。其扇走进客厅，给众人加酒，这回倒的是滚烫的清酒，她用一块毛巾包着漂亮的瓷瓶。倒完后，她将酒瓶放到桌上，让客人们可以互相倒酒，这是表达关心和友谊的机会，男人们可不想放过。有人递上了烟，大家就这样继续吃喝。在这番严肃的讨论之后，轮到酒鬼羽场了，他已经很兴奋，正吹嘘他在妓院里的冒险。同时他还不忘取笑他自己的笨拙和偶尔的阳痿。大家怪叫，碰杯，咳嗽，大笑。所有日本人的脸都红通通的，十分开心，要多疯有多疯。西博尔德和门德尔松密谋似的对视一眼，他们有着相同的想法：在死板的德国，在有教养的人当中，这样的会谈和交际方式是根本无法想象的。他们也都对自己现在离德国和欧洲远远的这件事感到满意。后来按日本方式上了切成细片的箭鱼，配以清淡的萝卜，供他们下酒。最后每人还象征性地得到一碗热米饭和一点绿茶。午夜过去很久，客人们才高高兴兴、醉醺醺地离开了鸣泷。风停了，从屋后的竹林里传来了一只蝉的孤歌。萤火虫在静谧的黑暗之海中滑翔，提醒人们夏天快来了。

门德尔松的哲学思考

西博尔德在花园、温室，以及对迅速增长的收藏品的编目和研究方面都进展得很快。他神医的名声也将社会较高层和更远藩国的病人吸引到了鸣泷。今年的夏季比去年更热更湿。在这种气候下，欧式服装一点也不合适，因为还没等穿上双排扣的马甲，衬衫就已经湿透了，更别说制服的上装了。动一动就会出汗，但就算不动，不习惯热带潮湿的身体也会汗流不止。因此西博尔德穿得轻便舒适，大多穿着简单的白棉布衬衫，高挽着衣袖。令他吃惊的是，这气候不影响他的体能、注意力和睡眠。相反，这个闷热夏天的天气似乎激发了他的灵感。与在巴达维亚岛上不同，在这里，他如鱼得水地穿行于潮湿的炎热中，虽然连日本人都觉得难受，他们受天气影响，只能懒散、缓慢、费劲地干活。按照约定，他每星期来三次出岛上的诊所接诊，每次四小时。除了这些例行公务，他还必须与助手们一起照顾岛上的小花园，有时候他也独自做这事，因为他视这段时间为休息时间。8月的一个傍晚——海湾里已经可以看到暮色了，晚霞将周围的丘陵和山尖映得红彤彤的——西博尔德正在移栽土豆，泥巴一直沾到手肘，门德尔松走过来了。

"晚上好，亲爱的博士。我看到，您十分迷恋植物。我已经观看了一小会儿了。"

"是的，哲学家先生，对，我在这里可以整理我的思绪。"

"您这样做很智慧，因为，如果您记得伏尔泰的《老实人》的结尾的话，每个优秀哲学家最终都会成为一名园丁。不过，千万别在今天！我现在一点不想劳动。我们还是探讨探讨哲学吧。"

西博尔德笑了，跃上花园边的岛屿防护堤，又跳下堤去，跳到大石头上，去海里洗手和胳膊。大海轻拍着人造岛屿。上来之后，他走去医疗箱，取出点东西。

"您带烟斗了吗？我下班了，想去我们的木椅，与您一起向这个国家的神灵们祭上一点点烟。"

"好主意！是的，我带着烟斗。"他说道，并立即从他走到哪里都随身带着的盒子形皮包里取出烟斗。他们掸净长椅，坐下，开始装烟。除了他俩，好像真没别人使用这个瞭望点和座位，而距离上回使用差不多快一年了。海湾平静地躺在升起的暮霭中，他们望着海面，吸着他们的小小祭烟。"您想过生命的起源吗？"沉默了一会儿之后，门德尔松忽然问道。显然他想提出一个新话题，只是不确定能不能主动与西博尔德谈论它。西博尔德望着他，琢磨着他该如何理解这个问题。

"我很想试着回答您，但我希望，您不期望我现在给您一个《创世纪》里所写的教条式评论。"

"您完全理解了我的意思。我想知道，身为接受过教育的公民和科学家，您对此是怎么想的。"

"您瞧，我是个很不喜欢思考哲学的人，一直尽可能远离所有的玄学争论。这也是我不想学神学的原因之一，虽然那样反倒符合我的监护人舅舅的愿望——大概因为他是主教大教堂的修士吧。幸好医学和研究的传统对我们家庭的影响根深蒂固，在选择修学专业时我一点也没犹豫。现在回到您的问题上来吧。我相信，有机生命是建立在无机物质之上的。"

"您能给我解释解释吗？"

"具体是怎么发生的，我当然无法解释。谁能解释呢？我的老师都灵格尔教授肯定是欧洲乃至全世界最能干的医生之一，他一直还信仰着一位叫**谢林**的人的哲学。谢林也主张有生命的物质建立在没有生命的物质之上，但他相信有一种精神能将无生命的东西和有生命的东西维系在一起。这种事我根本无法想象。"

"那么您认为生命是一种无目的地发展的盲目力量吗？"

"这种原始生命力的想法早就存在了。亚历山大·冯·洪堡还是年轻科学家时就相信过生物，希望能用它描述有机生命的起源。可他放弃了，因为他确定，它是无法证明的。我完全同意他的看法。我干吗要相信一个我无法证明的科学理论呢？"

"您知道吗？您的想法与柯尼斯堡哲学家伊曼努尔·康德一样。"

"噢，请不要跟我谈康德、黑格尔和费希特的理论吧！谢林的唯心主义哲学我都认为夸张了，但我至少还能理解他。相反，你就算德语掌握得再好，也无法理解其他的理想主义者。不是有位作家因为阅读康德的哲学而自杀了吗？我记得，他名叫冯·克莱斯特。他曾经在维尔茨堡让我们家族的一位朋友给他做包皮切除手术。无论如何，哲学家们最好研究古代的生活智慧。我不认为他们真能丰富自然的科学认识，除非将他们给自然虚构的幽灵算进去。"

门德尔松站起来，调皮、挑衅地望着西博尔德。

"如果有位哲学家能够将星星的出处和河外星系的形状告诉人类的话，您会认为这是值得赞美的成就吗？"

西博尔德笑了，门德尔松听出笑声里有一丝令人不快的傲慢。

"当然。那将是一项伟大成就。但是，就我所知，银河的形象，威廉·赫歇尔已经解决了，我们不久前谈过他，在我们享受橘湾和云仙岳火山的美景时。"

"没错。赫歇尔爵士在1785年发表了对银河系星群空间扩张的观察，但是，如果我告诉您，早在1755年，一位名叫伊曼努尔·康德的哲学家就在他的《自然通史和天体论》里，从物理学角度推论并解释了为什么银河呈旋涡星云状，由于我们在太阳系里所处的位置，我们只能从侧面观察到其中一个旋臂，赫歇尔爵士的观察只是为康德拟好的稿件提供了证明，您会怎么想呢？如果我再告诉您，是同一位哲学家率先说出，仙女座星云里乳白色的斑点——他叫它们'小块块'，有可能是巨大的星群和与银河系一样大的'岛屿'组成的；如果我还告诉您，他是第一个揭示出，所有太阳和行星都起源于尘状物质和万有引力的相互作用，您又会怎么想呢？"

西博尔德吃惊地望着门德尔松。如果真是这样，那他确实有理由对这位哲学家的自然科学成就感到震撼。同时他为自己低估了门德尔松和自己无知的程度而感到震惊。他为什么一点也不知道这些？为什么门德尔松这样的文艺爱好者，能在自然科学问题上教育他这位医生、博物学家和发现者？

"您让我难为情了，"他承认道，"我承认，那一定是位真正意义上的伟大思想家。可是，请您帮帮我。请您向我解释解释，一个与书一起关在满是灰尘的学者书斋里的人，是如何能够仅靠哲学做出这种发现的。"

先前有点生气的门德尔松重新恢复了平静，见西博尔德表明了自己的观点，他很满意。

"哲学，人们会认为，只是词汇。可词汇又是什么？它们只是事物和思想的名称吗？不，有些词汇也是概念。一旦有了某种东西的正确概念，就可以以这个概念为基础，发展出下一个概念。最后可以用概念展示整个自然，并在这种展示中探索自己。这就是康德在柯尼斯堡的发现。'只要给我物质，我就会从中给你们造一个世界！'——您知道哲学家伊壁鸠鲁数千年前所说的这一推测吗？现在，康德走得更远，他说：'只要给我物质，我就要让你们看看，一个世界必将如何自我创造，不用我或别的什么人——也不用上帝——插手！'与伊壁鸠鲁不同，康德那时不仅有物质的概念，而且也有运动、惯性、质量和万有引力的概念。这些概念代表自然法则，自天才的伽利略·伽利雷以来，我们就能将这些法则与数字联系起来，我们可以将其量化。我们不必再用飞行的物体模拟一颗子弹的飞行。我们可以计算这颗子弹必然如何飞。您知道，康德是依据什么格言提出他的《纯粹理性批判》的吗？"

"不知道，我也没读过。"

"是另一位哲学家弗朗西斯·培根的《伟大的复兴》的前言。他在其中主要宣称，他的**新工具**，他的'科学的新形式'，是无尽错误的结束和合法终结。他是这么说的。他寻找一种新的逻辑，这种逻辑不仅通过剖析单个句子来找出其中包含了多少真理，而且还能发现尚未被任何地方所掌握的新真理。他不相信，在传统的古典知识宝库里已经有这个世界的全部知识，真理已经无所不在地被'包裹'在那里，只需要将它们'解开'。这是一场思维革命，康德称之为一场哥白尼式转折，这是完全有道理的。别忘了，培根也发明了我们今天称之为实验的东西。"

"实验是哲学家发明的？自然科学学院里可从未提到过！"

"正是如此。您从事各种自然科学研究，尽管您在从事时不知道：人们可以走近自然，用法官的权威向它提出问题，如果你操作正确，它就必须回答。这是一种彻头彻尾的哲学实践，同时又有许多前提条件。我们是启蒙运动最年轻的孩子，却忘了知识被埋在黑暗中数千年，人类的好奇心只是偶然撞见了某种值得知道的东西。现在，我们系统地扩大各方面的认识，正在进入一个新的时代。您将看到，蒸汽推动的织机只是开始，很快也会有蒸汽推动的交通工具。最后，终有一天，所有的人类工作和生存都将被蒸汽和电的能源所统治。我在伦敦结识了两位年轻科学家，来自科隆的德国人**乔治·欧姆**和**迈克尔·法拉第**。我们放心好了，这两人将会带来一场电力学革命。"

"肯定，肯定。"西博尔德有点紧张地回答，同时，他尽管年轻——2月份才满二十八岁，讲授已经成为他的第二天性，但是他再次得到一个权威不容怀疑的人的教育，这令他多少感觉满意。在这场深度交谈中，门德尔松刚好进入了西博尔德思想世界的这个位置。

"可是，我们这又回到了生命起源的问题，同一位哲学家伊曼努尔·康德在一本只有少数人熟悉、更少人理解的书里断定，宇宙本身及其力量能够被阐释，但是很难阐释一只蛾子或一株草是怎么被创造出来的。这是他在《判断力批判》的一则脚注里写的。这正是他让我意外的一点，因为我原以为有关生命起源和来源的谜题只是快被揭开谜底的众多谜题中的一个。可康德似乎断然否认了我们有一天会了解它的可能性。为什么？既然时空里其他的一切都可以被了解，那么这些都是可以理解的知识！所以，亲爱的博士，您作为我自然科学界的朋友，我才这么幼稚地向您询问生命的起源。这是一声呼救。我无比崇拜这位哲学家，正如我试图说服您的那样，他创造了自然科学家所能取得的最高成就，正是这位思想家锁起了生命的这则谜语。这我不理解。我很想知道您对此怎么想。"

陆上吹来的风将小小的烟缕吹向水面，它们停留在水面，犹豫不决似的，被撕碎成烟雾，最终消散了。西博尔德不急着回答，因为他感觉门德尔松刚刚向他提出的问题，是所有哲学和自然科学研究最重要的问题之一。

"这个问题让我想起我开始搜集昆虫时经历过的一件事。当时我很年轻，也许才七岁。我问自己，我为什么必须先将甲虫和蝴蝶泡在乙醚里，然后才可以用针叉起它们。我想，这只是为了让这些动物在被针刺进时不再使劲动。我不知道，这个做法已经杀死了动物，为数百年的保存做好了准备。我真期望，这些昆虫在被用针固定在玻璃收藏箱里之后，又会动起来。当我意识到我的误会之后，生死之间的边境就合上了。在那之前死亡对我来说不是什么绝对的东西，只是所有状态中的一种。在这些日子里我不得不学会理解，无法从死回到生。数年后，作为年轻人，我开始欣赏这种生命现象。我惊讶，竟然有东西活着，而非所有东西都是死的。被埋葬在这颗星球各个角落里的生命的多样性尤其令我震撼。今天我更加觉得，动植物的颜色和形状无穷无尽。您理解吗？我正在开始怀疑，记录各种自然现象并为它们编目这一任务是否可行。我读大学时还相信，这是一项有限的工作，因为自然也是有限的。现在我对此表示怀疑。我为每一个发现高兴，但这些发现实在太多了！有没有可能，动植物的种类也是无限的呢？我在这里的工作会不会是虚荣的狂妄，我们会不会永远搜集不完这无穷无尽的数据呢？"

"不赖，博士先生。您巧妙地将我的问题引向了一个您感兴趣的领域，又用了一个与我原先的问题再也没有关系的反诘回答我。因此我还要再提一回这个问题，这回不再给您回避的机会：您认为，生命将永远是一个无法解释的奇迹吗？正如德高望重的康德所说，我们永远无法理解它。"

西博尔德的回答很干脆，连他自己都感到吃惊。

"是的！"

墓地密晤

江户泉岳寺，两位老者手抱香炉，站在四十七**浪人**的墓前祈祷。他们低声念叨着经文，祭祀那些被举国人民视作忠诚的最高象征的传奇英雄。他们曾经是浅野大名家的武士，后来没了主人，因为 1700 年，他们的主人在将军的幕府里上当受骗，拔出了剑。那是权臣吉良义央的阴谋，他让浅野犯下了这一重罪。浅野就这样丧失了荣誉，只能切腹自尽。浅野的旧部从此穷困潦倒，沦落为可怜的流浪汉、赌徒和酒鬼，在乡下游荡。多疑的吉良派出间谍四处打听，看这些浪人是否还会对他构成威胁，直到得知他们的剑都锈在剑鞘里了，他才觉得此事已了。但是，两年之后，一个 12 月的夜晚，四十七名浪人冲进吉良的宅邸，砍下了他的头。第二天全城的人都陪同浪人们前往他们主人的坟墓，他们将吉良的头颅放在墓前，最后一个个切腹了。

他们站起来，表情肃穆地穿过神堂。"阁下，您听说没有，人们都在谈论新来的蛮医呢。距离使团晋谒将军还有六个月，关于他的奇迹的谣言早就传到我们这儿了。"宇田川榕菴开口说道。府里隔墙有耳，将军的御医与尊贵的松平定信在宫外会面，讨论这一政治动向。松平虽然早就不再担任官职，但仍是幕府的幕后指挥者。

"我理解您的担忧，"松平心不在焉地咕哝道，"因为那个蛮夷让您的中医贬值了。但老实说，亲爱的宇田川，你们科学家的虚荣

239

心很容易受伤，我对此不是很关心。让我们谈谈大事，谈谈我国的国运和政治吧。谈谈得如何继续与蛮夷交往。然后……只有这样……也许……我们才会找到共同的话题。"松平年龄大了，世事通达，不会参与府里政治爱好者们目光短浅的诡计。墨守中医传统的御医们名声已经很差了，与一位中医会面对松平来说不无风险。人们认为他们诡计多端，爱搞阴谋。有人甚至相信，中医能用魔法和咒语控制对手。松平不属于那些人，他也不太尊重这些医生，他们在给将军治疗时装神弄鬼，极尽迷信之能事。但他想试试，能不能将这些中医收作有用的盟友，让他们为他服务，因为他压根儿不在乎他们关心的大事。

"顺便说一下，"松平接着说道，"我们将有一场硬仗要打。那些权贵为了更密切地与蛮夷合作，就想打破锁国政策，他们的势力在过去几年里剧增。在这种情况下，荷兰人带来这个野心勃勃、非常成功的医生，真不是时候。"

"我向阁下保证，他的能力是被高估了。人们容易轻信。等他来到这儿，我们肯定就可以揭穿他的诡计和骗术了。"

"您还是没明白，宇田川。关键不在这里。人们崇拜他，是因为他们想崇拜他。最糟糕的情况是，他会让你们看看，他的医术确实比你们高明。不，您与您的同事不可以参与这种科学辩论。您必须非常礼貌地对待他，不要有丝毫的不快或妒忌！您听明白了吗！"

"是，阁下，我明白了。我们会照您说的去做的。"

"其余的交给我来处理。你们等我的命令吧。"

宇田川深深地鞠了一躬，松平一言不发地转身离开。他们分头离开了墓地。

THE DISCOVERY OF THE EAST POLE

发现东极

日本三部曲 *3*

走向战争

［德］绿山 著　朱刘华 译

中国友谊出版公司

图书在版编目（CIP）数据

发现东极 . 走向战争 /（德）绿山著；朱刘华译
. -- 北京：中国友谊出版公司，2022.12
（日本三部曲）
ISBN 978-7-5057-5274-0

Ⅰ . ① 发… Ⅱ . ① 绿… ② 朱… Ⅲ . ① 长篇历史小说
—德国—现代 Ⅳ . ① I516.45

中国版本图书馆 CIP 数据核字 (2021) 第 153594 号

著作权合同登记号　图字：01-2021-3697

Title of the original edition:

Author: Reginald Grünenberg

Title:

Die Entdeckung des Ostpols - Shiboruto (Nippon-Trilogie 1)

Die Entdeckung des Ostpols - Geheime Landkarten(Nippon-Trilogie 2)

Die Entdeckung des Ostpols - Der Weg in den Krieg(Nippon-Trilogie 3)

Copyright © 2017 by Reginald Grünenberg

Chinese language edition arranged through HERCULES Business & Culture GmbH, Germany

本书中文版权归属银杏树下（北京）图书有限责任公司。

书名	发现东极 . 走向战争
作者	[德]绿山
译者	朱刘华
出版	中国友谊出版公司
发行	中国友谊出版公司
经销	新华书店
印刷	天津中印联印务有限公司
规格	889×1194 毫米　32 开
	9 印张　209 千字
版次	2022 年 12 月第 1 版
印次	2022 年 12 月第 1 次印刷
书号	ISBN 978-7-5057-5274-0
定价	108.00 元（全三册）
地址	北京市朝阳区西坝河南里 17 号楼
邮编	100028
电话	（010）64678009

目 录

第一章　返回欧洲

王的隆恩

返回巴达维亚的航程一路顺利,没有发生什么特殊的事情。没有风暴,没有海难落水者,就连船员都没有出事或生病。西博尔德先是强迫自己每天至少在甲板上待两小时,在漫长的软禁期之后重新活动活动,呼吸新鲜空气。但他的精神状态让身体无法恢复,于是航程的后半部分他都待在船舱里。他睡眠质量差,好不容易睡着了,恐惧和内疚的梦又来折磨他。在距离英属贸易殖民地新加坡东面只有几天航程时,他发起烧来,很快就神志不清了。

他苏醒过来后,发现自己身在一间宽敞明亮的大厅里,厅里的人都身裹赭色被子,躺在低矮的硬板床上,呼吸的声音很轻。他还是迷迷糊糊的,但知道自己已经不在"科尼利斯·豪特曼"号上了。他能记起来的最后的印象是乔根森船长,当时船长坐在他的床前,低声与他讲话。但他只看到船长的轮廓,那些话一句也没听清。西博尔德又睡着了。

"冯·西博尔德先生!您能听清我的话吗?"西博尔德睁开眼睛。一个脖子上挂着听诊器的怪物坐在他面前,亲切地冲着他微笑。

"弗里泽上校!见到您真是太高兴了。"他答道,他被自己的声音吓了一跳,那声音一听就虚弱有病,"我怎么会在这儿?我是怎么到这儿来的?"

3

"好心的乔根森认为，在继续驶去巴达维亚之前，最好先将您交到我这儿。他这样做很可能救了您的命。"

"我在这儿待了多久了？"

"我们已经照顾了您八天八夜。幸好高烧退掉了。您虽然身强体壮，是条顽强的汉子，可您的健康大受影响。您累坏了，还需要多歇歇。看样子日本的那些事耗尽了您的精力。我全知道了。乔根森是我的朋友，他告诉了我一些事情。我当然也从其他渠道听说您受尽了折磨。但我先不要一下子讲太多。您先好好休息，我们以后再谈。您有胃口吗？我可以让人给您端一份加料的浓汤来吗？"

"好的，请端来吧。我饿了，我好像几星期没进过食似的。"

"完全有这个可能。那么，那我们明天见。"弗里泽拉起病人无力的手，真诚地握了握。

西博尔德继续在床上躺了两天，定时吃东西，很快就能吃硬食了。苏门答腊正值雨季，夜里下暴雨，白天出太阳，天气闷热。但医院位于蒙托克要塞所在的山丘上，通风良好，空气宜人，潮湿温暖。西博尔德能下床后，只是先谨慎地穿着睡衣转了一圈。弗里泽每天都来探望他，高兴地观察他的进步，并取笑愚蠢的荷兰官员或懒惰的马来人，逗他的病人开心。第五天，西博尔德穿上单薄的便装，在一位护士的陪同下第一次去医院外面散步。这天晚上他与弗里泽一起在平房的大阳台上用餐，吃的是丰盛的咖喱鸡米饭。他们边吃边欣赏热带植物上方的落日。

"亲爱的弗里泽，您的听诊器给了我巨大的帮助，"西博尔德回忆道，"我不仅用它来打动日本医生和病人，而且最重要的是用它来诊断。这是个十分了不起的发明。"

"我很高兴。有了这个仪器，我也每天都在学习。另外，您介

4

绍的与日本医生的合作让我特别开心。要是我在这里也能有这种经历就好了！这里的本地医生还沉湎巫术，一点也不信任我。我在医疗上的成功更是让他们妒忌，有人向我报告，他们已经对我施加了多种邪恶的法术。可他们自己的疗法只是骗术。他们吮吸病人疼痛的部位，然后吐出石子、鸡杂或鸡骨头。这个过程当然很快。他们声称，我让病人在诊所里待这么久，只为了让他们染上毒瘾，变得俯首帖耳。"弗里泽丧气地讲道。

"我跟中国医生也有冲突。而中医的一些基本理念反倒不错。我掌握了很多针灸和艾灸的知识。"

"现在回顾起来，您在日本感到最失望和最失败的是什么事呢？"弗里泽询问道。

"除了永远不可以再见到妻子和女儿吗？我结识了很多杰出人士，我给他们造成了伤害，其中至少有两位我很想与之终生为友。可其中一位患上梅毒后，我没能医好他，另一位因我的过错，悲惨地死去了。我的另一大失败，是没能以江户为起点，深入这个国家的内陆。这个岛国仍然充满了未有外国人探究过的秘密。日本既美丽，又富有异国色彩，我收集的动植物品种以及我能够保住的文物，只是我想带往欧洲的大图景中的一小部分。"

"您取得了巨大成就，您会得到终身嘉奖的。"

"实际情况是，我担心，因为我在日本和荷兰王室之间造成的不和，我将被送上法庭。"西博尔德叹口气答道。弗里泽笑起来。

"我相信，您一点也不知道这期间发生的事情。但我现在不想透露。"西博尔德疑惑地挠挠额头，但他不想显得好奇。更何况他刚刚适应了自艾自怜的形象，这果然让他得到了一些安慰。

两星期之后，西博尔德的身体恢复到了可以旅行的程度了。一艘中途停靠巨港沿海的荷兰商队的船捎上了他，带他前往巴达维亚。他一抵达，就赶去总督府秘书处报道。比起六年前第一回来这里时，这座城市现在更让他惊奇了。它是放纵、病态的殖民主义的一个莫洛赫神①，是西方文明肮脏的渣滓。另一方面，他觉得日本是所有国家中最有教养的。他很高兴第二天就有一辆四轮轻便马车来接他，马车将他送去了地势较高的茂物。新总督约翰尼斯·范·登·博什伯爵在那里等着他。十八小时的行程中西博尔德忐忑不安，极其担心自己的未来。弗里泽告诉过他，范·登·博什是个武夫，是一个强硬的家伙。几年来爪哇人爆发了一次次起义，他一直镇压，到目前为止是每战必胜。巨港的苏丹起兵反对荷兰殖民统治，也被他打败了。西博尔德意识到，他必须向一位独裁的、纯军事思维的殖民地高官做报告，此人不会理解日本的复杂国情，更不会理解他不守纪律的行为。最后，在他绝望地被软禁时，是总督府让梅廉狠狠训斥了他一番。西博尔德对范·登·博什的想象还与他对前上司的记忆重叠起来，那个令人讨厌、暗中搞鬼的德·施图尔勒上校。西博尔德能指望范·登·博什做什么呢？他会盛气凌人地指出西博尔德的反叛与所作所为对荷兰外交造成了危害，然后将他发配去爪哇某个荒凉的省，让他在那儿当军医，服役几年吗？那将会终结他的科学前程。他的收藏会被存放在巴达维亚，为世遗忘，或者马上被卖掉。全都白忙活了。在茂物，西博尔德就是这样紧张不安、近乎绝望地走进了总督富丽堂皇的大办公室。

范·登·博什从他巨大的办公桌后站起身，向西博尔德走过来，坚定地和他握了握手。然后他指示陪西博尔德进来的秘书，接

---

① 古代腓尼基人所信奉的火神，以儿童为祭品。

下来的几小时不要让任何人进来。范·登·博什浑身洋溢着威严和自信。他高大强壮，有一头对荷兰人来说极有魅力的黑发，笔挺的制服赋予他尊贵亲王的威严。他表情严肃，但并非不友好。

"您来晚了，冯·西博尔德先生。我恭候您很久了。"

"我不得不在蒙托克要塞停留，好让我的身体恢复过来，阁下。"

"我懂，我懂。我这么讲也只是想表示，我是多么急不可耐地想听您汇报。我们坐下吧，我让人上茶。"

范·登·博什走向他的办公桌，拉了两下系在那里的绳子，取出几张纸，走到窗前的会客桌旁，坐到西博尔德的身边。西博尔德直接按准备的内容开始汇报。他先是列出了科学成果：三十五种哺乳动物的一百八十七个标本，一百八十九种鸟类的八百二十七个标本，二十八种爬行动物的一百二十六个标本，二百三十种鱼类的五百四十个标本，还有大量昆虫、软体动物和壳类动物，另有一千种植物的一万两千个植物标本，最后是人类学、历史、艺术和科学方面的庞大收藏。范·登·博什听得津津有味，频频颔首，他注意到了客人很紧张，这让他有些得意，也让西博尔德更困惑。这时候茶和点心上来了。接下来西博尔德详细汇报了自己与日本医生和科学家的合作、自己的教学活动、鸣泷的"大学"、日本地图及其获取办法，汇报了他和幕府天文师高桥之间的交易引发的国家事件。当讲到高桥和其他被捕且受迫害的帮助者和朋友的命运时，他讲不下去了。他感觉有必要讲讲他对此事的责任。

"我给这些可怜的日本公民，给荷兰王室与日本国的外交关系造成了巨大损失，但我请求阁下相信，我这么做纯粹出于善意，是想让闭塞的日本人更了解科学的世界语言。"

"冯·西博尔德先生，现在我不得不打断您一下！"范·登·博什热情得几乎难以自已，他说，"我感觉，您真以为您是坐在什么法庭上呢。您以为我坐在这儿是要审判您、处罚您吗？"范·登·博什忍不住笑了："我刚刚意识到，您根本不知道自己的成就，以及您因此赢得的最高层的欢心。您在日本的生活和考察活动当然是一大冒险，无论是对您，还是对我们的行政机构。在此期间发生了令双方不愉快的事情，据我所知，您甚至失去了您的家庭。可事情就是这样！这是不可避免的。我们在这儿的任务自然有经济目的，您的到来也让它终于有了科学目的。说到底，殊途同归，这就是一场殖民大冒险！请您不要对我说，您自己当年出发不是为了寻找和发现这个。当然，不可能总是只有胜利、荣誉和成功。我们在这儿的工作自有其代价，有时我们当中甚至有人会付出生命。我们离开我们在荷兰的温暖小屋和秩序井然的环境，是为了征服和考察世界，为了通商、增加财富，以及将我们的所有文明成就带给亚洲的野蛮民族，让那里拥有法律、秩序、现代交通工具和更好的医疗保障。我们的做法当然不是处处受欢迎，但真正的进步一开始也总是战斗和战争。您全心全意地为之投入了！您将一个新时代的火炬带去了一个以为可以永远封闭自己的国家。中国的情况也一样。但世界在变化。为什么偏偏是我们欧洲人统治海洋，征服遥远的国家，让它们的人民臣服，唯一的理由可能就是，数百年来，我们自己就一直在互相发起战争。只有这样，我们才能发明出更先进的武器和战略，这让我们成为世界的新主人。这是我们的时代！我们必须利用它，因为我们的殖民帝国也不会永远存在。某个时候，在不远的未来，会出现新的列强，甚至有可能是在亚洲出现，他们会打败我们，有一天甚至会统治我们。"西博尔德不知所措地坐在扶手软椅里，一言不发。

"这下您吃惊了，对不对？好吧，我理解您的困惑。"范·登·博什恶作剧似的说道。他的小小演讲里还没有什么线索能够消除西博尔德的误解。他站起来，打了个手势，邀请西博尔德随他走到宫殿高高的窗户旁。他们望向壮丽的山景，目光所及之处，植被茂盛，无边无际。

"您看到山坡背后的植物园了吗？您曾经在茂物做过客，莱因瓦特园长带您参观过我们那时的植物园。您记得这些植物吗？"

"不记得，它们好像是新的。"

"是的，我亲爱的西博尔德，这是您的杰作。我们将您从日本寄给我们的茶籽在这里种植、驯化了。这第一座植物园里，已经有一万多株植物。现在我们开始将它们种植在其他地势较低的地区。您刚刚喝的茶，就来自去年的收成。正是因为您，我们在爪哇岛上创立了一种崭新的茶文化。这让我们数十年乃至数百年，都不必依赖从中国和印度进口的昂贵茶叶。"

两人沉思着，站在这景象面前。西博尔德还是说不出话来。

"现在您能够想象，在殖民部和最高层，国王陛下是如何看待这件事的吗？"范·登·博什笑呵呵地问，他显然没料到西博尔德会惊讶成这样，他也为此感到高兴。他们重新坐回高级扶手椅里。

"好吧，我们来谈谈经总督府与王室商量后做出的决定吧。我们意识到，您在日本收集到了大量的动植物学、矿物学和民俗学藏品。这也是您的贡献，因为，根据您的描述，您显然有非凡的考察和组织才华，如果没有这些才华，您是不可能做到这样的。我们将这部分收藏视为您的私产，您可以自由地支配它们。您将直接带着它们返回荷兰。威廉一世陛下保证您享有无限期的带薪假期，这让您可以将这些物品归类，并给它们编目，供欧洲研究。在此我不能不提到，这一切要归功于我的前任范·德·卡佩伦男爵。他还推荐您担任乌得勒支大学管理委员会主席，担任国王的亲密顾问。顺便说一下，您知道不知道是谁让您在日本免受死刑和牢狱之灾？"

"不知道。"西博尔德低声回答，这些消息让他惊呆了。这位为自己工作的科学先驱是如此的质朴和投入，这很高贵，范·登·博什再次为此开心。

"那是您自己的国王，巴伐利亚的路德维希一世陛下！他亲自致信日本的将军，为您求情。一位头戴王冠的首脑为了他的一位臣民向另一位统治者求助，这种事也不是每天都会发生的。"

西博尔德惊呆了。他不胜惶恐，既感激又感动。他呼吸粗重，因为健康状况下降，一下子承受不了了。范·登·博什觉察到了这一点。

"冯·西博尔德先生，我看得出来，对您来说，猛然听到全部消息，有点消化不了。请您休息一下。如果我今晚可以在我家的宴会上招待您，我将十分高兴。我想将您介绍给一些人，他们与曾经的我一样，都急不可耐地想结识您。您最好马上适应，因为回到荷兰，这种情况将会继续。"

西博尔德勇敢地参加了晚上的活动，他很高兴结识新的人，他好好享受了一回，把曾经的艰辛暂时抛之脑后。深夜，他独自回到房间里，思绪顿时又飞回留在日本的那些人身上。他写了一封信，来纾解心灵的压力。

亲爱的其扇，我慧敏的妻子：

　　当你收到我的信时，我已经回到荷兰了。由于那些骇人的事件，由于与你和稻的分离，我大病了一场。某个时候我一定要再见到你们，我爱你们，胜过一切。我每年都将给你和稻寄一份漂亮的礼物，只要我活着，我就会照顾你们。我希望，你可以满足且幸福地生活，永不忘记我。祝你健康。上帝保佑你们。

荣归荷兰

三个星期之后，"爪哇"号从巴达维亚起航了，西博尔德现在是一名普通乘客，没有了随船医生的所有职责。在茂物发生的事情，他做梦都不会料到。他既没被送上军事法庭，也没被遣送去爪哇的某个沼泽密布、气候湿热的省服刑多年，他不仅得到了彻底的平反，还赢得了两位国王的恩宠，他又像在日本的头几年那样，获得了闻所未闻的特权。他才三十四岁，就成了一名周游过世界、见多识广的博物学家，他正携带着他的宝藏荣归家乡，不再有任何经济顾虑。甲板下有二百多只箱子，另外五十只已经寄走了。最重要的几样东西，也就是日本地图，被锁在他船舱里的一只铁皮箱内。西博尔德在港口仓库里寻找了很久，当他终于找到这只双层夹板下藏着地图的猴笼时，他仿佛又得到了一件礼物。那只猴子已经死了，没有熬过航行。脏笼子被收了起来，没被直接烧掉，这又是一次纯粹的幸运。西博尔德多么感激亲爱的上帝和他的天使啊。他还有很多工作要做。西博尔德很清楚，为了获得亚历山大·冯·洪堡那样的知名度，他必须先发表考察结果和从中获得的所有见解。他估计，这工作至少要耗费十年的时间。

西博尔德试图享受这次航行，将它当作开始下一个大任务之前的休假，他的身体也在继续恢复。继续折磨他并令他不安的，是还在受难的日本朋友和他留在那儿的家庭。对他的成就的意外认可突然袭来，这是一种良药，有助于他的恢复，但痛楚还将持续很久。

11

所有经历，尤其是最后的和最痛苦的经历，都还历历在目。为了休息，他经常阅读他的笔记和携带的图书，去甲板上散步，并与其他返乡者聊天，听他们介绍他们在爪哇的经历。

返程与去程有一个重要区别。"爪哇"号不是一条普通船只。它是首批装了蒸汽机的帆船之一，靠蒸汽机推动桨轮。蒸汽机功率很小，风平浪静时，就使用蒸汽，不张帆篷的话，速度只有三到四节。可这样不仅能避免无风季节数星期的蒸晒，而且能更好地控制航向。这可以消弭船在无风时只能靠水流漂移的弊端，甚至能逆风行驶，而不用以"之"字形前进。西博尔德明白，如果英国人或美国人用这种船侦察日本海岸，陆地的地形就再也起不了保护作用了。无论是风的游戏和潮汐，还是暗礁和陡峭的崖壁，都无法再任意摆布这种船了。一个航海新时代正在到来，西博尔德自认为是它的见证者。因此，从文明史角度来看，他感觉两次航行之间相隔不止八年，而是八十年。法国人长期所说的"现代性"的东西，就体现在这些划时代的惊人成就之中。

远程航行中的休闲和消遣十分有用。抵达荷兰后，西博尔德暂时开始了一段闹哄哄的生活。喜人的一面是，学者都对他表示关注和友善，甚至达官贵人们也如此。威廉一世陛下想认识他，邀请他去阿姆斯特丹的王宫，并亲自接见他，还为他举办了一场大型盛宴。西博尔德平生第一次与一位国王会面，甚至可以与他讲话，这令他无比激动。威廉一世看起来是一位开明、好奇的统治者。他想听西博尔德讲自己在日本的惊险故事和具有异国色彩的细节。但他最关心的是将来如何才能扩展与日本帝国的通商关系。西博尔德立即明白了为什么人们唤他"商人国王"。西博尔德认为，最好通过科学的途径接近高度文明的日本人，让通商成为其副产品，国王也对西博尔德的这一谨慎建议持开明态度。

"年轻人，您认为我为什么要将您在日本搜集的丰富的战利品留给您呢？您从那里带来的每一种植物都能大大扩充我们的国库。因此，我自然期望您的其他研究也会给大众带来福利。为了减轻您的工作负担，我已经让教育部安排好了，分类和编目工作一旦结束，我们就以五万荷兰盾买下这些收藏。这将足够支付您这段时间里的其他所有支出，因为自然不能让您用个人的薪酬来承受这个负担。冯·西博尔德先生，我们深深为您骄傲，如果您愿意继续在我们的殖民地开拓考察的话，我们会很高兴。为了证明这一点，我将马上当着受邀嘉宾的面给您颁发荷兰狮骑士勋章，并任命您为荷兰东印度总参谋部日本事务顾问。"

国王的这番话越悦耳舒服，得到的恩宠越大，西博尔德就越能在接下来的欢迎仪式中感觉到，事实上国内的气氛很糟糕。荷兰南部信奉基督教，多数人受法国影响，正在闹分裂，因为威廉一世想要把它统一在一个以讲荷兰语的北部及个人统治为基础的国家里。同时，他坚持君主制原则，拒绝对议会负任何责任，无论是对他本人，还是对他的大臣们。数星期后，形势恶化，恰巧在威廉一世生日庆典当天，布鲁塞尔爆发了最早的起义。法国人通过巴黎七月革命推翻了万人痛恨的波旁王朝，建立了由来自市民阶层的国王路易·菲利普领导的君主立宪制，在七月革命的煽动下，瓦隆人和弗拉芒人居住的荷兰南部想争取独立。西博尔德虽然对君主立宪制抱有很大好感，却不太理解整个国家因此陷入的冲突和混乱。他只知道一点，那就是他的大部分手稿和自然史、民俗学的收藏品都还存放在布鲁塞尔、安特卫普和根特，也就是在正想脱离荷兰的那部分国土上。他花了数月时间，说尽无数好话，花去数目可观的钱财，才在教育部的帮助下，将全部箱子转运到了北方的莱顿。当时起义者已经宣布独立，欧洲地图上首次出现了一个此前无人知晓的国家：比利时王国。

西博尔德很高兴在莱顿为他的收藏品和后续工作找到一个港湾，因为这座城市是欧洲自然科学研究的枢纽。他从自己的丰厚俸禄中拿出一笔钱，购买了一幢房子，房子有温室和一座面积很大的花园。他给它起名为日本别墅。搬迁花了整整一星期的时间，东西也没有全部拆封和堆放好。一天晚上，屋子里只剩下他一人，他有点回到了家的感觉。他从碗柜、陈列柜和五斗橱里找齐几样东西，拿起纸笔，坐到了写字台旁。

我可爱的妻子，亲爱的其扇：

自从我的船于 7 月 7 日抵达荷兰，几个月又过去了。我在途中还生着病，现在渐渐恢复了。我天天念叨你和稻的名字。再不会有谁比我更爱你和稻了。我给你和稻寄去几样薄礼，但它们出自我的真心：一只漂亮珍贵的钟、两只镶有珊瑚的金戒指、一个名贵木材做的缘饰、一只小针线盒、一个纺锤和缝衣针。明年我将给你和稻寄更多漂亮的东西，包括几卷布料。只要我活着，就会爱你们。明年请给我写信。也请向我的学生们致以最真诚的问候。

你永远的菲利普

西博尔德从此一头扑进工作。多年来他一直在等待这一刻。将他所有的收藏品归总在一个地点，不必再干其他事情，这是他的美好夙愿。许多熟人和学者来访，想看看那些原封不动、还没整理的物品，但对西博尔德来说，这些只是干扰和阻碍，他很想不受打扰地工作，然后亲自展示他的成果。最多余的是乌得勒支大学给他提供的职位，这估计是恩人范·德·卡佩伦斡旋的结果，西博尔德至今还没去拜访过他。虽然大学教职十分符合他家的传统，但他无法接受。他将这事写信告诉了母亲阿波洛妮娅，她立即回信，强烈建议他接受。西博尔德平生头一回感觉得不到亲生母亲的理解。他用近乎责备的口吻回复了她。

> 如果您以为我有兴趣成为一名教授，那您搞错了。对于我的事业，这等于是从马背换到驴背上。既然我要忙十年才能交出我的日本著作，我干吗要多此一举地拿其他工作增加我的负担呢？既然我能够自由自在、完全随心所欲地生活，为什么要让我当时间的奴隶，被拴在讲堂里，做个老学究，对不愿听的耳朵说教呢？！

泷的来信

西博尔德倒是以惊人的速度在科学杂志和通俗杂志上发表了文章，有些文章甚至发表在各种日报上。他要向民众传播他的见解，他努力学习一种简洁的书面语言，这种语言充满简短、浅显的句子，这实际上不是他的母语。不过，这些零星的、即兴的作品只是衬托，他要创作的著作比这恢宏得多，他已经为此准备了多年——《日本档案》，多卷本，全面介绍日本岛国的自然和文化。他不想写自己的收集未能涵盖的领域，因为他不希望自己的作品由二手资料组成。他的成果基础只能是他亲自经历、考察和搜集的。他有一个光辉灿烂的榜样，那就是亚历山大·冯·洪堡 1826 年起在柏林举办的传奇的宇宙讲座，这些讲座是柏林文化生活的巅峰，并且影响深远。这些讲座向所有市民开放，吸引了近千名听众，第一次将大学生、匠人、商人和普鲁士国王本人聚集在一座大教室里。洪堡演讲时还是自由发挥，一页讲稿都没准备。西博尔德在出岛时，一些勤快的朋友已经通过信件向他详细地描述了此事，因此他得知洪堡已经签下合同，莱比锡的大出版社柯塔出版社会将这些报告分成两册出版发行。可是，五年多过去了，它们还没出版。西博尔德发现了这个独一无二的机会，他要抢在洪堡前面，让他一直尊敬的科研同事敬佩自己。他也成功了，1832年秋天，十一卷书中的第一卷终于问世了，书名为《日本——介绍日本数学地理学和物理地理学的档案》。这部作品是献给他的恩公范·德·卡佩伦男爵的，有两个版本，一个是黑白印刷的便宜版本，另一个版本相当昂贵，内有手工着色的插图，两种都是令人肃然起敬的对开本。因为成本惊人，西博尔德无法找到出版社，不得不自付印刷成本。到手之后，他立即在第一册上签了一句简短、谦逊的献词，转寄给了洪堡。

　　这对他来说是个小小的成功，是他与当代最伟大的博物学家在出版竞争中悄悄取得的阶段性胜利，但日本传来的坏消息给它投下了阴影。西博尔德通过他的继任比格尔，收到了朋友和泷从出岛寄来的一大捆来信，每读一封都让他更不开心一点。他不可避免地读到对已故的高桥的死刑宣判，宣判前事先泡在盐里的高桥的尸体被钉上了十字架。幕府还将他的儿子尾光和作次郎驱逐出江户，流放到了一座偏僻的岛屿上。这场诉讼的空前残酷令他绝望。他想到了他的基督教信仰，想到了门德尔松不体面的水葬。为了让西博尔德了解有关这场诉讼的社会舆论，尤其是关于高桥的部分，他的学生二宫将《桦岛町大风暴》中的几段翻译成了荷兰语，该书是日本著名作家中岛广里刚出版的历史著作，介绍了 1828 年长崎遭遇的台风。

> 人们称这场风暴为"神风"是有原因的。荷兰人的船上有日本地图和大量禁止输出的其他物品，天知道这些是怎么落进他们手里的。与这件事相比，风暴中有多少人丧命或受伤，就根本无所谓了。那场曾经歼灭蒙古人舰队的"神风"，也给我们沿海地带的许多同胞造成了灾难。但是，站在集体的立场，个人的灾难有什么大不了呢？桦岛町风暴的数千名死者是为揭露蛮夷罪行及其针对我国的阴谋的适当牺牲。

二宫补充，不是所有日本人都像广里这么想，但他们的阵营会越来越强大，幕府似乎支持这一发展。通过引起轰动的诉讼、严惩日本人、驱逐西博尔德，将军证明自己出色履行了作为"征夷大将军"和国家保护者的义务。二宫还汇报了与西博尔德的其他学生的交谈，他们一致认为，排外思想剧增。

对西博尔德来说更糟糕的是挚友高良斋的汇报，高介绍了对另一些可怜人员的判决和相关惩罚，他们只是在工作中主动帮助过西博尔德，帮他送过信或替他翻译过。西博尔德在日本考察冒险的血债还在继续增多。到目前为止，遭起诉的五十多名协助者和知情者中，已有八人死去，要么是自杀，要么是被处死；十二人被判终身监禁，这相当于将死刑分期执行而已，西博尔德熟悉那非人的监禁条件；其他人有的被流放到岛上，有的被戴上手铐脚镣软禁起来。**羽生原石**也是，因为他将有德川纹章的袍服送给了西博尔德，在被短期流放后，他被改判终生软禁。就连长崎屋善良的客栈老板也不得不戴五十天手铐，因为他没有好好监视西博尔德。最后，比格尔向他汇报了自己的情况，用感人的话语向他汇报了那件伤心事：他的妻子常，也就是泷的姐姐，西博尔德曾经救过她的性命，在西博尔德离开后不久就死了。

而真正触动他心灵的是泷的消息。他将她的信留在最后读，因为他希望能在她的字里行间找到点安慰。可事实恰恰相反。

亲爱的菲利普：

我希望你在故乡生活得很好，身体好起来了。我在这里的生活变得艰难了。今年1月，我别无选择，不得不成为另一个男人的妻子。他是个好人，我也就同意了婚约。请你不要担心。我叔叔去年就谈起过这件事，我同意了，因为我知道，与你的分离不仅对我是个很大的负担，对稻也是。我未来的丈夫和三郎来自长崎的家町区，他对我十分关照，想保障我们的未来。他看上去比实际年龄小，他的家人很好，我在这个新环境里感觉很舒适。他也很喜欢稻。我不知道我是否还能继续给你写信，因为政府对与外国人联系这一行为的惩罚比以前更重了。因此，如果你再也收不到我的消息，请不要担心。让我们一起期待，更好的时光会到来的。

泷

西博尔德内心震动，心头升起无限的孤独。自从离开长崎之后，他就一直在做计划，尤其是在巴达维亚的意外成功之后，他就一直梦想着如何以著名博物学家的身份重返日本，与他的小家庭团圆，一起幸福地生活。现在他坐在莱顿的屋子里，在满是回忆的日本别墅里，却什么都没了，没有妻子，没有女儿。他爱她俩，痛苦地思念她俩。他一连数星期深居简出，不再工作，拒绝了许多客人的拜访，夜里和衣躺在床上，久久无法入眠。他的胸腔最深处爆发出阵阵强烈的哽咽。有时候他也哭出声来。他感受到了一种以前无法想象的新的不幸，这比他在出岛期间最糟糕的不幸还要深重得多。这种被遗弃的感觉是如此强烈，就连死亡都安慰不了他。

一天清晨，一封柏林寄来的信重新唤醒了他，信是洪堡写的。西博尔德瘦了，胡子拉碴，衣服脏脏的，个人卫生也被忽视了。他怀着一丝重新被唤醒的兴趣，拆开信件的深红色火漆。

尊敬的冯·西博尔德博士，亲爱的同事：

　　您用您的信件和您寄来的《日本档案》证明了您对我的信任，这令我备受恭维，谨此向阁下致以最真诚的谢意。我很惊讶地了解到——为此我请求阁下原谅——您已成为我的年轻同事，您作为考察家的运气和命运与我酷似。您可能已经知道，我最近去俄国考察了一回，这可能是我的最后一次考察旅行。回来后我就一直在忙着记录和分析考察成果。它们将构成一部包罗万象的作品，我将从物理学角度描绘我们的世界，我已经为这部作品计划了很久。您的《日本档案》涉猎广泛，我认为第一卷是非常优秀的论文，它是关于我们这个美丽星球的某个地方的，我本人大概永远不可能涉足那里了。我万分惊喜地发现，您考察和介绍日本岛国自然风貌的方法与我的类似。因此，我将继续密切关注您的其他作品。恳请您让我成为最早了解您的其他进展的人之一。同时我承诺，我将向您提供一切支持，如果这对您能有什么帮助的话。最后，只要有机会，我都将斗胆在我未来的作品内——只要我的俗躯还能给我时间创作——和作品外，引用、赞美您的见地和您发表的作品。我当然也乐于在欧洲科学的宽广走廊上邂逅您本人。

谨此致以

最衷心的敬意和忠诚

阁下最忠顺的亚·洪堡

西博尔德将这封信连读了三遍。这些字句犹如止痛膏，重新鼓舞了他受尽折磨的心灵。这是一个新的清晨、一次日出，朝阳的光芒渐渐逼走了来自日本的不祥阴影。他走进浴室，冲澡，剃须，再换上干净衣服。然后他吃早餐，喝浓咖啡，给自己做了鸡蛋和煎肉。当他坐在客厅的桌旁，俯瞰毗邻而建的温室时，他做出了一个决定。他再也不想沉溺于关于心爱的日本、其扇、稻及朋友们的苦难的回忆中了。他不应该再受控于所有忧伤、怀旧的感觉了。他看到自己位于一个新起点，他可以从这里重新开始，去处理从日本带回的宝藏。从现在起，他的目光应该只盯着未来。他的藏品一旦被整理好并向有兴趣的公众开放，就可以自行揭示有关日本的过去和现在的信息。从这一刻起，西博尔德的最高目标就是参与塑造日本的未来，这首先意味着，要从欧洲方面争取让这个国家和平开放。从此，这应该是他所有行动的重点。这么想着，他的激情也渐渐复苏了。

接下来的几天，他又开始工作了，接待许多让他不耐烦的来访，他在仆人们的协助下，很快又忙碌起来，这份忙碌激励他做出越来越高的成就。他没跟任何人谈论他一度闭门谢客的真正原因。他不想再纠缠于过去，他要让它渐渐隐去，将精力集中于面前的任务。

他先请人加工日本地图，刻成铜版。他将这些对航海有用的地图寄去了殖民部——《日本档案》的第一卷里只收录了小地图，这是想给有学问的读者一个初步印象。接下来，他准备出版有关动植物的图书，取名《日本动物志》和《日本植物志》，因为他必须承认，这些书无疑会突破《日本档案》的框架，这套书最终会涵盖日本的地理、地质、经济、区域和文化研究。

1832年圣诞节，在离开故乡维尔茨堡十年之后，他重归故里。欢迎仪式令人震撼，似乎全城都因他而出动了。他将母亲阿波洛妮娅搂在怀里，但是，在与泷和日本朋友亲密相处后，他觉得仍按德国方式与那个将他生于屎尿之间的人以"您"相称很古怪。来访者源源不断，新的朋友、大学同学、学者、政客，以及对他的冒险感兴趣的普通市民纷纷来到他临时布置的工作厅。西博尔德享受这种干冷的冬天，它一次次用焕然一新、如花绽放的白色雪衣覆盖住这座城市。到了2月，他开始为他的慕尼黑之行做准备，他曾经就读过的尤利乌斯－马克西米利安大学要授予他荣誉博士的称号，这让他很意外。这样一来，他就成了一名荣誉哲学博士，这让他痛苦地忆起他的挚友门德尔松。西博尔德设想在颁授证书时，门德尔松坐在观众中，轻轻摇头，开玩笑地表示不同意。因为就算被授予这个头衔，一个笨蛋也没法变成哲学家。但西博尔德还是喜欢被公开宣读的博士证书上的内容。

阁下在自然科学和历史研究方面做出的可敬贡献；阁下不停考察的高度热情；阁下勇敢地克服一切障碍，在崇高的知识王国里不断前进；高尚的冯·西博尔德家族以感恩和爱证明了

21

对母校的忠诚，这令人难以忘怀；阁下爱国且善良的理念——这一切都赢得了本校的高度敬仰和崇拜。

为了公开宣布此事，本校哲学院给阁下颁发随信附上的荣誉哲学博士证书。这完全符合伟大的苏格拉底在柏拉图的《斐德若篇》里所讲的深意。我们怀着爱国的感情，赞赏阁下深深钻入知识本源的努力，这一努力已经结出美丽的果实；这个果实将来还会更美好、更丰富：阁下永恒的荣誉将是对知识领域最大的促进。

几天后，他乘坐马车前往慕尼黑，巴伐利亚的路德维希一世国王将在王府里接待他，一半府邸还是建筑工地，因为国王正在让人扩建它。路德维希一世是位气度高雅、各方面都有王侯霸气的人物，浑身散发着旺盛的生命力和强烈的行动力。西博尔德被震住了，紧张不安。

"陛下，谢谢您救了我的性命。您写给日本统治者的亲笔信让我免遭了最严重的惩罚和无法想象的痛苦。"他低着头说道。他跪在国王面前，一个劲地说客套话。

"您请起，亲爱的西博尔德。我有义务，同时也很高兴能为我宝贵和杰出的臣民而向我的同事将军先生进言，"路德维希一世边说边笑，他即兴说出"将军先生"，调皮地自贬身份，这让他高兴，"您最好给我们讲讲您在旭日之国的冒险。我们兴致勃勃地读了您在德国报刊上发表的作品。我们十分喜欢这些作品，您也用它们引起了普通民众的兴趣。他们应该了解世界有多大，在我们这个时代，有许多东西需要重新探索和发展。您知道，我们也在计划一些重大的技术项目，比如一条从莱茵河到美因河的运河，这样从北海到黑海可以全段行船，我们还计划修建一条穿越巴伐利亚的铁路。日本人有铁路了吗？”

西博尔德忍不住笑了：“请原谅，陛下，我不是笑您的问题，而是在想，如果这么一匹钢铁蒸汽马滚过他们美丽的国家，日本人会做出什么表情来。不，日本人还不懂这些技术革新。他们也没见过蒸汽船。日本国躲在他们的闭关政策的高墙背后，享受了二百年的和平，但这就是他们不得不支付的代价。”

国王兴趣广泛，他是建筑师，也是科学和艺术的大赞助人，还是一位业余诗人，他拿有关日本文化和自然的许多细节问题，对西博尔德刨根问底。西博尔德给他介绍了他的《日本档案》，讲了计划中的日本动植物志。路德维希一世毫不犹豫地主动将所有作品各订了十套，他这样做就是为了让西博尔德赶紧继续讲自己的经历和打算。西博尔德向国王详细解释了，通过科学渠道说服日本开放国门，而不是采用强制通商的途径，是多么重要。路德维希一世对此表示了充分理解，因为他不熟悉欧洲列强贪图利润的掠夺性殖民主义。经过两小时的会见，陛下十分满意他刚获得的认识和启发。当晚，为了欢迎冯·西博尔德，路德维希一世安排了盛大的欢迎仪式，还授予了西博尔德民事功勋骑士十字勋章，并当着在场的贵族和学者的面赞扬他，答应支持他。

俄　国

回到莱顿后，西博尔德在“日本别墅”里回味在慕尼黑的成功。他似乎能给那些王室首脑人物留下好印象，让他们对他的科学事业以及他的政治建议感兴趣。因此他决定进行一次穿越欧洲的大型宣传之旅，以便为他未来的出版物进行征订，他还想毛遂自荐，为希望在日本问题中发挥作用的国家担任顾问。一方面，这会减少他在印刷和出版昂贵书籍上的经济风险；另一方面，他可能有机会受官方委派，返回日本。他与挑选出的王室和亲王府建立起频繁的书信往来。三个月后他就定下了旅行线路：圣彼得堡—莫斯科—柏林—德累斯顿—布拉格—维也纳—慕尼黑。西博尔德又忙了一年，给他的收藏品分类和编目，给计划的著作做笔记，并在大众报刊上发表文章。

1834 年秋天，他动身了，乘坐满载着图书和礼物的马车，跨越一千五百里，前往圣彼得堡。这是从长崎到江户的双倍距离，参勤之旅持续了五十四天，这回他用了不到一半的时间就走完了。当普鲁士雾蒙蒙的田野在初雪中掠过西博尔德身旁时，他怀着一种既惆怅又宽慰的心情，想起了他坐在驾笼里的漫长日子，坐在驾笼里虽然能让美丽的日本风景深深地烙印在脑海中，但马车更舒服，也更快，这是驾笼比不上的。再往东走，行驶速度就大大放缓了。一过柏林，采用浓缩、光滑的道路涂层来扩建大道的进展还不是太大，但已经有几里长的建筑工地了。从俄国边境起——几年前它还一直是维也纳会议规定的波兰边境，大路变成了泥路。马车的避震装置抵消了坚硬的撞击，但车辆晃动厉害，一路上发出很响的噪声。西博尔德已经习惯了比这更糟的状况，他利用这段时间仔细阅读自己的笔记，并为其做注释。虽然字母和数字像风中的树木一样歪歪扭扭，他还是能拿着文件夹和铅笔书写。

在圣彼得堡，接待他的是驾驶帆船环游世界的考察家伊万·费奥多罗维奇·克鲁森施滕海军上尉。西博尔德喜出望外，向他汇报了他的著作《环游世界》在自己与幕府天文师高桥的危险交换中起了多么关键的作用。西博尔德讲述的夺去许多人命的戏剧性结果显然令克鲁森施滕很震惊。可是，当西博尔德将日本地图在他面前铺开时，他又成了十足的研究家和军人。将萨哈林岛与俄国大陆分开的海峡不仅是一个地理学发现，也是一宗政治事件。这牵涉到俄日两国之间的边界，这样一来它就比之前更不明确了，也关系到日本北部虾夷岛的自然形态和人口。克鲁森施滕感谢西博尔德提供的这些重要的简单介绍，并把他介绍给圣彼得堡的最高层，克鲁森施滕给沙皇皇宫寄去一封快信，好让西博尔德得到应有的款待。

行李里又多了四份他全部作品的订单，西博尔德情绪高涨，走完了去莫斯科的四百八十里。沙皇尼古拉一世在克里姆林宫里接见了他，几十年过去了，这里还留着拿破仑因被迫中断他的俄国征战而发怒的痕迹。1812年拿破仑下令炸毁雄伟的克里姆林宫及其所有的附属建筑、教堂、塔楼和防御工事，尽管这个命令的实施遭到当地居民的反抗，并受大雨阻碍，但克里姆林宫尚未被修复。一想到当年法国皇帝在别人不顺他的意时释放出了这么巨大的破坏力，西博尔德就觉得毛骨悚然。尼古拉一世似乎很了解西博尔德的工作，他亲自阅读了克鲁森施滕的信件，将它放在面前，以此作为向这位日本研究家提问的依据。他是一位现代派的专制君主，也是一位军人和工程师，他不想在他的帝国里废除农奴制，也不想保障信仰自由。西博尔德一开始就是坚定的自由主义者，随着年龄的增长，他就更加坚定了，在极其保守和落后的俄罗斯帝国的权力中心，他感觉不自在。他熟悉这种感觉。上回在江户晋见时，他也有过这种感觉，当时将军用强制性的滑稽仪式羞辱了荷兰使者。总体说来，俄国与德川统治下的日本一样守旧。可俄国沙皇的交往方式多么不同啊！他活泼、开朗、好奇。让人惊讶的是，他的法语不拿腔作势，几乎是平民式的。像克鲁森施滕一样，他关心西博尔德的发现的实际效果。但是，与他的海军上将不同的是，他对日本的美女似乎抱有某种幻想，因此，当西博尔德带着某种预感提及二十四个有许可证的享乐区时，他特别详细地打听了情况。在那种宫廷环境下，接见时间显得特别长，他们一起喝了很多浓浓的红茶，最后还喝了几杯甜葡萄酒。沙皇特别开心，当西博尔德经过短暂考虑，拒绝了为他效劳的大方邀请之后，他都没有感到失望。西博尔德很清楚，俄国欢迎德国科学家，因此这一邀请不是什么罕见的事情，尽管他本人一直在为荷兰王室效劳。然而，尼古拉一世还是希望他的顾问和大臣能继续了解西博尔德的研究。为了强调这一点，他预订了十套《日本档案》，以及五套《日本动物志》和《日本植物志》。

泰格尔宫自由共和国

西博尔德像带着翅膀一样继续前行。对他即将面临的平生最重要的会晤来说，销售的成功和俄国沙皇的善意是个好兆头。1835 年 1 月初，他抵达柏林。像先前在俄国一样，这回他也想先拜访一位高级官员，对方同时还是世界著名的博物学家，由他来将自己推荐给普鲁士君主，再好不过。这人不是别人，正是弗里德里希·威廉三世国王的宫廷总管亚历山大·冯·洪堡男爵。

深夜，西博尔德的马车从东面进城了，在沿着菩提树下大街向西行驶时，他惊奇地探出窗外。大街上灯火通明，都这个时辰了，还有人在走动。煤气灯的照明结束了黑暗对夜晚的统治，这种新颖的人造光像魔法一样吸引了人们。途经勃兰登堡门时，他欣赏了上面的四马二轮战车，那是这个国家打败拿破仑之后从巴黎找回来的，现在它又回到了原先的位置。当他来到位于夏洛滕堡的目的地——柏林大街上的一家舒适客栈时，老板有点激动地递给他一封来自宫廷总管的信。亚历山大·冯·洪堡在信里向西博尔德道歉，他不能按约在城里的一场学者聚会上接待西博尔德，因此西博尔德必须不辞劳苦，设法赶去他家的庄园。其他的一切，他将在那里向西博尔德解释。这消息让西博尔德不安，因为洪堡似乎遇到了麻烦，从信上看不出会不会是政治原因。

几天后，西博尔德又坐上马车，一路北上，天空乌云密布，他穿越一片阴暗的松林，行驶了一小时后，来到了泰格尔宫。一位仆人将他领进客厅，请他在那里等候。西博尔德既激动又不安。即将进来的会是一个怎样的人啊？一个世界精神的化身？这样一位超人能有什么烦恼呢？反正这些烦恼一定很巨大。西博尔德感到不舒服，他突然担心自己会以恳求者和作品销售者的身份遇见当代最重要的人物，并且给这个人增添烦人的义务。这时门开了，洪堡走了进来，动作迟缓，战战兢兢，目光低垂。后来他身体一个激灵，直起腰板，望向西博尔德，摆出一脸友好的微笑。看得出他是真的开心，但这开心似乎被疼痛和忧虑的思想束缚住了。西博尔德显然颇感意外，直勾勾地看着对方。他总是将洪堡想象成同龄人，硬朗、强壮、健康，虽然他很清楚事实并非如此。要不是这样的话洪堡怎么经受得住旅途中的困难呢？可现实中的洪堡已经五十五岁了，身体状态不佳。他的脸有点浮肿，肤色苍白，长有红斑，头发如杂草，没有光泽，唯有两眼炯炯有神，这掩饰了他的病容。

"冯·西博尔德先生，我亲爱的小朋友，我真诚地欢迎您！"

"阁下，在多年的等待之后，我终于可以认识您，真是三生有幸。"

"别，别，不要这么正式。尤其是别称阁下。那些社交晚会、欢迎仪式和王室宴会已经让我无聊得要死了，在那些场合，最令人难以忍受的笨蛋们用粉饰过的荣誉头衔相互奉承。我们可是同事啊！不仅在职业上是，在精神上也是，如果我没有完全误解您的工作的话。另外，这完全是我的荣幸。您就叫我洪堡，我就喊您西博尔德。同意吗？"

"理所当然，阁……亲爱的洪堡。"

洪堡向他伸出手来，西博尔德握住了，两个人都笑了。一名仆人端上了咖啡，他们坐下来。

"多谢您这么远还赶来，"洪堡继续说道，"我本来希望我们初次会面的运气会好一点的。您肯定看出来了，我身体不佳。这段时间我患上了一种病，我只能称之为寒热病。我做什么都困难，从起床到吃饭、阅读、写信，甚至晚上脱衣服。有时我感觉像被钉在了床上，白天我好像随身绑着块铅砣似的。医生们诊断不出是什么毛病，帮不了我。但我待在祖宅里是另有原因。我哥哥威廉的情况比我还要糟得多。他的病比我的还奇怪，也已经拖了好多年了。我担心他的生命之火会随时熄灭。好了，诉苦诉够了！让我们来谈谈生活中令人高兴的事情吧。您的俄国之行如何？您与沙皇相处愉快吗？"

西博尔德详细汇报了他的经历，没有隐瞒那里的政治和社会状况让他感到多么压抑。洪堡同意他的看法，讲起自己1829年在俄国考察时曾受到情报机构和警察的监视、尾随和阻拦。尽管如此，成果还是相当大，尼古拉一世也很满意，洪堡旅行一结束，就不得不向其汇报。然后他向西博尔德询问日本的情况，在西博尔德讲的时候，洪堡的呼吸似乎随着五彩缤纷的画面变得顺畅了。从他的额头和目光可以看出来，西博尔德生动活泼地向他描述的一切，他都经历过。最后，西博尔德想起他的一位日本学生向他询问东极的趣事。

"太妙了！太妙了！"洪堡鼓掌大喊，第一次大笑起来，"我已经可以预见，有天有人会写一部关于您的长篇小说：《发现东极》。我的朋友啊，我好妒忌您！您挑选了这样的一个国家作为您的考察目标，它还没被欧洲虚假的文明及其残酷的殖民野心侵蚀。我佩服日本人的智慧，他们当年将信奉基督教的葡萄牙人赶了出去。我在南美洲的经历则多么不同啊！我目睹了那么多苦难、愚蠢和暴力。我做什么了？观察、记录、丈量、衡量、描写和画下一切，以便终有一天能够全面叙述。至于我是否真的给美洲带去了什么东西，就像您对日本人做的那样，我抱有最大也最合理的怀疑。我能给出的唯一借口是，我真的没有任何伙伴。那里没有我可以托付科学种子的学者，更别提让他们开垦和扩大自己的田地了。南美洲的贫穷国家不过是完全依赖西班牙和葡萄牙压迫者的殖民地。"

"亲爱的洪堡，您也许会感到惊讶，可我在日本经常想到您，而且正是从这个角度。然后我每次都暗自庆幸，因为我确信您选择了更困难的挑战。我的相对简单，而且，对我来说，用我们最新的医学、自然科学和地理学知识作为交换，去从杰出的日本学者手里获得有关这个国家的所有有用的知识，是一项相对容易的任务，也是一项最有价值的任务。"

"还会有更多事发生的，"洪堡接着说道，"因为您是带着使命从日本回来的，它事关您所考察的国家的最重要利益。这一点正是我缺少的。自从回来之后，尤其是自从我在柏林音乐学院做了关于宇宙的演讲之后，我基本上就在扮演着一个可悲的角色。虽然我满足了欧洲听众的好奇心，但与此同时，我的文章和公开亮相对市民阶层来说不过是一剂麻醉剂，复辟和政治倒退让他们失望了，在我的帮助下，他们的精神进入了一个天堂，这个天堂极富异国情调，并且充满误以为的善良纯朴。而我也不能怪任何人，因为毕竟我也是出于类似的动机才踏上行程的。您无法想象，在这儿，在这座有公园、被森林包围的房屋里，我哥哥威廉和我整个童年都在梦想着遥远的世界，以逃避这儿的无聊和安静。尽管如此，西博尔德，我是一块遮羞布，是许多人不去改变又无法忍受的状况的借口。因此我建议您：您要小心，可别掉进同样的陷阱里！"

"多谢您的建议，我一定将它牢记在心。我从中也看出，您考察过被欧洲人殖民的国家，现在又给自己找到了一个更高难度的挑战。从殖民的角度来说，日本尚未被染指，一旦这个处子遭到军事暴力和经济野心的蹂躏，后果将是致命的，我的任务就是揭示这些后果。"

"说得好，亲爱的。我支持您让日本和平开放的政治主张，因为这真的是一个开明、进步的想法。我们不能再奴役和破坏外面的世界了。否则这些民族有一天会奋起反抗，我们的行为会被当作空前绝后的罪过永载史册。您知道吗，在我最艰难的时候，我深深地为我们的欧洲文明羞愧。"

西博尔德听后没有说话，洪堡沉默了好一阵子，后来他似乎想起了什么。

"我还有一个重要的建议。请您重视财务！您觉得我现在为什么会待在柏林？我将我的全部财产投入了旅行和无利可图的出版。很遗憾，我这样做也毁掉了几个出版商。我如今只能活成一个普鲁士国库的奴隶，这也许是我应得的惩罚。我现在依靠施舍生活。"

西博尔德被这个伟人在他面前表现出的失望和忧虑震惊了，他试图谈点开心的事，好帮助洪堡摆脱沮丧。

"谢谢您的这个建议。我很清楚您的意思。尽管有荷兰政府的慷慨支持，我也必须自费出版我的大多数作品。说到底，这也是我来柏林的原因之一。"

洪堡打断他。

"啊呀，我忘记告诉您了。国王已经同意接见您了。但您不要抱太多的期望。他不是个聪明人。请您原谅，我不能陪您去了。以我的现状，我肯定帮不了您。"

"我非常感激您。衷心地谢谢您为我所做的努力。别担心，我会没事的。另外，我已经打算从事有经济收益的活动。我打算从日本进口园林植物，通过一家贸易公司，在全欧洲进行销售。"

"很好。听起来像个商人的打算，这可能是科学之外的一个经济支柱，这能保证您的独立性。"

"希望如此。亲爱的洪堡，我突然想到，最初我去日本，实际上就是出于这种动机。我在大学期间邂逅了一位名叫唐·莫斯提马的巴斯克贵族。他当时让我看了您的《新大陆热带区域旅行记》，里面有您亲笔题写的个人献词。这让我留下了深刻的印象。他也是第一个建议我将兴趣转向亚洲，特别是转向日本的人。他尤其对贸易机会感兴趣，想让我参与进去。我之后只收到过他的一封信，"西博尔德不想说出有关奇书《大地图的秘密》的事，"您记得这个人吗？"

洪堡想了想。他拥有惊人的记忆力。

"有着畸形足的高大的巴斯克人？当然！我在巴黎和伦敦遇到过唐·莫斯提马几回。一个奇怪的人。他的知识似乎无穷无尽。他也会讲我所掌握的所有语种，可能还会更多。老实说，我有点被他吓坏了。就我的求知欲和自年轻时就很丰富的科学知识而言，我本身就已经是个怪人了——是的，这一点我一直都知道。可此人知道的东西，我觉得，若非一个人将终生都献给了科学，是根本无法做到的。可出现在我面前的他却是个谦虚的旅行推销商。他似乎对我的自然观念了如指掌。他对南美洲的情况也一清二楚。他谈起我的旅行来是那么轻松，好像是他进行了这次旅行，而不是我自己。后来，他大概意识到了他让我觉得神秘。我最后一次见到他是在我成为皇家学会会员的时候。"

室外天色暗下来。洪堡又回想了一会儿与巴斯克人的相遇，这时客厅的门慢慢打开了。走进来的不是仆人，而是一个伛偻得很厉害的人。

"威廉！您来得正是时候。我想向您介绍我的朋友，医生兼日本研究家菲利普·弗朗茨·冯·西博尔德。西博尔德，这是我亲爱的哥哥威廉。"

西博尔德从座位上站起来。那位伟大的政治家、教育改革家和柏林大学的创始人颤巍巍地以小步向他走来，畏畏缩缩地抬起手，问候了他。

"阁下，不胜荣幸。"

威廉·冯·洪堡没有回答，而是望向他的弟弟，虚弱地低声说道：

"您没有对您的客人讲过阁下这回事吗？"说完他又转向西博尔德，"衷心欢迎您来到泰格尔宫自由共和国。"他淡淡一笑，强调了这句话。

"请您不要介意我的形象。我的残疾造成了这滑稽的外表。不过，我的思想还是令人满意的，所以我不会抱怨。"

事实上，威廉·冯·洪堡的身形怪诞。他形销骨立，背部弯成了驼峰，脖子远远地向前伸着，双臂弯曲，紧贴着身体，像被无形的束缚捆绑着似的。

"您请坐，冯·西博尔德先生。我宁愿站着。希望您明白，我的畸形让我无法好好坐着。"

"我可以问问医生们的诊断结果吗？"西博尔德问道。

"震颤麻痹（帕金森病）。这就是他们所能想到的。据说是一种衰老现象。我既无法好好控制双手，也无法控制双脚。这些症状是六年前我妻子去世时开始显现的。从那以后就越来越严重。谢天谢地，我不疼，也不发烧。只有突然的尿急常给我添麻烦，如果不巧手边没有尿壶的话，我需要很长时间才能走到厕所。"

"您应该看看他的笔迹，"亚历山大·冯·洪堡补充道，"他写字的时候，同一行的字母会越写越小，直到小得无法阅读。看上去像是一场书法游戏。"

"我之前在书里看到过这种病状。大约二十年前，英国医生詹姆斯·帕金森在一篇关于震颤麻痹的论文里首次描述过它。不过，他认为这不是衰老现象，而是一种脊椎疾病。"

"亲爱的亚历山大，您看看，终于有一位见多识广、不只阅读拉丁文和德文的医生了，"威廉耳语道，"亲爱的西博尔德，这很有意思。我们去弄到这本书，拿它抽我的每个医生的耳光。"他苍白的脸又扭曲了一下，露出了一丝微笑。

"西博尔德，您跟我说说，您的日本之行带您去爪哇了吗？"

"那是一次历时五年的旅行，就像您弟弟的南美之旅一样。最初我在爪哇住了四个月，我很幸运，很快就被派去了日本。我离开荷兰时，可没想到会这样。返欧途中，我只在蒙托克要塞、巴达维亚和茂物短暂停留了一下。"

"可惜我没去过那里。我长时间研究爪哇土著人的卡维语，这种语言中有许多来自梵语的外来词。我办公室里有一部没有整理的庞大手稿，我一定要在疾病侵袭我的精神之前将它完成。因此我现在要回那里去了，我将在那里的办公桌旁吃晚餐，祝你俩有一个愉快的夜晚。"

西博尔德看到亚历山大·冯·洪堡累坏了，马上借此机会起身告辞。夜色已经降临，他坐在马车里回望这座内部灯火通明的宫殿。他为必须离开生病的兄弟俩感到忧伤，因为他知道，他再也见不到这两个出类拔萃的人物了。

成　功

普鲁士国王的接见令人失望。弗里德里希·威廉三世在听取西博尔德的介绍时态度冷淡。他与西博尔德此前遇到的其他君主相反，他似乎既没有政治主张，也没有经济主张，是的，甚至都没有自己的意志。西博尔德立即理解了洪堡的意思，这位普鲁士国王只将洪堡这样的著名科学家当作豢养的家畜，洪堡可以偶尔表演一下，让君主暂时忘记单调无聊的统治生活。他不关心科学工作的内容及其政治意义。西博尔德请他订购几套"日本"系列书籍，慷慨地支持一下这套书的进展，这个提议也遭到了国王的拒绝。他为科学花的钱已经够多了，尤其是对洪堡的大力资助。

失望的西博尔德继续前往德累斯顿和布拉格，他在那里也没能卖出作品。相反，他在维也纳受到了出人意料的欢迎。老皇帝弗朗茨一世先是允诺了一次长时间的接见。虽然他似乎更喜欢西博尔德的英俊潇洒与活力四射，而不是他的工作，但西博尔德也得到了冯·梅特涅伯爵的支持，他权力很大，是皇帝的左右手。接见完毕

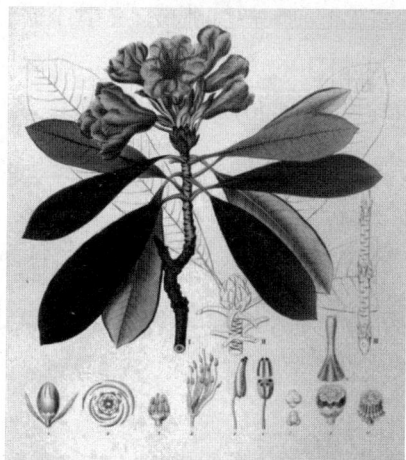

杜鹃花

后，他们多次相聚，经常共用晚餐。梅特涅觉得西博尔德关于政治和科学的谈话很有意思，答应全力支持他。西博尔德很感谢他，告诉伯爵自己要以伯爵的名字命名一种日本的杜鹃花。梅特涅被感动了，他很开心，因为要让自己的名字永远留在后世的记忆里，没有什么比将它与一项科学发现联系在一起更优雅了。

　　面对极端保守的梅特涅，西博尔德原本不抱希望。然而，他的宣传之旅似乎十分成功，这体现在皇帝将大规模地支持西博尔德的科研计划。尤其让他开心的是——肯定多亏了梅特涅的催促——建立一座皇家民俗博物馆的计划，其初期及后期的展品的主要组成部分将是西博尔德从日本带回的民俗学收藏品。西博尔德心花怒放，感觉自己已经是全球首家民俗博物馆的馆长了，全欧洲将以它为榜样，兴办起许多别的博物馆。不巧的是，这时候皇帝突然死了，所有计划统统作废了。其子斐迪南一世被认为是无能之辈，他继位后，立即成立了一个多人枢密院来协助自己，在这个枢密院里，梅特涅必须先与新的派别达成一致。正当西博尔德一行将一事无成地前往慕尼黑时，柏林地质学家克里斯蒂安·艾伦贝格寄来一封信，告诉了他一个令人伤心的消息：威廉·冯·洪堡死于肺炎，这是他在一个寒冷的夜晚在亡妻墓前感染的。

1835年5月，西博尔德返回莱顿。他在慕尼黑、魏玛和莱比锡时会晤了许多科学家、外交官、政客和君主，但没能预售出多少书。总体说来，西博尔德必须承认，这次宣传旅行是自己的失败之举，因为卖书的收入几乎抵不上这次欧洲之旅的成本。

尽管如此，他还是信心十足地投入工作。接下来的几年里，他进一步提高了先前的发表速度。他编辑并修订自己和助手的文章，还继续为报刊撰文。他与整个欧洲的科学家通信。当年《日本植物志》问世了，这是一本大部头图书，有六百幅彩色插图，大多出自日本艺术家之手。他将这部著作献给荷兰王储的妻子安娜·帕夫洛夫娜，沙皇彼得一世的女儿。为了感谢荷兰政府对他的慷慨，他以她的名字来给他在日本发现的泡桐树命名，称之为 *Paulownia imperialis*。这种高大植物的叶子被日本人称为 **Kiri**，是许多大名、德川幕府的将军和天皇本人的纹章的组成部分。

与此同时，他还将他的收藏品进行分类、贴上标签并为之编目。在莱顿的房子——"日本别墅"里，展出的东西越来越全面。他继续制订民俗博物馆的方案，他的私宅暂时是欧洲唯一一个不必漂洋过海就可以接近遥远日本的地方。著名刊物《植物学》发表了一篇详细的评论，介绍他的展览，这颇让他骄傲。这篇文章的手抄本很快就被镶在玻璃框里，挂在了他家的门厅里：

Paulownia Imperialis

泡桐树

你发现自己置身于一个民族的所有发明、风俗和习惯之中，置身于它的艺术、科学和工业之中，而这个民族对我们来说，至今都像月球上的人一样陌生。你可以从女士化妆室走进匠人的手工作坊，从金塔和学校走进武器库，你什么都不会错过，整条街被缩小了，有店铺、神庙和亭台楼阁。这些东西是日本人亲自制作的，这最大程度上保障了它们的真实性，因为没有什么工人和仿制者能比日本人做得更精确了，这一点尤其能从他们复制的著名肖像的相似度上看出来。

三年后，西博尔德可以高兴了，他用来向王储之妻帕夫洛夫娜献殷勤的礼物终于起作用了。她公公威廉一世没有忘记西博尔德在创立荷兰茶业时所起的关键作用，他指示政府花六万荷兰盾买下他的日本收藏，而这些收藏要原封不动地由西博尔德看护。扣除预支费用，其他的分四年支付，每次一万两千荷兰盾，这笔小小的财富可以让他从今以后独立，他可以拿这笔钱去旅行和出版书籍。

西博尔德没有躺在这张经济软垫上休息，而是开展了更多活动。他与爪哇岛茂物植物园前园长海因里希·布卢姆一起，成立了日本观赏和实用植物引进股份协会。荷兰政府支持这一活动，只收取从出岛发货的低廉运费。1840年，西博尔德又在莱顿开放了第二座房屋，因为前来参观的人越来越多，他的私宅嫌小了。新屋开张是一件值得重视的大事。王室要人纷纷前来参观，尤其是荷兰的新国王威廉二世和他的妻子——曾经的王储之妻安娜，如今她已成为安娜一世王后。

在这些年里，不管西博尔德怎么压抑自己，泷和稻的形象都会一再浮现出来。她们在夜里钻进他的梦里，也出现在他处理日本收藏品的时候，尤其是他处理自己曾经骄傲地拿给泷看的物品和资料的时候。当绣球花第一次在西博尔德的私宅"日本别墅"的花园里开放时，痛苦的回忆压倒了一切。它那硕大的球形花序像蓝色星星一样钻出茂盛的灌木丛，鹤立于花坛之上。那是一桩轰动性事件。消息像野火一样传开去。连续数星期，来"日本别墅"参观的人川流不息，人们都想看看这传说中以日本研究家的伟大爱情命名的花，日本人称它"紫阳花"。荷兰、法国和英国的报纸以感人的文章报道了此事。从此，股份协会的扩张速度大大超过预期。在莱顿的两座温室之外，还得再建一座仓库。植物出口生意很红火。日本的杜鹃品种和绣球花品种在全欧洲的花园里种植起来。这使得一个新学会在1842年成立了，即引进和栽种日本及东印度植物园艺促进学会，由威廉二世亲自赞助。但西博尔德并未因此高兴，也不享受成功，他反而变得忧郁和伤感。他没法忘记，这个成功的代价是失去爱情和家庭的幸福。

为了分散注意力，他又致力于他的政治兴趣。为了纪念好友门德尔松，他拿起一本伊曼努尔·康德的书。这不是关于三大批判的深奥的哲学探讨，而是一本西博尔德感觉是在说给自己听的政治书。他阅读康德的《永久和平论》，这位柯尼斯堡哲学家在文中既幽默又讽刺地阐释了政府的战争欲与国家公民的和平意志之间的矛盾，这令西博尔德吃惊。康德说，如果人们生活在一个允许批判的共和国里，公民因此对外交政策有更大的影响力，那么战争就会减少。如果这些共和国之间也能建立和平联盟，那么就已经朝着永久和平迈出了巨大的步伐。但康德写道，在实现这一理想时，人们应该小心谨慎，不要夸大其词，因为永久和平①也是公墓旁的旅店喜欢取的名字。

一天，西博尔德收到了一封英国寄来的紧急公函。英国外交部长帕麦斯顿询问这位国际知名的日本研究家是否愿意为英国王室效劳。帕麦斯顿直言不讳地表示，他的政府感兴趣的是，在西博尔德的帮助下，最终让日本开放通商。他选择的时机差得不能再差了。大清帝国的鸦片战争刚刚结束，英国在战争中证明了它准备肆无忌惮地采取一切手段，确保它的殖民优势。中国被迫开放了自己的市场，保障英国的特权，尤其是容忍鸦片贸易，因为英国人靠其他商品再也得不到利润了。西博尔德对这些事件了如指掌，冷冷地拒绝了帕麦斯顿的邀请。他对英国在中国的殖民政策十分恼火，他以此为契机，撰文分析了日本面临的危险。文章最后刊发在多家欧洲报刊上。他希望西方列强的政府和主要外交官会读到里面的信息，将它理解为警告。

---

① 双关语，此处有"长眠，安息"的意思。

日本对信奉基督教的贸易国家实行封锁，这不是幕府新将军无缘无故的暴行，虽然他是以暴行夺取他的宝座的。禁止基督教的礼拜仪式，不是因为抵制基督教理论或蔑视基督教信仰。在日本这个欧洲人眼里的东方国家，"无神论者"这个词从未引起过共鸣。葡萄牙人和西班牙人的占领瘾和嗜金欲，其神职人员的傲慢无礼和统治欲，以"皈依"的口号为统治鸣锣开道的做法……这一切才是日本闭关的导火索。当时，日本当局的政治担忧是有原因的，这些担忧导致可疑的基督教国家、当时的世界海洋的统治者，被永远驱逐出境，日本封锁国家，除荷兰人外，一切基督教民族禁止进入。

　　要将日本帝国带上世界的舞台，卷进国与国之间的活跃交流，唯一有望成功的政策不是贸易，而是科学。其他国家在这个国家无法迅速获利，相反，需要进行投资，为后代保护它的精神和物质财富，让他们理解这些行为。如果一个欧洲列强像英国在鸦片战争中对待中国那样，用可耻的方法强迫日本开放国家，那可就惨了。曾经令人尊敬的航海强国和英王室的统治者因贪图利润犯下了一桩史无前例的政治罪行，它用各种手段侮辱大清帝国，强迫它变成了一座规模和残忍程度令人无法想象的毒品交易所。中国臣民在大街上吸毒，在专门修建的房子里服食昂贵的鸦片，他们的政府不得不眼睁睁地看着毒瘾让曾经勤劳的匠人、艺术家和工人先是丧失生产能力，然后被彻底夺走性命。这无异于一场不使用武器的大屠杀。英国政府认为这是一个行之有效的方法，可以用来挫败所有不想臣服的民族的抵抗。如果哪个殖民列强胆敢以这种方式，将内战和宗教战争的火炬投进美丽繁荣的日本，那可就惨了。那将给欧洲人的名誉再一次打上耻辱的烙印，荷兰人曾经做出了很大的自我牺牲，才好不容易又将它恢复了一些。

西博尔德知道，在对日本感兴趣的国家的政府阶层，他反殖民主义的严正立场会树很多敌。因此，几星期之后，荷兰殖民部长让·克雷蒂安·鲍德请他一起为一个前往江户的代表团制订计划，同时为荷兰国王起草一封致将军的国书，当时他简直喜出望外。部长借机告诉西博尔德，陛下获悉了帕麦斯顿的邀请，对西博尔德的拒绝十分高兴。为了感谢他，国王晋封他为荷兰贵族。鲍德当场将贵族证书交给了他，西博尔德从此可以使用 Jonkheer① 这个头衔了。

由于国库拮据，国王发起的这个计划花费了很久，国书的起草过程也很曲折，先是得到了枢密院的同意，后来又被推翻。1843 年春天，"巨港"号护卫舰终于下海，将国书送往江户，该信是为代表团以后的日本之行做准备。西博尔德十分开心，因为国王最后亲自过问，在信中采纳了他建议的所有措辞。

在下威廉二世，欣蒙神恩的荷兰国王，奥兰治－拿骚的王子，卢森堡大公，向日本帝国统治者陛下致以问候。愿陛下笑纳此书，长治久安。

二百四十多年前，陛下最智慧的祖先德川家康给予我们信任，荷兰从此蒙允与日本通商。从此我们在那里得到了许多人的友谊。政府与政府之间至今未有直接互通信函的必要。通商事务及其他通知均由荷属东印度公司总督处理。现在我们感觉

---

① 荷兰语和比利时语里对受封贵族头衔的年轻男性的尊称。

亟须打破这一沉默。我们有要事相告。这事关我国臣民在日本的贸易，事关贵国的国家利益，是值得国王处理的事。我们深深地为日本的未来担忧。愿我们的好主意能让我们未来免遭这些灾难。

过去的时间里，我们认真关注过：世界各国的交往迅猛增长，一种无法抵御的力量令它们相互吸引。蒸汽船的发明让距离越来越短；当各国普遍密切联系时，想要置身事外的国家会与许多国家为敌。我们知道，陛下聪明的先祖给日本帝国颁布的法律严格限制了与外国的往来。但智者说："智者御国，以和为上。"

如果旧的法律因为严格的控制而将破坏和平，那么理性就会要求我们缓和这种情况。万能的将军，这也正是我们的好主意：请放宽贵国严厉的外交法，别让幸福的日本遭战争蹂躏。我们真心诚意地向陛下出此良策，完全不是出于本国的利益。我们希望，智慧的日本政府能够意识到，和平只有靠友好关系才能维持，而友好关系只有靠通商才能产生。我们深深地为日本的未来担忧。愿我们的好主意让我们未来免遭不幸。

强大的中国皇帝经过长时间的徒劳抵抗，终于屈服于欧洲的武器优势，在随后的和平条约中，他被迫接受那些条件，这给中国的古老政策带来了巨大的改变，让中国的五座海港开放给欧洲人做生意。类似的不幸现在也威胁着日本帝国。一次偶然事件就会导致爆发。各种船只会比以往更频繁地往来于日本海，在船员和陛下的臣民之间多么容易掀起争执啊！一想到这种纷争可能引起战争，我们就深感忧虑。

我们很想为日本免去这种不幸，这种愿望是因为我们想感谢两百多年来自己的臣民在日本受到的礼遇。陛下若肯接受我们的建议，我们希望得到一封亲笔回函。届时我们会派来一位特使，全权负责详细商讨此事。我们已指定了运送信函的战舰，它也会将您的回函安全送到我们手里。随信附上我的照片，以证明我们的忠诚友谊和感激之心。

愿陛下继承自先祖的统治继续令日本长治久安。

疗养地艳遇

自打西博尔德从日本回来，已经过去十五年了，在此期间，他一直孜孜不倦、不顾身体地潜心工作。慢慢地，他的身体为这样的劳累付出了代价。他迫切需要休息，是时候彻底恢复一下了。1845年夏天，当西博尔德在基辛根的温泉大道上散步时，他已经是个上了年纪、被迫离异、拥有一个动荡不安的过去的单身汉。他悠闲地走在疗养客中间，身穿蓝上装、黄马甲、灰长裤，佩戴白领结，头戴高帽，手拄拐杖，摆出一副骄傲但有点僵硬的姿势。他在皇家本恩酒店下榻，这是王室疗养酒店，刚刚完成改造，说服他住这里的是它有大量的沐浴间和新式冲淋器。这个安静的小地方住着好些知名人物，自从拿破仑战争结束以来，它就跃升为贵族和富商避暑的地方。人们在这里接受饮酒疗法，定期泡温泉，长时间散步，以达到放松的目的。盛大宴会、音乐会和高档赌场给客人提供合乎身份的消遣。西博尔德是独自过来的，前两个星期他一直独来独往。唯一的中断是他遇到了刚被任命为俄国大臣的涅谢尔罗迭伯爵。伯爵接待了西博尔德一次，向他介绍了俄国最新的政治动态，强调尼古拉一世沙皇对西博尔德的日本研究念念不忘。平时西博尔德的周围很安静，他感觉自己再也没有年轻时的活力和魅力了。长期的心灵孤寂已经让他成了有点固执的老"鳏夫"了。

在疗养院的餐厅里，他早、中、晚都是坐在同一张大圆桌旁用餐。一天，两名新来的女士在桌旁坐了下来。她们向同桌的疗养客介绍，她们是来自波莫瑞的冯·加格恩男爵夫人和女儿海伦。接下来的一个星期，西博尔德与两人聊得极其愉快，但他发觉，有母亲在场时，女儿就快快不乐。另一方面，母亲又暗示，她想尽快将女儿嫁出去，因为女儿已经二十四岁了。海伦长得很漂亮，高高的额头裸露着，眼睛炯炯有神。她乌黑的头发、突出的眉毛和丰满的嘴唇透露出性感和激情，而柔弱的肩和纤细的锁骨又赋予她易受伤害的一面，冲淡了她那骄傲的外表，使她变温柔了。西博尔德觉得她很亲和，也很有魅力，她母亲显然将他拉进了女儿的候选人的决选圈，这又令他困惑不解。如果他对这位别致、年轻的波莫瑞女性真有什么感觉，那也主要是慈父般的感情，从年龄看，更适合他的反倒是守寡几年的母亲。他不禁发现，天天有两位女士做伴，让他很振奋。另一方面，考察家讲的故事既有异国情调，又充满戏剧性，这让母女俩得到了充分的娱乐。一天早晨，海伦·冯·加格恩独自来到桌旁。其他客人都已经用过早餐。只有西博尔德还坐在那里，边喝咖啡边读着几封信。

"这么美丽的早晨，您母亲去哪儿了？"他愉快地问道。

"她去法兰克福几天，去购物。她不想告诉我，估计是为了我的嫁妆，"她难为情地回答，"我父亲是个有钱的庄园主，给她留下了为我置办嫁妆的资金。"

"这么说，她找到一位能有幸娶到您的金龟婿了？"

"不是……嗯是的！"她脸红了，垂下了目光，然后又突然意味深长地看着他。这下他明白了，自己也难为情起来。她母亲的计划显而易见，这也在意料之中。

"您能与我一起旅行吗？"她突然问道。

"冯·加格恩小姐，我不知道……"

"您就叫我海伦吧！"

"好的，海伦。好吧，这是不是有点……冒犯了？我是指，您这样一位年轻女士与我这样的独身老头在一起，没有监护人陪同？"

海伦料到他会提出异议，她放弃一切礼节和拘谨，从椅子上站起来，坐到西博尔德旁边的座位上，将自己的手放在他还拿着信的手上。

"请您解救我吧！请您带我走吧！这种可怕的生活我已经过了好几年了，我想离开这种生活。"

西博尔德还从未见过女人的这种情绪爆发。

"好了，好了，亲爱的海伦。您冷静一下，"他听到自己惊慌地说道，"让我们一起旅行一回，然后您向我讲讲您的困境。好吗？"

"绝对同意。"她喜滋滋地叹息道，好像她回答的是另一个完全不同的问题。

西博尔德订了一辆带车夫的双驾马车。阳光明媚，他们坐在敞篷马车里，驶向中世纪的伯滕劳本城堡。海伦右手撑着一把有白色花边的阳伞，左手挽着他的胳膊，西博尔德给她讲古老废墟的历史，直到几年前，市民和农民还在将这里的石头运回去盖房子。海伦被这座远古的石头纪念碑打动了，他们沿着萨勒河继续驶向罗马时代的特利姆堡废墟。马车穿行在林荫大道和田间小路上，她快乐地讲着自己对文学和哲学的爱好。对她来说，被人当成有教养的人很重要。她头戴女式真丝小帽，身穿合身的白绿相间的夏季礼服，西博尔德觉得她的样子很迷人。他们绕着特利姆堡古迹转了一圈，然后来到一家舒适的夏季饭馆。西博尔德喝下两杯琥珀色的白葡萄酒之后，觉得是时候继续早餐时的话题了。

"亲爱的海伦，您是个迷人的年轻小姐。但是，坦白讲，我俩都看穿了令堂的意图。这不难，不是吗？老实说，我既不理解令堂为何挑中我，也不理解您为什么要求我满足她的愿望。"

"冯·西博尔德先生……"她深吸一口气，说道，吸气时胸部耸起，很诱人。

"请原谅，可是，既然您允许我直呼您的名字，那也请您直呼我的名字。"他打断道。

"哪一个？"

"第一个，菲利普。"

"好的，"她继续说道，然后又停了停，"请您原谅，菲利普，我今天早晨有点混乱。观光和车程让我冷静了一些。您肯定知道，这……我该怎么说好呢？我母亲不理解我。如果从医学角度来讲的话，她认为我有病，一种还未能确诊的病。她担心我找不到能忍受我喜怒无常的脾气的丈夫。"

"会让您变得难以忍受的所谓的'喜怒无常的脾气'是什么呢？"西博尔德谨慎地问道。

"这很难用言语来描述。事实上这是一个秘密。请您再给我一点时间，到时候我会告诉您的。"她直勾勾地看着他，那目光要多妩媚有多妩媚。

"我也有个秘密，海伦。我会立即将它告诉您，好让您意识到，我不是您合适的结婚对象。我将我的家庭留在了日本，我的妻子和我们的女儿。已经十五年了。从那以后，我没有与女人亲热过。虽然我竭力压抑那些记忆，但它们对我仍有很大的影响。我生活得像

46

个僧侣。如果我没法再见日本和我所爱的人，我宁愿就这么死去。"

海伦愣住了，湿润的眼睛惶恐地望着他。

"您是一位十分漂亮并且受过教育的年轻女性，年龄只有我的一半。我自然知道，我这个年龄、这种地位的男人喜欢用您这样的女孩装点门面。可这样公平吗？十年后我就六十岁了，是一个老人了，而您却是风华正茂。请您别这么做。请您不要浪费您的美貌和智慧。请您不要嫁给一个很快就要老去的男人。"

他们在夕阳中默默地驶回基辛根。西博尔德想着泷，想着她在长崎也许无忧无虑的家庭生活，他问自己刚刚是不是做了一件大蠢事。海伦神色沮丧，一路上，她几乎快流泪了，说不出话来。他们与其他客人在疗养院餐厅里一起用餐，维持着礼貌交谈的假象。饭后，西博尔德出于礼节陪海伦回房间，她没像应该做的那样在门外与他告别，而是直接将他拽了进去。

几个星期之后，西博尔德才找回平静和安宁，将接下来发生的事记在了日记里。

　　我在基辛根最初的生活安逸平淡，当我遇到海伦·冯·加格恩男爵小姐之后，意外的转折发生了。从此我就生活在熊熊火焰里。这位年轻的小姐之于我，就像卡吕普索之于从漫长旅行中归来的疲惫的奥德修斯。可我会像那位希腊英雄那样，离开她，离开这座幸福的岛屿吗？我会怀着残存的希望，继续前往一个不知它在何方的家乡吗？海伦一直信守她许下的所有诺言。她真是个仙女，虽然在我们共处的第一夜，她已经不是处女了。这是有原因的。她已经订了两次婚，但都很快解除了婚约。这两次的情况都差不多，她的未婚夫十分难堪，毫不反对地同意了分手。海伦所说的当代年轻男性在性爱方面的知识和能力，足以让人认为，我们的文明的延续受到了威胁。作为一名现代女子，她在第一次订婚后就坚持试试未婚夫的性能力。可他不仅毫无经验，而且对未婚妻在卧室里向丈夫展示的躯体有着完全错误的想象。他所认识的裸体女性只是高贵的白色大理石像和宫廷绘画里的形象。当他发现女人阴部天生长有毛发时，他大惊失色。海伦给了他第二次机会，并满足他的愿望，刮掉了阴毛，这也无济于事。她向他提出解除婚约，让她当时还健在的父亲为失去的童贞向他索要了一笔赔偿金，好保住脸面。幸好他同意了。海伦的童贞早已在那时失去，她没有错，这是即将结婚的情侣的正当行为。

她与第二个订婚者的情况也好不到哪里去。他能够与她发生关系，但仅止于此，无法更进一步。女人在性交时不该有快感，而应该默默忍受整个过程，这似乎是公民教育的一个苛刻要求。两性间这种无情无爱的性爱方式十分普遍，这解释了为什么年轻女性的脸上常流露出不幸。海伦结束了第二次婚约，她施展出一名经验丰富的高级妓女的技巧，这不仅让她的未婚夫厌恶，也让他害怕。因为她不仅倔强地拒绝成为这种交往方式的受害者，而且很早就研究过情色文学巨匠的作品，特别是威尼斯作家卡萨诺瓦的《我的一生》和萨德侯爵广遭非议的小说《贾丝汀与朱丽叶》。这些书她都是在父亲的书房里发现的，它们被藏在那里，父亲生前好像是个自由意志者和享乐主义者，但他没有意识到，这些遗物会在女儿身上点燃怎样的火焰。

现在这火苗被传到我这里，它重新点亮了我生活的烛芯。

因为，频繁而亲密地与她同床不仅没有累坏我，反而让我充满活力、精力旺盛，我已经很多年没这样了。我甚至觉得自己比开始疗养前年轻了许多。我可以从镜子里看出来，我的皮肤绷紧了。我在日本养成的大大方方的性爱习惯，成了海伦想在婚姻生活中与我共享的资本。只要爱欲得到满足，她对别的事一概没有要求。我没有向她隐瞒，我的考察生活艰苦而忙碌，留给婚姻和家庭的时间有限。我有一天会重回日本，在那里待上几年，这一远景也没有吓着她。所以，与她结婚对我完全有好处。爱情让她变得无私和顺从，唯一令我不安的是想到有一天这些品质又会随着爱而消失，变成对我的不满。因为，为了可以与我结合，海伦做出了极大的牺牲，牺牲了一个更配得上她的年轻男人。

失踪的通商许可证

1845 年夏天，西博尔德迎娶了海伦·冯·加格恩。西博尔德的母亲阿波洛妮娅搬来莱顿与他俩一起生活，想在那里安度晚年，但她当年 11 月就去世了。在这期间，将军通过枢密院回复了威廉二世的信，表达了他对友好建议的深厚谢意，但他认为祖宗之法不可更改。

第二年春天，海伦怀孕了。西博尔德请来她的兄弟卡尔担任助手，让他为了下一回日本之行——万一能成行的话——学习日语，他可以陪伴姐姐几个月，直到她分娩，这让她不会在他乡感到孤独。次年，海伦生下了一个健康的男孩——亚历山大·冯·西博尔德。孩子的父亲无比兴奋，他花了很多时间与新家庭在一起，这比当初他娶海伦时以为的要多得多。从亚洲进口植物的生意进展顺

49

利，海因里希·布卢姆是位非常可靠的生意合伙人，接下来的那个夏天，西博尔德已经有财力购买和修缮莱茵河畔博帕德城的圣马丁修道院。这是一座古老的方济各会修道院。虽然这样一来他就成了普鲁士的国民，但他依然蒙受荷兰国王的垂青，国王保证他拿全额薪水，允许他无限期地居住在境外，还晋升他为荷属东印度军总参谋部上校。

西博尔德的第二所住宅很壮观，他本可以在里面好好休息，享受他的工作成果，但海伦和他俩的第一个儿子让他恢复了本性，他比之前更活跃地参与政治活动和科学活动。他先是向巴伐利亚的路德维希一世申请担任驻日使团的外交官，当发现这种可能性不大时，1848 年他又关注起德国的民主革命、法兰克福圣保罗教堂里召开的国民大会等事件。他向奥地利的约翰大公爵——临时国家元首、尚待建立的德意志帝国刚选出的国家首脑——提议成立德国海军部，他愿担任部长，组建一支舰队，保护通商线路。德国必须在世界贸易中拥有它应得的份额，他毫不谦虚地毛遂自荐，说他握有通往日本帝国及其保护国和邻国的钥匙。西博尔德的提议大受欢迎。除他之外，谁也不可能在这么短的时间内提出如此深思熟虑的详细建议。但那些日子里，历史的风刮得很猛。普鲁士国王威严傲慢地拒绝了国民大会要他当皇帝的要求，那是德意志人民对他的恩赐。一年后，议会和临时国家元首就不复存在了。将无数侯国统一在一个宪法之下，成立一个统一的德意志单一民族国家的希望一下子就破灭了。民主革命失败了。西博尔德曾经希望诞生一个新的欧洲大国，他能作为这个国家颇具影响力的部长第二次登陆日本，现在这个机会失去了。

但这并没有阻止他继续整理他的收藏，护理他的园林，发表科学文章，以及利用一切机会发挥对日本的有利影响。1848 年秋，他的女儿海伦出生了，他意外地收到了一封洪堡从柏林寄来的信。这封信简短、客观，透着担忧。

> 亲爱的朋友，您肯定知道，今年 2 月，《瓜达卢佩－伊达尔戈条约》结束了美利坚合众国与墨西哥之间持续两年的战争。您可能不知道的是下列事件：我的地理学和地图学工作是这场战争的基础。1804 年，我作为美国总统托马斯·杰斐逊的客人，在他家住了好几个星期。我将自己绘制的当时的墨西哥地图制成副本，作为礼物送给了杰斐逊，感谢他的慷慨。我希望，这能在他处理与西班牙的边境纠纷时帮到他。现在我发现，我的工作只是北美扩张政策的一个工具。那个地区的面积有西班牙、法国和英国加起来那么大，美国人要在那里重新推行奴隶制。一想到这一点，我就不痛快，很不痛快。我的身体状况糟透了。亲爱的西博尔德，您肯定明白，此时此刻我也不由得想到您和您的使命……

西博尔德明白。那是怎样的景象啊！他的日本地图落进殖民列强的手里，被当作以暴力打开、奴役，最终掳掠这个国家的武器。这是西博尔德一直做的噩梦，它突然变得比此前任何时候都更真实了。日本地图的完整复制件是唯一能用于船队导航的地图，它们至少还被安全地保管在荷兰殖民部的档案馆里。他告诉自己，荷兰是绝对不会侵犯日本帝国主权的国家。但是，随着洪堡的信，怀疑的阴影来袭，且挥之不去。

西博尔德一家继续在莱茵河畔过着无忧无虑的生活。第二次怀孕丝毫未损害海伦的美丽，她变得丰满了一点，更有女人味了。尤其是现在，在哺育了亚历山大之后，她也亲自给小女儿海伦哺乳。她是让－雅克·卢梭的文章的公开追随者，早在法国大革命之前，卢梭就主张，平民的孩子不可以交给奶妈喂奶，不能让他们经历贵族式的冷淡的情感。母亲的乳房与孩子的接触也完全符合她的想法，即感官是一种万能的沟通形式。与她和孩子们在一起，西博尔德很幸福。有客人来访时，他就无比骄傲地介绍他漂亮的妻子和他们的孩子。这种情况经常发生，因为就连他的恩人——荷兰的威廉二世和普鲁士的弗里德里希·威廉四世也在他华美的花园里散步，在他的平台上用餐，与他一起在莱茵河上划船。保守的普鲁士国王的出现对西博尔德来说是个挑战，因为他很清楚，正是因为这位君主，不仅德国的民主革命失败了，而且西博尔德自己想成为这个新国家的海军部长的计划也落空了。1850 年 9 月，第二个女儿玛蒂尔德出生了。此时，西博尔德刚好收到一本十分重要的书，因此在她受洗后，他就不得不立即动身去伦敦。

几天后，他就与大英博物馆图书馆档案室主任托马斯·伦达尔见面了，他们坐在伦达尔的办公室里，喝着加糖的茶。大英博物馆图书馆规模宏大，拥有一百多万册藏书，是世界上最大的图书馆，其中最古老的文献可以追溯到耶稣诞生之前。伦达尔瘦小、朴素、和蔼可亲，他见到客人，明显很高兴。

"亲爱的伦达尔先生，我非常愉快地读完了您的《日本帝国回忆录》一书。哎呀呀，我是如饥似渴地读完的！"

"冯·西博尔德上校，有您这样一位著名的日本专家做读者，是我的莫大荣幸。您没有什么要批评的吗？"

"一点都没有。正好相反。我是专程来伦敦请教您的，因为您的档案学论文堪为典范。在六十六页这儿……"他边说边拿起他的那本书，指着所讲的那一页，"您在书里印了日本将军在 1613 年颁给英国人的通商许可证。您能给我看看这份文件的原件吗？"

"当然，"伦达尔答道，好像这正是他所期望的似的，"您跟我来，要走一会儿。"他带着西博尔德，先穿过长长的柱廊，然后走进有无数房间的地下室，最后来到一个大厅，大厅门上写着"日本档案"。

"'日本档案'，我的毕生巨著也叫这个名字。"西博尔德若有所思地说道。

"我知道。我拜读了这部作品。"伦达尔说完笑了。他额外点燃一盏油灯，里面装着用来增强亮度的凹面镜，这很像西博尔德当医生时使用的凹面镜，只是这个更大。"可惜这下面还没有煤气灯。这很遗憾，因为煤气灯对手稿有害。再过两三百年，这些字就看不清楚了。"然后他从一个橱子里取出一只上了漆的长方形木盒，从短的一侧抽出凹进去的盖子，取出一个纸卷。它是用厚厚的日本皱纹纸做的。伦达尔小心翼翼地将它铺在一张桌子上，用铁块压住四角，并调整了灯光，使它适合阅读。

西博尔德惊呆了。那是一个真正的朱印状，是德川王朝缔造者——神圣的德川家康在 1613 年颁发给英国人的通商许可证原件！在右下角，他的朱红色玺印清晰可见，不可能有错。内容是赋予英国人在三个日本港口的贸易自由和居住权——这要比荷兰人得到的特权多得多，而且要早四年。

"伦达尔先生，您知道您拿的是什么吗？"西博尔德低声问道。

"我是知道的，可我周围的人没人理解。因此我一直在等您。"他们对视了一阵，都不说话。

"这份文件具有全球性的政治意义，它怎么会在这个地下室里，您又怎么发现它的呢？"西博尔德激动地问道。

"这是一个奇怪的……好吧，对英国王室来说是不太光彩的故事。因为我根本不是在这儿发现它的。这个日本通商许可证原来被收在中国档案馆里。东印度公司从前的档案管理员不是专业人员，他们认为它是一封中文书卷。因此它失踪了二百多年。您知道，大英博物馆很大，有时候，我们英国人处理里面进进出出的文献时有点马虎。"

在最初的惊讶过去之后，西博尔德赤裸裸的愤怒占了上风。英国人在日本发动了数十年的侵略，想迫使日本开放，却又徒劳无功，这张有家康私印的纸本来可以避免这个状况，因为神圣的德川家康签署的文件具有永远的、不可违背的法律效应。日本政府不会胆敢质疑它的有效性。英国人没有打出这张王牌，而是大意地弄丢了他们二百年前曾经合法且友好地取得的贸易许可证，并且变得像海盗一样，一再威胁日本沿海。

"您将这一发现汇报给英国政府了吗？"西博尔德小声问道。

"我只找到了殖民部法律问题处的处长，他的级别要比国务大臣低得多。他不重视这个，他认为这文件太老了，已经没有法律效应了。"

西博尔德努力控制住自己，转向伦达尔。

"真是这样吗？就像《大宪章》①或《权利法案》②？亲爱的伦达

---

① 亦称《自由大宪章》，英国封建时期的重要宪法性文件之一，签于1215 年。
② 全称《国民权利与自由和王位继承宣言》，英国资产阶级革命中的重要法律性文件，但并非宪法。

尔先生，请您不要认为我这是针对您个人的，但我开始怀疑英国人当年是怎么能够从他们的殖民地找到回家的路的。"

"我有时候也这么想。"档案管理员赞同地叹息了一声。

第二章　蛮夷入侵

灾难将临——黑船——下田奇迹——幕末

灾难将临

西博尔德返回莱茵河畔的家，他再也没必要为这场疏忽和英国无计划的外交政策生气了。一切都已经成为过去。突然，一封信又将他拽回了现实，让他看到未来危机四伏，寄信人是美国海军舰队司令马休·卡尔布莱斯·佩里的副官。信中全是客套和恭维的话，夸奖菲利普·弗朗茨·冯·西博尔德是享誉国际的日本学学者，问他是否愿意将他的庞大私产里的日本陆地和海洋地图以合适的价格卖给舰队司令本人，并帮助精选一份有关日本文化、历史和政治的书单。美国已在计划一次大型日本远征，这些资料将能保障这次远征的成功。美国的前八次尝试都是徒劳，是时候在日本沿海最终建立国际海洋法了。因此，此次活动也不排除动用武力的可能性。佩里司令想借助西博尔德的研究成果，更好地理解该国的特点。他也要吸取前任的教训，尽量避免动用武力。他希望合作愉快。

面对此信，西博尔德惶恐不安，呆若木鸡。他感到浑身忽冷忽热，他意识到，他本该预料到这一天会到来的。洪堡警告过他。他急切地思考着如何才能阻止正在降临的灾难。"日本陆地和海洋地图"这几个字深深地烙进他的眼睛。他想起了高桥的话，高桥说他只将地图交给荷兰人，因为他能信任荷兰人及荷兰代表西博尔德，相信他们永远不会用这些资料来对付日本帝国。西博尔德连续几天都不搭理人，几乎无法入睡，不停地在家里走来走去。海伦很担心。她还从没见过他这样。后来他做出一个决定，他重新坐回办公桌旁，忙碌地写起信来。他先写给荷兰殖民部国务卿和档案馆馆长，告诉他们，美国政府或美国海军司令部会来询问他二十年前交给他们的日本地图。他恳求他们别将这些资料的信息交给美国人。他还暗示，他将就此事拜谒国王和首相。接下来他将美国人的计划告诉了圣彼得堡的克鲁森施滕海军上将和莫斯科的俄国总理冯·涅谢尔罗迭伯爵，并告诉他们俄国亟须尽快解决与日本的边境事务，与这个邻国签署一份友好条约。最后他用同样友好的口吻回复了佩里的副官，他愿以五百美元将舰队司令想要的书籍卖给他。这是采购的价格，加了点手续费。至于日本陆地和海洋的地图，西博尔德无法做主，因为它们归荷兰所有，而他自移居普鲁士之后，便与政府主管部门再无瓜葛了。不过，如果舰队司令佩里能够让他加入日本远征行动，聘请西博尔德担任所有日本事务的专家的话，这个障碍还是可以克服的。届时他会以远征队成员的身份在他的前雇主那里，尤其是在荷兰殖民部里发挥影响。

他的这个"前雇主"的说法纯属撒谎，因为他仍供职于荷兰，甚至拥有总参谋部上校的头衔，但西博尔德一点也不在乎。面对美国人的计划，他觉得没有理由纠缠于复杂的真相。这封信一寄出，他就着手开始一桩更大的任务，为荷兰在日本的一个新倡议起草备忘录。上回将军客气地拒绝了威廉二世，如今七年过去了。美国将派遣一支联合舰队前往日本的消息使形势出现了新的变化，荷兰真的迫切需要再次采取行动。

　　剧变即将来临。美国将派遣它的海军舰队前往日本，去那里开拓新的外贸市场，并将其势力扩大到日本水域。事实当前，荷兰政府不可以再视而不见了，因为此事不仅关系到这个长期与我们友好往来的国家的安全和独立，也威胁到了荷日贸易关系和荷兰在日本享有的声望和信任。几年前，一家英国报刊曾经写道，将日本排除在世界贸易之外的政治障碍不久将被克服，目前还看不出哪个海洋强国将完成这一大业，但勇夺此奖的骰子已经摇动起来了。我们有必要思考这些话。面对这些障碍，美国舰队已经严阵以待，假如外交谈判不成功，它将不惜动用武力。一旦日本沿海地带沦为冲突的舞台，其他的海洋强国肯定不会袖手旁观。我们两国共同的历史面临着一个关键时刻，我们必须赶紧再帮一回我们的日本朋友。荷兰给日本帝国的建议将是：向日本政府提供一个条约草案，这个草案既保障帝国基本法的完整性，也保证其他海洋强国的贸易自由，并让那些国家做出别的让步，让他们适可而止，不再坚持对日本不公的、违反国际法的要求。

西博尔德将他的备忘录寄给了荷兰殖民大臣查尔斯·斐迪南·帕胡德和国王威廉三世，后者三年前从他父亲手里继承了王位，而他父亲又是西博尔德的大资助人。西博尔德用他母亲安娜的名字命名了泡桐树，这当然起了作用。草案获得了国王及其殖民大臣的鼎力支持。但这一切都不管用。两星期之后，在托尔贝克首相的内阁会议上，西博尔德的建议遭到了多数人的拒绝。这还不够，内阁还一致同意积极支持美国远征，佩里司令的舰队进入日本水域时，要派一艘领航船去迎接，并以两千美元的价格将日本的陆地和海洋地图卖给了美国海军。西博尔德极度沮丧和绝望。不久后他收

61

到了以佩里司令的名义发来的冷淡回复，信中告诉他，他们不能让他加入远征队，因为日本怀疑他是间谍，驱逐令还有效。西博尔德如果参与这个行动，会对这个外交使命构成严重威胁。另外，西博尔德迅速寄去了对方需要的书，对方为此顺致了谢忱。

接获此信后的那几个星期和几个月里，西博尔德看到他的毕生事业和使命正在走向毁灭。往事一幕幕浮现出来，这些往事明确地告诉他，灾难正在降临，对此负有责任的不是别人，正是他自己。门德尔松的警告在他的脑海里嗡嗡回响，像是不断重复的控诉。一想到那些被他自以为是的勃勃野心所害的日本朋友，他就几乎窒息了。1853 年 1 月初，他正在威廉三世宫中出席新年招待会，空虚而漠然，却突然接到了俄国总理涅谢尔罗迭伯爵的一封急电。俄国决定听从西博尔德的建议，自己派军远征日本！为了及时开始这项任务，俄国希望他赶紧前往莫斯科。西博尔德的漠然和疲倦立刻烟消云散。第二天，他就带着简单的行李离开了阿姆斯特丹。他甚至没有征得殖民部大臣的许可，因为情况很急，他认为自己身为在国外休假的参谋人员，有权不报告就进行这样的旅行。他只给海伦寄去了一封简短但热情的信。

西博尔德在莫斯科与沙皇、涅谢尔罗迭伯爵和海军上将克鲁森施滕讨论这个任务的策略、沙皇致将军的国书、通商条约的最终草案，海军副司令普嘉廷率领他的"帕拉斯"号护卫舰在比亚里茨沿海等候命令，去年 10 月他们就已从喀琅施塔得出发。2 月中旬，沙皇的信使抵达，把沙皇的命令和一小箱秘密文件交给了他们。普嘉廷当天就起航了。

黑 船

"多谢了，舰队司令，谢谢您拨冗接受这次采访。"贝亚德·泰勒语带抱怨地说道，为了这次采访，他等了很久。他是《纽约论坛报》的记者，被派来参加舰队司令马休·卡尔布莱斯·佩里的日本远征。舰队七个月前从弗吉尼亚出发，横渡了大西洋、印度洋和中国海域，在琉球群岛首次停留。现在它正驶向目的地江户湾。

"不客气。"佩里不快地回答，他不喜欢新闻记者，泰勒来做随舰记者，他答应得很勉强，"您谈正题吧。"

泰勒本人久经沙场，没有被对方威严的口吻吓倒。他是个经验丰富的专业记者，深谙他的语言的力量，知道佩里粗鲁暴躁的名声，但他也尊敬佩里。佩里虽然外表粗鲁，像蛮牛一样，骨子里却并非冷漠无情。相反，他掌握精湛的航海技术和战术，是个有远见、头脑灵活、行动果决的人。他率先为美国海军推出了一套训练项目，以培养年轻的军校学生和海军军官。他也被视为美国的蒸汽动力舰队之父。《纽约论坛报》授予他这个头衔并非偶然。在与墨西哥的海战中，他表现出色，战术灵活，思虑缜密，很大程度上做到了兵不血刃地征服对手。

"司令，您能用自己的语言简单解释一下这次日本行动的动机和目的吗？最好也介绍一些我们美国读者感兴趣的背景。"

佩里意外地做出了一个微妙的手势，他将双手的指尖抵在一起，想了想。

"过去两百年来，日本帝国与世隔绝，这对美国来说一直都没有问题。但是，随着我国在大西洋的捕鲸船队的增加、与中国和东南亚的海外贸易通道的开通，最后，随着蒸汽航运的兴起，情况彻底改变了。我们需要开放的日本港口，好让我们可以在那里购买煤、柴、水和给养。我们还需要一份公约，来保护被冲到日本沿岸的我国船难者，他们都是无辜的。这事关我们想要贯彻的国际海洋法和国际法的基本准则。美国国会三年前就做出了决定。我受菲尔莫尔总统委托，来实施这个决定。因此我们来到了这里。"

这段概括内容精确、用词恰当，给泰勒留下了深刻印象，他自己也很难写得更好。但他既然参与了这次漫长的远征，就不可能满足于一个官方表态。

"以前的行动都没有成功，能让这次行动成功的先决条件是什么呢？简而言之：为什么是现在？"

"我知道您信息灵通，您只是在问我您已经知道的东西。"佩里嘲讽地笑道，那笑容大概是要表达欣赏。

"我知道什么，和您是否以您的权威身份说出什么，这两者区别很大。"泰勒狡黠地回敬道。佩里表示同意。泰勒看样子不是个傻瓜。

"好吧，首先我们需要可靠的日本地图，特别是海洋地图，因为这个岛国周边的太平洋水域是世上最危险的水域之一。这些地图归功于德国的日本博物学家西博尔德，他曾在长崎行医多年，受荷兰政府的委托绘制了这些地图。它们首次向我们展示了日本首都的地理位置及所有重要的城堡、要塞、海岸炮台，因此也特别珍贵。第二个前提条件是给船配备蒸汽机和船舶推进器，这让我们不受风向和水流的影响。如果听任自然力量的摆布，就算拥有精确的航海地图，日本沿海也还是个死亡陷阱。第三个前提条件的出现算得上是意外。您此刻在我们中队的旗舰'密西西比'号上，它装备了新型的佩克桑炮。这些大炮重 3.5 吨，它们在空中抛掷的不再是沉重的铁球，而是会爆炸的炮弹。它们射程远，穿透力巨大。我们舰上有八十四门这种大炮。有了它们，我们就能摧毁日本沿海的每一处要塞、每一座城市。"

"有意思。我曾经在巴黎邂逅过菲利普·弗朗茨·冯·西博尔德。他是一位重要的博物学家，当然也是最伟大的日本专家。他为什么没有参与远征呢？"

"您会带一个盗贼和间谍去将他驱逐出境的国家从事外交使命吗？这是我们最容易做的决定了。"

"这样一来，您的行动就少了一个优秀的中间人了。别让日本人将一支美国海军舰队的到来理解为赤裸裸的挑衅，这难道不重要吗？当您的船违背日本法律，驶向首都时，您预计日本当局会作何反应呢？会发生武装冲突吗？"

泰勒想巧妙地试探佩里，同时想让他明白，不是所有美国人都对这个行动充满热情。著名哲学家亨利·大卫·梭罗就大肆讽刺美国的西进欲望强烈到连亚洲都不肯放过，几年前，梭罗曾因不愿为美国与墨西哥的战争纳税而被关进监狱。他认为，佩里这样的人与最愚蠢的黑尾草原犬鼠是同类。此外，泰勒还知道，佩里曾经想尽一切办法强迫舰队赶紧出发，因为民主党的富兰克林·皮尔斯取代共和党的保守总统菲尔莫尔一事已成定局，皮尔斯肯定会终止远征。几十年前，美国还是英、法和西班牙的殖民地，大多数美国人对他们臣服于这些国家时的生活还记忆犹新。他们刚刚通过独立战争摆脱了这一桎梏，现在自己却要成为殖民者了。但佩里很狡猾，没有感觉到不快。他熟悉这些顾虑，但他认为它们是悲观的、不切实际的。

"泰勒先生，您肯定已经注意到了，我们几天前就经过了长崎。这是日本唯一向外国船只开放的港口。即使是在那里，也只有荷兰船可以驶进港口，并且要严格遵循规定。航海国家与日本接触的大多数尝试都发生在那里或别的偏僻港口。这些尝试统统失败了。我们从中得出教训，我们需要采取更加果断的行事方式。我持有菲尔莫尔总统致日本天皇的友好国书，我将在首都将它呈交给天皇的全权代表。我们不会离开江户湾，除非我们得到天皇及其政府的回复，而且他会满足我们总统的请求，保障我们的船只将来在这个海域的安全。如果我们得不到回复或受到不友好的对待，那就让武器说话。我们不会再容忍日本当局的拖延策略，这些策略让改善两国关系的所有请求被扼杀于形式主义。就我所知，美国人不喜欢慢条斯理的虚假客套和扯东扯西，这些不是美国人的优良品质。"

"您注意到了没？押韵呢！"泰勒开心地笑起来。

"您说什么？"佩里茫然地看着他，觉得他没听懂的话一点不好笑。

"您上句话里的'扯东扯西'和'优良品质'，这两个词押韵呢。"泰勒很清楚，与所有的英国人和北美人一样，佩里痛恨押韵的东西。那是他自己使用的词汇，这只会让他更厌烦。

"泰勒先生，我觉得此次采访时间够了。您可以走了。"

泰勒顿时恢复了严肃的表情，他站起身，往舱室门口走去。到了门口，他又转过身来。

"我是《纽约论坛报》的记者和编辑，不是您的军校学生。因此我请您将来用文雅的语气与我讲话。我们在此是以公民的身份相见的，因而也是平等的，这是一种伟大的美国美德，也是我们的礼貌。顺便说一下，就算您以为我是靠您的恩赐来到这里的，但实际上我不是。我是我国新闻自由的一名代表，因而是一位观察家，我的任务是向美国人民报道，这里在如何使用他们纳的税和可疑的政治手腕策划一场针对热爱和平的日本民族的战争。"门被很响地关上了，佩里气急败坏，摇摇头。

下午，这支中型舰队，披着铁壳的"密西西比"号、"萨斯凯哈那"号蒸汽动力帆船和护卫舰"朴次茅斯"号、"萨拉多加"号经过了伊豆半岛，夜里，舰队在距离日本首都大约三十海里处抛锚。7月8日，当太阳在江户湾上空升起时，位于三浦半岛的小城浦贺的居民看到了一幅骇人的画面：半岛沿海停泊着四艘巨大的黑色船只，这些船排好了阵形，将船侧对着陆地。日本人叫它们"黑船"。黑烟从两艘船上升起。几小时后，海滩上就聚集了数百名士兵，越来越多的日本船只将那些船包围了起来。佩里熟悉这个战术，有一回在长崎，英国护卫舰"法厄同"号就是这样被迫掉头的，否则日本人会将它点燃。当第一艘载有日本官员的船只到达可以喊话的距离时，佩里让荷兰翻译波特曼先生告诉他们，那些船只必须立即全部消失，否则佩里就会冲它们和整个海滨地带开炮。半小时后，只剩下两艘笨重的驳船，小船统统不见了。谈判代表搭乘驳船来到军舰上，要与船长交涉。佩里断然拒绝了，他让副官孔蒂少尉告诉他们，他只与日本政府的全权代表讲话。那些谈判代表都说荷兰语，他们激动地通过波特曼翻译告诉孔蒂，外国人不应该进入这个水域。孔蒂按照佩里的指示回答道，那么舰队就会直驶江户，去那儿表演一下美国最新的武器具有怎样的破坏力。为了强调这一点，他一声不吭地带谈判代表穿过大炮所在的甲板。日本人诚惶诚恐，他们还从未见过这么强大的火炮，从没见过这么大的铁器。他们立刻明白，必须严肃对待这一恫吓。孔蒂压根儿不屑向他们解释蒸汽机、叶轮推进器、烟囱和黑铁铸成的船壁。他只告诉他们，下一位获准上船的日本人必须是一位总督、地方长官或政府的特使，他给他们三天时间安排。否则，舰队就会驶往江户，像之前说的那样，向这座城市展示舰队的火力。日本人吓坏了，重新钻进了他们的驳船。

三天后，浦贺奉行香山左卫门来到船上，此人个子矮小，面带皱纹，眼神忧伤。佩里带着翻译，在船长舱室单独接见了他，并请他喝葡萄酒，香山谢绝了。佩里用简洁、直白的句子解释，他携有美国总统致日本天皇的国书，必须亲自交给皇帝的全权代表。香山几近谦卑，客气地回答，这里不能接受这种文件，佩里必须前往长崎。佩里既友善又坚决地回答，这样不行，因为他直接受命于美国总统，别无选择。他没再恫吓香山。他知道，副官的言行给谈判代表留下了深刻印象。香山闭上眼睛，叹了口气。

"司令，您的要求，在我国数百年来都没有发生过。这违背了我们贤明的祖先给我们制定的铁律。您可能想象不到后果，如果我们满足您的愿望，大灾难就会降临到我们人民的头上。我们的传统秩序就会分崩离析。我们知道我们弱小，我们尊重强大的航海国家。但是，如果您强迫我们让西方势力钻进我们小小的岛国，将会发生可怕的事情。"

"香山先生，您是个正直善良的人。我也理解您的担忧。请您不要视我为敌人。我是一个年轻而强大的国家派来的使者，这个国家曾为了自由与殖民列强进行过顽强斗争。那是一场伴随着革命和战争的大变革。可能日本帝国也必须改革。美国不会要求这些改革，也不会插手日本的国内事务。我们是想让日本民族能够接触我们的科学、我们的工业和我们建立一个人民能够当家做主的自由的国家制度的经验。现在还不是谈这个的时候。美国总统在这封信里表达的诉求，"他边说边指着办公桌上一只敞开的精美盒子里的文件，"很简单，只是要求在日本沿海的航海安全，这些水域其实是国际水域的一部分。我们的动机也不全是为了自己。我们更希望，其他所有航海国家都能得到同样的权利，也能像我们一样和平安全地做生意。因此，亲爱的香山先生，我不得不坚持我的要求，正式递交这封国书，并在此等候回复。"

"司令，谢谢您坦然告知您的好意和明智的建议。我能做到的就是将这一信息转告江户的政府。请您给我们四天时间来给出答复。"

"当然。虽然事情紧急，但我们不想因不必要的仓促增加解决的难度。另外我还要给您看一样东西，以便让您的上司不要对我们的决心抱有幻想。"

他将香山带去放地图的桌子，在他的面前铺开日本的大地图。他得意地指出，地图上标注了所有的城堡、要塞和沿海驻扎的军队。香山深为震惊，哑口无言。

当奉行离船时，佩里预感到，接下来与日本当局的会谈不会这么简单，会谈气氛也不会这么客气的。不知道为什么，他对香山先生抱有好感。有那么一会儿，他感到遗憾，因为他不得不扰乱这个人的生活和他平静而与世隔绝的祖国。

四天后，一只驳船载着几名低级官员过来了，他们通知海军军官，再过四天才能转交国书。为此他们将在浦贺海滩上搭建一座木屋，好举行仪式。

江户政府方面将派来四名全权代表。佩里满意了。正式递交国书的那一天，可以清楚地看到，海滨地带聚集了约七千名步兵、弓箭手和骑兵。他们也运来了大炮。据炮兵军官分析，危险很小，那些小炮的炮弹根本射不到这些大船，更别说造成较大的破坏了。中午，佩里带领一支四百人的卫队上了岸。高大挺拔的美国人队列整齐，腰悬佩剑，手端日本军官均未见过的新式后膛枪，他们看得目

69

瞠口呆。佩里身穿深蓝色制服，制服上有金肩章、纽扣，袖口有两条金色条纹，他带领副官和翻译缓步走向简易的木屋。他走进去，四名衣着华丽的日本人和浦贺奉行香山向他鞠躬。香山是唯一讲话的人。他彬彬有礼地请佩里递交国书。佩里的副官孔蒂将盒子放到香山手里，香山又将它转交给政府的全权代表。他们又交给香山一封信，香山再次鞠躬，将信递给孔蒂。佩里不想将信拿回船上再读，他拆开信，让翻译用英语读给他听。

　　谨此收下北美合众国①总统的国书和副件，我们已将其移交上峰。虽然我们多次告知阁下，不能在浦贺磋商与外国有关的事宜，这些事应该在长崎磋商，但我们也注意到，司令身为总统的特使，感觉受到了冒犯。我们考虑到这点，遂不顾日本律法，在浦贺收下国书。由于此地不是与外国人谈判的钦定地点，因而既不能与阁下商谈，也不能款待阁下。现在国书业已收下，恭请阁下离去。

　　佩里粗壮的脸气得通红。他阅读过很多有关日本、日本传统及其与外国人的交往方式的信息，日本人称外国人为蛮夷，他已经做好了被冒犯的准备。但接收信件中所写的内容却比他不祥的预感更过分。他指示副官将准备好的一个小包递给他，然后他站在全权代表们面前，冲他们大喊。

　　"此信是对美利坚合众国代表的莫大侮辱！我们将在何时何地采取行动，以及如何行动，纯粹是我们自己的事情。我们将在江户

-----
① 日本当时对美国的误称。

湾等着，直到我们收到对总统国书的回复，而且国书中的要求得到了满足。日方军队若敢袭击我们，我给你们带来了一样有用的东西。这，"他边说边打开小包，"是一面白旗，在我们将江户夷为平地之前，你们可以用它来示意投降。"他等翻译说完，将旗帜扔在全权代表们脚下，转身离开了木屋，带着他的护卫队回到了船上。日本人先是吓坏了，然后匆匆地开始商量。佩里让人立即起锚，下达了驶向江户的命令。三小时后，江户城的居民就目睹了可怕的一幕：庞大的黑船驶进大小帆船和舢板云集的港口，喷吐出可怕的黑烟，并在那里停泊下来，等候后续发展。佩里派出几条测量船，命其下水测量港口的水深，并绘制地图。

佩里的怒火渐渐平息下来。他看到贝亚德·泰勒站在甲板上，他透过栏杆，欣赏着江户的全景。他刚刚会不会犯了个错误呢？一想到要带着与日本交战的消息返回美国，他就不寒而栗。这比行动失败更严重，这是一场灾难。因为他知道，泰勒说得对，美国人民永远不会主张与一个爱好和平的国家作战，尤其是美军主动发起侵略。佩里正在回想个子矮小、面带皱纹的浦贺奉行香山和他关于日本政变的预言时，突然有人报告，一条载着香山的小船将自己系在了黑船的船舷上，香山恳请让他上船。佩里、孔蒂中尉和翻译波特曼先生一起在船长室里接待了他。这回香山接过端给他的葡萄酒，仔细地品尝了起来。

"司令，我恳请您原谅全权代表的信给贵国的荣誉和您个人的荣誉造成的伤害。我们日本人可能还不知道西方国家之间的交往礼仪。"

佩里同意原谅他们。"没想到我们这么快又见面了，香山先生，"他狡黠地笑着说道，"是的，这个意外事件令人遗憾。但我们不想小题大做，就像您说的，就当它——是一场误会吧。"

"请您理解，这些决定兹事体大，无法当场拍板。首先，全国的大名必须赶来会商。会商不会那么容易，有可能持续数星期，甚至数月。但是，最重要的是，我要恳求您离开这座港口和江户湾。您的舰队停泊在这里，这对谈判结果不会有好影响，更可能造成相反的结果。这会引发政府动荡，因为在首都的中心存在这种强大的威胁，这会让政府丧失一切合法性。国内存在有权有势的敌对势力，他们对外国人的仇恨远远胜过对现任统治者的恐惧。"香山正要解释执政的将军与京都皇室之间的区别，又打住了。他必须让佩里相信，佩里那个将菲尔莫尔总统的国书呈交天皇本人的要求，是万万不可能的。

佩里的神情蓦地黯淡下来，他看到沟通之门又再次关上了，他的目标正在远去。这时副官请他到旁边说句话。他们来到隔壁房间，孔蒂向司令解释，舰队的煤、水和给养只能维持不到一个月的时间了。这意味着，他们将需要日本人的主动帮助，就算他们接下来不必再进一步威胁日本人。那样他们自然就会失去强势的地位，甚至会跟日本人爆发一场无法控制的冲突。因此，聪明的做法是驶去台湾或香港，将来某个时候再满载贮藏回来，必要的话带上其他船只。佩里若有所思地看着他。"您说得对。这主意很好。多谢您这个重要提醒，中尉，"佩里立即意识到，这是个撤退的机会，这样双方都能保住脸面，"我很庆幸有您这样杰出的副官的帮助。"孔蒂脸红了。佩里又进去见香山，香山正在轻声与波特曼交谈。

"我的朋友，我有个好消息告诉您。"他对香山说道，并让波特曼翻译。当佩里告诉他，舰队将在日出时离开海湾，明年春天再回来时，香山高兴得脸都红了。晚上，佩里独自站在后甲板上，第一次眺望起这座巨大的城市、将军的城堡和远方暮色中巍峨的富士山。泰勒出现在中甲板上，孔蒂已经将情况告诉他了。两个男人赞许地相互点头致意。

下田奇迹

1853 年 8 月中旬，就在佩里离开江户湾后不久，"帕拉斯"号就进了长崎港。普嘉廷副司令信心十足，他带着涅谢尔罗迭总理致枢密院的国书及关于俄日所有边境问题的友好通商条约草案，他相信这会受到日方的欢迎。他在莫斯科的秘密资料里发现了一份日本研究家西博尔德的说明，即日本人对俄国人一定会极其友好。即使二十年前他们还认为俄国人是北方的威胁，是潜在的侵略者，如今这观点已经彻底改变。西博尔德说，1828 年，他将四卷本《拿破仑战争史》赠给了江户的天文师高桥。虽然高桥被捕时这些书被没收了，但后来被翻译成了日文。副本在学者和显贵们中间流传，因为他们相信，拿破仑没能来占领日本，是因为俄国人挡住了他。因此，日本人对俄国人普遍怀有感激之情。人们还说，俄国人的交往方式要比其他外国人友好得多，日本人感觉俄国人待人接物一直彬彬有礼。一开始，西博尔德的说法被证实了。"帕拉斯"号可以畅通无阻地驶向长崎，日方没有采取任何阻止措施。长崎奉行邀请俄国船在港口里抛锚，甚至允许普嘉廷和他的军官们登陆，让他们说明他们此行的目的。一群好奇的民众站在道路两侧的绳子后面欢迎他们。经过漫长的航行，女人相较于以往更令普嘉廷心动，他在人群中发现了一个异常高大、美丽动人的女子，她用一种奇怪的目光盯着他。他惊诧地发现，她脸上有欧洲人的特征。由于他对她一无所知，就算有人向他解释，告诉他这女子就是楠本稻，是德国博物学家菲利普·弗朗茨·冯·西博尔德的女儿，他可能也不会相信。让普嘉廷执行此次日本行动的命令就是源自西博尔德的建议。在政府大楼里，他们被介绍给奉行的秘书。他们交给秘书一封信。普嘉廷在信中解释，他另外有一封信和一些重要文件需要亲手交给长崎奉行，请奉行转交江户的枢密院。几天后，市元老会的两名代表登上"帕拉斯"号，他们向普嘉廷解释，没有江户的许可，长崎奉行不可以亲自会见他，也不得接收任何文件。普嘉廷同意等上一个月，等许可令送达，然后他将动身前往江户，去那里与政府直接谈判。在普嘉廷设定的期限过去几天之后，同意奉行接待俄国海军副司令、接收致枢密院的文件的授权令到了，普嘉廷之所以延期，只是因为他确信一个有利的答复已经在路上了。四星期之后，在所有仪式性问题都被解释清楚之后，普嘉廷又可以上岸了，这回他被介绍给了奉行本人，并将致枢密院的文件交给了奉行。对方声称可能要过很久才会有回复，普嘉廷又威胁说要直驶江户，因此他们应该会赶紧回复。

一个月之后，日方官员又来到"帕拉斯"号，他们告诉普嘉廷，德川家庆将军辞世了，新的长崎奉行刚上任，他得先从江户赶过来。普嘉廷原本不是没有耐心的人，这下子他非常恼火。他早就被警告过，要小心日本人的这种方式：用无穷无尽、令人费解的烦琐手续来拖延谈判，赢取时间，拖垮谈判对手。他正准备扬帆出发，新消息送到了。信上告诉他，枢密院将派四名谈判代表来长崎与他进行谈判。

普嘉廷继续等候，直到谈判代表于 1854 年 1 月抵达。这些政客不同于之前的奉行及其下属，他们都是帝国的大人物。他们的权力和回旋的余地，比普嘉廷当时所接触的地方官员大得多。他们也镇定自如得多，于是会谈在友好的氛围中开始了。主谈人员是川泽明和筒井政宪两位大名。他们表达了对俄国这项外交措施的赞赏。俄国人驶来长崎，将书面建议呈交枢密院，而不是呈交将军，或者呈交天皇——这更糟糕。这是聪明之举。他们从一开始就承认，他们认为俄国有关边境问题的解决建议有望获得同意。只不过，这事做起来很复杂，先要制定出准确的地图、文献和证书。可能要过三至五年，才能签署条约。普嘉廷对此表示理解。但是当谈到通商关系时，枢密院的代表们寸步不让了。祖宗的律法严禁他们与外国通商。普嘉廷大失所望，不得不小心谨慎，以免控制不住自己的情绪。艰难的谈判一天天地继续进行，但在这个问题上毫无进展。2月，谈判代表们又得返回江户了。动身前川泽和筒井还想表达一下他们的善意，他们向普嘉廷承诺，暂时不与别的任何国家签约。他们甚至向他保证，如果有一天要签约，俄国将是日本第一个与之签署通商条约的国家。会谈将于年底在下田进行，那是江户以西八十里的一座天然港口。普嘉廷对这个暂时的成果并不满，但他很聪明，体面且心存感激地接受了这个"安慰奖"。这样，他仍有时间按计划驶往东西伯利亚沿海的德卡斯特里港，去将需要检修的"帕拉斯"号换成更结实的护卫舰"黛安娜"号。3月中旬，"帕拉斯"号途经江户湾，继续驶向北方。要是普嘉廷知道这几天江户港发生的事情，他会认为那是背叛，是俄国向日本帝国宣战的一个充分的理由。

★ ★ ★

舰队司令佩里从香港返回，舰队现已增加到十艘船，于2月底驶进江户湾。为了展示美国的海军实力，他让舰队排成检阅阵形，旗舰在最前面，驶向首都的港口。来到港口，像欢迎总统和举行高级国事时常见的那样，"密西西比"号鸣放了二十一下礼炮，不过使用的不是空包弹，而是佩克桑火炮的实弹。大炮朝着公海水域发射，让港口里吓坏的观众能远远看到炮弹爆炸。佩里气呼呼地发现，在他离开的这一年里，港口里垒起了人工岛屿，布置了火炮，但驻扎在那里的炮兵一炮也没敢开。舰队随即掉头，驶到神奈川，在那儿抛锚，那是横滨附近的一个小地方。虽然日本当局没料到佩里这么早就会来，但他们又迅速在海滩上搭起一座木屋，几天后就可以重新谈判了。这回一切都很顺利。日本的谈判代表有备而来，特别礼貌。首次会晤他们就拿出一份条约草案，草案应该满足了美国人的愿望。之后举行了一场庆祝会。有各种艺术表演和民俗表演。最打动美国护卫队的是相扑比赛。他们还从没见过这么大的"肉山"，这些"肉山"在搏击时敏捷灵活，令人吃惊。获胜者要求佩里用力捶击他的腹部，佩里照做了。大块头纹丝不动。

美国人也得表演一点什么。他们用一个非同凡响的礼物惊呆了日本人：一条比例为1：16的功能正常的微型铁轨。作为"美国蒸汽动力航海之父"，佩里想再一次向日本人证明美国的科技优势和工业优势。由蒸汽推动的火车头拖着车厢行驶在三百五十英尺长的圆形轨道上。几名武士笑着骑坐到车厢上，车厢刚好可以载他们。另一样礼物是一台电报机，它可以通过一根铜线，在谈判木屋和一座相距近一英里的房屋之间传输消息。日本人没能当场理解这个设施的意义，只是礼貌地夸了几句。

这场活动类似于教堂落成典礼，大家喝了很多酒，气氛轻松活泼，与头一回会晤时全然两样。双方热烈地相互敬酒，推杯换盏。佩里心生疑窦。这一切来得太突然、太友好、太轻易了。

一天晚上，在"密西西比"号上，他让人叫来记者贝亚德·泰勒。当泰勒走进船长室时，佩里做出高兴的样子，请客人喝雪利酒。

"不胜荣幸，司令！我何来这份荣幸？"泰勒开口就问道，语气中带点讥讽。

佩里有点窘，因为他不知道如何开口。

"谢谢您过来。"他拐弯抹角地说着，想说他关心的事情。但这句话一出口，他就意识到，就他的标准而言，这有点太礼貌了，这会让他失去粗暴者的名声。"您知道，我认为您是一个相当聪明的人，"他接着往下说，"我是指，作为一个公民。不过，如果我现在请您出个主意，您也别太得意。我之所以这么做，是因为我知道，您不会为讨好我而顺着我的意思说。我需要您充当公正的第三方，我相信您是立场坚定的。"

"您要是继续这么奉承我，我很快就不再立场坚定了。说吧，什么事？"

"我听说您大学里读的是法学？"

"对。"

"我想让您看看国家机密文件，但我不想回国后在《纽约论坛报》上看到它的内容。我可以相信您会保密吗？"

"您可以。"

"这事关日本人拿给我们的条约草案。我拿不定主意，不知道是否应该接受它。为此，除了这份文件，我还想让您读一读我们的总统致日本天皇的国书的副本。我想请您比较一下这两份资料，告诉我，我国政府提出的要求在条约草案里是否得到了满足。尤其是，我们是否有必要坚持一条特殊的通商条款。"

"我可以先看看资料再发表看法吗？"

"请吧。"佩里将那些纸递给泰勒。

条约草案和总统的国书仅有几页纸。

"您要是给我一点时间,我马上就能完成。"泰勒说道。

"看吧,看吧,我可以先做一点别的事情。"说完,佩里从他的办公桌里掏出一只绷着底布的绣花绷子,继续绣上面的旗帜图案,看样子他已经绣了很长时间了。泰勒想,他也许最好闭上嘴巴,集中精力看文件。半小时后,他就得出了结论。他们在会议桌旁坐下来,佩里给他俩倒上威士忌。

"如果我将菲尔莫尔总统的国书视作条约基础,那么,从法学角度,我必须将要求与建议、请求区分开来。不能强迫条约也满足后者,否则后者就也是要求了。好吧,条约草案完全满足了明确提出的要求,主要是开放某些港口以便船队购买给养和燃料,以及规定如何处理船难者。日本人甚至还接受了一个建议——不是要求——可以派遣一位领事或其他代理人前往下田。然而,我建议使用不同的措辞。目前第十一条里写道,两国必须一致同意派遣。这对我们不利,因为日本人随时可以阻止这件事。最好是写'若两国政府中有一方认为有必要'。这样我们才有权不经日本政府同意就派遣一位领事到下田。"

"很有意思!请您继续讲下去!"佩里满意地认可了泰勒的这些提议。

"至于您最重要的问题,根据总统的国书,我可以十分明确地说,信上没有要求日本人同意颁给美国人通商许可证。那不是要求,而是劝告,总统只是劝日本将旧法律暂停五至十年,允许通商。如果您仅以此信为授权,在没有其他指示的情况下坚持得到通商特权,您可能会自找麻烦。"

"您看看！我也是这么想的。请您接着讲下去。"

"老实说，日本政府准确地解读了此信，并将它转化成了一份条约，这实在让我感动。说到这里我又想到一点。这根本不是狭义上的条约，而是一份国际公约，是一份协定。条约包含义务的交换，权利主体相互依存。因此，一般情况下，为防有一方不遵守条约，也会约定仲裁条款和适当的制裁措施。这关系到古老的 *quid pro quo* [①] 或 *do ut des* [②] 的管辖权，您明白吗？而我们现在面对的是日本人单方面的妥协，他们随时可以撤回。严格说来，合众国也没有理由批准这个协定，因为它不必承担任何义务，甚至不需要放弃一点点主权。因为，您想想看，如果总统或议院拒绝这个协定，日本人只会说：'那又怎么样？那你们就别来我们的港口，别买燃料和给养，别派领事呗。'但您没必要为这种迂腐的咬文嚼字伤脑筋了。无论如何，这是我能向您提供的法学答复。"

"谢谢您。这帮了我大忙。我之所以心存怀疑，也许是因为我们对此次使命抱有很多期望，但没有将它们具体地写到纸上。好吧，这我也无法更改了。我将谨慎行事，不把事先写得不够明确的目标强加于人。"

"这很可能也只是第一步。这份条约之后，肯定还会有其他条约出台。因此，我赞成您的看法，即我们的议程上没有明确列明的任何事情都不应以武力执行。"

"泰勒先生，很高兴能与您探讨此事，聆听您的建议。我将根据您的建议修改《神奈川条约》，然后再签字。在返回家乡的途中，如果能偶尔见到您来我们的军官餐桌做客，我会很高兴的。"

---

① 拉丁文，意思是"抵偿物"。

② 拉丁文，意思是"我给，你也给"，即互易。

舰队司令佩里（中）、（推测）副舰长安南（左）和舰长约翰·亚当（右）
在《神奈川条约》谈判期间

"我早就知道，您至少事后会试图贿赂一下我的。"

富士山之巅，一个高大的身影蹲坐在那里，他怒气冲冲，冒火的眼睛盯着岛国上空的夕阳。须佐之男嘟嘟囔囔，拿起雪团掷向四周。他百无聊赖。突然，他的身后腾起一道由冰块、岩石和热气组成的喷泉。这位风暴之神惊慌地猛然转过身去。当那些喷射物重新落到地面，雾气消散之后，一个穿黑披风的小人儿出现了。

"你好，我的朋友。"他说道，声音低沉，嗡嗡作响。

须佐之男眼神迷茫，一动不动。

"你认不出我了？"小人儿失望地问道。他走向须佐之男，每走一步，身高就翻一倍。当他停下脚步时，高大得足以直视须佐之男的眼睛。再走一步，这个先前的小人儿就会比高挑的须佐之男高一倍了。

"我是山塔努，你打西方来的兄弟！"

"啊呀，你来看望我们，也不必非将我的山毁掉啊。"

"我知道，我知道。我坦率地向你承认，上回我越权了。我直接化身自然暴力，出现在你的王国，这种方式颇不雅观。人们还以为我是一位日本神灵呢。可你看到了，我也可以穿越死火山。"

"你有什么事？"

"向你求助。"

"你为什么需要我的帮助？"

"为了实现我的计划。"

"什么计划？"

"就是你和我约好的那个。"山塔努不耐烦地粗声说道。

"我干吗要这么做？我只记得，我和佛陀应该给你一些回旋的余地。我可没说要帮你。"

"你说得对。可不同寻常的计划偶尔也要求不同寻常的措施。我们离目标不远了。天皇快要重新统治这个国家了，因为你姐姐的关系，你和他也有亲戚关系。他不仅是你们神族崇拜的精神领袖，还是一位拥有无限权力的真正的天皇。现在你的时代来到了。佛陀的时代结束了。"

须佐之男考虑起来。

"那好吧，要我做什么？"

"我需要毁掉伊豆半岛的沿海地区。"

"不管怎样，这至少是一件让我快乐的事。"

"你看！你不会后悔的。这是为你好。"

“这事会发生的。现在滚吧。你不该来这里。”

“谢谢。还有一个问题。告诉我，那场九州的台风是你干的吗，就是外国船只搁浅那次？”山塔努谄媚地小声问道。

“是的，当然。你这个自作聪明的家伙，这儿除了我，还有谁能掀起风暴？”

“哈哈，太好了！这是个了不起的主意。你那样做帮了我大忙，很难向你解释，我怎么感谢你都不为过。我对你感激不尽。”说完，他风趣且夸张地鞠了个躬。

“不用谢。现在别再打扰我了。我有事呢。”

“是的，我看出来了。你是个大暴风雪。反正日本人的友善不是从神祇那儿得到的，”山塔努开玩笑地说道，“再联系。”

积雪覆盖的火山之巅张开一个火山口，山塔努缓缓地下沉。当火山“轰”一声震动了一下，“砰”一声重新合上时，须佐之男像是被什么无形的东西抽了一耳光。

富士山火山口

★　★　★

1854 年 12 月初，普嘉廷副司令率领"黛安娜"号抵达下田港。几天后，他接到通知，谈判代表川泽和筒井来到下田了。像往常一样，必须进行长时间的准备，尤其是搭建举行仪式的营帐，直到 12 月 22 日，第一次会谈才得以进行。普嘉廷很高兴又见到两位大名。但对方的情绪变了，这没有逃得过他的眼睛。川泽和筒井几乎不敢看他，面无笑容，讲话声音很小。许多手续问题需要讨论，因此他们一开始没有开诚布公。普嘉廷有种不祥的感觉，做好了听到坏消息的准备。筒井终于开口了，他讲话时低着头。

"普嘉廷先生，发生了一些未能预料的可怕事情。我们必须向您坦白，我们食言了。虽然直接责任不在我们，但我们也难辞其咎。当我们年初从长崎返回时，国务大臣已在我们不知情的情况下与美国签署了一份条约。如今，长崎也与英国人签署了另一份条约。请您相信我们，我们对这个不幸的巧合深感遗憾。我们已向枢密院提交辞呈。"说完他就沉默了，让普嘉廷有机会表达他的愤怒。普嘉廷虽然目瞪口呆，但只是说了声："请讲下去。"

"佩里司令率领一支强大的舰队驶到了江户，比预期的更早。全城一片恐慌。政府不得不立即行动，以免出现更大的混乱，在神奈川签署了一份条约，向美国人开放了两个港口。"

"哪两个呢？"普嘉廷低声问道。

"函馆和下田。"

普嘉廷深深地吸了口气，努力打起精神："原来我和我的船现在是在一个只对美国人开放的港口里啊。"

"不，这说法不完全正确。下田也向英国人开放了。"

普嘉廷的脸色变得苍白了。

"您不知道俄国正在与法英两国打仗吗？我们在这些水域随时可能遭到这两国的战舰袭击。你们现在才告诉我，这里是英国海军的合法停靠港！"

"我们了解英俄之间的战争状态。英国人要求我们只对他们的船开放这些港口，而绝不对俄国的船开放，我们拒绝了。我们不想在一场与日本无关的冲突中站队。因此，我们的政府同样向俄国沙皇提供政府与美国人签署的条约，并且增加我们已经同意的边境问题处理条款。"

"我可以看看和美国人签的条约吗？"

"当然。这是为您准备的副本。"

秘书和副官将文件交给了俄国人。只有短短的十二条。普嘉廷的荷兰语此时已经相当好了，他不用翻译帮助就当场阅读起来。

"就这些？"他感到惊奇，"这样美国人就满意了？我还以为是份通商条约呢。这里一句都没提通商，几乎只是一份船难者公约。老实说，这样的话，你们至少遵守了部分诺言，因为你们在长崎向我保证，我们俄国会是最早与日本签署通商条约的国家。好吧，这正是我此行的目的，不是吗？"他的心情立刻好转了，但这没有感染到川泽和筒井。

"我们就担心您会这么说。在通商问题上，我们奉命告诉您，基于现有法律，政府绝不会同意这一要求。"

普嘉廷又严肃起来。

"一个政府，如果不能自己制定新法律，那要它何用？幕府总得慢慢醒悟，如果它的政府只一味运用旧法律，日本帝国将存在不

84

了多久。政府应该将它的立法权当作其权力源泉并加以保护，而不是视现有法律为不可避免的命运，这可是关乎民族存亡的问题啊！"

"您的意思我们理解。但我们十分抱歉，在这个问题上我们无能为力。"

"先生们，管他什么英国人法国人，如果我不能将我们两国间的协议带给我们的沙皇，就不会离开此港，协议内容要比与美国人签的这些毫无意义的约定更丰富。我们推迟到明天再谈吧，我们得商量一下。"说完他就返回了"黛安娜"号。

这天夜里，普嘉廷睡得很不踏实。他醒了两回，因为船身突然抖动。第二天凌晨，浓雾笼罩着海湾，海面涌起波浪。早餐后，他正要叫驳船上岸，却听到可怕的隆隆声，响声似乎来自四面八方。海员们惊慌地掉头张望。后来隆隆声停息了。随之而来的是一阵恐怖的寂静。大副让人先重新吊起驳船，系好缆绳。

"地震吗？"普嘉廷茫然地问他的秘书亚历山大·鲍罗廷，声音很小，几乎是耳语。

"太短了，更像是预震。"

他话音刚落，就爆发出一种震耳欲聋的轰鸣，像是数千门大炮在连续轰炸。陆地和海洋都在震动。海浪沉闷凶猛地拍打着"黛安娜"号。港口和海岸都模糊了，一切都在颤抖。然后城里有第一批建筑物倒塌了。它们像纸牌做的屋一样，倒在了一起。震动持续了三分钟，一直很剧烈。然后轰鸣声渐渐减弱。"黛安娜"号的员工惊骇地望着陆地的方向。下田的上方升起烟柱。透过望远镜，他们看到慌张的居民在四处奔跑。由于担心会有余震，普嘉廷还不打算让人放下驳船。他们在大船上是安全的。片刻后，"黛安娜"号猛扯锚链，仿佛它想自作主张漂去深海。由海岸回流向海面的水流很强劲，普嘉廷不知道这是从哪儿来的。大副手持望远镜，搜索沿海地带，发觉前面有一路水面在下降，露出了海底。他茫然不解地看到，在下田的码头和突堤上，船只都停在旱地上。普嘉廷立即让人测量水深，结果证明龙骨下的水正在流失，差不多每分钟少三英尺。虽然现在是落潮时段，但一天内海湾的潮差最多也就六英尺。普嘉廷来到后甲板上与军官们讨论。谁也没见过这种现象。所有人都是第一次经历地震。当测量员报告水平面又在上升，且上升速度比先前下沉时快得多时，大家彻底懵了。"黛安娜"号不再拖拽锚链了，而是漂向相反的方向，径直漂向海岸。船上的众人莫名惊诧。船员们没有办法，没有帆就无法操纵船，只能听任水流摆布。最后的希望就是船锚。随着水位上涨，"黛安娜"号移动的速度越来越快，当船以全部重量拽拉牢牢卡在海底的锚时，绞盘后的铁链"咔嚓"一声断了，"哗啦啦"掉进了海里。这下"黛安娜"号越漂越快，毫无阻拦地漂向港口方向。它掉进漩涡，原地打起转来。水手们在甲板上尽量抱紧某个东西。他们满脸震惊，只能听天由命，眼睁睁地看着自己的命运像一只用于游戏的球，被一股未知的自然力量摆布着。大风刮向陆地的方向，扬帆毫无意义，那只会让他们更快地摔向山崖。当船以高速驶进港口时，他们才真正地惊呆了——港口已经荡然无存了！所有的东西都被淹没了，再也看不见房屋和树梢了。"黛安娜"号漂过下田市曾经所在的地方，周围都是漂浮物，以及在洪水里沉浮或紧抱着东西嘶喊的人们。一只只小船试图捞起越来越多的溺水者，直到因超载而倾覆。这是人间地狱。普嘉廷极力保持镇定，面对混乱的局势，他向军官们大喊，要他们立即安排水手，尽可能从水里救起更多日本人。

"我们不能让任何人淹死！你们听明白没有？军需官，您负责将日本人安置在船舱里，给他们每个人安排待的地方。我们必须腾出甲板。水手长，您准备好备用锚。大副，您听到我的命令再抛锚。鲍罗廷，您负责寻找川泽和筒井，在水里和船上找，万一他们就在这些获救者当中呢。"

舰船继续漂着，水手们在船周围放下软梯、舷梯和麻绳。下田市周围曾经满是森林密布的尖尖山丘，现在泛着黑色泡沫的洪流裹挟着房屋和船只的废墟，堆积在山丘旁。这一带被淹成了合拢的盆地。只有一条小溪提供了一条排水沟，洪水翻腾着，从小山之间涌进腹地。正当"黛安娜"号行将撞上一座山头时，海水撤退了，"黛安娜"号又被拖回了海湾。由于老远就能看见这条大船，人们抱着漂浮物向他们游来，希望得到他们的接纳。俄国人用尽全力将他们接上船，但他们也目睹了所有被水流直接冲走或拖进水下的人为求生所做的绝望挣扎。许多人根本不会游泳，绝望的老人和尖叫的母亲带着孩子沉没下去。大家再也帮不了他们了。短短的时间内，除了五十名工作人员，船上增加了二百多个日本人。虽然俄国人在性命攸关的关头救了他们，但是突然在一艘大船上置身于长毛虎眼的蛮夷中间，日本人还是很害怕。鲍罗廷果然在他们中间发现了川泽和筒井。他们与其他人一样湿透了，冻坏了。鲍罗廷将他们安排到船长室，给他们弄来被子。"黛安娜"号又一次失控，像陀螺似的，在汹涌的洪水里打转，水里满是被冲垮的城市的木头残骸。舰船在陆地和大海之间来回漂移了九次，九道大浪引发了掀翻整个沿海地带的地震。"黛安娜"号的船工和获救的日本人全都听天由命，只希望海洋的"舞蹈"重新停下。水里再也没有活着的人了。溺毙者的尸体漂在船旁的黑色水流里。一阵阴森恐怖的寂静出现了。当龙骨刮着地面，船身轰隆隆地颤抖时，众人就更加惊骇了。"黛安娜"

废弃的"黛安娜"号

号停在了浅水里，随着水流回撤，它在慢慢倾斜。船体在其自身的负重下裂开了，获救的日本人给船身增加了几吨重负，又一轮惊慌出现了。当天中午，危险才结束。将近三百名乘客，大多数又湿又冷，他们吃力地试图爬出受损船只的栏杆。然后，普嘉廷指示水手长，用斧头在舱壁上劈开一条通向平地的出口。船身已经无可救药，"黛安娜"号彻底毁掉了。

城市曾经所在的地方，现在呈现出一片光滑的地面，只剩下房屋地基和道路轮廓。仅仅两小时之后，下田市失去家园的幸存者们就派人去周围的村庄报信，有条不紊的组织令人吃惊，村民们立即赶来城里帮忙。城代和他的两名下属也在获救者之列，他们负责安排转移人群，一切进行得平稳有序。俄国人被安排到城市边缘几座地势较高的房子里，它们躲过了被日本人称为"海啸"的大洪水。普嘉廷、他的副官、鲍罗廷与谈判人员川泽和筒井一起，被安排住进一座佛教真言宗的小寺庙长乐寺里，它坐落在附近的一座小山上，建于三百多年前。枢密院代表当天就给江户寄信，汇报了这场灾难和俄国人的高尚行为。他们用动人的话语写道，这么多人得以获救，简直是一场奇迹。现在，这些外国人自己也成了船难者，他们的船被撞碎在海滩上，而且，面对出现在日本水域的好战的英国人和法国人，他们手无寸铁。政府方面必须慷慨回报俄国使者富有自我牺牲精神的帮助，以示尊敬。此事非常独特，不应在严格的锁国令的限制下处理，在该法令中，外国人基本上被视为敌人。正是为了纪念贤明的祖先，日本人必须以最宽厚最温和的态度回报俄国人的忘我无私。

这封信奏效了。在江户，就连那些最激烈地反对友好外交政策的人，也被这些事打动了。同时，地震和海啸还被解释为神灵的警告和惩罚。俄国人没有一人受害，而日本人却死了数百人，这是一个明显的征兆。于是，政府一致决定，要给予俄国人特殊待遇。地震发生四天后，一位政府密使就来到长乐寺，向川泽和筒井传达指示。之后，他们告诉普嘉廷日本政府能提供的东西，内容远远超出普嘉廷的预期。他们不仅被授权签订友好通商条约，这个条约会满足俄国沙皇所有愿望，而且还提出护送普嘉廷和他的队伍从陆路前往四十英里外的沿海村庄户田村，江户船厂派去的造船工人及附近的木匠将在那里帮他们重造一艘新船。普嘉廷被感动了，连声道谢，接受了提议。在建好一个固定住处并重建起第一批房屋之后，双方顺利地谈妥了协议。1855 年 1 月 26 日，他们签订了《下田条约》。神圣的德川家康于二百五十年前与荷兰人和英国人签订了朱印状，这是此后日本的第一份通商条约，也是第一份达成互惠条款的条约。两国就这样规定了如何处理对方国家的船难者，以及互相赋予对方的国家成员在本国的行动自由。俄国人和日本人若在对方国家犯罪，虽然可以被逮捕，但只能根据祖国的法律被起诉和定罪。最后，俄国还单方面享有在日本开设使馆的权利，在使馆内部，俄国政府的使者可以遵循俄国的法律和风俗。

当晚，长乐寺里举办了一场小型庆祝会。餐桌上摆满了当地特产，席间气氛活跃。俄国人和日本人用日本清酒和从"黛安娜"号的废铁里捞起的伏特加干杯。普嘉廷被深深感动了，发表了一篇简短的致词。

"尊敬的川泽先生，尊敬的筒井先生，我们不久前一起经历了历史，真的，它虽然残酷无情，但我们一起经历了。许多受害者未能躲过日本岛国神灵的愤怒，为了纪念他们，我们现在也以两国间的条约书写了未来的历史。这开启了人类永远不会忘记的新篇章，它将永远成为各国人民和平共处的榜样。"

众人纷纷鼓掌。然后川泽发言。

"尊敬的普嘉廷先生，我不想多言，因为伟大的行为不言自明。在日本数百年的锁国之后，性格刚强、英勇无畏、堪称楷模的您让日本帝国为各国之间的通商往来打开了大门，这一殊荣归于您——我们高尚的救星，归于俄罗斯民族。我们最大的愿望，就是在我们的边境对面，会有像沙皇一样强大、善良的朋友做我们的邻居。"

一星期后，一支由俄国人和日本人组成的队伍从下田出发了，一共有一百五十人。他们穿越人少、多山的伊豆半岛，在野外露宿。经过三天跋涉，他们到达户田渔村，日本政府在那里开了一座船厂。一行人得到了两百名匠人的欢迎，他们是从江户、横滨和周围地区赶来的。欢迎是发自肺腑的，大家都对造俄式船感到兴奋。临时住处已经建好，可以立即开始绘制图纸、培训日本木工了。他们先是造了一条没有桅杆的三桅小帆船，将它放到水里，以此详细解释俄国造船技术的原理。然后，他们准备在船厂造一条九十英尺长、二百吨重的二桅帆船。最大的挑战是用周围地区树木的木材建造船体。事实证明，日本匠人技艺高超。尽管存在语言障碍，俄国水手长、造船工、勤杂工和制帆工给他们的指示，他们大多一听就懂了。他们还刻苦耐劳，不知疲倦，这令俄国人感动不已。参与者个个相互尊重，气氛友好快乐，两个月后，他们共同的作品就完成了。当船通过涂过油的滑道，下了水，大家发现它完全能够防水，为了纪念这次独特的经历，普嘉廷给这个地方起名为 Heda。川泽和筒井告诉他，政府对这次合作十分满意，已经委托他们再造六艘这种船。众人依依惜别。在全体俄国人员上船之前，普嘉廷又向聚集在一起的助手发表了讲话。

"亲爱的朋友们，我无法用言语来表达我的感激之情。你们做出了了不起的事情。我们需要最优秀的诗人来讴歌这件事，因为这件事，我们以邻国人民的身份相聚在这里。现在我们必须出发了，但我们的心将永远留在此地。"

幕　末[①]

西博尔德密切而紧张地关注着日本的戏剧性发展。他通过各种方法收集到了对佩里司令在江户湾的粗暴表现的详细描述。贝亚德·泰勒的报道让他震惊，他不仅在《纽约论坛报》上读到了这件事，泰勒还在写给他的两封私人信件里详细描述了整个过程。他偷运出境的地图是美国远征最重要的先决条件，这给西博尔德带来了难以言喻的痛苦。佩里没能签署通商协定，这听起来是个小小的安

---

① 指日本历史上幕府统治的末期。

慰。但即使这样，西博尔德也确信损害已经造成。英国人也一次次行动，试图获得在日本的通商特权，虽然他们早就拥有这些特权了——只不过他们因为疏忽而不知情，英国人的幼稚令他迷惑。俄国使团的惊人成功可能是唯一的希望，他们采纳了他的所有建议，对他起草的条约未加删改。如今，日本果真和平地开放了国门，西博尔德功不可没。他很高兴。俄国是唯一真正受到日本欢迎的国家，但事实很快表明，俄国不会继续奉行这种自由的开放政策。在克里米亚半岛上，俄国与英法两国的仗打输了。沙皇俄国面临着变革。发展俄日关系既需要经济支持，也需要政府外交政策的支持，而这两者现在都不存在了。

很快，西博尔德又一次几近绝望，这时他收到了一则完全出乎意料的消息。1855 年秋天，在长崎荷兰商馆馆长唐克·科尔提乌斯的倡议下，经过荷兰政府的努力，日本取消了对他的驱逐令。幕府很清楚俄国行动的幕后策划者是谁，也知道他对英美的活动持什么立场，幕府欢迎西博尔德重返他们的国家。阅读荷兰殖民大臣的这则消息时，他高兴得欢呼起来，他拥抱海伦，依次亲吻他所有的孩子，他们现已有五个孩子了。他立即着手准备第二次日本之行。但事实证明，这异常困难。荷兰政府依然重视他的建议和专业知识，但他们坚信，年过六旬的他太老了，不适合再去日本进行活动。他的荷兰雇主虽然设法让日本取消了对他的驱逐令，却不想给他再次执行任务的机会。西博尔德很失望，激愤之下，他给洪堡写了封信，最能理解他的人莫过于洪堡了。

虽然现在我可以休息，也应该休息，可我的内心从未这样不平静过。我的思绪在波涛汹涌的大海中起伏，我的精神在漂

92

向日本岛国，我青年时代从事科研工作时就生活在这个国家，欧洲文明及其所有暴行与苦难似乎快要将它淹没了。一想到日本，我六十岁的血管里就涌动着与三十年前同样强烈的感情，它激励那个年轻人去访问世界上离家乡最远的国家之一。如果我当时去那里是为了替欧洲科学发掘深埋的宝物，那么现在我急着赶去那里，是为了帮助和拯救这个善良、勇敢、幸福的民族，可惜正是我将它从与世隔绝的状态带进了混乱的世界。

事实上，这种担心有足够的理由，而且新的理由还在不断增加。每个月，日本的政治形势都在变得更加不稳定。政府因其被误认为亲外的政策而备受压力。人们说将军无法胜任他的任务：阻止侵略，重新驱走蛮夷。幕末的说法传播开来，即幕府即将结束。同时，西方列强步步紧逼，要求切实推进通商条约和其他特权。英美政界传来消息，如果日本继续坚持它的拒绝政策，就考虑将它彻底变为殖民地。1856 年秋天，纽约商人汤森·哈里斯抵达下关，要以美利坚合众国领事的身份在那里住下，他与日本当局爆发了激烈的争执，日方威胁要中断条约。他们坚信，《神奈川条约》里与美国约定的是，只有得到日本政府的同意，美国才可以设立领事馆。后来在对比两国文件时发现，日文版里确实是这一措施必须被"两国政府"一致同意，而荷兰语和英语的译文里写的是"两国政府之一"。佩里司令对条约最后的修订未被收入日文版。日方官员辩道，英文说法没有意义，因为日本很难单方面自行决定在日本领土上设立美国领事馆，但哈里斯对此拒不接受。他突然援引与俄国人的条约和美国的最惠国待遇，从而取得了关键性的突破，这令日本人大为恼火。凡答应俄国人的权益，美国人也必须得到，尤其是在下田设立领事馆。但这些远不能让哈里斯满足。他顽强地与谈判对手交涉了整整两年，要求签署一份内容更全面的条约，包括全面通商权、开放更多的港口、以固定汇率兑换黄金白银，以及所有美国公民在日本都享有豁免权，当日本不肯签字时，他就一再拿中国的命运来威胁日本。面对这种逼迫，软弱的幕府犯了个大错。它向京都的天皇寻求支持，期望可以签署这份条约，以保护这个国家。朝廷断然拒绝了这一要求，并指出这种事在日本前所未有。尽管如此，1858 年，幕府还是签署了众多"不平等条约"中的一个，这遭到民众和逐渐联合起来的强大的大名的痛恨，从而导致了幕末的到来。

第三章　最后一搏

重返日本——幕府顾问——失败——挽歌

重返日本

在西博尔德的驱逐令被废除后，荷兰紧随美国、英国和俄国，与日本签署了新的通商条约。这样，严禁日本人与外国人接触的规定也就随之松动了。因此，在西博尔德努力争取一个再去日本的任务时，他又能重新定期收到长崎寄来的邮件了。有一天，他收到了一封完全出乎意料的信。

　　我亲爱的菲利普：

　　　　这么多年过去了，我不知道是否还可以像我们以前习惯的那样，以"你"代替"您"。为了不过分冒犯您，也为了不让您违背原则，我将选择使用敬语，虽然我的心仍在讲着将我俩联系在一起的语言。

　　　　我想告诉您，自打您离开长崎之后，这里都发生了什么，您的女儿是如何成长的。您真好，寄给我那么多礼物和东西，可惜我从来都没有收到过。我一段时间后才得悉此事，对人的不可靠感到无比恼怒，这恼怒至今还在增长。但您的善意让我高兴，我万分感激您的爱和温柔。

　　　　都说光阴似箭，的确如此。我从没跟人说过，每当我看到我们的女儿的容貌越来越像您时，我就高兴地对自己说："这可

97

是您的骨肉啊！"如果您在这儿，您肯定也会高兴。由于国家法律的限制，我甚至没法告诉您这件事，我只能转身朝向您所在的西方，轻轻地对自己诉说那些几乎不被允许去想的事情。

关于我自己，就谈这么多。稻从七八岁开始，举止就不像女孩子了，她只跟男孩子一起玩耍。我教会她各种本领，一直告诫她："你亲爱的父亲是位了不起的人物，他的名字在全世界回响。身为这个人的孩子，你得有配得上他的理想。你绝不可玷污你父亲的名字。"也许这些努力没有白费，因为她长大后成了一个聪明伶俐的孩子。当我看着她长大并为她操各种心时（这正是父母之爱），不知不觉稻已十七八岁了，她开始厌恶平庸和渺小的生活。她打定主意要继续从事她亲爱的父亲的职业，要成为名闻遐迩的医生，向她远在千里之外的父亲证明她从未能表达的儿女之心。尽管她是一介女流，但她想为家族的声望尽一份绵薄之力，让家族的名声流传下去，因此她读书，并孜孜不倦地学习医学知识。

每当夏季来临，预告荷兰船只入港的炮声响起时，我都很想知道，也想让稻知道，进港的船是否载着她亲爱的父亲，或者至少载着他寄来的信，信上写着他所生活的国家的状况和他自己的生活。我希望您可以看看我的心。那样您就会知道，每当我偶尔见到荷兰人，并在他们当中寻找您的身影时，我是多么开心，但当我找不到您时，又是多么伤心，希望您能理解母亲和女儿的痛苦和忧伤，能够知道我多么频繁地在梦里遇见您。

稻二十一岁那年外出学医，二十五岁回到长崎，她在这里开了一家诊所，就这样生活到了二十七岁。后来，她感觉她的治疗方法不够完善，又于二十八岁那年师从伊予藩的二宫先生。过了三年，她三十岁了，二官先生病倒了，她跟他一起返回长崎。他病愈之后在长崎行医，稻尽她的微薄之力协助他，在他生病时照顾他。

您离开后，和三郎娶了我，并一直保护我。这个可爱的男人几年前就去世了。现在我又嫁给了另一个男人，只可惜他病得很重，我担心他又会先我而去。

有传言说——谁也不知道传言从何而来——说您在离去多年之后，威望渐大，您走遍了许多国家。哎呀，但愿我还可以再见到您一回！可讲的事实在太多了，我总是只能在脑海里讲给您听。您那些激动人心的冒险故事一直让我很开心，我也总是深深怀念那些故事。我常因当年分开我们的盲目无情的力量而痛苦。我只是个无足轻重的小女子，面对世界的发展无能为力。我经常与稻一起坐在这儿，回忆美好的旧时光，虽然当时她还没记事。每次这么做，对我来说都是一大安慰。因此，您看看，您虽然不在这儿，却又一直与我们同在。祝您身体健康，生活充实，偶尔还会想起您在长崎的小家庭。

泷

这些话撕碎了西博尔德的心。这是近三十年来泷的第一封信。旧的伤口又裂开了，他感到了遇见海伦前那些年的孤独和被遗弃的痛苦。他突然发觉，被驱逐出境后，他不知不觉地将生活中重要的一部分留在了日本，他与它再没有关系了，因为那是没有真正经历过的生活，是一段失落的过去，那种生活原本可以很幸福。最糟糕的是，他知道自己要为这件事负全责，既要为自己与挚爱的残酷分离负责，也要为现在似乎正降临在日本的灾难负责。直到西博尔德接到著名的大型**荷兰贸易公司**要将他派去长崎做顾问的消息，这种无法言说的悲伤和羞耻才暂时消失。这家公司与荷兰政府关系密切，想必那里也有人为西博尔德出了力，那人肯定与西博尔德一样不明白，为什么荷兰政府之前费那么大劲让日本取消对西博尔德的驱逐判决，然后又不加以利用。他心中的火苗立刻又被点燃了，这不仅是出于博物学家的热情，而且他也在暗暗希望，他至少可以找回和挽救一点他错过的日本生活。他第二次访问日本的计划是，说服这家私人经营的荷兰贸易公司在长崎成立一个带展厅的常驻贸易办事处。为此，他不仅需要采办大量荷兰物品和欧洲物品的样品，还要购买所有设备和建材，这样就能用欧洲的地板、柱子、壁炉和镜子来装潢展厅。光样品就装了二十六箱，有图书、陶器、餐具、抛光玻璃、枝形吊灯、衣服、布织物、皮具、狩猎装备、几支猎枪、玻璃器皿、钟、画、科学仪器、航海仪器、药品、植物种子。对西博尔德来说特别重要的是一台带日语字形和打印纸的印刷机，那是他自费购买的，他想将铅字印刷引进日本，印刷一本日荷法英大词典。

对海伦而言，西博尔德准备旅行的这几个月是她一生中最糟糕的时光。

她与这个男人一起幸福地生活了十五年，他赠给她五个孩子，现在这生活结束了。西博尔德现在要恋旧厌新了，西博尔德兑现了她曾经在基辛根的炎热夏夜发给他的那张票据。他有权利再回到那个国家，而不是与她一起安度晚年，他年轻时曾在那个国家生活并从事科学研究。她知道，这可能是一场永别，由于他年事渐高，她不能指望他在这次艰苦远行后还会回来。因此，当他请求她允许自己带上长子亚历山大时，她几乎如释重负。她如果聆听自己的内心，就会承认那不仅是出于对年迈的丈夫的关心，也是因为有亚历山大在场，他与前妻就很难亲近。

西博尔德在《荷兰回声报》上预告过他的第二次日本之行，就在他动身前不久，他收到一封同样刊登在那份报纸上的告别信。

万分尊敬的冯·西博尔德先生，我亲爱的朋友：

作为在世的最年长的考察旅行家，我要公开表达，我多么钦佩您的崇高决定，我亲爱的、著名的同事，这个决定像您对科学的奉献精神一样鼓舞着你，而半个世纪以来，您的科学奉献精神因您罕见的勤奋和丰富的知识结出了硕果。您有关日本岛国的细致工作多方面福泽了物理地理学。您引进的植物装饰了我们的植物园，现在您又要去现场继续完善您的精彩工作。愿您的健康能对抗这新的辛劳工作，健康对于所有关心科学进步的人都无比宝贵，愿它支持您的计划。我作为您最年长的朋友和最真诚的崇拜者之一，谨此祝福您。

您的亚历山大·冯·洪堡

1859 年 4 月 13 日，西博尔德与他十二岁的儿子小亚历山大在马赛登上了一艘前往亚历山大 ① 的邮轮。为防止在漫长的旅程中被太阳晒伤，他留了一脸络腮胡子。他带上了他的猎犬，那是一只年轻的米白色勃拉克猎犬，他给它取名为小八，取自犬神八房的名字，在**曲亭马琴**的小说《**南总里见八犬传**》里，八房扮演着重要角色，当初是门德尔松让他注意到了这部惊人的日本文学作品。他们

---

① 埃及港口城市。

从亚历山大坐火车到苏伊士，在那儿登上一艘舒适的蒸汽船，经由亚丁湾和锡兰，前往新加坡，然后乘一艘蒸汽帆船继续前往巴达维亚。自从西博尔德上次来过之后，这座城市扩大了很多。西博尔德一行即刻让人带自己逃出城里的炎热，去海拔较高的茂物，那里的温室植物园和相邻的种植园现已享誉世界。小亚历山大对漂亮的植物和周围未开发的热带丛林印象深刻。他捕捉萤火虫，欣赏被荷兰人称作"飞犬"的巨大蝙蝠，他夜里听到肉食动物的吼叫，吓了一跳。此时，总是睡在他床畔的忠诚的小八就来回地吠，像在驱赶野兽，好让少年平静下来。西博尔德被帕胡德总督和他的同僚当作贵客，受到了特别殷勤的款待。令西博尔德十分高兴的是，帕胡德告诉他，他已经得到了荷兰政府的委托，荷兰政府不仅让他和荷兰驻长崎总领事德韦特一起担任驻长崎的官方代表，还另付他两千荷兰盾的年薪。小亚历山大为他的父亲骄傲，他非常享受在这里的生活，可西博尔德更想尽快前往日本。他们必须返回新加坡，再从那儿乘俄国的"露茜和哈里埃特"号护卫舰驶往上海，然后从那儿乘坐英国的"迦太基"号蒸汽船，踏上最后一程。日本大陆派来的第一位使者是一只燕子，它筋疲力尽，从帆具里跌落到小亚历山大的脚前。1859 年 8 月 14 日，野母崎町在望了，西博尔德激动得讲不出话来。当他们驶进海湾时，两侧抵御外国人的旧要塞依然可见，但里面没有驻军了，烽火台也没有点燃。那是海岬最高位置的灯标，从前它会将外国船只到达的消息传往江户。在港口上方，长崎错落有致，呈梯状偎依在周围的山坡上，间以黑色的杉树林和闪闪发光的寺庙屋顶，乍一看，几乎与三十六年前的那天一模一样，西博尔德再也控制不住泪水了。这回站在他身旁的不是阿伦·门德尔松，而是小亚历山大。小亚历山大也被这一景象震撼和打动了，只是没有流泪。他还从没见父亲哭过。他是个严肃、早熟、想象力丰富的少年，他意识到了是什么样的感情风暴在父亲心头澎湃。当他们乘坐一只大舢板来到出岛的突堤码头时，商馆馆长唐克·科尔提乌斯率领一小队人员迎接了他们。西博尔德第一次来的时候，迎接人员身着过时服装，举办了奇怪的仪式，那曾让他觉得好笑；这回，平民接待委员会按现代礼仪接待了他们。西博尔德和儿子被带到岛上，那里几乎一点也没变。西博尔德以前的房子看上去就像他刚刚离开，只是他开垦的花园彻底荒芜了。

西博尔德和小亚历山大暂时被安排住在唐克·科尔提乌斯的官邸。晚上，科尔提乌斯设宴欢迎客人，应邀参加的有会馆的几名官员和荷兰贸易公司驻长崎代理人阿尔伯特·巴杜因，他们是来给西博尔德提供建议的。科尔提乌斯在日本已经待了快二十年了，对政治形势了如指掌。他想利用这次晚宴，向西博尔德介绍一下局势。西博尔德采取主动，站了起来，抢在他前面致了祝酒词。

"尊敬的科尔提乌斯，荷兰政府在开放谈判时的犹豫曾经令我失望，之后在您的要求下，对我的驱逐令被成功地取消了，这是我当时得到的为数不多的好消息之一。此举证明了您是一位伟大的爱国者，是荷兰在亚洲的利益的支持者。因此，我不仅感激您，而且把尽可能为日本和我国谋利益视为己任。所以我想敬您一杯，请大家与我一起干杯。"水晶杯叮当作响，这是小亚历山大头一回获准品尝红葡萄酒。

"亲爱的冯·西博尔德上校，"科尔提乌斯接过话头，说道，"催促日本当局为您平反，不是我一个人的功劳。过去几年里，排外思想加剧，但日本人很懂得区分敌友。如果说在我就职之初还有几人因为那场针对您的大诉讼而批评您，今天举国上下几乎找不到一个说您不好的人了。许多日本人都催促我在江户政府面前为您出力。如果我不顺从这善意的压力，甚至会对我自身不利。您在日本仍有许多朋友，说不定现在比从前更多。此外，我相信，鉴于危险的政治形势，我们比以往任何时候都更需要您。日本政府至今没能找到一个能干的发言人和斡旋人来与外国谈判，更别说成立一个类似外交部的权威机构了。幕府在所有外交问题上的做法都极不专业，这就是为什么西方国家的谈判代表和大使几乎不把它当回事。签订的条约条件苛刻、肆无忌惮，外国人要求的特权越来越无耻，他们在自己的领土上是绝不会答应这些条件的。而他们觉察不到，他们正在让软弱的政府越来越不稳定。战争一触即发。在日本方面，民族主义者越来越仇恨怀有政治野心的外国人给他们带来的屈辱和妨害国家统一的行为。另一方面，英国和美国很可能仅因为不耐烦而发动一场战争，这在历史上是没有先例的。"

西博尔德不安地望着他。

"您认为眼下最危险的问题是什么呢？战争可能会因为什么被引爆呢？"他问道。

"有一桩很棘手的事，即俄英两国之间因对马岛而起的冲突，对马岛位于日本海南部，在九州岛和朝鲜之间，是整个岛国的战略要地之一。俄国人在推行他们的新东亚政策，想在那儿修建一座海军基地，并在必要时吞并整座岛屿。英国人无法接受。而日本政府对此连一个意见都没有，日本不再被尊重。"

"《下田条约》让俄国顺利进入日本，俄国不继续加以利用，反倒采取和别的殖民列强一样的方法，听到这事真让我难过。"西博尔德惊愕地说道。

"英国人，"科尔提乌斯接着说道，"不理睬日本政府，不经允许就派战舰在下关附近穿过您以范·德·卡佩伦男爵的名字命名的海峡，好像它已经属于他们似的。此外，他们与俄国人一样，也想直接侵吞对马岛。您大概已经听说了英国人想殖民整个日本的计划了。"

"是的，这在欧洲政界已经传得沸沸扬扬了，"西博尔德证实了这一点，"大英帝国本就偏激，但是，我认为这是它傲慢自大的帝国主义白日梦，撇开这一点不谈，英国与日本通商一直成果甚微，我希望这会让英国人对这种昂贵的侵略计划丧失兴趣。他们根本没有高质量的产品来满足日本市场的真正需求。最后，他们会面临风险，就像在中国一样，从日本进口的要多于出口的。"

"这让我想起目前最重要的争论焦点，这也直接与我们有关，这就是黄金价格。西方列强在条约中强行规定，金银的价格必须按日本国内贸易一样，以一比五兑换。而国际市场上的比价却是一比十五。其结果就是，列强按规定比价，将整船银子在日本换成黄金，再运到国外，以三倍的价格卖出。这是一桩没有风险的生意，这让日本贫困，只有国际上的黄金商人和外汇商人发了财。这形势与二百年前差不多，当时西班牙人和葡萄牙人大肆掠夺这个国家的贵金属。由于日本政府和企业可用来购买我们的产品的黄金越来越少，我们与其他外国供货商一样，都在蒙受损失。"

"前景确实不乐观，"西博尔德摇头叹息道，"日本人将开放国门的概念与最可怕的想象联系在一起，我们必须理解他们。顺便问一下，佩里司令因为'打开'日本国门而获得了美国议院两万美金的巨额奖金，这事您听说了吗？而他除了将不安和恐惧带进了日本，什么目的也没有达到！'打开'的意思是一个国家主动同意与另一个国家通商往来。这是俄国人在《下田条约》里取得的成果，俄国是能够做到这点的少数国家之一。是俄国'打开'了日本，而非其他国家。佩里只是使用以机器驱动的战舰和大炮恫吓一个国家，得到了一张没有价值的废纸。他至今都还觉得，他是与天皇一起谈判并签署了《神奈川条约》呢。"

客人们大笑起来，科尔提乌斯拍着大腿，扑哧扑哧地笑。然后他客气地转向小亚历山大，询问小亚历山大到目前为止的旅途印象和他对日本生活的期望。

第二天早晨，西博尔德身穿制服，佩戴着所有勋章，和儿子一起踏上日本大陆。从前的严格的守桥卫兵不见了。港口岛屿前的广场上聚集着一大群人。著名的西博尔德老师又回来了，这个消息风传开去。曾经的病人走上前来，毕恭毕敬地向西博尔德打招呼，另一些人挥着手，欢迎人群中的新人。西博尔德笑容满面，感动地回答人们的问候。所有日本人都呆呆地望着小亚历山大，因为他们还没见过这么年轻的外国人。父子俩可以在没有警察护送的情况下自由行走，他们和街道两旁的人们之间再也没有绳子拦着了。西博尔德很快又认出了几张脸孔，但他无论在哪儿也没看到他要找的那两个特别的人。离开科尔提乌斯的房子时的兴奋激动和紧张不安变成了无可奈何的失望。他们一路来到长崎奉行冈部骏河的官邸。奉行之所以邀请这位名医兼日本通，是因为他想亲自了解这位传奇人物。在正式的接待和一场既隆重又有点拘谨的仪式之后，宾主双方边喝茶边聊天，气氛渐渐轻松起来。冈部是个风趣而好奇的同龄人，西博尔德引人注目的威严形象和流利日语都给他留下了深刻印象。他答应西博尔德，帮他在陆地上找一幢合适的房子。为了表示感谢，西博尔德将自己从欧洲带来的谷物种子样品送给了他，上面附有用荷兰语标注的说明书。

夜里，天空下起雨来。西博尔德独自在出岛的手术室里整理图书、仪器和药品，这时忽然响起了轻轻的敲门声。然后，一位老者身穿整洁的日本医生长袍，躬着腰走进来，他嘴角歪斜，一脸怪相，乐呵呵地冲着西博尔德笑。西博尔德还没认出他是谁，就看出那人中过风。

　　"二宫！"他喊道，他张开双臂迎向来客，抱住了对方。二宫只是难为情地呵呵笑着，因为日本人还不熟悉男人之间的这种表示。西博尔德抱紧老友，好像这也是对他一直都没能得到的另一个拥抱的补偿。

　　"老师，这么多年了，您还这么健康强壮，我真是太高兴了。"二宫敬作咕哝道，眼睛湿润了。

　　"您情况怎么样？"西博尔德笑着问道，表情复归严肃，"我听说，您因为我坐了很长时间的牢。"

　　"没错，我不得不告诉您一个伤心的消息。我们的好友高良斋十五年前就死了。"西博尔德十分震惊。但他还没来得及说什么，二宫又接着说了起来。

　　"对不起，老师，我现在还根本不想谈这些经历，因为我今天来是另有原因的。您当年在离开时交给我和已故的高一个任务。现在我要让您看，我们想尽一切办法完成了任务。我现在先离开，因为有别的客人在等着。嗯，您知道……"说时，他笑眯眯地眨眨健康的那一半脸上的眼睛，这是西博尔德教他的一个暗号。然后他就离开了手术室，西博尔德的呼吸加快了。又是一阵敲门声，这回更轻。然后，两名身穿夏季和服的日本女子走了进来，走在前面的是一位举止端庄的中年女士，后面跟着一位身材高大、年纪较轻的女子，她一脸严肃，蓝眼睛盯着西博尔德。她们小步走近，向他鞠躬，而他呆立在手术台旁，一动不动。

"欢迎回到日本。您好，这是您的女儿稻。"泷哽住了，再也说不出话来。他们四目相对。西博尔德哆嗦着下唇，但不知说什么好。后来稻开口了，起初还很镇静，但说到这句话时，她的眼泪夺眶而出。

"父亲，我一生都在等着这一天。"

她无法抑制心底爆发出的绝望抽泣。接着她的母亲也号啕大哭起来。西博尔德心中迸发出强烈的幸福，但关于难以忍受的离别之苦的回忆也随之而来，这令他的胸口快要裂开了，他也跟着哭了起来。他们就这样站在那儿，三个成年人泪流满面。二宫敬作是个聪明人。他为这次会面做了充分的准备，他安排了这个重要的时刻，让破裂的家庭又重新聚到一起，又避免这奇怪的场面被外人看到。西博尔德走向两人，将她们拥进怀里，就像那回在"科尼利斯·豪特曼"号上一样，那是泷和稻最后一次来船上。含泪的笑很快就取代了抽泣。两次拥抱相隔了三十年，这三十年是他们谁都不想要的。三十年的渴望、不幸和放弃，然后是压抑，并渐渐希望能忘记。突然，新的拥抱、眼泪、心灵上的伤口开始愈合。有那么一会儿，他们一起陶醉在幸福里，它似乎能抵消曾经遭受的所有苦难。

当"魔法"渐渐消散，他们开始交谈，一边继续端详着彼此，搜索记忆的痕迹。泷看起来更加成熟了，这么多年她几乎没有变化，岁月丝毫没有夺走她的美丽。相反，西博尔德头发白了，留着胡子，这与他现在的实际年龄相符，他看起来像个老人。日本女性即使上了年纪也能保持年轻的外表，他曾对此表示惊讶，认为这要归功于她们特别细腻的皮肤和国内潮湿的气候。相反，稻是个欧亚混血美女，有着深黄色的头发、大嘴巴、深色皮肤，她从母亲那儿继承到的特质很少。泷曾经在信里提及稻长得像父亲，西博尔德现在明白了。她这样的长相和身高，在日本有些特别，"特别"可能意味着她受到排斥。但有二宫及西博尔德其他朋友舍己为人的关怀和保护，再加上她自己意志坚强，她走上了自己选择的道路。她成了日本的首位女医生，现在已是长崎的一位受人尊重的产科医生。西博尔德请她们理解，这不是将小亚历山大介绍给她们的合适机会，他建议不久后在花月馆相聚，那是丸山区的一间著名酒店。在那儿，他们可以坐在包厢里，既没人打扰，又有合适的隆重氛围。泷和稻早就知道，第一次相聚时间不会长，西博尔德的邀请让她们感到高兴，因为她们还从没去过这家高档酒店。他们道别后，天空飘着毛毛细雨，母女俩撑着她们的大油纸伞，回到了大陆。

又过了一个多星期，聚会的日子到了。西博尔德与小亚历山大已经暂时搬进了宝莲寺中一座无人使用的房子，它地处长崎的北坡，在一座小竹林旁，周围有花木茂盛的花园。他们可以从那里眺望海湾的美景。西博尔德这些天睡得不踏实，对于情况会如何发展，他思考了很多。他渴望的一切出现了，他可以开始补偿了。可他发觉，他被驱逐的三十年、他与海伦的婚姻和他在德国的新家庭不是毫无价值的。这刚好是他人生的一半。可是，仅仅因为他当时无法自由选择，这一半就更糟糕吗？泷对他讲"您好"，就像对她丈夫一样。正如她在信里担心的那样，她的上一个男人刚刚去世。稻奋力拼搏，成了医生，他为她取得的成就骄傲，可他不是另外还有五个孩子吗？他对他们仍然负有责任。这一切对海伦不是不公平吗？她从没抱怨过他内心的保留，某种程度上来说，那是他在基辛根强加于她的条件。西博尔德心中有种冲动，想修复他那未曾经历的过去，但他也感觉到，如果顺从这股冲动，他会陷进大麻烦。这会毁

109

掉他的家庭，更严重的是，会危及他的使命。

正式介绍的那天晚上，当女士们到达时，西博尔德和他的儿子已经在花月馆了。酒店质朴高雅，小亚历山大对此印象深刻。在德国，资产阶级的住房和客栈的内部装潢受巴洛克风格影响，满是塑像、花环、弧线、涡卷形花饰、嵌板、镶嵌物、厚重的深色布料和烦琐的刺绣，这里与德国不同，以直线条和光滑的表面为主，只有低矮的餐桌上刻着娇小的兰花，以及墙上挂着一幅画，那是一幅以自然为主题的禅意水墨画。然后，泷和稻走进客厅，以正坐姿势在两个男人对面的榻榻米上优雅地坐下来。西博尔德向她们正式介绍他的儿子。小亚历山大吓坏了，因为这是他第一次在日本见到女性，他觉得她俩美若天仙。他们用荷兰语交流。泷转向西博尔德，赞美小亚历山大，夸他温文尔雅、满脸坦诚。

"我很高兴终于有了个弟弟。"稻笑嘻嘻地对小亚历山大说，他经不住她热情的目光，害羞地垂下了头。

"我们只是同父异母的姐弟，可是，就让我们做亲姐弟吧，好不好？"她追问道，想让他开口说话。

"好啊，亲爱的稻，这样我以后就有三个姐妹了，你是最年长和……最漂亮的。"他咕哝了几句，几乎让人听不清。稻和泷吃惊地对视了一眼。西博尔德被小亚历山大的迷乱逗乐了，他解释，他在德国有五个孩子，还有两个儿子和两个女儿。小亚历山大是他的长子。

"嗯，接下来请允许我告诉你，你早就是外祖父了，"泷调皮地回答，"稻的女儿高子已经七岁了。"稻微笑着点点头。西博尔德欢呼了一声，很高兴，当他们向小亚历山大解释他已经是舅舅时，小亚历山大一脸讶异。他们一起端起准备好的清酒，为家族的扩大和

110

延续碰杯。

两名女服务员走进来，跪着端上小碟子装的开胃菜：浸在发亮的照烧汁中的烤鳕鱼肝。其中一位向西博尔德鞠了个躬，对着他耳朵低声报了上菜顺序。他嘟嘟囔囔地同意了。然后开始上怀石料理，随后是十六道富有异国情调、造型神奇的菜，这些菜都符合时令。有些罕见的海鲜吓坏了小亚历山大，特别是龙虾，龙虾只被去掉了后腹部的壳，被酒呛醉了，触角扔在摸索，在盘子里等着被活生生吃掉。父亲鼓励亚历山大至少每道菜都尝尝。他知道儿子还在思念德国和荷兰每餐必上的肉。但是，日本自开放国门以来，出于成本原因，不再向出岛供应家乡的野味、禽类、山羊和家畜了，会馆的工作人员要自己想办法去日本市场上购买。

小亚历山大慢慢会习惯的，西博尔德信心十足地想。小亚历山大正忙着应付饭菜的挑战，没有再听其他人聊天。当泷突然开始说起日语时，他都没有觉察，他还不懂日语，只懂几个单词。

"菲利普，你回来真是太好了。我很开心，我很想与你回到我们被强行分开的那一刻，重新开始。你能想象我们再次共同生活，住进同一幢房子里吗？"

为了说出这空前的要事，泷鼓足了全部的勇气。稻吃惊地望着她。显然泷没与她商量过。西博尔德虽然早有思想准备，但泷这样直奔目标，这让他感到意外。不久前，他曾向她提议，他们可以重新亲切地以"你"相称。现在他发觉，这可能是大错特错，因为这样一来，所有的距离感就都消失了。他久久地望着她，真想吻她，他觉得她的果决十分美妙，他在这份果决里也感觉到了绝望。

"泷，你知道我对你的感情一点未变。与你一起生活在我的命运之国，一起老去，这是天堂般的想法。但是，尽管我很想这

111

样——实际上我也只想这样，但我不能这么做。我有家庭，我要对它负责。"

"我理解你，这是对的。因此让我们诚实一点。你来日本，是不准备离开的。你如果真的爱你的妻子，你就将她带来了。"

泷湿润的眼睛望着他，几乎是在恳求他，但她讲话时十分平静，她的头脑十分清醒。她说得对。不再回去，从一开始这就是西博尔德的计划，尽管他总是强调相反的内容，试图安慰海伦。这样做的一个原因是泷的信，它又让他梦想在日本生活下去。他带上小亚历山大，最初也只是为了让海伦放他走。他没想到，他的儿子会成为一个如此令人愉快的旅伴，儿子对他的帮助是如此之大。小亚历山大在仔细聆听。他虽然听不懂，但觉察到了室内笼罩的压抑气氛。

"泷，我在这里连一个固定的职位都没有，我没法长期留在日本国内。我是一家贸易公司和荷兰政府的顾问。两份合同都将于明年到期，而且我必须照顾德国的妻儿。"他解释道，像在安慰她，但他都说服不了自己。他无法让她彻底失望，想至少给她留点希望。

"如果江户政府能给我一个高薪职位，或者如果我能成为一个欧洲国家的驻日大使，那时……一切就不同了。不管怎样，从现在开始，我将重新在经济上支持你。你别担心。"

"我懂了，"她镇定地说，"谢谢你将我考虑进你的计划。我们现在别再谈这事了。走一步看一步吧。最后还有一件事。稻最大的愿望就是你继续教她医术。她对我说，她要学的还很多，没有比她父亲更好的老师了。"稻听后，顺从地点着头。

他们更换话题，用荷兰语接着讲。小亚历山大的直觉足够敏锐，注意到有什么东西与开始用餐时不同了。当天，他们很晚才道别，西博尔德承诺以后会经常与她们见面。回宝莲寺的途中，西博尔德一声不吭，在失望、宽慰和忐忑不安之间摇摆不定。

几天之后，在他为自己、小亚历山大和他的全部科学设施寻找合适的安置地时，出现了意外的转折。奉行让人告诉他，他从前的房子——鸣泷正在出售。西博尔德赶紧会晤卖方，挤掉了其他有购买意愿的买主。他兴高采烈地搬进旧居，投入工作。来访的医生和从长崎及周边前来求医的病人络绎不绝。西博尔德已经三十年没有行医了，他就这样毫无准备地重操旧业，这需要他全神贯注并足智多谋。小亚历山大还从没见过西博尔德当医生，他被那名副其实的朝拜感动了——鸣泷成了朝拜的圣地。但是，西博尔德的目标可不是将大部分时间花在诊所里。有更多任务等着他。他想再建一座植物园，种上至今未被科学编目的日本新植物。他必须考虑荷兰贸易公司的经济利益，建造一座具有代表性的建筑，用来展览欧洲产品。最后，他还要研究这个国家的政治问题，尽快发表相关论文。西博尔德进行这些活动时，小亚历山大一直陪伴左右。稻定期来鸣泷看望他俩，西博尔德让她在诊所里担任助手。她很快发现，父亲的精力没有全用在医学上。她原希望他在外科上指导自己，这个希望越来越渺茫。他恰恰在回避做手术，因为他感觉不够娴熟。稻很快就不满起来，她对大多数病例不感兴趣，也学不到多少东西。而在诊所之外，小亚历山大与父亲形影不离，稻越来越妒忌他，这影响了她的心情。稻感觉同父异母的弟弟比她与父亲更亲密，虽然他还只是个少年，对医学一窍不通。她原本希望能与父亲合开一家闻名全日本的诊所，事实证明这只是个幻想。西博尔德拒绝了这个打算，因为这只会妨碍他的其他任务。当她请求与父亲更常见面时，他建议她去鸣泷帮他和小亚历山大管理家务。这让她气坏了，她当着小亚历山大的面大声骂他。西博尔德不知所措，因为在日本，给自己的女儿提这样的建议并不损害名誉，反而出自好意，她本该怀着感激谦逊地接受。可稻不是个普通的日本女子，她骄傲，有野心，她的父亲令她失望了——他早就深深地伤害了她。

一个晴朗的秋日，西博尔德与泷见面了。他们不只是畅谈旧时光，虽然这对他俩来说都是一种安慰。泷告诉他，稻在少女时代曾被人强暴过，从此，她与男人就很难相处，当她将父亲神化为唯一真正的男人时，情况就更糟糕了。这些年来，她对他的期望变得无边无际了。现在他来了，但他实现不了她的美梦。西博尔德理解她的愤懑和失望。他不能成为女儿更好的父亲，这让他心情沉重。与此同时，他享受与泷的共处。他们边聊边顺着城东山坡上的林荫大道走了很久，然后去宝莲寺为他们的家庭祈福，献上祭品，最后去了一家历史悠久的茶室。泷很高兴，也很放松。她享受与第一任丈夫这几个小时的亲密二人时光。他觉得泷迷人、机灵、有趣。她的魅力一点未减，他庆幸自己曾与这个奇妙的女人度过了人生中的几年。现在，稻成了他们共同操心的孩子，他们不知道该如何帮助她。身为父母，这事将他们更紧密地联系在一起。

冬天，两位曾经的学生来鸣泷拜访西博尔德，他们现在都是幕府里的御医。他们感谢他引进了天花疫苗。虽然当年没有成功，但他们弄懂了原理，港口开放后他们立即进口了天花疫苗。至今，它至少已经挽救了数千人的性命。听到这个消息，西博尔德很高兴，他第一次来日本时，从巴达维亚带来的血清已经失去了免疫效果，这曾经令他非常失望。然后他们谈起了政治。虽然他们只是医生，但他们对正在到来的大转折洞若观火。他们问西博尔德是否想去江户给政府做顾问。他要是愿意的话，就向冈部奉行递交一封申请，奉行已经知道此事。他们会在江户上书举荐西博尔德。他们的建议有着惊人的背景。与唐克·科尔提乌斯以为的不同，早在1858年，日本就正式成立了一个外交部，但一直没有配备能干的官员和外交官。当医生们听说西博尔德又来到日本时，就立马动身，赶来长崎。江户正面临着最艰难的日子，主要问题是幕府没有能力理性地与外国人交往。西博尔德很兴奋，并答应两人，他不久就会写两篇文章，一篇讨论对马岛冲突，另一篇更重要，讨论贵金属输出问题。他会将这两篇文章交给他俩和政府。关于对当事各方都有害的黄金外流问题，他也想写一篇坚定的呈文，告知荷兰和英国政府，这种情形亟须改变。

西博尔德脑子里想着这些事，在接下来的工作中，他感觉干劲十足。为幕府做顾问的前景特别振奋人心。又一年过去了。春种、樱花、夏收、秋月和冬天火炉旁的温酒接踵而至，时间过得比平时更快。西博尔德常与泷一起散步，有时也将他的狗小八带在身边。中秋节时，他们一起来到花园里，坐在西博尔德让人修建的平台上的树木之间，观夜空，赏星辰，分食传统的月饼。到了深秋，他们去参观重阳节活动，观看激动、喧闹的舞龙。整整三天，全城出动，每个城区都有自己的活动。有个特别的活动叫"参观庭院"，市民向所有邻居开放花园和房屋，邻居可以随意参观和进入彼此的屋子。西博尔德向泷解释，在德川时代初期，设立九月九节是为了进行反对基督教的文化宣传。幕府引进"参观庭院"，也是为了城里的居民可以相互查看和侦察，查出谁还在信奉基督教。这对"卿卿我我的老鸳鸯"全城知名，尤其是当泷以欧洲的方式挽着他的胳膊时。他们成了长崎的吉祥物，人们一看到他俩就开怀大笑，开他们的玩笑，或者亲热地与他们交谈。反正人们认为他俩是小确幸的象征，像是来自另一个尚不存在的更美好的世界。这种时候泷就特别满足，不再谈她在花月馆里最关切的事了。身边有这个高大、强壮、年迈、疯癫的男人，她觉得生活完全可以像今年这样一直过下去。

西博尔德继续与稻见面，也去她执业的位于多泽町的诊所里看她。这并没有缓解她的不满，他们常激烈地争吵。现在，他知道她的怒火从何而来，也知道这怒火和他关系不大，他以慈父的身份默默忍受着。另外，他喜欢与八岁的外孙女高子玩，她与母亲不同，她长得完全像个日本人。她试图教他蹴鞠，这是过节时男男女女穿着漂亮服装一起玩的一种古老球类游戏。游戏时，人们将一只小皮球传来传去，用双脚、膝盖、肩膀和肘部让它尽可能久地留在空中。这种游戏富有娱乐性，并不严肃，西博尔德早在参勤途中就见过一回，但他表现得笨手笨脚，逗得高子和他自己笑声不断。他向小亚历山大介绍美丽的日本传统，即人们可以不用预约就去拜访朋友、熟人，与他们一起品茗饮酒。这种随兴而起的社交在德国是无法想象的。如果客人来访后，主人继续在作坊、店堂或家里忙自己的活儿，也不算无礼。客人就继续去拜访下一家。西博尔德享受长崎这种新的活动自由，三十年前这对外国人来说是无法想象的。花园里草木繁茂，新搜集来的植物茁壮成长，他的文章得到了发表，他的申请也被如约递上去了。他只是怠慢了荷兰贸易公司的顾问活动。由于贸易公司已同意他不再续约，他希望能去江户，他很快就认为这个怠慢是可以原谅的。

后来，1860 年 12 月，他等了整整一年的信终于来了。国务大臣安藤是个聪明人，他在国内敌对的党派间担当着斡旋者的角色，他正在抓紧组建外交部，邀请西博尔德去江户担任幕府的科学顾问。他的任务将是做介绍欧洲科学的报告，并为政府提供某些农业问题的专业知识。这份工作的年薪为一千四百两，相当于七千荷兰盾。西博尔德觉得这是一个可观的数目，它让他能够独立。对方还允许他在国内外签订其他合同。更有意思的是字里行间透露出的信息，科学工作只是叫他去将军府做政治顾问的借口。形势危险，没有人敢在幕府里给一个外国人正式的"政治"职务，因此西博尔德即将接受的任务被称为"科学"。于是，他回信说，他将接受聘请，并立即开始做前往江户的准备。西博尔德知道政府正陷于怎样的危机之中，他一天都不想浪费。他还得与他的荷兰上司协商好程序上的处理方式。第一个结果是他立即解除了与荷兰贸易公司的合同。而唐克·科尔提乌斯作为荷兰政府的代表，根本不想放一个即将赴任的将军顾问走，暂时延长了他的合同。西博尔德对这样的安排很满意，因为他对贸易任务早就没兴趣了。

一天晚上，小亚历山大与他的日语老师进城了，去几家选中的**居酒屋**捣点乱——当然，这只是为了给学日语增加点乐趣。西博尔德将泷请来家里。西博尔德知道，儿子会被领进夜生活，而且会头痛得要命。西博尔德允许他这么做，小亚历山大十四岁了，可以有这种体验了。

"这一天终于来了。我被召去江户了。"

他们一起坐在火炉旁，这是他为了纪念在长崎屋的美好日子而让人增建的。小八也伸展四肢，趴在火堆附近，友好地看着他俩。

"你要离开我们？"

"只是一阵子。我得先看看能不能保住我在那儿的职位。眼下江户危机四伏。你们在长崎是安全的。"

"菲利普，我怕你会离开我。"

"我答应你，一旦局势稳定下来，就接你们过去。江户有很多工作在等着我。我有责任带领政府摆脱危机。要不是我当年偷运地图出国，这一切都不会发生。我们的命运也会是另一种样子。"

"那你的妻子呢？"

"她不适合旅行，更不适合这个国家。"

"那我要一样你的信物。"

"你想要什么呢？"

"我想今夜留在你身边。"

"不谋而合①。"

"此话怎讲？"她困惑地问道。他靠近她，平躺在地板上，将头埋进她怀里。

"心心相印②。"

"什么意思？"

"这是一首德语情歌里的句子。"

"这意味着你同意了吗？"

"是的。"

幕府顾问

就在西博尔德启程前不久，有位名人造访长崎。普鲁士公使，即普鲁士东亚远征队、德国海关协会和汉萨城的联合总司令弗里德里希·冯·欧伊伦堡伯爵从江户出发，在前往中国和暹罗的途中，在此短暂停留。他的中型舰队由四条船组成，船上共有七百四十人，它们给江户人留下了很深的印象，这让政府坚信普鲁士人是当

---

① 原文直译为"两个心灵，一种想法"。
② 原文直译为"两颗心脏，一声心跳"。

真的。帅气的伯爵心情很好，因为他成功地与幕府签订了友好通商条约。西博尔德是接待委员会成员，他身穿上校制服，来到突堤，左胸挂满勋章，最上面是普鲁士国王颁给他的红鹰勋章。公使比他年轻很多，两人立刻就成了朋友。欧伊伦堡抱怨江户的安全措施太严，这将他与普通日本人的生活完全隔开了，他希望至少能对此稍加了解。于是，西博尔德邀请他与自己一起过上一整天。欧伊伦堡高兴地答应了。次日清晨，他来到鸣泷，当时西博尔德正在屋前流淌的小溪里洗澡。那条小溪源自附近的山泉，溪水卫生、清凉，一直流进山里。他们一起吃早餐，西博尔德领他参观自己的收藏品和花园，然后他们带着猎犬小八一起去散步，到城里与西博尔德的朋友会面。中午他们在一家食客盈门的居酒屋里与普通百姓们一块儿吃饭，之后他们骑马外出，去拜访内地的几名园丁和植物采集家。欧伊伦堡终于对这个美丽国度的人们的生活有了一点了解，他很开心。当晚他将自己的印象记在日记里。

　　西博尔德住在一幢漂亮的日式房屋里，房后是一座被森林覆盖的小山，从山顶可以望见四面美丽的群山和长崎湾的壮丽景色。那里自由活动的鹿都很温驯，因为它们自有人类以来从没有被狩猎过。日本佛教禁止食用它们的肉。房屋周围是一座植物园，里面展示了一个博学之人的令人愉快的科学成果。和日本人在一起时，西博尔德就像是他们中的一员似的。我想他不会再回欧洲了。他太热爱日本和日本人了，他想完成他那有关日本的著作。这部巨著是否会有杀青之日，这实在叫人怀疑。他要处理的材料堆积如山，他到了这个年纪，已经没有多少时间来从事大项目了。我警告过他，无论是在江户，还是在长崎，甚至在荷兰官员那儿，都有人恶意诽谤他。现在我理解了，对于少数在日本从事外交事务的人来说，他一定是个挑衅。他比任何人都重视这个勇敢的民族的命运，他感到自己有义务在日本人被强迫开放国门时为他们辩护。

西博尔德本来计划搭乘"英国"号轻型蒸汽护卫舰去江户，由于船上的锅炉爆炸了，他只能推迟出发。当替换它的"苏格兰"号蒸汽船准备就绪后，他就不得不离开了。西博尔德关闭了鸣泷，再一次拥抱所有的朋友和所爱的人们，最后拥抱了泷。他将忠诚的猎犬小八寄养在一位猎人朋友家，这位朋友有特殊许可证，可以在出岛上为荷兰人猎杀野兽。小亚历山大陪着他。小亚历山大现在已经能讲一口流利的日语，也会一点读和写。但是，"苏格兰"号刚离开长崎湾，一场台风就迫使他们驶向鹿儿岛附近的海岸，在一个避风的海湾里停泊了好几天。接下来，他们沿着日本的太平洋海岸航行了六天，一路上困难重重，风暴和海浪不停地袭击船只。小亚历山大晕船，想死的心都有了，就连西博尔德都感觉不适。1861 年 4 月 19 日，"苏格兰"号在黎明时分驶进横滨港，这里前不久刚对外国船只开放。西博尔德和儿子筋疲力尽地下了船。迎接他们的是令人窒息的景象。外国人的房屋四周围着木栅栏，整个居住区看上去像座监狱。这个措施是为了保护外国人。这两个新来的人一开始被安置在为外国人修建的舒适酒店里。晚上，西博尔德与荷兰副领事迪尔克·格莱夫·范·珀斯布吕克在酒店的酒吧相见，横滨的外国人数量直线上升，他们来自世界各地，这酒吧是大家喜欢的碰头地点。他们在普利茅斯金酒里掺点苦精，这是一种时尚饮品，也叫苦味杜松子酒，是英国人引进的。

"我很奇怪我们为什么没有驶向神奈川。横滨港为啥突然开放了呢？"西博尔德问道。

"如您所知，神奈川位于通往江户的主道上。不断有大名和武士来来往往。自从美国领事哈里斯的翻译豪伊斯肯三个月前遇刺之后，政府就惶惶不可终日了，担心还可能发生对其他外国人的行刺。因为各国政府有可能将这些行刺用作借口，向日本宣战。于是政府就开放了横滨，将外国人安排在远离敌视外国人的武士和浪人的地方。这种人很多！比如强烈仇恨外国人的水户藩大名，前不久他因为撰写倒幕的宣传文章，被软禁在家了。他曾经的武士里，有数百人乔装打扮，在江户游荡，寻找外国人，想杀死他们，"珀斯布吕克解释道，"城里真的很危险，我们不能自由活动。因此，您可别掉以轻心，请您不要盲目信赖您的'日本人之友'的美誉。"

西博尔德故意不理会这一警告，接着往下问道："行刺翻译的事我已经听说了。还有什么我需要了解的吗？"

"唔，亨利·豪伊斯肯是荷兰出身，所有外交官都喜欢他。他对日本人也真诚坦率，常带着一小队警卫在江户城里散步或骑马。事情发生后，大多数日本人和外国人都惊呆了。袭击是瞬间发生的，胆小的行刺者逃走了。至今一个都没抓到。"

"此事蹊跷，"西博尔德沉思着说道，"完成了杀人任务又逃走了，这不符合武士接受的教育。"

"我们也这么想，"珀斯布吕克承认道，"不过这很可能只标志着形势比我们一直认为的更错综复杂。"

"我在长崎听说，对外国人的仇恨还有一个理由，据说他们将疾病带进了日本。这方面您了解多少？"西博尔德追问道。

"幸亏您说起这事。恐怕这是真的。不久前，一位英国医生向我证实，四年前江户爆发过霍乱，夺去了差不多三万人的性命。当然，我们无法准确核实此事。"

"霍乱？日本人一直不知道这病。您知道日本人有多干净，他们很注重饮用水的卫生。"西博尔德说道。

"是的，这我们知道。人们怀疑是一艘美国船将这病带进来的，也就是佩里司令舰队里的'密西西比'号。他们从中国返回，第二次来到日本时，船上携带了这种疾病。这自然是一大灾难。我现在更能理解日本了，他们宁可不与我们交往，"他停顿了一下，"我可不可以问您一件事？"

"尽管问吧！"西博尔德欣然同意，虽然他脑子里还在假想江户街头的三万死尸。

"我们可以分析分析江户和日本政府在做什么。天皇是我们无法接触、无法看见、无法想象的。您在京都有耳目吗？"

"您说得对。很难了解到天皇和公家的消息。但我有很好的消息来源，不是官员和政客，而是日本学者。我现在对您讲的，或许会让您吃惊。幕府和皇室之间存在对抗，这一直是整个德川统治制度的特点。自从一年前井伊直弼大老 ① ——正是他与哈里斯领事签署了第一份可恶的不平等条约——遇刺，形势发生了变化。井伊甚至倡议年轻的家茂将军与经验丰富的统仁天皇密切合作，联合执政。从此，皇宫和江户政府就宣扬公武合体 ② 了，也就是皇权与幕府的联合。如今，这个新政策已经初现雏形了，要将统仁天皇的妹妹和宫公主嫁给家茂。我知道天皇和他的妹妹都反对这桩婚姻，但

---

① 大老是日本幕府的最高行政职位。

② 日本江户时代后期的一种政治理论，主张联合朝廷（公家）和幕府（武家），改造幕府权力。

公家和皇室的其他权臣都在逼他们同意这个计划。统仁天皇恨所有外国人，对与外国人的条约很恼火，他提出条件，要家茂将军取消与美国人的通商条约。形势很荒谬，因为将军本是'征夷大将军'，但他和他的顾问、大臣却属于亲外的阵营，而天皇作为精神首脑和国家统一的象征，又要求严格遵守传统的德川法律。"

"不可思议。那我们的对手就不在江户，而在京都了。"珀斯布吕克总结道。

"不要想得太简单！"西博尔德警告道，"革新的力量不在江户，而在京都。幕府的政策摇摆不定，但换位新将军就可以解决，问题的关键是当前的整个统治制度遭到怀疑。家茂将军想通过支持皇室来挽救幕府，不让它灭亡，但他到现在还不明白，他在这个联盟里什么也得不到。他越来越失势，权力落到了天皇手里。但主要危险不是来自统仁天皇本人，而是来自那些狂热追随他的大名、武士和浪人。他们几乎不受控制，什么样的暴力事件都干得出来。"

"您认为，这会导致什么结果呢？"

"我认为眼下日本的统治制度再也不可能继续存在下去了。幕府丧失了合法性，它完蛋了。一场大变革将会发生，这将带来一个由天皇统治的新纪元。日本不久又将成为君主制国家。我们作为外国人和入侵者，唯一还能做的就是在将日本推入混乱后，想办法别让日本像美国和法国那样，爆发内战或血腥的革命。这便是我去江户担任将军顾问的使命。"

"冯·西博尔德先生，您明白吗？二百多年前，威廉·亚当斯曾经担任德川家康的顾问，这样一来，您就是自他之后第一个为日本政府工作的外国人了。"

"当然！我从小就对亚当斯在日本的冒险生活如数家珍。"他骄傲地说。

"当您直接接触政府的时候，我们的德韦特领事还被困在长崎，他只可以请那里的奉行疏通关系，我想知道他会是什么感受。"珀斯布吕克小声说道，他自己也还没到过江户，甚至不可以离开横滨。

"这会协调好的，他会看到我能给他带来哪些好处的。或许我还能让他迁去江户呢，"西博尔德安慰道，"您要是能跟他好好谈谈，肯定会有帮助。"他眨眨眼，又补充道，"说到冒险，对面那一桌坐的都是什么有趣的人物啊？"

"哦，一位是喜欢与诸侯、国王和沙皇交往的俄国革命家，名叫巴枯宁，还有德国画家威廉·海涅和两名美国商人。他们这几天天天晚上都在这儿一起喝酒。听说巴枯宁是从西伯利亚监狱里逃出来的。他好像很有钱，总是大方地请来同桌的所有客人。海涅参加过佩里的远征，他将那次远征画得特别出色。"

"是的，我认识他，不过只是通过他发表的作品认识的。他自封日本专家。换句话说：一个业余爱好者。"西博尔德冷笑着想起他们的激烈论争。当西博尔德的论文《荷兰和俄国争取日本开放的资料介绍》登出时，海涅曾在《汇报》上撰文批评，说他对美国远征行动的介绍大错特错，因为美国通过这次行动，才让日本签订了一份通商条约，打开了日本的国门。几年后，西博尔德在同一家报纸上，以《关于日本的 101 个错误》为题评论了海涅的《日本及其居民》一书，作为报复。

"那两个美国人做什么生意的？"他继续向珀斯布吕克打听。

"一个是费城鲍德温机车公司的代理，他想将蒸汽机车卖给日本。由于日本缺少可以行驶的轨道和一个国营铁道公司，这打算暂时好像没有意义。现在他可能相当于他的企业的最后一根救命稻草，因为自从 4 月美国南北战争爆发以来，铁路建设就彻底瘫痪了。要是能卖出几台机车，哪怕它们只是暂时闲置在江户，也有可能让这家厂避免破产，从战争中幸存下来。因此，他举止傲慢。另一位绅士受政府委托，从事贵金属生意。美国人想引入一种中央银行体系，同时在铸币时维持金本位制。黄金不多了，政府意识道，比起在加利福尼亚让相信运气的人挤在一起费劲地从地底刨挖，在日本低价用白银买黄金要简单得多。"

"我担心的正是这个，"西博尔德叹息道，"日本会被掳掠一空。贵金属生意对它来说没有一点好处。这里控制价格的不是供求关系，合约规定的固定价格不利于日本，只会吸引投机分子。只有少数人能从与外国的贸易中获利。三越和三井这样的批发商靠这些生意让几个町人①变得更富，而武士们依旧像过去那么穷。至今为止，开放国门带给广大民众的感觉只是日常生活用品的税收大幅增加了，尤其是服装和食品的。"

"顺便说一下，这两位先生一点也不喜欢日本人。他们称日本人为'野人'和'猴子'。他们觉得整个日本原始落后，风俗很残酷，政府也愚蠢。"

"您不觉得这种傲慢本身也有点反讽意味吗？"西博尔德苦涩地抱怨道，"为了维持奴隶制，美国人自己都打起了内战，可偏偏是他们要向一个仍然生活在世界史上最长和平时期的国家解释什么是文明和好的政治。这真可悲。现在就差俄国人了，他们也许会来日本，一边感觉自己拥有文化优势，一边在自己落后的国家继续推行令人无语的农奴制。"西博尔德真火了，珀斯布吕克看他反应这

① 日本江户时代对城市居民的一种称呼，主要指商人、町伇、工匠及从事工业的工作者。

么强烈，也很震惊，他怀疑地看着西博尔德。抱持自由主义观点无可厚非，可是，如果一名荷属东印度总参谋部的成员完全站在日本这边，会产生什么结果呢？西博尔德喝光杯中的酒，起身告辞。虽然他很想结识一下巴枯宁先生，但机会肯定还会有的。他放弃了与威廉·海涅本人的相遇，而那位喝醉的铁路代理人正将他的左轮手枪挥来挥去。西博尔德宁愿回房间休息，准备迎接即将到来的任务。

接下来的几天，许多医生、从前的病人和帮他一起处理迁往江户的手续的官员前来拜访。酒店担心西博尔德的安全。当时，几乎所有外国人都已经离开江户，日本当局请求他们搬去横滨及其周边。只有英国公使阿礼国和美国领事汤森·哈里斯反对搬迁要求，他们甚至警告日本政府，政府必须对他们的安全负责。三个星期后，手续就办妥了。西博尔德和儿子钻进驾笼，被低调地带去江户。为安全起见，他们已经用船运走了行李，虽然陆地上的距离还不到二十公里。在这段日子里，小亚历山大结识了和蔼可亲、富有魅力的俄国人米哈伊尔·巴枯宁。小亚历山大和酒店里的许多其他客人一样，都被告知要提防遭袭，当他突然看到父亲跟在自己的驾笼旁行走时，他大吃一惊。西博尔德不顾随行警卫人员的警告，坚持徒步，他享受到江户前的最后一段路上的东海道风景，并与其他旅客用日语热烈地交谈。毕竟，他是日本政府的顾问。他享受这一自由，骄傲到忽视了迎面走来的几名持刀者恶狠狠的目光。大道上人来人往，大多数日本人都对他很友好，他们认出，他就是著名的荷兰老师西博尔德，他的女儿是日本的第一个女医生。直到快到城市时，西博尔德才重新钻进他的驾笼。当他们抵达赤羽的宫殿时，挑夫们抬着驾笼，穿过一道沉重黑漆的大门，然后大门嘎嘎地响着，在他们身后关上了。西博尔德和小亚历山大在第一进前院里钻出轿子，发现他们来到了一座城堡的中央。那是一座有着巨大屋顶的宽敞建筑，周围分布着许多院子和游廊。大量武装人员来来去去，激动地喊叫着。监督官、翻译和秘书在主建筑里等着他们。西博尔德感觉自己进了一个政府部门。他们被领进了日式大卧室，行李已经到了，被放在里面，他们可以安顿下来了。几个月前，普鲁士公使欧伊伦堡伯爵曾住在宫里，并签署了普鲁士和日本之间的友好条约。第一夜小亚历山大怎么也睡不着。武器持续不断的叮当声让他难以入眠。夜里，将军的保镖看守着住处和工作室，三百名士兵在宫墙外巡逻，四十名军官驻在内院，这都是为了保护他们。第二天，西博尔德就开始演讲了。从此，他定期在上午讲医学、农业、采矿业、陆军和海军方面的知识。每回有六十至八十名听众来宫殿主楼听课。教室是由办公室改造的，容纳不下更多人了。所有来客都在大门口接受严格检查，这是为了检查他们身上有没有携带武器。由于人满为患，他们经常不得不将感兴趣的人拒之门外。下午，西博尔德从事政治研究，并准备要提交给安藤大臣的论文，论文包括对计划派往欧洲的外交使团的具体建议。他还就英俄的对马岛之争发表了意见。两个海洋强国都并非真正需要该岛的领土。因此，他建议幕府允许两国各建一座海军基地，这样就能消除岛屿被吞并的危险。另外，它们各自的战略利益是可以理解的，并非针对日本。他本想亲自参加外交部和政府的讨论。但是，鉴于公众的不安，幕府认为，允许一名外国人接触政界最高层过于危险，而且他是一个敌对国家的非官方代表。他们一定要维持这样的假象——西博尔德只是科学问题的顾问，主管相关问题的高官被派进宫去见他，这些高官多属于外交部班底。

夏天又热又闷。烦人的蝉鸣从早到晚持续不断。一天夜里，西博尔德和小亚历山大被街头的嚷叫和宫内的踢踏声吵醒了。当安藤大臣的一位使者请求警卫放他进来并扑倒在西博尔德面前时，父子俩都还穿着睡袍。来人要西博尔德赶紧跟他走，他需要西博尔德的帮助。英国大使馆遭到袭击了。西博尔德迅速穿好衣服，带上佩剑，拎起他的医药箱，带着小亚历山大快步赶往宫门，他不想将小亚历山大单独留下。大门还关着，由二十多名来自将军卫队的士兵组成的警卫队已经等在门前了。门嘎吱嘎吱地打开，他们快步赶往几条街之外的东善寺。英国人被安排在那里的一幢侧楼里，佛教僧侣住在主楼里。当警卫队赶到那里时，呈现在西博尔德父子面前的是一派恐怖景象：前院里尸体横陈，重伤者躺在自己的血泊里呻吟。空气中散发着难闻的屎尿味。有几名受害者的下腹和肠子被剖开了。西博尔德试图迅速弄清详情。房间里遭到了抢掠，床铺被剑劈开了，纸门和墙被捅穿了，家具被推倒了。阿礼国大使的卧室门外躺着一条狗，狗的头被劈开了。大使本人没有受伤，他是受过培训的军医，已经在照顾重伤人员了。西博尔德只向他挥了挥手。他们知道此时有比礼节性的问候更重要的事。莫里森领事只受了点轻伤，但使馆秘书劳伦斯·奥利芬特身上有几道大伤口，很可能会失血而亡。他曾用木棍抵抗浪人们的刀剑。西博尔德赶紧用粗糙的针脚迅速缝合其上臂最大的伤口，并用绷带包扎其他伤口。然后他走进院子，去医治日本警卫。他们与凶手进行了血战，他们冒着生命危险去救那些不受欢迎的外国人。西博尔德走近一位受伤的案犯，问他疼不疼，对方只是仇恨地看着他，说他不懂疼痛。他当着惊骇的西博尔德的面，飞速拔出自己的短剑——胁差，将它捅进肚子里，又将剑刃横向划过内脏。另外三名案犯此前已经用这样的方式自尽了。多具被剖开的尸体的恶臭令人无法忍受，但西博尔德还是坚持护理日本警卫的伤口，直到凌晨。他感谢他们的勇气和无私奉献。在一名案犯身上发现了一份密谋文件，上有十四名浪人的签名。

在下自知位卑身微，却不忍目睹帝国遭洋人蹂躏。我意已决，誓欲执行主人宏愿。虽力量和手段有限，不能多做贡献，让外国赞美我的祖国，但在下仍希望通过恪尽职守和殷勤效忠，来表明我对所蒙圣恩的感激。若能如此迫退洋人，为天皇陛下分忧些许，我则视之为功莫大焉。在此我自愿牺牲生命，坚定地走向既定目标。

很显然，有五名案犯逃脱了。袭击中共有十二名日本人丧生。连莫里森和奥利芬特在内，一共伤亡二十多人，其中部分重伤，莫里森和奥利芬特是仅有的两位受伤的外国人。

阿礼国也为许多伤员做了应急处理，小亚历山大从旁协助他，帮他翻译，让伤员们不要害怕他。在日本人看来，让自己侍奉的主人接触自己，用自己的血玷污主人，让主人为自己处理伤口，实在是无法想象的事情。小亚历山大表现得很机灵，也能不时帮大使搭把手。清晨，当其他日本医生赶到时，他们都累坏了，但阿礼国对西博尔德的无私奉献印象深刻，尤其对他聪明的儿子印象深刻。他感觉，他们在最紧要的关头合作得很好。他从接待厅的餐柜里取出最后一瓶苏格兰威士忌，这瓶酒躲过了刀剑之争。他给助手和自己各倒了满满一杯。三个满身血污的人干了杯，祝女王长寿。然后阿礼国的表情恢复了严肃。

"冯·西博尔德上校，请您不要误会我，谢谢您在危急时刻火速赶来，出色地给予了支持。但您应该明白，这场袭击将引起一场严重的外交危机。外国领事人员不容伤害，对这一权益的蔑视是宣战的充分理由。英国王室将做出强硬的回应。请将此事告诉您的日本朋友们。"

西博尔德忧虑地望着他，想了想："我理解，阁下，对您的受保护权的伤害是不可原谅的。请您将我当作替日本政府处理此事的代表，虽然我还没有接到正式委任。我知道，这一罪行会让幕府十分震惊。但我希望您能承认，幕府提供的警卫英勇无畏地保护了您的性命。"

"没错，我承认您说得对。然而，英国王室会看到这件事的后果。我作为英国王室派来日本的特使，天天都得担心自己的生命安全，这也会让英国王室绝对无法接受。"

"我向您保证，我今天就会将此事告知外交部的安藤大臣，并采取一切必要措施。"

"好，好。顺便说一下，您对您的儿子亚历山大有什么打算？他帮了我很大的忙。"

"这个嘛，他先得深入学习日语，这样以后他就能为我翻译科学书籍。他的下一站应该是加入俄国海军，接受训练，成为海军学员。"

"请您也考虑让他在政界实习一番。等他完成学业了，我很想雇他来英国使馆担任翻译。您意下如何？"

"阁下，这是何等的荣幸啊。我会考虑的。"

西博尔德带着小亚历山大，在警卫的保护下返回赤羽的宫殿。他累坏了，但他还是立即撰写了一份备忘录，准备将它呈给安藤的官员们，危机当前，他们一大早就来了。他取消了讲座，这令被拒之于宫门外的听众大失所望。作为袭击的目击证人，由他来汇报东善寺发生的事件再合适不过了。他撰写了一份客观报告，依据事实，解释了案犯的来处和动机，最后他解释，日本政府必须采取一切措施，确保类似事件不再发生，必须对幸存的案犯及其幕后指使者科以最严厉的惩罚。他建议幕府在全国张贴通告，严肃地告诉所有公民，外国使者是其统治者派来的代表，享有受保护权。因此，幕府必须限制东照神君敕令——这是第一位将军德川家康的遗嘱，德川家康身后的谥号是东照神君——该敕令允许国内的每位持剑贵族一见到"蛮夷"就将其杀死。这个传统敕令是恐怖的萌芽，因为杀人或抢劫的浪人可以以此为据，随时杀死外国人而不受惩罚。此外，幕府还应该将他这份关于刺杀过程的报告和幕府打算采取的各种措施翻译成英语、荷兰语、法语、德语和俄语，主动送交各国外交部。此事十万火急。日本存在爆发战争的危险，不仅可能与英国交战，而且可能与所有在日本派驻了大使的国家交战。

西博尔德行动之快让外交部官员吃惊，他们感激地接过了文件，接下来却连续几天都没有反应。西博尔德感到不安。他再次亲自拜访了阿礼国，然后是美国公使汤森·哈里斯和法国大使古斯塔夫·迪谢纳·德·贝勒科。他将自己送呈安藤大臣的信件给了他们仨一人一份，向他们保证日本会采取一切必要的措施。哈里斯和贝勒科也说，如果日本政府不赶紧就暗杀事件表态，就会爆发战争。但西博尔德的行为起了作用，他的信件真让形势平稳了下来。这给了日本当局更多的时间。由于磋商的复杂，日本当局总是反应太慢。直到三位大使的不耐烦渐渐变成愤怒时，幕府才发表了官方声明，表示要增派警卫，保障使者的安全，同时为东善寺事件道歉。他们对承诺表示满意，战争的危险暂时被解除了。这次成功的斡旋让西博尔德的声望猛增，无论是在外国外交人员那里，还是在日本外交部那里。但他的成功也招致了很多妒忌，特别是只能从长崎关注这些事件的荷兰总领事约翰·德韦特。西博尔德继续为日本政府出访欧洲的外交使节团做准备。为了让使节团的旅行能够与身份相符，他以外交部的名义购买了美国蒸汽船"施特劳斯"号。当副领事珀斯布吕克将这些事情告诉德韦特时，领事忍无可忍了。德韦特怒气冲冲地给安藤大臣写了一封短信，强烈抗议冯·西博尔德私自组织日本对荷兰的正式国事访问，他认为西博尔德根本没有资格组织这种外交使节团。安藤接到此信时，他本人刚刚遭遇了狂热浪人的一次袭击，幸免于难。案犯的密谋文件里这回直接指名道姓，说"西博尔德"是必须被驱逐的蛮夷之一，安藤与蛮夷国家的使者合作，他应该去死。在这种情形下，安藤第一次将西博尔德约到部里。西博尔德很高兴，他以为是关于申请担任外交部政治问题顾问的事。他穿上制服，佩上全部勋章和佩剑，在此之前，他还让人重新磨了一下剑。为了让儿子放心，他又带上了两把手枪。当他坐在大臣对面，大臣十分懊恼地向他介绍了对他本人的行刺和德韦特的来函时，西博尔德惊呆了。安藤承诺一定要将他留在自己的部里，并对西博尔德的帮助表示深深的感激。但是，他必须对荷兰特使的抗议做适当并表示理解的回应。他们不顾德韦特的反对，讨论了赴欧外交使节团的细节。

不到两星期之后，德韦特总领事从长崎来到外交部晤谈。安藤先在一封信里礼貌地拒绝了他的要求，又邀请他来江户私聊，向他解释整个事情。德韦特巧妙地进行了交涉，终于达到了目的。他建议先让西博尔德离开江户，返回荷兰。然后，德韦特答应大臣，西博尔德将由官方委托，以荷兰外交使团成员的身份回到日本。安藤无法拒绝他的提议，决定解雇并调离西博尔德，按规定让他离开江户。

　　西博尔德在赤羽的宫殿里听到这个消息时，如雷轰顶，十分绝望。他已经离目标很近了，现在却又冒出一个人阻止他。他原本预计至少能在江户待上三年。现在只待了几个月，但这几个月里他还是做出了很大的贡献，他让日本避免了一场战争。部里履行合同，要支付他整个任期的薪酬，但这几乎没有带给他什么安慰。他唯一还能做的就是照顾好他的儿子。西博尔德的离开尤其让阿礼国大使深感遗憾。他欣然兑现了他的承诺，立即让小亚历山大在英国大使馆工作，这样小亚历山大就有权留在江户，这也符合他本人的愿望。尽管有很多讨厌的事情，他还是爱上了这个国家，他不想离开日本，虽然他知道，母亲知道后会不开心，而且他或许永远也见不到父亲了。自从东善寺那一夜之后，他与阿礼国之间产生了真正的友谊，他视阿礼国为自己的导师。十五岁的小亚历山大权衡了一切因素之后，陈述了他这样决定的理由，那份成熟令西博尔德惊讶。几天后，他受邀去将军的堡垒——江户城堡，举行告别仪式。在被接见之前，他与安藤大臣匆匆见了一面。安藤想保持礼节，但看得出他对被迫解雇最优秀的手下深为不满。他告诉他，幕阁的许多高官，就连那些一开始对他有保留意见的人，都对西博尔德被解雇一事深表震惊。然后，他亲自陪西博尔德前往接待大厅，内阁成员、部长和高官们都聚在那里。西博尔德很激动，因为他将第一次见到幕府最高统治者。当将军走进来时，所有人都拜倒在他面前。按照宫廷总管的指示，只有西博尔德可以抬起眼。这次接见要比西博尔德三十五年前经历的那场侮辱性的仪式隆重得多，也感人得多。那回他与门德尔松一起，只可以从前厅观看，日本的统治者都没肯屈尊从屏风背后走出来。家茂将军威严地坐在他的宝座上。西博尔德知道将军的年龄，但他的模样还是让他吃惊。家茂是个少年，跟亚历山大一样大。他自己没有说话，由一位内廷参事宣读他的告示。将军用华丽的辞藻感谢西博尔德慷慨、勇敢的奉献，感谢西博尔德始终为日本帝国及其人民的利益效劳。将军愿他能尽快回到日本，日本始终张开双臂、敞开心扉欢迎他。然后安藤大臣直起腰，膝行到宝座前，从内廷参事手里接过几样东西。他抱着这些东西来到西博尔德身边，将其铺在西博尔德面前。内廷参事解释，为了表彰他的贡献，家茂将军要将这些礼物赠给外国人西博尔德，那是一把荣誉宝剑和五卷珍贵的邪马台锦帛。西博尔德对漆木架子上的镀金宝剑赞叹不已，架子上有一只端坐在常春藤缠绕的战鼓上的公鸡，这是和平的象征。接见到此结束。

失　败

几天之后，西博尔德就不得不离开江户了。在横滨，他再次被安排在外国人酒店里。尽管离开得很体面，他还是感觉他的荷兰长期雇主通过日本人侮辱了他。他根本不相信政府会再将他派往江户做外交官的承诺。他在这窄小的环境里简直度日如年，直到一艘船将他和行李一起带回了长崎。一些真正钦佩他的外国人友好地安慰了他。但这座开放的港口投机分子云集，他们面对反常的外汇政策，陷进了名副其实的淘金热，这让他十分沮丧。虽然他们称之为"通商"，但这只是逐利的猎人的捕狼战斗。他在晴朗的天气里乘坐"圣路易斯"号，沿美丽的海岸航行，穿越日本的内海，这也没能让他开心起来。抵达长崎时，他又听到了另一个令人伤心的消息。他的猎犬小八在他离去后拒绝进食，因思念主人而亡故了。当西博尔德打开鸣泷的家门时，他极其忧伤。他知道这是他在日本最后的日子了。此次告别将是永别。他回到家乡还能做什么呢？退休，与海伦一起安度晚年吗？到底哪里才是他的家乡呢？他效劳了近四十年的荷兰？他住了二十年的莱茵河畔的普鲁士？还是他长大的地方——巴伐利亚的维尔茨堡？不，他的家乡是日本，而他面临着第二次驱逐。唯一的安慰就是泷。她也感到失望，但又不肯放弃希望，她希望荷兰会信守承诺，将他如约送回。她搬到鸣泷，和他一起住在这里，两个人像一对老夫妻一样共同生活。这是多年来，西博尔德第一次在没有被委派任务或自找任务的情况下，与第一任妻子恩爱地度过了许多时光。他们每天散步，探亲访友，或在晚上去喜欢的歌舞伎剧院。泷想尽一切办法驱逐笼罩在他心头的忧伤和绝望。

一天晚上，他们身裹被子坐在阳台的榻榻米上，一边喝着绿茶，一边聆听九州春天的降临。西博尔德静静地握着泷的手。

"菲利普，我有件事必须告诉你。"

他只是望着她，一声不吭。

"你应该还记得你的女管家，年轻的押尾吧？你一直叫她'盐小姐'。"

他点点头。

"你有没有注意到她离开了？"

他疲倦地摇摇头。这给人的感觉是，因为现有的烦恼，所以不管这是怎么回事，他都不会很认真地对待。

"好吧，她不想再在这里工作。这是有原因的。她怀孕了。"

西博尔德理解地点点头。

"现在她生下了一个女儿。"

听到这个好消息，西博尔德笑了笑，明显是在假装快乐，他仍然不知道这关他什么事。

"她看上去不像日本人。"

西博尔德坐直身体，严肃地看着泷："你这是想说什么？"

"父亲不可能是日本人。"

"难道你是想说我……"

"你？天哪，不是！当然不是。是亚历山大。他送给你一个孙女，而他自己却不知情。"

"亚历山大？和'盐小姐'？"他皱起眉头，努力回想。后来他显然想起了什么。"当然！我又犯蠢了！这是很明显的。她现在怎么样了？她自己几乎还是个孩子啊。"

"当她发觉自己怀孕之后，立即搬去了鹿儿岛附近的一个小村庄里，与一位日本小伙子结婚了，推说孩子是他的。他的家人接受了孩子，虽然那孩子看上去有点奇怪。她害怕在长崎生下一个外国人的孩子，现在我们国家有许多自称'蛮夷猎人'的浪人，他们在胡作非为。她也从稻身上看到，如果孩子不是纯日本人，处境会有多么艰难。另外，稻怀疑你是孩子的父亲。我告诉她，押尾向我承认了她与亚历山大的恋情，但稻不肯相信。我不知道她为什么一定要将这种坏事强加于你。"

"押尾和这只'布谷鸟蛋'①现在怎么样了呢？"他沮丧地叹了口气。

她疑惑地看看他，但又继续说了下去。"她不想再跟亚历山大和我们联系了。她不想让亚历山大知道孩子的事，这样她能与孩子安然生活。她恳求我不要告诉你们，可我不能瞒着你。"

---

① 布谷鸟又名大杜鹃，无固定配偶，也不自己营巢孵卵，将卵产于大苇莺、麻雀、灰喜鹊、伯劳、棕头鸦雀、北红尾鸲、棕扇尾莺等各类雀形目鸟类的巢中，由这些鸟替它孵育后代。

西博尔德仰面在榻榻米上躺下来。"这是个多可恶、多可怕的消息啊。我将永远见不到我的孙女,亚历山大永远见不到他的女儿,而我自己的女儿认为我是个弄大了女仆肚子的老淫棍。难道灾难就不会结束吗?"他眼含泪花。

她向他俯过身来,温柔地拂去他额上的白发。"等你以荷兰领事或大使的身份再回来时,我们也许能说服她和她的家庭,将那孩子交给我们看护。我们要让你的孙女在我们身边长大。你可是很喜欢小孩子的。"

"哎呀泷啊,我的爱人,"他拥抱她,将她拉向自己,怀着绝望和欣赏的复杂心情吻她,"你的信心从何而来?你的希望太美好了。我这次回欧洲,是去等死。"

4月中旬,停在出岛泊地的"玛格丽特"号英国蒸汽帆船准备起航。这回,西博尔德的行李相对轻便,因为他只有十二箱行李。他的日本朋友、学生和病人像迎接他时一样,真诚地与他道别。他们坚信,他不久就会以荷兰外交官的身份回来。他很想表露他的真实感受,并与所有人诀别,但他们相信他还会回来,他不想让他们失望。泷仍然很勇敢,虽然她知道他在想什么,而且担心他可能是对的。稻没有现身。当他看到野母崎町沉进地平线时,他无比伤心和绝望。他说不出哪次离别更糟糕,是这回,还是三十多年前的那回,当时他还是个前途未卜的年轻博物学家。

三个星期后,西博尔德的船抵达了巴达维亚。他从港口直奔茂物,去新总督施莱特·范德贝勒的官邸。他对这次见面不再抱什么期望,他确信所有承诺都只是为了将他顺利地弄出日本。毕竟他在江户还威胁过德韦特总领事,他说自己根本不是荷兰人,而是德国人,因此根本不需要荷兰的保护。当时,西博尔德还希望普鲁士新领事马克斯·冯·勃朗特——西博尔德认识他时，他还是冯·欧伊伦堡伯爵的随员——会及时返回横滨，好让西博尔德在他那儿谋得一个职位。可事与愿违。勃朗特的行程推迟了。因此，当他坐在总督对面，听到对方怀着真诚的遗憾说，自己无权再将他作为外交使团的成员派回日本时，西博尔德很吃惊。这年春天，荷兰进行了一场彻底的行政改革，殖民部对荷兰东印度公司的全部管辖权都被移交给了外交部。施莱特·范德贝勒无奈地得知，他自己的权力会因此受到大幅限制。他对自己不能兑现承诺这件事很后悔。西博尔德必须前往荷兰，面见外交部部长，最好是直接面见国王，争取这个职位。也就是说，确实有过将他派回日本的计划——德韦特没说谎。当健谈的施莱特·范德贝勒继续道歉时，西博尔德克制着自己的感情。他只当德韦特是一位失败的野心家，他为此感到羞愧；人家并不想就这么将他排挤走，这让他有种满足感；而幸运的转折就这么擦身而过，这让他觉得震惊。巨大的疲惫感向他袭来。他再也没有力气了，感觉自己已经走到了路的尽头。西博尔德觉得，这回他没法再靠纯粹的意志，克服一切阻力，引导事情朝着有利于自己的方向发展。他回头看看，突然觉得过去所有的努力都是超人的、普罗米修斯式的。这回他不可能再做到了。永远不可能。

他带着漠然和解脱的情绪继续前往荷兰。他有很多时间。他再次享受大海的辽阔，也试图终结他在日本后续的生活，对在最后的家乡等着自己的家庭敞开心扉。在阿姆斯特丹，他被介绍给外交部部长，也得到了国王的接见，他重申了自己的愿望。但在做这一切时，他内心一直燃烧的信念和野心的火苗熄灭了，从前这火苗曾让他无法被拒绝。不出所料，鉴于他的高龄，他的申请被拒绝了。于是，他递交了辞去荷兰公职的申请。国王又颁给他一枚勋章，以表彰他的伟大贡献，并付给他四千荷兰盾的年薪，这足够他愉快地安度晚年了。

办完所有相关手续之后，他坐车前往莱顿。海伦和四个孩子在"日本别墅"里热烈地欢迎他。他离家快四年了，已经完全忘记自己有个多大的家庭，以及这意味着什么。海伦喜形于色，好像她是要与天使跳舞似的。她向他坦白，她担心他永远不会回来了。亚历山大留在了日本，这的确糟糕，但最重要的是她又得到了自己的丈夫。因此，她对他无微不至，并向他展示了她在这些年里为他保留的全部的爱。在家庭的怀抱里，西博尔德感觉过得前所未有地愉快。这情形进一步弥补了他遭受的冷落和体会到的失望。他们一起决定放弃莱茵河畔博帕德市的房子，迁往维尔茨堡。他们在莱顿度过了春天。他们散很长的步，有时也带上孩子们，一起玩"找植物"的游戏，游戏方法是在周围村庄的花园里找出某种西博尔德引进的植物，并率先正确喊出它们的拉丁文名，如 *Hydrangea petiolaris*（藤绣球）、*Sedum sieboldii*（金钱掌）、*Magnolia sieboldii*（天女木兰）、*Primula sieboldii*（樱草）、*Hibiskus hamabo*（海滨木槿）、*Juniperus rigida*（杜松）、*Cercidiphyllum japonicum*（连香）或 *Kerria japonica*（棣棠花）。然后，西博尔德就每种植物讲一个故事，比如连香在秋天闻起来像焦糖，日本景天在初次从日本到这里来的途中差点死掉，他爬上船帆的桅杆顶端，将它牢牢系在那里，因为那里有更新鲜的空气。他在日本发现了很多植物，后来与合伙人海因里希·布卢姆一起将它们成功地销售出去了，这些植物现已在全欧洲普及开来了。生意一直很兴隆，只不过西博尔德在企业里的股份已大幅缩水。

迁居维尔茨堡是件好事。巴伐利亚政府出高价买下了他剩余的收藏品，并将他们捐赠给了他故乡的大学。西博尔德在那里重新开始写作，为《奥格斯堡汇报》撰写了大量关于他的第二次日本之行的报道，甚至又为另一次日本之行拟订了几种计划，并将其呈交给俄国和法国政府。但他在做这一切时没有了从前的冲动，更像是游戏式的、不太当真的尝试。作为退休的博物学家，西博尔德有一大群朋友和崇拜者，他感觉相当舒服，他的冒险家欲望消失了。当莫纳尼亚大学生社团庆祝成立五十周年时，他作为最年长的老先生主持了这次酒宴。坐在他身旁的是刚好比他小两岁的老先生，奥古斯特·海因利希·霍夫曼·冯·法勒斯雷本[1]，他是一位日耳曼语学者和诗人，创作了著名的《德意志之歌》。二十多年来，所有自由社团的大学生一直放声高唱这首歌，以此表达他们对德国混乱纷争状态的厌恶和对一个统一的德国的向往。当晚，两位老战士十分开心，尤其是因为他们的政治观点很接近。他们并肩战斗。他们放开来大喝特喝，以至于平时酒量很大的西博尔德好不容易才找到床，穿着衣服和靴子就睡着了。他本来还想在清晨给海伦唱一曲爱的宣言："海——伦，海——伦，胜过——一切……"海伦没有生气，反而感到开心，任由他酣睡，后来还给他做了一顿丰盛的早餐，有炒鸡蛋和鲱鱼卷。

在巴伐利亚国王马克西米利安二世约瑟夫去世、继承人路德维希二世登基后不久，西博尔德就接到邀请，让他前往慕尼黑。这位年轻国王喜好具有浪漫主义倾向的艺术，他已经听说过很多西博尔德的故事，一定要见见他。当西博尔德第一次站在国王面前时，国王的形象让他吃惊。路德维希二世玉树临风，同时又是一个几乎高

---

[1] 奥古斯特·海因利希·霍夫曼·冯·法勒斯雷本（1798—1874），德国诗人，德国国歌《德意志之歌》的词作者。

出他一头的巨人。他似乎像孩子一样充满热情，立即恳请西博尔德结识理查德·瓦格纳。西博尔德的日本经历对这位伟大的作曲家来说，一定是个丰富的灵感来源。西博尔德无法完全顺从。最后他们达成一致，先在慕尼黑举办一场大型日本展览，展览由西博尔德来操办。这位国王想向他的臣民展示一点异域风情，好启发他们去追求更多的美和道德的严肃性。这些收藏品的一部分已属于巴伐利亚王室，后来为一座更大的人类学博物馆奠定了馆藏基础。于是，西博尔德觉得他终于能够实现他多年的梦想了。

又过了一年，计划才开始实施。在江户的小亚历山大随时向西博尔德通报日本发生的事情。西博尔德预言的大转折渐渐出现了。日本南部萨摩藩和长州藩的强势大名奋起反抗外国人。但在1863年8月的鹿儿岛战役中，萨摩藩遭到了英国毁灭性的打击。一年后，英国通过长时间轰炸，摧毁了下关沿海的炮兵，打败了长州藩的毛利氏。令人惊讶的是，这两个大藩本是天皇的盟友，后来它们却站在了主张开放国门的那些人一边。作战失败让他们有充分的理由意识到，外国人能远远胜过日本。

在此期间，家茂将军去京都拜见了统仁天皇，亲自询问他的建议，请求天皇同意幕府的外交政策。统仁的回答十分含糊。之后，两个人一起前往京都北方的贺茂神社。这是五百多年来，第一次有天皇来这里朝拜。这看上去是公武合体政策的进一步具体化，似乎江户和京都真的想更好地合作，处理开放国门的问题。但是，不久后天皇就颁布了驱逐所有蛮夷的敕令。结果，天皇在民众中的威信越来越高，江户政府渐渐丧失了最后的支持。

西博尔德又去了一趟巴黎。因为他的那篇关于在日本设立法国贸易站的论文，拿破仑三世皇帝出人意料地邀请他去巴黎。由于普鲁士和奥地利之间爆发了战争，西博尔德到达巴黎后，接见时间一再推迟。西博尔德在香榭丽舍的咖啡馆和饭店里度过了很多时光，他与来自外省的年轻诗人阿尔丰斯·都德① 交上了朋友，都德立刻喜欢上了日本，决定下次旅行一定要去日本。西博尔德甚至觉得他是个合适的人选。都德不是浪漫主义者，他属于新自然主义一派，该流派注重仔细观察自然，而不是写朦胧的诗歌。后来，西博尔德发现可能还要等上几个月才能得到接见，于是他就一无所获地离开了。

他直接去了慕尼黑，去整理从维尔茨堡寄来的收藏品，为展览做准备。不过他的房间冰冷潮湿，无法加热取暖，许多窗户也不密封，就算外面是晴朗温暖的秋天，屋内也是深渊般的环境。西博尔德在这样的环境下工作了两个星期，后来他病倒了。最初只是普通的感冒，他想祛除它。后来他被一只锈了的铰链碰伤了手，这引起了血液中毒。他本就固执，随着年龄增长，固执得更厉害了，他拒绝看医生。毕竟，他自己就是医生，他相信自己知道该做什么。他很清楚，除了他的生命力和意志之外，没有什么能治愈他那日益硬化的伤口和向他心脏逼近的红线。不断有人到他当时居住的公寓里看望他。女房东每天给他端来热汤，帮他做冷敷。当西博尔德说起胡话，再也认不出她时，她通知了他在维尔茨堡的妻子，请她赶紧过来。

---

① 阿尔丰斯·都德（1840—1897），法国作家，19 世纪著名的现实主义小说家，著有《磨坊文札》《小东西》等。

挽 歌

当天夜里，西博尔德从发热谵妄中醒来。地板上嚓嚓作响的沉重脚步声、椅子的移动声和火柴的嘶嘶声唤醒了他。他浑身是汗，在油灯暗淡的光下，他看东西模模糊糊的。他感觉不到疼痛，他的神智是清醒的。他床畔的椅子上坐着一个高大的人，那是一个男人，他身穿黑衣，脸部特征显著，高额头，头发往后梳得整整齐齐。他的轮廓越是清晰，看起来就越是熟悉。他举着燃尽的火柴，望着他，脸上带着若有所思的微笑。

"英国人萨缪尔·琼斯虽然根本不是火柴的发明者，但他在大约四十年前，以'路西法'这个名字申请了火柴的专利。简直难以置信，是不是？"那人自言自语道，然后，在停顿了一会儿之后，他将脸转向西博尔德，"你知道这事吗？"

"唐·莫斯提马？"西博尔德无力地问道。

"是的，菲利普，我的老朋友！"不速之客夸张地带着重逢的喜悦答道，听起来像讽刺。

"您……您怎么来这儿了？您为什么在这儿？"他惊讶地问道，"我生病了，没料到会有人来。"他补充道，几乎带着歉意。

"我是来接你的。"莫斯提马开心地说道。

西博尔德皱起眉头。"我们是以'你'相称的吗，莫斯提马先生？"

"不是，可从现在起我们以'你'相称了。我们要去的地方不再需要礼貌的称呼。"

西博尔德茫然不解。

"您看上去跟当年一样。怎么会这样？那一定是半个世纪以前的事了。"

"的确。那正是五十年前的事。我还跟当年一个样，因为我一直是原来的我。这永远不会变。"

"此话怎讲？"

唐·莫斯提马扬起眉毛。

"唔，我该如何向你解释呢？让我想想，"他显然很喜欢这个猜谜游戏，"啊，我想到了！如果我说，自打这个世界存在以来，我就一直是这个样子，这会对你有帮助吗？"

西博尔德不敢相信他听到的话。

"您……你……你是上帝？"他结结巴巴地说道。唐·莫斯提马自负地笑了笑，好像他期待的正是这个答案。

"只要不是事关你的利益，你从来都不是反应最快的。可我们也许会有进展的。"

来客用一个手势让油灯变弱了，房间暗了下来，墙上的一片亮光里呈现出了一场影子戏。那些影子讲述着堕落天使的故事，就像人们从约翰·弥尔顿的名诗《失乐园》里知晓的那样。

"启明星，控诉者，永远的对手，"唐·莫斯提马总结着那个场面，"诗人告诉我：'与其在天堂为仆，不如在地狱为主。'喏，现在你听出什么了吗？"他噘起嘴唇，卖弄风情。

"路西法！"西博尔德低声地脱口而出。

"这真的很难猜吗？撒旦、魔鬼、贝利尔，等等！我有许多名字。莫斯提马是其中一个，我很久没用过这个名字了。为了你，我才专门将它又取了出来，打磨一新。所以，我不能因为你的无知而责怪你。"他磔磔笑着，像疯了似的。他咳嗽了一声，努力保持镇静，又接着往下说道："你必须是古埃塞俄比亚的犹太人，才能每天用这个名字来胆战心惊地做祈祷。你要是梵蒂冈的档案管理员或圣经研究员，你肯定也认识它。可那又如何，亲爱的菲利普，宗教和信仰，反正不是你以前真正喜欢的东西，对不？"

没错，因为他还不相信魔鬼真的存在。但真正吓坏西博尔德的是他最后的那句话。

"什么叫'以前'？难道我已经死了吗？"

"你正在死去。但我们还有一点时间来闲聊。顺便说一下，我很少亲自来接人。可你是个特殊人物！请将这当作一首我献给你的挽歌吧。"唐·莫斯提马得意地解释道。

"为什么是我？我做了什么？难道我不是一生都想着行善吗？"西博尔德害怕起来，担心这一切不只是一场噩梦。

"这正是你让我喜欢的地方！"莫斯提马兴高采烈地叫道，"因此我才选中了你！因为我像勇敢的科学家那样，在你身上试验了一个新原则。"

"我们签订过协议吗？我记不得。"

"你看，他了解自己！可是，不，我们不需要协议。反正你的灵魂属于我。这都是你自己做的。不会有谁来救你，如果你是指这个的话。你不是以撒、约伯或浮士德的兄弟。虽然，如果我想得不错的话……你身上也有点浮士德的气质。这是不是意味着，我应该担心骑兵会来呢？"他语带讥讽，低语道。

西博尔德想坐起来抗议，但他没能做到，又跌回到枕头上。

"你给我解释解释！我何时、何地又如何支持过魔鬼的行为？"他的头歪向一侧喘息着说，只能看到神秘来客清晰的侧影。

"你是认真的吗？"莫斯提马突然用可怕的声音吼道，他将脸转向西博尔德，用充满责备和怒火的眼睛望着他。他打了个响指，西博尔德的脑海出现了一些不属于他的回忆。但他还是每个都认了出来。那是些出现在他意识中的可怕场面。他看到，将军的御医羽生原石、参勤之旅的警官川崎根佐和他的其他许多朋友和帮助者遭受了怎样的残酷迫害；江户天文台的底层官员冈田外介又是如何切腹自尽的；翻译羽场溜钵吕、吉尾次郎、伊部市后吕和他的朋友高桥在江户监狱里的悲惨结局；高桥之子尾光和作次郎非常悲惨，被流放到一座偏僻的岛屿上；最后是一个长得像斗牛犬的船长，他正在认真研究西博尔德窃取的日本地图。西博尔德知道那是佩里司令。然后是江户霍乱、鹿儿岛战役与下关战役的画面。无数的死者，无尽的苦难。

"你不觉得这足够买一张下地狱的车票吗？你害了你的朋友，最后还害了你声称十分热爱的国家。为什么？出风头的欲望和自私自利。您不用做这么多事，就能进入我的王国了。"莫斯提马这回得意地讥笑道。

"这一切可不全是我一个人的责任啊！"西博尔德喊道。

"好吧，我不想向你隐瞒，我在其中搞了点手脚。你在做决定时总是自由的，但我巧妙地让你成了我的重要工具。老实说，我很乐意将这事告诉你，这正是我来这儿的原因。是的，在这一点上人们可以指责我虚荣，"莫斯提马假装后悔地说道，"可你知道，真正让我高兴的事不多，但让你心甘情愿地做我的助手，来推动我的计划，是一个新挑战。长久以来，这是我第一次觉得有趣。虽然事情在快结束时变得比我预期的更复杂。"

"什么计划？"可怕的回忆和魔鬼的饶舌让西博尔德累坏了。他用浑浊的目光望着天花板。

"你帮我准备了我的宣言！"他叫道，一边夸张地举起双臂，像要迎接什么伟大的东西似的，"可惜我不能详细解释给你听，"他继续缩作一团，假装失望，接着说下去，"因为它将发生在一个你早已不在的未来。而且基于今天还无人能想象的新知识和新技术。如果我告诉你，"他边说边开心地笑着，"我将创造一件伟大的艺术品，甚至是一个新世界。你就相信我吧。眼下我只能讲这么多。但我们可以简单回顾一下你都为我做了什么，你看怎么样？想想你当时为什么要去日本。"

"我……我想对日本进行科学探索。同时我想将我们的西方科学介绍给日本人。"

"对，对，当你宣扬你的英雄行为时，你总是这么说。可事实要简单得多。你主要是想成为一名伟大的探险家，'东方的洪堡'。是谁指点你这么做的？"

"没错，是您。"西博尔德承认道，他不敢继续与魔鬼以"你"相称。

"是谁寄给你一本书，好让你从中学习如何绘制地图，尤其是学习快速复制？"

"也是您。"

"你还看不出什么联系吗？是我派你去日本偷这些地图的！"莫斯提马兴奋地叫起来，然后他又十分好奇地问道，"另外，你觉得梅耶贝尔的书怎么样？"

"它……非常吸引人，帮助很大。没有它的引导我永远复制不了那些地图。"

"谢谢，谢谢，这话我爱听！"莫斯提马又抬起双手，这回像是要谦虚地阻止过多的赞美，"那是我自己写的，专为你写的。你终于明白了吧？我为了让你出去狩猎，费了多少心思啊。"

"可这一切都是为了什么？你要拿这些地图做什么？"西博尔

德还是不理解其中的联系，但他感觉生命在离他而去。

"我想促成一件事，它最终也按我的计划发生了。日本帝国的国门将被强权和武力打开。你自己可就一次次假想过那将是一场怎样的灾难！你看，这正是我的计划，我要实现它。你完全正确。你心爱的日本人会改变，他们已经开始改变了。幸运的话，他们很快就会变成一个魔鬼民族。他们将肆无忌惮、凶狠残暴地统治半个地球。"

"那另一半呢？"西博尔德失神地问道。

"别担心，我还在处理。我有许多帮手，就像你在日本是我的帮手一样。如果我告诉你，我召来的另一种力量将在慕尼黑首次隆重亮相①，你也许会开心。"莫斯提马虚荣、自满地笑了。可西博尔德一句也不明白。

"你知道，"莫斯提马接着往下说道，"我已经学会了从全新的角度来思考和做计划。我的意思是，老实说，谁会想到，必须在世界的一端操纵一场大战，才能在世界的另一端毁灭日本人自诩的乐善好施的小伎俩。我真有点为自己感到骄傲！"

"您这话什么意思？您讲的话好费解。"

"你真相信，如果我不干涉，沙皇俄国会在家门口输掉克里米亚战争吗？拜托！但我这么做，只是为了让俄国不去过分照顾它在日本的新朋友。你差点就毁掉了我的计划。日本的和平开放与我所需要的正好背道而驰。"

"这就是说，您监视了我周围的一切？"

"算不上一切，但是也很多。"

---

① 指希特勒的出现。

"可您何时开始这么做的？"

"你记得我认识你父亲吗？你以为是谁让他因劳累过度而英年早逝的？"

"您？可为什么呢？这有什么用处呢？"

"您向来不怎么了解心理学。对我来说，重要的是可以对你施加影响。为此，我必须让你父亲早死。我取走了你天生的榜样。这样，你就不得不一直以别人为榜样。最重要的是，这让你野心勃勃。然后，当我在维尔茨堡的酒馆里亮相时，我的戏就很容易演了。"

"还有什么？"西博尔德现在想知道一切。他渐渐开始明白了，他的思绪回到了灾难开始的那一刻。

"您是不是也在长崎制造了风暴，导致载有地图的那艘船搁浅？"

"啊，你看，幸好我们说到这事！不，这完全是计划之外的。我在日本有几个愚蠢的助手，其中一位自作主张这么做了，而且这违背了我们的约定。但怎么说呢！这件事的结果是对你的审判，这令整个日本震惊了，使他们相信所有外国人都是他们的敌人。这对我的计划来说，是一个既出人意料又让人高兴的支持。老实说，我自己都没想到要让你盗窃地图的行为在日本变成丑闻，从而为日本接下来的仇外情绪找到充分的理由。对，对，这是一个傻瓜的好主意！"

"然后呢？"西博尔德累了，可他看出了其中的联系。一切都开始说得通了。

"这个，我必须承认，这个傻瓜另外还帮了我一次。当你的俄国朋友想在下田与日本人建立友好关系时，他为我引发了下田沿海的那场地震。"

"可是，您知道的，俄国人最后还是和他们签订了条约。正是这份条约使得日本开放了国门，而且是通过和平友好的途径。"

"是的，这我知道，"莫斯提马叹息道，又继续显摆地说道，"这本是两国之间建立伟大友谊的开端，这将前途无量，可是，由于我分散了他们的注意力，他们无法继续下去，也没有别人知道此事，所以这并不重要。其他国家的侵略重创了日本人敏感的心灵。这才是最重要的，我可以以此为基础。现在你或许也能猜到，英国的日本通商许可证怎么会在中国书卷档案馆中消失的了。"

"您有啥打算？我还是不明白。"

"这你也没法明白。但你至少应该知道，我正在与你完成一场特别富有启发的试验。某种程度上你是我的镜像，或者，说得更准确一点：我的倒影，一个反过来的撒旦。你的原则是成为那种好心办坏事的力的一部分①。"

"歌德？"西博尔德不敢相信地叫道。

"这个嘛，他的说法堪称典范，为我打开了眼界。我的意图始终产生相反的结果，转过来反对我自己，这让我难过了很久啊！从善中造出恶，是对我以前的原则的颠覆，是真正的革新。你知道，我从中学到了很多。我只需要将一个高尚的目标送给一个足够善良、天真和有野心的人，这个目标还保证带来荣誉和幸福，那么邪恶就一定会从中产生。我真不明白我为什么没有早点想到这一点。"莫斯提马出神地望向窗外，外面天色已经发白了，他突然从椅子上站起来。

"时间不早了，该走了，我忠诚的助手。"

---

① 出自德国诗人歌德的巨著《浮士德》第一部第三场，剧中浮士德问梅菲斯特："你到底是谁？"梅菲斯特回答："那种力的一部分，常想作恶，反而常将好事做成。"

"去哪儿？"西博尔德问道，一种包罗万象的冰冷的恐惧攫住了他。

"走出生命，走进黑暗，"地狱之王嘲讽地答道，"噢，我差点忘记了！我们不去你的日本女人所在的地方。她前不久死掉了，她一直思念着你，为你的离开而悲伤。我想，我也得把这事诉你。"

泷死了。这是莫斯提马想敲进勉强还活着的西博尔德的心灵的最后一颗钉子。一股伤心欲绝的巨浪扑向西博尔德。

他想起泷，想起他的朋友，想起他自以为是的行为的受害者，想起他的罪孽。他后悔，他十分后悔，但又想不出如何能做得更好。然后那一刻来了，他感觉一种可怕的、邪恶的力量占据了他的心灵。他的内心最深处已经寒冷无比，这时，在床的上方，一道小小的球形闪电忽闪了一下。莫斯提马向后退了一步，碰翻了椅子，与西博尔德一样不知所措地盯着那个东西。发光的球体嘶嘶作响，开始慢慢旋转，然后，一道白色火焰从球中垂直喷出，直冲屋顶。然后它破碎了，散成雾霭，又飘落下来，变成一张骇人的火脸。"法尼勒！"莫斯提马喊道，他冲那个幻影吼叫，伸手去抓西博尔德。

"请跟着他走，撒旦！"传来震耳欲聋的回响。

"走开，所有骗术的发明者和精通者。走开，人类救世主的敌人。"

西博尔德的周围突然安静下来。他在无声的梦境中看到莫斯提马变大了，变成一条红色的龙，莫斯提马扑向那个幻影。一个柔和的声音在他脑海中响起："你现在必须走了。我挡不了很久。快从我为你打开的这条路离开。"

西博尔德的目光被引向屋角，那里有个跳动的黑影，标示着出口。他滚下床，手脚并用地爬了过去。幽灵界的怪物在他的头顶搏斗，但他再也感觉不到了。恐惧也离他而去了，他镇定自如。当他最后一次回望时，他看到自己的躯体躺在床上，没有了生命，在恶魔搏斗产生的闪电和火苗下忽闪着。

然后，他从一个小洞爬出了这个世界。

第四章　启　示

统仁天皇的信

1867 年 2 月。深夜的钟声钻进静谧的京都皇宫。通向最里面的卧室的回廊里，响起了脚步声和布料的窸窣声。统仁天皇无法入眠，让人召来首席文书，向他口授了一封致家茂将军的信。

我儿：

此刻，举国上下都在梦想着一个更美好的时代，我忧心如焚，给你写下此信。在如今的情形下，无论望向何方，你都能感觉到，我们存在着严重的危机，这很明确。在国内，我们十分软弱，存在分裂的风险。社会秩序正在瓦解，上层和下层严重分裂，民众在受苦受难。对外，我们只能任五个傲慢的列强侮辱。我们的命运似乎将是被它们征服。一想到这，我就寝食难安。哎呀呀！不管人们如何评价这件事，责任不在你。都是我的错，是我德不配位。

宇宙众神会如何评价我呢？我在坟墓里的祖先会怎么看我呢？而你本人，你必定会想，我真是个孩子。

我对你的爱就像对亲生儿子的爱一样。你应该向我证明你爱我，就像我是你的父亲一样。国家有没有希望就看你对我的爱有多深了。你怎能满不在乎呢？你是征夷大将军，你得日夜想着你的责任，因为这是全国人民的愿望。征服可恨的蛮夷是我们国家面临的最大任务，只有当我们拥有能够惩罚它们的军队时，我们才能做到这一点。你必须制订一个可行的计划，并把它交给我。我的任务将是权衡利弊，仔细敲定我们必将坚定执行的国家政策。

我一直希望完成民族复兴的重大任务，只有找到合适的人，这个任务才能完成。我看到，某种程度上我能在大多数大名当中找到这种人才，比如福井藩的松平庆永、土佐藩的山内、宇和岛藩的伊达和萨摩藩的岛津久光这样的人，他们都是我们的公武合体新政策的忠实追随者。他们忠贞、思想深刻，似乎最适合将管理国事的重任托付给他们。我爱他们，就像他们都是我的孩子一样。你应该喜欢他们，让他们成为你的顾问。

我希望我俩一起立誓，恢复国家正在丧失的幸福感。我们必须将我们的计划告知我皇室祖先的神灵，必须减轻人民的疾苦。如果我们因为懒惰而不能成功，那可就罪大恶极了！届时宇宙众神会亲自惩罚我们。因此，让我们发愤图强吧！

江户来信

1867 年 4 月 25 日，江户

最敬爱的母亲：

请原谅我没有早些给您写信。我实在做不到。我们深爱的父亲的死讯太出乎意料了，我的身体和精神连续几星期都是麻木的，没有任何感觉。我周围所有的人，尤其是知道这个消息的日本人，都无比震惊。在江户，人们像悼念一位民族英雄一样悼念父亲。他是人们与外国人交流的最后希望。人们甚至说，他本来能够拯救孝明天皇。"孝明"是统仁天皇身后的谥号，他前不久患上天花，很快就被夺去了性命。孝明一生从未生病，当时没人患过天花，无论是在皇室里，还是在幕府里。于是人们猜测，他是被一位长州藩的刺客用一块带病毒的手帕传染的，因为他想与幕府更密切地合作。如果天皇接受疫苗注射，正如将军在御医的建议下所做的那样，那他到今天还能活着，那些御医都是父亲培训出来的。

日本的局势很紧张。民众对外国人的仇恨没有缓解。武士阶层的穷光蛋和废物更是为虐待蛮夷和打死蛮夷而沾沾自喜。他们像狗一样跟踪我们，要是没有警卫我都不能在城里行走。政权像走马灯似的更迭，极不稳定。孝明天皇死后不到几个星期，年轻的家茂将军就在其部下的抗议中引退了，因为他与京都的皇室争执不下。天皇犹豫了许多年后，终于批准了与外国签订的条约。但与此同时，将军要求将它们改掉，继续迫害蛮夷。英国、法国和荷兰的九艘船同时开进了距皇城京都不足三十英里的大阪港。签了条约的国家的船长要求江户的将军开放大阪和兵库的港口作为通商港口，否则他们将直接以武力攻进皇宫。家茂将军让步了，他想通过谈判转移对天皇的威胁。可天皇不但不感激，反而在将军的谈判代表与外国人开始最初的会谈时，专横地将他们免职了。这是三百年来天皇第一次直接干预政治，这实际上是抢走了幕府的执政权。现在的新将军名叫德川庆喜。他很不情愿地接受了这个任务，因为他看到幕府的权力被削弱得很厉害。可是，后来，正如我已经提过的，孝明天皇死了。他儿子睦仁还太年轻，在这动乱的年代无法登基。他还在学古文，写诗，坐禅。因此，皇室大臣二条齐敬被任命为摄政，直到睦仁成年。这给了庆喜重新壮大幕府的机会。我们就这样在两个执政中心之间来来去去，它们相互争权，无休无止。

　　我不是仅仅想告诉您日本国内无聊的政治，我向您报告这些，是为了让您知道，我在这里的生活仍然充满激情。我与日本人的关系再好不过了，我到处得到尊重和夸奖。我现在很清楚，父亲为什么会爱上这个奇怪的国家。你只要对这些人友善一点，给予他们信任，就会得到五倍甚至十倍的回报。日本人就想得到别人的喜欢，也许比世上其他任何国家的人都想。因此，当外国试图残酷地打开国门、干预国政时，他们比骄傲的中国人更痛苦。父亲在日本的所作所为都是正确的。他给予他们的多过他从他们那儿获得的。只有走私地图不是个好主意，他也一次次地承认了这一点。现在，在我更加了解日本的风俗、习惯和法律之后，我才能明白盗窃地图是多么严重的罪行。他能从诉讼中幸存下来，甚至可以返回欧洲，这是奇迹。本来你是不可能遇见他的，我根本不会被生下来，但某人或某样东西始终保护着他，因而也保护了我们。我会长久地想念他。

　　请代我问候我的弟弟海因里希。让他继续努力学习日语，以便能尽快前来江户，我们可以一起继续我们亲爱的父亲的事业，他的名字在这儿极受尊敬。一旦这里的政治形势变得明朗，我就会给他写信。他现在够大了，应该能够理解这些事。

　　无尽的思念。

深爱您的亚历山大

仆人的日记

"妙子，惠子，博见，快进来！父亲回来了。吃晚饭了。"母亲在厨房里喊道。孩子们从院子里冲进屋子，没等父亲放下行李，就绕着他跳舞，抓紧他的衣服。中西康夫是大阪桥梁局总监，他出了一趟短差，现在从江户回来了。

"爸爸，你给我们带东西没有？"孩子们异口同声地叫道。这是惯例。中西经常外出，没有礼物是不敢回家来的。

"有，有，当然有。这次是一件非常特别的东西。"

"让你们父亲先吃点东西，补充下体力吧。"母亲温和地告诚孩子们。她将饭菜端上桌，但她自己没有一块儿吃。妻子总是在一家之主和其他人吃完后才吃。饭后，全家人围坐在**暖桌**旁，中西打开行李，取出一本书。

"一本书？好无聊！"博见失望地嘟哝道。

"等等，我的儿子。这本书是一位书商朋友向我推荐的，我去江户时总是在他那儿买书。所以，我今天为你们朗读一段仆人市川在蛮夷国的冒险故事，作为礼物。这不是凭空捏造的幻想，而是真实的故事。他是日本首个赴欧考察团的团员之一，那个国家远在西方，距离这儿万里之遥。"

"万里！你说这里到江户是一百里。爸爸，那么欧洲就是江户的一百倍远了？"惠子计算道，她是三个孩子中年龄最大的。

"很好，小惠子，算得对。"

"真远啊！"博见脱口而出地赞叹道。

"那蛮夷呢？他们长什么样？"妙子激动地问道。

"据说他们长着老虎般的眼睛和大鼻子，这是真的吗？他们穿兽皮做的鞋？"说着，孩子们假装厌恶，摇摇头，笑个不停。

"你们将会了解到更多的事情。好了，安静，好好听。"他俯下身来，打开书，开始慢慢朗读。

"我叫市川花田，文久二年（1862年），我随主人参加一支日本代表团，远赴欧洲。我想和家乡的普通人聊聊这次旅行，好让他们了解蛮夷的生活。旅途中发生的许多事情我都不理解，而它们只是九牛一毛。因此我的日记简单、谦逊、杂乱，我从中选摘了一些。我见到了蛮夷国家的许多东西，但我既不认识他们的螃蟹般的文字，也听不懂他们的唧唧鸟语。于是，我们横渡印度洋和红海，在苏伊士登上一辆驶向开罗的蒸汽火车，再从那儿乘坐蒸汽船到马赛。我的记录就从那儿开始。

"那儿肯定富商云集。街道拥挤，炉灶紧挨在一起。人口应该超过二十五万。接着，我们乘蒸汽火车，以闪电般的速度前往巴黎。我将头伸出窗外，风几乎拽断我的脖子。我们的代表团团长担心我们四十名日本人不能住在一起。我们到达巴黎的'卢浮宫酒店'时，他们的经理友好地笑了笑，解释道，那儿随时都有足够的位置，足以容纳十到二十个代表团。果然，这座建筑好大，可以装下几座最大的日本宫殿。它有五层楼，有六百间房。我们害怕自己会迷路。夜里，我们提着灯笼轻手轻脚地走过走廊，虽然煤气灯已经将走廊照得亮如白昼了。我们担心它们会熄灭，那样我们就会被黑暗包围。夜里我陪主人如厕，我们来到一个令人吃惊的小房间，里面有排水管，有水源，我站在前面放哨，代表团团长小声告诫我，让我必须关上门。蛮夷躲起来排便，如果他在这个过程中被人看到，他就会

160

丢脸。他们好奇怪啊！这里也没有可以供我们自己做饭的厨房。我们不得不与陌生人一块儿，在一个大厅里吃饭，我们双腿悬挂，坐在家具上。不管我们平时多么厌恶长着虎眼的外国人的饭菜，但这里的菜确实很好吃！有山珍海味。晚饭时，我认识了意大利人、西班牙人和法国人。啊呀呀，这些蛮夷！虽然他们的国家彼此相隔数千里，但是他们长得都一样。不过他们对我们这些越洋而来的旅人十分友好。这当然也是应该的。

"我们继续前往伦敦。那里给我们准备了一场闹哄哄的欢迎仪式。这些蛮夷用难听的声音大声嚷嚷，他们一有什么高兴事就这样。但伦敦的酒店要比巴黎的漂亮十倍。每个房间里都有一张圆桌，上面摆着一本《新约全书》的中译本。我听说过这本书。这大概与西方蛮夷的宗教有关系。然后我们走进一幢石屋，它有高高的大厅和走廊。这里挂着数千幅镶在框里的画，画上有风景、人物、天使、鸟类、走兽、水果、树木和蔬菜。这些画都画得很精细，肯定值得赞赏——确实称得上精美绝伦。可说到绘画，蛮夷只欣赏那些如实表现物体的画，只认可那些符合物体原本形状的画。啊呀！真是太可惜了。他们根本不懂灵魂的声音和神灵的化身。

"今天下午我去了摄政公园。这是一座花园，里面聚集了各种大大小小的鸟、兽、鱼和爬行动物。所有国家都有这种有走兽、飞禽、植物、树木的园子，还有他们称之为'Mu-se-umu'①的放置一般物品的大厅。它们由政府维护，底层民众可以进去参观。因此我认为，开设这些地方是为了取悦底层民众，

① 博物馆。

增加他们对一般事物的了解，改善他们的处境。但向每位观众收一点参观费，这符合蛮夷做什么事都想谋利的习惯，我们认为这笔费用很低。啊！他们由此获得的，马上又会失去。——承认对的，拒绝错的：这多好啊！

"一天夜里，我们的翻译向我们解释，有一帮男人，他们自称'pa-tai'①，他们在一个名叫'pa-la-mento'②的房子里不停地相互嚷嚷，并攻击对方。他弄不懂他们在争取什么，以及在和平年代应该如何理解'攻击'二字。人家告诉他，'某人和某人在议院里是敌人'。可后来，他看到这些'敌人'又同坐一桌，一块儿吃饭喝酒！我感觉，我也无法想象这种事。过了很久，我才对这种怪事有了点模糊的概念。有时候蛮夷的愚蠢行为真令我头痛，有教养的人一定很反感他们。但是，总体说来，我在欧洲之旅中学到了很多。"

"好了，今晚就读到这里，明天你们会了解更多。现在睡觉去。"说完，中西就结束了这则睡前故事。孩子们还惊讶地坐在那里，发着呆。中西和妻子相视一笑。惊喜奏效了。当母亲给小博见盖上被子时，他还对她耳语了一句。

"母亲，我们国家也有蛮夷，是吗？"

"是的，我的宝贝。但你不必害怕。天皇保护我们，他不会让蛮夷伤害我们的。"

"我不怕。我想认识他们。我想坐他们的蒸汽车，住酒店，看看他们放置一般物品的大厅。"

说完他转过身去，很快就睡着了。

---

① 政党。
② 议院。

明 治

1868 年 12 月 12 日，东京

亲爱的亨利：

你已经十六岁了，我在此送上迟来的生日祝福，母亲告诉我，你现在很想来日本。是时候了！你够大了，我这里需要你，你将名字从海因里希改为亨利，这是个好主意。日本人更容易读出这个名字。我离家快十年了，但我清楚地记得你。你与我很相似，你曾经是个严肃的少年，我相信你不会有多大变化。父亲在世时一直向我描述你的成长过程，母亲也是。我可以安排你明年与我的秘书爱德蒙·霍娄斯通一起从伦敦来日本。我知道，你努力学习了日语，这是在这里生存的最重要的前提条件。接下来，我要向你介绍这里最近发生的重大变化，它们对你将来在日本的职业前途会有很大影响。

今年发生了很多大事。事情始于 1 月的头几天。萨摩藩、土佐藩、长州藩、尾张藩和越前藩的大名的军队包围了京都皇宫，他们赶走了二条齐敬摄政和他的公家，重新起用了先皇的旧公家。然后，他们将潜心学习中国文学和神道教礼仪的刚满十五岁的睦仁天皇接回政坛，奉他为日本唯一的统治者。他们让他在 1 月 3 日尖声尖气地宣读了一道敕令，他宣布取消幕府，废除"将军"头衔。这是一场完美的宫廷政变！数百年的封建制度一下子就被推翻了，日本皇帝的政治权力重新恢复了，他从此自称明治天皇，而"明治"的意思是"修明政事"。皇权复辟几乎兵不血刃，可事件后来的进展却出乎意料。庆喜将军当时人在大阪，他去那里是为了与外国人谈判，他立即同意将执政权转交给天皇，他从大阪出发，要去三十里外的京都向皇

163

帝表示臣服。但在这段短短的路上，跟随他的队伍越来越大，最后扩张成一支大军，京都的人以为德川的队伍要发动进攻。可怜的庆喜根本对此束手无策。皇家军队接受过训练，武器装备也更好，在萨摩藩和长州藩的大名的支持下，皇家军队开始进攻。一场愚蠢的误会导致一万多人死亡。但故事还未结束。被打败的庆喜的部队变成散兵游勇，回到大阪，在失望和愤怒中，他们在那里猎杀外国人。一名法国商人遇害。我当时正在城里担任英国公使团的翻译。所有在场的外国公使都写信给天皇，表示抗议，要求惩罚凶犯。令他们意外的是，京都的新政府立刻回复，这种行为不对，天皇命令肇事武士当着友邦证人的面切腹自杀。这是要证明他们尊重外国！仪式在兵库的圣福寺里举行，兵库是武士部队的大本营。参加仪式的外国人是缔约国的六名代表和我自己。另外，也来了一大批日本人。这是该国历史上头一回允许外国人亲临切腹仪式。我想为你更详细地描述此事，因为这会让你有个印象，让你知道在这里等着你的是怎样的人。

　　傍晚，萨摩藩和长州藩的大名的部下在寺里迎接我们。我们被领进寺院的主厅。场面很隆重。黑色木柱支撑着大厅的屋顶，屋顶下吊着无数镀金的灯和装饰品。主祭坛高出地面三英寸，地板上铺着漂亮的白色苫席，前面铺有一张红色毡毯。大蜡烛排列有序，烛光幽幽，亮度正好足够让人看清楚一切。日本人坐在祭坛左侧，我们外国人坐在右侧。现场没有别人了。然后多门善三郎走进来，他就是那个杀死法国人的武士。他腰板挺直，表情高贵，一身华服，麻布袖子很长，这身衣服只用

164

于出席非常重要的场合。陪伴他的是被称为介错人①的助手和另外三名戎装武士。介错人是个高贵的职位，与刽子手毫无关系，常由犯人的朋友或亲戚担任。这回介错人是犯人的一名学生，犯人挑选他是因为他剑法灵活。他们一起慢慢走向日方证人，深深地鞠了一躬，然后他们以同样的方式问候我们。双方都按照礼节回复问候。武士多门庄重地登上平台，对着主祭坛跪拜了两下，然后以日本人的方式正坐在地毯上，背向祭坛。他的助手蹲在他的左侧。三名武士中的一位走过来，端上一只寺里摆放祭品的矮桌，桌上有一把裹着宣纸的短剑，剑尖和剑刃像剃刀那么锋利。他跪了下来，将短剑递给犯人。多门恭敬地拿起短剑，用双手把它举至齐额，再将它放到身前。

多门深深地鞠了一躬，然后开口讲话，他声音迟疑，这符合大家的期待，他必须做一份痛苦的忏悔，他强迫自己不要在脸上或举止上显示出丝毫激动之情。

"我，我独自，下令射杀大阪的外国人，用剑杀死了法国来的外国人。我因此罪切腹。我请求在场的诸位，赏光见证此举。"

他又鞠了一躬，迅速地将长袍从肩上撩向身后，赤裸着上身，坐在那里。然后他按照仪式的要求，仔细地将长袍披到膝下，以免向后跌倒，因为武士死去时必须向前仆倒。他缓缓地、稳稳地拿起短剑，若有所思地端详着它，几乎怀着爱慕。有那么一会儿，他似乎在最后一次集中他的精力。然后他将短剑深深插进身体左侧，再慢慢将短剑穿过腹部，划向右侧，随后一边在伤口里转动剑身，一边朝上划了一下。面对这个行为，我

---

① 日本人切腹时找来的助手，他会在切腹者最痛苦的时刻砍下切腹者的头，多为切腹者的亲友。

们外国人几乎都不忍心看下去，而他这么做时，脸部肌肉却纹丝不动。他拔出短剑，身体前倾，伸长脖子。直到此刻，他脸上才显露出疼痛，但他一声不吭。这时，一直蹲在他左侧观察他的介错人跳了起来，他拔起剑，威风凛凛地在空中舞了一秒钟，最后剑像闪电一样朝着垂死者裸露的脖子劈下。先是一阵生硬、难听的响声，然后是"嚯"的一声，头颅落在了红毯上。只此一刀，头颅就与身躯分开了，这大概不是次次都能做到的。

接下来是死一般的寂静。只听热血从死者体内汩汩涌出，他数秒前还是一位勇敢的骑士式人物。我没见过比这更可怕的事。介错人深深地鞠了一躬，拭净剑，退了下去。作为处决证明的血淋淋的短剑被隆重抬走了。然后我们离开了寺院。我们被这恐怖的一幕吓坏了，同时又十分佩服死者充满男子气概的坚定行为和助手为主人尽最后的义务时的那份镇定。这是最好的证明，证明了他们教养的力量。武士从小就知道，切腹自杀是一场仪式，有一天，他可能——作为主要人物或次要人物——因荣誉原因必须参与这个仪式。时间到了，他心理上已经做好了准备，能够勇敢地承受严峻的考验，由于他早就熟悉了这件事，恐怖已经消失了一半。一个男人知道，友谊的最高证明就是也许有一天他要做最要好的朋友的介错人，世界上还有哪个国家会这样呢？不久我就获悉，多门在走进寺院大厅之前，曾将他的部下召集到一起，向他们发表了一番简短的讲话。他讲自己罪大恶极，讲判决公正，并警告他们别再袭击外国人。他们回答，他们对外国人再无恶意。

这当然是外国外交官无法忘怀的经历，对我这个最年轻的证人来说尤其如此。但是，几星期后发生了另一件具有更大政治意义的事。今年3月，明治天皇答应亲自接见英国、法国和荷兰这些缔约国的使者。这可是日本历史上前所未有的事。自人类有记忆以来，外国人第一次被允许踏进京都皇宫，一睹日本统治者的神圣面容！你无法想象这对社会舆论产生了怎样的影响，从普通民众直至国戚重臣都震惊了。这下终于明白了，天皇希望开放国门。几天之后，东照神君的旧法被正式废除，这个消息被公开张贴在全国各地。这样，在二百多年之后，每个伤害外国人的日本人，都会被当作普通刑事犯对待。如果武士杀死一名非日本人，甚至会被剥夺切腹自杀的权力。与此同时，对外国人的恶意称呼——"夷人"也被正式废除，这个词等于"野人"或"蛮夷"。我们从此被叫作**"异邦人"**，或者直接叫"外国人"，我们像其他公民一样，受到日本政府的保护。你能想象吗？我大大地松了一口气。尽管如此，我们不能指望所有日本人都会遵守新法规。国内仍有很多激进分子，他们想把我们这些外国人赶走，甚至想杀死我们。

紧接着，天皇又迈出了新的一大步。明治天皇隆重地搬出了京都皇城，他迁往江户，宣布历代将军的城堡江户城就是他的新宫邸。我实在难以描述民众在面对这个巨变时会怎么想以及他们的感触有多深！一千多年来，京都一直是大日本的首都和皇城。突然，将军没了，神圣的天皇亲自接管了江户的政府。但这还不是全部。这座城市立即更名为东京。这个新名称的汉字的意思是"东方首都"，这下你也理解信封和信头上的奇怪地名了。

迁都江户

　　现在我要说到目前的情况了。在我给你写信的这些天里，又发生了另一件影响深远的事，这件事也是史无前例的。此前，明治天皇一直没有自己的收入，皇宫没有任何财产。数百年来，天皇都依靠幕府仁慈的资助。为了组建政府以及让国家正常运转，天皇亟需财政资源。于是，强大的南方大名们，萨摩藩、长州藩、肥前藩和土佐藩的藩王们，都决定将他们的大量地产主动转让给新的统治者。他们解释，这是他的国家、他的人民，他们只是地产的管理者。其他大名也准备参与重建帝国。在小国割据的欧洲或其他地方，能够想象这样的慷慨吗？日本大名们的行为多么无私和智慧啊，为了更好的未来，他们放弃了自己的封建秩序和特权，一想到这里，我就会激动得潸然泪下。

　　等你来到日本，你就会见到这个父亲梦想中的国家。他各方面说得都对，因为他是第一个预见到这场巨变的人。他唯一担心的是在此之前会爆发一场内战。这灾难没有发生，今天的日本正在不断取得突破。我希望这些消息会在你来这里的途中给你鼓舞和激励。另外我还有一则新闻，你听了会高兴的。普鲁士将军爱德华·施奈尔最近将第一批奶牛运来了日本，并教会了日本人挤奶的技术。他们跟你一样爱喝牛奶，但许多人消化不了，喝了之后腹泻难受，但没有危险。也许再过几年，这里就会有我想念已久的奶酪了。

我亲爱的弟弟，你要是来，我会很高兴，我会带你了解这个国家的秘密，这样我们就能一起继续父亲的事业了。请代我向母亲问好，并尽快告诉我你何时出发以及路上要怎么走。

你的亚历山大

东京食人族

一年后，亨利来到日本。亨利的哥哥与驻东京的外国外交官关系极好，他帮忙安排亨利在奥地利领事馆担任翻译。刚满十七岁的亨利很快就能自立了。由于英国大使馆的工作和日本的事务，亚历山大多年来不得不经常赶赴欧美。他们很少有机会见面，这样，继续从事并最终完成父亲事业的计划就被推迟了。亨利成了日本艺术品收藏家和著名的考古学家。亚历山大在欧洲待了很长时间，1885年春天，他终于回来了。当时正值赏樱花的时节，怒放的樱花让整个东京光芒四射。每一阵风都会吹落白色的花瓣。他们相约在青山路见面，那是一条宽广的林荫大道，那里的花市旁有家英国茶室，茶室的平台是个特别漂亮的赏花地点。过去几年里发生了很多事情，所以他们有很多可谈的。1873年在维也纳和1878年在巴黎举办的世界博览会，亨利都参加了，日本在其中取得了很大的成功。日本的展馆是参观人数最多的展馆之一，大批观众第一次得以了解这个日出之国，许多欧洲收藏家都开始对日本艺术产生兴趣。亚历山大也参加过这些博览会，他在美国、英国、法国和德国代表日本政府进行谈判，并为日本招募工业、经济、司法和军事领域的外国顾问。他从英国大使馆调到了日本财政部。亚历山大的日语说写能力都很强，亨利虽然能说流利的日语，但读和写时仍然需要翻译。亨利经常觉得自己是个文盲，他没能像哥哥那样熟记和书写几千个汉字。他很喜欢东京刺激的生活，也深得日本人的尊重。他比身材高大的哥哥矮小、瘦弱，留着一撮有趣的小胡子，喜欢像传统日本人那样穿休闲浴衣，而追求时尚的日本人反倒开始经常穿小礼服甚至燕尾服。人们在大街上穿礼服就会像个花花公子，愚蠢可笑，除非是为了参加上流社会的晚宴和听歌剧。本国人和外国人都笑他们是"企鹅"。亚历山大是个完美的西方绅士，他接触日本社会的最高层，亨利却心向普通日本人。正因为他既不能读日语，也不会写日语，所以日本人觉得他不那么神秘。东京的大多数外国人倨傲无礼，甚至表现出对日本人的蔑视，亨利和他们不一样。

亚历山大和亨利正在商量重新出版父亲的毕生巨著《日本档案》，这个计划之前被一再推迟。这时，一名西式打扮的日本人走近他们的桌子。

"先生们，你们好，我可以自我介绍一下吗？我叫福泽谕吉。"来人讲一口流利的德语。比起他流利的德语，两兄弟更惊讶于他的出现。他们当然认识他。福泽是日本最重要的公众人物之一。过去几十年，他的著作对外国在日本的形象产生了决定性的影响，他是所谓的明治维新的领军人物。此前他们从未见过面。亚历山大和亨利从椅子上站起来。

"福泽先生，幸会幸会！我是亚历山大·冯·西博尔德，这是我弟弟亨利。"

"我知道，有人告诉我了。因此我要借机自我介绍一下。我可以坐下来吗？"

"当然，请坐。您知道，我们十分崇拜您的工作。我的所有同事都熟悉您发表的作品。"亚历山大热情地说。

"这正好，我也是你们已故的父亲的崇拜者。当时，当我得知再也不能见到他本人时，我非常伤心。我们好多次擦肩而过，无论是在江户，还是在长崎。菲利普·弗朗茨·冯·西博尔德为我们国家所做的贡献无人能及。"

"非常感谢。听到这番话我们自然很高兴。我们来这里是要继承他的事业，但我们能力有限。我们肯定也缺少父亲的勤勉、勇气和无穷的科学素养。"

"您太谦虚了，"福泽含笑回答，"我几年前就关注过您与美国动物学家爱德华·莫尔斯之间的争论，"他边说边转向亨利，"我只熟悉关于这事的文章。您要是能亲自给我讲讲事情是如何发生的，那可就太好了。"

亨利清了清嗓子。他感觉福泽显示出的自信及其高贵的外表令人生畏。在他眼里，福泽是个坚定不移的精神巨匠，而他自己只是个无足轻重的小冒险家。

"好啊。这事一下子就讲完了。我有个朋友爱德蒙·瑙曼，他是德国地质学家，他告诉我，他在上野铁路的建筑工地上看见了很大的贝壳灰岩沉积层。这座城市现在所在的地方，从前一定有过海滩。他要我去看看。"

"我当然认识瑙曼，"福泽打断了他，"他曾经是东京帝国大学的教授，确定了穿越整个日本的断裂带，也就是那条大地沟。他发现了最早的日本象化石！我知道他的文章，因为他只用德语发表作品。"亨利表面上十分欣赏地点点头，心里却在想，自己面对的果然是个在学术上好为人师的家伙。他不是很喜欢这类人，这也是他从来不想上大学的原因。

"无论如何，这条铁路归财政部管理，因此我轻易地得到了临时勘探许可。沉积层果真相当大，在三十到五十英尺之间。我在那里发现了被埋在地下的穴居房、陶制品和骨头，它们属于一种早期文化。在我介绍这些文物的同时，莫尔斯开始在大森南边继续挖掘。他发现了古老的房屋和物品，和我发现的一样，但他推论那一定是阿伊努人的定居点。他还坚称他们是食人族，认为发现的人骨就是证明。我当然不能接受这一点，因为阿伊努人没有发展出制陶工艺，而且也没有什么报道显示这个民族会吃人。"

"是的，这是一则轰动的消息。东京中央有食人族！这里无人能够想象这一点，也不愿这么想。许多日本人为您的澄清而感激您，包括我本人。我听说您也是一位日本艺术品的大收藏家。您怎么会想到这么做的呢？"福泽好奇地打听道。亨利有点尴尬地看了看哥哥，实际上哥哥才是桌上名气更大、更有趣的人。但亚历山大愉快地听着他们的交谈，这也让他看到了弟弟的一些新特点。

"那是在你们所讲的废佛毁释时期。我觉得掳掠和破坏佛寺是一种亵渎，更何况，比起神道教，我在精神上肯定更接近佛教。很多有数百年历史的精美艺术品就那么被扔掉了，甚至被直接焚毁了。我救下了被用作包装纸的**平安时代**的精美画作。我就是这样开始我的收藏事业的。"

"是的，我也忧心忡忡地关注了事态的发展，"福泽吃惊地说，"我对两种信仰基本上都持怀疑态度，因为它们过时了，它们把我国束缚在妨碍进步的枷锁里。佛教徒们今天处境艰难。神道教又被宣布为国教，丧失了纯洁性。它曾经是一种可爱的民间信仰。今天整个政府都在努力将它改造成具有侵略性的天皇宗教。我在西方各国旅行了很久，知道这个做法不会长久。我认为将政教分离是西方最重要的成就之一。而我们恰恰是在反向而行，"福泽停下来思考了一下，"先生们，我将谈话引向了这种不愉快的话题，请你们原谅。该死的政治。这是我的错。我刚刚想起来，你们的父亲有个日本女儿。你们知道她现在过得怎么样吗？"这个问题由亚历山大回答。

"没错，我们有个名叫稻的同父异母的姐姐。她声称自己姓西楠（Shimoto），这是父姓'西博尔德'和母姓'楠本'的结合。她在筑地城区开了一家产科诊所。我在资金上支持过她。她很成功，在医生当中享有很高的声誉。这几年来，她一直是皇后的御医。"

"真是平步青云啊！"福泽兴奋地说道，"全日本首位女医生——这我已经听说过，还被皇家聘用了！你们会偶尔见面吗？"

"不，可惜的是，现在不见面了。她是……我该怎么说呢……一个复杂的人。"

"理解。我也不想再继续打听你的家庭情况了。可是，我看到我们的命运是多么紧密相连，这还是让我很感动。"

"您此话怎讲？"

"你们的父亲将现代西方医学和其他许多东西带到了日本。他的女儿成了医生，现在生活在皇宫里。我创办了'西学学校'，它不久就将更名为'庆应义塾大学'，在那里，不仅医学会成为其中一个最重要的学科和研究领域，而且全部课程也将用德语讲授，所有的科学课本都将用德语撰写。"

亚历山大和亨利惊讶地望着他。他们听说过他的庆应义塾大学，这是效仿英国公立学校而创办的，不久将改成私立大学。不过，他们才知道德语将在课堂上扮演重要角色。

"德国音乐当然也在教学计划之内。我认为它是世界上最优美的东西。毕竟，弗朗兹·埃克特——一位德国的管弦乐队指挥——给我们谱写了第一首国歌《君之代》，"福泽用一段严肃的话概括了他的思想，"有三样东西日本应该向德国学习。语言——为了科学，哲学——为了精神，音乐——为了性情。"

他被自己的话感动了，望向外面樱树下的花瓣雨。亚历山大和亨利惊奇地对视了一眼，也顺着他的目光望过去。

天皇的教育敕语

教育敕语

朕惟，我皇祖皇宗，肇国宏远，树德深厚。我臣民，克忠克孝，亿兆一心，世济其美。此我国体之精华。而教育之渊源亦实存乎此。尔臣民孝于父母，友于兄弟，夫妇相和，朋友相信，恭俭持己，博爱及众，修学习业以启发智能、成就德器。进广公益，开世务，常重国宪，遵国法。一旦缓急，则义勇奉公，可以扶翼天壤无穷之皇运，如是者不独为朕忠良之臣民，又足以显彰尔祖先之遗风矣。

斯道也，实为我皇祖皇宗之遗训，而子孙臣民之所当遵守。通诸古今而不谬，施诸中外而不悖。朕庶几与尔臣民俱拳拳服膺，咸一其德。

明治二十三年十月三十日（1890 年 10 月 30 日）

明治天皇

小泉八云的遗嘱

本人小泉八云，原名拉夫卡迪奥·赫恩，精神健全，现立此遗嘱。

我不舒服了一段时间了。我睡眠很差，盗汗，做噩梦，胸口老痛。虽然我才五十五岁，但体力劳累和可能不健康的精神生活似乎正在让我付出代价。我先后信过几种宗教。但在内心深处，我一直是一名基督徒。因此，在去见我的创造者之前，我想先解释一下我过去几周的消极想法。我要忏悔，为我至今所说、所写和所做的许多事忏悔。

我于十四年前来到日本，通过一番努力，我从一位小学老师变为一名国际知名的作家、东京早稻田大学的教授。我写的古代日本传说和神怪故事集、介绍风土人情和日本精神的图书非常成功，畅销国内外。我有个可爱的日本妻子，她赠给了我一个女儿和三个儿子。我还受到广泛认可，这种认可通常只有民族英雄才能享受。最近这段时间，我在梦里经常只是自己的旁观者。我不得不从外部打量我和我的生活。就这样，我发现了我将在此汇报的重大错误。

我的一些最要好的朋友常说我是明治政府的付费宣传员，我变成了一名真正的帝国主义者。虽然他们大多是开玩笑，但他们说得对。自从我踏进这个国家的那一刻起，我就坚信，日本帝国只有比西方更强大，才能存活下去。它是迄今唯一逃过了航海大国殖民统治的亚洲国家，这纯粹是靠运气。因此，必须采取一些措施，来防止被美国人强行打开国门这样的耻辱再次发生。我想帮忙从精神上训练和武装日本，让它强大起来，为最终必将到来的大决战做好准备。当日本后来于 1894 年向中国宣战并打赢这场战争时，我曾经欢呼雀跃。我视日本人为新的希腊人。古希腊人以小小的城邦联盟打败了强大的波斯帝国，最终占领了整个地中海。日本也会这样征服整个亚洲，建立一支能够与西方抗衡的军队。

大和国，大和魂！这是一项艰巨的任务，我为日本人提供的精神弹药是对日本民族的同质性和民族精神的独特性的英雄主义描写。这个精神本应恒久不变、永远保持的，可是，我在这里生活的短短时间内，它却发生了变化！它变得多可憎啊！我自己的变化又有多大啊！我本是个性情温和的年轻人，厌恶任何形式的暴力。我本热爱和平、崇尚自由，总是站在弱者和受迫害者一边。我本人曾经就像曾经的日本一样。看看我们都变成了什么样！我在日本宣扬战争、征服和压迫，我的愿望实现了。今年2月日本对亚瑟港发动袭击，因此日俄开始交战，我对此表示欢迎，认为这是亚洲文明的新曙光。因为日本将赢得这场战争，所以邪恶会无法遏制地发展下去。我曾为俄国人的损失高兴，为无谓牺牲的人命鼓掌，曾希望中国人、美国人、英国人和法国人会有同样的结局，如果他们质疑日本的势力。

我羞愧。我实际上是个独眼、毁容的懦弱者，我想恢复已成古董的武士传统，大肆宣扬**武士道**。这就像一个胆小的临阵脱逃者向血气方刚的新兵兴奋地述说前线的事，而他自己还从未见过前线。我好尴尬。而真相是，武士阶层——当它还存在的时候——只被人们畏惧、怀疑和鄙视。

我毁掉了我所爱的国家。我用语言描绘了一个永恒不变的神话般的日本形象，我向日本人撒了谎。糟糕的是，他们爱这些谎言，而且在未来很长时间内，他们还会继续相信这些谎言。

我希望这个美丽的国度会体验一下真实，让谎言的蛛网显形，并将它吹走。我希望，在日本像我一样必须写遗嘱之前，这个时刻就会到来。

但愿我会得到原谅。

小泉八云（拉夫卡迪奥·赫恩）

1904 年 9 月 21 日 于东京

拉夫卡迪奥·赫恩于 1904 年 9 月 26 日死于心脏病。

自由之丘

1915 年 9 月初，作家夏目漱石在位于自由之丘的夏季住所里，等候年轻的同行——诗人芥川龙之介。自由之丘就是"自由的山丘"的意思，这是东京城外富有田园诗意的村庄，夏目就住在这里。舒适的小木屋坐落在村子的最高处，这是他的出版商岩波茂雄送给他的。穿过细致修剪过的灌木丛大门，顺着道路向下看，他能够一直望到繁忙的市中心。最初，夏目与岩波在附近打网球，打完球就坐在这儿的阳台上休息，一边望着绿树成荫的花园，一边喝茶、吃米糕、喝甜豆浆、吸烟。可是，自从亚健康开始给他添麻烦，这些都一去不复返了。胃痛对他的折磨越来越频繁，这也许是吸烟造成的。他一定要认识这篇精彩小说《罗生门》的作者，他是在一本著名的文学杂志上读到它的。芥川写这篇小说并将其寄给杂志社时应该还是学生。故事发生在 12 世纪的一个雨夜，在京都的南门，无赖们的尸体被随意丢弃在那里，渣滓在那里游荡。一个没有固定工作的普通工人正在考虑他是该饿死还是做个小偷，这时，他看到一位长着昆虫般的眼睛的老妪从尸体上割下头发，塞进袋子里。他觉得，这样亵渎死者令人无法忍受，要求她立即停止这么做。她向他解释，她可以用头发做假发套，挣钱买点东西吃。再说，死者反正是坏人，比如那个将蛇肉晒干了当鱼卖的女人。然后，他残暴地将她打倒在地，剥光她的衣服。他说他可以拿它们换点东西吃，说完就消失在了夜色里。

夏目觉得这种事就像一则生动的传说。他自己的成功始于讽刺小说《我是猫》，小说的主人公是一只受过良好教育的公猫，它与它的主人——一位英国文学教授一起生活，并讽刺地议论生活。自从他的《心》，或称《万物之心》，于去年问世以来，他几乎被当作圣人一样崇拜。有人撰文称赞他是"他那个时代的地震仪"——地震仪正在流行，因为日本刚安装了最早的电动地震仪。《心》描写的是一名年轻人，他遇到了他的老师，一位无名的大师，他们畅谈日本的事情，谈代沟、责任、孤独和自杀。最后老师自杀了。夏目想看看芥川现在会不会让他在文学中的虚构成为现实。当女仆在花园门口迎接了腼腆的年轻人并将他带进来时，夏目很惊讶。夏目是他自称的"圆头日本人"，只是身体瘦弱，略显矮壮。他相信，圆的头型代表农民出身。相反，芥川是个高挑、细长的"鸡蛋头日本人"，头发浓密，脸是典型的椭圆形，高额头裸露在外。夏目认为这是出身高贵的标志，因为那是从前贵族和武士的典型头型。它也符合平安时代的审美，平安时代是日本史上最高贵的时代。他们礼貌地互致问候。芥川向夏目表达他的敬意，夏目反过来夸奖他的短篇小说，想让年轻的客人不要拘谨，然后他们迅速交谈起来。两人都穿着深色浴衣，舒舒服服地坐在阳台上，身下垫着坐垫。"龙之介先生，你现在凭一篇描写中世纪的短篇小说一举成名了，你接下来想怎么做呢？你也会转向当代吗？"夏目在客人的姓氏后面加上了对年轻人的尊称，好让客人感觉更亲切。

"夏目先生，我还不知道。我们的当代令人困惑，有时让人害怕。我觉得，从前的一切更简单。"

"你还记得我们上次打过的那场战争吗？"

"您是指1905年对俄国的那场战争吗？是的，当然记得。我的精神就是在那一刻苏醒过来的。我当时十三岁，与收养我的叔叔一起生活。他喜欢在家里大声读报。他就像我那靠送牛奶挣钱的先父一样，是个普通人，他心地善良，有耐心，很勤劳。战争爆发后，似乎突然有另一个声音在他体内讲话。他嗓门变大了，有了攻击性，变得蛮横、不耐烦。这让我害怕，因为他的和蔼一夜之间消失了。然后他开始劝说我，让我务必去当兵，去保卫我们的国家。就像我说的，我当时十三岁，最大的麻烦就是口袋里还没钱。"夏目笑笑，然后又严肃起来。

"有意思。因为我当时也有十分相似的体验，也经历了政治上的觉醒。战争结束、《朴次茅斯和约》缔结之后，社会舆论广泛不满。很多政治团体呼吁进行抗议，报纸发表了宣扬战争的文章。据说，我们被骗了，俄国人必须支付赔款。而我们从俄国那里得到了南满铁路和一半萨哈林岛，还确保了我们在朝鲜的优势地位。这本该是悼念我们十万阵亡的父亲和儿子的时候啊。可人们想要更多、更多、多得多的血。"他停了一下，叹了口气。

"我去日比谷公园参加了一场事先预告过的示威活动，我想亲眼看看。我该怎么描述我所看到的景象呢？我看到的是我们民族的魔鬼嘴脸。太吓人了。数万人在那儿声嘶力竭地喊口号，说战争应该继续下去，必须占领和毁掉俄国。然后他们开始抢掠周边的店铺，点燃警亭。这是我第一次开始害怕同胞。抗议者中有数十人丧生，数百人受伤。这又是为了什么？为了战争继续打下去。这是多么愚蠢的疯狂啊。我真不敢相信。"

"是的，我知道您的意思。我与我叔叔也是这样。他忽然张口闭口都是天皇，要维护天皇的荣誉和尊严。"

"你怎么看我们的天皇？他真是一位神吗？"夏目问他的年轻客人，想测试他一下。

"我慢慢觉得，这个偶像不可思议。明治天皇时，我还能理解。他是个了不起的人物，常公开露面。相反，嘉仁天皇根本不露面，没人见过他。人们对他的崇敬之情更甚。越来越多的人相信，他们只是因为天皇的意志而存在，甚至只是为了天皇的意志而存在，某种程度上人们的存在似乎源自他的意志。这是病态的国家巫术。"

"你很诚实，你不隐瞒自己的观点。这是不简单的。我喜欢这样。你知道，我们在用我们的发展迷惑外国。当然，我们表现得对世界开放，派出数千名学生去读西方国家最好的大学，穿得像过去被我们称为'蛮夷'的人。可我们心里完全不是这么想的。比如，明治天皇对外一直表现得像是进步的、亲近西方的，可暗中和私下，他仍是最大的排外分子。他痛恨所有外国的东西。他只允许传统的中医待在宫里，这你知道吗？"

"不，这让我感到意外。"芥川答道，他的表情证实了他的回答。

"这我能想到。这解释了他为什么会失去十五个孩子中的十一个。他的儿子嘉仁天皇身患重病，因为嘉仁小时候患脑膜炎时，父亲拒绝请西医为他治疗。"

"那我就明白为什么人们从来见不到他了。皇室藏匿了他，不让公众见到他。但我有个问题，夏目先生。我很想知道外国是什么

180

样的。您能给我讲讲吗？"

"你说得对，我们换个话题吧。"外面的天空开始变暗，下起雨来，当第一批粗豆大的雨点落在阳台前花园里的苔藓上时，夏目点起一支烟。

"我出过两次国，一次是去英国，更准确地说，是去伦敦；后来是去了满洲里，在那里周游了一圈。两次经历都很恐怖。在伦敦我感到前所未有的孤单，有时被当作下等人，就像一名贱民。可能也得怪我自己。我在外国人面前无法敞开心扉，哪怕他们是礼貌的、友善的。我注意到，不光我一个人有这样的痛苦，我周围的许多人都与我一样。可是，你知道，我学到了很多东西，有关日本人、西方及西方的个人主义。"

"您这是什么意思？我不明白。"

"我所经历的被鄙视的痛楚和孤寂的寒冷，我不是只将它们当作恶意和无意义的苦难，而是视之为认知道路上的必要伴侣。这样我就能通过英国人的眼睛看世界。你无法想象这区别有多大！英国人看到的是自由，看到无数通往目的地的道路，他们依赖自己的创造力，而我们日本人胆怯地相信命中注定，在顺从和谦卑中死去。西方人全靠自己来认识世界，掌握自己的命运。他们为此忍受孤独。相反，我们日本人只依赖我们从属的群体，我们的家庭、村庄或民族。我们从不孤单，所有人都由一种神秘的纽带联系在一起。我们从不只考虑自己，总在想其他人怎么想我们、怎么看我们。我们根本没有自己，因为我们总存在于别人的头脑里。"

"没错。总想着不要丢脸。"

"是的，我们从众所获得的回报就是和谐、归属感和人性的温暖。对西方人来说，这些财富不再重要。他们为了自由、个人幸福和物质成就，放弃了它们。他们为此忍受孤独和外面世界的寒冷。这你还无法想象，我年轻的朋友，你得先离开日本，才能走进世界。因为在这里，我们被从我们的母亲体内直接生进另一个更大的母亲体内。我们在它充满象征和感情的子宫里度过余生，那里没有孤独和寒冷，但也没有自由。我们永远不会真的走进世界。"

"这是怎样的比喻啊，大师！我永远不会忘记，"芥川敬畏地说道，"这是那种我想超越的精彩创作高度：强烈而深刻的暗喻。"夏目先是静静地听他说完，然后不为所动地讲下去。

"从前，这个过程十分自然，这源于我们的岛屿地形和我们的宗教传统。今天，这种状况越来越不自然，国家渐渐完全控制了我们象征性的母亲。国家与她合二为一了。这也是不必要的，因为现在我们可以向世界袒露自己。我们可以与西方一起享受自由、个人主义、启蒙运动、科学和共同富裕的果实。但我们的做法恰恰是背道而驰。"

"大师，如果我的问题很蠢，请您原谅，但我还是没明白，与您所希望的明智行为相反的是什么呢？"

"很高兴你这么问。我们只有通过提问，才能继续深入。问题是种美妙的东西。它是一个容器，可以用知识或爱装满它。想象一下一个不懂提问且因此没有语法规则的文明吧！回到你的问题上来，这绝对不愚蠢。日本政府向国外派出数千名才华横溢的学生，好让他们带回最新的科学知识。我们也有过许多外国顾问，他们帮助我们实现了管理、工业、军事和农业的现代化。这一切都发生在明治头二十年的觉醒时期。这早就一去不复返。留学生们回来担任要职，外国顾问们又回到了他们的家乡。现在，日本在为他的下一个大任务做准备：占领和征服亚洲邻国。我们吸收西方的知识，只是为了这个目的。我们装成勤奋的学生，要接管整个神奇的西方文明。可我们所要的刚好相反。我们从敌人那儿只学会了铸造武器，我们先用它们袭击并殖民中国，这某种程度上是在练兵。一旦成功了，我们就会奋起反抗西方。"

"您真这么觉得吗？您为什么这么肯定？"

"1909年我到过满洲里和朝鲜。对我来说，那是一场地狱之旅。那里与我们毫无关系。那里不属于我们，文化也和我们不同。但我们还是用我们从西方学来的手艺不断扩大我们在那些地区的影响。我们的行为就像殖民者，驻扎在那儿的军队冷漠、倨傲，有时还残酷地对待当地人。我又看到了几年前日比谷公园示威中让我害怕的那些日本人的嘴脸。我惊骇地问自己：'这是我们吗？'我不得不听天由命地承认：'原来我们变成这样了。'我们动用了西方的全部技术，别人无法伤害我们，我们可以不冒任何风险地袭击我们的邻国。西方文明中所有美好的东西——公民意识、对自由的热爱、启蒙精神、具有反叛精神的文学和哲学，这一切我们都不理不睬了。如果我们继续用我们从西方借来的黑暗力量伤害其他民族，我担心我们永远不会被原谅。异域的核心不再是外国人，而是我们从他们那儿汲取的不完整的思维。我们曾经是世界上最爱好和平的国家，你再看看现在的情形。现在异域性深藏在我们自己体内，因为我们忘了自己是什么，忘了自己是谁。"

"你对我们日本人的评价这么差，我很吃惊。怎么会这样呢？"

"这是另一个好问题，因为我可以用最伟大的日本崇拜者的作品来回应它。当我从帝国大学著名的赫恩教授手上接任英国文学教职时，我第一次阅读了他写的有关日本的书籍。他附会在日本艺术、文化和历史上的一切令我震惊。它让我感觉自己属于一个由神灵、

183

巨人和精灵构成的民族。在赫恩眼里，日本的一切都极其高尚、美丽、符合道德。这让人特别受用，我理解为什么我们的同胞这么喜欢读他的书了。不过，我认为，他这样一来就阻止了我们进入世界，就像我刚刚所说的。他笔下有关我们的一切太和谐、太完美、太真诚、太亲密、太温暖。我还感觉到他有种可怕的需求，他一定要将事物看成他所描写的那样。我们是个具有无与伦比的优秀特征的独特民族，他不允许对此有一丝的怀疑。可是，正如我刚才所说的，很长时间以来，我一直觉得我们距离赫恩用华丽和感人的辞藻所描绘的自画像越来越远。我的意思是，通过赫恩的文章和夸张的表述，我才明白理想和现实之间的鸿沟已经很大。"

芥川点点头。花园里的竹管发出轻微的嘎嘎声，雨水把它当作晃悠的渡槽，从长满苔藓的石盆流进池塘。睡莲的白色花萼漂浮在莲叶上方。蜻蜓在遮棚的梁上找地方避雨。夏目若有所思，有点心不在焉地接着往下讲。

"你知道吗，曾经将日本的人、石头和植物连接在一起的银丝网被扯断了。对自然的尊崇被滥用于神化国家，而国家就是天皇。一颗灾星似乎高悬在我们的岛国上空。一切都不成熟、不健康、很危险。我曾经希望明治维新会是一场大觉醒、一次真正的革新，会是对西方现代化的拥抱和改良。可我们只是重刷了一层漆，内里仍是巨大的恐惧。一个充满希望的时代随着明治灭亡了，它早在明治天皇去世之前就死了。曾经在伦敦，令我不寒而栗的是现代世界的孤独。现在我看出，我们日本的现代性特别丑陋，这将让我们更加孤独。我感觉到我们美丽、悠久、热情的文化已经脉象虚弱。不过，也可能是我搞错了。也许我只是做了个噩梦，我还安全地睡在我们象征性的母亲的温暖子宫里。"

夏目全身掠过一阵战栗，他尴尬地望着客人，好像想为他的混乱思想道歉似的。

"我将来可以自称是您的学生吗，大师？"芥川只是这样问道。

"你可以。"夏目回答说。他给自己点了一支烟，他想，他现在只需要自杀，就可以让他的长篇小说《心》变为现实。但愿这些烟会解决问题，因为他从小时候起，一想到有朝一日必须将一把短剑划过内脏，就觉得毛骨悚然。

裕仁听课

但是，如果魔鬼能引导我们做梦，也就是说，引导我们思考，却不知道我们思想的细节，那他怎么知道他的耳语是否达到了效果呢？答案很简单，因为魔鬼就像钓鱼的人，他在钩子上装一块饵，然后埋伏起来，做好准备，等鱼一咬钩，就收回渔线。他对着我们的想象力耳语，然后耐心地等待它奏效。

——丹尼尔·笛福，《魔鬼政治史》，1726 年

皇太子宫位于东京的皇宫内，杉浦重刚走进皇位继承人裕仁太子的教室。七年来，杉浦一直在教他伦理、血统和治国经略。给未来的天皇授课是杉浦的无上光荣，但他并不快乐。裕仁体质孱弱，声音尖细，智商中等，这些没给杉浦留下深刻的印象。皇太子是个近视眼，他戴着圆眼镜，看上去像会计，连高贵的正坐都不会。他正坐一会儿足背就痛，因此他宁愿像个普通的町人一样盘腿而坐。他经常张大嘴巴，面无表情地发愣。他一紧张，就开始嘀嘀咕咕、自言自语。杉浦怎么也无法想象，这个笨拙无能的人将会是神圣的天皇，他在这个人身上看不到光辉形象和超凡脱俗的光芒。他不会

想到，年轻的裕仁虽然很少讲话，被提问时也只做简短的回复，但他知道自己资质平平，这让他不太把老师们讲述的先皇们的传奇生活和创世传说当真。他无法想象，他和他高贵的祖先源自神灵，甚至自己就是神。但他觉得，为了国家和皇室的福祉，可以让普通民众相信这一点。他视他的沉默为一种美德，希望能像他的诸多祖先一样，靠自己的工作而非话语长存在人民的记忆中，令人民永志不忘。杉浦年近六十，绝对拥护君主制度，他在教育部和政府阶层都享有很高的威望。年轻时，他曾是明治政府最早派往欧洲的学生之一。从英国回来后，他决定毕生致力于不让个人主义、自由主义、民主和社会主义等西方"邪说"在日本立足。他想维持他所谓的"日本精髓"。因此，培养未来的皇帝，令其从道德上做好治国准备，就是在实践他的愿望，也是他事业的巅峰。裕仁已经二十五岁，即将登基。裕仁的父亲生命垂危，是个政治上软弱、精神贫乏的君主，很快就将以大正天皇的名号被载入史册。皇太子接管皇权的日子眼看就要来了。日本帝国的圣物是一面锃亮的铜镜、一把短剑和一块宝石。那剑据说是风暴之神须佐之男在与邪马台的八岐大蛇搏斗时夺来的，他将剑赠给了他的姐姐——太阳女神天照大神。杉浦不厌其烦地教导他的学生，皇帝统治的所有权力和合法性都来自这三样物品，那是太阳女神在世界刚形成时留给她的孙子琼琼杵尊的，好让他降落到地球上，在那里种植水稻，让日本民族团结在永远的和平中。它们象征着智、勇、善这三种最重要的美德，琼琼杵尊之后的所有日本统治者都必须践行这三种美德。杉浦坚持皇权至高无上。因为裕仁来自 14 世纪时从主系分出的旁系血亲。当时日本分裂了几十年，出现了两名皇帝，他们的皇宫分别设在吉野和京都。因此谱系研究人员存在一定的怀疑，不确定裕仁家族这一支是否真是纯正的皇家血统。杉浦知道，这可能是最后几堂课。因此，杉浦还想向皇太子总结一下他的神圣人格对民族福祉的意义和他神圣的使命。杉浦身穿深色西服和马甲，系着领带，硬领竖起，在皇太子对面的低矮书桌旁坐下来，皇太子正盘腿端坐，等着杉浦。要不是他在用一把有着精美绣花的扇子笨拙地扇风，那身军官制服肯定会赋予他一些男子汉气概和威严。

"殿下，请允许我今天在授课结束时总结一下我们过去几年里讲授的道德和政治理论的一些重要问题。"裕仁不太感兴趣地点点头，示意杉浦可以讲下去。

"首先，我们要再讨论一下您个人与国家的关系。明治宪法第三条说，'天皇神圣不可侵犯'。这是什么意思呢？殿下，不管您做了什么，任何时候都没有人能追究您的责任！您高于国家，国家不能评判您。如果将国家比作人体，那您就是它的大脑。但是，正如大脑也是身体的一部分，您不仅高于国家，您也是它最重要的器官，或者，简而言之，就像法国国王路易十四曾经说过的那样：您就是国家。同时您也是民众，因为每个臣民都因为您而存在，是您赋予了他们生命。这也意味着，西方的治国理论不适用于日本帝国。孟德斯鸠就说过，只有民众和统治者之间的'中间权力'——贵族、教士，以及后来的议院、政治家和政党——能够保证共和国和君主国不成为独裁统治。这些中间权力的目的是，在法律和宪法的帮助下限制统治者的权力。为此，西方也巧妙地构思出了所谓的'三权分立'。将立法权、行政权、司法权分开，让它们各自独立、相互监督。这可能适合那些由普通人统治的国家，不管他们是被叫作君主、总统，还是首相，他们身上都有种种缺陷。而日本帝国是由您——一位神——统治的。由您的臣民监督您的神权，这是无法接受的，是渎神。立法权和执政权只可以掌握在您一人手里，不受任何限制。无论是在西方，还是在日本，政党只是所谓的政治家的小集团，其实这些政治家只是没有德行的无赖。他们的原则就是分裂，是社会和平与和谐的威胁。因此您的任务之一就是，废除政治特权阶层，领导国家走出现在的颓废状态。"

裕仁点了点头，他的面部表情没有透露他是仅仅听懂了这些话，还是他也同意对方的话。

"您是我们神圣的天皇，是一位活神仙，是日本过去、现在和未来的象征。因此您不仅高于国家，而且您自己就是国家……"杉浦注意到，这个比喻是矛盾的，想改正，"国家可以说只是您的一个身份……而且您也高于时间。只有通过您的神圣工作，才能治愈时间对世界的入侵和对人类的暴力统治。"

裕仁合起他耷拉的下颌，从而合上了半张的嘴巴，第一次用好奇的眼神望着杉浦。他根本记不起他所谓的神性的这一面。他觉得有趣。杉浦继续往下讲，讲到了对他来说特别重要的一点。

"这就是日本相较于其他各国的优势。我们的土地因您而神圣，您的存在让其他所有统治形式和试图限制它的行为成为多余，无论是通过国家的臣民来限制它，还是通过时间来限制它。日本的民族精神在于，您的人民爱您，您爱您的人民。因此，日本的政治统治不是单纯的权力，也不是主要以暴力行使权力的统治，那是世界其他地方的做法；日本政治统治的基础是所有臣民的善良、温驯以及他们对自身义务和立场的认识，这对他们自身来说无足轻重，但对整个国家和天皇的神圣统治却必不可少。"

这个句子好长，里面包含的思想好复杂，裕仁想道，杉浦之所以能够讲出来，只因为他全面接受过德国哲学思想。但是，必然会出现的问题是，他是否真的仍然是杉浦极力推崇的"日本精髓"的一部分，这个"日本精髓"是那么明确和简单。裕仁肯定不认为自己是个哲学家，但他清晰地感觉到，杉浦的思想漏洞百出，存在逻辑性矛盾。他很高兴杉浦没有向他提问，否则他又会紧张不安，回答时又会支支吾吾。每当他没有能力解决他看到的矛盾时，就会发生这样的事。实际上，他所接受的宫廷教育让他学会了一条聪明的原则，如果搞不清状况，他就藏起自己的感觉，最好保持沉默。但是，有时候他会抑制不住被礼仪束缚的性情，无法掩饰他在这个人造的神话世界里的失落感，这神话本是用来确保他的神性。杉浦是个无法共情的教师，他不知道该从哪些表情和手势里读出未来天皇的这些思想。因此，他不顾天皇的感受，继续大谈自己的方案。

"一旦您登基了，世界各国就会感受到日本的这一优势。您也许会问，为什么之前没有发生。这也是个好问题。只有在您的统治下，日本帝国才能进入全盛时期，天皇权力的伟大和无限才会显示出来。我想举个例子，为您解释一下。如果殿下在美国黑船事件时就已经是天皇了，这一切就不可能发生。您会用您的神力将这些蛮夷从我们的沿海赶走，他们将永远不会踏上我们的神圣领土。黑船事件发生之后，日本就处于圣战状态，只有当这一罪行得到赦免、所有野蛮民族都被征服时，圣战才会结束。这场战争是您统治期内的最大任务，这是神灵和您的祖先交给您的任务。这不仅需要勇气和实力，也需要智慧和计谋。因为，殿下只要耐心等待敌人掉以轻心、虚弱无力的时刻，那时胜利就会像一道巨大的闪电照亮整个世界，使人们相信您是唯一的活神，您坚不可摧，战无不胜。黄金时代将会由此开始，最终带来伟大、永久的和平。因此，作为您最忠诚的老师和仆人，我建议殿下将您统治的时期叫作昭和，百姓昭明，协和万邦。"

这才是杉浦关心的大事，裕仁想道。他想做裕仁的顾问，有份决定下任天皇执政时期的执政年号。面对这一僭越行为，裕仁打了个激灵，因为天皇的老师是无权影响年号的。这是枢密院和元老会的权力。但他不得不承认，他喜欢"百姓昭明，协和万邦"这个执政年号。

杉浦知道他的建议逾越了自己的权限，他虽然注意到皇太子的反应，但没有正确地诠释它。为了重新获得安全感，他又继续讲起不太棘手、在宫廷里不存在争议的内容。

"未来的世界秩序只会允许少数列强存在，其中最重要的将是日本帝国。另两个帝国必须解散，划归新秩序。那是日本两个最大的敌人。首先是苏联的布尔什维克帝国，其领袖派人谋杀了沙皇。苏联与我们接壤，和我们争夺领土，传播无神论的唯物主义，并想将一切私有财产交给普通民众。它是我国统一和繁荣的最大威胁。北美合众国仅次于它，是我们的第二大敌人。自从黑船事件以来，他们就一直在奉承我们，实际上他们只是想掠夺我们的财富，阻止我们扩张。早晚会爆发一场军事冲突，这是不可避免的。因此，日本帝国将先向西，向中国扩张，美国不会不予抵抗、听之任之的。到时候，就轮到武器说话了。"

这堂课结束时，杉浦再次向不久后的日本新天皇提问其一百二十三位祖宗的名字，他必须将它们记得滚瓜烂熟。

★ ★ ★

1926 年 11 月，裕仁登基，昭和时期从此开始。由于他平时寡言少语，当他告诉枢密院和元老会他决定用什么年号时，他的话就更有分量了。显然，不能违背新天皇的意愿。两年过去了，一年在哀悼逝去的大正天皇，另一年在种植圣稻。这段时间举国上下都在举行庆祝游行，直至 1928 年冬天举办登基大典——大赏祭。自从裕仁被选为皇太子，他就为日本帝国这个最古老、最重要的仪式做好了准备。在他的想象中，这个仪式充满神秘的话语、响声和画面，他不得不一次次地练习和学习。只有宫里的一小群神职人员、礼仪官、谱系学家和老师熟悉该神秘仪式的具体流程。但它的意义，以及使用的一些物品，在过去几百年里已经有一部分失传了。

登基大典于 11 月 14 日夜晚举行，在京都旧皇宫内的一座宽敞的广场上。七天前就用稻草和木桩在这儿搭建起了简陋小屋，这叫作悠纪殿和主基殿，每殿各有两个房间。建造方式也很简单，没有用铁，而是用粗糙的松木做柱子和梁，部分木头还带有树皮。两间小屋周围是用野生灌木搭建的篱笆，用来遮挡视线。

日落之后，裕仁接受了用温热的泉水净身的仪式，并穿上了一件白色生丝宽袍。在每声都间隔时间很长的钟声里，他率领一队神道教神职人员、宫廷总管和仆人，缓慢庄重地走过几道台阶和回廊，从其中一幢主建筑走向两栋小屋。仆人们在他身前铺上席子，等他走过后，又重新卷起来，整个仪式中他的双脚不能接触地面。火炬照亮了通道，周围的广场上燃着篝火。皇室成员、朝臣、缙绅、首相及陆军和海军将领坐在铺开的榻榻米上，他们露天而坐，肃穆地沉默着。当裕仁和他的随从人员走过时，只有火苗的噼啪声和厚重布料在光木板上拖拽的沙沙声。一种催眠似的宁静笼罩着神圣的表演，表演的目的是恳请最高的神灵降临。

裕仁穿过大门，走向被篱笆包围的小屋，乐声响起。乐师们分别坐在悠纪殿和主基殿的两个房间里。他们演奏的是吉野山区早期居民的一首古老的民谣，伴以一种被叫作"犬吠"的古歌——这是在邀请神灵。与此同时，仆人们将食物、饮料和餐具摆放到两栋小屋里的八脚桌上，然后他们全都离开了篱笆围起的区域，只留下裕仁一个人。当天皇与他的祖先和神灵相见时，谁也不可以在场。他走进悠纪殿，音乐停了。房间中央有个神座，由七层叠放的榻榻米组成，呈阶梯状，像极了一张欧式床或沙发椅。神座上铺着一床白色真丝被子，上面有一种三角形的枕头。两侧各有一张小桌，桌上摆着毛巾，一条是细布做的，另一条是粗布做的。人们已经不知道它们的意义了，就像不知道印有白色图案的粉红拖鞋的意义一样，它们被放在脚尖所在的位置。裕仁在一张席子上跪下，满含期望地端详神座，毕恭毕敬地低下头。现在他必须决定做点什么了。他想起了杉浦的话。

"当陛下进入最神圣之地时，请信赖您的祖先，他们会告诉您必须做什么。因为我们也不知道。大赏祭之夜悠纪殿和主基殿里发生的事情，任何人类的眼睛都不可以看见。只有您一百二十三位神圣的祖先知道这个秘密。他们和天照大神将与您共享这个秘密。"

人们对这个仪式有不同的诠释，再也没有人能准确说出它原先到底是什么。最简单的解释是，这是庆祝丰收的节日，过节时，新天皇在夜晚和次日凌晨款待众神，获取他们的欢心。那么，两间小屋里的床榻是做什么用的呢？两间小屋里的食品和摆设一模一样。再也没人知道，为什么会这样，这是什么意思。然而，这个仪式上的规定是神圣的，丝毫不可以更改。从前不存在的新闻界让大赏祭的细节第一次在民间传开了，皇家内务府被迫表态，甚至在报纸上发表大篇幅的启事。启事里指出，关于仪式，皇帝的臣民不该想太

192

多，尤其不该对神座乱想那么多。民间相信，新天皇会在这张神秘的床上与太阳女神进行性结合。内务府出来辟谣，说人们应该尊重神秘仪式，放弃猜测。这份说明没有可信度，反而更加激发了数百万日本人的想象力。自从四年前迎娶良子王妃以来，裕仁就是一个性观念开放的幸福男人。他对普通民众的这些幼稚想法只能报之一笑。对他来说，更重要的是理解大赏祭的意义，满足祖先和神灵的期许。对神座还有另一种想象，即天皇在上面睡觉。天皇像未出生的孩子，蜷成胚胎状，将自己裹在真丝被子里。这样，通过与原始母亲天照大神的结合，他将以神的身份重新出生。裕仁也无法想象这场面。但他记得，他的祖先们经常在梦中学习。因此，他决定躺到神座上去，盖上被子睡觉，向梦境求教。

他很快就睡着了。连续几周的大赏祭准备工作让他累坏了，他陷入了已经在等着他的梦里。他发现自己在一座大剧院里，他是唯一的观众。舞台上正在上演一部他不熟悉的能剧。一开始，鱼、鹿、熊和猴子在他面前跳舞，不同寻常的是，它们不是由人扮演的。然后响起了刺耳的鼓声、木头声和哨子声，一个身影从黑暗深处钻出来。他最早的女祖先天照大神戴着一张面具，面具是被黑发环绕的太阳的面孔。她用男声一个劲儿地说："就是你！"说完她就退了回去，另一个身影旋即出现在舞台上。他是她的野蛮兄弟须佐之男。他也用同样的声音重复一句话："就是你！"说完他就不见了。最后，第三个身影登上舞台。佛陀指着裕仁，用同样的声音重复同一句话："就是你！"然后，他也消失了。一名士兵骑着马来到舞台上，发出踢踢踏踏的响声。他手举一道闪电，想将它用作火器，可他先是烧伤了自己的手，然后烧伤了整个胳膊，最后骏马和骑士都化作了灰烬——然后是一声爆炸！还是锣声？

裕仁醒了，他站了起来。时值子夜，那声音是钟声。它表示该进入仪式的下一步了。他还有点迷糊，但总体来说精力充沛，他迈着不紧不慢的步子，从过道走向下一栋小屋——主基殿。它的布置与悠纪殿一模一样，可他只想在这里款待神灵。尽管梦里与他们的相遇让他感到困惑。神灵戴着面具出现在他面前，这是什么意思呢，面具背后会不会是同一位演员？没时间考虑这种事情了，年轻的天皇现在必须充当主人了。第二栋小屋里的床叫作御座，他碰都不碰。盘子是用橡树叶做的，叶子还连着叶柄，他为神供上谷子、大米做的团子、鱼和水果，还有用由普通黏土烧制并且上了釉的罐、杯和碗盛着的清油与茶。就像大赏祭的其他许多细节一样，这是要证明这个仪式是日本的原始仪式，要比来自中国的文化影响古老得多。做饭的米和清酒产自两个地区的田野，地点是用一只开裂的龟壳在春天占卜出来的。占卜时，要像读地图似的阅读碎裂位置，最明显的两块碎片就代表要播种和收割祭稻的地方。卜中的是北方的滋贺和南方的福冈。拥有土地的稻农的家庭必须身体健康。田地有人严密看守，播种、灌溉和收获时，神道教的神职人员会举行奢侈的净化仪式。稻子都是一粒粒脱壳的。只有未受损的完整米粒才可以使用，在秋天它们被存放进伊势神宫。它们被用来做饭、酿酒。裕仁高兴地侍奉神灵和祖先们。当他在凌晨三点半左右离开主基殿时，他理解了当一位神是什么意思。他第一次相信起自己来。

东京政变

《新苏黎世报》

一场来自军界的政变震惊了日本。1936年2月26日清晨，近一千五百名年轻军官和士兵拿起武器，一度控制了整个东京。他们占领议院、军部和警察总局。政变中，有三名内阁大臣被杀，他们分别是掌玺大臣兼前内阁总理大臣斋滕实、财政大臣高桥是清和将军渡边锭太郎。政变分子的首领们大多数属于皇道派，这是一个极度民族主义的政治团体，团体的名字意为皇帝的道路。十多年来，它主张在亚洲实施一种侵略性的殖民政策，恢复日本皇帝的活神地位。目前，这个神就是昭和天皇裕仁，所有日本居民都应该忘我、一致地为他的神性奉献。因此，这位新神帝也将获得不受限制的政治权力，并凌驾于国家的明治宪法之上。

我们欧洲人一开始很难理解起义者的这份渴求，因为按照日本传统，天皇已经是一位神了。裕仁登基不久就举办了重要的大赏祭仪式，这是一种过渡仪式，在神道教神社里举行，既象征皇帝与最高女神天照大神的结合，也象征他以神的身份重新出生。皇道派激进分子恰恰是对这一点有不同的理解。他们声称这一转变不是象征性的，而是真实的，皇帝不是神的象征，而是活神。

我们可以将这当作蒙昧主义的咬文嚼字和远古的神秘主义，对它不予理睬。然而，在欧洲宗教改革时期，有一次完全可以与之相比的神学冲突，那就是关于所谓的化体说的争执。它引发了胡尔德里希·茨温利和马丁·路德等人反对罗马天主教会的起义。问题是，圣餐上的面包和葡萄酒是真如教会所坚持的，是基督的肉体和血，还是像改革派声称的，只是象征着这两者，以唤起基督属灵的同在。东京的政变具有神学动机，它的奇怪之处在于，古老、传统的皇权建立在天皇等同于神的基础上，它只是理性的国家象征，而年轻、现代和激进的起义者想将天皇个人尊奉为一个下凡的真正的活着的神。

因此，政变分子的第一个诉求就是，向天皇口头陈述他们的声明。他们坚信，这么做就会让声明自行产生影响，让天皇记起他的神性，但天皇并未如此。虽然他的一些亲信非常感动，同情激进的狂热分子，但是，裕仁皇帝作为军队总指挥，立即让人动用一切暴力镇压了起义。皇家正规部队包围了暴动分子，并向他们猛烈开火。2月29日，起义分子就投降了。接下来的几个月，起义首领被送上法庭，至少有二十多人会被判处死刑。顺便说一下，只有两名军官按日本旧风俗，以规定的形式切腹自尽，逃避了失败的耻辱。由此可以看出，这些自封的传统主义者在继承他们国家的文化遗产时也是有选择的。

我们从可靠的出处了解到，皇道派圈子里甚至讨论过，要用一位明显更好战的男性大神取代温和的太阳女神天照大神，据说她创立了日本皇帝的王朝。第一位候选者也已经找到了。那就是天照大神的兄弟——粗野、不羁的雷神须佐之男。这个计划之所以被放弃，是因为根据日本神话，正如编著于公元8世纪的日本最早的编年史《古事记》里介绍的那样，须佐之男也是冥府的统治者。这些二十五岁左右的年轻军官，原本想将他诠释为一个重视纪律、坚定不移的战神，让日本军队以他为象征，征服所有亚洲国家，然后征服全世界，但最后，他们还是觉得这样行不通。

德国理想主义和种族理论对神道教的影响也很有趣。黑格尔主张公民的单个主体融合进国家主体，进而取消单个主体，去年9月的《纽伦堡种族法》陈述了种族纯正思想，德国政治中已经开始实施这一思想，这一切都激发了日本的激进主义者的效仿热情，就连德国的反犹主义都很流行，虽然日本几乎没有犹太人。最大的佛教教派本来主张安宁、宽容和虔诚，现在却有越来越多的学者站出来，要求更严酷地奴役日本的殖民地，并要求人们在战争中视死如归、牺牲自我，消灭民主和犹太人，好让日本能够尽快统治世界。在其他方面，这个国家也发展成了德国在亚洲的孪生兄弟。银座是一条两旁种满柳树的时尚林荫大道，在夏天就像20年代那个黄金时代的柏林的选帝侯大街。这里除了有剧场和电影院，还有奶吧、法式咖啡馆和德国酒吧。在这里，长发年轻人有衣着时尚的女士做伴，他们沉湎于闲散的文人生活，谈论马克思、俄国文学，以及笛卡尔、康德和叔本华的哲学。与极端民族主义、敌视外国人的年轻人不同的是，他们狂热地主张军人理想和神帝传说，他们成了自由主义、无政府主义乃至思想颓废的对立面。在前不久的议会选举中，自由派的立宪民政党意外获胜，甚至日本的社会民主党人都急剧增多了，而军方支持的资产阶级政党立宪政友会输得一败涂地，这场政变可能只是革命右派做出的绝望反应。虽然激进分子们这回也输了，但现实已经表明，自由正在这个国家继续后撤，就像德国一样。德国的"天皇"名叫希特勒，像他的日本孪生兄弟一样，他也得到了同样狂热和病态的无条件崇拜。

瓦尔特·博斯哈特自东京报道

日本民族精神的原则

国体之本义

由日本教育部颁布发行

　　我们时代的弊端形形色色，有意识形态的，也有社会性的，这都是漠视基本原则、推崇平庸、缺乏判断力和不能正确理解事物的后果。之所以如此，皆因明治时代以来，我国从欧美引进了太多文化、政治制度和教育元素，而且速度太快了。事实上，从外国引进的思想多是 18 世纪启蒙运动的邪说。构成这些思想的基础是理性主义和实证主义等世界观和生活观，它们无视历史，认为最高价值是个人的自由和平等，这导致他们假设了一个超越所有民族和人种的抽象世界。这样一来，人类就只被视为个体，任意结合在一起，孤立于历史的整体秩序之外，人们彼此孤立，也感觉对方是抽象的。

　　矛盾的和极端的方案，诸如社会主义、无政府主义和共产主义，归根结底均建立于个人主义的基础之上，而个人主义是现代西方意识形态之根，那些主义只是它的不同化身。在西方，个人主义构成了所有思想的基础，可是，即使在那里，人们也觉得共产主义无法忍受。因此，那里也抛弃了传统的个人主义，导致民族主义者和集权主义者的增加，比如出现了法西斯主义和国家社会主义。

　　这意味着，无论在西方还是在我国，个人主义的盲点和它造成的封锁都增加了意识形态方面和社会方面的混乱。因此，我们只有仔细研究西方思想的特殊性，理解日本民族精神的真实意义，才能解决我国人民想象中的冲突、生活中的动荡和理解文明时的困惑。我们必须面对这项任务，不仅是为了我们自己，而且是为了整个人类的利益，因为全世界都在寻求摆脱个人主义所导致的僵局的办法。

忠诚和爱国

我国是以天皇为中心创建的，天皇本人系天照大神的后裔，因为我们的祖先和我们自己在天皇身上看到了天照大神的生命和行为。因此，我们的使命就是效忠天皇，以他的崇高意志为我们自己的意志，在他的领导下以我们有限的生命充实现在的生活。这是我们民族道德尊严的基础。忠诚意味着要尊敬天皇，视其为我们生命的支点和枢轴，毫无保留地顺从他。无保留的顺从是指，我们要忘记小我，全心全意地关注天皇的意志。此忠诚之道乃臣民与天皇竭尽全力、共同生活的唯一道路。因此，献身于天皇不等于所谓的牺牲自我，而是为了过上在陛下的领导之下的生活，忽略我们小小的自我，这样人人都能增强我们整个民族的原始生命力。

和谐

只要我们正视我国创立以来的历史及其历史上的进步，就会发现一样东西，这就是和谐的精神。和谐是最初实现创国壮举的产物和推动其历史前进的力量。它是一条人性之道，与我们的日常生活分不开。和谐精神来自万物的一致。如果人人都坚决宣称自己是他人的主人，并坚持自我，那就只会出现矛盾、斗争，永远不会出现和谐。在个人主义中，通过合作、牺牲等方法，可能会缓解彼此之间的基本矛盾，但并不能最终达到真正的和谐。因此，个人主义社会的特点是自私的人类之间的冲突，整个历史可以看作是一系列阶级斗争。这种社会里的社会关系和政治结构，以及由此形成的社会学、政治学和宪法理论，与我国的完全不同，我国的是完全建立于和谐原则之上的。

结论

被引进我国的各种外国意识形态，也许适合中国、印度、欧洲或美国，这是出于他们的种族或历史背景。但我国遵循的是一种符合国民精神的政治，即崇拜一位活着的神，忠诚、和谐。因此我们有必要仔细检查这些舶来品，看看它们是否真适合我们的民族本质。总而言之，西方的学习方法和理解方法，优势在于分析能力和知识素养；而东方学派的思维强项，在直觉和审美。这是由于民族和历史的差异而自然产生的结果。如果我们从我们的民族精神出发，从我们真正的生活环境出发，将它们进行比较，我们就会发现，还存在更多、更严重的根本差异。我们的民族过去引进、吸收和完善了中国和印度的思想，从而开辟了皇道，创立了自己的日本民族文化。在我国引进西方现代生产方法和自由贸易经济时，人们期望在自由的、个人的商业活动的基础上让国家变得富强。只要臣民想着人民和国家的利益，结果就确实是喜人的。可是后来，随着个人主义和自由主义思想的推广，各行各业自私自利、钻营牟利的趋势增强了。该趋势使贫富之间出现一条之前不存在的鸿沟，这最终导致阶级斗争。后来，情况就更糟了，因为共产主义的引进传播了一种思想，即经济是一切政治、道德、文化价值的基础，无情的阶级斗争是建立公正社会的唯一手段。很显然，利己主义和阶级斗争与我们的民族精神相矛盾。只有当一个民族的所有成员和睦一致、齐心协力地做各自的事情，事事遵纪守法，同时不忘天皇的健康和幸福，这个民族才会产生真正的、精神健康的繁荣。

我们的任务

身为国民，我们眼下的任务是创建一种新的日本文化，用我国优越的民族精神改良西方文化。我们这是在给整个人类增添一种新的日式世界文化！我国之前就引进过中国文化和印度文化，在创造新的文化财富时我们自己也很有创造力。当然，日本民族之所以能做到这一切，是因为日本具有深刻、永恒和无限的特点，因此，拥有这一民族精神的人们就有了一个真正伟大的历史使命。

1937 年 2 月，东京

阿德隆咖啡馆

在柏林，1938 年 9 月的一个下午就这样结束了，秋日的傍晚温和宜人。菩提树下大街上插满了纳粹的万字旗，街道上聚集着政府各部门的官员、外交官、商人和工业代表，以及身着制服的德意志民族社会主义工人党和国防军成员，几年来他们都是街道的主角。这个时候，柏林的上流人士纷纷出现在阿德隆酒店的咖啡厅里。教授、科学家、艺术家和很想远离无所不在、自吹自擂的军事宣传的富商都称阿德隆酒店为"小瑞士"。相反，整个大德意志帝国的威风凛凛的党卫军军官更喜欢聚在威廉大街的皇宫酒店。因此，当一位军方代表在点心自助台旁取好食物、寻找空位时，阿德隆咖啡厅里的一些客人感觉像在一张字谜画里发现了错误。一位高贵的先生坐在角落里的一张小桌旁，当身着国防军制服、身材高挑的男子向他走去时，他才意识到，他恐怕必须与那人同坐一桌了。

他在那儿。这就是我要找的人。他应该赶紧突破自我了。

"哈恩教授，我可以与您坐在一起吗？"

"请，请，您请坐，"被问的人热情地说道，以此掩饰其实很想一个人待着的心情，"我们认识吗？"

"请原谅。我是托伊弗尔①博士，军械部中校。我们还没见过面，但我当然知道达勒姆的威廉大帝化学研究所，您是所长。"

"幸会。现在您看到我在这里吃多层奶油蛋糕，而不是在从事军械部出资的项目。"他们对彼此笑笑。奥托·哈恩本身风度翩翩，上唇的胡须修理得很整齐，胡子下方的嘴巴周正、坚定、感性，眼神清澈，他注意到中校有张异常精致的脸。中校含笑地望着他，丰满而血红的嘴唇中间露出两排漂亮的白牙。他的皮肤光滑得像是没有毛孔似的，呈大理石色，透出浅蓝色的血管，这赋予他一种脆弱感，似乎与他那一身无比合身的制服所显露出的庄重和威严相矛盾。他一点也没觉得在此人面前要像在其他的纳粹分子面前一样谨言慎行，那些纳粹分子通常很愚蠢，粗鲁得令人觉得可怜，好像如果党不给他们一身制服，他们就还在挖煤或在建筑工地干活呢。

"但我可以解释，"哈恩接着说道，"我需要葡萄糖才能思考。尤其是这种好吃得令人难忘的蛋糕，只有这里才有。您偶尔也会吃

---

① 该姓德语原文为 Teufel，也有"魔鬼"的意思。

糕点^①吗？"

"我喜欢您，所长先生！为了您的小弱点，您马上造了一个新动词。这个词我还从没听过。我承认，我也很爱犯点小罪过。我完全理解，一个从事超铀元素研究的大脑需要一种相应的燃料。"

"啊，我看出了，您懂行。"

"您就直接说我还懂点核物理和化学知识吧。我虽然是一名训练有素的工程师，准确地说是计量技术员，但是，自从阿尔伯特·爱因斯坦在物理学上取得突破以来，我一直在业余时间认真研读玻尔、卢瑟福、海森堡和费米的文章。"

"您看，"哈恩赞赏地点点头，"你也许已经和埃里希·舒曼先生打过交道了吧？"

"当然。他是我们部里的一位物理学家。我多次与他共进午餐。他是一个能力很强的人。您该小心点，他可是一位彻头彻尾的社会主义工人党党员和官员。如果您不能很快拿出成果，他会给您找麻烦的。他已经向我暗示过，他没有耐心了。他这么说时，还用那对卑鄙的小眼睛看着我。喏，您知道他是什么人。"

托伊弗尔博士中校表现得像一只披着狼皮的羊，一个心不甘情不愿的纳粹分子。这让哈恩感到舒服。多年来，在军械部的联合会议上，在各种纪念日和庆祝活动上，在研究所里，在理学院和洪堡大学，他一直遵守纳粹分子的作风。他无法忍受这些假面闹剧和这个新德国当权者的冗长演讲，于是逃进科研工作。研究所长期以来一直是他的堡垒。可现在这些黑色幽灵也攻陷那里了。在一体化的过程里，之前最不起眼的、能力最差的员工组织到一起，形成了基

---

① 原文中，根据"糕点"这个名词造了一个动词（konditoren），表示"吃糕点"。

层组织。科学能力只扮演着次要角色，关键在于工作是为党服务，研究所里党的代表人物是之前从未被注意过的社会渣滓。

"是的，中校先生，我认识他。您刚刚告诉我的事，我已经料到了。老实说，我们完蛋了。这个项目要终止了。我们原想一劳永逸地证明是恩利克·费米的理论正确，他认为用中子轰击铀会形成超铀元素，还是我们的前同事阿里斯蒂德·冯·格罗斯正确，他声称结果会是镤，也就是 91 号元素，因此序数更低，而不是更高。三年来我们一直都在试验、测量，却比过去离结果更远了。如今我们得出的结果是镭的同位素，可它的性能又不像镭的同位素。另外，我的同事莉泽·迈特纳教授最近不得不离开这个国家。因为血统问题。您知道的。"

"我想，费米的方法是正确的。但他找的是错误的东西。"中校说道，头都没从他的点心碟子上抬起来。

我在多么努力地将费米和其他几个人引向正确的方向，让他们找到通向伟大秘密的大门啊！一切都是从居里开始的，可时间拖得实在太长了。我没时间了。

"您此话怎讲？"

"喏，为什么原子应该更大呢？为什么它们不会分裂？"

"不，不，"哈恩斩钉截铁地回答，"这不可能。正因为这样，这些物质才叫元素和原子。它们不能再分裂了。核里的结合力要大得多。这您自己也知道，不是吗？我们没办法打开核。它就像一颗坚果，没有夹子能打开它。我怀疑，自然界中从未有原子核爆炸过。"

"如果您能打开原子核，您将先拯救德国——然后拯救世界。"托伊弗尔博士说这话时的坚决让哈恩震惊。

"您说什么？您不会是当真吧！如果我的问题会冒犯您，请您原谅，可是，您是不是爱读儒勒·凡尔纳的作品？"

"我现在要向您透露一个秘密，哈恩教授。可是，您必须向我保证不外传。"托伊弗尔果断、自负地接着说道。这份自信让哈恩觉得可怕。他很好奇，但又不想出洋相。

"说吧，我向您保证。"

"英国海军部四年前就收到了一份专利，它不仅涉及简单的核分裂，而且阐释了可以引起链式反应。它来自您的匈牙利同事利奥·西拉德。"

西拉德明白，至少在理论上明白。我如何才能让此人做最终必须做的事情，也就是开始这项工作呢？

"不可能！西拉德？"哈恩的叉子掉到了盘子里，他本来正要用它将一块蛋糕送进嘴里，"他介绍了过程？还申报了专利？我不明白。这极其意外，有意思。您必须知道，从原子核里释放能量的理论已经讨论过很多了。可卢瑟福和爱因斯坦一直认为这是无稽之谈。爱因斯坦说得多好啊：'那就像黑夜里在一个几乎没鸟的地带向鸟儿开枪。'相当生动形象，是不是？再说说西拉德！他实际上是爱因斯坦的学生，甚至可能是他最优秀的学生。"哈恩又捡起掉落的那块蛋糕，若有所思地看着它。

"老实说，我相信西拉德是对的，"中校接下去说道，"只不过他没做第一步就走了第二步。如果不认识这条链上的第一节，链式反应有什么用呢？现在您得找出这第一节。您要是成功了，您将会在人类的万神殿里永远占有一席之位。"哈恩一愣，很快又控制住了自己。

"请问这该怎么做呢？我认为原则上这是不可能的。"

你这个蠢家伙，我向你保证，我要是知道具体细节，我会自己做的！

"您必须进行分裂。请您继续轰击那些原子核。继续测量。一旦发现高能量的释放，您就成功了，"托伊弗尔坚持道，"请您务必向迈特纳教授请教。她从一开始就和您一起做这个项目。"

她不得不逃走，这是我没想到的。时间实在太紧了，我无法操纵一切。原计划是他实验，她思考。

"中校先生，这一切您是从哪儿知道的？您对物质怎么这么了解？我们在此谈论的可全是机密啊。"

"让我这么说吧，哈恩教授：我有强大的关系网。也许可以补充一句，我出生于一个处理基本问题的家庭。"

就像最后的、最终的问题一样。现在快动手吧！我只能告诉你这些。

这天夜里，奥托·哈恩身穿白大褂，站在威廉大帝化学研究所的实验室里。他手拿电话听筒，望着那张不稳的桌子，桌上摆着已经让他和他的助手几夜没睡的实验命令。"您好，施特拉斯曼吗？您过来吧。我们又得开始工作了。"

几个星期之后，哈恩给他的逃去斯德哥尔摩的女同事莉泽·迈特纳写了一封束手无策的信。他没有进展，无法解释自己的结果。她在一次下午散步时解开了谜底。哈恩犯了个简单的计算错误。他计算的是钡和铀的原子量，而不是核电荷数。莉泽·迈特纳指出，铀的核电荷数是 92，如果它被一颗中子击中，就会分裂成钡 56 和氪 36 这两种元素，并释放出两个中子。这样一来，原子核就分裂了，这为链式反应释放出其他中子。核结合力的分解，引起强烈的相互作用，产生两亿电子伏特的能量。

原子时代开始了。

臣民之道

近卫首相很满意。1941 年的盛夏特别闷热，燠热笼罩在东京上空，令人窒息，但是，对于近卫首相来说，这却是很长一段时间以来少有的放松时刻。他的办公室里安装了全日本第一台空调，这让一天的工作变得可以忍受，他享受这个特权。关键是它不是从美国进口的。在美国，空调技术发展成了一个工业新分支，白宫使用电动空调机降温已经有十年了。日本首相办公室却装了一台制冷机，它是具有发明精神的空气和气温技术员阿尔伯特·克莱因在德国的小工厂生产的。日本至少在这一点上不必依赖美国人，能够买到如此出色的现代科技成果，这令人愉快。毕竟，裕仁天皇也欣赏德国人的精准工艺。他的全部车辆中，最重要的豪华轿车是三辆特别定制的大型梅赛德斯－奔驰 770。近卫能讲流利的德语，他亲自安排订购空调设备，还亲自监督安装。除了精神上和身体上的舒适，近卫尤为满意的是放在他面前办公桌上的一份资料。在这个动荡不安、令人担忧的年代，这应是精神的振奋剂、公民的简明教程、所有日本人的政治圣经。近卫将它交给了文部省，那里的官员与大学教授合作完成了这件小小的杰作。这本小册子名叫《臣民之道》，它简明扼要，没有过分华丽的辞藻。近卫已经研究过草稿，尽管时间不多，他还是忍不住再次翻开最终定稿，阅读完整的表述，这让他激动的心情平静了下来。

　　皇室乃我日本民族之源，所有民族的和个人的生命均来自它。臣民之道是忠于天皇，不考虑自己，皇帝与天地同源，是天地之镜像。世间没有任何其他民族有一位守护臣民的活神，我们必须证明自己配得上这无限的恩宠。

真伟大啊，近卫暗自想道。

　　可我国受了错误思想的污染。消除这一耻辱，回归祖先的道德传统，是我们的神圣责任。我们要通过和谐、共同的合作，不知疲倦地证明我们民族的尊严，心甘情愿地顺从祖先的神圣精神，继续扩大皇帝的威严。

他从中读出了礼仪学者的繁复修辞，他们最喜欢排列最高级的词。

　　我们必须推翻旧的世界秩序，其特点是个人主义、自由主

义和辩证唯物主义盛行。我们将建立一个新的日本制度，从亚
洲出发，将它传播到全世界，每个国家都将在其中找到自己的
祖先。它将贯彻天皇的最高道德和最神圣原则。这将是真正的
世界大同的开始，这取决于全体臣民的无私、奉献，以及臣民
与帝国意志的一致性。

这听起来要比这几个月政府、议会、枢密院和元老会疲于应付
的危险消息更振奋人心！普通的日本臣民意识不到这些话背后隐藏
的深层含义。这样也好。严格的审查制度和近卫在其权力范围内刚
刚增设的"思想警察"监督着此事，不让它发生变化。日本人民不
必知道，罗斯福总统领导的美国政府在四星期前冻结了日本在美国
的全部资产，宣布对日本实施石油禁运，因为皇军入侵了法属印度
支那。国家工业和军队的基础都是美国石油，维持日本帝国在亚洲
扩张的所有海军船只、步兵陆运车辆和空军飞机靠的都是必须从美
国石油里精炼出来的柴油、汽油和煤油。因此，日本正准备与他的
主要能源供应国开战。现代战争要靠钢铁和石油取胜，近卫想道。
一想到日本军方缺少德国人的远见，他就心痛，德国人在发起侵略
战之前实现了通过煤的氢化获取汽油。这项工程的成就非常了不起，
让第三帝国基本上不依赖外国的油源。如果希特勒的日本盟友就这
么毫无准备地冲进一场军事冒险，他会怎么看他们呢？

我们的神圣帝国创建于两千六百年前，自那以来，我们从
未失败过。关键就在于我们对胜利的坚定信仰和为祖国献身的
无限热情。

近卫相信这些永远正确的话，胜过相信将军们的战略能力。他们声称在中国的战争三个月就会结束，日本会完全占领这个庞大的国家。现在已经过了四年了，前线早就陷入僵局了。日本总司令部没料到共产党和国民党会顽强抵抗，他们彼此本是敌对的啊。

日本认为，统一中国，最终统一整个亚洲，领导亚洲这个由同种族的兄弟组成的联盟反对欧美帝国主义并取得胜利，是它的神圣任务。亚洲将成为未来的世界中心，我们同种的民族将本着道德原则，生活在前所未有的繁荣之中。

就是这个，近卫幻想的大东亚共荣圈！他最骄傲的莫过于在第一次担任首相时提出的这个概念。他要以此赋予日本政治更有效、更振奋人心的新目标，而不只是无意义、残酷地占领领土，那些地方米都不长，只住着挨饿的叫花子。天皇的军方人员越来越不信任他，谁还会对此感到奇怪呢？

西方是一条蛇，人们说它会吓死亚洲民族。可日本是亚洲最大的兔子，会咬掉蛇的头。

这是小册子里他唯一不喜欢的句子。他也觉得这个比喻非常滑稽。

我们被赋予了一个全球性的使命，我们命中注定要领导世界，在全世界贯彻我们的道德观，让我们的天皇当领袖。为此，每个臣民都必须将他的肉体和精神奉献给最高事业。因为人类最后的战争就要到来了。那是一场圣战，全亚洲四点五亿臣民将通过这场战争解放世界，结束所有战争，带领人类走进天皇统治下的黄金时代。

多么美妙啊！思想多么完美和谐啊！近卫身体往后一靠，想享受片刻心灵的平静。这时他的秘书走了进来，提醒他傍晚有一场由天皇主持的国务会议。这让近卫从梦想中惊醒了，因为他知道，日本的油储量最多只够两年，将军们像拴在链子上的疯狗似的，不断催促袭击太平洋里的美军。他喟叹一声，从安乐椅里站起来，心里又有了一种确定的感觉，这种感觉占了上风，他认为自己正在走向毁灭，而毁灭将吞噬的不只是他一个人。在过去某个时候，在世间某处，一定发生过一件事，这件事是他的国家正奔向的那个命运的起因。他的心灵感觉到它，他的胃知道它，可他无法向任何人解释。近卫一生都感觉自己被拴在盲目的因果铁链上，这些因果贯穿一切，贯穿整个世界，包括它的过去、现在和未来。一定有过最早的因，这些因不是盲目的、机械的，而是"想要的"，它们表达了一种坚定的意志，这个意志是某种新的、创造性的东西的开始，不受永恒的命运之链主宰。不管它是多么美妙，多么可怕。当他钻进他的大轿车时——可惜它不是奔驰，他思考得头都痛了。但有一点他是肯定的。如果有人能够解决最早的起因带来的麻烦，那肯定是个德国人。

奥本海默

1945 年 7 月 17 日，洛斯阿拉莫斯

终于！结束了。昨天我们点燃了这"东西"。再过几天，我可能就死了。过去几个星期，我瘦了二十四磅。剩下的肉像褴褛的衣

服一样挂在我的骨架上。我知道,在我背后,其他人都叫我"大难"。他们是对的,我也有同感。至少自去年年初琴自尽以来。昨天我忍不住比平时更想她。她让我熟悉了约翰·邓恩的诗。因为第十四首十四行诗里的诗句"砸碎我的心吧,三位一体的神",我给第一次测试取了"三位一体"的代号。我们第一次用"Countdown"(倒计时)做点火口令。共倒计时二十分钟。最后六十秒是通过扩音器宣布的。这时发生了一件很不真实的事,是的,十分神秘的事。由于当地电台信号系统的干扰,一种咯咯响的乐曲覆盖了扩音器。那是柴可夫斯基的《胡桃夹子》组曲中欢快的芦笛舞曲,它将倒计时送进了黑暗的阿拉莫戈多沙漠。

我们吓坏了,理由有好几条,都很充分。曼哈顿计划到目前为止花费的二十亿美元会因为没有发生链式反应和钚的蒸发而付诸东流吗?或者,那"东西",我们只可以这么叫它,会用它的威力打开地壳,点燃大气中的氮气,甚至将链式反应转移到其他物质上,将整个星球变成一颗炸弹吗?我们不知道。我们谁也不能确定自己会不会从这次测试中活下来。在美妙音乐的伴奏下,我们在拿整个人类的存亡赌博。我们觉得成功的山脊窄得就像一个刀片。在它的两侧,失败和彻底毁灭的深渊张开了大口。

然后是爆炸。最初是一道闪光,那是我,或者是任何人,所见过的最亮的光。它爆炸了,射向我们,从我们体内钻过——那画面你不仅用眼睛看到了,还永远烙印在你的记忆里。周围的景色被照亮了,不仅仅是亮如白昼,而且像曝光过度,乃至它在巨大火球的光芒里变得透明。它越长越大,边生长边旋转。它似乎在冲着我们而来,看上去很危险。我们躲在相距五点五英里远的掩体里,当压力抵达我们身边时,空气穿过视孔挤进,将我的脸打成一张鬼脸，蹿进我因为惊讶而张开的嘴巴里，将我像一只气球一样吹胀了。我顿时意识到，这爆炸力一定超过我们计算的上限，也就是在一万五千至两万吨 TNT 之间。那是一个有生命的"东西"，一种新型生物，它就这样诞生在我们眼前，这令人难以置信。我感觉到一位父亲的喜悦，同时感觉到对自己的孩子恐惧。我本想做点好事，为科学服务，结束战争，拯救人命。可我们创造并唆使去袭击人类的这个新神有什么好处呢？同事们有的笑，有的哭，大多数一声不响。我想起《薄伽梵歌》第十一首歌里的歌词。王子阿周那恳请他的朋友和战友克利须那显示真身，因为他早就知道，克利须那不是普通人。克利须那确实是可怕的毗湿奴的化身之一，他向阿周那王子解释，如果他显示真身，人类的眼睛可能会瞎。

如果天空
突然升起千颗太阳，
其光芒就会
与上帝的相仿。

克利须那接受了阿周那的劝说，因为他想让心存疑虑的王子履行勇士的职责，与他一起上阵杀敌。于是他变成了一个巨人，是一个亮闪闪的，有着蓝皮肤和四条手臂的毗湿奴。阿周那王子吓坏了，他跪倒在神的面前，双手合十，聆听他残酷的话。

看吧，我是死神，
所有世界的破坏者，
现在我现身来消灭人类。

那一排排的勇士，

　　即使没有你，

　　他们也都输定了。

　　我问自己，阿周那王子是否也像我这样后悔，他的愿望得到了
满足，神向他显形了。反正，他接下来献给"可怕的人"的赞歌是
出于恐惧，而不是出于快乐的认识。从昨天开始，我就是这么想的。
我相信，虽然方式各有不同，但我所有的同事也是如此。

　　今天我们走遍整个区域，测量了一切。这次爆炸在地里炸出了
一个直径一千一百英尺、深十英尺的坑。方圆一英里内，所有动植
物的生命都消失了。

　　我是一名坚定的和平主义者，制造了第一颗原子弹。我的成功
很快就可以得到衡量了。在昨天大有希望的首演之后，下次的测试
将在日本进行。届时，数千甚至数万的死者在受害者统计里只是截
断误差①。破坏将达到空前的规模。由于我们做了必须做的事，谁
会去统计那些没死的人呢？我为日本人难过。非这样不可吗？从珍
珠港事件中丧生的两千五百名美国人，到瓜达尔卡纳尔岛上的七千
名丧生者，再到同样有七千人丧生的硫磺岛战役，在太平洋上牺牲
的美军士兵远远超出十万，他们将自己的性命永远留在了那里。他
们当中，有无数人先是沦为战俘，然后死于日本人的野蛮迫害和屠
杀狂欢。日本人在全亚洲也是这么做的。日本人的损失估计是美国
的五倍，这并不令人感到安慰，也远不止是一种鼓励。在日本投放

————————————

①　数学概念。由于实际运算只能完成有限项或有限步的运算，因此要将
有些无穷的运算有限化，对无穷过程进行截断，这样产生的误差称为截断
误差。

214

原子弹不仅仅是为了救美国士兵的命，因为他们在占领日本时肯定也会死去。我们也救了数百万日本平民的性命，就像我们现在已经了解的那样，他们疯狂的政府进行了一种总动员，这些平民将在最后一场愚蠢的大规模进攻中牺牲。令人遗憾的是，这一成功无法衡量。但我打心眼里希望，通过对我的成果的运用，我抢在了毗湿奴前面。

也许我就是对政治的了解太少了，但我有种印象，我们要对付的是两个想瓜分世界的民族。我只对一件事感到抱歉。德国人比日本人更应该得到一颗核弹，更应该经历世界末日。他们在各方面都更危险、更邪恶。如果我们那样做，就能更早结束战争，在德国的屠杀机器面前救下更多的人，我会乐于看到我们火神的王冠照亮汉堡、柏林或慕尼黑的上空。可现在却是日本，它已经趴在地上了。当德国在 5 月投降时，我想终止曼哈顿计划。可我们已经走得太远了。格罗夫斯将军说得对，我们必须完成这"东西"。今天早晨，他得意地拿出一封密电给我看："母亲没生下婴儿。甚至没有怀孕。医生认为她不孕。"这是他去年年底收到的来自德国的密电。这么说来，他早就知道德国人没有原子弹，连造原子弹的基础都没有。海森堡的努力显然未有进展。据说，在第一次审讯时，德国主管铀项目的军需部长施佩尔说，阿道夫·希特勒对原子弹存在匪夷所思的恐惧。据说他的原话是这么讲的："科学家有一种脱离现实生活的冲动，想揭开世界上所有的秘密，而这种冲动有一天会点燃整个地球。"这就解释了为什么德国没有类似曼哈顿计划的项目。

希特勒对核闪电的敬畏也让我们明白了自己的狂妄自大。连他这样的魔鬼、巨怪和大屠杀犯，都对这样的武器的研发心存顾忌，而我们明知它可能造成的骇人后果，却坚决制造了它，现在又在使用它。天快破晓了，团队里对成功的兴奋平息下来，让位给了恐惧，主管技术人员布莱恩布里奇来找我，他死死地盯着我的眼睛，低声说："现在我们全都是婊子养的。"这话有道理。他恐怕说得对，因为我们的成功第一次撞开了地球上通向地狱和全人类的毁灭的小门。原子弹既没像鞭炮那样爆炸，也没像希特勒和我们所担心的那样一下子点燃整个世界。现在它可以进入批量生产，并将遍布世界各地。格罗夫斯没有浪费时间。今天他问我，如果要杀死尽可能多的人，爆炸的理想高度是多少。毕竟，我们的目的不是在地里炸一个深坑，而是要扩大爆炸的影响。我即刻进行了计算。假定爆炸力为两万吨 TNT——我们对"三位一体"的精确计算和我们在测试期间的估计得到了证明——应在距离地面一千六百五十英尺的高度点火。

不到两小时后，我发现自己正一本正经地向我们的医生舍恩菲尔德博士解释，我们用原子弹解决了暴力问题，这将是史上最后一场战争。我吹嘘核能的和平用途，说用它能解决人类的能源问题，以此掩饰我的恐惧。现在一想到它我就不舒服。我到底是怎么了？我为什么参与了这一切？是的，没错，我太需要一次成功了。我想成为一名重要的物理学家，梦想着参与量子理论的发展。可我当时太年轻了，后来又太迟了。当我具备条件时，海森堡已经解决了大多数问题。

罗伯特·奥本海默呷着他的威士忌，给自己卷了一支烟。没等他将它点燃，他又想到了一个主意。他拿起刚才用来写字的线格本，端详着他用向右倾斜的笔迹写下的字句。这将成为他的第一篇日记。他撕下写着字的那几页，将它们凑近汽油打火机的火苗，将还在燃烧的纸扔进了废纸篓。

原子辐射

千惠子清晨五点钟起床，睡眼惺忪地在蹲厕上解完手，用冷水梳洗了一下。然后她准备早餐。这是个星期一的早晨，天还没亮。一般情况下，早餐应该有米饭、盐津酸梅、加了豆腐和藻类的味噌汤、蛋卷、烤鱼和腌菜。这种日子已经过去了。虽然她嫁进的笠原家很富有，当大多数家庭已在挨饿时，她家还能吃得很好，豆腐和鸡蛋现在也是他们厨房里稀有的食材。食品短缺始于两年前，差不多就在城里规划出防火通道的时候。防火通道是为了在炸弹袭击时阻止火势蔓延到邻近地区。因此，千惠子当时与母亲合住的房子被拆除了。它曾经所在的地方，只剩下一条尘土飞扬的大路，小区里勤快的女帮手们每天打扫这条路。如果笠原带人当时没娶她，那她和她的母亲就完了。政府没为这项防火措施给予补偿。千惠子的父亲和哥哥已经在战争中阵亡了，家里再没有男户主了。他俩都是被征召入伍的，父亲是海军，哥哥是陆军，千惠子当时的年龄刚好足够理解他们离开时脸上的惊恐表情，那表情意味着他们永远不会再见了。

3 月，美国空军空袭东京，炸毁了大半个城市，从此情况就急转直下了。天皇的决战总动员令《国家总动员法》正式宣布，国内所有十五到六十岁的男性和十七到四十岁的女性都是适龄人员，会被征召入伍。千惠子运气好，因为法令颁布时她有孕在身。她的丈夫，年轻的笠原带人，被征召入伍，虽然他是一位企业家的儿子，不久就将接手父亲笠原太郎的生意。他在庄园门口的郑重告别，也是他祖父笠原长村对千惠子无限敌意的开始。他是笠原家族财富的创始人。在第一场与中国的战争中，他从 1894 年起为日本军队生产军装。几十年来，随着日本殖民帝国的不断壮大，不仅他变得越来越富裕，整个城市都是如此。如今这种情形结束了。千惠子本来希望嫁进一个富裕家庭，这样她就能照顾好她的寡母，如果可能的话，她还可以完成在基督教女子大学的医学学业。大学距离笠原家的大庄园只有几条街之遥，大庄园位于立山的南坡，刚被大规模修缮过。学校的老师们一致认为，千惠子的实践能力和科研能力都很强。她也不缺理想和思想。她小时候读过楠本稻的书，楠本稻是德国名医菲利普·弗朗茨·冯·西博尔德的女儿，也是日本的第一位女医生，她创建了一家医院，还在皇宫里行医。从那以后，她就是千惠子的榜样。她丈夫带人本来也会继续帮助她的，因为他对婚姻和女人在社会中的角色持十分开放的观点。他也欣赏妻子的智商。她母亲为他挑选了很多女孩，认为她们才是更合适的对象，可他不顾母亲的意愿，选择与千惠子恋爱结婚。一家之主长村既讨厌她的低微出身，也讨厌她的基督教信仰，现在他想办法让她成了笠原家顺从、谦卑、沉默的女仆。他不太喜欢孙子带人，认为带人是个崇尚个人主义的胆小鬼，而带人的父亲太郎应付不了形势。

七点钟，千惠子在阳台上准备好早餐。那是雨季以来第一个阳光灿烂的早晨。早起的蝉开始了合唱演练，唱着它们刺耳的保留曲目，池塘边的几只青蛙试图干扰它们。这两个男人，老的穿着舒适的带图案的深蓝色浴衣，年轻的穿着西装，系着领带，不开心地望着整个市区，虽然这座城市风景如画，正好坐落在由太田川、辽阔海湾和内海岛屿组成的有六条支流的三角洲里。一段时间以来，笠原太郎早上根本不讲话。他心事重重，担心再也没有船只会出海为部队送货。如今，美国人不仅控制着日本领空，也控制了周边海域。

笠原公司为派驻中国的日军供货的货舱都满了，可这些产品再也到不了海外客户的手里了。因此，也没有人支付费用。千惠子知道，这一天她公公的任务又是去向无事可做的工人们解释，为什么他们为了国家和天皇的健康必须继续上班，且必须等待他们的工资。祖父长村没如她所愿，不肯像他的顽固不化的儿子一样干脆闭嘴。他喜欢大声朗读每天的《中国新闻》，借助评论乏味单调的政府公告来阐发他的信念和他人生经历的精髓。

"谁不准备为了天皇和我们神圣日本的领土赴死，谁就没有生存的权利，就应该被开枪打死。""带人这个胆小鬼终于让我有点骄傲了！他将在九州岛上反抗蛮夷绝望的进攻。""我只是在想，如果我们征服了美国，我们该拿那个巨大的国家怎么办。""难道我们不该将那些长着老虎眼睛、红头发的外国猴子放进我们的动物园里吗？这才是积极的动物保护措施，因为他们属于濒危物种。""这些落后的文明再也没有发展的希望了。最好的办法是用俄国人、美国人和反叛的亚洲人来喂内燃机。我们可以用他们的脂肪来驱动我们的航空母舰。这要比钻探石油或挖煤来得简单。"这种情况已经持续了几个星期。千惠子为长村的残酷而痛苦，但她没法反对，只能默默承受。当她递给他们父子俩湿毛巾，让他们擦手时，他冲她吼叫。

"你又忘记我们的筷架了。你这个蠢女人，你一无是处吗？"他既不细心，也不敏感，他甚至没有设法掩饰羞辱她给他带来的快感。"我的曾孙提前死掉了，可能我必须为此感到开心，"他接着说道，"要是他像你这样，我们只会多个没用的吃饭的人。"千惠子不敢看他。一个月前她流产了。她为此责怪自己。她原希望孩子会给她艰难的生活带来一点爱和快乐的，现在连这希望也没有了。

空袭警报吸引了长村的注意力，也让千惠子忘记了这些伤心的想法。她抬头望向天空，看到三架飞机正从海岸向城市上空飞来。它们的螺旋桨发动机在远处嗡嗡低唱，在给刺耳的警报伴奏。

"只不过是侦察机。像平时那样。"平时沉默不语的笠原太郎解释道，然后他一声不吭地走向工厂，厂区在港口北面。

长村也想进城，虽然他不必在任何人面前找理由，更不必在千惠子面前找理由，但他还是编造了一个借口。

"我上回订购树苗时将手套忘在了栗林那儿，"长村想在花园里栽种银杏、雪松和冷杉，好让它们在夏天提供更多的树荫，"就我对他的认识而言，他不会派人给我送回来的。"他说道，假装是随口说说的样子。

"噢，长村先生，要我陪您去那儿吗？"千惠子出于礼节问道。

"当然不要，你这个蠢货。这事我自个儿能解决。早饭后散下步对我有好处。"没错，他身体硬朗。就他的年龄而言，他也是个气宇轩昂的老板，他有浓密的灰发、饱满的嘴唇。没人会想到他早已年逾古稀了。可千惠子知道他的秘密软肋，那就是年轻男子。笠原长村显然很紧张，因为他想准时赶到市中心的训练场，日本皇军第二军的士兵八点起就在那里裸着上身晨练了。为了在他离家前避开他，她蹑手蹑脚地走进洗衣间，从绳子上取下衣物。干完活后她才重新走进客厅。家里终于只剩下她一人了。她的婆婆，带人的母亲，一年前死于癌症。长村已经做了十年鳏夫，平时负责做家务的两名女仆几星期前直接消失了。此前，她们在餐厅里饱餐了一顿，之后，很可能是害怕频繁的空袭警报，她们回到了在乡下的家里。事实上之前这里一直没有发生过空袭，虽然日本其他较大的城市都已经被轰炸过了。于是，家务暂时就由千惠子负责，对于太郎和他的父亲，这是理所当然的也最便宜的解决方法。

她走进厨房，取出垃圾，把它送去庄园门口的垃圾桶里。然后她想去阳台上清理早餐残留，吃男人们吃剩下的残羹冷炙。正当她用托盘端着餐具往里走时，她注意到一个闪光的点，那是海湾上空的一点银色，它在钴蓝色的天空划出一根白线。它似乎正冲她而来。她心想：这一架形单影只的敌机要在日本领空做什么？往常它们可都是成群结队地飞行的，就像之前早餐时那样。

这架独行的飞机似乎比先头部队飞得还要高，因为她听不见发动机的声音。她若有所思地打量着这美丽而宁静的画面。后来她看到一个黑色小颗粒从白色魔杖的亮尖端上脱落了。千惠子放下托盘，站起来，用锐利的眼睛不安地盯着那东西，它似乎要落在市中心福家百货商场和工贸中心熠熠生辉的圆顶之间。那不可能是一个人。她没看到降落伞，它落得太快了。它突然变成一道刺眼的、点状的闪电，并迅速扩大。千惠子觉得自己听到了噼啪声，像是镁在燃烧。几秒之后，一只闪烁的巨大火球飘在了广岛上空，比一千个太阳都亮。它释放出难以形容的颜色，其中一些颜色她还从未见过。它将其他的一切笼罩在蓝白色、紫罗兰色和冰粉色中。背景里的天空和太阳像曝光不足的彩照负片。千惠子被照花了眼，她拿手挡在脸前，但亮度太大，她闭眼也能看见手指的骨头。与此同时，她感到皮肤炙热，像在刹那间被太阳晒伤了似的。然后，一声巨大无比、震耳欲聋的雷声撕破了空气，它像巨锤一样砸了下来。千惠子的身体像只布娃娃似的，被从阳台抛进了屋子里。她想重新站起来，刚好看见公园里的树木着了火，受惊的鸟儿变成了扑翅飞翔的烟缕，一根屋梁被持续的大风刮落，穿过空窗框掉了下来，砸在了她的头上。

她再次醒过来时，发现世界浸泡在失真的幽光里。天空灰暗，满是耀眼的阴影。千惠子发现头上撕裂的伤口已经干了，脸部有灼伤，别的一切正常。她从落满碎玻璃和碎木头的榻榻米上爬起来，光着脚，小心翼翼地走向阳台。窗框、顶棚的支柱和整个房屋的正面都被烧焦了。木头表面升起丝绒般的白色烟雾。花园里的树木烧焦了。一座橙紫色火苗的海洋映照在千惠子难以置信的眼睛里，火苗在城市上空呼啸。似乎只有市中心没起火。她从铅灰色的朦胧中辨别出，那里除了工贸中心的塔楼，平地上只剩下少量废墟，她感到恐惧从她心里升起，它攫住了她的胸，扼住了她的喉咙。她想到了爷爷长村。她没有想她母亲，因为母亲去她在姬路市的阿姨家了，也没有想她的公公太郎，因为他肯定不会有事，整个公司都会照顾他。可她让年老的长村独自进城了。她走进屋，想弄清损失有多大。她立刻明白是什么救了她的命。如果爆炸时她不在阳台上的窗前，而在客厅里，那么现在像子弹一样插在墙里的碎玻璃肯定将她钻得百孔千疮。另外，如果不是长村前不久用涂过油的新鲜桧木重建了这座房子，很可能整座房子都已经着火了。桧木很贵，颜色浅，而且坚硬，还散发着橙香味，通常只被用来修建神社或能剧剧场。但长村没被高昂的费用吓倒。笠原家的家产要按传统的方式修缮，要坚固得再过几百年也不会倒下。木材被闪电和炙热击中的地方变黑了，有点焦痕，但没起火。千惠子匆匆穿上鞋，以免伤到脚。她走上楼，幽灵似的天空又出现在头顶了。天花板和整个屋顶被掀走了。她又跌跌撞撞地跑下楼，想进城找长村。到大路口时她停了下来。这是多么愚蠢的慌张，她心里想。然后她问自己：楠本稻会怎么做？一名出色的女医生会怎么做？她停下来思考，分析形势，耳边传来邻家大火的呼呼声。

"城里肯定有需要帮助的伤员，"她自言自语道，"我基本上没受伤，有满满一屋子绷带、止痛药、药品、针头、注射器和一辆二

222

轮拖车。那就开始行动吧！"她想道，对自己的果断感到吃惊。她原地转过身，冲进房子里，收拾起她在寻找长村的过程中所需要的和能够帮助其他人的一切。她穿上厚衣服和更合脚的鞋，以免自己被炙热烫伤。然后，她将家里的药装进一只大箱子，药箱是婆婆患癌时准备的，里面还装满了药品。当时，千惠子得以协助家庭医生，跟着他学到了很多。她在院子里将能找到的所有被子和水瓶扔到二轮拖车上，这是平时用来买东西的单轴手拖车。她开始奔跑，平生第一次极其清楚地意识到自己正在做正确的事情。

下坡很轻松，车子会自己往前滑。无精打采的人们迎面而来，可他们还在奔跑，大概能够照顾自己。当她来到平地时，情况每分钟都在变得更恐怖、更混乱。她望见的是一个由铁锈色和灰色组成的"荒漠"。木屋都被烧焦或刮走了，只有残破的石墙还矗立在那里。路边横陈着变形的难以辨认的尸体，看上去像人参根。路上奔走的人们几乎全都一丝不挂。衣服还在身上时就被烧掉了，这将他们变成了活火把。痛苦的大喊和呻吟不绝于耳。她心想，到底是什么魔鬼用什么魔法造成了这样的情形啊。她想继续前进，走去市中心，去长村独自前往的地方。她因为灼热和费力拖车而满身是汗，这时她看到了穿医疗制服的人。他们在路边设了个露天的临时营地。一名医务人员发现了她，他向她走来。她从他脸上看到了疲惫和过去几小时的恐怖事件留下的痕迹。

"您有什么事？"他尽量简短而冷静地问道。千惠子让他看她带来的东西，说她也能帮忙。"非常欢迎您！"他说道，脸上的笑容因痛苦而扭曲了。

"这太疯狂了，"她想，"可这正是我一生中最幸福的时刻。我第一次派上用场了。"

223

从这一刻起，她连续数小时帮助医护人员擦拭、按棉塞、绑绷带。别的事她做不了。她甚至不可以给那些烧伤严重的人水，否则他们马上就会死掉。受伤的、累坏的和半死不活的人们源源不断地来找他们。大多数人直接瘫倒了，再也站不起来了。他们脏乎乎的，像被抹了墨水似的。跟她打招呼的那名医护人员向她解释，在爆炸过去半小时之后，几个城区上方黑暗的天空落下了黑雨。然后"红魔"出现了，这是被吓坏的救助人员对他们的称呼，那些不幸的生物的皮肤像撕碎的和服布，一根根地挂在四肢的肉上。一位医生想拉住一个这样的可怜女人的手，让她躺到席子上去，可他一碰她，她的皮肤就像手套一样脱落了。另一些则是"鬼"，他们向前伸着胳膊，漠然地从帮助者身旁跑过，好像他们有个共同的目的地似的。他们就这样试图减轻难忍的灼痛，想办法让自己清凉一点。所有的东西上都飘着一股恶心的甜滋滋的气味，那是千惠子之前没有闻到过的——烧焦的人肉。所有的幸存者都相互帮助，不管自己的情形有多严重。失明的人肿着眼睛彼此搀扶，不停地互相交谈，不让自己失去方向或走丢。千惠子不知所措地望着一切的苦难，不敢相信自己的命运竟是可以活下来，可以帮助别人。深深的感激和巨大的羞愧交织成一种惊讶的感觉，就像她长出了翅膀，只是她还不知道该怎么用。许多伤者被安排躺在路边的被子上，他们惊魂未定，因此也没有感觉到疼痛，慌乱地讲着他们经历的事情。他们讲到了原子弹，这是敌人的"电闪雷鸣"，是它造成了这一切。一个男人从头到脚裹着绷带，喝着汽水。医护人员给他换掉湿透的绷带时，只见他的胸脯布满小孔，像藕的截面。他的眼睛数小时前所在的地方，现在只剩下小洞，洞里只有一团肉、血和脓。

　　千惠子听到东京大学的一位物理学教授说的话，他是来广岛拜访家人的。他心爱的侄儿侄女就读的学校荡然无存了。他激动地高声讲着："Genbaku，Genbaku，不是 Pikadon！"[1] 他不停地嚷。千惠子明白他想说什么。他相信，那是一种新型的原子弹，里面的原子爆炸了。他们给他注射了一点千惠子带来的吗啡，这是为最糟糕的情况准备的。他没感觉到自己实际上已经没有下身了。一个防空洞敞开的铁门被巨大的爆炸变成了一颗子弹，像刀片一样将他切成了两半。不久，他就因失血过多而死了。

　　来自广岛郊区的三名医护人员赶了过来，报告了他们在途中发现的恐怖的事情。在一所以拥有大型游泳池而闻名的学校，池子里的死者超过一千人。人们逃进水里寻找保护，但水池边的三层楼变成了一座火炉。火焰吸光了氧气，池水在剧烈的炙热中慢慢蒸发了。最后，游泳池里一滴水都没了。医护人员只发现了尸体，这些人先是窒息而亡，然后被水煮熟，最后被烤焦了。之后他们经过了一片森林，到处都是站立着的烧焦的躯体。太田川的支流被人和动物的死尸堵塞了。他们描述这些事时满脸惶恐，不知所措。炼狱般的恐惧似乎让千惠子惊呆了，但她并没有忘记长村。她向她的新同事们道歉，说自己现在得去找一位亲戚，并继续独自走向广岛曾经的市中心。每前进一米，情形都变得更加恐怖。那些被埋在地下的人，烧焦的头露在地面上，还在呻吟，喊着听不清的名字。有几人躺在路边，一半身体烧成了焦炭，另一半身体还活着。千惠子再也受不了了，她想回去。后来，她鼓起勇气，一遍遍高喊他的名字："长——村——！长——村——！你在哪里？"一声又一声，因为这让她暂时不去想她正在大步穿过的地狱的景象。她累了，累坏了，

---

① Genbaku 在日语里是原爆的意思，Pikadon 是日语里原子弹的俗称。

她想放弃，这时她听到了那个至今只给她带来过痛苦的干巴巴的声音，那声音很轻，而且越来越低。"千——惠——子——千——惠——子——"

　　她高兴得想跳过去，可她分辨不出那声音是从哪儿来的。周围只有废墟和灰烬。那儿！那儿有东西在动！她走向那个位置，小心地向一堵残壁的阴影俯下身去。她所看到的景象让她无法相信。"千——惠——子——"那声音说道，可那东西看上去不像爷爷长村。一具赤裸、萎缩、满是泡泡的身体，没有脚趾、手指和生殖器，一颗巨大的、蟹一样红的头耷拉着，没有头发、眉毛、睫毛、耳朵和鼻子。最疯狂的是，这张气泡状的大鬼脸似乎在无耻地冲着千惠子狞笑。她克制住大叫的冲动。几秒钟后，她明白这是怎么回事了。他的头颅肿得很大，皮肤绷得很紧，眼睛像是裂开了，嘴唇再也盖不住牙齿了。长村看上去像个傻笑的怪物，像一个漫画中的人物。千惠子克制住自己。她立即看出来，他没救了。他残缺的手脚颤抖着，在污秽里乱动，好像他想挖个坑将自己埋进去。他想脸朝下死去，这是因为羞愧，否则他会变成一具可笑的尸体。她将手搁到他肩上，他肩上的皮肤熔化了、烧焦了。长村呼噜呼噜地说着什么，听起来像是"……抱歉"。千惠子想，他早晨那样讲他的生下来就是死胎的曾孙，他也许是为此感到抱歉。他至死都在折磨她，可她最后还是想向他证明，爱和善乃是最高价值，应该让他得到一个临终圣礼。

　　"我原谅你。"她忍着泪水说道。他没了皮的身体里发出最后的叹息。随后是一阵颤抖，他死了。她记住那个位置，让他躺在那里，好等之后用推车来运他的尸体。她穿过一层层地狱，往回走。她感到麻木、空虚和冷漠。她感觉这像一场电影，一切只是发生在一面巨大的银幕上，这时她听到一个异样的声音，一声压抑的呜咽。婴儿的哭声！千惠子轻轻甩掉控制着她的冷漠，谛听着发红、发臭的黑暗。那儿！还有一个人！走了几步之后，她在弥漫的火光中发现了一个孩子。一个新生儿，他躺在灰烬里，鲜嫩而红润，脐带还连着被彻底烧焦了的母亲。千惠子在脏物里寻找合适的东西，然后拿起一片碎瓦，用它锋利的边缘割断了脐带，她脱下上衣，包住孩子，将他抱起来。是个男孩。

"我本来想要个女孩的，"她出神地微笑着说，"那样我就会叫你稻。但你也一样受欢迎。我叫你菲利普，你跟她的父亲同名。"

她望向黑暗的天空，感谢上帝赐予她这个礼物。冷冰冰的闪电在那里忽闪，但闪电过去后没有雷声。千惠子想，她筋疲力尽了，累过头了。否则她会发誓，那儿，在星辰下方，有三个巨大的身影在搏斗，一个身穿僧袍的胖男人和一个浑身是毛的流浪汉在对付一条红色的龙。

完

邪恶不是从一条通衢大道来到世上的，
而是从一个针孔里来的。

　　　　　　　　　　　——法尼勒

附　录

词汇表——人物表——年表——日本执政时期表——
计量单位和货币单位—— 图片和引文说明

词汇表

（日文、医学和自然科学概念）

Achromatisch [1] **消色差的**

"白色"阳光通过棱镜时产生偏向，但不会分解为其他颜色；希腊语里的"Achromasie"是无色的意思。

Adstringens 收敛剂

医学或化学物质，让皮肤组织收缩，从而起到干燥、止血和预防发炎的效果。常见的收敛剂有单宁、明矾和橡树皮。

Ahurika（アフリカ [2] **）非洲**

非洲。

Ainu（アイヌ）阿伊努

日本原住民，生活在日本北方的北海道岛上，这个岛古称虾夷。南方的日本人不承认他们是日本人，因此他们的名字像外国人的名字一样，是用片假名写的，而不是用平假名写。

Alaun 明矾

明矾是一种盐，用于造纸、制革，常被做成销钉状，用于止血，参见"Adstringens 收敛剂"条目。从古埃及时代起明矾就是著名的身体除臭剂，因为它能让毛孔闭合。

---

① 德语原文。
② 括号内为日语原文。

Almagest 天文学大成

古代地心说的天文学巨著，由希腊天文学家托勒密（约100—175）编纂。书中用复杂的圆形模型解释了一些行星的反向运动。该模型在当时要比尼古拉·哥白尼（1473—1543）最早的日心说的模型可靠，因为哥白尼还认为行星是以完美的圆形轨道绕太阳运转的，事实上，正如约翰尼斯·开普勒（1571—1630）后来揭示和计算出的那样，这些轨道是椭圆形的。

Amaterasu 天照大神

太阳女神，日本众神灵中地位最高的神或神道教的神，又叫天照大御神。她被奉为传说中日本皇室的始祖，被供奉在伊势神宫里。

Anästhetikum 麻醉剂

一种止痛剂，用来让身体失去感觉，如果在缓解疼痛时也影响意识，那它就是一种麻醉剂。

Anata-sama（あなた様）贵方

"贵方"，日语里对比自己地位高的人的礼貌、恭敬的称呼，比如对丈夫。

Apokryphen 伪经

当《圣经》在公元400年左右形成时，未被收入其中的犹太教和基督教的宗教文献。人们常以此为由，视其为异端邪说。

Asama（浅間）浅间山

东京北部轻井泽附近的活火山，迄今为止最大的一次爆发发生在1783年8月3日，有一千多名村民丧生于熔岩、蒸汽、泥石流和热气。

Atropin 阿托品

一种生物碱，是曼陀罗和颠茄等茄属植物的提取物，1805年左右首次被提取出来，可用于治疗支气管痉挛，眼科用它来扩大瞳孔。

Auskultation 听诊

对心肺进行听诊，自1819年起使用希欧斐列·雷奈克发明的听诊器。

Awa（阿波国）安房藩

古代日本主岛四国岛上的藩国，现名德岛。

Bakufu（幕府）幕府

"幕府"，军政府的意思，位于江户的将军的府邸。

Barometer 气压计

通过一根水银柱的升降来测量气压和估计海拔高度的仪器。

Batavia 巴达维亚

1619—1942 年荷兰殖民统治时期，印度尼西亚首都的名称，现名雅加达。

Bürgerliche Dämmerung 市民黄昏

天文学概念，指太阳刚刚沉落到地平线下时的黄昏的亮度。它被称作"市民的"黄昏，因为此时天色还够亮，受过教育的市民还可以在室外读书。

Bushidō 武士道

"武士之道"，历经数百年的发展，形成的日本武士阶层的行为准则和哲学。

Chikugo（筑後）筑后

日本主岛九州岛上的旧藩，现名福冈。

Chikuzen 筑前

日本主岛九州岛上的旧藩，现位于福冈北部。

Chinsetsu yumihari zuki（椿説弓張月）《椿说弓张月》

曲亭马琴的首部叙事小说，1791 年出版，画家葛饰北斋为它画了很多插图。

Daimyō 大名

德川时代的领主。

Dankon 男根

男性生殖器，阴茎。

Dejima（出島）出岛

长崎港里的岛屿的名称，源自"deru（出去）"和"shina（岛屿）"，意译为"城门外的岛屿"。

Dysenterie 痢疾

希腊语，意为"痢疾"，指从血性腹泻到脓性腹泻的各种肠道疾病。

Edo（江户）江户

今天的东京，1603 年到 1868 年期间曾是日本帝国的首都和将军的驻地，这个时期因此也叫作江户时代。

Elektrisiermaschine 起电机

通过分离电荷产生电压的装置，在 19 世纪末进一步发展为电动机。

Ezo（蝦夷）虾夷

古代日本对主岛北海道北部的称呼。

Faden 英寻

航海学里的长度及深度单位，也叫寻，1 英寻约合 2 米。

Fahrenheit 华氏度

温度单位，以物理学家丹尼尔·加布里埃尔·华伦海特（1686—1736）的名字命名，他用水银改良了温度计。华氏度自 18 世纪中期开始使用，至今仍在英语国家使用。水的冰点是 32 华氏度，沸点是 212 华氏度。换算公式：华氏温度 =（摄氏温度 ×9/5）+32；摄氏温度 =（华氏温度 −32）÷9/5。

Fumi-e（踏み絵）踏绘

"踏绘"，以前确认某人是否是基督徒的官方审查程序。被审查者必须踩地上的一块铜板，并向其吐唾沫，铜板上刻着耶稣被钉在十字架上的画像。

Fuß 英尺

长度及深度单位（航海学），在 1875 年引进米制之前，德国的城市和农村对长度和深度有不同的定义。此处，1 英尺的长度和深度约合 30 厘米。

Futon（布团）床垫

这个词在日语中是"床垫"的意思，但这是指一种薄薄的多层棉垫，它被直接铺在通常由榻榻米组成的地上。

Gaikokujin（外国人）异邦人

"外国人"的礼貌说法。简称"Gaijin"，即"老外"，这稍微有点粗鲁。在江户时代，所有的外国人仍被称为"Ijin"，即"夷人"。

Galvanik 电镀

通过电解技术给具有导电能力或能形成导电能力的物质的表面镀上一层均匀的金属薄膜。令被镀物和相应的金属悬浮在盐溶液或酸溶液中，即悬浮在电解质溶液中，物体和金属之间产生电压，从而形成直流电，此时金属成了阳极，金属上的离子——它们通过流失或捕捉电子而带上了正电荷或负电荷——穿过溶液，沉积并固定在成为阴极的物体之上，变成均匀的金属层。阳极必须是一种比阴极更贵的金属，这样没有外部供电的情况下就可以出现电流。

Geisha（芸者）艺伎

"艺人"，艺术表演者。最初多为男性，直到 17 世纪，这个行业才开始以女性为主。

Genroku 元禄

"最初的幸福"，从 1688 年到 1704 年的执政时期的名称，被称作江户时期的黄金时代。

Geodäsie 测地学

测量和描绘地表的科学，范围包括海底、磁场和地球在宇宙里的自转。

Geta（下駄）木屐

由底板、两块横向屐齿和固定在大脚趾处的鼻绪组成的木质拖鞋。

Gobanjosi 代表

奉行的代表或使者，荷兰语为"Opperbanjost"。

***Hakkenden*（八犬伝）《八犬传》**

参见"*Nanso Satomi Hakkenden*（《南总里见八犬传》）"条目。

Heian（平安時代）平安时代

公元 794 年到 1185 年，当时日本文化繁荣，尤其是在关西，即京都、大阪的周边地区。

Hibachi（火鉢）火炉

传统的开放式壁炉，形状像陶碗，自江户时代起被使用，是一个内嵌炭盆的木箱，仅用于煮茶。参见"Kotatsu（暖桌）"条目。

Hiragana（平仮名）平假名

公元 800 年左右发展起来的语音音节字母表，由 50 个字符及其变体组成，日语里用它来替换主要源自中国的日本汉字。今天，平假名只剩 46 个字符。西博尔德只学了平假名和片假名。

Ijin 夷人

"野人""野蛮人""外国佬"，1868 年前对外国人的通用称呼，后被"Gaikokujin（异邦人）"一词取代。

Inmon（陰門）阴户

外阴。

Irenisch 和平相处

这是 17 世纪天主教徒和新教徒之间的一种调解的态度。陈述宗教事件时尽可能求同存异、避免纠纷。

Iroha（伊吕波歌）伊吕波歌

记诵 50 个字符的古老诗歌，这 50 个字符构成了日语的音节字母表——平假名，今天，平假名只有 46 个字符。

Isha（医者）医生

医生，执业大夫。

Izakaya 居酒屋

日本的酒馆，普通饭店。

Java 爪哇

1619 年至 1949 年为荷兰殖民地，首都设在巴达维亚，现为印度尼西亚的主岛，巴达维亚更名为雅加达。

Jigoku（地狱）地狱

地狱，也是火山云仙岳的坡上的温泉的名称，基督徒被扔在里面烧煮。

Jōmon（縄文）绳文

始于公元前 5000 年的日本狩猎和采摘文化，艺术性很强。

Kago（駕）驾笼

轿子。直到明治时代都是日本最重要的代步工具，因为当时没有马车。西博尔德在他的笔记和发表的作品里称之为"Norimono（车）"，不过这只是"交通工具"或"车辆"的俗称。

Kami 神

自然的神灵，他们曾经是人，死后进入神灵王国，成为森林、山、河流、瀑布等的神。Kamisama 的意思是"最高神灵""众神之主"，或一神教的神，比如基督教。

Kamikaze（神風）神风

"神风"，历史上的两次风暴，分别在 1274 年和 1281 年阻止了朝鲜海军袭击日本。

Kanji（漢字）汉字

约公元 500 年起日本使用的中国汉字。另有更简单的表音文字平假名和片假名。按照官方统计，高中之前必须学会的常用汉字共有 2136 个。有文化的日本人，尤其是从事文学的日本人，掌握不止 6000 个日本汉字。日本汉字的总数在 5 万左右。

Kanpai!（乾杯！）干杯！

"干杯！""祝您健康！"

Kansei（寬政）宽政

从 1789 年到 1801 年的幕府执政时期。

Kantō（関東）关东

东京周边地区。

Karafuto（樺太）桦太

库页岛的日文名称，它位于日本北方，与俄罗斯接壤。1875 年，日俄双方签署了《1875 年圣彼得堡条约》，该岛被划归俄国，而日本得到了勘察加半岛以南的整个千岛群岛，至此该岛的归属才被厘清。

Kasuparuyugeka 卡斯帕尔外科手术

1649 年由卡斯帕尔·沙姆贝格引进日本的外科学。

Katakana（片仮名）片假名

公元 800 年左右发展起来的语音学音节字母表，由 50 个基本字符（1945 年后只剩 46 个）及其变体组成。日语中，按照日语读音，用片假名转录外国的名字和术语，比如テープレコーダ读成 teepurekooda，这是对英语词语 "tape recorder" 的改写，意思是收音机。西博尔德只学了平假名和片假名。

Kautschuk 橡胶

一种热带植物的胶乳。巴西土著人自古以来一直用它生产有弹性的游戏球。1744 年，法国学者德拉·康达明将第一批橡胶样品带去欧洲。直到

1839 年，在查尔斯·固特异发明出硫化橡胶技术之后，康达明才让橡胶发挥工业用途，也就是制造轮胎。

Knoten 节

航海学的速度单位，1 节 =1 海里 / 小时 =1.852 公里 / 小时；若 142 天内航行 39 000 公里，抵达巴达维亚，那么平均速度为 275 公里 / 天或 11.5 公里 / 小时，或 6.2 节。

Kotatsu（火燵）暖桌

从前是一个炭盆，大多嵌在桌下的地板上，通常在客厅或厨房里。今天，传统的日本家庭里还在使用类似的取暖设备，只不过是用电加热设备和毯子来给双腿和下身保暖。

Kuge 公家

京都皇宫里皇帝最重要的智囊团，由二至四名有经验的官员组成，他们的官职大多是世袭的。

Lachgas 笑气

一氧化二氮（N_2O）的俗称，一种使人兴奋、具有麻醉作用的气体，是英国化学家汉弗莱·戴维在 1799 年发现了它的医疗效果，但英国人从 1772 年起就会在舞会上吸入笑气，以此作为消遣。

Lues venereal 花柳病

参见"Syphilis（梅毒）"条目。

Mabiki（間引き）疏苗

"疏苗"，堕胎的委婉说法。自中世纪起日本就实施这种做法，意思是因为不能接受而"寄还给神的礼物"。

Manga 漫画

从前指日本的速写艺术，今泛指日本的漫画。漫画这个概念是因画家葛饰北斋的速写而流行起来的。

Maruyama（丸山）丸山

长崎的娱乐区和红灯区，有七十多家茶室、七百多名经过注册的妓女和交际花。

Mercator-Projektion 墨卡托投影

正轴等角圆柱投影，由荷兰地图学家、地球仪制造者、神学家和哲学家杰拉德·德·克雷默尔（1512—1594）发明，其拉丁文名为基哈德斯·墨卡托。使用这个方法绘制的地图，比起赤道地区的面积，两极地区的面积明显增加，但对于航运的导航来说，这是必要的。

Morphin 吗啡

从鸦片中分离出的物质，有少量副作用，可更好地分配剂量，上瘾的可能性较小，由帕德博恩的助理药剂师弗里德里希·威廉·亚当·塞特纳于 1805 年发现。

Nanso Satomi Hakkenden（**南総里见八犬伝**）《**南总里见八犬传**》

"八犬勇士的传说"，简称《八犬传》，是曲亭马琴的一部系列长篇巨著，1820 年至 1842 年，先后出版 109 卷，可能是世界文学史上最长的长篇小说，至今未被翻译成其他语言[①]。

Narkotikum 麻醉剂

阻断中枢神经系统的疼痛感，很大程度上切断所有感觉、运动和精神冲动，一般会影响到意识。高剂量的笑气和吗啡都是强烈的麻醉剂。

Niederländische Ostindien-Kompanie 荷属东印度公司

荷兰的"联合东印度公司"，简称 V.O.C. 或 VOC，1602 年成立，是多家贸易公司的联合公司，垄断了贸易。VOC 是第一家跨国公司，1798 年由于无偿债能力而被迫解散。

---

① 已由李树果先生翻译成中文，1992 年南开大学出版社初版，2017 年浙江文艺出版社再版。

Niten Ichiryū（二天一流）二天一流剑法

同时使用长短剑的双剑剑法，17 世纪时由武士宫本武藏发明。

Nori 海苔

薄薄的叶片形的烤制海藻，日本料理的重要食材。

***Novum Organum*《新工具》**

英国哲学家、政治家弗朗西斯·培根（1561—1626）用拉丁文撰写的重要作品，德语译名为 *Neues Organon*，首次介绍了建立在实验基础上的现代知识理论。另外它还包括所谓的"偶像说"，介绍了"思维的偶像"，也就是习惯、传统、权威以及本能造成的人类思维的局限性。

Okagesama de（お陰様で）托您的福

"托您的福。"

Opperbanjost 港口警官

荷兰语，指日本港口当局的最高警官，参见"Yakunin（警官）"和"Gobanjosi（代表）"条目。

Opperhoofd 荷兰商馆馆长

在长崎港出岛上的荷兰人员的首领。

Rangaku（蘭学）兰学

"荷兰学"，江户时代西洋学问的同义词。

Rangakusha（蘭学者）兰学家

西洋学问的日本追随者，江户时代推崇西洋学问的研究人员和学者。

Rōnin（炉人）浪人

没有主人的武士，他们大多穷困潦倒，一直在寻找新的收入，经常惹是生非，在农民、匠人和商人面前，他们很大程度上可以行使他们的阶层特权。

Roteiro 航海日志

葡萄牙语的航海日志，载有航海地图和几代船长的个人记录，航海日志被视为珍贵宝藏和国家机密。

Ryō（両）两

旧日本货币，参见日本的计量单位和货币单位。

Sake（酒）清酒

酒精度在 15% 到 20% 之间的酒类的名称，日本清酒更准确的叫法是"Nihonshu（日本酒）"，与欧洲的葡萄酒相比，清酒在酿制过程上更像欧洲的啤酒。

Sakoku（鎖国）锁国

日本从 1639 年到 1854 年的闭关锁国时期。

~sama（樣）君或大人

是对男性或女性的敬称，附在姓的后面，相当于"尊敬的先生""尊敬的夫人"。

Sampan（三板）舢板

日本和中国常见的浅而宽的划子。

Satsuma（薩摩藩）萨摩藩

江户时代位于日本南部九州岛上的一个藩国，大约在今天的鹿儿岛县的位置。萨摩藩由岛津氏统治，萨摩藩的藩主是江户时代日本帝国唯一可能对德川政权构成威胁的当权者。

Seemeile 海里

约合 1852 米。

Seiza（正座）正坐

高贵的日本坐姿，就座时双腿弯曲，足背触地，坐在脚后跟上，不熟练的人会觉得很疼。

Sekigahara（関ヶ原）关原

地名，位于古代的美浓市，今天的岐阜。1600 年 10 月 21 日，一场决战——关原合战就发生在这里，德川家康因此上台。这是日本历史上最重要的三个时刻之一，另外两个分别是 1854 年的对外开放和 1945 年原子弹的投放，这次战争标志着从战国时代到和平与锁国时代的过渡。

Sengoku（戦国）战国

"发生战争的国家"，日本内战时期，从室町时代（1338—1578）到 1600 年的关原合战。

Seppuku 切腹

"剖开腹部"，12 世纪日本兴起的通过剖开下腹自尽的仪式，也叫"Harakiri"，日本古人认为腹是灵魂的中心。从左往右切开腹部，与此同时，站在一旁的朋友砍掉切腹者的头颅。最初仅限于武士。切腹于 1873 年被正式废除。

Sextant 六分仪

航海和光学测量仪器，能够借助测量一个距离很远的对象（在海上多是一颗星星）和地平线之间的角度，来确定自己的位置。也能给六分仪安装一个类似于水平仪的仿真地平仪，这样，即使不存在光学地平线，也可以测定位置。

Shamisen（三味線）三味线，也译作"三味弦"

一种日本乐器，有三根弦，长杆，小琴身，蒙着狗皮或猫皮。用拨片演奏，江户时代资产阶级和贵族妇女都要学习弹奏三味线。

Shatanu（シャタヌ）山塔努

西方魔鬼撒旦的日文名称。

Shimabara（島原）岛原

长崎附近的半岛，云仙岳火山所在地。

Shimazu-Clan（島津氏）岛津氏

日本贵族，在日本南部的萨摩藩统治了 700 年。

Shintō（神道）神道教

"众神之道"，日本的泛灵论宗教，崇拜各种各样的神灵，这些神灵统称为神，其中地位最高的神灵是天照大神，其弟为须佐之男。天照大神也是所有天皇的始祖。

Shōgun（将軍）将军

日本的大元帅和首相，该头衔原先为 "Seii Taishōgun"，大意是"蛮夷的镇压者和大将军"，相当于欧洲的公爵，但在德川统治下，将军自 1603 年起集所有政府权力于一身，将天皇削弱为纯粹的宗教职务。

Shōji（障子）纸拉门

绷着纸的可以推拉的活动隔墙和空间分隔物，传统日本建筑里的一个重要元素。

Shokoku Taki Meguri（諸国 滝 回り）《诸国名瀑布》

画家葛饰北斋著名的组画，创作于 1827 年至 1830 年。

Shunga（春画）春宫画

"春天的画"，指导男女性爱活动的彩色画，为浮世绘风格，内容性感、色情。

Stadt an der Küste von Yōroppa 欧洲沿海的城市

暗指里斯本，1754 年里斯本发生大地震，强度大约达到九级，地震中丧生的人数达十万人。它在整个欧洲引发了神学和哲学的激烈辩论，这场辩论围绕神义论，即为什么一个全知全能仁慈的上帝允许世上存在邪恶。

Stethoskop 听诊器

法国医生希欧斐列·雷奈克(1781—1826）于 1819 年发明的医疗工具，用来听所有体内器官（主要是心肺和肠）的声音。

Syphilis 梅毒

危险的细菌感染，症状多，病情复杂，通常通过性交传染，拉丁名为Lues venereal，也叫"硬下疳"，从前还叫"法国人病"。几个世纪中，人们几乎总是用水银治疗梅毒，通常没有效果，直到 1906 年，病原体苍白密螺旋体被分离出来，这种状况才发生改变。 1930 年起，人们开始使用盘尼西林治疗梅毒，疗效很好。

Taifun（台風）台风

危险的热带旋风，每年在日本引起洪水，夺走数百人的性命，台风的风速达到 300km/h，比墨西哥湾的飓风和印度洋里的旋风更强。日本每年的台风季是 5 月或 6 月。

Tatami（畳）榻榻米

稻草编的草席，传统的日本家庭将它们铺在地板上。榻榻米厚 5.5 厘米，长是宽的双倍，面积通常为 1.64 平方米。它们也被用作面积单位。一个标准房间的面积是 10 个榻榻米大。睡觉时将榻榻米铺在床垫上。

Tatemae（建前）"面具"

在公开场合的符合社会预期、个人地位和环境的行为和言论。经常用微笑或故意的面无表情来掩盖真实想法。

Tennō 天皇

日本皇帝，其始祖是天照大神。在世天皇的执政名和天皇的谥号是不同的，他的执政名与本名一致，而谥号与其执政口号，即年号一致。因此，裕仁天皇 1989 年去世后，被称为"昭和天皇"。

Trepanation 穿颅术

用钻头切开骨头，大多是人的头骨，这样就可以进行简单的钻孔，或锯出一截圆形的骨头。在埃及、欧洲和南美洲，穿颅术自史前时代起就被广泛应用于宗教仪式和治疗。穿颅术主要用于治疗血栓，或缓解颅内压增高性疼痛。在日本江户时代，人们仍不熟悉这个方法。

Tsunami（津波）海啸

"港口的波涛"，由火山爆发或深海地震引发的海浪。海啸会淹没附近的海岸，在深海的速度可达500km/h至1000km/h，漫过海平面以上的海岸。它叫"港口的波涛"，因为深海海面的渔民无法察觉，以为受害的只有他们的港口。如果船下有足够深的空间，海啸可能从船下钻过去。即使水深几千米，水浪也一直是贴着海底的。它是一种长波，约150千米，像其他波浪一样，它的深度是长度的一半。如果一个波谷抵达陆地后，海水暴退，那么这预示着一场海啸即将到来。在海滩上，几千米长的波浪会变短，但会变高。

Ukiyo-e（浮世絵）浮世绘

日本风俗画，记录日场生活的画面。

Unzendake（雲仙岳）云仙岳

日本岛原半岛上的活火山。

Urisane gao（瓜実顔）瓜子脸

公元794年至1185年的平安时代，女性的理想脸型。

Vakzination 接种

注射疫苗，是爱德华·詹纳发明的通过注射疫苗预防疾病的方法。

Yakunin（役人）警官

官员、看守，参勤之行的警官。

Yamato 大和

日本历史上的一个时期，从公元250年至710年，当时皇室定都大和地区。

Yayoi（弥生）弥生文化

公元前300年至公元300年的日本农民文化，深受萨满教的影响。

Yobai（夜ばい）幽会

"暗夜潜行"或"穿窗入室"，借夜色的掩护去幽会情人。

Yūjo（遊女）游女

娼妓，妓女。

Yukata 浴衣

轻便舒服的夏日和服，可以当作睡衣，也可以穿上街。

Zoll 英寸

旧时德国的长度单位，在不同的地区和不同的时代，其定义也不同。
这里，1 英寸约合 2.5 厘米。

人物表

Abaddon 阿巴登

深渊之神，撒旦的左右手，地狱魔王。

Bakin, Kyokutei 曲亭马琴（1767—1848）

日本首位专业作家，能靠写作为生。著有长篇巨作《南总里见八犬传》（简称《八犬传》），该书出版于 1820 年至 1842 年间，共 109 册。

Blomhoff, Jan Cock 扬·科克·布洛霍夫（1779—1853）

荷兰官员，1817—1823 年担任驻出岛荷兰商馆馆长。著有关于江户参勤的作品。

Blomhoff, Titia 提蒂娅·布洛霍夫（1786—1821）

参见"Titia，Bergsma（贝格斯马·提蒂娅）"条目。

Buddha 佛陀

亚洲的宗教创始人和圣人，被人们当作神来崇拜。历史人物乔达摩·悉达多，即佛陀，生活在公元前 6 世纪的印度。佛教约于公元前 3 世纪传入日本，并在日本发展成了一种高度精神化的派别——日本禅宗，日本禅宗不相信有灵魂，认为相信灵魂的存在导致了人类生存过程中遇到的问题和磨难。

Capellen, Baron Gerard Philip van der 杰拉德·菲利普·范·德·卡佩伦男爵（1778—1848）

荷兰政治家，1815 年至 1825 年任巴达维亚总督，西博尔德的导师和终身支持者。

Cretzschmar, Philipp Jakob 菲利普·雅各布·克莱茨迈（1786—1845）

解剖学家，1817 年在法兰克福成立的森肯伯格自然历史学会的发起人，西博尔德最热心的支持者之一。

Doeff, Hendrik 亨德里克·多伊夫（1764—1837）

荷兰官员，1803 年至 1817 年任出岛荷兰商馆馆长。在他任职期间，荷兰被拿破仑占领至 1813 年，1808 年发生法厄同事件，1811 年英国人占领荷属东印度(今印度尼西亚)。他编纂了第一部荷日词典，写了《日本回忆录》。

Faraday, Michael 迈克尔·法拉第（1791—1867）

英国物理学家，主要成就是在 1831 年发现了电磁感应——在磁场里移动导体，导体里就会产生电流——从而为发动机、电动机和变压器的发明奠定了基础。

Fraunhofer, Joseph von 约瑟夫·冯·夫琅和费（1787—1826）

德国光学家和物理学家，他发明了分光镜，将可见的光分解成光谱色，发现了阳光里的夫琅和费暗线，这是以他的名字命名的。

Fritze, Johannes 约翰尼斯·弗里泽

苏门答腊岛上蒙托克要塞里的少校军医。1823 年，西博尔德前往日本的途中拜访过他，两人保持了数十年的书信往来。

Golownin, Wassilij Michailowitsch 瓦西里·米哈依洛维奇·戈洛夫宁（1776—1852）

俄国航海家，1817 年出版了一本关于他的日本之旅的书。后被日本俘虏。

Harbaur, Franz Joseph 弗朗茨·约瑟夫·哈保尔（1776—1824）

荷兰卫生部监察长，他提携西博尔德，帮他安排了荷兰殖民部少校衔外科医生的职位。

Herschel, Sir William 威廉·赫歇尔爵士（1738—1822）

英国天文学家和音乐家，自己制造了反射望远镜，1781 年发现天王星，1784 年发现太阳系朝着武仙座的方向运转，1785 年撰写了关于银河系空间扩张的论文，1787 年发现天王星外围的两颗卫星，1789 年发现土星内侧的两颗卫星。

Hiroshige [Künstlername], Utagawa [Fam.] 歌川（姓）广重（艺名）（1797—1858）

日本画家，葛饰北斋的接班人，以《东海道五十三次》而闻名。他不喜欢北斋，他的版画具有创新精神，因为他在大自然中作画，并描摹自然。在此之前，日本所有作品都是在画室完成的，风格则是所谓的中国风格。

Hokusai [Künstlername], Katsushika [Fam.] 葛饰（姓）北斋（艺名）（1760—1849）

日本画家，最重要的浮世绘画家之一。他最著名的作品是包括《神奈川冲浪里》在内的《富岳三十六景》，以及性感神秘的《渔夫妻子的梦》。他也是最早让"漫画"这个概念流传开来的人，从 1814 年开始，他分 15 册出版了他的速写。

Hufeland, Christoph Wilhelm 克里斯托夫·威廉·胡弗兰（1762—1836）

德国医生和科学家，自然疗法和民间医术的主要创始人。

Humboldt, Alexander von 亚历山大·冯·洪堡（1769—1859）

德国博物学家，1799 年与植物学家埃梅·邦普兰一起前往南美洲。截至 1804 年，他考察了今委内瑞拉、古巴、哥伦比亚、厄瓜多尔、秘鲁和墨西哥所在地区，随后，他经由古巴和美国，返回欧洲，途中在华盛顿与托马斯·杰斐逊结为好友。从那时起，直到 1827 年，他大多数时间住在巴黎，在那里，他分析研究了他所带回的史上最大的私人考察成果。1827 年，他不得不迁居柏林，成为普鲁士国王的顾问。1827（或 1828）年，他在柏林开设宇宙系列讲座，开启了德国博物学的辉煌时期。1829 年，他再次进行了一次浩大的旅行，穿过伏罗的海地区，经莫斯科进入乌拉尔山脉，抵达中国边境。洪堡是当时最有影响力的赞助人，他帮助过许多诗人和作家，比如海因里希·海涅和路德维希·蒂克。他的朋友包括克劳迪乌斯、格林兄弟、奥古斯特·威廉·施莱格尔、歌德、席勒，以及他们的家庭。查尔斯·达尔文称他是"有史以来最伟大的科考旅行家"。

Ishizaka, Sotetsu 石坂宗哲（1770—1841）

日本名医，御用针灸师。

Jenner, Edward 爱德华·詹纳（1749—1823）

英国医生，发现了用牛痘脓疱里的血清可以制成天花疫苗。

Kaempfer, Engelbert 恩格尔贝特·肯普弗尔（1651—1716）

德国医生和博物学家。西博尔德的前任，1690 年至 1692 年畅游日本，著有《日本史》一书，在他去世后，该书于 1727 年出版。

Kant, Immanuel 伊曼努尔·康德（1724—1804）

德国哲学家，用《纯粹理性批判》《实践理性批判》和《判断力批判》三部作品，在哲学界掀起一场革命，他揭示了知识可能存在极限，从而揭示了理性的极限，无论是自然科学知识（数学、物理学）还是关于人类行为自由的知识（道德、权利）。在《判断力批判》里，康德分析了美、崇高（美学）和目的的表象（目的论）如何帮助我们探索世界、理解世界，以及在世界上找到自己的位置，虽然在数学和物理方面，我们的理解力（还）不能完全做到。康德在这部晚期的作品里探讨了反思判断力，这是人类探究世界的真正罗盘，世界对我们而言永远是陌生的。

Keiga, Kawahara 川原庆贺

参见"Tojosuke（登与助）"词条。

Kō, Ryōsai 高良斋

西博尔德最优秀、最勤奋的学生之一，来自四国岛安房藩的年轻医生，眼科学家，能讲一口流利的荷兰语，是杰出的植物学家。

Krusenstern, Iwan Fjodorowitsch 伊万·费奥多罗维奇·克鲁森施滕（1770—1846）

俄国航海家，著有三卷本《环游世界》，描写他著名的环球旅行，高桥用日本地图交换了西博尔德的这套书。

Kusumoto, Taki 楠本泷（1810—1865）

西博尔德的妻子，为了可以嫁给西博尔德，她改用太夫名"其扇"。她的名字的敬称为"Otaki"，西博尔德也用昵称"Taksa"或"Otaksa"称呼她。

Kusumoto, Tsune 楠本常 (1805—1830)

楠本泷的姐姐,为西博尔德所救,1826 年嫁给他的助手海因里希·比格尔。

La Pérouse, Comte de 拉彼鲁兹伯爵(1741—1788)

法国航海家,出版了一本关于日本的游记。1788 年在大洋洲失踪。

Linné, Carl von 卡尔·冯·林奈(1707—1778)

瑞典学者和植物学家,他在 1735 年出版的《自然系统》一书中,对植物界进行了完整的分类,该分类至今有效。

Mastema 莫斯提马

魔鬼的许多名字之一;魔鬼之王,在《旧约》里,它说服上帝考验亚伯拉罕,让他将儿子以撒作为献祭;他主要出现在基督教的伪经里。参见"Satan(撒旦)"词条。

Matsudaira, Sadanobu 松平定信(1758—1829)

德川家族的日本政客,未能继位的将军继承人,改革家,能干的保守派大臣,日本闭关锁国政策的强硬分子。

Mercator, Gerhard 基哈德斯·墨卡托(1512—1594)

比利时数学家、天文学家、哲学家、神学家和绘图员。1569 年,他出版了第一张世界地图,他用自己研发的投影法,依照真实的角度,将地球绘制在了一个平面上。虽然两极被严重扭曲了,但对低纬度的导航来说,这些地图是无法取代的。墨卡托不认为自己只是制造地球仪和地图的普通工匠,他认为自己是探索整个世界的宇宙研究者。

Mise, Shuzo 宗像三濑

西博尔德第二次旅行时的工作人员。他替西博尔德翻译日语法律著作和历史著作。由于当时(1861 年)官方禁止这种做法,在荷兰外交官的施压下,幕府迫不得已,只好以此为借口将西博尔德赶出了江户。

Musashi, Miyamoto 宫本武藏（1584—1645）

著名的日本武士，二刀流剑术（使用一长一短两把剑）的发明人，著有剑术书《兵道镜》和《五轮书》。

Nobunaga, Oda 织田信长（1534—1582）

日本大名，葡萄牙人抵达日本时，日本的将领之一；他使用葡萄牙人的火器，开始统一国家。

Ohm, Georg Simon 乔治·西蒙·欧姆（1789—1854）

德国物理学家，1826 年发现了著名的欧姆定律，这个定律的内容是导体中电压和电流之间的比例。

Paraclet 圣灵

圣经里的"辩护者"，作为罪人的辩护者的基督，圣灵。《约翰一书》第 2 章第 1 节，《约翰福音》第 14 章及以下，《罗马人书》第 8 章第 34 节，《希伯来书》第 7 章第 25 节。

Phanuel 法尼勒

伪经埃塞俄比亚的《以诺书》里出现的大天使之一，监督那些仍然期望永生的人们的忏悔。他的名字的意思是"上帝的脸"。关于他的事迹如下："我听到第四个声音，它躲开撒旦，不让他们到神灵之主（上帝）面前去控诉地上的居民。"

Raffles, Sir Thomas Stamford 托马斯·斯坦福·莱佛士爵士（1781—1826）

英国的殖民政治家和学者，东印度公司的代理人，1811 年至 1815 年任爪哇的英国总督，发现了公元前 9 世纪的庙城婆罗浮屠。1817 年出版《爪哇史》，它是西博尔德的《日本档案》的榜样。

Satan 撒旦

1624 年雅各布·波墨在他的《神智学》中，第一次提出撒旦是一个失败的造物主的理论："（他）渴望成为一位艺术家，他看到了世界，明白了自己为什么想拥有自己的世界并成为这个世界的神，他想以蕴藏在万物之中的中心之火的力量来统治一切，使自己变成万物，他想成为自己想成为的一切，而非造物主要他成为的样子；他能够变形，让一些人脑海里产生图像，即幻想。他至今乐此不疲。"《鲁滨孙漂流记》的作者丹尼尔·笛福1726 年在《魔鬼政治史》一书中，对撒旦做了最详细的描述，特别描述了撒旦在世界政治方面的影响。

Schelling, Friedrich Wilhelm Joseph 弗里德里希·威廉·约瑟夫·谢林
（1755—1854）

德国的唯心主义哲学家，他认为理性不仅仅对认知主体、对"我"产生影响，而且也在影响自然，所以他认为自然的发展必然有系统的联系，这个思想对浪漫主义、自然科学、解剖学和生物学产生了很大的影响。

Schwabe, Samuel 萨缪尔·史瓦贝（1789—1875）

德国药剂师、天文学家和植物学家，他发现太阳黑子数目的增减周期为 11 年。

Shimazu, Shigehide 岛津重豪（1745—1833）

萨摩藩藩主，荷兰人的好朋友，1826 年 4 月，在江户城门外接见西博尔德，八十几岁高龄的他看上去要比实际年龄年轻 20 岁。

Siebold, Philipp Franz von 菲利普·弗朗茨·冯·西博尔德（1796—1866）

德国医生、植物学家、博物学家和发现者。

Sömmerring, Samuel Thomas 萨穆埃尔·托马斯·索默林（1755—1830）

解剖学家和生理学家，是当时最有威望的学者之一，其博士论文《论大脑》曾引起轰动，另著有论文《论心灵器官》和《胚胎之美》。1821 年，他将天花疫苗引进了法兰克福。

Sturler, Johan Willem de 约翰·威廉·德·施图尔勒（1777—1855）

荷兰上校，1823 年 4 月初被任命为荷兰商馆馆长；江户参勤的公使。受过教育，曾与法国人交战。密谋反对西博尔德。

Sujenaga, Sinsajemon 末永甚左卫门（1768—1835）

长崎所有荷兰人事务的首席翻译，教过西博尔德日语，1826 年陪同荷兰使团前往江户，在西博尔德被审判时，因给了西博尔德许多特权而被免职。

Susanoo no mikoto 建速须佐之男命

即须佐之男，神道教里的高级神灵，地位最高的神灵天照大神的弟弟，是风暴之神、冥府统治者，被形容为"野人"，在神道教的恶魔中，他与西方的魔鬼最接近。

Takano, Choei 高野长英

西博尔德最优秀、最有能力的学生之一，毕业论文题为《论鲸鱼和捕鲸》。1839 年他与拥护兰学的其他许多医生一起被捕，被判终身监禁。他在狱中写下一本关于欧洲科学传入日本的历史的书——《遭遇不幸简报》。后来逃出监狱，在逃避追捕的过程中，于 1850 年筋疲力尽地自尽。

Thunberg, Carl Peter 卡尔·彼得·图恩贝格（1743—1823）

瑞典自然科学家，师从伟大的林奈，1775 年至 1779 年在出岛上行医，后来出版了《日本植物志》和《1770—1779 年遍游欧洲、非洲、亚洲部分地区（主要在日本）的游记》。

Titia, Bergsma 贝格斯马·提蒂娅（1786—1821）

出岛荷兰商馆馆长扬·科克·布洛霍夫之妻，1821 年施图尔勒上校接任了布洛霍夫的职位。她也是日本人见到的第一个欧洲女人。尽管锁国政策严禁日本人与外国人往来，并绝对禁止外国女人走上出岛，长崎奉行最初还是允许她与丈夫一起留在港口岛屿上。然而，五个星期之后，他不得不将她逐出岛，因为幕府听说了这一违规事件，命令他立即严格执行规定。但在这段短短的时间里，日本的画家和雕刻家已经制作了五百多幅提蒂娅的肖像画。这些画特别受欢迎，在整个 19 世纪，这些画比日本其他任何版画都畅销。她的脸出现在四百万件日本瓷器上。

Tojosuke 登与助（1786—1860 之后）

日本画家、绘图师川原庆贺的称呼，他给第一个抵达日本的欧洲女人提蒂娅·科克·布洛霍夫画过像，后来陪西博尔德参勤。

Tokugawa, Ienari 德川家齐（1773—1841）

日本将军。西博尔德第一次访问日本时正当他执政，他深受幕府重臣尤其是松平定信的影响，是个保守的强硬派。他执政时期的特点是政治停滞、腐败、裙带关系、国家财政的大量浪费，这也标志着德川统治的没落。虽然他执政时间长，并进行了大量宣传活动，但人们觉得他在精神和智识上有局限，因此，许多年的政治议事完全由幕僚掌控和领导。因此，家齐很可能只是一个顺从的木偶。

Tokugawa, Ieyasu 德川家康（1542—1616）

日本藩王和将领，1600 年以关原合战实现了日本的统一，接受了将军的头衔。德川王朝一直延续到 1868 年的明治维新。

Tokugawa, Yoshimune 德川吉宗（1684—1751）

日本将军、改革家，他与德川家康一起被视为这个王朝最能干的统治者。在他的统治下，日本大量引进了欧洲图书，尤其是荷兰的图书。

Toyotomi, Hideyoshi 丰臣秀吉（1536—1582）

日本藩王和将领，在织田信长遇害后、德川家康执政前，他就在推动日本统一。他曾率领十六万士兵进攻朝鲜，但失败了。他颁布了第一道反对外国人的禁令。

Wardenaar, Willem von 威廉·冯·瓦德纳（1764—1816）

荷兰外交官、出岛荷兰商馆馆长，曾接受英国人的贿赂，欺骗出岛上的荷兰人，说服他们交出岛屿。

Xavier, Francisco de 方济各·沙勿略（1506—1552）

在印度尼西亚、中国和日本的重要天主教传教士，耶稣会的创建人之一，1622 年被格里高利教皇十五世封圣。

年　表

1543 年　葡萄牙人在种子岛登陆日本。

1549 年　耶稣会士方济各·沙勿略开始传播基督教。

1568 年　织田信长大名占领京都，开始统一国家。

1579 年　大村纯忠大名将长崎赠送给耶稣会士。

1580 年　九州岛上的几位大名皈依基督教。

1582 年　信长遇刺，秀吉将军接过统治权，接受"摄政""多数派统治者"
　　　　的头衔。方济各·沙勿略的继任亚历山德罗·瓦莱格纳诺组织了
　　　　第一个前往国外的日本布道团；四名武士作为信奉基督教的大名
　　　　的使者，穿越中国、印度、葡萄牙、西班牙和意大利，此行直到
　　　　1590 年才结束。

1587 年　秀吉颁布首道放逐传教士的谕令，但没有实施。

1588 年　秀吉又从耶稣会士那里收回了长崎。

1592 年　日本出兵 16 万，进攻朝鲜和中国，但被打退了。

1597 年　秀吉让人处决了 9 名耶稣会士和 17 名皈依基督教的日本人。

1598 年　第二次进攻朝鲜失败之后，秀吉去世。接替他的是下属德川家康，
　　　　德川家康开创的德川王朝一直延续到 1868 年明治维新。

1600 年　家康在关键性的关原合战中消灭对手，统一了国家。约 30 万日
　　　　本人皈依基督教。

1609 年　荷兰人在平户成立了他们的第一个商馆。

1624 年　家康驱逐西班牙人的谕令被执行。

1627 年　下关起义时，37 000 名日本基督徒被屠杀。

1638 年　日本驱逐葡萄牙人，只允许与荷兰人和中国人通商。荷兰人不得
　　　　在日本领土上进行贸易，他们必须从平户迁出岛。

1758 年　约翰·多伦德使用燧石玻璃和无铅玻璃制造了用于望远镜的消色
　　　　差透镜。

日本三部曲 第一部
西博尔德

1792 年　云仙岳火山爆发。

1796 年　2 月 17 日：菲利普·弗朗茨·冯·西博尔德在维尔茨堡出生。爱德华·詹纳发现了天花疫苗。

1798 年　西博尔德的父亲因痨病去世。

1800 年　哲学家约翰·戈特利布·费希特的著作《论学者的使命》首次出版，引起极大反响。

1801 年　西博尔德家庭因为菲利普的祖父卡尔·卡斯帕尔·西博尔德的贡献被晋封为贵族。

1805 年　亚历山大·冯·洪堡的《新大陆热带区域旅行记》出版。

1807 年　费希特发表了著名的《对德意志民族的演讲》。

1808 年　亚历山大·冯·洪堡发表了他的《自然之观点》。英国的"法厄同"号战舰挂着荷兰旗帜，在长崎港口行驶，将荷兰人当作人质。

1809 年　年轻的西博尔德读高中。

1810 年　直到 1815 年的维也纳会议，长崎港的人造岛屿出岛都是最后一个有荷兰旗帜飘扬的地方，在拿破仑统治期间，荷兰被称为"巴达维亚共和国"。

1813 年　拿破仑远征俄国失败。

1814 年　曲亭马琴开始写他的系列小说《八犬传》——《南总里见八犬传》。斯蒂文森发明火车头，伦敦是世界上第一个用煤气灯照明的城市。

1815 年　西博尔德开始学医，大学期间住在他的教授伊格纳兹·都灵格尔家里。日本地理学家伊能忠敬首次丈量了日本的海岸线，绘制了可靠的地图。

1817 年　在瓦特堡节上，大学生社团呼吁德国统一。

1818 年　西博尔德的社团兄弟文森茨·瓦赫特医生以军医身份前往荷兰。

1819 年　第一艘蒸汽船横渡大西洋，从纽约前往利物浦。

1820 年　西博尔德出色地完成了他的医学学业。

1821 年　西博尔德作为执业医生在海丁斯费尔德工作，他母亲住在那里。拿破仑·波拿巴死在了圣赫勒拿岛上。

1822 年　西博尔德在春天接到邀请，他受荷兰殖民部的委托，以军医的身份前往爪哇并与学术界建立了联系。

6 月 7 日：西博尔德动身，途经达姆施塔特、法兰克福、哈瑙和波恩。植物学家尼斯·冯·埃森贝克、文学理论家奥古斯特·威廉·施莱格尔，以及解剖学家爱德华·约瑟夫·德奥尔顿承诺全力支持他。

7 月 19 日：西博尔德抵达海牙。

9 月 23 日："琼格·阿德里安娜"号离开鹿特丹。

1823 年　2 月 13 日：西博尔德抵达巴达维亚。

3 月中旬：西博尔德患风湿热，总督范·德·卡佩伦伯爵接他去田园般的茂物疗养。

4 月 14 日：西博尔德获悉，他将以商馆馆长的保健医生的身份前往日本。

6 月 28 日："三姐妹"号出航，目的地日本。

8 月 5 日：中国台湾北部遇台风。

8 月 8 日：野母崎町在望，这是前往长崎的地标。

8 月 10 日：西博尔德的德国人身份差点被揭穿，他假装"荷兰山民"，方才脱险。

8 月 11 日：正式抵达，商馆举行了隆重的欢迎仪式。

9 月：长崎奉行允许西博尔德登陆授课、探视病人。

10 月：西博尔德靠两次了不起的手术声名鹊起，偶遇 16 岁的楠本泷。

11 月，西博尔德娶楠本泷为妻，她改用高级妓女的名字"其扇"。

1824 年　西博尔德在奉行的支持下，用日本化名买下鸣泷——"瀑布旁的房子"，并在那里创办了一所大学。

1825 年　西博尔德将茶籽裹在含铁的黏土团里，寄往爪哇。

日本三部曲　第二部
秘密地图

1826 年　2 月 15 日至 7 月 7 日：江户参勤，宫廷天文师高桥答应送日本地图给西博尔德。

1827 年　西博尔德从高桥那里得到地图，这丰富了他的收藏，深化了他的研究，他开始为回返欧洲做准备。

　　　　11 月 16 日：高桥在江户被捕。

1828 年　9 月 17 日：一场百年一遇的风暴蹂躏了九州岛，将"科尼利斯·豪特曼"号吹上了岸，船上装着所有西博尔德想偷运出境的违禁物品。

　　　　12 月 16 日：日本政府开始审判西博尔德。

1829 年　1 月 28 日：西博尔德被禁止离开日本。

　　　　2 月：为了保护朋友们，西博尔德想入日本国籍，但遭到拒绝。

　　　　3 月 20 日：高桥死在狱中。

　　　　10 月：日本当局宣布"永远驱逐"西博尔德。

　　　　12 月 30 日：西博尔德离开日本，被迫辞别家庭。

日本三部曲 第三部
战争之路

1830 年　西博尔德在茂物向范·登·博什总督汇报工作，他以一位备受赞扬且深受荷兰王室宠爱的研究者的身份，返回欧洲，于 7 月抵达。他在莱顿定居下来，开始对他规模浩大的收藏进行整理和分类。法国七月革命。

1831 年　1 月：泷在长崎嫁给她的第二任丈夫和三郎。

　　　　4 月：西博尔德得到荷兰狮骑士勋章和随之而来的许多其他嘉奖。

1832 年　《日本档案》第一册出版。天保大饥荒开始，持续到 1838 年，大大削弱了民众对幕府的信任。

1833 年　《日本动物志》第一册出版。

1834 年　西博尔德为了给自己的作品筹资，进行了一次宣传旅行，他在慕尼黑拜见了国王路德维希一世，在莫斯科会见了俄国沙皇尼古拉一世。

1835 年　1 月：在柏林与亚历山大·冯·洪堡见面。《日本植物志》第一册出版。

1840 年　由于中国不想容忍英国人在其领土上强行从事鸦片贸易，鸦片战争爆发。

1842 年　英国外交大臣帕麦斯顿向西博尔德提供了一个职位，但他拒绝了。

中国不得不将香港割让给英国。

1845 年　夏天，西博尔德在基辛根疗养时结识了海伦·冯·加格恩。他们不久就结婚了，她搬去莱顿与他同住。

1847 年　西博尔德的长子亚历山大出生。西博尔德携全家迁去莱茵河畔的博帕德，向巴伐利亚的路德维希一世申请外交职位。

1848 年　西博尔德向约翰大公爵提出申请，希望未来德国统一后，自己可以担任海军部长一职，后因革命失败未能成功。德国的第一次民主革命失败。《共产党宣言》发表。

1850 年　西博尔德的二女儿玛蒂尔德出生。在她受洗后，西博尔德前往伦敦，去见图书管理员托马斯·伦达尔——大英博物馆图书馆的档案馆负责人。这事关悉英国在日本失去的一项贸易权利，即朱印状。

1852 年　西博尔德获悉美国要让日本开放国门的计划。西博尔德的女儿稻自己生下了女儿高子。西博尔德成了外祖父，但他对此一无所知。

10 月：一支俄国舰队在海军中将普嘉廷的率领下启航，前往日本。

1853 年　1 月：西博尔德被请去圣彼得堡给沙皇和涅谢尔罗迭伯爵做顾问，就如何指示海军中将普嘉廷——他已经在前往日本的途中了——一事提出建议。

7 月 8 日：美国舰队司令佩里率领他的舰队驶进江户湾。在递交了美国总统菲尔莫尔致日本皇帝的国书之后，他又率领舰队返回香港。

1854 年　2 月：佩里率领更大的舰队返回江户，强迫日本签署《神奈川条约》。

12 月：普嘉廷乘坐"黛安娜"号驶进下田。12 月 23 日，8.4 级的安政江户地震毁灭了下田，最终也毁灭了俄国船只。

1855 年　1 月 26 日：为感谢俄国人在自然灾害中的帮助，日本人签署了《下田条约》，这是自 1635 年锁国以来，日本与外国签署的第一份友好通商条约。西博尔德发表了一份研究报告，介绍了荷兰和俄国为日本向各国开放航海和海外贸易所做的努力，以证明美国没有资格声称自己"打开了"日本。

1858 年　幕府取消对西博尔德的驱逐令。

1859 年　4 月：西博尔德与他的儿子亚历山大踏上他的第二次日本之旅，这回途经马赛、亚历山大、开罗和苏伊士。查尔斯·达尔文的《物种起源》出版。

1861 年	6 月至 10 月：西博尔德在江户担任将军的顾问。
	美国内战爆发。
1862 年	西博尔德不得不返回长崎，从那里离开日本。他经巴达维亚返回欧洲。他的儿子亚历山大留在江户。
	福泽谕吉参加最早的日本使团，出访欧洲。
1865 年	楠本泷在长崎去世。
1866 年	西博尔德组织安排慕尼黑的大型日本展览会，10 月 18 日西博尔德死于血液中毒。
1867 年	亚历山大·冯·西博尔德陪同将军的使团前往欧洲。
1868 年	明治维新废除幕府和封建统治。国家和政府的最高权力归于天皇，首都江户更名为东京。
1869 年	海因里希·冯·西博尔德抵达东京。
1903 年	楠本稻在东京去世。
1904 年	9 月 26 日：小泉八云在东京死于心脏病。
1908 年	海因里希·冯·西博尔德于德国梅兰去世，身边被他的日本艺术收藏围绕。
1912 年	明治天皇去世。
1914 年	第一次世界大战爆发。
1916 年	12 月 9 日夏目漱石在东京死于胃癌。
1926 年	裕仁登上帝座，成为昭和天皇。
1928 年	举行大赏祭的仪式，裕仁成为"唯一的活神"。
1936 年	东京的极端民族主义者企图政变。
1941 年	12 月 7 日：日本偷袭珍珠港。
	12 月 8 日：美国向日本宣战。
	12 月 11 日：德国和意大利向美国宣战。
1942 年	6 月：日本海军舰队兵败中途岛战役。日军从此开始撤退。
1945 年	5 月 8 日：德国无条件投降。
	夏天：日本面临着自杀式总动员。
	7 月 16 日：在阿拉莫戈多沙漠里点燃了第一颗原子弹"三位一体"。
	8 月 6 日：第二颗原子弹"小男孩"被用作武器，投在广岛。
	8 月 9 日：第三颗原子弹"胖子"被从长崎上空投下。
	8 月 15 日：日本无条件投降。

日本执政时期表

年号	将军	天皇（生名 / 谥名）
宽政 1788—1801	家齐 1786—1837	师仁 / 光格 1780—1816
享和 1801—1804		
文化 1804—1818		
文政 1818—1830		惠仁 / 仁孝 1817—1846
天保 1830—1844	家庆 1837—1853	
弘化 1844—1848		
嘉永 1848—1854		统仁 / 孝明 1847—1867
安政 1854—1860	家定 1853—1858	
万延 1860—1861	家茂 1858—1866	
文久 1861—1864		
元治 1864—1865	庆喜 1866—1868	
庆应 1865—1868		睦仁 / 明治 1867—1912
随着 1868 年的明治维新，将军被废除了。 从此以后，天皇的谥号就与年号一致了。		
明治 1868—1912		睦仁 / 明治 1867—1912
大正 1912—1926		嘉仁 / 大正 1912—1926
昭和 1926—1989		裕仁 / 昭和 1926—1989
平成 1989 至今 ①		明仁 1989 至今 ②

---

① 2019 年 5 月 1 日，日本正式启用年号"令和"。原书出版时这件事尚未发生。

② 明仁天皇已于 2019 年 4 月 30 日退位。

计量单位和货币单位

计量单位

Faden 英寻

航海学的长度及深度单位，也叫寻，1 英寻约合 2 米。

Fuß 英尺

长度及深度单位（航海学），在 1875 年采用米制之前，德国各大城市和乡村对长度及深度有不同的规定。此处 1 英尺的长度及深度约合 30 厘米。

Knoten 节

航海学的速度单位，1 节 =1 海里 / 小时 =1.852 公里 / 小时；若 142 天内航行 39 000 公里，抵达巴达维亚，那么平均速度为 275 公里 / 天或 11.5 公里 / 小时，或 6.2 节。

Koku 石

大米的体积单位；1 石相当于一个成人每年食用的干米的量，约 180 升。大米收成、大名的财产、武士的薪水也用石来计量。

Meile 里

古代欧洲的距离单位，在不同的历史时期各国家与各领地对公国长度均有不同规定，德国各自由市之间也有不同。1 里介于 1 482 米（罗马帝国）和 11 299 米（挪威）之间。本书中，只要不是指海里，"里"指的就是长度为 1 609.3 米的英里。

Seemeile 海里

约合 1 852 米。

Ri 日里

日本古代长度单位，1 日里约合 3 927 米。

Unze 盎司

重量单位，简称"oz"，约合 28.35 克。

Zoll 英寸

旧时德国的长度单位，在不同的地区和不同的时代，其定义也不同。
这里，1 英寸约合 2.5 厘米。

货币单位

荷兰货币"盾"兑换成日本硬币或金锭时，需依照固定的金银
汇率。这里罗列的日本货币单位基于金、银和铜的统一重量。日本
的日元是 1868 年明治维新期间出台的。19 世纪上半叶，1 荷兰盾
的购买力约合 8 欧元到 10 欧元。例如：西博尔德最初在出岛上的
年收入介于 4.4 万欧元到 5.5 万欧元之间，他的日本收藏被荷兰政
府以 48 万欧元至 60 万欧元的价格收购。

1 个大判或大判金 = 5.8 盎司黄金 = 165.4 克黄金；大判仅在特
殊情况下使用。

1 个小判或两 = 5 荷兰盾 = 18 克黄金 = 262 克白银；这是日常
使用的面额最大的金币。

1 分金 = ¼ 两 = 4.5 克黄金；这是面额最小的金币。

1 朱金 = 5.7 盎司白银 = 161.64 克白银。

1 荷兰盾 = 3.6 克黄金 = 49 克白银。

1 文 = 3.76 克铜币；这是最小的日本货币单位。

图片和引文说明

1. 第一卷第 76 页，来自荷属东印度公司的巴达维亚城市图，多蒙，巴黎，1780 年。

2. 第一卷第 99 页，《地图集，对世界的结构或构成世界之形状的宇宙学沉思录》卷首插画，墨卡托，1595 年。

3. 第一卷第 135 页，远眺出岛和长崎湾，卡尔·胡伯特·德韦尔夫的平版画，选自西博尔德的巨著《日本档案》，1832 年。

4. 第二卷第 14 页，上图，西博尔德，一位不知名的日本画师所画。

5. 第二卷第 14 页，下图，西博尔德，川原庆贺绘于 1826 年左右，选自西博尔德的巨著《日本档案》，1832 年。

6. 第二卷第 29 页，平家蟹，川原庆贺绘于 1826 年左右，选自西博尔德的巨著《日本档案》，1832 年。

7. 第二卷第 68 页，吉原风貌，葛饰北斋绘，名为《艺伎馆里的新年》，1804 年左右。

8. 第二卷第 91 页，富士鸟越村，葛饰北斋绘，选自系列组画《富岳三十六景》，1834 年。

9. 第二卷第 103 页，神奈川冲浪里，葛饰北斋的系列组画《富岳三十六景》里最著名的版画，1830 年左右。

10. 第二卷第 105 页，日本大鲵，选自西博尔德的巨著《日本档案》，1832 年。

11. 第二卷第 168 页，八仙花，选自西博尔德的《日本植物志》，1833 年。

12. 第三卷第 35 页，杜鹃花，选自西博尔德的《日本植物志》，1833 年。

13. 第三卷第 37 页，泡桐树，选自西博尔德的《日本植物志》，1833 年。

14. 第三卷第 80 页，舰队司令佩里（中）、（推测）副舰长安南（左）和舰长约翰·亚当（右）在《神奈川条约》谈判期间，不知名的日本艺术家，1854 年。文本是菲尔莫尔总统致日本皇帝的国书。

15. 第三卷第 82 页，富士山火山口，葛饰北斋绘，选自他的系列组画《富岳三十六景》，1830 年。

16. 第三卷第 88 页，废弃的"黛安娜"号，选自《伦敦新闻画报》，1856 年。

17. 第三卷第 155 页，《统仁天皇的信》，信件摘自《目击证人报告》丛书之《现代日本的诞生》，dtv 出版社，1970 年，第 340—341 页。

18. 第三卷第 159 页，《仆人日记》，市川的日记发表于 1846 年，引自《目击证人报告》丛书之《现代日本的诞生》。

19. 第三卷第 168 页，迁都江户。插图选自法国《世界报》，1868 年。

摘自菲利普·弗朗茨·冯·西博尔德的书信、日记和发表作品及其学生作品的内容未逐一说明。有些摘自吴秀山（1865—1932）所著的《菲利普·弗朗茨·冯·西博尔德传》，该书厚达 1760 页，可能是同类体裁中独一无二的巨幅传记，于 1926 年在东京以日语出版，1930 年由日本语言文学研究家弗里德里希·M. 特劳茨（1877—1952）译成德语。这本传记式巨著直到 1996 年西博尔德 200 周年诞辰之际，才由鲁迪丘姆出版社分两册出版。

引自丹尼尔·笛福 1726 年出版的《魔鬼政治史》中的内容系作者自己翻译。这部 450 页的作品内容全面，思想深刻，文风优美。笛福在书中解释了，自有史以来魔鬼是如何影响世界政治史进程、煽动各民族和各宗教相互斗争的。该书至今未被译成其他语言，就连世界知名的魔鬼学专家都不熟悉它。古登堡计划里有该书的电子版，可供免费下载。

作者的跋

我在巴黎直到 1987 年才听说了一位名叫菲利普·弗朗茨·冯·西博尔德的德国医生及其在古老日本的冒险经历。我当时是个年轻的德意志蛮夷，与一位如花似玉的日本公主一起生活在巴黎，四年前的暑假，我和她坠入爱河。我们如胶似漆，但我们不得不对她在东京的父母隐瞒我们的恋情。他们将女儿送来欧洲攻读艺术史，只是为了抬高她在家乡婚姻市场上的身价。我这样的女婿对他们来说是一场四重噩梦。一个没有收入和财产的外国人，受教育程度不及他们的掌上明珠高，而且还比她小四岁。一个英俊但贫穷的大学生，一个不羁的艺术家，像亨利·米勒再世一样，驾驶着尊达普牌轻便摩托穿行于蒙马特区。

在那段时间里，我阅读了所有我能找到的关于日本文学、艺术、历史和政治的书籍。我在一本关于日本开放国门的图书里邂逅了西博尔德的首次日本之旅、他与高级妓女其扇的爱情和他们后来成为日本第一位女医生的女儿。这本书是德国 dtv 出版社出版的"目击证人报告"丛书中的一本。"这真是写小说的好素材！"我想道，我也希望我的生活和爱情会有类似的发展。这个愿望在某种程度上也算实现了，只不过不同于我原先的想法，因为我当时还不了解西博尔德悲剧人生的第二部分——被逐出日本、被迫与妻女分离。离奇的是，我的命运也有些相似。时隔不久，我女友的父母查出了他们的女儿在巴黎那几年除了学习还干了什么。她几乎是被绑架了，她被押回东京软禁在家里，受到严密监视。我爱莫能助。当时，光是去日本的机票就要好几千马克。我们通过朋友的地址暗中通信，你们根本无法想象那是多么伤感的信。在柏林墙倒塌的那一年，我们不得不放弃。为困境所迫，我们不得不分道扬镳了。

我之所以写下这一段，是因为或许这正是西博尔德的故事让我念兹在兹的原因。九十年代初，我在慕尼黑继续求学，我开始深入研究。不过，我越了解西博尔德的生活和事业，就越觉得将其写成一部小说的希望很渺茫。资料和信息非常多，而且还在持续增加，根本无法全部读完，我也缺乏必要的知识来对它们进行条分缕析。研究的四大部分分别是：西博尔德的生平，这本身就特别动荡复杂；他的科学活动和博物学发现；他所处时代的历史政治事件和背景；最后是日本的文化和语言知识，我必须先掌握这一点，才能将故事讲得令人信服。后来这个困境自行解决了。我只是慢慢处理。我连续多年研究所有的问题，可以说是将其当作副业，果真就掌握了必要的知识。我在日本的生活经历很重要。第一个让我意外的事情是西博尔德在日出之国的知名度和受欢迎程度。虽然大多数日本人仍然当他是荷兰人，可他的事迹真的是妇孺皆知。这不是夸张。后来，2005 年秋天，我终于去了长崎。我在那里参观了江户时代的历史遗迹，参观了西博尔德纪念馆和出岛上刚刚重建的历史建筑，出岛如今位于市中心了。我本想就这样结束调查的。然而，2008 年，欧洲委员会意外地派我去东京待一年。我在那儿的早稻田大学学习日本的经济、政治、文化和语言。我接受高强度的培训，为了成为获得认证的日本专家，在这个过程中，我还发现了西博尔德传说里的许多惊人方面和历史事实，这完善了这个人物、他所处的时代和古老日本的迷人形象。回到德国后，我的手稿越来越长，直到2012年秋天，我终于可以在下面写上一个"完"字。从一念缘起到小说杀青，前后一共花了二十五年。

《发现东极》不是一部寻常的历史小说，直到漫长的创作阶段的最后几个月，我才意识到这一点，这令人惊讶。当杜鲁门·卡波特在1965年推出他的《冷血》一书时，他称它是第一部"纪实小说"，一部"非虚构小说"，从而开创了一个新的文学体裁。他想表明，现实可能比虚构的故事更具戏剧性、更扣人心弦，而那些虚构故事只不过是用各种事实加工出来的东西。我在这部小说里也遵循了这个原则，这让本书成了首部历史纪实小说。

《发现东极》里的人物和事件，特别是政治、文化和科学背景，大部分有历史依据。人物表里列出了一百多个真实人物，虚构的人物仅占极小的部分。因此，蒙托克要塞的军医约翰尼斯·弗里泽、佩里将军的"密西西比"号蒸汽船上的记者贝亚德·泰勒、江户地理学家间宫林藏都是历史人物。美丽的提蒂娅·科克·布洛霍夫真的是第一个抵达日本的欧洲女人，她1817年到达长崎，引起了轰动，她的肖像很快就被印制成数百万份，还被印在专门制作的瓷器上，在全国流传开来。西博尔德和画家葛饰北斋确实相遇过，西博尔德的儿子们也认识明治时期的知识分子福泽谕吉，夏目漱石与芥川龙之介曾经坐在一起过。就连两位作家1914年会晤的地方——自由之丘的夏居小屋都还在，那里如今是一家茶馆，你可以坐在那里，像他们当年一样欣赏花园美景，花园里有爬满苔藓的石雕灯笼。日本被俄国"和平打开"了国门，英国人"丢失了"1613年的日本通商许可证，都是经过证实的史实。不过，前者是最新研究成果，这基于西博尔德的大量文字遗产和俄国近期才开放的档案中的惊人发现，因此仅少数专家知道这些事。

就连人物，我也根据掌握的资料，尽可能让他们显得真实可信。尤其是西博尔德，我一点也没有捏造。他的野心和罪孽，还有他公开的自由主义、反殖民主义的态度、与当地人的友谊及对泷的终身深爱，都不是我虚构的。小说里，一些引自出版物、札记和信件的原文证明了这一点。就连他与亚历山大·冯·洪堡几十年的友谊和两位博物学家的惺惺相惜也完全是真实的，就像我全文引用的1859年老洪堡写给西博尔德的告别信一样。

翁贝托·埃科在《玫瑰的名字》的后记里曾经写道，一部历史小说应该至少有百分之八十的内容基于史实。老实说，我看不出埃科自己的"后现代"小说里这百分之八十的部分在哪里：如果用辛烷值来衡量，这都达不到标准汽油的指标。相反，《发现东极》用的燃料是超级加无铅汽油①，因为小说中符合史实的部分有百分之九十五左右。这就是说，这里安排的历史背景不是为了让虚构的人物和情节变得可信，而是我只用了少量虚构的东西，这是为了以一种更引人入胜、更易于理解的方式呈现真实的历史及其高度复杂性。我将这种叙述原则称之为历史纪实小说或纪实历史小说，这相当于费迪南·冯·席拉赫在德国开创的基于真实案例的"纪实犯罪小说"。

当然，不是所有历史题材都可以这样处理，因为在现实当中，事件本身叙事性强，只需稍加虚构充实就能成为一部历史纪实小说的情形很少见。西博尔德的日本冒险经历、他对泷的爱、偷运地图

---

① 德国的汽油分普通无铅汽油（Benzin）、超级无铅汽油（Super Benzin）、超级加无铅汽油（Super Plus）和终极无铅汽油（Ultimate Benzin），分别相当于国内的93号、95号、98号和100号汽油。

及其导致的日本的开放，在这里，形成这种文学新体裁的一切都是现成的。在此我不得不承认，过了十五年我才想到将盗运地图当作小说的支点和枢轴的。在那之前，我一直想将西博尔德塑造成一名迟来的、悲剧性的启蒙运动英雄，他败给了他的时代。那样只会产生一部圣徒传记，这样的情节构思让我觉得无聊，因为它始终缺少冲突。直到2003年，我正在柏林的腓特烈斯海因人民公园里跑步，一个想法像闪电一样击中了我。就在这个瞬间，魔鬼的意象第一次钻出来，成了历史的一部分。我待会儿再回过头来谈他。

这类长篇小说和短篇小说的真实内容的比例很难高达"辛烷值95"。比如尼尔·斯蒂芬森的由《怪人》《混淆》和《世界系统》组成的《巴洛克记》是一幅充斥着那个时代的历史、传记和科学事实的全景画卷，达到了难以超越的高度。但是，由于小说主人公丹尼尔·沃特豪斯和杰克·沙夫托及故事情节均是虚构的，这部作品肯定不属于纪实历史小说。大卫·米切尔的小说《雅各布·德佐特的千秋》也一样，故事发生的时间比西博尔德抵达日本早二十年，绝大部分故事甚至就发生在人造岛屿出岛上，小说生动地再现了这个微观宇宙，充满当时荷兰人和日本人生活的文化特色和语言特色。不过人物和情节完全是虚构的，因此十分符合传统的历史小说的标准。

通常情况下，我们越往前追溯，创造一部历史纪实小说的资料就越少。在欧洲，历史纪实小说最早估计只能写到15世纪末。再往前，记录当事人主观观点的物证就太少了。1500年前，个人出版物、日记或信件极其罕见。如果反过来，走近现代，那么历史纪实小说就成了杜鲁门·卡波特开创的纪实小说。

那么，若一部历史纪实小说里出现神灵、魔鬼、天使和妖怪，这该如何解释呢？在《发现东极》这本书里，答案惊人地简单：它们参与了历史进程，这有据可考。因为种种原因，人们相信它们，并使自己的行动与它们的要求一致。不仅日本人认为，火山爆发（序）、风暴（台风）、地震和海啸（下田奇迹）之类的自然灾害都起源于魔怪或神灵的领域，在里斯本大地震后的几十年里，大多数欧洲人的看法也一模一样。另外，对神的虔诚和敬畏以及布道热情是欧洲殖民主义的真正动力。除了虚伪地以宗教为借口来掠夺各个殖民地，还有许多人真的相信他们在执行推动文明的使命，因而也相信这是神圣的使命。基督教的神当年是如何来到日本的，大卫·米切尔在《雅各布·德佐特的千秋》里已经借虔诚的主人公雅各布·德佐特之口做了深入浅出的介绍。神灵的历史作用在后来的国教——神道教里也体现出来了，从明治时代到二战结束，它对日本的影响越来越大。它让皇帝成了活神，政治精英和广大民众将日本统治亚洲乃至统治全世界的希望都寄托在这个信仰上。从这个意义上讲，神灵、天使和魔怪一直就是世界历史的主角。丹尼尔·笛福因《鲁滨孙漂流记》而闻名天下，早在1726年，他就在巨著《魔鬼政治史》（我曾多次引用）中，一针见血、清清楚楚地分析了魔鬼的政治策略，魔鬼用这些策略煽动各民族、各种族和各宗教互斗。就算你不信这种超自然力量的存在，它们无疑也以种种方式展现了影响历史的力量。从印度的印度教教徒到伊朗的什叶派教徒，再到以色列的东正教犹太人和加沙地带的哈马斯，直到华盛顿的基督教原教旨主义者，宗教信仰对全球的政治和历史起了关键作用。在这一方面，谁想否认神话、玄学和宗教在历史中的力量，就会很快陷入无法自圆其说的境地。在一部历史纪实小说里，它们不容忽视，因为它们本身就属于最重要的事实。

最后我还得承认一件事。我也曾将菲利普·弗朗茨·冯·西博尔德用作工具，次数不比魔鬼做的少。一开始我自然是爱上了我可悲的主人公，想介绍他遭遇的不公，淋漓尽致地描述他的英雄之旅的可信动机。十年多后我才开始理解，西博尔德初次旅日期间的行为是可疑的。我之前曾经准备为他盗窃地图的悲剧辩护，后来我才意识到，在他的这个行为和世界第一次核战争之间存在难以置信的联系。这是人类无法想到的，只有魔鬼才做得出这种事。虽然西博尔德竭尽余生的力量来弥补他的错误，甚至差点就成功了，但最后魔鬼还是如愿以偿了。一种暴力文化进入了日本，日本产生了对西方世界的可怕敌视。就像魔鬼利用西博尔德来执行他长达几个世纪的计划，我利用他来揭露魔鬼的"反日阴谋"，描写了现代日本可悲的先天性缺陷。

顺便说一下，了解一下魔鬼在德国的做法吧，这也会很有意思。也要了解他今天正在做什么。

绿山

译后记

　　这是一部以德国博物学家菲利普·弗朗茨·冯·西博尔德的生平为蓝本的小说。

　　西博尔德出生于德国维尔茨堡的一个医学世家，他自小学医，对自然科学也兴趣盎然，他的人生榜样是著名的博物学家亚历山大·洪堡。19 世纪 20 年代初，二十七岁的西博尔德如愿以偿，以少校军医的身份，登上荷兰护卫舰"琼格·阿德里安娜"号，开始了前途未卜的东亚冒险之旅。经过数月的艰苦航行，他最终抵达目的地日本。

　　日本与西方的接触始于 16 世纪中期，先有西班牙、葡萄牙和荷兰等国商船的抵达，后有耶稣会传教士的尾随而至，这还在日本引发了"排耶"和"用耶"的争论。17 世纪初，德川家康建立江户幕府，从第二代将军德川秀忠起，幕府为巩固幕藩体制，禁止天主教传播，幕府的对外政策开始转向锁国。幕府先是规定欧洲船只只能在平户、长崎两港停泊交易，后又拒绝与西班牙通商，仅与荷兰一国保持贸易关系，并在长崎港建造人工岛出岛，供荷兰人居住。"锁国"政策历时二百多年，它虽然防范和阻止了西方殖民势力的渗透，维护了日本的国家独立，但也切断了日本与世界的联系，阻碍了日本经济和技术的发展，从而带来了一系列严重的后果。

　　西博尔德就在这样的背景下来到了日本。他吸取前人的教训，借助两次手术表演——白内障摘除手术和取胎术，在很短的时间内就享誉日本，声望和影响盖过自己的上司，成为首位可以居住在出岛之外的荷兰人。他开塾授课，传播西方新知识；他免费治疗日本病人，赢得了许多日本朋友，并在他们的帮助下，采集、收藏与日本有关的一切，从动植物到日常用品，一步步实现自己的博物学宏愿。他娶高级妓女其扇为妻，在爱情和家庭生活中一次次经历东西方文化的碰撞——其扇怀孕时竟然找了个年轻妓女回家侍候他。他参加荷兰外交使团，赴江户参勤，晋谒幕府将军，一路上认识和了解日本的文学、艺术、历史、政治、社会风俗，看到了一个真实的日本，甚至在吉原享乐区得到当地花魁的青睐，有幸领会了日本情色文化的真谛。

西博尔德一直以西方知识的传播者自居，但潜意识里却想成为第二个洪堡。得意之时他没有意识到，雄心和野心之间仅一纸之隔，他已经在被魔鬼当枪使，他的行为已经触犯了日本的法律。就在他行将功德圆满、登上成功之巅时，几张属于日本国家机密的地图一下子将他推进了深渊。他的人生由此急转直下：挚友病逝，原上司在背后落井下石，没来得及运回欧洲的收藏品也被日本当局没收。他的非荷兰人身份暴露，先遭软禁，后于1829年被驱逐出境。

这一去就是三十年。其间西博尔德在荷兰整理和展览他的藏品，重组家庭，享尽荣华富贵；而其扇为生活所逼，带着女儿多次嫁人。西博尔德一直对日本念念不忘。1859年，他终于得以重返日本，见到阔别已久的前妻和女儿。他几经努力，被将军聘为顾问，却又因荷兰领事的妒忌不得不再次离开日本，最终病逝于祖国。

本书作者是绿山，本名雷吉纳尔德·格吕内贝格，绿山是他在日本期间给自己取的日语名，系他的德文姓氏格吕内贝格的意译。他希望中译本的署名也用绿山。

20世纪80年代初，绿山还是个二十出头的小伙，是个正在巴黎留学的艺术生，并沉浸在轰轰烈烈的初恋中，但他热恋的对象不是浪漫的巴黎女郎，而是一位被父母送来修读艺术史的日本女留学生。雷吉纳尔德·格吕内贝格"因为一个人，爱上一个国"，开始遍读能找到的关于日本的书籍。但是，由于双方家庭条件悬殊，先是女友被父母押返日本、软禁家中，随后经过一段时间的暗通款曲，两人终于分道扬镳。

这有点像西博尔德与其扇的爱情故事，只不过男女双方的身份发生了置换。也许正因为这段切身经历，作者在书中对男女主人公之间的爱情描写才那么真挚感人。

绿山与女友的分手发生在1989年，而两年前的1987年，绿山在一本介绍日本开放史的图书里邂逅了西博尔德。西博尔德跌宕起伏的人生让他当时就觉得"这真是写小说的好素材"。与女友分手后，他没有因爱生恨，而是成功地"移情别恋"，真正"爱"上了西博尔德。他查阅堆积如山的资料，远涉重洋，到日本实地考察，随后又被欧洲委员会派去日本早稻田大学接受培训，从而对日本及其国民有了更直观的了解。

西博尔德和高级妓女其扇的结合诞生了日本的第一位女医生楠本稻，绿山和西博尔德的"相爱"则分娩出了《发现东极》这部皇皇巨著，后者是一场"马拉松式恋爱"，从开始到修成正果，历时二十五年，中间的挫折和彷徨自然是读者可以想象到的。

这是一部历史小说，情节曲折，故事性极强，有些体现东西方文化差异的细节描述生动活泼，让人读来忍俊不禁。然而，作者绿山更坚持这是一部纪实小说，他之所以这么说，是因为书中的人物和事件及历史背景有百分之九十五以上都是真实的，有些结论更是基于最新解密的档案资料，在此我们不得不佩服作者敢于戴上脚镣跳舞的勇气。但也正是这份勇气让他开创了一个全新的文学体裁：纪实历史小说，或称历史纪实小说。

全书结束于原子弹爆炸，通过西博尔德的命运及其身后的影响，让我们能透过一个欧洲人的眼睛，重新认识日本民族和日本人，了解日本是如何一步步走进军国主义的死胡同的，了解现代日本是如何诞生的。

绿山曾先后在巴黎、慕尼黑、柏林和东京读书，拥有慕尼黑大学的政治学、哲学和史学博士学位。绿山是个多面手，他是政治学家、哲学家、企业家、电影和电视剧编剧兼制片人，是柏林导演俱乐部、柏林编剧圈和柏林科幻电影节团队的成员。20 世纪 90 年代中期，他发现商业计划就像理论，可以立即对其进行测试。他在创业和风险投资领域担任了十年商业顾问后，与 MP3 的发明者卡尔－海因茨·勃兰登堡教授一起成为互动流媒体公司的联合创始人兼首席执行官。后来，他被欧洲委员会派去日本东京的早稻田大学接受培训，成为经过认证的日本专家。2006 年，他的博士论文《政治主体性——民主个人主义的哲学基础》首次出版，被《新苏黎世报》誉为"第一个政治相对论""一部杰作，拥有毫不妥协的思想。与迪特·亨里希、尤尔根·哈贝马斯和尼克拉斯·卢曼等德国战后思想界的英雄们针锋相对"。2009 年，他将事业过渡到写作、出版和电影制作行业，出版了小说和非小说类书籍，其中最出色的便是《发现东极——日本三部曲》，新作《珍珠王》和《朝圣者之剑》也将陆续面世。另外，他还著有反乌托邦科幻电影剧本《日本公园》、电视剧剧本《七姐妹》，以及一部100集的巨型时代电视剧《五季》的剧本，这个剧本描写石油和石油大亨们如何塑造了现代文明。他还发表了《奇点法则》和《唯一性假设》等学术论文。

朱刘华

THE DISCOVERY OF THE EAST POLE

发现东极

日本三部曲 2

秘密地图

［德］绿山 著　朱刘华 译

中国友谊出版公司

图书在版编目（ＣＩＰ）数据

发现东极 . 秘密地图 / (德) 绿山著；朱刘华译
. -- 北京 : 中国友谊出版公司，2022.12
（日本三部曲）
ISBN 978-7-5057-5274-0

Ⅰ . ① 发… Ⅱ . ①绿… ②朱… Ⅲ . ①长篇历史小说
—德国—现代 Ⅳ . ① I516.45

中国版本图书馆 CIP 数据核字 (2021) 第 153595 号

著作权合同登记号　图字：01-2021-3697

Title of the original edition:

Author: Reginald Grünenberg

Title:

Die Entdeckung des Ostpols - Shiboruto (Nippon-Trilogie 1)

Die Entdeckung des Ostpols - Geheime Landkarten(Nippon-Trilogie 2)

Die Entdeckung des Ostpols - Der Weg in den Krieg(Nippon-Trilogie 3)

Copyright © 2017 by Reginald Grünenberg

Chinese language edition arranged through HERCULES Business & Culture GmbH, Germany

本书中文版权归属银杏树下（北京）图书有限责任公司。

书名	发现东极 . 秘密地图
作者	[德] 绿山
译者	朱刘华
出版	中国友谊出版公司
发行	中国友谊出版公司
经销	新华书店
印刷	天津中印联印务有限公司
规格	889×1194 毫米　32 开
	7.75 印张　179 千字
版次	2022 年 12 月第 1 版
印次	2022 年 12 月第 1 次印刷
书号	ISBN 978-7-5057-5274-0
定价	108.00 元（全三册）
地址	北京市朝阳区西坝河南里 17 号楼
邮编	100028
电话	（010）64678009

目　录

第一章　江户参勤

消遣女孩

9 月里的一天早晨，天气暖融融的，其扇给她的德国丈夫——他必须继续假装是荷兰人，否则按照已有两百年历史的锁国令，他会被驱逐出日本——带来了一个重要消息。她怀孕了。西博尔德和其扇要有孩子了。这位年轻的医生兼博物学家，日本学者心目中未来的英雄，已经习惯了端庄稳重，这一天走起路来却像喝醉了酒似的。他脚下飘飘然，耳朵里充满各种声音。现实给人失真的感觉。他像在透过一层蛋壳望着世界，仿佛即将出生的是他似的。如今他已经是妇科和儿科的专家了，他记得，有多少父母曾经闷闷不乐地接过不受欢迎的孩子。这在日本和在德国没有区别。可他想要！是的，他想与这个漂亮女人生个孩子，他已经爱她爱到语言无法形容的地步了。这是他一生最重要的消息，他很难以一种不会被其扇认为他已经疯了的方式，来告诉她自己的激动之情。她心情愉快，因为他们还从没谈过怀孕的事。她也熟悉那些一怀上孩子就被荷兰人赶走的日本女人的故事。西博尔德不同，他很高兴，这是秋季送给他们的厚礼。

但他们很快就发现，怀孕也会带来限制。其扇的肚子一开始隆起，她就拒绝丈夫亲近。她的身体日渐变形，她羞于让他碰自己。可自从她教会了他肉欲之欢后，他早已习惯了每天夜里与其扇同房。另外，这些日子里，这位未来的父亲对妻子的爱意和温情自然特别强烈。日本人熟悉这种两难困境，也熟悉一种他们认为切实可行的解决方法。冬季里的一天，其扇将一个新女仆带来鸣泷，那是一个漂亮伶俐的女孩，她名叫京子。与其他日本用人不同，她一点也不害羞。就连一直埋首工作和研究的西博尔德也会发现，当她偶尔经过他身旁时，她会冲他嫣然一笑，完全不是他所习惯的卑躬屈膝的女仆。但他也没有多想。他正忙着准备他旅日生涯里最重要的事，去都城江户参勤，晋谒将军。12 月一个寒冷的夜晚，其扇问他要不要在大浴盆里泡个热水澡。那是个高高的木桶，像一只用铁箍箍紧的啤酒桶，人可以从两侧踏着脚蹬跨进去。大浴盆摆在主屋旁的一个小房间里。女仆京子用一只双耳大铜盆盛上水，搁到屋外墙边的灶上烧，再用木桶将水拎去大浴盆，哗哗地倒进去，并掺入冷水，不让洗澡水太烫。当桶里的水到达桶沿时，其扇和西博尔德身着宽松浴袍，光脚走进去。他希望她与他一块儿洗，但他失望了。她要求他脱去浴袍，让她先用海绵给他擦洗，然后再跨进浴桶。擦洗时她使用的是他带来的肥皂，而不是常用的钙盐。日本人不懂肥皂，荷兰人的这种方块滑滑的、有香味，让他们既觉得古怪又很喜欢。其扇坚持给一丝不挂的他全身抹上肥皂，连他的生殖器也不放过。西博尔德不得不努力克制自己，尤其她这回没穿衣服。她这样坦然，这令他着迷，同时又让他害怕。他每次都想象，如果他母亲见到他这样，会说什么。在德国，无法想象夫妻之间会如此亲密。在那里，即使付钱也不会有这种服务，因为妓女即使在做爱时也不会全部脱光。在清教徒们的影响下，即使是在启蒙运动时代，裸体在整个欧洲也是绝对禁忌。比如，在印度或太平洋群岛上就有一些民族、部落和文化，那里的人不以性为耻，不觉得裸体有什么特

4

别，既不觉得好也不觉得坏，水手、旅行推销员和殖民者们遇到他们时，便一个个惊呆了。然而其他领域的门槛要高得多，"丢脸"可能会让自己乃至整个家庭或氏族活得没有意义。

其扇用清水帮他冲干净，然后笑吟吟地要求他跨进大浴盆。它的功能不同于欧洲的浴缸或浴桶。它不是用来净身，而是专用来泡澡和放松的。桶的内壁装有一圈座椅。西博尔德在那儿坐下来，只将头探在热气腾腾的水面。突然，通往院子的小门打开了，京子走了进来。其扇并不意外，微笑地看着她，默默地用手指指面前的位置，要她站到那里去。当两个女人面对面时，其扇开始帮京子脱衣服。没人讲话。西博尔德从他的大浴盆里盯着两位含笑的女子。现在京子一丝不挂地站在那里，乳房小而尖挺，从阴部的三角区延展出乳白色的大腿。其扇帮她洗，轻轻地用海绵沿着京子的曲线擦拭，京子接受了。其扇望望西博尔德，像在请求他的同意。然后她也讲话了，但用的是荷兰语："这女孩是不是很漂亮？"她不等他回答就紧跟着追问道，"你喜欢她吗？"

"我喜欢她吗？你这是什么意思？她在这儿做什么？"

他生气了，明显不理解眼前的情形。他以为京子可能想在鸣泷的浴室里洗澡，可他不喜欢这样。其扇一言不发。当京子毫不扭怩地跨进他的大浴盆时，他彻底糊涂了。她贴在他身上，其扇则微笑着望着他俩。然后，当京子开始逗弄西博尔德时，他吓坏了。

西博尔德惶恐不安。他再也控制不住自己了。两个女人，其中一个是他的女人，显然不经他同意就安排他与女仆睡觉。京子的手正在熟练地按摩他的身体，他将它拂开，跳出大浴盆，他夺过浴袍，麻利地穿上，一声不吭地冲出浴室，进了主屋。

片刻后其扇跟了过来。他坐在木炭火盆前，一个用名贵木材打造的大箱子，上面摆着一只生火的铜盆。西博尔德盯着一闪一闪的炉火。

"菲利普，我做错什么了吗？你干吗发火？我只想为你好。"她的眼泪快流出来了。西博尔德还从没见她哭过，现在也非常不想让她哭。但他还很震惊和迷惘，无法接受她的做法。

"你的'为我好'是什么意思？你干吗要带一个陌生女人来家里？你为什么要撮合我与一个女仆？"他不看她，问道。

"她不是个普通女仆。她是位经过培训的游女，一位来自丸山区一家游女屋的'消遣女孩'。我故意没从引田屋挑选游女，因为我注意到，你对去年在那里为我赎身支付的高价不满。虽然你不想让我感觉到这一点。小京子的任务是习惯鸣泷的生活，在我怀着孩子时，用她的肉体为你服务。"

这下他看着她，像是终于恍然大悟了似的。

"你订了个妓女，让她在你的孕期满足我？"

"是的，我本想给你一个惊喜，向你表示我在关心你。这没有什么特别的！每个好妻子都会为丈夫这么做，让他在她变得丑陋的那几个月里啥也不缺。我不希望你对我不满意。"说到这里，她还是抽抽噎噎地哭了，因为她的关怀计划失败了，惹恼了丈夫。

西博尔德站起来，走近她，将她揽进怀里。然后他向她解释，他只爱她，害怕她是想将他扔给另一个女人。他没有理解，而且是根本没有理解她的善意，一个妻子为她的丈夫找妓女，按照欧洲风俗，这是压根儿无法想象的。可现在他们是在日本，他为自己的无知道歉。他亲她，知道这样就能迅速安慰她。因为，就像他觉得与其扇一起发现性爱令他十分兴奋，对其扇来说，舌头温柔地接触相吻便是一种表白，是爱的体现。日本人都没有表示"接吻"的词。

第二天，西博尔德和泷——他们决定除了在官方的正式场合，不再使用她的妓名其扇——到附近的一家神道教神社，去为即将出生的孩子占卜，求取神谕。按照传统，泷本该与她的婆婆、祖母、外祖母一块儿去神社的。可她们一个不在日本，另外两个已经离开了这个世界。因此她带上了西博尔德，反正他那么好奇，是不会放弃的。宫司举行了一个愉快的小仪式，往泷的头上撒了几粒米，郑重地递给她围腰，一根孕妇怀孕五个月时用来保护婴儿的腹带。

一种怪病

接下来的几星期，西博尔德一心扑在江户参勤的准备工作上。参勤每四年一次，它显得比预期的还要复杂——不过西博尔德已经习惯了，靠日本人的善意他一般都能如愿以偿。首先是使团的组成。自从锁国以来，一开始只允许三名荷兰人参加每年一次的参勤，也就是公使——这一次是德·施图尔勒上校，一名医生——自然是冯·西博尔德少校，还有一位秘书。团队的其他成员都必须是日本人：挑夫、负责收拾和安排住宿的师傅、三名厨师、翻译、秘书、军士、军官，以及**警官**或奉行代表——也就是使团负责人。现在事情是这样的，经德·施图尔勒认可，西博尔德在迁去鸣泷时曾寄信给总督，提出了一些要求，它们果然大多得到了满足。他已经收到了修建温室和收藏馆的额外拨款，西博尔德的两名新员工也随着上一艘荷兰船到达了，他们分别是绘图师胡伯特·德·维伦纽夫和地质学家海因里希·比格尔，比格尔此前在巴达维亚岛上从事药剂师工作。唯一被拒绝的要求是，另外安排一名医生减轻西博尔德的负担。但总体说来，可能性扩大了，西博尔德的高兴程度相当于上司德·施图尔勒的失望程度。因为施图尔勒觉得，总督这样支持西博

7

尔德的科学和文化活动是对贸易成功的贬低，而他认为后者要重要得多。但是，西博尔德在试图让人将新增的两人登记进参勤使团时，他第一次遇到了失败。他意识到，在幕府直接管理其官员和法令的地方，是指望不到丝毫宽容的。长崎至今的情形对他的工作一直特别有利，地方当局在监督荷兰人的活动时都抱有很大的好感，给予他充分的变通空间。在荷兰语中，这种私下的实际操纵被称为"内侧"，即在行政管理的所有事务上非正式且总可以有所变通的"里侧"。与它相对的是官方的"外侧"，必须完全遵守外在形式及其限制。但西博尔德不可以期望在全国各地都享受这一特殊待遇，离首都江户越近，希望就越少。因此他一开始就必须至少放弃一位助手。他选择的是绘图师维伦纽夫。这也是因为他抵达后几乎就没离过病床。八个月的漫长航行使他身体羸弱。在巴达维亚他只获准在陆地上待了几天，就疲惫不堪地继续前来日本了。但地质学家海因里希·比格尔也出现了麻烦。一月底他来到出岛上西博尔德的诊所，抱怨头疼得厉害。西博尔德给他开了一种小白菊做的茶，这是一种古罗马时代就在使用的治疗头痛的药物。两天后比格尔又来到诊所，还是抱怨头痛，说它不仅没减弱，反倒更严重了。西博尔德从他的储藏箱里取出药效更强的药草银柳皮，让比格尔用它泡茶喝。无效。二月初比格尔又来找他，详细描述了疼痛如何在他的头颅里转移。西博尔德注意到病人在冒冷汗，显得紧张不安。他很喜欢比格尔，比格尔在鸣泷非常勤快地支持他的工作，懂得与身边的所有人交朋友。另外，日本当局没发觉他和西博尔德一样是德国人，这样，当他俩单独在一起时，他们就说德语。西博尔德取出一只小瓶子，将一种被他称作头痛新药的液体滴进一只勺子，让他喝下去。之后比格尔就按西博尔德的吩咐躺在床上休息，静待药效。西博尔德离开了治疗室几分钟。回来后他坐到比格尔身边。

"您现在感觉如何？好点了吗？"

比格尔显得放松，但眼睛盯着天花板，在寻找答案。

"与之前一样。我感觉不到好转。只有轻微的头晕，也许是恶心。"

"这我不奇怪，"说完西博尔德歇了歇，"亲爱的比格尔，您十分健康。您啥病都没有——至少没有肉体的疾病。"

"怎么……您怎么会得出这个结论？这针刺似的头痛可不是我幻想出来的！"比格尔有点语无伦次了。

"不，不是您幻想出来的。是您发明出来的。"

比格尔的眼睛睁大了。西博尔德严厉地迎视着他的目光。

"您不可能头痛。我给您服了一剂吗啡。我很抱歉我必须这么对您讲，您是在装病。"

"这您无法证明！"比格尔愣愣地低语道。西博尔德只是顺着比格尔的胳膊望向放在一侧的手。中指的指盖里有根长长的、弯成半圆的针，是西博尔德悄悄放在那里的。比格尔一开始神色诧异，好像他不知道这只手属于他似的。然后他慢慢抽回手，针掉了出来。

"您服下了当今世上最厉害的止痛药。我现在就算为您切除胳膊，您也不会有什么感觉。再说一遍，您知道吗，您不可能头痛。我知道您不是个坏家伙。正因为这样您才是个蹩脚的说谎者。现在请您告诉我发生了什么事。也许我还是能帮帮您的。"

比格尔的瞳孔有图钉头那么大，他绝望地望着西博尔德，尽管有强效药的镇定效果，他还是快流泪了。

"我不能参加去江户的考察旅行。我不能离开这里这么久。"

"听到这话我没法不吃惊，因为那正是您不远千里来这里的目的啊。但愿您至少向我透露一下原因。因为我不能违背您的意愿，强迫您与我们一起去。"

"是常。我们相爱。"

"泷的姐姐，常！"西博尔德叫起来，他想了想，笑起来，"我的天，我好蠢啊。当然了！我早就该觉察到的。"

常是以千岁的妓名开始高级妓女的事业的，堕胎失败后，经过西博尔德的抢救，她又彻底恢复了。她仍然是个漂亮女人，现在安静地隐居在父亲家里。她只是偶尔来鸣泷帮帮妹妹。后来也在温室里帮助西博尔德的学生和助手。比格尔也几乎天天都在鸣泷的小型大学里帮忙，他一定就是这么认识她的。从此他们就定期见面，泷已经发觉她姐姐突然来得太勤了。她主动开始教比格尔日语，这也没有逃过泷的眼睛。但西博尔德再次表现出，他的研究热情可以将全部注意力消耗在他身边最喜欢的事情上。他日复一日地沉浸于他的研究和与学生们的讨论。同时他又是第一个必须对这种浪漫表示理解的人，它让他想起自己与泷的经历。他让比格尔离开了诊所，建议他回家后躺下休息，吗啡的效果还将持续差不多四小时。同时他告诉比格尔，会设法为这道难题找到解决办法的。比格尔晕乎乎地为装病道歉，谢谢西博尔德的理解，然后离开了。

"亲爱的朋友，我需要您的帮助。同时您也将欠我一个人情，希望您因此永远感谢我。"次日西博尔德去拜访门德尔松。

门德尔松会心地笑笑："既然您还没告诉我到底是什么事，就先说我欠您一个人情，那我就别无选择了。这种谈判技术您平时是悄悄用在日本人身上的，既然您公开地用它吓唬我，那一定是很重要的事。会是什么事呢？"

西博尔德和门德尔松已经习惯了毫无保留地坦诚说出自己的想

法。特别是门德尔松，他不向西博尔德隐藏自己的批评观点和令他不快的真相，他越发成了西博尔德的知己。西博尔德尊重门德尔松敏感的道德感，因为它在补充或替代某种他本人缺少的东西。除了有时心不在焉，西博尔德也注意到了，门德尔松总是不明白自己的言行的全部后果。

"门德尔松，我想将您登记为我的助手，让您去参勤。请您跟我一起进行一趟六个月左右的旅行，穿越未被探索的日本岛国，前往首都江户。"

"可是……您有您的助手啊。好，我知道，维伦纽夫身体不好。可海因里希·比格尔对您来说不是无法替代的吗？"

"比格尔也病了。他患了发烧性神经痛。幸好我有几个擅长绘图的学生，可以顶替他俩。他们也已经接受过矿物学和地质学的良好训练。我真正需要的是个我能信赖其思考能力的同事。您已经向我充分证明了，您对大自然各式各样的表现形式并不陌生。是的，我们的哲学交谈经常延伸到自然科学，您已经通过它们证明了您有资格承担这一任务。我肯定，您会观察和识别我可能漏掉的事情和联系，并将它们告诉我。您在旅途中也可以从事您自己的业务，收集文学和科学印刷品，最终将它们引进到欧洲。"

"西博尔德，这确实是个诱人的前景。请您给我一天时间考虑一下。"

★　★　★

"您太幸运了，比格尔。我从德国带来了一种药草，这种草我至今在这里都没能发现。我给您一瓶槲寄生浸膏，在我们动身之前您必须每天服用它。它会让您身上出现明显的症状，让人人都看得出来，您不能旅行。另外您还会发烧，眼睛发红，皮肤起斑。我知道，这里的本地医生，就连我的学生，都不懂这种病，不知道它是由什么引起的。他们，尤其是施图尔勒，可能会认为这病会传染，期望我将您隔离至少三到四星期。我们当然必须对此保密。在此期间我可以找到人代替您，因此您不必担心。但是，我大概不必对您说，我们出行之后，请照顾好小常。也请您别忘了：不要将我们的小小阴谋告诉任何人！"

★　★　★

直到动身前几天，荷兰使团和日方陪同人员的成员才最终确定。不出所料，门德尔松说服了自己参与此行。能够考察这个神秘国家的内部，同时发现日本文学的杰作，这个诱惑是无法抵御的。难的是说服德·施图尔勒上校批准他担任使团的"秘书"，因为门德尔松是以个人身份来日本的，因此，让施图尔勒认为地质学家比格尔病重危险就至关重要。另外，施图尔勒接到了巴达维亚总督府既明确又轻蔑的指示，要他在各方面不遗余力地支持西博尔德。现在他真的在问自己，这儿到底谁是上司。西博尔德找到了又名**登与助**的画家**川原庆贺**来顶替维伦纽夫。当他拿出自己的作品毛遂自荐时，西博尔德立即从那些作品中认出了提蒂娅的肖像，她是前商馆馆长扬·科克·布洛霍夫的亡妻。西博尔德想起了那天晚上，当时布洛霍夫向他和施图尔勒讲述了关于他妻子的戏剧性场面，她是第一个来到日本的欧洲女人。他觉得登与助是个好人选，他不仅擅长工笔描绘动植物——想在欧洲发表关于考察成果的科学作品，这是必不可少的；他也能既准确又富有情调地画风景。不过，他的真正重要的优势是他能以一种现实主义的手法画人物肖像，就像欧洲数百年来所做的那样。日本的画师和画家特别缺少画肖像的才华，他们缺少训练有素的观察外貌的目光，通过米开朗基罗、达·芬奇，最终通过荷兰的绘画，这目光已经进入了科学领域。日本画的空间扁平，景深很浅，缺少不同的视角。除了这些技术性局限，它们与欧洲肖像画还有构思上的区别。在日本肖像画中，被画者的脸孔纯粹是公式化的，很少有个性。人脸具有独特的个性特征，能表现人的性格、情绪和精神状态，画师、画家或雕刻家正是应该捕捉这些特点。日本人不懂这种想法。西博尔德可以收集关于这一奇特文化现象的第一手经验，他向一些争取参与此次参勤的画师布置了一个简单的任务，要他们给他画像。结果大多极为奇怪，画师们画出的西博尔德都是蓬头、小眼、大鼻、薄嘴唇。凭这么一张图，怎么也认不出他是个欧洲人。

西博尔德成功地将他的几名最重要的日本学生和工作人员安排进翻译行列。这些人中除了他的私人助手高良斋，还有医生二宫敬作、西庆太郎和石井宗谦。这没有那么简单。因为那些指派的翻译，一般家里世代享有参勤的古老特权，现在要由日本的医生和博物学家取代他们，就得先说服他们，让他们相信自己留在长崎，对国家的贡献会更大。这一带的日本人几乎全都支持他，包括带队的警官，他是日本随行人员中最有声望最重要的人，是他促成了此事。幕府的这位警官名叫川崎根佐，去年9月就从江户来到了长崎，监督此次参勤的所有准备工作。西博尔德被介绍给他，两个男人一谈就拢。川崎用外交口吻答应西博尔德，将在合法的前提下全力支持西博尔德。他与他的助手、首席翻译和团队出纳末永甚左卫门详细讨

西博尔德

西博尔德

论翻译组的组成，反过来又告诉初级翻译岩濑八郎，要他与其他所有的翻译讨论西博尔德最关心的事务。西博尔德学到，这种当事人全部参与的决定方式叫作"根回"，或"将所有根须包缠起来"，它与官方管理部门的命令形成了对比，官方的命令通常很生硬。这样，为了维持和谐，三名最年轻的翻译屈从于"荷兰人朋友"不言自明的压力，主动放弃了参勤的冒险，但期望下回无论如何可以参与。西博尔德的三名学生得以代替他们。另外，队伍里也有他的两个用人，他曾训练他们从事晒干植物、制作兽皮标本的工作，还有一位园丁。加上全部军官、真假翻译、交通和住宿总管、看船人、挑夫和服务人员，使团共有五十七人，这将是一支庞大的辎重队伍。行李也是规模庞大。西博尔德的科学设备包括气压计、温度计、天文钟、测量高度的托里拆利玻璃管、六分仪、显微镜、电子和电镀仪器、仿真地平仪、外科仪器和一个齐全的药库。另外，还有西博尔德不得不小心翼翼地藏在帽子里的罗盘。与其他仪器不同，日本人已经认识罗盘这个简单的装置了，而他们严禁荷兰人丈量、测向，进行定位。

另有大量图书和用作礼物的荷兰奢侈品，例如香水、肥皂、带柄小镜子、豪华银餐具、水晶玻璃杯，最后是一大批时髦的欧洲家具，包括西博尔德的钢琴。这一切与使团的大人们一起，都由几匹役马和许多挑夫负责，全程三百日里，大多是崎岖山路，这距离约合七百五十里。旅行计划和抵达江户的时间是准确规定好的，西博尔德面临着一场长达八个星期的考验，他将穿越一个未知国家，他希望它的秘密会向他敞开。

穿越九州

参勤之旅始于 1826 年 2 月 15 日清晨。团队在港口出岛桥前的广场上集合。许多日本人等在那里，想送给出行的朋友和亲戚传统的纪念品，通常是实用的小礼物。其扇已经怀孕六个月了，优雅地挺着个小圆肚子。西博尔德已经在鸣泷与她温情地告别过了。在这里的公开场合，她只可以再向他微微鞠个躬，他必须点头回答。他离开的这段时间，她被安排住在朋友奈良林家。

然后队伍开始出发。给荷兰人和团队的日方领导安排的五顶轿子叫作驾笼，各有四名轿夫。驾笼暂时空着。施图尔勒、西博尔德和门德尔松宁愿走路，他们的日本同事出于礼节，也只能无奈地放弃习惯了的舒适驾笼。在这个重要的节日，道路两旁站满围观的人群，他们向旅人挥手，向他们高喊良好的祝愿。对这些人来说，首都江户，即强大将军的传说般的幕府所在地，远得无法想象，几乎没有长崎居民到过那儿。他们在伊馥寺又停留了一下，因为日本人想求取天神的保护。那也是数百年来的传统，日本和荷兰的旅伴在寺院大厅里用浅漆碗互敬清酒，那是一种用大米酿制的酒，祝福彼此一路顺风。喝酒时还有盐腌过的鱼、水果、萝卜、香菇、点心和蛋卷形状的蛋制品，它们被切成小块，用小瓷碗端上来。补充完体力之后，队伍穿过夹道欢送的围观者，继续前行，进入郊区樱之马场，最后进入开阔、多山的九州。当时还是冬天，只有零星的李子树开花了，时不时地冒出块绿色田地，萝卜种子刚刚出芽。前一天晚上结冻了，下了一点雪，但上午温度达到惊人的五十七**华氏度**①。

---

① 计量温度的单位，1 华氏度约为 −17.2 摄氏度。57 华氏度约为 13.9 摄氏度。——编者注

这比至今测得的 2 月中旬的平均温度高出七度，博物学家西博尔德不会漏记这个偏差，他将它补充进他对整个日本岛国异常气温的最新认识中去。亚历山大·冯·洪堡早已发觉，在亚洲大陆中央和东部，气温要比同纬度欧洲和北非的相应地区低得多。日本这座岛屿位于大洋边缘，这个国家本该到处都是温和的太平洋岛屿气候。可事实恰恰相反。面向中国大陆的日本西海岸受到从大陆经海面吹来的冷风影响，气温很低。另外，由中国飘过来的云团悬挂在高高的山脉上，这些山脉是日本东西部鲜明的分水岭，在西部，夏天和秋天下雨，冬天下大雪，春天有时也会下雪。而在面向太平洋的东海岸，气温虽然会高得多，可这里从北部向下直到江户，极地冷气流都在施加影响，它横扫沿海地带，将国土的这一部分冷却。于是就出现了这样的情况，都城江户与塞浦路斯、克里特岛或北非的阿特拉斯山脉处于同一纬度，气候却是四季分明，比地中海南部温和得多。

他们沿着一条长长的冷杉道慢慢爬向长崎隘并穿越过去，客人们从客栈里走到路上，向他们挥手。西博尔德既满怀期许，又很不耐烦，沿着隘口另一侧往下走，这是他自三年前抵达出岛以来，首次离开狭窄的活动范围。首先呈现在团队面前的是**岛原**海湾和云仙岳火山的壮景，西博尔德在与门德尔松出游时已经欣赏过一回。这次他请画家登与助为他详细介绍了这美丽风景的来龙去脉，登与助证明了自己是一名真正的专家。他讲述了文武天皇让人在海滩上修建的用来祭山神的小庙。西博尔德粗略计算出，按照基督教的日历，这一定是在公元 700 年前后。这一带的人一千多年前就定期来这座小庙祭神，安抚火山，他们每年都将最早的收获献给它。单是这座建筑及相关传统就说明，在那场不仅日本的文献和档案里有详细记载，而且有一大批还健在的目击证人的惨烈事件之前，这个国家的历史上至少还有过一次火山爆发。登与助还介绍，目击证人当中传出一个谣言，更准确地说是一则现已广为流传的传说，说是最后一次火山爆发大约发生在三十年前，它不是由山神本身造成的，而是由一个强大的外国魔鬼引发的。许多先知，特别是占卜师，就像古罗马那些诠释鸟飞的师傅，都预见到了；据说一位女先知还因此发了疯，说起了入侵者的地狱语言。另一些人声称看到了高大愤怒的须佐之男神，他是冥国的统治者和太阳女神天照大神的弟弟。据说他是在火山爆发后才以愤怒巨人的形象出现的，他走进了山里。民间传说有很多神灵在那里聚会。有关此次聚会的缘由、内容和结局，众说纷纭，当然，就像每种迷信一样，它们都毫无科学价值。西博尔德听得津津有味，他们的线路经过漂亮的灾难发生地，他能亲眼见到它，也可以闻到它。热火山的蒸汽里含有硫黄，可能有很大的腐蚀性，让人窒息。最后门德尔松取了间歇性温泉的不同水样，西博尔德当场进行了分析，结果发现它们全都是含铁质的水，在矿物学上属于含矾的水或含硫酸盐的水。西博尔德回到轿子里，后来在他的旅行笔记里记下了所有印象中他觉得重要的内容。

　　云仙岳自 1792 年的恐怖爆发以来，在这一带居民眼中就是一幅恐怖景象。它的山体险峻、荒凉，陷落的大火山口一直在冒出烟雾和蒸汽，它们汇聚成雾霭，继续宣告这个火喉里曾经产生过大灾难，新的灾难依然每天都有可能发生。你若走近这座火灶周围被撕碎的海岸，看到海水里突兀、坍塌的哨岩，看到因没有足够的泥土抵抗山体内沸腾的熔岩而形成的新火山口，无数沸腾的热泉很快沿着山坡周围浇下来，这一担心就更合情合理了。因此，大地持续的晃动常升级为地震，伴有新老火山口的喷发，它重新造成破坏的危险就更大了。

他正要记下与火山及其上次爆发相关的民间传说，却又被什么阻止住了。他不知道他该如何看待这故事。一方面，他觉得这太神秘，太像虚构的；另一方面，它又太具体，太有说服力，乃至于他最后决定，那只是一则谣言，不值得被记录下来。

一行人继续穿过由丘陵、森林和稻田组成的丰富多彩的风景。晚上，他们在灯笼的照耀下来到谏早村。安排住宿的师傅在一座佛寺里安排了住处。这些僧人属于受人尊敬的且曾经好斗的一向宗①，1580 年前后曾与织田信长作战，信长是战争不断的**战国**时代最强大的大名和最危险的统帅，统治者为了一己私利，想任用基督徒，僧人们感觉受到了威胁。在骇人地拆毁了长岛的城堡之后，双方签署了和约。两万名起义者在城堡里丧身火海。从此一向宗不受打扰地继续存在下来，还保留了一些世俗的特点，那就是，他们是日本唯一允许吃肉和结婚的佛教教派。在与僧人们一起用过晚餐后，警官和首席翻译来找施图尔勒和西博尔德，为旅行第一天的成功向他们表示祝贺，并商量第二天的事情。这天夜里西博尔德第一次睡在一张日式床上，睡在一张棉垫上。这是由几层棉花做成的薄席梦思，铺在地板上，地面由有弹性的稻草垫组成，也就是榻榻米。这样睡垫会软一点。但对于比日本人高且重的荷兰人，与这一日本传统的首次相遇是痛苦无眠的。

第二天上午，他们一大早就拖着疲惫的身躯，用完欧式早

---

① 净土宗的一支。

餐——面包、奶酪、才时兴起来的英国苦橙果酱和咖啡，日式早餐是不被考虑的，它包括米饭、烤鱼、用咸豆浆和鱼汤做的味噌汤，以及发酵过的黏黏的纳豆。他们上路了，很高兴可以钻进驾笼。轿子摇摇晃晃，施图尔勒和门德尔松很快就睡着了，直到中午他们才醒过来。西博尔德可没时间这么做。他推开驾笼的帘布，盘腿坐着，俯身在一张小写字台上做笔记。九州的原始风貌在面前掠过，群山更高了，道路迤逦盘旋，稻田更小了，稻田修在山坡上，是一个个小方块，呈梯田状分布。西博尔德意识到，农民开垦土地并从中收获足够的物资以维持日常生活，是要承受多大的艰辛啊。当施图尔勒和门德尔松睡够之后，他们又开始步行。接下来的几天比较舒适。他们在大村湾漂亮的海滩上漫游，观看捕珠者劳作。在风景如画的大村镇用晚餐时，幸运儿门德尔松咬到一粒著名的珍珠，可惜它只有一粒粟大，而且带给他的疼痛大于快乐。彼杵的发音与泷的艺妓名一样，只是写法不同，在那里，他们看到了葳蕤的雪松、银杏和樟树；在嬉野，他们发现了被无数锥形山峰包围的火山源头，草木茂盛，无法穿越；在冢崎，他们欣赏温泉，水晶一样透明的水喷进干干净净、漂漂亮亮的公共浴池里；他们顺着一条好几里长的林荫道走近大城市佐贺，大道两旁樱树林立；在神埼，夜里首席翻译和出纳末永的钱箱被偷了，但使团在接下来的行程中并没有感觉到，因为末永从他自己的钱包里掏钱支付其他所有支出，以免别人发现他的疏忽。所到之处，西博尔德都会接待一些早就期待他的病人。他替他们治疗，主要是想了解当地有什么典型疾病。他治疗天花，经常遇到痴呆症、脸部和头部畸形——偏僻山区数百年乱伦的悲伤痕迹。

西博尔德一次次钻进驾笼，将所有的观察和测量笔录下来。驾笼对日本人来说很宽敞，可以在里面吃饭或铺开书写工具和书籍。它们代替了欧洲的马车，日本丘陵密布、沟壑纵横，马车在这里是派不上用场的。荷兰人比较魁梧沉重，他们不习惯盘腿而坐，更不习惯高贵的**正坐**，也就是两腿弯曲，坐在脚趾上，这奢侈的驾笼对他们就成了折磨。阅读从前的游记时获得的提醒无济于事。他们尽可能避免挤进那只用草和漆木做成的箱子里去。但很多时候他们别无选择，比如说下雨的时候，或者，当他们接近小地方，警官礼貌而坚决地要求他们这么做的时候。让外国使者这种大人物徒步行走，是不被容忍的。在使团队伍行走的过程中，他们也不能与路边的众多旅客和好奇者交谈。这些荷兰来的大人物被视作大名，在他们面前，那些人必须下跪，不能直视他们。就连途中遇到的武士也必须深深地弯下腰去，不可以看着任何使团成员的脸。这是法律规定的。

轿夫是些强壮的男人，头戴宽草帽，上装是深褐色棉布做的。他们臀部围着花带子，用带子将后面挂着的上衣高高束起，光溜溜的腿上裹着绑腿，脚上穿着拖鞋。这些简单的拖鞋叫作草履，不及皮鞋结实，必须经常更换，但在石板路上，尤其是下雨天，它们却是最稳当的。日本人不知道马蹄铁，只给马的蹄子套上编织的草鞋，保护它们行走稳健。轿夫们有时一天抬着轿子走三十日里，有时甚至走四十日里。日本的距离单位叫日里，一日里约合二点五英里。日本全国所有的大道上都设有里程碑或"里冢"，那是在道路两侧堆起土堆，上植一株冷杉或东方的朴树。西博尔德听说有个老传统，通过有"秽多"居住的地带的路线，既不算进从一地到另一地的距离，也不计入运输成本。秽多是被驱逐的人，原本来自被人们认为不洁的职业，比如屠夫、剥皮匠、鞣皮匠和刽子手之类。政府给他们打上烙印，好让农民和商人也有一个群体可以鄙视。同时他们装作秽多及其居住空间不存在。这种剔除是如此彻底，日语里甚至没有表示秽多的字。他的学生将路边的几名秽多指给他看，向他介绍了这个被逐群体的更多情况，听完之后，西博尔德中午在他的驾笼里记下了他的观察和思考。

这一带居住着许多所谓的秽多，他们主要从事皮革加工。这些人组成了一个专门的、最低贱、普遍受到憎恶的阶层，通常住在偏僻的道路旁，与其他村民没有任何社会联系，甚至不可以进入他们的房屋。在日本，另一个受排斥，甚至更潦倒的阶层是非人，或称叫花子，他们没有自己的住房，作为乞丐露宿路边，向路过的人乞讨，一边以令人厌恶的方式展示他们的残疾和疾病。这些人因自身责任或因人类社会的偏见而遭到驱逐，骨瘦如柴，不修边幅，由于苦难和贫困，他们常沦落到比野外充分享受生活的动物更低一等的地步。如果观察他们的肤色、毛发颜色和其他生理区别，观察气候因素和影响有机生命的其他因素，它们常在短时间内引起显著差异，就会得出结论，可以用多种多样的气候和阳光的影响、生活方式和特殊习惯来解释走在长途迁徙的自然道路上的各部落之间的巨大差别。这样，这些非人有的肤色很深，经常是微红和铜色，头发是褐色的、苍白的，部分是褐里带红的，面部特征粗糙，会让人想起新世界北部地区的印第安土著；而另一些人胳膊和腿部肌肉不太发达，外表羸弱，表情空虚，会让人在他们身上看到澳大利亚的部落和塔斯马尼亚的居民，这是地球上所有部落里文化水平最低的两个民族。亚洲受教育程度最高的人种发生如此巨变，这可以说就发生在我们眼皮底下，这值得人种学者特

22

别关注。人类在文明道路上的这种退化给博爱主义者留下了痛苦的印象。

下午，西博尔德要么继续跟在驾笼旁，要么带上一名助手赶到前面，去观看四周的风景，继续在他随身携带的小本子上做记录。就这样，他明白了日本的所有地理学距离都是校定过的，都是从一个中心点开始测量的，也就是以首都江户的日本桥为起点。晚上，西博尔德聚精会神地研究地图资料和使团的日方负责人随身携带的旅行手册。这些旅行资料要比欧洲的具体得多，详细得多。它们浓缩概括了一名日本游客需要知道的所有内容，比如旅行用具、马费和挑夫费、通行证形式、最著名的山峰及朝圣地点的名称、气象规律、潮汐表、年代一览表、常规比例的简图，甚至还有一个用纸条做的日晷。

这些日子西博尔德可以安安静静地研究动植物。他们在树林和灌木里发现了乌鸫、燕雀、乌鸦、麻雀和罕见的喜鹊；在灌了水的稻田里可以见到白鹡鸰、野鸭、灰雁和鹤。除了几只鼬和兔子，他们未见到哺乳动物，直到遇见一只水獭，它一见他们就冲进了溪流，这一小支队伍正顺着溪流走。那些被训练成猎人的日方陪同人员快步赶在前面，捕捉许多西博尔德计划收藏的物种。由于参勤途中全程禁止用武器狩猎，西博尔德的助手们支设陷阱，绕过禁令。收到猎物后，他立即亲自动手剥皮制标本，不能等猎物腐烂。队伍继续在僧侣那里过夜，寺庙虽然布置简单，却干干净净。荷兰人慢慢地习惯了不够舒适的床铺，但还是没有习惯日本的早餐文化。2月19日，西博尔德第一次进行了科学定位。

中午时分，我们来到等等力村。我们在这里测量太阳高度。定位此地很重要，因为肥前国、筑前国和筑后国三个藩的边界就在这附近相交。为了能够不受打扰地进行观察，我和门德尔松赶到了队伍前头。但我们刚拿出六分仪，就有几名警察向我们赶来，询问我们的意图。这回我们幸运地找了一个借口，说是我们的公使施图尔勒为了准确执行旅行计划，委托我们每天中午使用天文仪器校对他的手表。我们的忙碌引起了人群的好奇，他们越来越密集地包围了我们。气氛庄严肃穆，人们脸上交织着惊讶和敬畏。但我们还是不时地先用肉眼看太阳，再戴上仪器看看，那是个创造力被神化了的天体，然后看它在仿真地平仪的反光，地平仪是纯洁的象征，是立在太阳神祭坛上的一面镜子。

对这种活动的监视是日方陪同人员最重要的任务之一。为此西博尔德不得不经常向他们道谢，因为他们既尽可能恪守义务，同时又尽可能马虎，让他可以自由从事他的考察工作。这是一场危险的游戏，因为川崎根佐警官及所有的军官和翻译也都得详细地记日记。这样做是要让参勤责任人相互监督。他们还带上了从前的参勤日记的副本，参照它们的样式，寻找先例，学习在报告中如何处理麻烦局面和过失。

2月21日他们抵达小仓城，这里是九州的最北端，也是丰前藩的藩都。春天的气息已是日见浓郁，很多植物都开始发芽了。抵达的当晚，西博尔德就感觉他应该写一首自然科学的赞歌献给四季，借以结束此行的第一阶段。

在日本，季节更替与在中欧不同，这里夏到秋、秋到冬的过渡是流畅的，而冬到春的过渡更像是自然的爆炸。酣睡的植物蓦地从粗粝北风和雪堆下苏醒过来。几星期之后，风光就换上了春装。1月底，庭院里的桃、枇杷和欧亚山茱萸就全都盛开了。2月，堇菜、银莲花和蒲公英又加入进来，还有3月里的欧亚瑞香、茉莉花、报春花及品种繁多的李子、樱桃和桃树。常绿树种月桂、桃金娘和橡树在4月里更新树叶，森林里杜鹃、溲疏、玉兰花和牡丹怒放。农民与自然的繁殖力比赛勤奋。山坡上辛勤开垦的层层梯田里，禾苗茁壮起来，就像得到精心护理的花园一样——一部有着千年文化的惊人作品。牲口此时帮了大忙，因为它们不被屠宰和食用，而是用于运输和田间耕作。平时牛马像家庭成员一样生活在房子里，死后会长期受到祭奠。日本人不识奶牛，因此全国各地既没有牛奶，也没有奶酪。

6月里树木的阔叶越来越密，遮住开花的灌木，绿色渐深，宣告着夏天的莅临。7月，灼人的炎热从竹根里催生出笋子，它们密集地茁壮生长在母体的旁边，很快就比母体更高大了。棵棵棕榈伸出它们的扇叶；橘树、晚香玉、兰花和其他花香浓郁的植物竞相怒放，华丽的百合花、紫色夺目的青葙和武腊泉花装饰着庭院，旋花属和锦葵美化了田地，神圣的莲花用它漂浮的荷叶和美丽的花朵覆盖了沼泽地带。

热切盼望的雨季到来了。农民拔除野草，栽植，播粟，向不太肥沃的土壤收取第二季作物，大麦和小麦在六月就已经收割了，他们又种上米、红薯、烟叶和类似的东西。谷地里水稻日渐成熟，朝阳的坡上种着南瓜和西瓜。8月里树上的果子成熟了，稻田褪色，春天里堇菜和银莲花盛开的地方，在9月开放着风铃草属和舌状花。一些开花早的亚灌木、连翘、溲疏属、玫瑰和牡丹第二次开出一朵朵花，与各种菊花、银莲花、巨叶款冬和女菀一起装饰庭院。酸橙、雪松和一些针叶树木现在要换新装了，它们常迎着相当冷的北风，好像穿着新衣更能忍受冬天似的。地里的成果，白萝卜、黄萝卜、小红萝卜和土豆，此时长势最旺。阔叶开始变色，预示着冬天将临。大部分乔木和灌木的叶子掉落，多年生亚灌木的枝杈在11月干枯。只有零星的菊花、山茶花、茶树和玫瑰还在花园和田野里开着。月桂树和冬青树的红色与黑色的浆果在稀疏的树丛中闪光。

已经好几个星期了，积雪覆盖了高山之巅，刺骨的西北风呼啸着，天气寒冷，下雪，降冰雹。但冬天持续的时间很短。1月初，有几种树木和草就开始跃跃欲试。如果新年那一天能有一根盛开的李树枝装饰宅神的祭坛，人们会视之为幸福年头的预兆。

下　关

第二天，在警察的监视下，西博尔德和门德尔松在城里散了散步，这城市不太漂亮，像被遗忘了似的，人口在一万六千左右，街道很多，但千篇一律，都开着杂货店。另一方面，他们从远方观赏了在阳光下熠熠生辉的大名的城堡，大名正在江户参勤，不能接待他们。城堡鹤立于单调的木屋之上，巍巍然，赋予此地意外的光彩。中午，团队登上几条小船，横渡隔开九州与日本主岛本州的七里宽的海峡。此行的第二阶段这就开始了，西博尔德想。终于来到本州了，终于来到这片土地了，这里有皇城京都，有将军幕府所在地江户！他们驶过一座孤崖，崖上有根纪念柱，是为了纪念摆渡人明石与次兵卫的。有一回他在摆渡时，让大统帅秀吉①遭遇了危险，他立即主动承担责任，切腹自尽了。西博尔德在他的旅行日记里记下来这些。

一阵风将我们吹近山崖。一群海鸟，大多是海鸥和鹭鸶，在围着纪念石碑盘旋，它肖然矗立在惊涛骇浪中，刚刚还被乌云笼罩。特别是当你想到，有段时间一位品格高尚的水手的幽灵曾经在此出现，那景象真是令人胆战心惊。

西博尔德和门德尔松用测深锤测量水深，发现这条海峡有些地方淤塞严重，有些地方龙骨下面只有一英寻深。这也是他们先前必须等候涨潮的原因。翻译们大概知道这两个人在那里做什么。警官平时经常是尽可能睁一只眼闭一只眼，由于他现在看到了，他不得不问他的属下，那里发生了什么，翻译们假装认为那是愚蠢的好奇，是一场游戏。他听后满意了。这正是他写警察日记所需要的答案。但西博尔德此时已经知道，如果他屈从于自己的求知欲，从事这些违禁的科研活动，会给他和其他所有人带来怎样的危险。

严禁外国人侦察国土，打探国家宪法、教会法、军务及其他政治情况和相关设施，法律严禁臣民给他们提供信息或在他们考察时提供任何帮助。参勤途中我方陪同人员必须忠诚地严守规定，他们绝不可以、绝对不能允许我们擅越法律

---

① 指丰臣秀吉。

明文规定的界限一步，否则就是在拿自己的性命冒险。但是这些人，通过与受过教育的欧洲人的接触，扩大了政治眼界，对政府方面这种预防措施的狭隘性了然于心，大多数情况下他们只是在形式上守法，只要有可能，就听任我们自便。要是没有这种宽容，外国人绝不可能在日本进行任何科学考察，因为严格说来，外国人是禁止与国家和民众有任何接触的。

傍晚，在对岸泊地的栈道上有一场隆重的欢迎仪式。按照二百多年来的惯例，使团成员被安排住在两位城代中的一位家里。这回轮到花步城代，虽然这是早就规定好的，他的同事伊藤俊却无法掩饰自己的失望，众所周知，他是荷兰文化的热情崇拜者，很想将使团成员安排在自己家里。花步的房子就在码头旁。施图尔勒、西博尔德和门德尔松在简易的佛寺里睡了好多夜之后，终于可以在一个有舒服设施、漂亮壁饰、绘画和油漆家具的市民家里享受一顿丰盛的晚餐，他们对这份热情感激不尽，晚餐的菜肴多得无法计数，分量虽小，却精致可口。第二天上午，西博尔德就接待了他曾经的学生和朋友们，首先是年轻的小材。西博尔德的接待很仓促，因为他担心他们很快又得继续旅行了。但他很幸运。德·施图尔勒上校查看了用来继续前行的幕府小船，声称它们根本不符合要求。毕竟他们应该享有使团特权，挂着荷兰旗帜行驶。他通过翻译告诉警官，为了让船更舒适，他要让人做些改造，对方当即同意了，没有任何异议。这些工作需要花几天时间。西博尔德中午获悉了此事，没有人比他更高兴了。当晚他记下了新增的令人高兴的收藏品。

　　小材和我的其他学生按本国风俗给我带来了欢迎礼物，那

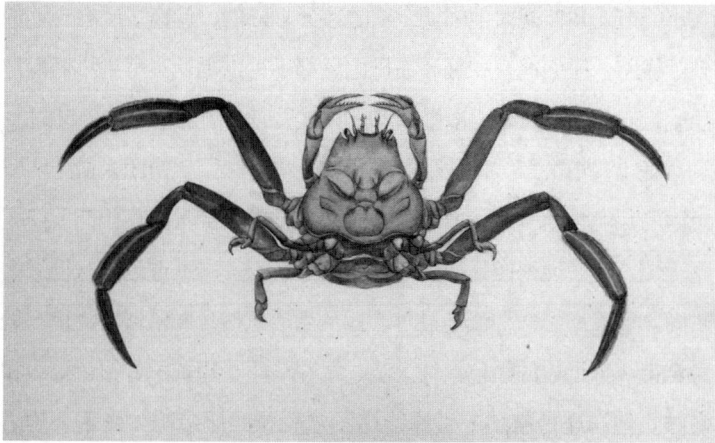

平家蟹

是一些他们觉得有意思的自然标本和他们国家的其他产品。其中有罕见的野鸭、海虾、小海马、白尾海雕和一个新品种的蟹，另有许多植物、珊瑚和矿物标本。这些自然产物都被我的日本朋友视为珍稀物品。另外，日本人视这个品种的蟹为平家武士英雄们的化身，1185 年的坛之浦之战中，他们被源氏大军打得落花流水，葬身在这里的波涛中；因此它们也叫平家蟹。不需要丰富的想象力，就能从这些动物背部对称的凹痕中辨认出人脸。

次日，使团参观了著名的敬奉佛陀的禅林寺，从那里可以眺望周围的陆地、下关城外的整个水道和九州沿海十分壮观的景致。西博尔德利用这个机会，与画师登与助一起挑选出不同的主题，要登与助将它们画下来。下午有一场特殊的出游。在西博尔德的敦促下，警官同意荷兰使团带领一小队日本警卫，乘船前往早鞆濑户角——

九州的最北角。同时他强调，这是在计划外的，偏离了严格规划的旅行线路，任何军官和翻译在日记里都不可以提及。来到早鞆濑户角后，一队人在海滩上慢慢散步，收集贝壳，西博尔德进行定位。

晚上，下关第二城代伊藤俊的机会终于来了。使团人员与西博尔德的几名学生一起受邀去他家吃晚饭，他那夸张的亮相让大家大吃一惊。他表现得像是荷兰时尚的真正行家——不过是十八世纪的时尚。他采用了一种极其过时的荷兰生活风格，成了活博物馆。他身穿带金色绲边的红色丝绒上装、绣花马甲、短裤子、银色袜子和拖鞋。他洋洋得意地分别递给施图尔勒和西博尔德一张超大的名片——这个时尚也早就过时了——名片上的荷兰名字范·登·贝格十分醒目。这名字是荷兰商馆馆长多伊夫在1814年最后一次参勤时给他取的。范·登·贝格心情愉快，带西博尔德参观了他的珍品室，珍品室极其隐蔽，得从一个小洞爬进去。那是一道夹墙，伊藤在里面收藏了欧式家具、茶具、怀表、图画、书籍、剑和其他武器，还有一顶属于荷兰与日本贸易繁荣时期的尖顶假发。这些宝贝一定是好几代人收集的，也给城代全家带来了很大的风险，如果江户的人得知这份收藏热情，他们的性命肯定就岌岌可危了。但是，像许多日本人一样，和蔼可亲的范·登·贝格实在是太好奇了，他也相信所有知情人都会保密。于是，机灵的警官这天晚上根本没露面，精简后的警卫队只是待在前室里喝点酒，吃点合适的下酒菜。而客厅里的荷兰晚宴有海鲜、蔬菜和米饭等丰盛佳肴，还有一种类似伏特加的名叫烧酒的蒸馏液、三味线音乐和被邀来招待大家的美艳女士们，此时晚宴正过渡到在座的荷兰人还没体验过的日式淫乐。就连德·施图尔勒上校都显得很开心，虽然他仍然觉得不穿鞋不舒服，尤其是当女士们在场时。按照日本风俗，人们在房间、餐厅和客厅里行走时只穿袜子，甚至光着脚，这与他所接受的礼貌和得体的观念相悖，他无法适应这一点。但当晚这也没有对他造成妨碍，他极其少见地表现得心情愉快。

接下来的几天，西博尔德和门德尔松可以去下关周边较远的地方考察，西博尔德的主要目的是想准确测量九州和本州之间的水道。他也接待朋友和学生，他们带来了各自的病人，这些病人都希望传奇的荷兰神医能治愈他们。在出岛和鸣泷，他在短时间内培训了许多年轻医生。返回故乡之前，他们每个人都拿到一张临时文凭，因为博士学位尚未颁发。每位博士研究生都还得撰写和提交一篇论文。于是西博尔德给每位学生分配了一个题材，那都是他想多加了解但靠自己无法做到的内容。他制订了一个完整的系统，确定了每位博士研究生为他研究的专业领域。现在是收获的时候了，西博尔德很想知道这些种子会结出什么果实。门德尔松心存怀疑。他无法设想将日本医生用作可靠的科研人员。他就是不信任他们。但事实又一次证明，西博尔德是对的，结果超出了他最大胆的预期。他的学生们一个接一个地将装订成册的纸本交给他，纸上写得满满的，必要时还有图画。川野小咲交给他的是《长门藩和周防藩的地理统计说明》，杉山宗立撰写了一篇《通过蒸发海水提取盐》的论文，井本文恭递交的论文是《颜料和染色》，高野长英《关于鲸鱼和捕鲸》的图文并茂的报告让西博尔德很喜欢。还有更多类似的，比如他的得意门生高良斋的《日本最怪的病》，以及关于日本民俗、地质学、植物学和生物学的各种调查。浏览这些文章时西博尔德乐开了花，因为他的学生们准确估计到了他不知道的领域，这样他们的论文对他来说就是一座充满新知识的科学宝库。

在下关的最后一天，西博尔德和门德尔松用来整理标本，将大量观赏和实用植物寄往出岛。他们盘腿坐在一张长而矮的办公桌的两侧，面前摆放着用来装运植物和播种用的泥团的坛坛罐罐，他们将种子包成了方便运输的小包裹。

"我们才上路两星期。可其间的经历让我感觉像是两年。"门德尔松沉思着说道。

"是的，我的感觉也差不多。这么多印象和经历改变了时间的质量。每分钟都不同于下一分钟或上一分钟。您想想，从前的参勤人员让这一切白白过去了，他们对此无动于衷甚至觉得无聊！顺便说一下，这与我们的公使没有太大差别。"西博尔德说时会心地看着门德尔松。不必再多讲了。门德尔松叹口气。他俩都宁愿与上校的伟大前任之一一起参勤，即多伊夫或布洛霍夫，他俩都十分理解日本人，也知道必须如何奉承他们，才能够达到目的。为此他们掌握了大量这个国家的历史、宗教和语言知识，一有机会就表演出来，一次次地打动日本人，让他们打开一道道此前闭着的门。施图尔勒就不同了，他看上去没有能力与日本的权威人物大大方方地交往，每次会谈都干巴巴的，而且紧张不安。

"您，亲爱的西博尔德，刚好相反。当您的学生们围着您，一个接一个地将他们的研究论文交到您手里时，我有点哑口无言。这些人很快乐！您在这些人身上唤醒了某种东西，我不知道那是什么，但我有时候觉得，这里的人好像早就等着一个您这样的人。"

"您也许不信，但我自己都被这份成功惊呆了。现在我对此也有一个理论。让我们看看您对此怎么想。那就是，我们欧洲人与人交往，总是极其谨慎，抱着怀疑或完全不信任的态度。每次会面都私下盘算一大堆，于是，我们永远不确定我们的举止是否符合处境、社会地位或交谈伙伴的道德操守。日本人相互间的等级关系要强得多。人人都知道在某个时候可以说什么或必须说什么，以及应该怎么说。严格的行为法则规定好了一切，没有犹豫不决，一切都有明确规定。这些等级明确的日本人与我们这些暧昧不明的欧洲人相遇了。我的论点是，他们立即感觉到了我们的暧昧不明和小盘算，因为无论是荷兰人、法国人、英国人还是德国人，对他们都抱着某种偏见或隐藏的兴趣。我们想向他们索要某种东西，却不平等地对待他们，不信任他们。他们将这观望解释为一种个人的保留，这是合情合理的，于是他们就生硬、官僚和冷淡地对待我们。您知道，这方面是他们的强项。可是，如果让他们感觉到我们喜欢他们，对他们有兴趣，他们就会像我们手中的蜡一样熔化。我们在向他们提供唯一的机会，让他们摆脱自身的束缚，向一个陌生人袒露自己。但他们只有得到必要的信任时才会这么做。与我们欧洲人不同，他们只要一个瞬间就能做到这一点。在私人交往中，信任对他们来说，不意味着长期的绝对可靠和良好互动，而是一种自发的感觉，即感觉对方是善意的，心中不怀任何动机。我和日本人之间的关系正是这样的。我对他们怀有十分天真的好感，对他们本人及他们的文化和科学成就表示钦佩，我一点困难也没有。这是发自肺腑的。您知道我为什么会这么想吗？"

"不知道，您给我讲讲吧。"

"因为德·施图尔勒上校。他正是那类外国人，他们从来不想真心了解日本人，更别说建立友谊了。您对我的理论怎么看？"

"我暂时也没有更好的解释。是的，我想，这有点道理。但是，恰恰是鉴于这个背景，有些事让我担心。"

"好吧，担心可是您的第二天性！"西博尔德笑着回答，同时察觉到这话有一丝傲慢的意味，像是为了弥补似的，他又十分理解地问道，"是什么事呢？"

"您瞧，您成功地说服了我们的日本朋友去做许多事情，这些事情对您，对我们所有人，尤其是对日本人自己，都有极大好处。这我必须承认。但我也观察到，就连我们机灵、可爱的警官渐渐也被吸引，也去做明显违反这个国家法律的事情了。为了您和您的愿望，他跨越了法的界线。我本人也成了您的系统的一部分。我们此时此刻正在这里做什么？我们寄去出岛的这些茶籽，肯定会寄去巴达维亚，在那里种植、繁殖。而您跟我一样清楚，按规定，这些东西和其他植物是不允许输出的，这是在触犯将军的法令，最严重的情况下，您会被判处死刑。这能持续多久呢？您就压根儿没想想，您这是在给自己和您周围的人，包括荷兰人和日本人，带来多大的危险吗？我真不想做个败兴的人，我肯定也不妒忌您的成功。但您不认为这是一场危险的游戏吗，终有一天它会要求您来承担责任。"

"亲爱的门德尔松，我当然想过这事。正如我刚刚对您讲的，我喜欢这些人。如果这些小小的非法行为有一天暴露，我们自己以及我们的日本朋友，为此受到惩罚，那对我来说就太可怕了。但是，难道不是政府，这个父权制的、顽固不化的幕府，一再地强迫我们使用诡计和帮凶吗？您瞧，我们在此有双重任务，一方面是通商使命，另一方面是科研使命。如果我们中规中矩地遵纪守法，那我们可以马上就回家，不会有进步。就连我们的日本朋友都理解这一点，这也是他们参与的原因。他们自己知道，当他们支持我时，他们是在参与什么事。因此您也许不该做日本人的监护人。他们不是孩子，是他们自己决定必要时会将他们的祭品献上科学的祭坛。"

"好吧，眼下这是一个令人满意的答案。至少您知道您在做什么。我会继续帮助您，祝您一切顺利。勇敢者也需要运气。"

3月1日日出时分，继续前往室津和大阪的幕府小船就已经准备就绪了。西博尔德的学生、朋友和熟人们都赶来送行，都期待得到传统的荷兰礼物。幸好他有所准备。医生们得到了外科仪器、荷兰语医书和药品，其他人得到了首饰、玻璃制品或一块皮革。那些提交了书面论文的学生受到了特别的表彰。西博尔德孜孜不倦地阅读到深夜，将各专业领域的新知识做了一个长长的表格，用漂亮的字迹为每位毕业生制作了一份博士证书。现在这些学生满脸紧张、激动和崇敬，在一场隆重的典礼上从老师手里接过证书。西博尔德这样公开举行颁发仪式，是为了让其他医生亲眼看到，他们也可以趁此机会申请博士头衔。

小船离开码头之后，欢呼的日本人还在码头上向使团挥手，喊着良好祝愿。江户参勤最舒服的日子开始了。他们先是向东行，穿过一条隔开九州岛与日本主岛本州岛的水道。西博尔德在摆渡去下关时就发现，这条水路在任何已知的地图上都没有标出来。他至此已在日本发现了两百多种动植物新品种，按照欧洲的科学标准进行了编目，但这是第一个他可以命名的地方。作为它的地理学发现者，他主动用巴达维亚岛上赞助人的名字来命名这条水道。这渗透他全身的渴望已久的历史意义感也打动了他，他在舱室里终于做了下列记录：

> 这条水道二百多年来没有得到荷兰人的重视，而他们每次去江户都走这条道。从现在起它应该成为他们的一座纪念碑，愿数百年内，这座险峻的山崖上将有喊声回响："这里是范·德·卡佩伦海峡！"

内陆海

与过去的很多次参勤不同，这回气候帮了使团的忙。每天艳阳高照，天空碧蓝，间或飘过一团团、一缕缕的卷云，这表明，在高空有大气层在活动。西风相当强劲，按欧洲标准打造的笨重的三桅帆船穿行在日本的内海，速度比计划中快。除了不停地绘图、测量和定位，西博尔德不得不时时屏住呼吸，因为风景之美超过了他的想象。硫磺岛、八岛、大岛、仓桥岛、因岛——辽阔的海峡里，岛屿星罗棋布，大概有数百座，任何欧洲地图上都没有标注。海峡的左侧是日本大陆，右侧是原始、多山、巨大的四国岛。西博尔德匆匆记下经验丰富的助手向他低语的岛屿名字。景色不仅时时在变，而且瞬息万变，一座座新岛屿形状各异，海岸忽而钻出，又消失不见，变化不停。刚刚沙滩后还有徐缓的绿色山丘，农家和渔舍散布在金黄色的油菜地边，转眼海岸就变成了拔地而起的峭壁，崖顶灌木密集，难以穿越，一道瀑布从灌木丛跌进海里。大陆一侧可以见到许多寺院，背景常是大名宫殿的白色城垛，它们傲然挺立于树顶之上。更远处，薄雾缭绕，山脉巍峨。海峡里的岛屿要么光秃贫瘠，要么森林茂密。但海岸全都是林立的巉岩，很容易认出，它们全是一座海底山脉的山巅，是数百万年前被火山的威力折叠、抛起而形成的。狭窄的岛屿峡谷里，水流汹涌湍急，三桅帆船有时不得不停下来。涨潮时分，太平洋的海水涌过内海，形成湍流和漩涡，它们能使船只很快失控，撞到其中一座险峻的岛礁上。

从他们东侧掠过的四国岛的海岸与大陆截然不同。那里几乎没有文明的痕迹，沿岸多是巨石嵯峨，冷冷的，无法接近，显得更阴森、更黑暗、更神秘。高良斋掩着嘴，低声向西博尔德介绍，四国岛就像一座无法征服的堡垒。这座岛自然原始，数十年乃至数百年来，它一直保护着那些逃避无所不在的幕府统治，追求自由生活的人。常有贵族携带全体臣仆和随从，渡海过去，在岛上定居下来，因为就连江户的将军的强大势力也管不到那里。逃亡的原因经常是爱情，比如，参勤交代①要求所有大名将他们的妻儿留在都城的领主那里做人质，这是德川铁腕政治的柱石。而有一藩的大名真正爱着自己的妻子，一反所有的政治惯例，不准备这么做。高本人来自四国岛的安房藩，他介绍，岛上有条神圣的朝拜路，长达六百多里，蜿蜒穿过群山，引领巡礼者②——这是佛教朝圣者的叫法——经过八十八座寺庙。有一则古老的传说声称，如果反方向走这条朝圣路，就会打开冥府，能让死者复生——同时也存在无法重新关上门的危险。那样死神的大军就会冲过来，将他们从活人那里接走。在高讲述这则传说时，群鹤飞过头顶，留下一首歌，听起来既是对远方的向往，也是对家乡的思念。它们来自大陆，在金色夕阳里一闪一闪，消失在四国的暗影里。

一面是缓缓掠过的海洋、岛屿和群峰的美丽，另一面是其原始、威力和戏剧性的痕迹，徘徊在它们的美丽和崇高、平静和祥和之间，西博尔德再一次思索，这自然景观是不是想告诉他什么，它是否象征着某种超越有形物质的东西。但它们都不是单独存在的，因此让这些念头萦回他脑际的不是孤独。在这些日子里，每当他们晚上在沿岸抛锚，用火把照亮平静的海面时，就会有数百艘商船和数千只渔船出现在他们的航道上，他们或划桨，或扬帆，不停地放

---

① 德川幕府颁布《武家诸法度》，规定幕府统治下的大名每年需要在规定时间内到江户城向将军述职，并履行服兵役的义务。大名晋见德川将军称为"参勤"，大名返回领国称为"交代"。
② 指前往四国地区八十八名刹朝拜的人。

声高歌，或朝着参勤的帆船欢叫。在日本官员的默许下，西博尔德这回又能不顾幕府严厉的参勤规定，如愿以偿地多次登陆，考察此前从未有外国人可以涉足的沿岸地带。之所以能这样做，只因为顺风让使团的行程比原计划提前了一天左右。帆船上的生活特别欢快。这种舒适而不费力气的前行方式似乎也软化了等级制度。所有船上人员，从挑夫到警官，行动和举止都一律平等。只有德·施图尔勒上校不喜欢这种落落大方的交往，看到其他人相处得那么融洽，享受共同的旅行，他极不开心。尤其他的军医，更是让他越来越难以忍受。一天晚上，在记下最重要的观察、印象和感受之后，西博尔德忧心忡忡地在日记里记道：

我们公使的心情日见郁闷。

这天夜里，他们看到几座高山的山顶上燃起了大火。首席翻译甚左卫门解释说，一定是有外国船来到长崎了。日本国土主要由山峰、山脉和岛屿组成，建有快速传递消息的光的系统。它由全国所有最高峰上的烽火组成，一有什么事发生，比如有外国船只到达，就点燃烽火，很远就能看到。靠这些信号，几小时内消息就能传到数千里外，传进首都。不太重要的事情则发射焰火，中国和日本在数百年前就掌握焰火技术了。

每次登陆都会带来崭新的印象和认识。比如在冰见的盐湖那儿，那里的晒盐方法是欧洲不熟悉的，西博尔德、他的学生和门德尔松一起考察了这些设施，它们由沿海地带的大盆地组成。矮坝围着盆地，视蓄积的水的蒸发程度决定是否将坝打开，让海水流进，进行下一步蒸发。他熟悉荷兰和德国的晒盐场，但这里的更有效。这一小队人员也考察了盐湖的周围，这给西博尔德留下了难忘的印象，当天夜里他在笔记里记道：

> 我们参观了武库冰见和冰见两座村庄，那里的居民生活富裕。人们好奇地望着我们，我们从他们那儿获悉，这些地方还从没来过外国人。这证明了一个我们已经多次观察到的结果。在日本，那些以工厂方式大规模从事某种民族工业的地区，普遍富裕。这里不存在一贫如洗的阶级，那是人类的苦难和堕落烙印在欧洲工业城市身上的印记。在这里你也找不到那些拥有无限财富并对着饿得半死的底层民众挥舞金杖的工业大亨。在这里，比欧洲更严厉的习俗将劳工和主人区分开来，但是，作为邻人，互敬互助又将他们更紧密地联系在一起。在我们欧洲，为了实现单方面的，甚至多半是个人的利润，会将劳动的人群集中起来，这是一个值得怀疑的措施，它不可避免地导致各种非人化和不人道行为。

除此之外，他发现这个国家经济的结构和划分方式反映了德川王朝统治者的思想。在深入交谈的过程中，西博尔德的学生们给他绘制了一张详细的日本社会图。达官显贵们组成最高的社会等级，他们要么属于公家，要么属于武家。他们必须生活在城堡或大都市里，包括早就不可以在乡下拥有领地的武士。住在农村的必须是农民，他们属于次一级的社会阶层。农民之下是匠人，匠人之下是最低阶层——商人。日本政府里的主导想法是这样的：除了靠兵士和武士维持秩序的贵族阶层，只有农民价值大，因为农民能够让大自然养活大家。因此，所有的价值，包括收入和财产，都不是用钱数来表达，而是用实物，更准确地说，是用米的量。这样——门德尔松向他指出——日本人的观点完全可以与欧洲的重农论者的理论相比较，在启蒙运动时期，重农论者想将从土地里收获的果实和粮食置于经济秩序的中心。但是，西博尔德的学生说，现实迥异于政府的漂亮理论。货币经济越来越流行，石只成了一个象征性计量单位。尤其是商人，他们只将货物买来卖去，自己不生产价值，他们本应属于社会下层，却早. 已比武士富有了，经常比贵族还富。米币制只对农民还有存在的意义。听说农民几乎不吃大米，只吃稷子和简单的蔬菜，沿海地区的还吃鱼，西博尔德无比惊讶。大米太贵了，农民吃不起。种植大米很辛苦，农民用它给领地缴税，余下的必须拿到市场上高价出售。只有商人、匠人、妓院老板、酿酒师、官员、武士——只要他们还没有一贫如洗——和贵族才能每天吃得起大米。他们告诉西博尔德，农民要是吃大米，等于是在喝自己的血。因此，说大米是日本人的民族食物，这只是一个政府打造的神话，因为只有最富有的十分之一的日本人菜单上有大米。

怀　石

3 月 7 日，幕府的帆船抵达航行的目的地，即拥有自然港口的沿海城市室津。使团被安排在一家简朴、优美的客栈里，那是一座宽敞的旅馆，它是专为定期从九州前往江户的大人们修建的。施图尔勒入住国王套间，那里有三个铺着榻榻米的空房间，可以用推拉门随意分隔。西博尔德的房间要小得多，但能看到同一座漂亮花园的一侧。多节疤的橄榄树投下浓荫，一根竹管晃晃悠悠，里面流出的水跌落在池塘里长满苔藓的石头上，池塘里有龟在游，还有浅黄色的金鱼，它的颜色突变立即引起了这位博物学家的兴趣。他也注

40

意到，周遭的一切，无论是房间的装潢、榻榻米的做工、推拉门和抛光过的木板，还是服务人员的衣着和礼数，都比在九州时精致。晚餐加深了这一印象。施图尔勒、门德尔松、川崎根佐警官和西博尔德本人被带进了中心花园，花园很大，用灯笼照明，它完全被建筑包围着，像一个中庭，一条汩汩的小溪从中流过。他们从一座猫背似的小拱桥上越过小溪，来到一幢带阳台的小房屋，房屋四面敞开，只是一间大餐厅。原来这个国家的大人物是这样用餐的啊，西博尔德想道，一边用餐一边饱览优美的园林风景，冬天观雪花纷飞，夏天聆蝉虫鸣叫。然后，一队漂亮年轻的女招待身穿和服，端上用碟子或小碗装的令客人瞠目结舌的精美菜肴，不停地帮着斟清酒。警官骄傲地解释，这些菜和它们的顺序代表一个主题。这是怀石的原则，平时只有日本贵族才能够享受。这回的主题是春天。一开始的小碟子里各有一只饱满的盐津李子，上罩一层白色泡沫，门德尔松追问后得知那是鱼白，即经过过滤的雄性欧鳊的精液。这是日式美食不好的一面。第一道菜就足以败坏掉上校对其他菜的胃口了。施图尔勒本就痛恨少肉的日本菜，这个可疑的海产品让他觉得更恶心。随后上来的一道道菜西博尔德都勇敢地品尝了。门德尔松明显感觉不适，宁可不再打听那一道道特色菜是什么做的，就直接吞下去。直到人家给他端上一只漂亮的蝴蝶时，他才犹豫起来，但警官主动安慰他，这只不过是涂了蛋黄的山药。相反的是，西博尔德宁可先问清楚这些深色的厚粘饼是什么东西，它们味道那么冲，你会以为嘴里含着整片海洋呢。川崎冲他笑笑，告诉他，他刚吃下的是生海参肠，本地美食家最爱吃的一道菜。盐浸樱桃树叶、泡在由醋和墨鱼汁组成的混合液体里的小墨鱼，是要一起吃下去的，最后是橘黄色海胆卵配烤鲈鱼——这一切看上去赏心悦目，但使团人员更想吃炖牛腩，喝啤酒。有一阵子，当涂着味噌酱、穿在小扦上的煎豆腐被端上来时，三人全都渴望回到出岛去，事实证明它们不但没有危险、可以食用，而且还很好吃。鲜美的蟹丸豌豆汤也很对胃口。最后上来的米饼有绿茶的颜色和味道，黏滋滋的，虽然古怪，但也还可以接受。这样，至少西博尔德和门德尔松最后吃饱了。只有施图尔勒上床时肚子饿得咕咕叫，他发誓第二天要在城里扫荡一家烧鸟摊。

第二天安排的是在城里和周边散步。下午，荷兰人在小队警卫的陪同下参观了神道教的春子神社。他们一路上参观或经常投宿的寺庙都是佛教寺院。神道教的宗教场所是神社，日语叫作 Jinja。他们参观了一圈后，神职人员们提出了一个惊人的提议。

　　我们接受神职人员的友好邀请，去了他们的住处。他们带我们走入一间宽敞的大厅，从那里可以欣赏壮观的室津湾。这是我们在日本欣赏过的最美的海景之一。大厅的修建和布局，十分注重呈现全景，这给人留下美丽动人的印象！大厅的前方和两侧都是敞开的，你就像坐在一个阳台上，而阳台建在突起于大海上方的山崖上。右首是邪魔岭，它与我们身下的海岬组成进港的入口。正前方望见的是一座深渊，有小山突兀而起，山上长有零星的冷杉树，常绿的山顶打断了有着精美花雕的阳台栏杆的直线，像变魔术似的变出一座空中花园。透过这座仙林能远眺有很多岛屿的大海，轻微的陆风吹皱了海水，斜阳照耀着海面。目光所及，处处是岛屿，我们面前有无数岛屿。随着远近的不同，它们发出不同颜色的光芒，有淡绿色、深绿色、蔚蓝色和淡蓝色，它们的背景都是九州岛，一座座山峰白雪皑皑，闪着金光银光。白帆点点，处处可见——它们驶近港口，越来越大，即将到来的傍晚在邀请它们进港。

　　大厅的布置朴素而有品位，与东道主的热情和这壮美景色和谐默契。他们不是佛教僧侣，而是神道教里侍奉神灵的世俗神职人员。他们有老婆孩子。那些女人也是神职人员，孩子们一生下来就是见习神职人员。他们陪着我们。我们热烈交谈，做了几个有用的定位，喝光了被一次次满上的茶，向神职人员家庭赠送了礼物，然后回家了。

3月9日，使团又出发了，继续沿陆路前往大阪和京都。气候现在明显凉爽多了，有风，凌晨道路和田野上有积雪，上午雪会融化。西博尔德大部分时间都是跟在驾笼旁边走。他们途经峭壁和峡谷间蜿蜒的小道。轿夫的灵活令人难忘，但西博尔德担心他们在山里会滑倒，到时候他坐在驾笼里就只能听任各种力量和一座深渊的摆布，这让他宁可走路。更何况上校已经遇到过一次这种情况，纯靠运气好才没有跌下峡谷。事情发生后，警官让他的仆人从下面的灌木里找来一根树枝，用它惩罚轿夫。施图尔勒不喜欢那样的场面，他找到参勤团队的领导欲行干预，但警官坚持必须惩罚。荷兰人一次次地看到，日本人貌似极其顺从和臣服。因为轿夫们自己拦住外国人，要求接受全部惩罚。在他们和警官看来，只有这样才能挽回已经发生的事情。果然，事隔不久，所有日方当事人就都忘得一干二净了。

乡村医生梅宋

　　队伍在一个穷村里打尖，村里住的也是被排斥的秽民，大家住进一家旅馆，旅馆专做乌冬面，那是又粗又软的小麦面，吃时将面条从加有调味品的汤里吸出，发出很响的声音。当地人为西博尔德单独准备了一个房间，因为与别处许多地方一样，这里的乡村医生也在恭候西博尔德了。与前面各站不同的是，梅宋原崎不想将他最麻烦、最难治的病人介绍给这位荷兰老师。梅宋个子矮小，身材瘦削，头顶秃了，皮肤粗糙，一口牙齿白里泛黄，完好无缺。他对西博尔德笑笑，将几本有插图的本子放到他面前。在场人员有门德尔松和首席翻译甚左卫门，尽管西博尔德的日语已经讲得够好，几乎不需要这一帮助了，但对于所有书面文件，翻译还是少不得的。西博尔德还得花几年时间才能学会无数复杂的中国汉字呢。梅宋医生介绍，他从小就学习兰学，从卡斯帕尔·沙姆贝格的《外科学》插图开始学起，它们快有两百年历史了。梅宋尤其对解剖学兴趣浓厚。他年轻时就认为，中医的人体结构理论不符合现实，他们根本不了解人体器官及其功能和相关组织。他当然熟悉《解体新书》，那是约翰·亚当·库尔姆斯的《解剖学图表》的翻译版本。他甚至声称，他认识这部重要作品的其中一位译者杉田玄白，他与他的同事前野良泽最早是在被处决的犯人身上进行尸体解剖的。之后他们花费多年时间，费劲地一起翻译了《解剖学图表》，最终于1774年出版。西博尔德兴趣盎然地听着这段故事，同时惊叹坐在他对面的这个硬朗矍铄的男人一定是个老寿星，至少九十岁了。他本子里的图不像欧洲的解剖速写图那么细致，但范围广泛，满是有趣的细节。西博尔德立即看出来，有幅内脏图画的是一只肿胀的盲肠、一次急性阑尾炎，估计是某次在给阑尾穿孔的受害者解剖时观察到的。在欧洲，给盲肠炎患者动手术也是新近才有的事，由耶拿的外科大夫伯恩哈德·利德尔进行的。"梅宋先生，这一切都很有意思。您是怎么研究这些东西的呢？研究对象都哪儿来的呢？"西博尔德问道。

"噢，有很多。我已经研究了几十年了。您等等。是的，我研究人体四十多年了。"

"我是问，您从哪儿搞来的这些尸体呢？"

"不，不是尸体！"梅宋激动地对着首席翻译讲起来，强烈要求大家去他家做客，他家就在附近。他一定要让他们看看他的"作坊"。甚左卫门的表情显示出他不愿接受这番邀请，但西博尔德已经满心好奇，翻译只能跟着去。还好梅宋没带病人来，否则西博尔德得花费很长时间医治，他们这回有足够的时间转转，西博尔德带上了翻译和门德尔松。梅宋的房子有座体面的主楼，还有一座小花园和一个大后院，后院里有两间小屋，也许是仓库，其目的不是一眼就能看出的。梅宋将他们领进后面两个建筑里较大的那个。室内很暗，但西博尔德很快就从气味识别出来，这里解剖过尸体。梅宋拿火柴点燃了两支蜡烛。

"这儿，西博尔德老师，这些都是我画的图，我见您时没能全部带上。"

低矮的长形工作台上果然有几堆扎好的本子和装着文件的箱子，全是解剖图和解释。地板上堆着罐子、瓷碗和木箱。西博尔德的目光落到一个较高的东西上，它看上去像个十字形工作台。两端可以伸长，上面安有皮管，下面固定着几只铜盆。

"这是我自己设计的。请木匠和铁匠按我的指示打造出来的。"梅宋说道，显然很骄傲。

西博尔德一愣，心头浮起可怕的怀疑。他身旁的门德尔松只比他慢了半拍，脸色就变苍白了。这些皮管是做什么的？如果在这里解剖尸体，就不必再固定它们了。

"您用这些软管做什么，梅宋师傅？"西博尔德低声问道。梅宋不解地看着他。

"当然是让他们不能再动弹。"

"谁？"

梅宋摇摇头，一声不吭地往外走。他示意别人跟他走，去第二个仓库。难闻的臭味扑面而来。梅宋又点燃一支蜡烛，走向一只竹子做的矮笼子。梅宋向翻译解释。

"问题不是这是谁，而是什么。这是我工作的基础，是我的研究对象。"

烛光下可以隐约看出，笼子里有一个妇人和一个孩子，两人都蹲着，缩在笼子的一个角落里。看不出那是个男孩还是个女孩。两人都满身屎尿，长发黏糊糊、乱蓬蓬的。

"这是人啊！他们犯什么罪了？您将他们关这里做什么？"西博尔德明显发怒了。

"不，不，不是人，"梅宋安静地说，"这是秽民。他们没有语言，与狗一起生活，虽然狗不想与他们打交道。他们传染疾病，很危险，有传染性。给点吃的就能轻易捕捉他们。我已经检查了很长时间了，想找出他们与人类的解剖学区别。但要这样做，就不能用他们的尸体。这是杉田所犯的错误，因此《解体新书》也过时了。如果你想正确研究和理解器官，就得趁真气还在它们里面流淌的时候解剖。西博尔德老师，您见过一颗还在怦怦跳动的心脏吗？"

听完甚左卫门的翻译，门德尔松夺门而出，发出令人同情的响声，呕吐起来。西博尔德也不吱声地离开了仓库。他等了等，等门德尔松重新恢复过来，扶住他的胳膊，与他一起返回客厅，翻译困惑地跟在他们身后跑过来。两人见到皮管那一刻的可怕怀疑得到了证实。梅宋在那些可怜的生物身上做解剖，却不使用任何**麻醉剂**。受害者很可能有数百个。这个矮小的乡村医生对解剖学有着病态的迷恋，他是个杀人犯，一个科学的魔鬼和被误解的启蒙运动的魔鬼。这场会晤让门德尔松彻底糊涂了。他给西博尔德讲吉尔·德·莱斯[①]，那位法国元帅，也是圣女贞德的战友，宗教法庭的一次诉讼证明，他迫害、虐待和杀害过一百四十多个孩子。除了以此满足他的兴趣，他还想通过巫术向亡魂问卜，从被害者的灵魂了解自己的未来。门德尔松相信，刚刚遇到的就是现代版的日本吉尔·德·莱斯。

西博尔德找到警官，向他报告了这位医生和连环杀手的事情。他请求警官让地方当局出面，结束这个危险男人的活动。川崎根佐为人谨慎，做事理智，他富有同情心，理解西博尔德的请求。但他爱莫能助。一方面，事实上不可能追究某个对秽民犯罪的人的法律责任，不管那行为有多严重。更重要的是这样一个事实：按照参勤规定，此次会晤，尤其是去梅宋家，是根本不可以发生的。如果警官真的通知了地方警察局，那他也有义务在他的日记里报告此事，它随后会被拿来与其他同行日本人的日记做比较，尤其是首席翻译甚左卫门的日记。会产生一大堆问题，最后肯定会发现，参勤团队里的日本监视人员没有恪尽职守。川崎向西博尔德道歉，他在这件事上无能为力。西博尔德沮丧地走了，这天剩下的时间里他都待在自己的驾笼里。他知道，在欧洲也常有人体试验，特别是在研究传染病的时候，比如在患牛痘的人、乞丐或贫穷且无家可归的人身上试用。但活体解剖一直是被禁止的，甚至在中世纪就是被禁止的，

---

① 法国元帅，是较早参加贞德的队伍的将领之一，退隐后埋头研究炼金术，希望借血来发现点金术的秘密，曾将三百多名儿童折磨致死。他也是西方童话传说中的反派角色"蓝胡子"的现实原型之一。

他还从没听说过类似的案例。只有古老的、早就废弃的开膛破肚的死刑与它接近，执行时，罪犯在完全清醒的情况下被切开腹和胸，肠胃被当面缠到一根滚轴上。那天夜里他梦到了笼子里的女人和孩子。第二天，西博尔德和门德尔松都无法忘却这个经历。湛蓝的天空下，他们在冷飕飕的春光里经过姬路城，姬路城有一座宏伟的城堡，防御墙和战壕包围着巨石砌成的地基，墙壁雪白，直达城堡主楼高高的弧形塔尖，墙上有小窗和枪眼。他俩一整天都沉默寡言，神情冷漠。姬路城是日本城堡建筑之最，可就连这一震撼人心的文物都无法让他们忘却那可怕的事件留下的画面和感受。

大 阪

3月13日他们抵达大阪，这是国内最重要的商埠，将军直辖的五座城市之一。这里终于有了能振奋西博尔德的好消息。他在出岛和鸣泷撰写了一本药物学小手册，想让日本医生了解欧洲最重要的药物。他的学生高良斋将它译成日文，先行寄到了大阪印刷。这本书刚刚印出，抵达的当天西博尔德从早到晚都在接待来访的医生，可以赠给每人一册，作为礼物。第二天使团在城里散步，这座城市与西博尔德的设想完全不一样。它的布局受中国棋盘状大都市的启发，城市地处多支流的淀川三角洲地带，让人想起威尼斯或阿姆斯特丹。这里有上千座桥梁、无数宽阔大道和宽敞广场，你就置身于拥挤的工商住宅区和富贾们的豪宅之间。引人注目的是，这里大树多，花园多，精心修剪的花园里百花怒放，繁花似锦。大阪的人不像别处的日本人那么客套，同时也比荷兰人至今习惯的其他日本人热情得多。门德尔松这样概括他的印象：大阪大概是东方的威尼斯，这里的一切让他想起意大利。一个驿站体系从大阪延伸往全

48

国。驿站的邮递员都是长跑运动员，他们将邮包绑在一根棍子上，从这一站运往下一站。从大阪到长崎，需要七天。西博尔德十分想念妻子，继续前行前的那天夜里他给泷写了一封信。

> 我越深入了解你的国家的美丽和秘密，对你的发现也就越多。每天，每时，我对你的印象都在变化。一直都是这样，好像你是与我同在，在通过我的眼睛观看，我在内心里不停地与你交谈，在交谈中，你向我解释一切，让我心醉神迷。

他也将日本客人和朋友的礼物寄回出岛和鸣泷，免得它们成为途中的负担。除了许多此时大阪开花的植物，他还收到了兔子、鸟儿、乌龟，甚至狼，这大大省去了偷偷用陷阱狩猎的麻烦。后来使团又出发了。西博尔德和门德尔松对晴朗欢乐的大阪依依不舍。而施图尔勒又是没有什么感觉，要不是西博尔德坚持先见见所有的医生、朋友和熟人，完善他的收集的话，施图尔勒早就继续前行了。

在去京都的路上，他们在一个大路口遇到一支奇怪的队伍。那是些孩子，数百名约六到十二岁的少男少女。不见成人陪伴。他们衣着不一，有的衣着整洁，脚穿完好的芒履，有的衣衫褴褛，打着赤脚，一身脏污。与参勤团队相遇时，孩子们停下脚步，为队伍让路，他们跪倒在尘埃里，不敢望向使团的方向。后面的孩子们停下来，已经过去的不理不睬，继续往前。孩子们没有一个讲话，安静得出奇。西博尔德叫来高，高向他解释，这些孩子是在跟家长吵架后从家里跑出来的，也许是因为调皮捣蛋，他们现在要去伊势神宫朝拜，那是日本最神圣的地方。在那里，经过神职人员的洗涤和祈祷，他们可以得到一封短信，神灵会在信中证明他们都是好孩子，要家长们重新接纳他们，给予他们爱抚和关怀，通常家长也会这么做。这些小朝圣者来自全国各地，部分是远道而来。他们是独自从家里出来的，距离奈良越近，汇聚的队伍就会越长。西博尔德回忆起中世纪神秘的儿童十字军东征，当时有数千名来自欧洲各地的孩子前往耶路撒冷朝拜。这些人口大迁移总是结束于地中海沿岸，大多数人饿死在了那里，或沦为了奴隶。这些日本孩子却有望获得更好的命运。

京　都

3月18日他们抵达都城京都，一路无事。京都这座圣城与欢快的大阪差别多大啊，这里是日本历史和文化的摇篮！由于天皇、他的朝廷和最亲密的智囊团公家的存在，所有市民的行动都受到限制，顺从、礼貌和教养的礼仪渗透进了日常生活。事情发展得也比日本其他地方慢。与其他大城市不同，这里的人穿金戴银，彬彬有礼，这里没有小贩喊街和化妆广告人，即流浪乐队，他们穿街过巷，大声唱歌，弹奏音乐，近来还为手工作坊或商店的产品做广告。西博尔德之前在大阪见过，这些闹哄哄的人群以这种方式赞美一位新制造商的蜡烛。京都安静、冷淡，漂亮得令人窒息的寺院和神社比比皆是。城里教派众多，到处都可以见到僧侣。西博尔德每天又必须接待很多访客，进行很多次会谈，但出游也是必不可少的。他与门德尔松、画家登与助和一小队警卫参观了金阁寺，那是小池塘里的一座童话般的纯金亭阁，距离龙安寺里富有诗意的石头花园不远。最后参观了清水寺，这是佛教寺庙和神道教神社建筑的结合，有巨大的木阳台，全寺依城市东侧的山体而建。他们也穿过了祇园纵横交错的巷子，那是**艺伎**区，傍晚时会有数百名艺伎站满街头。他们还从没见过这么多身着华丽和服、化妆得像雕像一样的日本女人。她们大多一群群地活动，迈着啪嗒响的碎步赶去参加各自的社交晚会。所有人都亲切地冲着这些外国人微笑。翻译甚左卫门向西博尔德指出，这些艺伎不是娼妓，而是供娱乐的女艺人。在能够付得起钱的贵族或富商的宴会上，她们与客人们进行有趣的谄媚的交谈，唱歌，弹奏，做游戏。仅止于此。甚左卫门又说道，在城市西南的岛原娱乐区情形完全不同。它被一座高高的土墙包围在中间，要穿过一道高大的城门才进得去，门口有哨兵站岗。住在那里的是注册登记过的正规妓女，她们满足施主和客人们的任何愿望。那里也可以组织大规模的狂饮欢宴，但每个游女——这是对妓女们的俗称——都有单独的房间，可以带着她们的嫖客回到那里，也可以带着他们中的一位离开街头，消失在后室里。这种有执照的妓女区在整个日本共有二十多个，其中大阪的新町、京都的祇园和江户的吉原是最大最著名的。卖淫在日本不会有损声誉，幕府在德川初期开设这些所谓的"不夜城"（人们这么叫它们），不是出于道德原因，而是为了更好地管理妓女这个行业。因为之前卖淫要更普遍，许多家庭的普通女性可以说是将卖淫当作副业，用来改善家庭收入。这是要禁止的。现在，如果没有执照的女人私下卖淫被逮，就会被赶去封闭的娱乐区，在那里，除了做职业妓女，她们就没有别的选择了。甚左卫门讲这些时，对日本帝国及其职业行会的秩序井然的制度怀着很大的骄傲。卖淫是一种职业，与其他任何职业一样，必须置于公共秩序的管辖之下。他还介绍道，人们甚至说，妓女一旦被某位施主赎身，将是最好的妻子。

听完这番离题的介绍，西博尔德突然对寺院、神社，以及端庄、讲究的女士没有了兴趣。他想体验祇园，当天夜里就去。可是，当他们返回旅馆时，警官通知他们，公使决定第二天就出发。施图尔勒再也受不了这些拖延和享乐了，他更不想沦为军医的爱好的工具，西博尔德一直在请求推迟出发。

前往江户

3月25日上午，使团又动身出发了，走的是东海道，即京都和江户之间的"东海大道"。这两座城市之间还有另一条重要的交通干线，中山道，这条线走内陆，途经群山深处。东海道是大名和荷兰公使之类政治团队必走的法定道路。从现在起施图尔勒不再让步，天天催促参勤团队快步前行。他尽量避开西博尔德，西博尔德几乎没有机会进行测量，搜集动植物的难度大多了。这样一来，他们几乎无法欣赏东海道著名的五十三站，那是全日本的著名风景，这些名胜都从他们身旁掠过了。这是条宽广的大道，国内的所有大名每年都必须带着他们的随从人员走这条道，数百年来，画家和画师已经将它画了数千回，它们被印成木版画，深受欢迎，与市场上的众多游记一起被卖给武士和普通人。东海道路况也比九州的道路或室津到大阪的道路好得多，那些只是简单的、几乎未加固的小道，或石子铺就的阡陌。在这里，两支团队相遇时有足够的位置避让对方，他们可以停在自己的左侧，让对方经过。沿途有无数茶室、饭馆、简单客栈和高档旅馆，到处都可以得到又快又好的服务。这样的旅行十分安逸，在欧洲都没有这么舒服。由于旅行本身就是西博尔德的日常工作，他几乎无法享受这一舒适。他也将此事记在了日记里。

由于只能夜里进行调查，今天下午我在驾笼里睡着了，这样一来我肯定错过了一些有趣的景观。

　　但他还是买到了大量重要的中草药和两张剥好的朱鹮毛皮。在海边的小柜川，他可以在几户人家研究珍贵的纸是如何制造的——但这也只是因为小柜川河水上涨，漫过了河岸，无法过河。第二天德·施图尔勒上校就强迫警官、日本仆人和挑夫，找人用沙袋筑坝，用粗大的木梁和木板搭建一条应急桥梁，速度不减地继续前行。次日，天气晴朗，神圣的富士山第一回露脸，白雪皑皑的山巅在阳光下晶莹闪亮。西博尔德与门德尔松一道欣赏这座雄壮的火山，它的两侧从海面突兀而起，线条温柔均匀，在蔚蓝的天空下，周围群山俯伏，汇成一顶白色王冠。他们快速经过了富士山山脚，拐向内陆方向。从山脚看，富士山更显巍峨。当他们终于攀爬到箱根町群山里的边境哨所时，他们明白了为什么来自日本南方的大名们都必走这条道。东海道四面八方的山脉在这里形成一条通道，从这个位置可以很好地监视整个峡谷，峡谷出口就在浪漫的芦之湖湖畔。箱根町的山脉本身就是护堤的一部分，将军就住在它的最里面。这一点也体现在对待想通过哨所的旅人的方式上。大名等级不同的话待遇也不同，但所有大名在这里都必须徒步跨过边界。公使们也必须像大名一样，不仅按照命令表示臣服，而且所有的驾笼都被掀开，携带的所有货物和行李都受到翻检和搜查。女性甚至被搜头发，寻找可能的隐藏的武器。这是西博尔德迄今经历的最严格最彻底的搜身。搜查力度的加大让人感觉到自己与日本权力中心的距离正在缩短。

　　在距离江户约两天路程的横滨，萨摩藩和中津藩大名的仆人们迎过来通知使团，他们的主人已在途中等候荷兰医生西博尔德老师，他们要陪同使团前往江户。西博尔德无法掩饰他极大的满足感。他得到了比公使更好的待遇，自打离开京都以来，公使就一直在想办法刁难他。由于冷遇和纯粹的妒忌，很明显施图尔勒又快怒火中烧了。萨摩藩大名的仆人还将著名的源氏花园指给西博尔德看。它坐落在路边，西博尔德征得警官的允许，获准与门德尔松和高良斋先行一步。医生显然在江户也很有名，警官此刻根本无法拂逆他的热情。源氏花园是块大地产，由源氏家族修建于三百年前。自德川王朝开始以来，远道而来的大名都必须经过箱根町哨所，他们是这里的常客。但这么多年还没有荷兰使团的人员见过这种田园风光。

　　宁静的花园是按日本人的喜好修建的，这真是我在这个国家见过的最漂亮且观赏植物最多的花园。门口的木台阶和一块块岩石上，小冷杉树的枝杈都修剪得齐齐整整。桃、樱、日本木瓜、山荆子、报春花、细辛、兰花排列有序。这里一组芍药花，那里一排山茶和油茶。开山挖掘而成的小小鱼塘周围长满栀子树和蕨类植物，彩色的金鱼在塘里游弋转圈。有花畦专门种植了最受欢迎的庭园植物，包括牡丹、百合、报春花、菊花和各种荔枝。数不清的漂亮枫树及其变种排成优美的小树林，它们的树叶刚刚展开，投下几重阴影。公园中央，在迷迭香和南天竹的点缀下，一座花房和温室等着我们，里面收藏了大量的常春藤、细辛和需要防寒措施的琉球群岛植物。一片由橡树、紫杉、柏树、金钟柏、樱树和桦树构成的小树林通向优美的亭子和露天的短脚长椅，秋天，比如中秋节时，人们可以在那里就着月色分享传统点心。整座花园都是按照一种和谐的原则布局的，因为花卉、花床、灌木和树的布置无异于一只有生命的四季之钟，指针正好指着春天。人类的巧手安排了这片如画风景，它在邀人休息；一旦来到此处，你就不想离开。

　　但是他们还是不得不继续前进，门德尔松终于也成了花卉之友，离开这里他几乎比西博尔德更舍不得。在抵达目的地之前，按照传统，参勤团队在大森村作最后一次休息。休息的内容也包括将舒适的旅行服装换成总是给日本人留下深刻印象的制服。萨摩藩大名**岛津重豪**壮硕健康、性格开朗，八十四岁的人却有着六十岁的体魄，他终身都是欧洲的好朋友，他是所有大名中势力最强大的，也是幕府权势唯一的潜在的挑战者，为了可以与欧洲人往来，他提前退职了，否则这么一场私晤是绝对无法想象的。大名带来了他的保健医生，他也会讲一点荷兰语。为了遵守礼节，他先与公使交谈，没有觉察到对方的不快，接着就转向西博尔德了。他热爱动植物，特别喜欢鸟儿，很想向荷兰医生学习四脚动物的剥皮、解剖方法及昆虫的收藏方法。太好了，西博尔德回答。然后大名给他看自己手上一个发炎的部位，问他能不能帮自己。西博尔德认出那是个处理不得当的丹毒。他从旅行药箱里取出一种膏药，将它交给大名，老练地说它可能有效，但不确定，以免他的保健医生生气。西博尔德还从没这样近距离地接触一位活生生的日本大名，尽管对方已经退职了。他不由得想起**威廉·亚当斯**，亚当斯与德川王朝的创建者，即神圣的家康，建立了传奇式友谊，他被首任将军任命为武士，得到一块领地，而且家康让他成了旗本①，这是颁给德川家族家臣的荣誉称号，家臣们在 1600 年关原合战的决定性战役中站在了德川大

---

① 江户幕府时期石高未满一万石的武士，是德川军的直属家臣。

名一方。就这样，威廉·亚当斯甚至成了日本武士和大名当中地位很高的权贵之一。后来萨摩藩大名拉起西博尔德的手，将他拉到自己身边。

"Kom bij mij Dokter Siebold，ik dank U voor de ontvangen brieven en geschenken①。"他眨眨眼说道，显示他也会说荷兰语。然后他提出几个问题，让人翻译。他想知道，那些纹章、肩章，以及剑，是什么意思。西博尔德故意系上了佩剑的剑带，是想让这些达官显贵们知道他的军衔，在日本，医生佩带武器是不可想象的。之后令人喜欢的大名陪同使团沿着海滩往前走。道路越来越宽，他们经过一座座村庄，最后不知不觉地来到了江户。下午两点，他们到达长崎屋——位于品川区的所有参勤之行的传统目的地。

---

① "过来，冯·西博尔德博士，谢谢你的来信和礼物。"

第二章　秘密地图

门德尔松的战利品

　　江户给荷兰使团留下了惊人的印象。这座城市比施图尔勒、西博尔德和门德尔松之前见过的所有城市都要大得多。放眼望去，那是一片房屋和宫殿的海洋，中间夹着寺院和神社的大花园，将军的府邸江户城堡巍然屹立，远远就能看见。宽阔、设防的主街和大道组成一张网眼很大的交通网，小街窄巷贯穿着被分割的住宅区。江户有一千多万人，自二百多年前的锁国令以来，它已悄悄地发展成了巴黎和伦敦的双倍大，成了举世最大的城市，而国外的人都不知道它的地理位置。抵达江户的第二天，使团在警卫人员和指定的两名向导的陪同下进行了一次远距离的散步游览。幸运的是，这也是樱花开放的第一天，人们盼望已久的樱花开始绽放了。一夜之间，巨大的城市上空就铺上了一张耀眼的花的毯子，洁白中夹着粉红的斑点。人们开心，愉快，是的，个个兴高采烈。这是他们一年中最重要的时候，大自然伟大、美妙，几乎神奇地打断了被严格控制的日常生活，它证明了自己是人类之友，展示出最美的一面。特别是那些护城河，它们是一重重庞大的坚固设施的一部分，贯穿全城，两岸长满怒放的樱花树。他们闲逛的那个城区有条必不可少的商店街，人声鼎沸的商店街上有货摊、集市，有通向大得望不到头的大商场的廊道。这些新来的欧洲人还从没见过这么多人，更别说亲身体验了，这里拥挤得吓人，几乎无法前移。晚上西博尔德记下了他的印象。

　　我们一进城就见到宽广热闹的街道，两旁的大量商品琳琅满目。想买啥就有啥，瓷器和陶器，铸造品和锻造品的铁器店，木屐，文具和绘画用品，太阳伞和雨伞，成衣，竹器，篮子，女性化妆品，图书和地图，木版印刷品，纸，米，茶，刀子，军刀，木偶，漆器，金属镜子，烟具，玳瑁发饰，薄玻璃，日本清酒，儿童玩具，鱼干，神像，灯笼，茶具，皮货，泡菜和干果，油，蔬菜，药店，白瓶子里的银鱼和金鱼，稻草编织的席子和脚垫，稻草绳，马具，海绵，花束和首饰。然后我们来到三越百货，一家大百货店，里面的工作人员有七百多人，上述产品在那里同样应有尽有。我们在欧洲还没见过类似的店！在那里闲逛花钱是种乐趣——江户市民似乎有的是钱。商人是这个国家最低的阶层，我现在知道他们能从哪儿筹集巨额财产，主要是他们根本不用交税，高良斋再次向我证明了此事。这是一个奇怪的特权，这完全多亏了德川的理念，他说贸易本身不生产任何东西，因此不存在征税基础。政府不顾商业繁华和货币经济早已普及的现实，仍然固守着实物交易的思想，以米币制"石"来计算所有大名的财产、国家官员的收入和武士的俸禄。我渐渐怀疑，日本政府严禁与外国人往来不仅对自身不利、妨碍任何进步，更为糟糕的是，它对自己的国家和人民视而不见。这也就解释了为什么它的市民背地里并不认真对待他们的政府，撇开表现出来的顺从不谈，那是一种伪装。因为这里每个人都能看见，在这里，代表精英的是最贫穷、最没落的人，也就是武士，而最富有、受教育程度最高、最出色的人，也就是商人，只能成为下等阶层，这个制度与理性和常识不可能有任何关系。

从第二天开始，来长崎屋拜访的医生、学者和较高级官员就真的让西博尔德应接不暇了，他们都想表现自己是荷兰的朋友，对这位新神医满怀好奇。就像在途中的情形一样，他们当中有些人带着病人赶来，要他在病人身上证明自己的医术。西博尔德从不犹豫，立马表演起他的神奇的白内障手术，先是在一头死猪身上，那本是医生们当礼物送给他吃的，然后在病人身上。他甚至大胆地做了另一个危险得多的复杂手术，也就是缝合兔唇。他在维尔茨堡时从伯恩哈德·施莱格尔的文章中学会了这手术，后来在埃尔朗根拜访过伯恩哈德·施莱格尔，让大师在诊所里对他掌握的知识做鉴定。施莱格尔是个个子矮小、特别胖、特别热情的人，几年前他动用少量资金在埃尔朗根大学成立了一个外科研究所，主要给贫穷的病人做手术，包括给许多孩子做手术。危险在于伤口的大小和形状，那伤口很难缝合，无法好好包扎。这样，直到黏膜愈合、皮肤长好，部分组织都要裸露在外。如果必须纠正上颌骨或上腭，危险性就更大了。总体说来，伤口腐烂的概率很高。病人是个八岁的男孩，患有唇裂和腭裂，西博尔德决定只给他缝合嘴唇和上颌的牙齿，不处理上腭。关键是除去他脸上开裂的嘴唇的伤痕。为了让孩子还有机会学习讲话，西博尔德绘制了匹配的银腭板的图纸，交给陪少年来长崎屋的医生。医生只是不知所措地笑笑，认为孩子的家长永远没有能力支付这笔银子和假腭板的制作费。于是西博尔德从自己的钱包里掏给他一个荷兰盾，它里面含有两盎司的银子，将它熔化后不仅有足够的原料来制作腭板，而且还够支付接下来的治疗费用。

西博尔德还立即开始给聚集的医生们讲课。他首先传授**接种**牛痘疫苗的最新知识，虽然他从巴达维亚带来的牛痘血清已经失效，这让他极其失望，他不能成功地注射疫苗了。他关于"放血无效、甚至有害"的讲座也引起了很大关注，日本医生从荷兰语文献和从前驻出岛的医生那儿得知，放血疗法在欧洲几乎成了万能疗法。西博尔德先是解释**威廉·哈维**早在 1628 年就发现的血液循环的功能，然后向日本医生汇报了一个重大的新发现，他本人也是才从四个月前随一艘荷兰船只送达的索默林的信中获悉的。这跟数值法有关，法国医生皮尔·查尔斯·亚历山大·路易使用该方法统计比较病情，证明了放血对肺炎和多种发烧无效。西博尔德通过自己的实践，也坚信切开静脉是一种过时的疗法，这完全建立在迷信的基础上。他还向听众们解释，现在的挑战在于更好地理解疾病，研究出别的疗法，哪怕它们不像放血那样令人震撼，病人总是将放血当作医生的神奇疗法。在从事这些活动时，西博尔德从不忘记让他最重要的目的得到尽可能多的支持。西博尔德打算在使团离开后继续留在江户，甚至去还没有外国人见到过的日本内地旅行。就在江户的大门外，一座文化和自然的无穷宝藏为他打开了。他梦想着成为第一个考察全日本的外国人，让日本的科学探索永远与他的名字联系在一起。

与此同时，他的朋友门德尔松正忙着截然不同的事情。他每天找一名有空的初级翻译，然后躲起来，请对方给自己翻译和朗读他的文学战利品。在京都和大阪他已经搜集了很多图书，部分是从出版商那里，部分是从作者那里，或是直接从小店和集市书摊上买来的，如果封面吸引他的话。虽然他不会阅读这种文字，不知道猎获的到底是什么战利品。现在在江户他终于可以请翻译帮忙搞清楚了。一天夜里，在长崎屋，他请西博尔德去他的房间。他太激动太兴奋了，无法继续隐藏他的发现。

"您快看看这个！"他一只手拿着一本书，另一只手翻着桌子上的笔记。他给这些作品分别写了简介，用它们帮助记忆，好做更详细的介绍。

"《东海道徒步旅行记》，或称《徒步东海道》，十返舍一九的有趣小说。书中用粗俗的江户方言讲述了，江户的两个小人物弥次郎和喜多抛弃一切，以朝圣为借口，前往伊势神社。实际上他们根本不在乎神社。他们这样做只是想得到必要的通行证，在东海道用他们的恶作剧和无数妓女寻欢作乐。他们作弄所有的权力机构、武士、大名，尤其是神职人员。这一切全都是用普通民众的语言写的，粗俗、大胆、骄傲。"然后他从书堆里抓起另一本书。西博尔德点头同意，可能想说点什么，但门德尔松根本不容他开口。

"也许您会喜欢这一本的。这是平贺源内写的，他是一位著名的医生、发明家、画家和作家，像列奥纳多·达·芬奇那样的全能天才。这也是一部桀骜不驯的作品。它叫《风流志道轩传》，1763年才出版。它是当时十分有名的街头艺人和故事讲述者志道轩的传记，想象力丰富，像是虚构的，志道轩老年时还在江户的浅草区表演过。源内描述，年轻的志道轩被父母关进一座佛寺，他将在那里被培养成僧人。但志道轩觉得佛教理论无聊透顶、难以忍受，更想多体验生活。一个阳光明媚的下午，当他又一次被关在房间里，受《长寿经》折磨时，一只鸟儿突然打窗户飞进来，落到志道轩的书桌上，在桌上生了颗蛋。鸟儿又飞走了，从那只蛋里钻出一个迷你型美女。她渐渐长到人类大小，示意志道轩跟她去一个秘密地点，于是他们一起钻窗而出。她领他来到一个洞窟，一名隐士接待了他俩，赠给志道轩一把羽毛魔扇。有了这把扇子他就能飞行，让它毫不费力地带自己去世界上的任何地方。志道轩的漫长旅行就这样开始了，他先是去了江户的歌舞剧场、妓院和吉原的茶室，然后去了全日本所有的享乐区。然后他再次出发，乘坐扇子飞去神奇的国度，巨人国、倭人国、长臂国和洞胸国。那里的皇帝觉得他气度不凡，就要他娶自己的女儿为妻。但是，当他在宫中被女仆们脱去衣服，人们发现他的胸部没有与他的地位相符的大洞时，丑闻就爆发了，更严重的是，他根本没洞，他不得不逃跑。最后命运将他送到了神话般的女人岛。所有涉足过这座岛屿的男人都得死去。在岛上他与一大堆女人睡觉，多达每天五十个，这暂时救了他的命。但是，有一天，那位隐士又钻了出来，拿着镜子让志道轩看，他已经年过六十岁了。隐士带志道轩回江户，要他汇报自己的经历。志道轩心满意足，因为他虽然老了，尚未获得佛教的觉悟，但他学到了大量有关世界、生活和人类的东西。作为说书人，他成了浅草街头剧场里的名人，人们至今还记得他，怀念着他。您觉得这个怎么样？”

“您说得对，这也是一本几乎具有煽动性的书。它让我想起斯威夫特的《格列佛游记》或博马舍的《费加罗的婚礼》。我奇怪，审查部门怎么会漏过这部狂妄、反佛的讽刺作品。您让我猜猜！胸口有洞的人肯定是本地幕府制度下的贵族们的画像，他们虽有缺陷却享有最大的特权，对不对？”

“完全正确，翻译也向我证明了这一说法。这想法相当普遍。”

“日本是一个顺从、谦卑的民族，我们离江户越近，这个印象的改变就越大，您不觉得吗？”西博尔德思索道。

“是的，在长崎我还在想，日本人对我们慷慨大方，只是因为他们对我们有好感，平时他们总是死板地遵守政府的严苛律法，一举一动都受到政府的监视。在江户，在这权力的中心，却截然不同。我们现在越来越清楚地认识到，日本的统治制度只是个外壳，是一层漆，刮痕和裂隙已经出现很久了。您等着，我还有更多呢。最令我吃惊的，是日本人好色且追求享乐。我们在途中已经得到一些线索了。但事实还要过分得多！您看看这里。这是吉原的详细指南，那里是江户有营业执照的享乐区。"

"我还清楚地记得，甚左卫门在京都对我们讲过有关岛原妓女的话。"

"现在，拿着这本《游女评判记》——我们最好是叫它手册——你会找到穿过游廓的通道和洞穴。岛原自称游廓。这里有所有高级妓女和妓女的资料，有详细介绍、等级和价格表。手册上面介绍了歌舞剧场的最新演出，许多传自妓院和茶室的风言风语，哪些名人尽管化装还是被认了出来，哪些诗人出入哪家妓院，哪里能得到违禁的性文学和相关图片。您看这个，上面画着高级妓女们动人的发型和最华丽的和服。另外，那些头回见到手册的翻译，还十分兴奋地告诉我，这部资料里藏有秘密信息，包括聚会日期、政治暗号和富贾豪绅们隐藏的广告。这一切是一场大游戏，远远不止于卖淫和愚蠢的戏剧。这个有执照的享乐区似乎是另一个日本，它与德川所幻想的规矩正派、统治严厉的国家关系不大。顺便说一下，再过几天就将选举春天和黑夜女王，这是一年当中最盛大最重要的盛事之一。"

"去吉原！外国人还从没去过那里。此前的使团都不知道在江户中心存在一个游廓，也不知道遍及全国的特许享乐区。来吧，门德尔松，让我们再做一回科学祭坛的祭品吧。考察这块未知土地，也是我们的神圣义务！"西博尔德故作夸张地高声喊出他的冲锋口号。

考察吉原

西博尔德将计划告诉了高良斋、西庆太郎、二宫敬作和石井宗谦，没告诉其他人，当然也得告诉施图尔勒，但绝对不能让日本警察和包括川崎根佐警官在内的日方官员有任何觉察。西博尔德的学生们为这番恶作剧感到兴奋，他们打听到幕府的间谍——捕吏会在某个特定日子离开这个城区，去撰写和上交报告。那几天秘密警察天天轮换，不让所谓的煽动分子和阴谋家认出规律来。对于机灵的吉原居民，谁是警察从来就不是秘密，他们有二十来人，他们的脸比一些高级妓女的脸还要众所周知。人们只让他们了解他们应该了解而且不会对任何人造成伤害的事情。官僚机构的规律性也让人放心，因为这些固定日期一年最多变一次。那是一场猫鼠游戏，吉原人自称是"吉原的孩子"，早就做出对自己有利的决定了。因此，未经允许的客人会被偷偷带进吉原，或借助夜色和各种喧闹的保护在那里从事和组织违禁活动，这半是寻开心，半是惯例。为了让普通嫖客可以无忧无虑地娱乐消遣，士兵和武士禁止进入这些持照营业区。武士属于一个特殊阶层，他们落魄潦倒，大多数很穷，因无用而伤感，他们只有偷偷去吉原，才能忘乎所以一阵子。由于规定的一天时间不能满足他们，他们定期乔装成农民，甚至乔装成商人，这让他们感觉更不舒服。因为只要出了这个城区，武士都可以趾高气扬，全副武装，两腿叉开、大摇大摆地横行街头，期望得到每个人的问候和臣服，但在这里不一样，在这里他们不准携带武器，必须举止谦卑，经常还得模仿乡下人 O 形腿的走路姿势。

施图尔勒漠然地同意了这整个行动，暗地里只希望这回能让西博尔德丢脸。就这样，一天傍晚，西博尔德、四名学生和门德尔松一起，穿过大花园，悄悄离开了长崎屋。他们走路前往位于北面的

66

享乐区，途经蹲伏在暮色中的雄伟的江户城堡。为了避免引起注意，西博尔德和门德尔松不仅穿得像日本人，还戴着吉原城区内流行的编笠，这是一种宽檐草帽，大名们自己来娱乐区时也会戴上它，这是为了不让人认出来。然后就到大门口，门上刻着一位无名诗人的诗句，据说他百年前喝醉酒，幸福地死在了一位妓女的怀里。

一场春梦
或一缕秋云。
花儿永绽放，
灯笼光下
幸福
夜夜徜徉。

通过哨所比想象中容易。这些哨兵主要负责不让这里的女人离开围墙内的地带，不让武器被带进去。由于这六人显然没有武器，西博尔德的学生们打打闹闹，惟妙惟肖地假扮迫不及待地想进去享乐的醉嫖客，哨兵让他们直接过去了。一进大门，呈现在面前的是一条长长的大街，两旁樱树林立，这年最后的花瓣纷落如雨，街头摩肩接踵，五颜六色，热闹非凡。主街道又名花街，两旁是三层楼的木屋，阳台上点着灯笼，全是寻欢作乐的男人、含笑闲扯的女人和喁喁私语的情侣。这里面的民间生活与外面迥然不同。在日本的中央，在这片由儒教的诚实和佛教的冷淡组成的伤心海的中央，吉原是一座充满欢乐、情欲和消遣的岛屿。在这里，等级和出身无关紧要。关键只是，你要么有足够的钱，要么是一位有趣的艺术家、诗人、演员或说故事的人。日本人就这样在享乐区和红灯区里满足一个没有等级的社会的梦想。为此，他们一次次屈从于美丽、才华和金钱的统治。停留时间有严格限制，每次最多一天一夜。高级妓女们带着小队随从奔走在他们面前，她们的服装前卫时尚、闪烁耀眼，发型别致艺术，令西博尔德和门德尔松咋舌。她们属于性服务等级制度里的上层。嫖客必须按照固定规矩来追求和征服这些女人，她们才会与之交往。相反，最底层的妓女被直接关在栅栏笼子里展示，花上一笔固定的价钱就可以将她们领出来，带进预订好的房间。吉原的生意显然很火爆，因为这里有丝绸贩、织布匠、面具匠、理发匠、出售木屐与珠宝的店铺、纸笔店、版画店、书贩、卖甜豆浆和蜜饯的甜品店；当然也有清酒和烧酒小贩，他们站在店门口，用鼓形的酒桶吸引注意；最后是代笔人，嫖客可以让他们写一封带诗歌的信，然后拿着它去打动追求的小姐或被称为"飞鱼仔"的年轻歌舞演员，这是这座热闹大街上的另一件惊人的浪漫之事，即公开的男男之爱。

"今晚有什么计划呢？"他们经过形形色色的商店时，西博尔

吉原风貌

德问在座的学生。门德尔松饶有兴趣地看着他，因为他猜想自己穿着日本服装的样子与西博尔德一样傻，西博尔德的衣服还明显嫌小。高良斋解释了他们计划了什么样的节目。

"我们先去烟燕茶馆，我们与江户的几位朋友约好了。我们先跟他们一道吃饭，痛饮一场。让他们给我们多介绍点吉原的情况，因为他们才是真正的行家。饭后我们很想带老师欣赏一下吉原最好的歌舞剧场。然后我们再看看……"高边说边笑，好像他不可以将他知道的全部说出来似的。

他们来到烟燕茶馆，被领进一间只有几张大桌子的宽敞房间，桌旁坐着闲聊大笑的商人和他们的小姐。一张桌旁的三名男子跳起来，向长崎来的朋友及两名化装的荷兰人打招呼。令人吃惊的是，别人谁都不理睬这些乔装的外国人，虽然他们摘下草笠后，别人就可以看出他们是外国人了。其他桌上的客人只顾着自己和自己的女人。仿佛这里每晚都能见到不同寻常的人似的。江户的男子们介绍自己是医生，也是吉原的常客。大家在桌旁就座，饮料、泡菜和咸鱼马上就上来了。这些男人还被问及要不要找女人乐乐，但他们暂时不需要。一群人举杯相碰，西博尔德注意到邻桌有个矮墩墩的日本人，长着一张正方形的刀疤脸，正咧着嘴冲他笑。然后陌生人举起一只小碗，大声吸进一种黏稠的白色东西。西博尔德感觉他这是想向自己展示什么或讲述什么，他向三人中自称是真正的江户人的山口询问，山口是江户居民，不是来自乡下，几代人一直住在城里。山口听了之后很开心。

"老师，我认为那个男人喜欢您。看样子他今夜很想与您共度良宵。"

"什么？怎么……这您是怎么知道的？"西博尔德十分诧异地

问道。

"很简单。他大声吸山药汁，让您看见并听见。在这里这是男人之间互相勾搭的标志。他这是在向您发出邀请。可能他喜欢您的金黄色头发。您也喜欢他吗？"山口假装天真地问道，全桌人都笑了。只有西博尔德没笑，这可能是他能想到的最难堪最不舒服的事了。他此生还从没这样被另一个男人不知羞耻地勾引过，尤其是被一个憔悴的日本妓院嫖客作为性爱对象来勾引。

"您别理他，"三名医生中最年轻的谷崎说道，他想帮西博尔德摆脱困境，"在这里，勾引落空是很正常的事。他转头就忘记了。您别多想。"

他们转换话题，山口让大家看他的吉原指南，这要比门德尔松的那本装帧漂亮。在这本手册里，**春宫画**、妓女及其嫖客的色情图画，几乎占了一半，十分详尽，甚至荒淫放荡。

"这种图怎么能进入这里的？这可是严禁的呀。"西博尔德半是好奇半是骄傲地问道，他骄傲是因为人家无法再拿这东西让他吃惊，这与门德尔松刚好相反，门德尔松是头一回见到这种伤风败俗的图画，看得目瞪口呆。

"是的，是禁止的。但这些册子先被送交审查官审查，审查通过后再将这些纸页贴进去。"山口戏谑地回答。

"这么说，你们拿审查不当回事？"西博尔德继续问道。这回关口先生来回答了，他是经验最丰富的吉原常客。

"是这样。日本有很多法律，这个国家没有人或只有少数傻瓜才遵守。您看看外面大街上吧！那里谁不在触犯奢侈品法！吉原的客人和居民当中，至少有一半穿着时尚、华丽，佩戴着三十多年前就被幕府严禁的首饰。您看出我们对待此事有多严肃了吧？"

"可是，为什么偏偏在这里政府放任民众，甚至容忍法律受到践踏呢？"门德尔松追问道。山口又接过了话头。

"这是一次破例，是幕府仔细权衡过的、行之有效的策略，平时，幕府常因众多愚蠢的法规受到嘲笑。这样做的目的无外乎是让嫖客和我们这种人有事忙，能开心，幕府借助我们寻欢作乐的欲望让我们不去伤害人。幕府让我们像孩子一样在这里发泄，好让我们在外面，在日本的真实世界里，不做坏事，继续像德川家康曾经设想的那样遵纪守法。您瞧！这管用。二百多年来，我们听任自己被这样牵着鼻子走。在日本，儒教、佛教和神道教达成了默契，每个在艺术上或政治上跨越了这一默契的人，都会在某个时候来到这里。这些极乐鸟在这里个个受到欢迎，被灌清酒，得到妓女侍候，直到他几乎不能思考。这是不是很成功！难道我们不是一个非常狡猾的国家的优秀臣民吗！"山口脸上泛起一丝泄密的红晕，像是想证明刚刚说的话似的，他试图用更多清酒来浇熄酡红。这时走进来四名女子，她们给大人们端来了清蒸鱼配白灼蔬菜。西博尔德继续边吃边问。

"这些女人从哪儿来的？她们生活得怎么样？"

"大多数从小就打乡下过来了，"关口解释道，"她们被乡下的父母卖掉了，常常是因为实在没东西吃了。开始时她们全都一样。之后她们能发展成什么样，就要靠她们的美貌了，主要还要靠她们的智慧。这决定她们是能升到最高等级，做一流的高级妓女，成为势力强大的花魁，掌握很多迷惑男人的技巧，还是终身只做一名普通妓女，一个游女，只会在廉价妓院里出卖肉体，供男人享用。"

"真有意思！"门德尔松打断道，"那么在吉原决定整个未来生活的不是出生和出处，而是才华，是每个人的，我是指，每个女人的真实成就？"

"是的，没错。只不过，您别看得太浪漫了。游廊对我们男人也许是个天堂。但在幕布背后，保证一切顺利运营的是一座满是魔鬼的地狱。有些人说，这里的女人极不快活，要是有把刀，她们会自杀的。另一方面，也有人说，赎身后的妓女将会是最好的妻子。即使必须与一个花心、嗜酒、发臭的男人生活在同一屋檐下，甚至还与孩子们一起，她们也觉得这种残酷命运是恩赐，是人间天堂。您只有知道了这儿的规矩有多严酷，才能理解此事。低级女人一旦生病，或者不受老板喜欢，那她们的生命就毫无价值可言了。她们得不到医疗救护，会病死或直接饿死。然后尸体被运去附近的一座寺庙，这里的人称之为投葬寺①，相当于'弃尸庙'的意思。"

"疾病怎么样？这不是传染病的理想场所吗？"西博尔德问道。

"没错。过去几十年，我们这里一次次爆发严重的结核病。但吉原最严重的灾难是'中国病'②。"

"您是指梅毒吗？"

"是的，你们那儿大概是这么称呼它的。所有的疾病加起来，导致只有少数女人能活过三十岁的生日。她们级别越低，死得就越早。她们唯一的机会就是被一个有钱的施主爱上，让他替她们赎身。这种事也不少，因此姑娘们觉得这是个可以实现的目标，这让她们不至于绝望。这就像一场生命的大六合彩，但总比在乡

---

① 日本古代专门埋葬身份不明、死于街头的人及无人认领的妓女的寺院。
② 梅毒的蔓延使得各国相互指责，对梅毒的叫法也不同。因最初发生于意大利那不勒斯的法国侵略者军队中，被称作"法国瘟疫"，法国人则称其为"那不勒斯病"，俄罗斯人称"波兰病"，奥斯曼土耳其人和阿拉伯人称"基督病"，日本人称"中国病"，中国人最后根据临床表现称之为"梅毒"。——编者注

下饿死强。"

"关口先生，您同情这些女人，是吗？"西博尔德问道。关口的目光阴郁起来。

"生活用它的方式考验过我了。我正是爱上过一位妓女。她年轻、漂亮、绝望。可我最近才成为医生，依然很穷，不是有钱的富商。我没能向她的冷酷老板提出赎身，他经常虐待她。因此我不得不眼睁睁地看着她毁掉。她死于输卵管妊娠的可怕剧痛，都快十年了。那孩子甚至很可能是我的。我永远不会知道是不是了。"

"您是如何诊断出这个并发症的呢？"西博尔德惊讶地问道，他不相信他的同事掌握这知识。

"我在弃尸庙里找到她的尸体，带回去进行了解剖。"

"够了！"山口假装发火，叫道，"这故事我们都已经烂熟于心了。别用你的爱情故事让我们的长崎贵客觉得无聊吧。另外，我们慢慢要从理论过渡到实践了，对不对？"

"是的，没错，是时候了。表演马上开始。我们结账走人吧。"年轻的谷崎赞成道，他早就受不了远离街头的喧闹和女人了。

"还有一个问题，关口先生。如何区分游女和艺伎呢？"门德尔松天真地问道，学生们听后大笑起来，虽然这个问题问得有道理，在京都的娱乐区他们没能弄清此事。

"这很简单，门德尔松先生。游女将她们的带子系在前面，艺伎系在后面，"关口善解人意地回答道，像是在替他南部来的同事道歉似的，"请您不要试图请求一位艺伎提供性服务。这对艺伎来说是非常难堪的——对您也是！"

"艺伎后面，游女前面，"门德尔松在脑海里重复道，"行，当然，我会记住的。"

西博尔德和门德尔松离开烟燕时又戴上了草笠。他们来到大街上，面前的人群让他们陶醉了，只见无数漂亮的女人笑个不停，向四面八方抛媚眼，大胆地抓住绅士们，把他们往她们房间所在的方向拖。身宽体胖、喝过酒的町人 ① 感觉自己一直受到底层漂亮姑娘的追求。山口认为，实际上根本不必花钱，因为光是可以白白享受女人们这样争抢嫖客，都值得来一趟吉原。他介绍，实际情况却是，许多有钱的男人，特别是商人，会在一个较好的女人身上丢掉他们的全部财产。等他穷困了，一无所有了，他还一直待在吉原，像条狗似的跟在他崇拜的女人身后喘息，而她当然不再搭理他，他怀念那有油水的时光。男人发疯或直接饿死的情况经常发生。在这里，生活不仅对妓女们残酷，对她们的嫖客也很残酷。

"快看！那儿来了一名花魁。"谷崎喊道。人群中露出几面旗帜和一个高个女人高耸的发型，她正一摇一摆地缓缓走近。一大群随从将她围在中间，他们敲着小鼓，摇着铃铛，吹着口哨，唱和着为她开道。除了跑在前面的两个扛旗的，大概还有一打女子，全是她的女仆。她的和服比西博尔德和门德尔松至今见过的都更华美、更绚丽。与关口说的一样：她的带子在前面系了一个大结。当花魁向他们走来时，西博尔德才看出她为什么会这么高。她穿着特别高的木鞋，类似于木屐，只是要大得多，漆成了黑色，鞋底加宽了。她每走一步都很庄重，抬脚，鞋向后摆，然后在一侧缓缓地画个半圆，再放下。西博尔德出神地从他的草笠下偷看花魁的脸。她的头发是青黑色的，用玳瑁针、鸢尾根和镶着珍珠的银梳子一丝不苟地高高绾起，眼睛没有睫毛，化过妆的皮肤光彩照人、洁白无瑕，紫

---

① 日本江户时代对民众的一种称呼，即城市居民之意。

红色的嘴唇画出了若有若无的出神的微笑，像在撅起嘴唇似的。她是一尊活雕塑，有着美丽、骄傲、高不可攀的神态。队伍过去后，西博尔德询问那妆是用什么化的。关口知道。

"用铅白和夜莺粪便。顺便说一下，这是本地常见疾病的另一个来源。铅白有剧毒，如果女人们用得太频繁，涂得太厚，脸上就会长出可怕的疮，可惜这种情况屡见不鲜。"

"真了不起。果真是医生！"门德尔松讽刺说，"我们终于见到了一个真正令人窒息的美女，可我却不能享受这画面，不得不听这些医学怪事。也许我该另外找个人陪我。"他边说边夸张地做出要走的样子，但只是原地转了一圈。日本人听后哈哈大笑，很高兴他们的小圈子多了门德尔松这么个爱开玩笑的人，他不只会提幼稚的问题来引他们发笑。

"门德尔松先生说得对，这样下去我们永远不会开心。我们走吧。"

高级妓女

剧院门外人山人海。进去时西博尔德还在想着别被人认出来。进去后他就想摘下草笠，不再戴面具了。剧院大厅的地面上摆着低矮的桌子，他们走进舞台对面的一间宽敞包厢里，坐在那里，演出时观众们基本上看不到他们。山口不仅叫了食物和饮料，还叫了九个女人，每位客人一个。他是在一个看似菜谱的本子里按级别和价格挑选的。当小姐们"格格"笑着款款走进来，依次自我介绍并鞠躬问候时，西博尔德不安了。她们年龄不一，穿着花和服，个个都很漂亮。每人都走到一个男人身旁，好像她们全都知道自己属于谁似的。当发觉桌旁坐着两个夷人时，她们尖叫起来。为西博尔德叫的那个最年轻最漂亮，她犹豫地走近他，比他自己还要胆怯。所有人都望着他俩，那些江户医生显然很得意，十分开心。她介绍，自己叫由记，并立即为西博尔德倒酒，微笑着用双手将酒端给他。她的瞳孔圆圆的，几乎看不出边缘，西博尔德由此看出她满心恐惧。其他人开始与他们的小姐聊天嬉闹。门德尔松也马上沉迷于一名脸若圆桃、娇小可爱的女子了。

"你放松点。你不必怕我。"西博尔德用纯正的日语说道。这下她的眼睛睁得更大了。

"您好，您也会说日语？"

"是的，今晚有这么个漂亮、腼腆的女子陪我，我很开心。"

"您好，我必须承认，我还从没见过外国人。人家老对我们说，他们长得像魔鬼。不像您这样。"

他们就这样攀谈起来，正厅前排的桌子渐渐坐满了。所有人都坐下后，观众席里突然开始窃窃私语。人们喊着什么，西博尔德立即明白了是怎么回事。

"花魁！"

她一走进大厅，众人的目光齐刷刷地向她投去。她以独特的方式娉婷地穿过人群，比先前在花街上显得更高挑更漂亮，身后的随从像条长拖裙。她朝着舞台对面中央最大的包厢走去。要走到那里，她先得顺着通道走向化装的外国人和他们的朋友所在的包厢。此刻他们看到，她直接朝他们走过来了。事情就这样发生了。为了看得更清楚，西博尔德从半明半暗中向前移了移，他本该躲在里面，不让观众看见的。当花魁直接站到他们面前，转向他的位置时，他们的目光相遇了。西博尔德一愣，望着她，屏住了呼吸。她也停了停，眼睛上下打量他，表情纹丝不动。他感觉自己是个小人儿，长着毛，光着脚，蹲在地上，在被一位女神端详。那是善意、温和的目光吗？还是冷漠，甚至是对蛮夷的厌恶？这瞬间很短，却又似乎很长。然后她转过身去，继续轻盈地走向她的包厢。西博尔德仍像瘫痪了似的，女孩由记也察觉到了发生的事情。

"她很美吧？我们全都为她骄傲。"

"是的，美丽动人。"他低声说道。

山口暂时离开她的女孩，移到西博尔德身边。

"她是一件艺术品，对不对？她叫东间二世，是照她的传奇前任的名字取的，百年前，在元禄时代的黄金时期，吉原就曾经拜倒在那位前任脚下。美貌的九个方面，眼、嘴、头、手、脚、神、举止、魅力和声音，各方面都尽善尽美的被称作仙女，她应有尽有。东间二世除了拥有貌美，还特别机敏、聪明、有教养——是一位引诱大师。她就是仙女。"

然后演出开始了，先是舞蹈和音乐。高良斋坐到西博尔德身旁，向他介绍故事情节，替他翻译他没听懂的对话。女性角色由俊俏的年轻男子扮演，那些飞鱼仔演出结束后也像游女一样，向嫖客们卖身。那戏叫作《善良的审查官》，充满对当局的讽刺和嘲讽。故事的主人公是个名叫源平的审查官。他看到并理解，送审的剧本、图画和诗歌影射着幕府的腐败、阴谋、无能，以及对同性恋的偏袒。但他开心地装傻，保护了大多数吉原人和他们的画家、诗人和歌舞剧作者。他的妻子因为愚蠢的外遇突然离开他，转身嫁给了一位已经跟她偷情很久的更高层的官员，他快要崩溃了。高档妓院"鹤巢"有许多艺术家出入，他审阅过他们的作品，妓院以顾客的名义向他表示感谢，赠给源平一个更漂亮更机灵的女人，不用他支付巨款替她赎身。从此，他除了禁止真正低劣的没人会买的作品外，主要禁止那些遵循审查规定的合法忠诚的作品。最后他也开始化名狐，即狐狸，发表讽刺故事。吉原的生活不受干扰地存续着，顺便说一下，在吉原，人们早就在供奉狐神稻荷了。高良斋继续介绍道，据说剧场老板不得不大肆贿赂负责审批此剧的审查官。就连那个奉承审查官的剧名，也让这事变得不便宜。但剧院老板显然觉得这玩笑是值得的。观众热烈的掌声已经持续了快一年了，这证明他做得对。他早就挣回贿赂成本的很多倍了。

戏演完了，掌声经久不息，一名女仆从隔壁包厢走过来，转向一群人中最年长的山口，对他耳语了几句。从他脸上看得出，她所说的内容让他惊讶。他频频点头，连说几声"哈依，哈依"。然后女仆又走出去了。山口在榻榻米上移到西博尔德身边。隔壁花魁及其随从人员开始走出剧院。

"老师，现在本该各人带自己的小姐去寻开心，'深入检查'她们了。我是当真的，小姐们喜欢我们的医生游戏。房间都已经准备好了。可现在出了点状况，这在吉原肯定史无前例。隔壁的女主人，伟大的东间二世，希望在她的卧室里款待您。但她不是想与您一起喝茶，而是要同床共枕。老实说我真是哑口无言了。"

"我才是。"西博尔德不敢相信地说道，女孩由记则紧张地听着。

"老师，您知道，通常情况下，就连大名这样有权有势的男人都得向花魁献上几星期殷勤，送她大量礼物，才会获准去她的房间。他们若想接近一位花魁，就必须严格遵守一定的规矩。看来她亲自为荷兰老师放弃了这些规矩。她另外制订了新规矩，您如果接受她的邀请，最好严格遵守它们。"

"在我做决定之前，我可以先听听这些条件吗？"

"当然。首先她不会与您讲话，也要求您不要跟她说话。原因是，您反正不会理解她说的是什么。她不仅是个花魁，而且也是最高等级的妓女。她是一名太夫。因此她不讲民间的普通日语，她讲的甚至不是礼貌的敬语，而是最高贵的皇家语言。请您原谅我这么说，但她不想听您的普通日语，这只会毁坏她对您的印象，她不希望这样。第二个条件是，您要在她的卧室的外间更衣，别让您这身穷酸打扮伤害到她的眼睛。"他边说边扯扯西博尔德粗糙的浴衣。西博尔德想起他的精美制服，它一直让所有日本人过目不忘。他真想现在就穿上它，立即冲出去征服这个日本的极品女人。

"好吧，好吧。还有更多的条件吗？"西博尔德已经忘记了一直在听的由记。

"是的。您也必须付出代价。"

"我就知道这事会有麻烦，"他掩饰不住失望，说道，"也许这慷慨的邀请会让比我富得多的男人在吉原城里沦为乞丐。"

"这方面恐怕也是史无前例的，因为我能想象到，您完全付得起这代价。只要您愿意。"

"什么代价呢？"

"一缕您的金黄色头发，要有东间的小手指的两倍长。"

小由记双手捂住嘴，山口似乎此刻才注意到她。他鄙视地望着她，后悔自己没有事前发觉这对多余的眼睛。听得出来，西博尔德的呼吸就像来自一个将体内的气放掉后又得重新打气的人。

"那么，您怎么说？"

"我不确定。您会给我什么建议？"

"我？您听着，我的朋友，我也许不是个好榜样，因为我贪生。但是，光是今晚就有数百个男人，宁愿为此被砍头，包括他们的妻儿的头。好吧，为得到一份我国只有少数大名才能享受到的特权，您必须支付一缕您的头发。除了妒忌您，我还该做什么呢？"

江户的其他医生和西博尔德的学生纷纷移近。由记低声告诉了他们这匪夷所思的事情。他们瞪眼望着西博尔德，一个劲地点头。

"那好，那你今晚又有时间再去找位客人了，"西博尔德转向由记，他又恢复了镇静，"我当然会付给你全额费用。"由记顺从地点点头，西博尔德感觉到，她如释重负。高大的金发夷人让她感觉太恐怖，虽然他有一双友善的眼睛，它们似乎一点不邪恶。西博尔德望望门德尔松，他与有趣的桃形脸小姐显然正玩得开心。然后山口将最后的指示告诉了西博尔德。

"现在您要跟上花魁的队伍。我将把您的答复转达给等在剧场外的女仆。她会带您到她的屋前。我们虎时①开始时在大门口碰头。请您别迟到！我们一定得一起离开这地方，而且要在日出之前，"说完他顿了顿，"我想，我不必再祝您好运了，因为您已经是吉星当头了。"他会心地笑笑，结束了他的小小报告。西博尔德简单地告别了一下，付给由记钱，其他人也准备带着他们的女人回房间去了。门德尔松也是。西博尔德戴上草笠，躬着腰上路，免得他的高大身材引起注意。他看到，花魁一行被一群看热闹的行人包围着。西博尔德走进一条巷子，准备绕道追上队伍，先于队伍到达目的地，那座睡莲花屋。来到那里，他待在一定的距离外，想尽量不引人注目，等待房屋的女主人。不久队伍到了，花魁一进大门，队伍就又散开了。于是西博尔德也走向入口，停在约定的地点，等人来接他。但什么都没有发生。

---

① 也就是寅时，指凌晨三点到凌晨五点这段时间。

他蹲下去，倚着墙等候。喝醉酒的男人在妓女的搀扶下跌跌撞撞地走过。她们要将这些醉鬼拖回她们的房间，诱骗他们。"我在这儿做什么？"西博尔德想，"我，一个已婚男人，妻子临盆，我在等什么？"他给自己的答案是，泷也帮他找了个女人。她不希望，他因为她怀孕就放弃性事。可是，事后他试图让她明白，他是欧洲人和基督徒，对妻子的忠诚先于性满足。他说特别是在她正怀着孩子时，他不想要别的女人，不是吗？是的，这没错——可是现在情形不一样。毕竟他没有找过女人，小由记只是为了显示自己合群，几乎是为了礼貌，因为在日本，所有男人都这么做。那现在呢？这回不太一样，因为是花魁挑选了他。他不是来这儿考察的吗？了解日本最高级的妓女的秘密，这不值得吗？作为德国的研究人员和历史学家，他能拒绝蓬皮杜夫人要求上床的邀请吗？东间影响很大，与她的关系或许对他的政治和科学目的很重要。是的，也许只有通过她，他才能在使团离开后继续待在江户呢！

终于有两名女仆从房子里走了出来，她们走近他，请他进去。他被领着穿过一间前室，这里挂满色彩鲜艳的布毯，上面满是神秘的神灵场面。西博尔德认出了野性的须佐之男，他屠杀了邪马台国的龙。之后他们踏上一条有顶篷的木栈道，穿过一座竹园，来到另一座建筑，又被从建筑周围的阳台领进一个房间，他没能立马猜出那是更衣间。通常情况下，追求东间二世的那些大人物会在这里脱下他们的外套和草笠，如果他们戴着草笠的话。西博尔德也这么做了。另外，她们还按照约定，给他拿来一身大小合身、特别华贵的男式和服。女仆们帮他穿上那件有好几层的衣服。确实——穿上这身高贵的服装，西博尔德完全变了，它比普通的浴衣更符合他的身份。他的双肩变宽了，光脚再也看不到了，衣袖也不嫌短了。日本贵族一定比普通的日本人更壮硕，更高大。和服上的图案是一头深蓝色的鹿，鹿角粗壮，正在一座淡蓝色的森林里奔跑，这让西博尔德想起他的故乡巴伐利亚。女仆们也不与他讲话，他只能通过手势理解她们的指示。这不难。他已经发现，日本人的手语高度发达，他们不用语言也能很好地理解和沟通，就跟意大利人一样，只不过日本人不是疯狂地打手势，而是使用一种普遍熟悉的手语。女仆们带他穿过另外的两三个房间，最后来到一扇双开的大门前，普通建筑里很少见到这种大门，看上去宫殿才会有这种大门。她们示意西博尔德在大门前坐下来，而且不是舒服地盘腿端坐，而是毕恭毕敬地正坐。然后她们就离开了，有一阵子没有任何动静。西博尔德不习惯这种正坐姿势，感觉脚趾很痛，双腿的筋和肌肉都在痛。突然，腰系围裙、体魄健壮的日本男子大步走过左右两侧，站到门前，挥起巨大的槌，开始擂门，那槌类似于欧洲用来敲定音鼓的用布包着的鼓槌，只是大得多。擂完他们就走了。西博尔德只想摆脱折磨人的正坐，他的小腿肚和伸直的双腿都在疼挛。最后大门终于向内打开了，他可以站起来，可以摆脱疼痛了，西博尔德明白，他现在将走进圣地的最里面。房间里走出了别的女仆。她们很友好，面带笑容，一声不吭。她们示意他跟着走，他们来到一张低矮的桌旁，他盘腿坐下，桌上摆放着各种盖住的漆盘。西博尔德闻到了房间里的香味，它包围着他，令他迷醉。那是一种淡淡的又咸又甜的味道，像耳语。那味道混合着玫瑰、檀香木、蜂蜜和一种未知动物的气味。他从未闻过这种东西。他尽量保持端庄，走到桌前，坐下来。这房间真是一座宝库，满是古画、布料、橱、柜，镜子估计是威尼斯产的。紧接着他就看见了花魁。她背对着他，雍容华贵地坐在最大的镜子前，他从镜子里能看到她的脸。一切都是有计划地安排好的，那气味、视野、服装。接下来会发生什么呢？通向房间的大门又被关上了。女仆们走向女主人，开始从她的头发里取下头饰、鸢尾根、梳子和针。这一切做得郑重其事，助手们故意放缓动作，令他如痴如醉。花魁高绾的发型一层层、一缕缕地落下，头发越来越长。同时东间仔细地从镜子里观察着西博尔德。他仿佛看到她还冲他笑了笑。一名女仆向他走来，示意他享用桌上准备的食物和饮料。虽然这是这天夜里的第二餐，但西博尔德没有客气。他饿了，也想喝更多酒。当他品尝女仆斟的清酒时，他发觉里面有种从前没有品尝过的味道。东间让人为她轻梳头发，直到头发像平静的黑色河流那样光滑地披散肩头。这下她的脸完全不一样了，它更小了，变得更脆弱，也更温柔了。她不再是那个伟大的女主人，而是一个正在梳妆打扮的漂亮女子。然后她站起来，女仆们开始帮她解腰带，最后脱下她的和服。一位女仆托起头发，另一位慢慢地绕着东间转圈，收起缠绕着她的身体的布带子。西博尔德听着女人的呼吸声和丝绸的窸窣声。他停止咀嚼，欣赏这响声，它刺激得他头皮发麻，这阵麻意沿着他的脊柱下行。然后两名女仆一起托起和服，像托着剧场幕布似的，东间又在和服背后坐下了。女仆们放下布料，其中一位将花魁的长发轻轻地从肩头放到身前。这下她一丝不挂地坐在镜子前，可西博尔德只能从镜子里看见她的背和她的脸。她腰部细窄，弧线温和地过渡到她的臀部，骨盆宽大，屁股浑圆结实，她背部轻微前倾的样子就像一幅欲望和生育的画。她身形优美，让西博尔德想起一件乐器，那是大提琴或小巧的中提琴。然后女仆们从橱子里取出另一件宽松服装，上面用黄丝线绣着黄里带红的花卉，女仆们小心翼翼地将它披在花魁的肩头，又将她的头发放到后面，让头发光滑地从背上倾泻下去。她站起身，拿披肩裹紧身体，西博尔德有一刹那看见了她的乳房，它们比他想象中更大。她的头发拖在地面。然后她转过身，轻盈地缓步走来。又是布料的窸窣声，这回是由于披风后襟轻轻拖曳在地上。她以优美的姿势正坐在他对面的桌旁，并不看他，而是垂下眼帘，西博尔德望着她眼睑上方精致的橙红色的落日图案。一位女仆给她倒上加了香味的茶，她用左手的修长手指举起碗，右手手掌朝上，平放到茶碗下方。她小呷一口，重新放下茶碗，抬起目光，直直地看着他，和戏剧里一模一样。东间二世，她就坐在那里，在这房间里，没穿她的华裳丽服，不那么吓人，但他觉得她依然骄傲和坚决。她的眼睛是棕色的，像栗子一样，眼神温暖，通情达理。她早就觉察到客人的不安和尴尬，觉得她现在有义务让对方感觉宾至如归。她当然知道，在抵达她的卧室门槛之前，男人都听到别人怎么讲她，都以为知道她的情况。现在她要让他忘记一切。她当然想向他，这个外国人，这个蛮夷，展示她的美丽、高雅和全部才华，以及太夫的高超技能。但这不能以他的幸福和享受为代价。两者结合在一起才行，她现在拥有这些条件了，不想轻易再失去。她决定做点她极少允许日本主顾做的事情。那些人大多纠缠不休，这符合他们的统治者本性，她不得不始终与他们保持距离，通过拖延和迷惑，让他们接近和亲近她的愿望始终得不到满足，让他们一直处于饥饿状态。这回不同，一个没有她优越的男人，他不熟悉性生活的标价牌，但她想占有他。因此她对着他笑，不是微笑，而是一种坦诚热情的笑。西博尔德心头一热，因为这姿态炸毁了此前所有拘谨和虚假的东西。他现在在眼前看到的是另一个女人，热情，妩媚，牙齿像阳光下的雪一样洁白，还一闪一闪的。他发觉她把妆卸掉了，她先前浓妆艳抹，在那样的面具下，她几乎不可能这样笑。他很高兴东间不像他在京都和江户见过的其他许多高级妓女和已婚女人那样，东间没将牙齿染黑，他也立即明白了为什么她不需要这样处理。山口在看戏时向他解释过，那些经常必须化浓妆的女人，比如高级妓女，会染黑牙齿，只因为妆化得过白不利于对牙齿的衬托，会让牙齿看起来像马牙一样黄。黑色牙齿最有用，黑色让牙齿直接消失在黑暗的口腔里。但东间的牙齿白得超凡脱俗，甚至很难不让妆容显得发黄或发灰。西博尔德像解脱了似的也冲她笑笑，顿时感觉更舒服了，因为他不习惯这一仪式性前奏的紧张感，虽然他也很喜欢这个前奏。东间向桌旁移近了一点，双手小心地抓住他的右手，将他拉过去。这是第一次接触，西博尔德突然觉得非常了解这个女人，虽然他一句话也说不出来。那温暖，那紧张，那力量，那轻轻的压力，她抓取的方式，她的牵拉，她皮肤的特点，这么多的印象从她流向他，让他感觉到轻微的眩晕。东间翻过他的手，细细端详，用她的指甲盖摩擦他的手掌心，又将手翻过去，端详手指甲，甲床上有小小的白色月晕，然后用她的指甲刮他小臂上的金黄色体毛。然后她拉过他的左手，放在一起端详。西博尔德长着男性的粗大双手，但皮肤细腻，没有起茧。就连追求她的达官贵胄们，双手也是块茎状、干巴巴的，就像用砂纸打磨过似的。她能够认出，他不用这双手干重活，他不经常使用武器。但她感觉到里面的能量和能力，它们根本不是用来举托重物或挥舞刀剑的。她感觉到这双手的智慧。她喜欢这样。她不知道她检查的是一位非凡的外科医生的双手，踏上日本领土的最好的外科医生，但她确信，她面对的是一个特殊的、高度发达的人体工具。她开始讲话，声音很低，实际上只是耳语。西博尔德一句也听不懂。他感觉不到她是与他讲话。然后她慎重地招手让他靠近自己，示意他将头往前伸。他顺从地把头伸过去，低头看着桌子，他感觉到东间的手指插在他的头发里。她的低语越来越激动，但他还是什么也不懂。对头皮的抚摸和无法听懂的柔声细语在将他催眠。他感觉她的声音不像普通妓女的那样尖细，像鸟鸣，而是相反，深沉粗粝，有一种成年人的音高。他想听她正式讲话，以便了解她，但她一心想着自己和他身体的特点。作为人的他似乎根本不存在。当他主动抬起目光时，她只是又像先前那样冲他嫣然一笑，示意自己还没有检查完。奇怪，他心里想道，这与山口分手前向他介绍的相反。不是他，西博尔德，这位医生，可以通过一场医疗检查带给一个女人性快感，不，是他自己必须接受这种检查，他似乎正在让一位高贵的太夫快乐。忽然，她轻轻地拍拍手，女仆们出现了，从她的床上拉开一床被子，并将下面那床被子掀开，看上去像是在邀请他。东间略一踌躇，然后直接拉起那个无语的蛮夷，牵着他走向她的床。现在他发觉，她不穿高跟鞋时也比大多数日本女人高。他感觉很是身不由己，就像在长崎时面对消遣女孩的难堪场面一样。可他信赖东间。短时间的端详、耳语和抚摸为接下来的一切奠定了基础。他的感觉告诉他，他已经有些认识她了，可以继续顺从她，不会有危险。当他站在那里，让女仆们解开自己的和服时，她和衣躺到床垫上。然后她推开披风，让他瞥了一眼她的裸体，又用她像半透明纱巾似的长发将它遮住了。就像她穿着披风时一样，他半敞着和服，躺到她身边去，抱起她，将她拉近自己。现在轮到他来考察她了。她听之任之……

幕府天文师

西博尔德、他的学生和门德尔松按照约定，于虎时在大门口会合，离开吉原。他们装成吵吵闹闹的醉鬼，对卫兵一点也不尊重，直接趔趔趄趄地走过他们身旁，没有被发现。他们回到长崎屋时，太阳都快升起了，他们都没来得及脱衣服。当仆人们来到房间叫他们起床时，西博尔德和门德尔松还和衣躺在被子下装睡。西博尔德更衣，为白天的大量工作做准备，一边还想确认昨夜不只是一场梦。他在镜子里寻找头上少了一缕头发的位置，找到后他又想了一下东间，想到她赠给他的快乐以及他多么想与她讲话。

早餐后不久，会谈就开始了，西博尔德开始接待来访的江户医生。所有想见西博尔德的人都带来了礼物，他们好像事先商量好了似的，带来的礼物几乎没有重样的。这样，他收集的动植物标本，矿物，以及手工、艺术、宗教与文学作品就在不断增多。西博尔德虽然疲惫，但心情很好。在折腾了一夜之后，他的学生们也不再精力充沛，但他们也像老师一样开心，下午还组织了去浅草天文台。这群人几小时前刚从吉原考察回来，现在他们与警卫队和警官一起，走的也是夜里去享乐区的那条路。西博尔德、他的学生和门德尔松一次次会心地对视，不停地忍俊不禁，笑出声来。善良的川崎根佐并不傻，自然发现了那令人愉快的阴谋。他又一次想装作不知情，因为此次出行与使团在江户期间的其他出行一样，统统归他负责。在他的官方日记里，他晚上只会记录，荷兰人与日本游客一样，对这次消遣都感到高兴，因而相当放纵。他们因为一个完全不同的原因，表现得有点粗野、随意，这一点他不必记下。

在到达目的地之前，西博尔德请高良斋为他解释了浅草天文台的意义。它不仅是进行天文学观察和测量的地点——它的宽敞楼顶砌着一个平台，夜里可以去那里观察；过去几十年里，它是日本制图学的中心，还负责对所有外国书籍的审查和翻译。这些额外功能很大程度上只归功于一个人——高桥景保，他在国家天文台政府部门的头衔叫作天文方，他还是国家图书局的总督察。他多才多艺，同时又是天文学、地理学、植物学和物理学的真正行家。荷兰总管多伊夫八年前来访江户时被高桥和他的收藏深深打动了，为他取了拉丁文名约翰尼斯·格洛比乌斯。一听高良斋讲到地图，西博尔德立马清醒了，全神贯注地听起来。高桥似乎正是他寻找了很久的那个人。一个研究地理学的人。身为科学家的高桥景保可以与他平等交谈，高桥景保可能还有权让他接触档案和政界支持者，他迫切需要他们来帮他完善他的日本研究。他一直需要一位有权势、有影响力的日本博物学家。

他们来到天文台，仆人们将他们领进里面的房间，西博尔德既紧张又快乐，满怀着期待。当他们走进高桥宽敞的书斋时，高桥从他的矮办公桌旁站起，迎向西博尔德。他已经听说过西博尔德的很多事情，对这位接受过全面教育、拥有高涨的科学热情的人无比钦佩，他认为西博尔德是荷兰人，似乎还是个伟大的医生。日本还没见过这样一个欧洲启蒙运动的光辉形象。在高桥眼里，西博尔德象征着西方的优势，以及荷兰政府与日本分享欧洲数百年研究和发展成果的决心。截至那时，没有别的哪个国家给过日本什么。相反，葡萄牙、英国、法国和俄国一而再再而三地只要求一样东西：开国。它们从没有提供过什么让日本对开国感兴趣的东西。高桥体格健壮，有着健康的棕色皮肤，散发出生命活力，动作有力，富有弹性，像个从没有怠慢过身体的人。西博尔德对他的年轻感到惊讶，因为在日本，要担任较高的官职，年龄可是关键，一个人四十岁左右就担负了这么多责任，真是非同寻常。西博尔德刚刚三十岁，打从一见面，他就觉得高桥像是自己从未拥有过的哥哥。他俩先是按日本方式彼此鞠躬，然后又按欧洲方式十分真诚地握手，在场的人都感觉到，这是两个伟人的相遇，他们一言未发，就已经开始深度交流了。

"我可以带您和您的同事参观房间和天文台吗?"高桥用纯正的荷兰语问道。

"要不是您主动提出,我现在也会请求的。"西博尔德有点放肆地回答道,避免接下来的会谈中会出现礼节性口吻。他们继续走向档案室和翻译室。西博尔德和他的学生对这里收藏的二百多年来的荷兰语、法语、俄语和汉语图书感到惊讶,全日本只有这地方有这些原版书。文书和翻译蹲在长桌前,对着厚厚的大开本书籍和羊皮书,正在翻译和抄写这些有价值的样品,供日本当局需要时使用。下一间大厅里是地图,在这儿西博尔德兴奋得透不过气来。终于站在日本地理学宝库里了,为了掩饰心头的狂喜,他将注意力转到几只老地球仪上,他知道,它们是一百多年前荷兰使团送给将军的礼物。他告诉他们,从那以来,各洲的海岸线都发生了很大的改变,第五个洲,澳大利亚,根本没被标出来。虽然荷兰人多次在澳大利亚海岸登陆,1642 年甚至在阿贝尔·塔斯曼的率领下进行了一次远征,考察了这个国家,将它命名为新荷兰,而且还发现了今天的塔斯马尼亚群岛,可这座大陆是如此人烟稀少、荒凉干燥,荷兰政府表示没有兴趣继续在这座南部大陆上承担义务,甚至没有好好地给它绘制地图。多年后詹姆斯·库克才给它绘制了地图,1770 年,他将澳大利亚和塔斯马尼亚岛正式作为新南威尔士殖民地划入了大英帝国的版图。

高桥领着这组人穿过其他的厅,走进一座塔里,沿陡峭的阶梯爬上楼顶的天文观测平台。在这里可以鸟瞰全城和关东地区,可以看到西方巍峨的富士山,视野开阔,动人心魄。更让西博尔德着迷的是平台中央那个画着黄道圈的巨大的环形球仪,它能用来精确观测天体现象，比如行星和恒星的运动或彗星的轨迹。他还从没见过这么大的测量仪。高桥满意地笑笑。

"这是我让人根据欧洲的样板制作的。但我不想将它放在我的办公桌上，而是——我可以告诉您——想用它来打动政府官员，尤其是大名们。这些高层统治者在研究科学时，都想得到很好的娱乐。只有这样，我才能得到对这个机构的必要支持和资助。"

"我十分理解。"西博尔德答道，他还陶醉在那迷人的设计里，想起弗里泽少校讲的关于听诊器的话，想起自己如何策划白内障手术和疫苗注射，当他使用无效血清时，简直像个江湖骗子。

为了不比对方逊色，西博尔德请他的学生们拿来测量海拔高度的仪器。他为高桥演示如何使用气压计与托里拆利玻璃管，借助影响水银柱的气压，显示海平面以上的高度，测量结果可以精确到米。西博尔德解释，还得考虑到测量时的天气，要将标准大气压作为原始数值，进行校准。高桥一脸惊讶，他还从没听说过这种测地学方法，而它在欧洲已经应用了近两百年。西博尔德将两个测量仪送给新朋友，对方一下子感到很不好意思。所有装备他都带了双份，为的正是这个目的。高桥一开始不想接受这些珍贵礼物，可转眼就能从他脸上看出这些新增的仪器让他有多高兴。海拔测量是制作地图时最困难最艰苦的工作之一，大多数情况下，只有靠复杂的数值对比和几乎只有他掌握的三角函数计算才能完成。西博尔德送的这个装备能大大减轻一些偏僻地区的测量难度。

科学让人饥饿。于是高桥请客人们去附近一家简朴的饭店用餐。像常见的那样，入口不是门，也不是屏风，而是挂着一道门帘，它的上半部分正好遮住了里面，叫人看不见，上面用大写的汉字印着饭店的店名。这家店的特色菜是受人喜欢的天妇罗——蔬菜、鱼和

海鲜裹在一层薄薄的面粉里，煎得又酥又脆。煎好的一只只天妇罗
要么被轻轻地撒上盐，要么蘸一种用蔬菜汁、甜清酒和酱油调制的
汁，汁里漂着萝卜和生姜。西博尔德初到鸣泷的时候就熟悉这道菜
了。平时他们吃的都是日本高档菜系中具有异国风味的生食菜肴，
这对欧洲人偏爱煮烤食物的饮食习惯是一道严峻的考验，现在能够
换换口味，他们自是求之不得。

　　"为此我们必须感谢欧洲！"高桥夸张地喊道，一边用筷子夹
起一只油煎虾。

富士鸟越村

"您这是什么意思呢？"门德尔松问道，他很茫然，也很惊讶。

"啊呀，您不知道吗？天妇罗最早不是日本菜。我们不会煎食物，葡萄牙人在二百多年前才教会了我们这种做菜方法。"

"真不可思议！原来葡萄牙人不仅给日本带来了火器，还带来了天妇罗——他们带走了日本的很多金子银子作回报。这真是一道实在昂贵、呃……至少是支付了大价钱的菜啊。"西博尔德假装严肃地说道，一边熟练地拿筷子夹起一块鱼，夸张地欣赏起来。众人都乐了。西博尔德不是很爱开玩笑，一旦开起玩笑来，就会让人感到惊讶，这与他平时的一本正经和始终保持庄重的努力形成了喜人的对比。

在西博尔德展示过他的幽默才华之后，交谈就围绕着地理学和世界史进行。西博尔德心情复杂地向高桥介绍了欧洲的殖民地苏门答腊、印度、非洲和澳大利亚的发展，也特别介绍了中国日渐紧张的局势，英国正在越来越严厉地逼中国扩大鸦片交易。几年前，贸易对英国人极为不利。他们购买的丝绸、高档瓷器和茶，要比他们能卖给中国的货物多得多。因此，用作支付工具的银子在欧洲已经供不应求。后来英国人在孟加拉湾种植鸦片，运到中国贩卖，扭转了局势。这样一来，眼见着中国的银子哗哗流向英国，中国开始抵抗。他们以道德败坏为由逮捕鸦片消费者，没收鸦片烟筒。但鸦片生意继续兴隆，鸦片的销量逐年翻倍。

"这可能导致严重的冲突。您认为呢，老师？"高桥担忧地问道。

"我也认为有这可能。英国人以他们的自由贸易主义强迫最大的亚洲国家以最高价大量购买危险毒品，而这种毒品在他们自己的国家也不合法，这不会有好结果。另外，中国在军事和武器上没有办法抵抗侵略成性的英国人。如果爆发一场关税起义、武装贸易冲突或公开的战争，中国就会感受到大英帝国的全部力量了——我担心，中国一点赢的希望都没有。"

中国还是独立的，很大程度上控制着与西方国家的通商。但西博尔德坚信，令中国难以忍受的鸦片贸易必定会导致一场冲突。这些结果会严重影响日本与西方国家的关系。这将又一次证明，幕府的闭关政策是正确的。这会毁掉建议日本政府开放国门的所有努力。他暂时没将这想法说出来。相反，他详细介绍了欧洲列强之间的关系。他从拿破仑讲起，讲他的科西嘉出身、他的统帅才华和掠夺战争，它们从政治上改变了欧洲大陆。他还介绍了直至那位科西嘉天才灭亡才结束的法国霸权主义、滑铁卢的决定性战役、拿破仑在圣赫勒拿岛上的结局和维也纳会议，会上决定按照原先的封建统治标准重新划分欧洲，因此人们称之为"复辟"。高桥从长崎的"荷兰人会谈"记录中知道了一部分，但将这一切联系起来，从一个可靠的观察家嘴里听到，又完全是另一回事。关于日本的北方邻居俄国，西博尔德介绍，那是个庞大、荒凉和野蛮的国家，虽然一百多年来统治那里的是开明的贵族，他们想改善广大没有文化的贫困农民和农奴的命运。三位沙皇——又名"大帝"的彼得一世、也是"大帝"的叶卡捷琳娜二世和亚历山大一世，组成了这个国家觉醒过来的三头统治，他们的权力庞大无比。拿破仑曾被认为是打不败的，但就连他的征服欲都遭到遏止，这导致了他的灭亡。西博尔德介绍，俄国东部是多么荒无人烟，有西伯利亚、堪察加半岛、萨哈林①半岛，后者有个日本名字，桦太②，这些地带很少得到考察，甚至没有正确

----

① 库页岛的俄文译名。

② 库页岛的日文译名。

的地图。西博尔德说，他不觉得那里会对日本构成威胁，只是两国间的边境有一天得协商好，免得什么时候发生纷争。

"老师，桦太不是半岛。它是一座岛屿，与俄国大陆之间隔着一条约两日里宽的海峡。"高桥尽量不经意地补充道，免得西博尔德滔滔不绝的介绍被他自大的插嘴打断。可西博尔德听后先是一惊，然后像遭了电击一样。

"高桥先生，我可以问问，您是怎么得到这个结论的呢？"

"我的同事间宫林藏不仅是一位地理学家，还是一位经验丰富的航海家，他在文化五年，按你们的记载是 1809 年，进行了一次考察，想准确测定桦太岛和东鞑之间的大陆架。但他没有找到，只在岛屿和大陆之间最窄的位置找到一座海峡。我们也很意外。"

"亲爱的朋友，下次有机会我们一定得谈谈此事。这对于欧洲科学界是一桩重要的大新闻！"

西博尔德集中了一下思绪，在这则新消息的启发下，他热情洋溢地讲起北美垦殖者在乔治·华盛顿的领导下反对祖国英国的自由斗争，讲 1775 年以来合众国的独立及其快速的地理扩张，从原先建国初期大西洋沿岸面向欧洲的十三个州变成了现在的二十四个联邦州。毫无疑问，年轻的美国感觉到了无法抑制的向西扩张的欲望，这种欲望最终会到达太平洋沿海。美国已经在努力，想从 1821 年同样宣布脱离西班牙的墨西哥人那儿直接买下整个西海岸。这块巨大的领土叫作加利福尼亚，至今那里只生活着几千名欧洲人和印第安人。但不用多久，在日本和美利坚合众国之间就会只剩下太平洋。西博尔德也介绍了北美土著日益遭到野蛮驱逐的情况，他生动形象地描述了他们的好战文化。听他介绍美国的奴隶制，讲英国部队在独立战争之前一直骗取印第安人的信任，将患天花的士兵们的衣裤作为礼物送给他们，不仅高桥觉得毛骨悚然，连西博尔德的学生们也都感觉如此。结合对中国的两难困境的描述，西博尔德不知道，如果英美两国能够不受控制地进入日本，将会发生什么事。他就这样引入了他本人关心的大事：将疫苗引进日本。因为在这个枪炮、毒品、瘟疫都被用作武器的背景下，让尽可能多的医生，特别是将军府的医生，熟悉注射疫苗的原理，尤其是注射天花疫苗，就很重要。他保证，其他广为流行的疾病，比如伤寒、霍乱和梅毒，也会找到同样的方法。这些来自遥远国度的消息深深吸引了高桥。他还从没听到过这么现实又这么精彩的世界形势报告，恨不得能坐在那里听上几小时。当西博尔德突然忍不住大声打起哈欠时，高桥才发现西博尔德的两名学生已经坐着睡着了。室外太阳已经落山了，**市民黄昏**渐渐过去，饭店的餐桌已经收拾过了，他们只是坐在油灯的光下。

"收拾收拾走吧。[①]"门德尔松勉强用他掌握的日语疲倦地说道，他正确表达出了，他们也慢慢该动身了。

"对，"西博尔德说，又冲门德尔松眨了眨眼，"这真是漫长的一天。高桥先生，谢谢您邀请我们来进行这第一次思想交流。由于我们在江户的时间安排得很紧，我希望不久的将来就能在长崎接待您，好让我们继续这席交谈。"

"该说感谢的是我，西博尔德老师，我会不胜荣幸的。我们可聊的肯定还很多。"

说着，高桥极其亲切地向西博尔德笑笑，结束了会谈，为客人们买了单。他们来到室外，在热闹的大路上告别。昨晚的出游者拖

---

① 原文为日语音译。

着疲惫的身躯返回客栈，川崎根佐一直与浅草来的官员朋友坐在一张桌旁，不得不再次揣度这奇怪的情绪变化。他决定在他的官方日记里这样记载："天文方高桥无疑是我们最伟大最杰出的科学家之一，与他的会晤让使节们累坏了，他们了解到自己的知识有限，默默地返回长崎屋，好仔细回味他们从荷学专家高桥那儿得到了什么，想想他们还能向我国令人尊敬的科学学习什么。"

西博尔德也在日记里做了些记录，虽然他累坏了，都快拿不住笔了。

> 我今天就像阿里巴巴站在神奇宝窟里一样。多么舍不得离开浅草天文台啊！一切都只能瞥上一眼，什么都不能摸，更别说研究甚至——复制了。我看到了神秘的日本最详细的地图，绘有相邻的所有国家！天文学家高桥是个杰出人物，十分对我的口味，他像一位科学的大名一样，谨慎小心地统治着这座地图图书馆。他随口说出了萨哈林不是半岛，而是岛屿。这张日本地图还藏着哪些秘密呢？这回我需要'芝麻开门'，才能再次接触这些宝藏。

老画家来访

第二天，西博尔德睡够了，又开始精神抖擞地工作了。来访者一大早就络绎不绝，医生们带着他们的病人在长崎屋的候诊室里排队。他与德·施图尔勒上校和川崎警官一块儿在客栈吃午饭，他们带来的厨师给他们做了荷兰菜。他们边吃边商量接下来几天的活动，尤其是晋谒将军的准备工作。饭后为了活动活动，西博尔德与一名翻译、一位江户的年轻医生和两名警察走路去附近的一个市场，去挑选要为药房购买的药草。春天取得了对天气的统治权，太阳不再只是亮晃晃地从蔚蓝的天空照耀大地，而是温暖着所有生命，一直温暖到内心最深处，让他们忘记冬天。不时有凉爽的空气从海湾吹来，吹过城市，仿佛大海想用又咸又湿的微风引起注意似的。西博尔德再次注意到，江户的街景与大阪和京都的有很大差别。后两个城市很大程度上是平民城市，那里礼貌、忙碌，他遇到的主要是商贩、使女、仆人、辅助工和农民，而江户街头日常所见都是武士，他们随身带着两把剑，一把长剑一把短剑，趾高气扬，耀武扬威，武士的身后通常都跟着女人、学生或仆人，他们必须跟在主人身后三步远的地方。武士就像没完没了地开屏的虚荣孔雀，他们看都不看普通民众，只互相打招呼，如果他们彼此认识的话。奇怪的是，普通民众，农民、匠人或商贩，根本不理目光阴森的武士们。人们只是避免撞上他们，或是避开他们的目光。直视一位武士的脸就是一种侮辱，武士阶层早就失业了，但武士仍然有权惩罚，甚至当场处决每个拒绝向他们表示尊敬和顺从的人。西博尔德身旁的医生向他解释，江户的居民中有一半属于武士阶层，但他们中绝大多数人处境一般，因为他们学会的是战斗技术，这个职业的工作机会太少了。贵族们几乎再也雇不起很多武士做保镖了，他们的城堡确实需要能干的武士守卫，但它们都在遥远的外藩。因此许多武士都在担任朝臣或幕府的管理人员和官员。如果一位能干的顶级武士能从主人那里得到四百石米的薪金，他就已经算得上富有了，就可以养活全家并拥有一座自己的庄园。这样的武士只有大名养得起，大名本身的收入至少有二万石，甚至三万石。武士若有一百五十石的收入，也能过得很像样了，但大多数武士挣到的不超过五十至一百石。他们基本上都只能拿着最低报酬，为一位主人服务，否则他们就会沦为不光彩的浪人，没有主人的武士，就必须四处流浪，设法找到肯雇佣他们的人。这些人特别危险，由于失去了威望，绝望让他们变得烦躁、暴力。通常，他们社会地位越来越低，也越来越堕落，尤其是当他们已经流浪了很多年的时候，因为他们不再像武士那样一丝不苟地将头发向后束成一根利索的辫子，甚至都不再剃额头。他们唯一剩下的特权就是，当他们觉得别人对他们不够尊敬时，就无情地惩罚普通市民。年轻医生的这番介绍给西博尔德留下了很深的印象。这座等级森严的大都市也是日本政府最高军事首脑的驻地，他想不到，在这里，安宁的平民生活与残酷暴力之间的界限是如此脆弱。这一天他没穿插着威严佩剑的制服，突然感到自己没有防备，不堪一击。为小心起见，他和陪同人员又回了客栈。

傍晚他又给城里的医生讲课。这回是一堂直观易懂、轻松愉快的课，因为内容是向他们展示听诊器，为他们解释**听诊**的原理。像平时一样，西博尔德向日本科学家介绍新知识，将它们与他们一直不了解的感性体验结合起来，就像介绍这个新仪器可以听到体内的响声一样，日本科学家总是被这些新事物深深吸引住。西博尔德一再发现，日本人十分注重实践，他们依赖直觉，总是需要可靠的直观感受。这种开明让他很开心，因为只要你能向他们展示和演示，就很容易说服他们。他也明白这种行为有点保守，因为这样一来，他们永远不会自己发现基础认识。他们太注重传统的、经过证实的、理所当然的和显而易见的东西。要想破译大自然中的潜在联系，无论是医学、药物学，还是物理学，发现者在研究时恰恰必须违背自己的直觉，更要违背同事的直觉。西博尔德觉得这是欧洲人的天赋，西方科学的理论热情就源自这里。在欧洲当然也有许多发现要归功于偶然，这些发现是通过简单的尝试、建造、制作和无计划的瞎摆弄而诞生的。但在过去的几个世纪里，越来越多的认识是靠有针对性的实验取得的。做实验的人事先需要一个理论，然后在实验中证明或反驳它。就他至今对日本人的认知来说，这个叫作启发法的"发现新知识的逻辑"，对日本人来说是完全陌生的。只有理解了这一点，他才能正确判断，欧洲科学能以这种十分特殊的方式方法探究事物的本质，是多么不简单，这是人类取得的多么奇特、多么伟大的成就啊。以后若有机会，他要与门德尔松从哲学角度探讨一下此事，与他一起检查一下这些思考结果。但他眼下特别满意，日本学者再一次证明了他们是狂热的、既不抱偏见又富有才华的学生，他们能够毫不费力地承认西方科学的优势，而且不感到妒忌。他也想到了亚历山大·冯·洪堡，他在南美进行大型考察时未能邂逅当地受过科学培训的学者阶层，否则他在向他们学习时，也可以与他们分享欧洲的知识。洪堡不停地遭到美洲豹、蟒蛇和捕鸟蛛的威胁，被蚊子折磨，被食人的土著跟踪，不得不艰难地穿越最深最热最潮湿的热带丛林。是的，比起洪堡艰苦的发现之旅，西博尔德的命运要舒服得多，尤其是，没有什么比与日本同事交流知识和经验更让他幸福了，他们当中也有越来越多的人成了他的朋友。为首的是令人惊叹的幕府天文师高桥。他满心欢喜，迫不及待地想再见到他。

因此，这一天也充满新鲜的印象和想法，这让西博尔德很开心。太阳下山后，一大群被委派来的医生和官员聚集在使团的客栈里，他们用荷兰菜、法国葡萄酒和西班牙甜酒开心地度过这个夜晚。然后大家早早地返回房间，每日工作的正式部分就结束了。但有一件事是日本警卫和警官所不知道的：西博尔德几乎每天晚上都另有一个节目。因为那时是长崎屋非正式、未经许可的访客时间，他们从不走大门进来，而是走客栈的后院和花园。这事很顺利，西博尔德和门德尔松猜测日本官员早就知道此事，他们只是出于好心没有揭穿而已。不管怎样，这天晚上西博尔德的绘图师登与助没有事先通知就领来了一位不速之客。他先是被带去德·施图尔勒的房间，他与翻译只在那儿待了一小会儿。西博尔德专门布置的客厅里推门发出丝绒一样的声响，它被轻轻推开，登与助带进来一个人，那人年龄较大，精力充沛，背已经有点驼了，他仰起头，用睿智的大眼睛望着西博尔德。

"老师，我想将为一先生介绍给您。为一先生与从前的商馆馆长扬·科克·布洛霍夫很熟。"

"初次见面，请多关照。"西博尔德礼貌地向他打招呼。两人互相鞠躬。"您二位请就座。"

三人围着低矮的茶几坐下来，一直安静地站在角落里的女仆将产自爪哇的冰啤酒倒进小陶杯。荷兰使团的日本客人，不管是正式的还是非正式的，觉得最重要的是品尝来自欧洲的异域食物和饮料，这机会独一无二，在他们眼里这就是异国情调。西博尔德明白这点，他总是从专门运来的给养中分出一些，提供给客人。自称为一的先生盯着杯子，里面只见白色泡沫，不见可以喝的东西，他困惑地望向登与助和西博尔德。他们端起杯子，要与他碰杯。他也端起杯子，说出的第一句话是一声清晰的"**干杯**"，然后犹豫不决地将饮料端近嘴唇，斜觑一眼左右，看看别人怎么做，接着闭上眼睛，鼓足勇气，喝下了第一口。放下杯子后他咧嘴笑了，眼睛依旧闭着，唇上沾有泡沫。

"美味啊！"他叫道，这意思是他觉得这饮料好喝。啤酒的不寻常之处在于，它是一种发酵起泡的含酒精饮料，上面还有一层泡沫。这两者日本人都不知道，对于头一回品尝啤酒的日本人来说，这是一次难忘的味觉体验。西博尔德、登与助与快乐的为一一起笑了。然后登与助又扮回了翻译和主持人的角色。

"上回荷兰使团来江户，快是四年前的事了，正如之前所说，为一先生见过布洛霍夫馆长。"

一听到布洛霍夫的名字，为一先生笑吟吟地点点头，一脸赞许的神情。德·施图尔勒的前任留给他的印象显然不错。

"好吧，就算不说为一先生闻名全日本，但他也肯定是公认的画家和绘图师。"西博尔德竖起耳朵。

"凭着这一资质，当时的馆长委托他画了一组画。后来，由于为一先生那段时间特别忙，预订的画作未能按照约定及时完成。现在总算画好了，但委托人已经不在出岛了。为一先生对自己未能准时交货深表歉意。同时，西博尔德老师，他还想问问您，是否愿意买下一半布洛霍夫馆长订购的画作。另一半德·施图尔勒上校已经买走了。"登与助解说时，为一先生卑躬屈膝，朝着西博尔德直点头，像是受着良心折磨似的，后来他又停下，表情骤变，贪婪地抓起啤酒杯，一口喝光。

"我可以先看看画吗？"西博尔德高兴地问道。每当要他掏钱，他就很谨慎。他收集了许多植物学、动物学和民族志学的东西，有一天他要在欧洲将它们变成用来理解日本的收藏品，他为此支出的费用已经够多了。另外，原则上他不信任日本画家。他曾见识过，要在他们当中找到真正有能力的人十分困难。在他看来，登与助本人就已经是个了不起的特例了，在长崎时来了许多绘图师，都想申请加入参勤之旅，登与助是唯一既能画动植物和风景也能画人像的人。至于这位老者，为一先生，西博尔德甚至担心他是个业余画家和美图爱好者，而不是真正的艺术家，登与助这么不合时宜地大肆吹捧对方，他内心里已经有点窝火了。

"当然。"登与助答道，他请为一先生拿出画。为一先生从包里取出一只长形木盒，推开滑板似的嵌盖，取出几幅画卷。西博尔德和登与助清走杯碗，在茶几上整理出足够的位置。为一先生在油灯光下展开其中的一幅画，动作缓慢郑重，让主题渐渐露出来。西博尔德见到的像是一扇朝向另一个世界的窗户。他的嘴巴一直张着，因为他想说点什么，却不知道说什么好。他张口结舌。摊在他面前的是一幅被轻轻抚平的水墨画，画上有三个半裸的披散着头发的女人，她们是采珠女，只有臀部围着布，潜行在色彩淡雅柔和的海底，从礁石里掰下大蚌，将它们送回水面的一艘渔船。这场面中，水下景色与波浪中的船融为一体，看上去如梦似幻。西博尔德还从没见过这样美的东西。他缓缓伸出手，抚摸画着画的高档纸。为一满意地面带微笑。登与助见西博尔德明显喜欢这幅画，松了口气。

"真漂亮。"西博尔德低语道。

"这一张，您也许更熟悉。"这回为一直接用日语十分老练地对西博尔德说道，因为他看出西博尔德能够理解他。他边说边从盒子里取出另一卷更大的画，直接铺在第一幅画上。那是一张版画，使用了鲜艳的蓝色和白色。画的是一道汹涌的巨浪，它似要吞噬掉两艘大船，乘客们都吓得蹲在船上，又似要吞噬掉地平线上很小的富士山。《神奈川冲浪里》，一幅名画，一幅在全日本广为流传的名画。这已经成为传奇的《富岳三十六景》系列中的第一幅。西博尔德再次屏住了呼吸。他恍然大悟了。

"为一先生，您会不会碰巧还有另一个名字……北斋？"

"是，我也曾经用过这名字。您知道这个名字？好。那您就这么叫我好了。"

神奈川冲浪里

西博尔德仍像瘫痪了似的，因为他正与日本当代最伟大的艺术家坐在一起，北斋以风景画和风俗画著称，尤其著名的是他那美不胜收的国内最美瀑布和桥梁全集，以及江户名景集。但他的作品不光有这些，他多年来一直在教授速写艺术，他称之为漫画。另外，据说他还是极度色情的春宫画的天才画师。北斋已经成为活传奇了。这个可怜的人现在就与假荷兰人西博尔德一起坐在这儿，这个傲慢的家伙不知道他的客人多么有名。西博尔德为之前随意的偏见感到羞愧，若是在日光下，就能看出他脸红了。

这种情绪变化实际上是不难觉察的，但北斋没有发现，他全然沉浸在自己的画作里。

"老师，您喜欢那些潜水的女人？我还有别的给您。这儿，这是《海女与蛸》，我们的小姐们最喜欢的主题。她们喜欢这幅画！"

西博尔德已经见过一些春宫画，习惯了这种大胆的日本色情作

103

品。可他还没见过这么淫秽的东西。他呼吸短促，他与自己的良心搏斗。作为欧洲的基督徒，他应该当场谴责这张作品，诅咒它，转过身去，立即将他的客人——大名鼎鼎的北斋——逐出他的房间。同时，大相径庭的画面又向他袭来。他看到东间二世骑在他身上……

当西博尔德从回忆中醒过来时，登与助和老北斋像同谋似的，开心地看着出神的他微笑，好奇地等着他的判决，这让他更加迷惘。他咳嗽一声，赞许地点点头。就连一直默默以正坐姿势坐在角落里的女仆，也带着会心、满意的笑容。这么说，她一直在听在看！她借此机会，在榻榻米上膝行到茶几前，给所有人倒酒，同时毫不遮掩地望向这幅惊人的色情画。她的面部表情证明了北斋大师先前说过的话。女人们似乎喜欢这种色情画。三人再次端起刚倒的啤酒，干杯，接着观看已被订走的那部分画作，它们都很正经。那是一些浮世绘风格的风俗画，画的是日常生活场景。布洛霍夫显然就像四年之后的西博尔德一样，也对它们感兴趣。登与助又准备谈北斋大师来访的目的。但北斋没让他用荷兰语翻译，而是自己用日语对西博尔德讲，西博尔德虽然不会写——他放弃了学习那几千个汉字，只会写片假名，但他现在已经能够说得很好，理解力更强。

"老师，另一半您的上司德·施图尔勒上校已经买下了。您愿意让我开心，成为这一半画的新主人吗？"

"尊敬的大师，要多少钱呢？"

"嗯，我当时和布洛霍夫馆长约定的价格是总共一百**两**。这一半就是五十两。"北斋愧疚地望着医生。这约定不是和西博尔德定的，现在就看西博尔德的善心了。也许，他也预感到了会发生什么事。

"五十两买这四幅画，其中还包含我的朋友登与助一直在画的那种插画？北斋，我知道您是一位伟大的艺术家，可我不可能为这么少的画出这么多的钱。在我的家乡，这价钱够我租一套大房子了，我能住上一整年！"

西博尔德摇摇头。这数目绝对不可能。按照官方的汇率，五十两在日本约合一公斤纯金。哄抬物价真是没完没了，他心里想。他心痛地想起了他在大阪花一百五十两买到的白化病鹿。这相当于七百九十荷兰盾或二点五公斤金子！江户有人报价七十两，折合三百七十荷兰盾，要卖给他一张普通的海獭皮——他还没能下决心购买。至今最贵的是两只巨蜥蜴。该物种是地球早期的证人，还没有人类的时候，它们就已经存在了。为那两只动物，一只雄的一只雌的，他不得不支付了四百六十两，折合二千四百荷兰盾，这价格超过了他的承受极限。这些样品还未长大，它们还将踏上和熬过前往欧洲的旅程，狡猾的卖家却按它们成熟后的最大重量及相应大小，也就是重八十磅、长五英尺多来计价。而日本大鲵不仅是一种受人喜欢的美食，京都和大阪都有售卖，也被人们当成药物，晒干

日本大鲵

105

后被分成极小的剂量出售。这样，狡猾的商人就按出售这种珍稀动物的肉和将余下部分用作药物可能得到的进项，来计算两条有尾目动物的价格。西博尔德不得不这样任人宰割，至今都未能释怀。可他又非要这些新奇独特的动物不可，因为他知道，它们将让他扬名欧洲，成为动物发现者。至于画家北斋的画，他认为完全是另外一码事。

"北斋先生，德·施图尔勒上校为他那部分画支付了他的前任答应的价格，我为您高兴。我的收入是以荷兰盾计的，要比我的上司低得多。另外，我不得不节省，我要在这儿尽量多买文化产品和动植物，好在欧洲建一个大收藏馆。因此我不能出这么高的价购买您这些画。但我可以提个折中方案。"北斋专心地点点头。

"如果您另外再为我画两打水墨画，题材为日常生活、工匠、贸易、贵族、市场、服装、孩子、戏剧、士兵、江户风景，那我就支付约定的价格。"

"两打？"老北斋此刻的表情既天真又吃惊。

"两打，一张不少。"听到自己这么讲，西博尔德都感觉意外，因为他正在做某种他一直不会做的事情，也就是讨价还价。北斋用审视的目光看看他，然后露齿笑笑，佝偻的身体坐直了。

"小老师，我喜欢您！为您这样认真的人画点什么，要比为包围我的马屁精画画更让我快乐。我是个普通人，一位劳动者，我也想被别人当作劳动者。我同意。但我还有一个条件。"

"您还有什么条件？"

"我想画在荷兰的纸上。因此我需要从您或您的同行者那儿得到两打最上乘的荷兰纸。这样您的订购也让我能从中学到点东西，可以让我忘记得到的钱是多么少。"说时他望着登与助，希望对方理解他的要求，明白他的骄傲受了点小伤。

　　双方达成协议，为一在使团离开前将画交给西博尔德。生意就这么谈妥了，夜晚快乐的部分可以开始了。西博尔德又让人取来三瓶啤酒，客人们因此情绪高涨。登与助请求北斋再讲几件他漫长人生中的趣事。这位硬朗的艺术家怎么说也已经年过六旬了。这难不倒北斋，他回忆起二十多年前在江户的一次大型佛教节日上为达摩尊者画了一幅感人的画，就是佛教禅宗的那位传奇鼻祖达摩，人们也将他当成吉祥物来祭拜，会将他刻成圆圆的、无臂无腿的不倒翁。当他在石板上画出六百英尺高的巨大肖像时，委托他的那些和尚惊呆了。他用来作画的不是毛笔，而是一把扫帚，助手不得不不停地用大桶将颜料运过来。更让他开心的是在现任将军德川家齐府邸举行的绘画比赛，北斋必须在其他画家面前为他的艺术辩护，他们都还在使用传统的毛笔和线条技术，他认为他们的画虽然装饰性强，但软弱无力，远离生活。他接受挑战，当着将军的面，远远地往一张纸上泼下蓝颜料，然后拎起一只母鸡，先将它的脚蘸上红墨，然后让鸡在被泼了蓝颜料的纸上跑。他解释，这个风景是秋天的龙田河，河面漂着枫叶。他就这样赢得了比赛。他讲完这则故事，就该离开了。西博尔德真诚地与北斋告别，登与助搀扶着老人往外走，比起不让他东倒西歪的身体摔倒，更难做到的是阻止这位神秘客人唱歌。

日本数学

　　之前在市场上，陪同人员告诉西博尔德，那些没了主人的武士四处抢掠，很危险，听完故事后，西博尔德每次离开客栈都穿上制服。他不是只有佩上武器才感觉安全，而是相信，当自己一身戎装时，自己的得体举止和令人印象深刻的形象会让每位侵犯者，尤其是不光彩的失业武士，还没开始行动就丧失勇气。他觉得在旅途中已经习惯了轻便、随意的便服，这让他看上去像个在旅行的德国大学生。制服令他形象大变，他昂首挺胸，每迈一步都坚定自信。他走到哪里都感觉人们在好奇地看着他，这要求他不仅代表自己，也要代表他的阶级、他的职业和他的国家——那个国家现在自然是荷兰。受到这些考虑的约束，清晨他站到带来的小镜子前，为一天的任务做准备，这时高良斋走了进来，向他报告，有位信使从浅草送来了高桥的信息。天文师说自己傍晚会赶到。他当然是荷兰人客栈的正式客人之一，白天也可以得到接待。西博尔德很高兴，他又可以不必只谈论医学了。他让人转告门德尔松，希望门德尔松也能出席此次会谈，因为他今天要谈日本科学研究中的基本问题。他觉得日方没有比高桥更合适的人了，他让门德尔松作为欧洲精神的代表，在谈论哲学、方法论、物理学和宇宙学的问题时支持自己。然后他又去市场上购买了药草，这回只有两名警察陪他去，他也听任人们惊奇地打量他。下午他像平时一样给十几名医生讲课，这回讲的是浴疗，尤其是如何用水银治疗梅毒。他还介绍了泥炭的应用，及德国刚兴起的泥炭浴的作用，日本医生听后只有吃惊的份，因为他们根本不知道这种浴疗法，虽然日本坐落在火山带，境内的温泉比比皆是。泉水里含有的化学成分不同，疗效也不同。但是，对于日本人来说，更重要的是泡温泉能够让人放松。这里有无数的公共浴室，即澡堂；还有受人欢迎的露天浴场，即温泉。它们大多是在山坡、森林和河边开凿的，在那里男女总是一块儿裸浴。出于这个原因，在整个参勤的途中，公使德·施图尔勒上校都禁止团员去温泉，那里的自由违背了欧洲的传统道德标准。西博尔德也将此事告诉了惊奇的日本医生，他们实在不理解，按性别区分公共浴场有什么意义和目的。

　　下午，高桥带着两名助手来到了长崎屋。西博尔德和他友好热情地互相问候，就像两个要好的老友。西博尔德满意地发现，高桥的助手带来了一只特别大的包。他们立即进了医生房间里的大会客室，也就是茶室，从那里可以看见另外两间工作室和治疗室。西博尔德有意开着那里的推拉门。高桥及其陪同人员十分好奇，紧张不安。西博尔德含笑点头，允许他们去参观他的临时诊所。尽管已经到了成熟稳重的年纪，这位天文学家还是在所有的书籍、容器、陈列柜、盒子和仪器之间穿梭，就像一只幼犬在寻找线索一样。墙上挂着各种解剖图和登与助绘制的稀有动植物图片。桌子上堆着几本厚纸簿，部分打开着，西博尔德在里面工整地记录了他目前在所有领域的研究，按他的理解，它们属于真正的博物学，这也是以亚历山大·冯·洪堡为榜样。本子里面可以看到表格、图、公式，以及用流畅、右倾的草书写下的文字，那是高桥此前很少见到的，也几乎看不懂，因为他只见过字母分开的荷兰语印刷品，那些作品将被翻译成日语。

　　门德尔松也来了，两名女仆奉上绿茶和名叫仙贝的脆米饼，仙贝上面涂着酱汁，夹着薄纸一样的烤**海苔**片。高桥的助手友好地小声请一位翻译询问，他们是否可以记录会谈要点，好在事后为幕府天文师撰写一份备忘录。西博尔德明白了，他们不参与谈话，只聆听。翻译也只在交谈者想不起正确词语或合适表达时才帮忙。其他时候，他们就用荷兰语交谈。

　　"尊敬的高桥先生，"西博尔德先开始，"自从上回在浅草见过您之后，我一直在考虑，我应该向您这么一位著名的科学家问些什么，才能充分利用我们短暂的见面时间。我高兴地发现，我的消息及时送到了您那里，您因此带来了一些东西，"他边说边望向大包的方向，"但我们晚点再谈这些实用的东西吧。首先我很想了解，日本学者是如何从事科学研究的，他们设想的科学是什么样的，他们期望科学将来有什么发展。也就是我想了解日本科学研究的基本方法，而不是局限于单独的学科。因此我也请来了门德尔松先生，因为这个内容涉及哲学范畴，他可能比我更熟悉。我也很想知道，日本政府对此是怎么想的，幕府有哪些计划，我如何能用我的活动为实现这些计划做贡献。"

"您的问题针对总体，这并不让我感到意外。事实上这正是我期待的——而且，老实说，这甚至是我的希望，"高桥说道，边说边沉思着摸下巴，明显在思考该从何说起，"您知道的，我不仅对西方科学持开明的态度，我也十分钦佩欧洲人的成就。可我国受中国学术传统的影响更多。多年来让我不安的纠葛就始于此。许多最明智的日本人认为，他们最重要的目的就是摆脱对中国的文化依赖。我现在指的不是那些与您交往、多半深受中国传统影响的医生。这是一个特殊群体，我想表达的内容恰恰不适用于他们。相反，其他学者都在不满地观察我们的邻国，越来越多的人希望摆脱中国，证明日本拥有独立的文化，证明日本的科学不再需要中国。他们想创造某种纯属自己的东西。"

"这野心从何而来呢？您怎么知道的？"西博尔德问道，咬了一大口仙贝，又喝了口绿茶。

"问得好。如果我可以从第二个问题开始说的话，最明显的表现就是对我们最古老的文献的重新评估。首先是《古事记》，一部记载日本传说的古代编年史，它的任务主要是证明皇室源自天照大神，并延续至今。数百年来，人们虽然都认为这本书很有意思，但本质上它太过虚幻，太不现实了，也几乎没人还能看得懂。更重要的是不久后诞生的《日本书纪》，它更忠实于历史事件。这本书纯粹是按中国人实事求是、条理分明的传统写成的。后来，五十年前，有一个人站了出来，本居宣长，他研究了《古事记》，这让日本人又能阅读和理解这本书了。他写了四部厚厚的书评。他在书评中首先证明了日语源自《古事记》，与中国字无关，尤其在发音上。本居的学生们走得更远。他们以他的研究成果为基础，创立了国学①，主张《古事记》写了日本唯一的真实历史。他们要做的只是认定所有的神魔传说都实有其事。他们由此得出结论，我们今天是生活在'假'日本，是在背叛，不仅仅是背叛我们的过去，更主要的是在背叛我们的独特性。然后他们开始详细审查什么是真正的'日本的'，也就是与日本悠久文化的唯一合法起源有直接联系的，什么是'洋的'，即来自国外的。最后他们也反对孔子和佛陀的学说，因为它们来自中国和印度。他们只认为神道教是'日本的'。我承认，该学派刚成立时不是很强，因为日本人民大多很满意德川家族的幕府统治。偶尔爆发过的几场起义，多是因为收成不好和随之而来的饥荒。但总体来说，人们享受持续不断且貌似永恒的和平时光、繁荣富裕和安逸生活。然而，之后的几十年里发生了一些变化。德川的体制出现了裂隙，它老了，街头的普通人开始意识到，日本的房屋年久失修了。政府说的和政府想看到的，与实际发生的事情之间存在太多矛盾。"当他说这话时，西博尔德和门德尔松对视了一眼，点点头。

---

① 在日本，国学是指通过研究《古事记》《万叶集》等古典著作，来研究日本思想与精神的学术。

"我们也多次观察到这个现象了。这事从您嘴里得到证实，极富启发性。"西博尔德评论高桥的话。

"令人担心的是，事实上国学运动日渐强大，但它没有动员我们最优秀的力量和我们最聪明的头脑来创造某种新东西，取得真正的进步，让我们国家做好准备，迎接一个后锁国时代。他们不想破茧成蝶，不，他们更想要我们重新成为古代日本的蛹，认为从神魔故事里能最终形成唯一真正的日本。这正是我不相信的。事实上这些改革者比我们的政府还要保守，还要不切实际。我知道幕府面临的问题，但我一点也不信任这些激进分子，他们认为，日本及其人民是古老神灵至今未兑现的承诺，希望承诺能最终实现。"

"您认为这个学派已经影响到幕府了吗？"

"我认为无疑如此。去年家齐将军下令加强锁国令，射击和驱逐所有未经许可的外国船只和接近长崎这座唯一开放的港口之外的日本大陆的外国船只，这明显是受到那些谋士的影响，他们要对忠于皇帝的激进分子采取行动。"

"您认为，国学思想会传播到其他领域，比如科学领域吗？"门德尔松问。

"绝对会！这也早就发生了。您看，我们从西方学到了很多。但是，我们自己能够继续发展的最重要的东西是什么呢？"

"您是指一种特定的原则或方法？"

"对，正是这个。西方科学最成熟最精确的工具是什么？"

"唔，肯定是数学。"

"正是！过去两百年，欧洲的这个领域发生了巨大的变化，不是吗？德川吉宗执政后，引进欧洲图书不那么困难了。至少从那时起我们就意识到这一点了。我对此只有模糊的概念，但我多方打听，听说了欧几里得、笛卡尔、牛顿和莱布尼茨这些名字。他们一定做出了伟大的事情——可我们依然一无所知。我们为什么不知道西方在数学领域的进步呢？因为日本学者越来越受国学运动的影响，庆幸我们不需要欧洲数学。因为您知道，我们有我们自己的日本数学！"他愤怒地自嘲道，很显然，这个话题与他有切身关系，他描述的是他的学者生活中的伟大斗争之一，在这些斗争中，他一再被一个智力低于他的对手击败，"日本有和算的伟大传统。您听说过吗？"

"是的，我在一些寺庙里看到过，那里悬挂着写有代数学和几何学谜语的牌子。您是指这个吗？"门德尔松反问道。

"嗯，这是和算少数公开、显见的方面之一。这些牌子叫作算额，就像您说的，是数学谜语。和算是日本的数学传统，据说它没受任何外来的影响。可它不是科学，也不被其他科学学科用作工具。那更大程度上是一种游戏、一种消遣，或许也是一种艺术。我们最多将由此掌握的技巧与算盘一起用于商业计算或土地丈量。更多的时候，它被用于计算在欧洲称作 π 的圆周率，用于计算正多边形、幻方和圆，或用于借助计算尺计算平方根和立方根。实际上这一切都已经太世俗了。因此佛学与国学的激进分子在这一点上结成了一种不幸的联盟。自从僧人们在两百年前开始研究和算以来，不容怀疑，这些数字游戏和算术计算的实用性会受到鄙视。至今寺庙里也只允许将它们用于放松打坐，好让精神摆脱一切世俗的牵连。我们的基础数学来自中国，但与中国不同的是，日本政府一点也不提倡数学。数学家的培养只在私下进行，特别是在寺庙里，大师不告诉弟子们任何有趣、重要的发展，只传授给其中少数人。和算本质上是一种秘密的寺庙科学。这是它独一无二、不容混淆的地方，这是

113

日本特有的。您肯定理解了，我不是这种无用、深奥的游戏的拥护者。我寻找真正的算术，迫不及待地想了解更吸引人的洋算——西方数学。"

"我与我们的翻译一起看了几本和算书。有趣的是，每本书的最后一章或书背上，都介绍了未解的难题，甚至邀请别的作者或读者来啃这些硬骨头。"门德尔松解释道，他先对这种日本算术讲了几句好话。

"对，我们称之为遗题。这些数学难题会有效地传下去，直到被解答出来为止，从而形成了某种传统。"

"不过，引起我注意的是，根本没有证明过程。在欧洲人眼里，这就像是作者经过多次尝试，偶然地找到了正确答案。你可以说，那是一种全靠直觉的数学。它也缺少我们的数学基础，也就是公理系统。您熟悉欧几里得的《几何原本》吗？这可是西方世界除了《圣经》之外最重要的书。"

"我只读过中文版，我立即理解了它对我们尊敬的邻国学者有多大影响。可您看，我说佛教、和算和国学傲慢地结成联盟，根本不想了解外国的这种开创性发展，指的正是这一点。相反，我们宁愿幼稚无知地坚持独一无二的日本方式。只有更深入地研究过和算之后，您才会发觉，它满是数字游戏和无依据的猜测。每个喜欢和算的人早晚都会陷进无意义的象征游戏。"高桥明显很失望。和幕府天文师的翻译及助手一样，西博尔德也只是听着，他几乎无法相信高桥表现得那么狂热，他一反日本人的做法，直言不讳地将最深刻的思想和感情告诉他们。

"在我看来，"门德尔松接过话头，"令人吃惊的是，因为文化不同，思考和发展数学的方式方法也有区别。我之前就怀疑过这一点，但在日本这儿我首次找到了证据，数学本身并非精确科学的通用语言，必须加入某种东西，才能实现我们在欧洲发现的正式的数学通用性。"

"门德尔松先生，这也正是我的问题！"高桥叫道，声音里突然有了终于找到知音的快乐，"什么东西让欧洲数学如此强大，如此精确，解释力如此强？"

"亲爱的高桥先生，您这是在期望我说出我们文化最深的基础，然后与您一起检查它。问题是，我们自己还处于初级阶段。我唯一能做的就是向你指出一些与这些基础有直接联系的根源。我希望这至少能向您提供部分答案。"门德尔松喝了口绿茶，再深吸了一口气，准备开始一场他还不是很清楚会通向何方的远足。

"你们的数学和我们的数学之间的区别，实际上只能用最新的哲学认知来解释。在欧洲，三百年前发生了文艺复兴，那是在室町时代中期，即战国时代，我们自己都惊讶，从那时以来，是什么让数学变得如此强大。有很长时间，我们根本不懂数学的魔法是如何运转的。我们再三思考，公式、数字和方程式是如何能够准确无误地预言自然的，是的，我们可以用它们看到未来，不只是简单地认识自然，而是能在一定程度上随心所欲地改造自然。如今我们能够精确地预计行星的轨道，将蒸汽关进机器以产生精确计算过的能量，更好地丈量地球的表面，将我们的武器弹药准确地引向目标。这才是开始。使用统计学的新计算能力，我们很快就将建造起雄伟的摩天大楼。有一天我们甚至将学习飞行，乘坐按数学公式制造的大型机器在空中旅行。"高桥被吸引住了，两眼闪闪发光。门德尔松说话的语气恰到好处。

"有位德国哲学家，他对这个问题的研究比其他任何人都彻底，我认为只有他能够解释其中蕴含的奇迹。您还不认识他，因为这位伊曼努尔·康德——最伟大的德国哲学家，也许是有史以来最伟大的哲学家，他二十年前去世了，他的几部作品刚被翻译成荷兰文。大概是命运想要您成为第一个了解此事的日本人吧，因为我身边刚好带了一些译本。"说着，他将三本书放到了茶几上。

"我猜，此人合您的胃口。因为他是一位热情的天文学家，撰写过有关行星、恒星和银河系的形成的作品。他也是第一个说月球上没有火山的人，他同时代的许多人都相信月球上有火山。可他真正关心的是人类。他研究自然，是为了了解人类能够多么深入地看清自然。他想发现这种能力的极限，这种考察目光的地平线。因为他相信，人类是两个世界的公民，一个是自然的世界，一个是精神的世界。他有一个人生格言，它比我更能描述这种魔力。与'遗题'一样，那个格言印在一本叫作《实践理性批判》的书的结尾，该书探讨了什么是道德，道德是否真的存在，他先是表明它可能存在，又阐释了它到底如何存在。因为道德存在的最重要的条件是自由。可如果一切只是自然，道德就根本不可能存在，因为自然里不存在自由，只有因果。而自由的意思是，必须存在无条件的因。只有当某种东西的可能性，也就是自由，存在时，才能保障它的真实性，也就是道德。"说到这里，门德尔松从一小叠书中抽出最底下的那本，翻到最后几页，在结语里找到那个位置，大声读起来。

有两样东西，我们越经常越持久地加以思索，就越是日新月异、有增无已地使心灵对它们充满景仰和敬畏：我头顶的星空和我心中的道德法则。我无须寻找它们，哪怕仅仅是推测它们，仿佛它们隐藏在黑暗之中，或在我的视野不能企及的领域；我看见它们在我面前，将它们直接与我的意识联系起来。前者始于我在外在的感觉世界里所处的位置，将我置身其中的联系拓宽到世界之外的世界、星系之外的星系，乃至一望无垠的宇宙，还拓展到它们的周期性运动、运动的起始和持续的无尽时间。后者始于我的不可见的自我、我的人格，将我呈现在一个真正无穷却仅能为知性所觉察的世界里，我认识到我与这个世界的连接不仅是偶然的，而且是普遍的、必要的，通过这一连接我同时也与所有那些可视的世界连接在一起。前一种无数世界的景象立即毁灭了我作为一个动物性生物的重要性，这种生物在短时间被赋予生命力——不知道如何赋予的，之后，必定把他生成的物质再还给行星，而行星只是太空中的一个点而已。与此相反，后者通过我的人格无限提升我作为理智生物的价值，在这个人格里，道德法则向我展示了一种独立于动物性，甚至独立于整个感性世界的生活。

大家都凝神沉默。门德尔松合上书，放回桌上。

"现在还是回到数学上来吧。伊曼努尔·康德在这本书之后又写了另一本，它更难懂，更艰深，整个欧洲的学术界正在白费力气地啃它。因为大多数哲学家还没能读懂就试图批评、纠正或完善这位大师的惊人的理智体系。他生前就已经被叫作万物毁灭者了，他现在就像哲学浅海沿岸的一块礁石，哲学家们用他们的咸舌头愤怒地抨击着他的作品。《纯粹理性批判》这本书尤其如此，其他几本没有哪本有过这样的遭遇。这是开场，是他的所谓'批判哲学'的第一部，而《实践理性批判》是'批判哲学'的第二部。这回谈的不是道德的可能性，这回他问了更根本的问题：自然是怎么形成的？他在这本奇怪作品的前言里写道，如果哲学想推进它的求知欲，就应该以伟大的哥白尼为榜样。哥白尼将地球，从而也将作为观察者的我们，从宇宙中心取出，让我们自己绕着地轴旋转，让整个行星绕着太阳旋转，从而解决了行星运动的难题（他还认为行星只是普通星星），在哲学里我们也应该像哥白尼一样。行星的奇怪轨道不是它们自身的特性，而是我们的观察位置造成的。于是康德也认为，我们认识的不是事物本身，而是它们向我们显现的样子。因此，作为哲学家，我们可以向精确的科学学习到底应该如何认识。他认为所有科学的榜样就是数学，特别是几何学。在《纯粹理性批判》的第二篇序里他写下了如下的话……"说到这里，他从茶几上的那一叠书里取出另一本，再次翻到他寻找的位置。

"人们都认为，第一个发现等腰三角形的人是大名鼎鼎的泰勒斯，他于两千三百年前生活在希腊的米利都城，"他补充道，"他恍然大悟，因为他突然理解了，事情与他在这个图形里看到的东西无关，而是与他从中引申的东西有关。这取决于他先验地按照概念给这个图形添加的东西，通过结构呈现的东西。他不必给这件事补充什么，只需要从他按照概念自己放进去的东西得出结论，就先验地有所知了。"

"在这种情况下，他能对等腰三角形的图形有什么先验的了解？"高桥专心致志地问道。

"比如，这个三角形至少可以沿着一根内轴对折，或者，有两条边的边长相同，底角一样大。对于一个直角三角形，可以先验地肯定，直角位于斜边上方的半圆之上——斜边对面的其他直角有可能位于同一个半圆之上。"

"可是，这难道不是凭经验就能知道的吗？我们也使用这些形状。"

"当然，埃及和巴比伦的土地丈量员很早就使用过这个图形了。但泰勒斯证明了这是必然的，不可能有别的情形，永远都是这样。他理解他在此讲的是一个永恒真理，而不是一则农谚，因为对天气、月球或收成情况的预言，虽然经常说中，但有时也不准。另外，这个三角形结构所需要的一切，他已经通过他对二维世界的设想规定好了。每个简单的加或减都是如此。2 加 3 等于 5，这是先验地知道的，因为那是我们对时间的概念的必然结果，为此我们必须要想象这个时间之内有一系列个体。我们是将数学想象成游戏，用它来识别包围我们的丰富多彩的物质的数量或形状，还是认识到数学有创造新事物的可能性，这有巨大的区别。现在谈谈第二步，这一步相当巨大，它让我们的数学区别于你们的数学。一位来自比萨的年轻数学家伽利略·伽利雷最先揭露，尊敬的亚里士多德的传统物理学原理是站不住脚的。他很快就证明，空气很可能是有重量的，冰在水上漂浮，因为空气比水轻，因此真相正好与亚里士多德的物理学相反。然后他证明，在真空里，所有物体下落的速度是相同的。他之所以能置疑不朽的亚里士多德这样的伟大权威呢，是因为运用了今天在欧洲叫作'实验'的东西。第一个想到这主意的人是英国的政治家和哲学家弗朗西斯·培根，他在他的《新工具》一书里对此做了介绍。书名本身就是对尊敬的亚里士多德的挑战。培根发明了一种方法，人们使用这种方法可以按照一个固定方法来系统地向自然发问，而自然只能回答是或者不是。年轻的意大利人伽利略在实验中还发现了某种更重要的东西。他差不多是这样表达的：自然的巨著是用数学写成的。他是第一个将数学应用于自然的人，自康德以来我们知道，数学的揭示力直接来自我们的判断力。这样数学的性质就彻底改变了。在随后的一百年里，整个欧洲都明白了，数学是一门语言，而且是无限的、永恒的语言，上帝用它写下了这个世界及其法则。数学被当成了宇宙的创世语言。一旦正确理解了数学，即使在最深的黑暗中也可以以它为主导思想，因为我们的感官极其粗糙。这个世界的大多数事件发生于无形之中，但不是因为它们被施加了魔法，而是因为它们以最小或最大的规模发生，我们的眼睛一直无法看到。这种思维方式需要长时间的适应，也需要许多科学训练。这样我们就开始明白，我们再也不能只依赖我们的本能和健全的理智。最大和最小的世界是我们的感官根本无法了解的。您只要透过西博尔德的先进的显微镜看一下，您就会发现，有多少您至今没能看见的东西。这与日本科学，特别是你们的数学有很大的区别，因为日本人只能与可见的、明显的和可以接触的东西打交道。他们还完全依赖自己的本能。可这种本能，通常无异于习得的偏见。只有以数学为灯、以实验为绳，才能安全进入自然深处，在那里，我们光靠视听嗅尝是无法前进的，是会迷路的。只有这样，我们才能无须离开地球表面就能预先计算出恒星和行星的轨道。在这一点上，日本科学还很幼稚，因为他们从我们荷兰人这儿只获取欧洲研究和发明的成果，却不知道欧洲人是怎么得到这些成果的。"

听到这里，西博尔德感觉自己应该进行干预了。

"亲爱的门德尔松，您太激动了，而且过分了。我们邀请高桥先生来这里，可不是为了贬低东道主国家的文化和科学。"

"不，不，老师，您不必为他道歉，也不用拦住他。他说得有道理！门德尔松先生，我必须谢谢您。这对我就像一个启示。我现在能更好地理解这些联系了。我国的困境似乎比我想的还要严重。我们接受了你们欧洲人的所有实践和技术成就，却忽视了它们的文化和精神基础，甚至严加禁止。因此，我的同事们为你们在医学和历书上的成就欢欣鼓舞；但他们不清楚这一成就的基础——化学、数学和天文学。他们欢迎能够接触和组装的一切；但他们不知道，你们是以截然不同的、系统得多的方法发现和研制出这些东西的，那些方法涉及逻辑、实验和数学。我们认为我们只需要从欧洲接收有用的东西，却忽视了方法，将来你们用这些方法，会比我们发现更多有用的东西。我们只知实践，不懂理论，更不谈哲学。这是目光短浅的，甚至是危险的。'人类是两个世界的公民'这个比喻现在也启发了我。开始时我认为，无限的维度是指，我们的祖先如今所在的世界。现在我明白了，那是我们的思想世界。在日本我们有着截然不同的传统。我们认为人类完全是自然的一部分。没有什么人类的东西能够胜过自然。这是伟大孔子的学生的思想，我们很少反驳这个思想，就像你们的祖先对待伟大的亚里士多德一样。这个学派叫作京都朱子学派，来自中国，是德川权力机构坚实的组成部分。如果我们能自己创立一个更智慧的哲学，我真的会更加高兴。我甚至能用我的政治经验证明您的说法。欧洲科学越来越接近权力中心，人们越来越只考虑它的军事用途。您可以相信我，这是我从一手材料了解到的。通过医学、药物学或农业减轻人民生活负担的前景，对幕府来说无关紧要。在政府看来，这只是荷兰人慷慨地传授知识的副作用，刚好还可以容忍。"

西博尔德震惊地望着高桥。他还从未这么想过。他几乎不敢相信，高桥判断形势时是多么犀利，毫无疑问，高桥的判断是正确的。震惊过后，他蓦地对日本统治者及其政府的计划和目的失去了最后的幻想，听到一声无声的爆炸。他必须感谢高桥，现在他终于能清醒地评价自己的工作和不懈努力的意义了，他失去了刚从爪哇来时的天真的骄傲。他至今所做的一切，他将要做的一切，与日本这个国家再也没有关系了，与德川统治的这座光辉的废墟再也无关了。从现在起，他应该只献身于日本人民及其未来，献身于这个未来的日本，在不久的将来，它将是一个开明的君主国，甚至会是一个共和国。在高桥让他睁开眼来的这一瞬间，西博尔德做出了这个决定。

室外，春天的太阳已经落山。晚餐时间到了。西博尔德不想忽视这次聚会最重要的部分。

"高桥先生，这是一场有趣的交谈。您详细回答了我的问题。关于我们欧洲的科学，我在这么短的时间里又从门德尔松先生那里学到了许多，这比我大学那几年学到的还多。现在我只剩一个请求了。我们还能谈谈您带来的东西吗？"

"好，当然了！"高桥几乎是惶恐地用请求原谅的口吻说道，他指示助手将那只大包拿过来。他们从包里取出一只近四英尺长的方盒子，将它放在天文学家面前。然后他们请女仆收拾茶椅。高桥打开盒子，横向推开盖子，取出一个大纸卷。他将它铺在桌上，西博尔德不久前还在这张桌子上面观看北斋的画作，高桥小心翼翼地展开纸卷，与老画家的动作一样。纸卷完全铺开之后，助手们将四只铜块压在上面当镇纸，每个角落一块。西博尔德虔诚地走近。就是它了！这是外国人至今看到的第一张完整的日本地图。海岸地带极其详细，各藩和各城的名字写得清清楚楚，只不过是用汉字写的，因此外国人看不懂。西博尔德也看不懂那些汉字符号，需要翻译。这张精致的地图有个异常之处，它既没遵循**墨卡托投影**规则，也没画出日本北部，地图缺少整个北部主岛**虾夷岛**。

"高桥先生，您谈到了萨哈林岛和它的位置，但这上面没有，还少了整个虾夷岛。这有啥原因吗？"

"是的，没错。原因不是科学方面的。这张地图是一项政治任务，是天皇手下的人委托画的，是公家直接委托的。我们采用了伊能忠敬的地图作品，他是我国伟大的土地丈量师，这是他最出色、最完善的地图，他将京都的天皇皇宫正好画在日本国中央。为此我们不得不切去北方的虾夷岛。"

"有同等水准的虾夷岛地图吗？"

"当然有。您也许记得，我提到过我的同事间宫林藏。他在桦太岛考察时丈量了整个虾夷岛，绘制了一张相应的地图。您得知道，虾夷是个不毛之地，面积巨大，居民稀少。只有两千名垦殖者和约两万名原住民，原住民分散住在小部落里，他们是靠采摘和狩猎为生的民族，也自称虾夷或阿伊努。"

"我听说过他们，可日本南部的人对他们了解很少，有关他们的文献也不多。"

"阿伊努人没有文字，我们根本听不懂他们的语言。他们的长相也不像日本人。他们的皮肤比我们白，全身长着惊人的长毛。男子自某个年龄开始就不再刮须剃发，因此成年人都是满脸胡子满头长发。由于没有文字，他们有丰富的口头文化，并将它们记得滚瓜烂熟。间宫曾经告诉我，他们能数小时，甚至数天围坐在火堆周围，听他们的传统守护者讲述他们的伟大传说。"

能够这样假装不经意地讲到阿伊努人，西博尔德很高兴，事实上他正在紧张地思考，如何能请高桥帮忙弄到这张地图或类似的地图。他现在万万不可显露出自己多么渴望得到这些地图，不可以公开询问他是否可以以及如何才能弄到这些地图的副本。

"我很惊讶我从没读到或听说过这些地图的事。我的那些前任，比如肯普弗尔或图恩贝格，知道这张地图吗？"西博尔德天真地问道。

"噢，不知道，当然不知道。首先他们那时还没有这种水准的地图。我必须先大力改进我们测量大地的仪器和方法，才画出了这种图。另外，我们从没将这些地图拿给外国人看过，因为这已经是在泄露机密了。您是第一个看到这张地图的非日本人。我之所以这么做，只因为迄今为止，荷兰人和您带给我们的东西要远远多过拿走的。这令我羞愧，因此我愿意走到法律所允许的极限。"

"高桥先生，我真是荣幸之至。可这样保密原因何在呢？这只是普通地图啊，最多对农业和航海有用。如今，除了日本，几乎全世界都已被丈量，地图在全欧洲流传。"西博尔德知道自己是在说谎。但他想从一手材料了解，幕府为何将这些地图当作国宝。

"亲爱的朋友，您别以为我是个轻信的人！我十分清楚，地图在欧洲也是皇家科学，它的发展是出于发动战争或抵御侵略的需要。至少直到不久之前就我所知是如此的。您自己上回在浅草不是描述过伟大统帅拿破仑的地形学才华吗？地图的最高目的是为战争做准备。我们的政府重视和平胜过重视其他的一切，政府完全明白，我国的岛屿地形，尤其是它的地理位置和海岸线，是反对侵略者的一个自然屏障。因此，必须想尽一切办法阻止我们的敌人看到这条防线背后的东西。您知道，外国船只都不能开往江户和政府驻地，因为他们都不知道都城在哪里。而我也不得不说，我现在认为，鉴于您从长崎来这儿的途中所做的全部测量和定位，您将是第一个能够做到这一点的人。"

"您高估我了。由于没有从海上进行的定位，这实际上是不可能的。我们，我要向您透露，尽管下关水道和大陆到四国岛之间的内海上普遍禁止定位，我们还是进行了定位。仅此而已。光靠这些没法绘出直达江户的海岸线地图。比如这里这座位于首都前面的大半岛，"他指着地图说道，"我们至今一点也不了解。"

"我理解。这是伊豆 hantō，hantō 就是半岛的意思。"

"好吧，既然这张地图严禁示人，十分危险，我谢谢您给我的这份荣幸，让我能够看到它。难道我们不该将它尽快收起，不要卷入不必要的危险吗？"高桥一脸意外，几乎是大失所望。

"行，那就听您的。"他简洁地说道。助手们卷起地图，重新装进盒子。高桥转向门德尔松，请他将康德有关星星和道德法则的优美言论的第一句再说一遍，并让他的助手们记下来。结束后，他又转向西博尔德。

"老师，已经很晚了，但我还有一桩心事。我们在浅草相聚之后，我有一位助手与您的学生高先生聊过，我从他那儿得知，您有一样对我来说十分重要的东西。您能介绍一下那是什么吗？"他带着一种既顺从又戏谑的微笑问道。

"没有，绝对没有！"西博尔德答道，他是真的觉得意外。

"我是指**克鲁森施滕**船长的游记。"

"您知道它？真不可思议。我 1821 年动身前不久才在巴黎订购了这部作品。"西博尔德回想起来，当作品在最后一刻送达鹿特丹时，他是多么开心，那时"琼格·阿德里安娜"号已经装好货了。他没有告诉高桥的是：他当时订购了两套。其中一套他早就读过了，此刻放在鸣泷。"可您知我的书是从俄文原版翻译成法语的吗？"

"是的，这我知道。"

西博尔德笑笑，一言不发地站起身，穿过一排房间，从他的旅行书箱里取出俄国航海家的作品。回来后，他将三本书放到高桥面前的桌上。高桥敬畏地打开最上面那册的盒子。封面、切口和书页都告诉他，还没人打开过这本书，更别说读过了。天文学家眼睛发亮，闪着发现者的喜悦，同时也夹着遗憾，因为他已经看到了第一个大障碍，他马上要为此请求西博尔德。那里就是高桥等了很多年的话。

《环游世界》，完成于 1803、1804、1805 和 1806 年，受俄皇亚历山大一世大帝陛下之命，由帝国海军上尉克鲁森施滕率领"希望"号和"涅瓦"号执行。[①]

这是少数包罗万象的环球游记之一，满是自然科学观察、地理发现和彩图。除了两册文字记录，还有一本完整的地图册，实际上这就是整个环球旅行的地图集。政府和所有学者对外国的了解都极不完备，对其地理范围和特点的印象十分模糊，通常纯属猜测。那是一种疯狂的情况：整个世界都被绘制了出来，唯有日本，人们还不知情；另一方面，日本人只认识自己岛国的地理——对世界其余部分根本不了解。

"老师，我发现，这部作品您还没有阅读。尽管如此，您可以将它留给我吗？这对我来说是无价之宝。我无法用言语向您描述它对我意味着什么。"幸好西博尔德已经预见到了这一刻会到来。这样他就可以将他的感情分成三步，表演一出既激动又可信的戏。第一步是意外，仿佛这要求出乎意料，闻所未闻。第二步是心痛，表

---

① 这段话为《环游世界》这本书扉页上的文字。——编者注

126

明这份割舍意味着巨大的牺牲。最后是遗憾，它告诉高桥，要是不能满足他的这个愿望，西博尔德会有多难过。

"我的朋友，您要知道，这部著作是我接下来想进行的调查工作的基础。我恰恰是想在江户开始阅读它，在长崎以及至今的旅途中，我一直没找到时间来读。如果我现在将这部著作留给您，我要等回到欧洲后才能再买一套，也就是说，从今天开始算，最快还要等三年。可我有个建议，或许会让您满意。等我回到长崎，读完这部著作，做完所有必要的笔记，抄写摘录完之后，我在离开前让人将它交给您。怎么样？"西博尔德很清楚，对高桥这样的科学家来说，这个建议是根本满足不了他的，好奇的烈火正在熊熊燃烧，将他吞噬。从他脸上可以看出，渴求的对象就在近旁，令他备受煎熬。它就摆在高桥面前，他却不能得到。

"老师，我不要您将它送给我。我非常愿意用某种同等价值的东西与您交换。什么东西好呢？"西博尔德感觉到太阳穴在发烫，胃在突突地跳，这让他感觉地面不再坚实，有一阵子，地面像飘浮了起来似的。

"正如我所说，我得提前几年重新计划我的科学工作。那样也就意味着，我要几乎双手空空地返回家乡，没有任何能让我在欧洲继续执行的计划。"门德尔松忍不住望了他一眼，带着询问的神色。这太夸张了，甚至可能是谎言。但他很慎重，不想在西博尔德进行这场重要谈判时插一杠子。他现在对这人感激不尽。与其他许多人一样，他也属于西博尔德的系统，帮忙和回报将他们拴在这个系统里。如果门德尔松现在因为自己生疑，给恩人造成了损失，他肯定不能原谅自己。这一切高桥都没有察觉，因为他太专注于怎么才能得到克鲁森施滕的旅行日记了。西博尔德接着往下讲。

"亲爱的朋友，您必须给我某种能让我在欧洲得到保障的东西，某种能证明和提高我的地位和科学家名声的东西。我觉得只有一样东西能满足这些条件。请您给我一张日本地图，包括虾夷和库页岛[①]的地图。"这下终于说出口了！反应不出预料。盘腿端坐的高桥和他的两名助手惊得挺直了腰杆，面面相觑，然后一次次地望向西博尔德。

"老师，这不可能！我不能这么做！我可向您解释过，这些地图是国家秘密。"

"我亲爱的朋友，这里的这些书，"他边说边将手放在克鲁森施滕的作品上，"对日本来说也是秘密。是它不认识的秘密——它们绝对与日本有关。分析和了解这些报告符合政府最切身的利益。"

现在他必须谨小慎微，免得泄露出他对书中内容了如指掌。

"我们用一个秘密交换另一个秘密。作为荷兰人，"又是一个谎言，"这些地图在我手里是安全的，这您是知道的。我们是最不会攻击日本的国家。我们是日本唯一公开承认的朋友。"

他想了想，继续说道："高桥先生，为了您更容易做这笔交换，我再添加一点东西。如果您为我复制您的地图，并在上面将最重要的城市用我可以阅读的片假名标出，您也会从我这里再得到四卷本《拿破仑战争史》和四张荷属东印度地图，地图上有苏门答腊、爪哇、加里曼丹和苏拉威西。对政府来说，最重要的是认识日本未知的东亚邻国的准确地理范围及荷兰殖民帝国的范围。"

高桥怀疑地望着他。西博尔德真会这么轻易地交出荷兰殖民地的地图吗？对于荷兰政府，不让敌人知道准确的海岸线、城市、防

① 1689 年中俄《尼布楚条约》确定库页岛为中国领土，该岛后来成为日俄的争抢之地。——编者注

御设施和政府所在地，不也很重要吗？另一方面，这对在东亚的地理定位来说又是价值不可估量的改善！这一点医生说得对。高桥无法抵抗。这完全就是一个他无法拒绝的提议，因为他将得到的东西又一次比他必须付出的东西多。他内心里也存在一种需求，他要与这些他认定的荷兰人非凡人物建立更密切的联系，并在未来继续与他们合作。他设想这场交换将开启两个民族及其科学家之间的伟大友谊，他们相互帮助，更好地理解自然的所有表现形式，为人类创造更好的生活。

"老师，您能向我保证您只将这些地图用于科学吗？它们绝不会被用于军事？"

"这我可以。我也能承诺，荷兰舰队不经日本政府允许绝不会开往长崎港以外的港口——哪怕我们用这些地图能够找到其他港口。"

西博尔德知道，这是一个大胆的承诺，但他十分信任荷兰聪明、克制的对日政策。他从政界和外交界那里一次次听到，在拿破仑占领期间，荷兰主权可以在出岛上继续存在下去，这让荷兰人感激不尽，这当然也要归功于一件事，日本至今完全不知道**荷兰东印度公司**的这座贸易站在 1798 年就被国家接管了。为安全起见，荷兰没有告诉日本当局这一变化，否则就得向他们解释什么是股份公司，它为什么没有偿债能力，国家出于何种原因要继续它的业务。解释这些问题肯定要花上好多年的时间。

"好吧，那我们就这样说定吧。"高桥接着说道。

"您会在离开前得到这些地图的第一批副本，上面用片假名标注名称。但地图上不标城堡和防御工事。我明天就会安排人制作副本。如果不能在使团动身前全部完成，我们会让邮差将它们寄到长崎。作为交换，您在离开前交给我们克鲁森施滕的著作、《拿破仑战争史》和东亚荷兰殖民地的地图。"

"同意。一言为定。"

西博尔德向高桥伸出手去，高桥迟疑了一下，因为他拿不准这个手势到底是什么意思。可后来他想起来了，笑着抓住西博尔德的手。天黑了，女仆点上了油灯，该吃饭了。高桥和助手们这回不想留下，干脆而真诚地告辞了。西博尔德与若有所思的门德尔松去找已经等在餐厅里的施图尔勒。西博尔德在他面前没提计划进行的交换生意，而是将话题集中在即将发生的要事上。

晋谒将军

使团已经在江户待了两个多星期了。西博尔德和将军的几名御医，以及门德尔松和来长崎屋拜访的一些学者之间，都建立了友好的关系。日本人喜欢门德尔松的无忧无虑和巧妙讽刺——如果他们注意到了的话。这成了他们的一种游戏，谁能率先识透他话中的寓意并笑出来，谁就赢了。两名外国人和长崎屋老板一家也产生了惊人、真诚的友谊。西博尔德一开始不肯屈尊与这么普通的人往来；但最重要的是，他不想被人观察。老板、他的妻子和女仆们似乎都理解这一点，白天与他交往时都相当客气，因为使团的客人全都是地位高的人物。可是，每天晚上，一旦客人们离开了长崎屋，不会再有其他当地人过来了，店老板就千方百计地将老师和他的同事们诱进他家的小屋。每当西博尔德盛情难却、接受邀请后，他和门德尔松就与这个大家庭一起度过最快乐的几个小时，大家围坐在嵌在地上的地炉旁，炉子搁在火灶上，所有人又暖和又开心地用餐。因为荷兰人严禁踏入日本人的私宅，这种社交方式对他俩来说，是莫大的欢迎。在江户城外，官员们还可以不顾法律随性来去，在遥远的长崎，作为医生，西博尔德自然经常出入日本病人的住房，但在江户人们必须严格遵守外国人交往法。不过，即使在江户，法律也没有严格到禁止人们在客栈内自由活动。店老板夫妇俩、老板娘的父母、两个年轻的女儿和小宝宝——那个还不会讲话的最小的孩子，都高兴得恨不得又跳又唱又喊，两名女仆和一名男仆也加入进来。众人七嘴八舌，笑着，津津有味地吃着。孩子们跑来跑去，自由活动，一起玩游戏，而幼儿一直处于关注的中心。孩子们有时一起戏弄祖父，而他听之任之，向他们扮鬼脸。店主和妻子讲述从前来的使团的故事，他们大多生硬，冷淡，不想与不熟悉的日本人交往。但是，他们高兴地说，自前次参勤以来，外国来的远方客人似乎越来越合群，甚至会说日语。他们讲到多伊夫和布洛霍夫公使，他们在江户的活动就已经与他们的前任大相径庭了——他俩也与他们一起在这客厅兼厨房里坐过。只可惜这次参勤的公使德·施图尔勒上校似乎不可能这样。但在这样的小型晚会上就有两个会说日语的外国人，他们认为这也是一个进步。其中一个女儿忽然跑进来，从后面扑到盘腿坐在桌前的西博尔德背上，用她的细胳膊缠着西博尔德的脖子，大胆地傻笑着将头搁在他肩上。他扭头望着她幸福的脸，她望着她的父母们。他顿时意识到了他长期压抑的情感。等他回到长崎，那儿也有一个孩子在等着他！兴许也是个女儿，一个像这个女孩一样可爱的生命，她那么信赖地吊在这个高大的金发蛮夷的脖子上。他心爱的泷的孩子，他将与她一起，在这个一直都想躲避新世界的美丽国家抚养这个孩子；他将与那孩子血肉相连。一个孩子的简单接触竟能让一个成年人偏离他通常的思维方式！他也注意到，他与那些无须治疗的孩子接触太少了。这一刹那他决定要经常参加这个家庭的活动，与他们一起用餐。几天后他在日记里提到了这个新的朋友圈子。

我今天真的必须反省，因为，针对我们与下层日本人的社交往来，我说过很苛刻的话。就以我们的店主为例吧。必须承认，这个善良的人和他的家庭真的在尽他们最大的努力，将我们孤独宁静的夜晚安排得尽量舒适。一个人的适应能力真是神奇啊。因此，对我们年轻人来说，与这个可爱的家庭的往来成了一种真正的需求。我们现在是真正渴望听到晚钟敲响，它预示着老牧人，也就是我们的店主，要回家了，到时候我们就可以坐到他精彩的灶旁去。

4 月的最后一个星期，所有支持兰学的御医，都不约而同地聚到一起，来听西博尔德在长崎屋的讲座。来者多得惊人。西博尔德在与门德尔松交谈时已经发现，日本的许多医生和科学家都来自农民和匠人阶层——这在欧洲完全无法想象，尤其是在德意志帝国和法国。总的说来，只有上层的、古老的资产阶级家庭，如今也有贵族家庭，才有机会培养学者，就像洪堡兄弟那样。虽然也有几位德国思想家和科学家来自牧师家庭，但神职人员从事科学的情况极少。相反，在日本，能力最强且好奇心最强的医生、学者和科学家都来自乡下，出身于普通家庭。因此，门德尔松首先注意到，他们的长相也比他们的欧洲同行强壮得多，粗糙得多，健康得多。他们心情通常也更好，几乎都有一种接地气的、刻薄的幽默。可今天的活动与平时有点不同。气氛有点古怪。虽然西博尔德做的是一场重要的入门报告，内容是日本还完全不懂的**穿颅术**，但他注意到，他的同事们有点心不在焉。在结束了穿颅术的介绍之后，他才得知原因何在。他们好像就在等着这一刻似的，一起走近他，直接请求他在使团离开后继续留在江户，这让他很意外。

"老师，您对我们的价值太大了，我们不能让您走！"将军的御医、眼科医生羽生原石对着众人说道。他在第一场眼科学讲座上给西博尔德留下了深刻的印象，他向西博尔德展示了他做手术的金针，解释了他自己发明的刺眼法。

"是的，"针灸师石坂宗哲补充道，"您从我这儿学到的比您能教我的多，就连我都欢迎您在江户待久一点。"

其他医生都笑了。这番话是在影射石坂的小演示。他用针灸的针在西博尔德的胳膊上扎了一针，向他展示刺针的方式和布针的方法。之后他也请西博尔德在他身上一试身手。西博尔德提出先麻利地截断他的胳膊，再帮他缝合起来。石坂不能接受这个友好的提议，但还是装出一脸失望的样子。

然后医生们提到，他们已经想出一个计划来说服幕府将军延长西博尔德的居住时间，只是还不能透露具体细节。他们全都与幕府有联系，偶尔与将军本人也有接触，但他们不专为将军治病。

"先生们，你们觉得形势如何？我们达到目的的概率有多大？"西博尔德直接问道。医生们面面相觑，一声不吭，都认为这个棘手的问题只该由桂川甫周来回答，他是敌对阵营之间著名的调解人，也是国内最有名望的医生和植物学家之一，多伊夫总管来访江户时也在他身上留下了痕迹，总管曾在一次宴会上给他取了个拉丁文尊称"威廉姆斯·波塔尼科斯 [1]"，这位日本学者现在也喜欢用它来介绍自己。

---

[1] 原文 *Wilhelmus Botanicus* 的音译，其中 *Botanicus* 是拉丁文"植物群"的意思。

"好吧，从数量上看，幕府里中医派的医生如今少于兰学派。西医的成功有目共睹，也给我们的统治者留下了良好印象。但我们不能低估他对传统分子的精神价值和魔力所怀有的感激之情。他显然视兰学为我们文化里的异类。他肯定算不上荷兰人的朋友。顺便说一下，他妻妾无数，他肯定也会与其中的几位讨论这个话题，甚至有可能与一些情妇讨论。这使得整个事情无法预料。到头来他肯定不会从科学角度判断我们的请求，而是会从政治角度判断我们的小阴谋。因此，机会是有的，虽然不大。"

西博尔德用他独有的乐观主义翻译这番话，认为他的延住申请肯定会获得批准。他向同事们介绍了他制订的计划，他将接受将军本人的命令，前往巴达维亚取来新鲜的天花血清，将疫苗有效地引进日本。幕府御医们怀疑地看看彼此，告诉西博尔德，这个计划成功的希望很渺茫。天花虽然是一种瘟疫，让整个国家遭受了巨大损失，但在江户城里并不常见。在将军的直系亲戚和妻儿中根本没有出现过。有一会儿西博尔德想到了天文学家高桥的话，高桥说，政府实际上对一切没有军事用处的东西都不感兴趣。从这种观点出发，人民的健康无关紧要。但西博尔德赶紧把这个念头放在一边，他信心十足地预感到，尽管如此，一切都会顺利。尊敬的波塔尼科斯变得与他十分亲密，这增强了他的信心。

"您别担心。我们已经有所准备，希望会更大。我们还不能讲出来。"

晋谒的日子越来越近。昨晚西博尔德首次向上司德·施图尔勒上校汇报了医生们的计划，说他们将游说将军，延长他在江户的时间。他估计使团的其他人必须返回长崎。施图尔勒知道他没有办法反对，但也不再费心掩饰自己的感觉，他对西博尔德产生了公开的敌意。公使的口吻十分生气，也很伤人，但西博尔德得到日本友人和同事的普遍欣赏和钦佩，可以对施图尔勒置之不理。他的镇静让施图尔勒感觉到，西博尔德是在忍受他，将他当作不可避免的灾祸。西博尔德只与他进行迫不得已的交流，例如告诉他计划有变。西博尔德确信这个做法完全符合巴达维亚殖民政府给他的指示，顺便说一下，施图尔勒本人也是这么认为的。

5月1日清晨，长崎屋的使团六点钟就上了驾笼。德·施图尔勒穿上了笔挺的制服，佩上了锃亮的剑。可是，他站在西博尔德身旁，觉得自己又一次像一个普通炮兵，西博尔德身穿最好的礼服，魁梧、华丽、完美。全程护卫外国人的警察走在驾笼队伍的两侧。城堡就在附近，他们很快就经过了一道壕沟和江户城外围防护圈第一道结实的大门。将军的幕府不同于欧洲的近代宫殿和城堡，它注重的不是威严和辉煌，不是华丽宫殿、花园、喷泉和雕像，而是牢固性。穿过另一道更结实且饰有大量雕花的大门，他们进入了第二圈，顺着用巨石无缝镶嵌而成的高墙行走。这一刻西博尔德又暗暗感觉到，日本国家体制里存在潜在的暴力。有句罗马谚语说过："若欲和平，先准备战争。①"罗马晚期的战争作家弗拉维乌斯·韦格蒂乌斯·雷纳图斯在他的战争教科书《罗马军制论》里的表述文雅一点，他写的是："想要和平的人就得准备战争。②"现在西博尔德明白了，这座堡垒就是这种暴力和平的象征——一种不停的战争威胁。

走进幕府宫殿，迎接使团的先是身穿黑色真丝服装、头发剃得光光的宫廷仆人。他们被毕恭毕敬地带进一间大厅，这有点像是通

---

① 原文为拉丁文：*Si vis pacem, para bellum.*

② 原文为拉丁文：*Qui desiderat pacem, praeparet bellum.*

往御座大厅的等候室，他们在里面可以自由走动。一小群穿得花花绿绿的王子、公主、侍从和其他的显贵随随便便地走进房间，没有任何烦琐仪式。他们全都是出于好奇而来，亲切地把外国人当陌生动物来欣赏，拉扯外国人的衣服，通过翻译请求蛮夷在他们的扇子上题写荷兰语，被围观者一一照做。与此同时，施图尔勒公使与幕府大臣们被一起请进接待厅，去"练习恭维"，即表演仪式。施图尔勒回来后，神色比平时更不开心，也更僵硬。他似乎不喜欢他必须练习的仪式。稍事休息后，晋谒开始的信号来了，长崎奉行陪施图尔勒一起，带着几名仆人返回大厅。其他的围观者消失得几乎比来时还快。等候室里只剩下西博尔德和门德尔松，他俩只对视了一眼，就决定要偷偷跟在公使身后。果然，他们一直走到参拜厅门口都没被发觉，他们在那里目睹了一场传统仪式。巨厅有一千个榻榻米那么大。在左边，半路上有许多木盘和木碗，里面摆放着使团的礼品。房间对面，有三级宽阶梯，阶梯通向里面一间很小的第二晋谒厅，他们也朝里看了看。在那里，房间里突然响起"嘘"声，这预示着最高人物要出场了，而施图尔勒穿着他的金色靴子，还杵在那里。奉行让施图尔勒做先前练习过的谦恭姿势，然后与所有在场的其他人一样匆匆回到自己的位置。当施图尔勒以不舒服的跪姿向前扑倒，头颅低垂，双手利索地在地面合成一个箭头时，西博尔德和门德尔松正对着他被制服上装遮住的屁股。这样庄重地跪拜是需要一点身体控制能力的，见到这个笨拙僵硬的人这样做，感觉真是奇怪。他的上司对他的敌意越来越大，但见到上司必须屈尊进行跪拜，西博尔德虽然感觉到一点快慰，但开明的欧洲人的骄傲也在心里苏醒过来了，西博尔德头一回怜悯起对方来。西博尔德看到，这个麻烦的人未能如愿以偿，他连话都说不出来。正当愤怒开始在西博尔德心里发酵时，晋谒厅一个看不见的角落里响起宣谕官的高呼："荷兰船长！"将军藏在一面竹帘后面，没有现身，据说他长着骇人的龙颜，按普通老百姓的看法，俗人是见不得那张脸的。和他一起藏在那里的是一位瘦削的老人。他是松平定信，即影子将军。他在德川政府里推动一切的发展，他也让将军相信，对待外国人要尽可能粗暴、轻蔑。松平对结果感到满意。有一刹那大厅里鸦雀无声。然后奉行跪着移近施图尔勒，扯扯他的上衣。晋谒就此结束。奉行示意他站起来并后退着慢慢离开。门德尔松和西博尔德对望了一眼，也悄悄回到等候室里原先的位置。施图尔勒一回到那里，就骂开了。

"一出笑剧！真是一出笑剧！我这辈子还从没觉得自己这么傻过。"

"您别不高兴，比这更严重的都有，"西博尔德试图安慰他，"根据我的前任恩格尔贝特·肯普弗尔的记载，他的使团——那是在1691年——不得不又唱又跳了几小时，而朝臣们藏在屏风后面。"好奇的贵族和朝臣们又挤满了房间，纷纷为公使获得的这份殊荣向他道贺。施图尔勒脸色愠怒，感觉再次受到了愚弄，虽然祝贺者显然都是认真的。接着使团被要求前往王储的宫殿。途中他们经过宽宽的水渠和其他雄伟的防御墙，穿过城堡内一座高高的拱桥，人们在桥上可以看到整个江户的独特景色，一直望到阳光下波光粼粼的海湾。施图尔勒见了这景象当然无动于衷。这不仅因为他对一切美丽的东西缺乏理解，也因为他知道，还有更多仪式在等着他。他还要拜见十几回幕臣和德川家族的成员。这次门德尔松和西博尔德也得参加。他们被从一座宫殿领向另一座宫殿，到处都是一样的流程，折腾了一整天。据说主人没有出席，使团成员必须向秘书和家仆鞠躬致敬。每次他们都坚持像日本人那样正坐，跟受刑似的，当茶和甜点奉上来时，洋先生们被要求交出他们的拐杖、帽子、烟斗和剑等东西。然后他们走到竹帘或推门后，接受府中女士好奇的打量。尖细的女声不断传来，她们像在激动地耳语，而男人们似乎在躲着他们。西博尔德说出了他的猜测，东道主虽然很想与他们接触，但由于政治原因，他们接受了建议，决定不在外国人面前露面。他就这样不知不觉地看透了松平的计划。很明显，最后一次拜见时，被拜访的幕府大臣为了能够不受打扰地打量甚至触摸荷兰人，就混在了仆人中间。当晚，施图尔勒、西博尔德和门德尔松返回长崎屋时，精疲力竭，大失所望，胃口尽失。西博尔德心情特别差，因为将军和他们参拜的所有贵族的排斥行为让他的希望在慢慢破灭，他本指望，他们会赞扬他的愿望，支持他继续留在江户。

　　第二天的任务是拜会政府的贸易专员，只允许公使施图尔勒一人前往。西博尔德做讲座，治疗其他病人，门德尔松则在日本警察和一名翻译的陪同下去拜访了几名书商、一些印刷厂和图书馆。傍晚时分施图尔勒返回长崎屋，很不情愿地告诉西博尔德，他在江户城里吵了一架。西博尔德享受所有贸易利润的提成，又得到巴达维亚殖民总督的信任，因此必须知情。施图尔勒向贸易专员抱怨了向荷兰商品征收的关税，更糟糕的是，他还投诉了个别官员。贸易专员大为光火，施图尔勒说他还从没见过有人这么暴跳如雷，尤其是没见过日本人这样。施图尔勒事先未与西博尔德商量过，他完全没向西博尔德提过想正式投诉。否则西博尔德肯定会建议他做得更聪明，要使用合适的语气。现在，听着上司的汇报，他越来越惊慌，他意识到，此事对他本人和他的计划不会没有影响。他猜对了。当晚御医桂川甫周就来访了，鉴于形势严峻，他这回甚至都没有自称威廉姆斯·波塔尼科斯。

"老师，我给您带来了一则伤心的消息。我们善意的小阴谋失败了。将军拒绝了让您在江户待久一些的请求。我们的理由是，我们急需您来翻译约翰·威廉·魏因曼的这部植物学著作。"桂川边说边将一套四卷本的作品放到桌上。西博尔德认出那是 1745 年出版的著名的《植物图志》①，不过是丹麦语版本的。

"这至少需要一年。这是个好主意，亲爱的波塔尼科斯，怎么就失败了呢？"西博尔德打听道，虽然他相信他已经知道答案了。

"有两件事被搅到了一起。先是那些中医，不出所料，他们暗中耍诡计，反对您留在江户。但主要是因为贵国公使今天引发的通商政策之争。我非常抱歉，我们再也帮不了您了。我们，请允许我代表全体医生和所有的**兰学家**，向您致以万分的歉意。"

西博尔德向门德尔松汇报了这些最新进展，丝毫没掩饰他的沮丧。去日本内陆旅行，考察北方和西海岸，搜集动植物和矿物，这下统统都要错过了！

"我亲爱的朋友，"门德尔松安慰他，"这是我们抵达日本后您遭受的第一个小挫折。您就冷静地接受吧，为即将见到您的温室、您的学生、您美丽的妻子和很可能已经在盼望着您的孩子而高兴吧。我们都不知道，这场争吵到底有多严重，又会有何后果，也许，能安然返回长崎，我们就该高兴了。"门德尔松的表情显示，实际上他比西博尔德还要担心，西博尔德只是为错失了一个机会而伤心。他若有所思地望着门德尔松。是的，这人说得对。他知道，现在千万不能出错，不能做出不必要的过激反应，免得形势恶化。这很重要。最重要的东西是那些他快要拿到的地图。它们会成为他在

---

① 原名 *Phytanthoza Iconographia*。

日本的成就的巅峰，这将在荷兰，不，将在整个西方世界，给他带来巨大的声誉。

水户浪人

接下来的几天与平时一样，他不是讲课、治疗、接待来访的医生，就是在城里闲逛。但气氛还是很压抑，所有参勤成员和西博尔德在江户的许多新朋友都听说了那不利的进展。除了一些非说不可的话，施图尔勒和西博尔德根本不再交谈。西博尔德想让他的上司感觉到，他认为此次失败责任在施图尔勒，这不仅危害了他自己的科学使命，也危害了使者们的生命安全和本就需要改善的荷日关系。

参观江户港时全使团破例一起去了，六名警察、一位翻译和警官当然都陪着他们。他们正站在中央转运处，饶有兴趣地观看大仓库、木吊车和挂渔网的架子，这时一群佩剑的男子从不远处的一座行政大楼拐上了广场。见到外国人，他们停下了脚步。他们的样子有点粗野，向使团成员投来愤怒的目光。他们显然不怕将军的旗帜，那是受政府保护的标志，警察们始终将它举在很显眼的地方。然后他们慢慢向外国人走来。警官走上前，尽量让声音保持镇定，告诉施图尔勒："老——老师，这是浪人，臭名昭著的水户浪人。他们是皇帝的狂热追随者。我们赶紧离开吧，万一发生争执，我们的小小警卫队帮不了我们。"但已经迟了。对方领头的奔过来了，边跑边从鞘里拔出两把剑，大叫着："尊皇攘夷！尊皇攘夷！"他的手下也行动起来，双手按剑，一起喊起那歇斯底里的战斗口号。"这是什么意思？"西博尔德问警官。"这是一句旧口号，现在常听到。意思是'尊崇皇帝，驱逐蛮夷'，"警官答道，声音里透着恐惧，"他们恨外国人，虽然可能他们之前都没见过外国人。"

攻击者和外国人之间只剩一百英尺左右了。这几个肮脏、矮小的武士竟敢恫吓荷兰使者——日本统治者的客人，西博尔德顿时火冒三丈。他向前跨了三大步，拦在自家队伍的前面，拔出他的佩剑。这天西博尔德也穿着他最漂亮的制服，他在进行这种活动时已经习惯这样穿了。他站在那里，昂首挺胸，一只手有力地在空中挥舞亮闪闪的剑。见到这个威武雄壮的场景，奔跑过来的头目及后卫止步了。西博尔德高出对手一头多，而那些人一个个衣衫不整，头发蓬乱。看样子他们受冷遇了，他常看到低等武士变成这样。比起浪人的钝剑，他的剑更长，闪闪发光。西博尔德十分清楚那些日本剑是如何打造出来的，它们无法抵抗荷兰钢的重击，他的剑就是用荷兰钢锻造的。在拜访大阪的一间刀剑锻造厂时他注意到，日本人对他们的传统武器抱有多少幻想。他也知道那流行的观点，即剑是武士的灵魂，但这只是一种神化。由于长时间没有战争，日本人的剑堕落成了装饰品，完全不适用于砍断盔甲或链子甲，而欧洲的钢剑绝对能做到。这些浪人还没见过这么长的剑，西博尔德的姿势无疑显示，他懂得如何用这个武器砍劈进攻者。他们的头领像对待一位下属似的，用粗暴的日语呵斥西博尔德。"做啥！"他喊道。意思是："咋回事？你想做什么？"那人二十五岁左右，他虽然被西博尔德的形象镇住了，但火气仍然很大。西博尔德把剑放低，一只脚后退了一步，左拳撑腰，摆出随时准备作战的姿势，用他从大名们那里学来的雷鸣般的低沉声音，用日语吼起来。

"我们是荷兰使团，受你的领主和统治者大将军的保护。如果你和你讨厌的战友们胆敢再上前一步，我就将你们统统送去见你们的祖先，让你们在那里永远不光彩地忏悔你们的冒犯，或者将你们堆在一起，剁成碎片！"这话立竿见影。大约十几名浪人全都生根了似的呆立在原地。这位蛮夷突然用贵族式的高级日语冲他们嚷，这将他们吓住了。在头领的脸上可以看到绝望，他不知道该如何摆脱这一处境，不让自己丢脸。他冲上前来，持剑攻击西博尔德，长短剑双管齐下。西博尔德熟悉这种组合剑法。作为击剑爱好者，他在出岛上与门德尔松和一名翻译一起研读过 17 世纪传奇武士宫本武藏的《五轮书》，武藏在书中发明了现已成为传统的**二天一流剑法**。他知道，攻击者会用短剑格开他的第一击，再用长剑砍他。西博尔德抬剑，按对方的预期格挡短剑，但那只是佯装，没有使劲，同时敏捷地避开紧接着的长剑的砍击。此刻进攻者的两把剑都在下方，而西博尔德已经举起了他的佩剑，贴着那人砍下去，对方立即叫起来。他的右耳落在了地上，但他仍不肯放弃，又举起剑来。西博尔德预先算到了这一着，他没有砍向对手的肩，而是使出了连击，这让他的剑立即能进行格挡，剑从侧面砍在短剑上，只听"当啷"一声，短剑从剑柄处断了。浪人们吓坏了，他们从没见过这种剑法和威力。然后西博尔德又用尽全力怒吼了一声："滚！"受伤者带着他的那群人，像挨了打的狗一样跑走了，连被砍落的耳朵都忘了捡，任它血淋淋地躺在打扫得干干净净的灰泥地面上。西博尔德放心了，满意了。他吃惊地想了想，发现这情形与十年前他遭辱后在古滕贝格森林里与鲍斯特的那场决斗很相似。对手这回必须付出的代价又是右耳。

西博尔德的表现令人钦佩，也令日方警察和警官感到羞愧，他显然懂得怎么帮自己，他不需要为他安排的日本保护者，反倒保护了这些人。爱好和平的门德尔松仍然呆若木鸡，无论是在日本还是在欧洲，他都没经历过这样的暴力冲突。德·施图尔勒上校则努力克制自己，想从军事角度考虑，把这一事件归为无关紧要的小事。

与此同时，他意识到西博尔德会进一步轻视自己，他感到十分痛苦。他，经验丰富的军人，曾因勇敢受到嘉奖的炮兵，靠军功晋升为荷兰王室军队的上校，却得让一位来自巴伐利亚、从没上过战场的低级少校保护自己，这位医生的佩剑通常情况下只是装饰品。他耳闻目睹日本陪同人员和门德尔松对西博尔德的钦佩，这像火辣辣的膏药一样让他疼痛。

危险交换

接下来的几天，"独耳浪人"受惩的故事就在日本医生当中传开了，就连将军幕府里的人也对此事钦佩不已，感到开心。西博尔德的勇敢行为赢得了极大的赞赏，但幕府拒绝医生们的请求，不允许他继续留在江户。这个决定是无法更改的。私下里，众人都认为，施图尔勒公使在关税一事上的冒犯带来的影响太大了。而从幕府来到长崎屋的学识渊博的客人们告诉西博尔德，此事的原因是，中医借助几名幕府贵妇，大搞阴谋反对他。西博尔德的朋友，天文学家高桥还想找江户城的外国专员再美言几句，可对方都没肯接待高桥。

为西博尔德带来幕府内部消息的客人很多，其中一位是羽生原石，他既是眼科医生也是将军御医。一天晚上他来到长崎屋，破绽百出地声称，他从江户城回家的途中路过了这里。西博尔德知道，这事意味深长，因为羽生之子元正近几天多次来访，向西博尔德提了许多细致的问题，以父亲的名义向他赠送了不同寻常的礼物。他不仅给西博尔德带来鲜美的烤鳗，即一种用甜豆汁涂抹过的烤海鳗特产，还送了色情版画。西博尔德真诚地道谢，问羽生有什么要求。可他似乎就是不想讲。

"羽生先生，亲爱的同事，我们还是敞开来谈吧。您来看我肯定事出有因。是桩麻烦事吗？"

"好吧，也许不像您想象的那样麻烦。实际上，我想向您提的请求很难说出口，因为我完全可以想到，您不会满足它。事情是这样的。我儿子告诉我，您有一种能让瞳孔扩大的药。我也听说您用它进行白内障手术。这种药，特别是它的配方和制作方式，对日本医学来说将是一大福音。现在，我想请求您，能不能告诉我这些信息。这对我来说意义重大。"

西博尔德很吃惊。这是要他阐释如何将阿托品用于医学。这样影响深远的请求是他始料未及的。他想了想。

"您知道，我慷慨地与我的日本同事分享关于欧洲医术的所有知识。但药品配方是种特殊的东西。在我们那儿，这一直被当作商业机密，因为它们的发现者和发明人能靠它们挣很多钱，这也被视作他们应得的权利。如果我现在向您透露如何获取这种物质，为此需要哪些配料，那欧洲商馆，包括荷兰商馆，就没法在日本出售这种药剂了。"

"您瞧，老师，这我也想到了。但请您理解，我不得不设法得到这个配方。你们的荷兰商人一直没把这种药卖给我们，我们与别国又没有通商关系。我们的病人至少几十年内都无法使用它，虽然我国能得到这个知识——通过您！"

这个论据好。西博尔德琢磨自己该如何反应。他的目光落到羽生身上，忽然想到了一个主意。

"尊敬的同事，也许有一个办法。如果我们来个物物交换，让我们的科学为我的泄密得到赔偿，我可以将它告诉您。我看到您穿的长袍上有德川纹章。我头一回见到这东西，这一定既昂贵又罕见。

开明的欧洲科学家和市民肯定很想看到它，以便了解日本的高度发展及优美的宫廷时尚。如果您将您的长袍和这个纹章送给我，我就可以满足您的愿望。"

"这不行！这斗篷是将军亲自赠给我的。这是一份嘉奖。将我们神圣的统治者亲自颁发的德川纹章当作纪念品送给别人，尤其是外国人，肯定是莫大的罪过。"

西博尔德不吱声了。他的目光在告诉羽生，没有别的解决办法。

羽生叹了一口气，缩作一团，苦苦思考了一阵子。西博尔德知道，他的赌注开得太高了，但他希望羽生最后还是会接受他的建议。后来羽生坐直身体，表情严肃地说道：

"老师，我同意。我知道我在做错事，很可能会因此遭到严惩。但我愿意做出这个必要的牺牲。这事太重要了，不是为我，是为了我的国家。甚至这对我的主人来说都很重要，他是这个国家的统治者，我却像个卑鄙的商人，在这里拿他的纹章交换别的东西。但是，为了治疗许多人的病痛，我愿付出生命的代价。"

说完他脱下长袍，仔细叠好，让纹章朝上，虔诚地从矮桌上推给西博尔德。

一想到羽生这么做是违背自己的意愿并做好了接受严惩的准备，西博尔德就有点不舒服，但来不及再犹豫了。现在必须尽快做成生意。

"我向您保证，没人会知道我们的约定，在日本，谁也不会见到这件长袍。它会被打包寄去长崎，随下一艘荷兰船出境。"羽生点点头，虽然他的样子不是很相信。西博尔德走进书房，取出几样东西。

"药在这儿。我先给您一小瓶供您比较，让您看看自己配制出

145

来的药效如何。您需要的植物是白色曼陀罗。它在日语里叫作**曼陀罗华**。这是它的图，您可以留着。我至今只在尾张国的宫村见过这种植物，别的地方肯定也有。您要小心！这种植物有剧毒，能致幻。数百年来欧洲一直用它制作魔药，它让人们感觉自己能飞。我现在给您写下来，告诉您必须如何处理这种植物，如何蒸馏过滤，因为您需要的有效物质是阿托品，必须将它从别的有毒成分中分离出来。"

他继续进行药物学解释，按他承诺的那样全部写下、画好，一小时后羽生就喜滋滋地离去了。当西博尔德返回房间，看到桌上的贵重长袍和德川纹章时，他也喜上眉梢。

参勤队伍返回长崎的日子越来越近。西博尔德不想不辞而别，他邀请所有的朋友和熟人在长崎屋举办了盛大的宴会。施图尔勒根本不想参加这种活动，因为他的健康状况又恶化了，他的胃炎严重，不知道如何控制，只好不断向西博尔德求诊。西博尔德让人摆上所有的葡萄酒、啤酒和利口酒，让厨师用牛肉和猪肉做荷兰菜。众多客人享受着烤肉，喝着好喝的有泡沫的饮料，也就是啤酒。施图尔勒面色苍白，一声不吭，坐在桌子一端的椅子里，桌子摆在用榻榻米铺好的宴厅中央，在他的身旁，门德尔松也很安静，晕晕乎乎的，他不舒服好几天了。周围的人身穿华丽的和服，又开心又热闹，西博尔德坐在他们中间的地上。他们嘻嘻哈哈，开着玩笑，回顾过去几星期的经历，高潮始终是"独耳浪人"的故事和夜里偷偷去吉原的故事——只要警官坐得够远，他们用手掩着嘴，叙说太夫东间二世对西博尔德的垂青，这像传奇一样令人嫉妒。夜深了，客人们在酒精影响下，注意力渐渐涣散，高桥将西博尔德叫到一边，带他去隔壁房间，那里有一张矮茶几，天文学家的助手坐在茶几旁，看守着一只长条形的漆木地图盒。他们走进去后，助手就一声不吭地离开了房间。高桥以正坐势姿坐好，演示如何打开盒子，然后演示怎么铺开里面的地图。西博尔德高兴得想大叫，但他知道这第二次展示对高桥有多危险，他尽力控制自己，免得引起其他客人甚至警官的注意，那会大大损害高桥的名誉。

"老师，"格洛比乌斯说道，"这是虾夷，日本国的北方主岛。这张地图是我杰出的同事间宫林藏绘制的，他在日本最北端旅行考察过很长时间。这不是副本，而是我还不能给您原件。副本还在绘制中。您看，这儿是桦太。"

"就像您说的，这是一座岛，不是半岛。从南到北至少有四百里。这里，库页岛，这是我们对它的叫法，就是俄国最大的岛。这是多么伟大的发现啊！"西博尔德抚摸了一下地图，图上的岛屿和陆地之间没有标注地峡，而是只有一条狭长的海峡。

"俄国？老师，您这是什么意思？它不是与俄国大陆相连的半岛，这表明它是日本岛国的领土。这也是幕府在这个问题上的立场。"

"当然，您说得对，这我还根本没有想过。好吧，圣彼得堡的人自然不乐意听到这话。"

"在分析间宫的考察成果和地图时，我们立即就明白了此事。但是，由于我们和俄国人没有接触，还没有机会告诉他们这个事实。我们有理由担心，俄、日之间有一天会因为这事发生争执，甚至会爆发战争。但是，由于我们最先确定了这个地区的精确地形，日本当然可以优先宣示主权，并在必要时予以执行。"这是西博尔德头一回感觉到高桥的爱国心，他平时批评起日本的政府和科学来可是从不嘴软的。

"高桥先生，如果我以侦察员的身份将这个消息告诉俄国沙皇，您觉得如何？我觉得，圣彼得堡的人越早知道此事，日本就能有效反击俄国对这片地区的主张。因为俄国正在开发东面的巨大领土，这当然还要持续一个世纪或更久，一旦俄国在这个过程中将农民、商人和士兵迁到桦太岛上，那么，日本要像您想的那样宣示主权，甚至得到世界的承认，就会难得多。"

高桥拿左拳撑住有力的下巴，思考起来。

"我感觉这个外交步骤完全值得考虑。这会让日本丧失什么呢？实际上什么也不会失去。恰恰相反。您说得对，一旦俄国生米煮成熟饭，此事就会变得复杂，甚至危险。我们应该用日本人掌握的科学论据驳斥他们，这样既能维护与这个大国的和平，又有利于日本。但是，请您让我考虑考虑，让我找几个与幕府关系更亲密的可靠人士谈谈。我将把我的答复与第一批地图一起交给您。"

"行。我会心急如焚地等着您的最终回复。就像期待我得到这张地图和您给我看地图副本的那天一样。"说完，西博尔德狡黠、会心地向他笑笑。高桥现在欠他的了，因为他已经将克鲁森施滕的著作、《拿破仑战争史》及荷属东亚殖民地的地图交给了高桥。他忍不住用这权力来开点玩笑。但天文学家表现得信心十足，摆出假装知罪的厚脸皮表情，驱走了先前的暗示带来的一丝严肃。西博尔德觉得此人实在了不起，他是一个与自己旗鼓相当的科学家，也是一个大胆、果断、多才多艺的人。两人站起来时，西博尔德头一次做出了日本人闻所未闻的举动，这是一种日本人不懂的姿势。他走向高桥，搂住强壮的对方，说了句："我的朋友！"

两天后，时间到了。动身的那天早晨，西博尔德收拾好最后的箱子，交给挑夫们。他小心地将高桥临别时送他的巨著装在最上面，那是四册雕版印刷品，印在薄纸上。他打算在接下来的几星期里与门德尔松一起，让翻译晚上在旅馆里给他们朗读。那是《源氏物语》，讲源氏皇子的故事，它由宫女紫式部创作，已有近千年的历史了。书中描写的是贵族英雄的生活和一系列爱情冒险，叙述风格精巧优美。高桥还告诉西博尔德，他务必了解这部作品，这样才能与达官显贵们交谈，因为在德川统治下，贵族几乎没有权力，他们将书中描写的平安时代喜好感性享受、认为人生短暂的氛围神化为理想的高雅文化。当西博尔德将这礼物拿给门德尔松看时，他虽然还病着，但是十分激动。他马上发现，摆在他们面前的，可能是有史以来所有文化中的第一部、规模最大、内容最丰富的长篇小说。

当参勤团队带着仆人、翻译和警察出发时，前来送别的日本人有一百多人。那是一个天气晴朗的日子，和煦的微风轻拂江户上午的街道，他们返程时可以少挨点冻，西博尔德很高兴。他最想做的是跟在他的轿子旁跑，向所有的朋友、熟人、医生、病人和好奇者挥手告别，再聊上几句。不过，按照江户严格的参勤规定，这是不被允许的。但是，在城市边界处，硬朗魁梧的前萨摩藩大名岛津重豪骑着一匹高头大马，带着随从人员，来与西博尔德告别，他骑着马走在西博尔德的轿子旁，像六星期前使团到来时一样，他再次用日语和不流畅的荷兰语与西博尔德开心地交谈。与西博尔德交好的医生们没能让他获准住久一点，大名对此也表达了深深的遗憾，他透露，就算他动用自己全部的影响力，大概也无法让这件事有个更好的结局。他很清楚将军幕府里反对扩大荷兰人特权的势力有多大。

第三天，参勤队伍经过严格的检查，反方向通过了边防站箱根町关口，此后西博尔德的助手们才可以继续采集植物，狩猎动物。科学工作让西博尔德彻底忘记了因被迫按时离开而对上司施图尔勒和日本当局产生的恼怒。他现在常想到妻子泷和那个新生儿，但愿孩子在鸣泷等着他。不过，门德尔松的病情令人担忧，这个平时活泼调皮的伙伴此时身体状况越来越糟糕。这几天西博尔德一直有个可怕的猜测，但在确诊之前，他还不敢告诉朋友。两星期之后，他们在东海道的一家宽敞旅馆里休息，这里离大阪不远，当晚他再次给门德尔松做了检查，这下结果一目了然了。西博尔德在他身上发现了几个肿胀硬化的淋巴结。门德尔松还抱怨他的生殖器上有伤口。当西博尔德不得不将最初的猜测当作确切消息告诉生病的旅伴时，他心情沉重。

"我亲爱的朋友，我担心，您最后还是得为我们的吉原冒险付出高昂的代价。我现在确信，您从可爱的桃子脸女孩身上染上了**梅毒**。"

门德尔松疲惫地躺在垫被上。他先是一声不吭，然后深吸了一口气。

"我预感到了。毕竟那些医生没有隐瞒，**花柳病**在吉原是家常便饭。我只是无法想象，这个与我欢好的娇小、风趣、善良的女人，会传染这样危险的疾病。您能为我治疗吗？"

"这正是真正让我不安的部分。因为，在我们到达长崎之前，我无法为您治疗。我需要的水银制剂都放在那里。日本人还不知道这种治疗方法，这里根本弄不到水银。我只能希望，您体内的疾病在我们返回之前不会恶化得太快。我唯一能做的就是减轻您的症状。另外，用水银治疗是很难受的。"

"我知道，我见过很多接受治疗的梅毒患者，"他沮丧地将头歪到一侧，"我真是不走运。没您那么走运。"

"您此话怎讲？"

"我还从未告诉您我到底为什么来这里，来这遥远的日本。"

"没有，这您没有讲过。可这与您的疾病有什么关系吗？"

"肯定，多少有点，不管我走到哪里，我的命运都尾随着我。您必须知道，我来自一个重要的犹太人家庭。我母亲本名丽娅·所罗门，她嫁给了银行家亚伯拉罕·门德尔松。他又是著名的摩西·门德尔松①之子，摩西·门德尔松是伊曼努尔·康德唯一感觉与自己势均力敌的哲学家，我无比钦佩他。可我只是我母亲丽娅的私生子，她早在嫁给亚伯拉罕之前就生下了我。为了不毁掉她的生活，我被送去荷兰的养父母那里，我在那里不受打扰、幸福地长大了。可当我得知我的出身，尤其听说了向我隐瞒的家庭时，我明白了自己的生活毫无根基，并且很不真实。为了感受我一直缺少的与这个家庭的联系，我改姓门德尔松，这让我的养父母很不开心，他们都是善良的荷兰新教徒。"

"那么，您既不认识您的父亲也不认识您的母亲？"

"我不认识我父亲，我都不知道他叫什么。但我母亲多次来荷兰看过我。她是一个聪慧和蔼的女人，但最后占上风的总是她的虚荣。因此她认为，将我安置在养父母那儿对我俩来说是最好的解决方案。也许她是对的。作为私生子，我在德国会比在自由的荷兰过得糟，我母亲肯定不能再嫁人，尤其不能嫁给这么显赫的男人，顺便说一下，他好像也是一个非凡的人物。他是一位思想解放的现代犹太人，给我母亲安排了一笔专款，供她自由支配。有这笔费用，她不必做任何解释，就可以慷慨地资助我，到现在都是如此。这为我解决了一切经济烦恼，让我可以投身我喜欢的科学和哲学，包括我所有的旅行。"

---

① 摩西·门德尔松（1729—1786），德国犹太哲学家，被称为"德国的苏格拉底"，是18世纪德国启蒙运动的领导人，近代犹太史上的重要人物。

"那您至少还是有点运气的。"

"这是一种奢侈，为此我不得不付出高昂的代价。如果能让我生活在一个属于自己的家庭的温暖之中，我宁愿拿这舒适的命运去交换一种艰苦的命运。但我知道，我不可能有更好的解决办法。"

"那么，是什么让您踏上了前来日本的漫长旅途呢？"

"三年前，我母亲来鹿特丹看我。我改姓她嫁入的那个家庭的姓氏这件事，让她十分震惊。她恳求我对自己的出身保密。这让我越来越为难，因为当时她已经又生了四个孩子，四个我不认识也不可以结识的弟弟妹妹。芳妮现在二十岁了，是个美丽的音乐家和作曲家，她的弟弟费利克斯好像也具有音乐才华。两人目前一起就读于柏林的音乐学院。您能想象我是多么想见他们吗，哪怕只是悄悄看一眼。反正我母亲的强烈要求最后激起了我的不满。为什么所有人之中，偏偏我为了一份小小的报酬就必须做出这个牺牲呢？为了逃避这个想法，我就寻找旅行机会，尽可能远离那些让我想起自己的命运的地方。现在我躺在遥远日本的一家旅店里，从您这儿得知，我在放荡时染上了一种后果严重的爱情病。幸运可不是这样的。"

西博尔德担心地看着他，在他身上发觉了提前衰老的迹象。梅毒的治疗方法会让他越变越丑，前提是治疗能奏效，并且他能经受得住。门德尔松的体形和外表一直很斯文，他瘦小孱弱，胸脯扁平，看上去像贫血，他很快就会虚弱无力的。西博尔德越来越担心，希望能帮得了自己在异乡最亲密的朋友。

当参勤队伍抵达大阪时，旅舍里有封信在等着西博尔德。信是泷寄来的。他迫不及待地拆开信，坐到花园中一座长满苔藓的石池旁。泷用娟秀清爽的笔迹在手抄纸上写下了西博尔德至今读到的最优美的话语。

我心爱的丈夫，我最爱的菲利普：

请允许我无比高兴、万分骄傲地向你汇报，你成为父亲了。欧历5月6日凌晨，我健康地生下了你的女儿稻。我分娩时，好心的海因里希·比格尔给予了很大的帮助。稻很漂亮，眼睛大大的，眼珠骨碌碌地打量着一切。她很安静，几乎不哭，似乎很满意来到我们的世界，她用力吮吸我的乳房。我身体也很好，我想对你说，这个孩子是你给我的生命中最大的礼物。这个小小的新生命从我体内钻出的那一刻真是奇妙啊，我还从未有过那样的经历。一切都很顺利。等你看到我们的"小米粒"，将她抱在怀里时，你会激动的。我希望你的旅行一切按计划进行，顺顺利利，满是新鲜经历，你会将每个细节讲给我听的。我计算时日，成为年轻父亲的你离你的新家庭越来越近，我在这里极不淑女极不耐烦地盼着你归来——如果你知道我是什么意思的话。

你的泷

在这座可爱的花园中央，在傍晚的天空下，西博尔德感觉日本的神灵都在温和地俯视着他，他与她的宇宙成功结合，神灵们为此向他表示祝贺。一个新时代开始了。他现在是一个完整的男人、一个与深爱的妻子有了孩子的父亲、一位成功的博物学家。但有一阵子，他全部的雄心都比不上对这件重要事情的敬畏。比起抵达日本后获得的许多认可，纯洁爱情的果实带来的欢乐要令他感动得多！

旅行继续进行，没有意外，没有拖延。画师登与助有许多机会用画笔记录下著名风景和城市最美的景色，而西博尔德的助手则继续搜集动植物和矿物。

虽然西博尔德此前暗暗想过，他要去造访大阪和京都的享乐区，四处去用金黄色头发交换与高级妓女们的性冒险。但可怜的门德尔松的状况警告他，不要太过信赖自己的运气。他一想到朋友正躺在病床上，日渐衰弱，没法和自己一起去重复这种冒险，他就感到不舒服。在吉原为这种放浪行为找到的科学辩护也不再充分，毕竟，他刚刚成为父亲。为了弥补遗憾，他请警官安排自己私下观看了一场传奇歌舞剧《忠臣藏》。歌舞剧讲述的是四十七个浪人的故事，他们要为冤死的主人报仇。虽然此事是一桩有名的历史事件，发生在一个世纪前，但由于审查制度，歌舞剧不得不将时间再往回推了两个世纪，西博尔德请日本翻译详细讲解了一回被禁的版本。

★　★　★

1701 年，江户德川纲吉将军的幕府正在等候京都来的皇室使团。将军委托大名浅野长矩按照严格的礼节接待使团，并让有很大影响力的礼仪官吉良义央协助他。浅野还年轻，没有经验。然而，吉良向浅野索要一些"护手油"，作为帮忙的报酬。浅野拒绝支付，因为这是贿赂。当皇室使团抵达江户城时，浅野在接待时因装束不当出乖露丑，极其难堪。他不知道古老的规矩，不知道在出席这样的重大事件时必须穿什么布料和什么图案的衣服。

浅野发觉吉良欺骗了他，愤怒地拔出剑来。他要杀死吉良，但只伤到了吉良的额头。由于在领主的宫里拔剑，浅野触犯了神圣的法律，必须切腹自尽。浅野一直等到他的卫队队长大石到来。他们最后对视了一眼，然后浅野按要求切腹，大石砍下了他的头颅。吉良却未受处罚。大石知道是吉良出卖了主人，发誓一定要替主报仇。但将军不同意平时很盛行的血腥复仇。按照儒家学说，儿子或心腹家臣与杀害其父或主人的凶手是不共戴天的。吉良让浅野丢脸，这比杀了他还严重。但吉良势力太大，将军又没收了浅野的财产。这样，他的三百名家臣和效忠者就统统无权无业了。他们当中的四十七名武士从此成为浪人，个个都可以切腹自杀了，可这样的话就等于是反抗将军。

因此大石决定走另一条路，复仇之路。他与其他浪人一起沦为社会底层。他们各自行动，挥霍、酗酒、嫖妓、赌博、主动要求离婚、出售自己的孩子。他们成了耻辱。当一位朋友要求大石重新想想时，愤怒的大石只是说，他必须享受生活。朋友怎么也不信大石是当真的。他从剑鞘里拔出大石的剑，只见剑已生锈了。这就是证明。武士永远不会让自己的剑生锈。死亡、剑和武士是一体的。

两年后，12 月的一天夜里，大雪纷飞——新雪象征着行动的纯洁——四十七名浪人偷偷聚到一起，袭击了吉良的庄园。吉良自称家仆，掩饰自己的真实身份。但浪人们从他额上的疤痕认出他来，砍下了他的头颅。第二天早晨，他们将吉良的头颅戳在一根长矛上，穿过江户的街道，搁到主人浅野的墓上。他们受到了欢迎和纵容，直到幕府对这一行为做出判决。之后，他们在一个公共广场上一起切腹自尽了。他们的遗体被安葬在泉岳寺里，他们也被世人奉为对主人忠心耿耿的完美榜样，继续受到崇拜。

★　★　★

西博尔德后来将这则建立在历史基础上的传说讲给门德尔松听了。两人很快就一致认为，这里面也含有对幕府及其腐败、不光彩的执政制度的反抗。但这不是普通人的看法，不是农工、商贩、匠人或艺术家的看法，而是武士的看法。这则故事再次讴歌了武士阶层高尚的道德，虽然这在日常生活中并不太常见。

另一种具有民俗、艺术和美食趣味的仪式被称作庖丁式，西博尔德与施图尔勒在京都一同亲历过。一名厨师身穿深色长袍，头戴高帽，双手都没有接触鱼就将一条鱼切好了。他使用的是一把长刀和两只镊子，他用它们做出艺术性十足的动作，就像一名武士在表演武术。最后那条鱼不仅被拆解得干干净净，而且被摆放、塑造得像日本最著名的纪念碑之一——一对用粗绳相连的岩石，立在伊势海岸，象征着神道教的原始神伊邪那岐和伊邪那美。十几代人当中只有少数厨师掌握这门手艺。西博尔德既欣赏了表演，也享受了随后被端上来的生鱼片。施图尔勒只是轻蔑地看了看热闹，觉得这像是纪念教堂落成的杂耍，他根本不想去吃鱼肉，它已被切割和打结，根本认不出原貌了。

乘坐参勤船穿过内海南下的航程平安无事，因为施图尔勒不耐烦地禁止继续拖延，认为没必要再上岸了。如今他对西博尔德讲话时不仅语气粗暴，且不加节制，饱含攻击。西博尔德在施图尔勒面前保持着惯有的冷血似的镇静，上司的身体本来就不好，他担心上司会精神崩溃或心肌梗死，因此他更加冷静了。6月28日，参勤船停靠下关，荷兰朋友和西博尔德的学生迎接了他们。不过，鉴于施图尔勒和门德尔松的糟糕状况，接下来的三天不像去时那么欢快。西博尔德有越来越多的时间是在朋友病床前度过的，门德尔松的病情令他日渐不安。抵达的当晚，他给疲惫不堪的门德尔松开了鸦片酊，让门德尔松在艰苦的航行之后至少能无痛地休息几小时。病人躺在床垫上，瞳孔缩小了，他像能够看到身体内部似的。可那只是毒品的作用。

"这到底是什么魔药啊？我再也感觉不到我的身体了！我神志清醒，浑身轻松。我已经长时间，很长时间没有这样的感觉了。谢谢，我亲爱的医生，谢谢！您让我轻松多了。这药好奇妙啊。"

"是的，这叫鸦片酊，使用时必须谨慎，因为它含有鸦片，让人上瘾。"

"您吸过纯鸦片吗？"

"没有，它的副作用太多，不宜用于医学目的。可我检查过鸦片瘾患者，在故乡的大学里对这种毒品的受害者做过解剖。尸体的胃只有榛子那么大了。"

"我在阿姆斯特丹的一家鸦片馆里尝试过，"门德尔松不为所动地接着说，"真叫人吃惊。我的思维像是无限地扩大了，我可以飘在所有东西上方，那是我从未经历过的。同时我十分平静快乐。"

"您干吗现在告诉我这个？您最好享受适量鸦片酊带来的放松，而不是渴望更厉害的镇静剂，我可没带。"

"我确实有理由来深谈这个话题。这只是个前奏。您从中可以看出，当我想告诉您一些难以启齿的事情时，我的方式是多么笨拙和羞涩。"门德尔松面带微笑，这是他几天来头一回微笑。

"这下我可真好奇了。"西博尔德俏皮地笑着回答，期望现在能听到什么更乐观、更愉快，与门德尔松的疾病毫无关系的事儿。

"您知道的，我是一个好动、不安的人，我好讲话，爱玩语言游戏。但我还从没写过什么，除了每次恋爱成功后写的情书。我差不多是个口头文学家。我们在日本的生活，特别在江户那激动人心的几天，终于启发我从头到尾写了一篇故事。这一刻我等了好几年了。这肯定很傻，但我很自豪能在死之前达到这个水平。这个，您拿上，请您有空的时候读一下。"门德尔松递给西博尔德几页写满字的荷兰信纸，这是他事先备在床边的。

"您将在这篇故事里认出我们共同经历的一些事情。我的朋友，请您诚实地告诉我您对它的真实看法。这也许是我唯一留下的东西，它将比我虚幻、短暂的尘世生命更能久存。因为我没有做出别的什么，"他叹了口气，"好了，现在我得睡觉了。谢谢您的帮助。我感受到了您的悉心照拂，感觉到了您真诚的担忧。您对我的那一点了解，便是我生命的全部价值，在我生命的尽头，这对我来说是一大安慰。晚安，我的朋友。"门德尔松转过身去，立即睡着了。西博尔德震惊地离开房间，因为他预感到自己很快就会失去对方，然后以一种让自己害怕的方式思念门德尔松。

参勤队伍从下关渡到九州之后，天空开始下起雨来，雨势很大，毫无停下的意思。挑夫们连续数天踩在泥泞的大路和小道上，在被浓雾包围的大地上方，乌云笼罩，这让人透不过气来。西博尔德不再离开他的驾笼，而是专注于他的研究和笔记。门德尔松的手稿一直摆在他面前，就在一小堆书上。但他暂时不敢碰它，因为他担心，他无法诚实地评估其文学质量。一天下午，所有资料都处理完了，所有的表格和索引都填好了，而雨还在下个不停。于是西博尔德终于拿起那篇文章，他读了起来，此时门德尔松正在他的驾笼里哼哼，陷入了高烧性谵妄。

空宫殿

在家重将军时期，幕府老天文师佐佐木小次郎生病了。将军官邸往日十分辉煌，它所在的城市连续数月被湿雾包裹。幕府天文师患上了严重的肺炎。他在为死亡做准备，他向将军的执政府幕府提出了一个特殊的书面请求。他请求将军恩准自己去拜访侄儿，那是家族中最后一个在世的成员。这可是空前的请求，因为未经许可，任何人不得踏入皇城。无数代以来，只有被选中的人才能进入这座拥有菊花宝座的城市。幕府天文师的侄儿是其中之一，因为他是一位天才书法家。相反，小次郎本人不在享有特权的人员之列。但将军幕府里有十足的善意，他们不想让这个功勋卓著、奉公守法的人未与家族的最后一名成员告别就死去。于是家重将军让人给年轻的桃园皇帝的宫中寄去一封信，询问是否可以给予江户的这位老人这一特权。由于不了解这个问题的政治背景，皇帝的枢密院公家做出了谨慎的反应。同时皇宫里也有受过教育的智者，他们都十分熟悉佐佐木小次郎这个名字。他们熟悉他的天象图，听说过他的占星术。各藩的大名都必须将家人留在江户，给将军做人质，小次郎不厌其烦地接受大名们的请教，他在全国上层贵族中的知名度不可谓不大。于是公家被说服了，他们认为，如果让一位年老、有病、可敬的人在去世前与自己最后的亲戚见一面，这种恩准是合适的，不会有害，而且，也许整个家族不久就会灭绝。

于是小次郎乘坐一顶病人坐的轿子，让人由中山道将自己抬去京都。他发着高烧，思考他的决定是否正确。因为他是故意染上这种病的，这是为了找到一个令人信服的理由，让人批准他的这趟行程。当他们在夕阳中穿越传奇的关原平原时，一只小松鼠突然穿过轿帘窜进来，四只脚落在小次郎的胸上。他正在打盹，那只迷路的树栖者的撞击没有吓到他。那动物直起身体，前爪悬空，来回转动头颅，用它纽扣似的小眼张望轿子阴暗的内部，然后直视小次郎。

"是啊，我的小朋友，我快死了。见到你这样，我真希望可以再年轻一次，换一种活法。"他被那小动物的生命力吸引住了，它靠榛子生活，养大它的孩子们，不破坏动物王国的和平。它看上去十分健康，而且心满意足。它没有哲学或宗教，不懂智慧或科学。可它是如此完美。他感觉有点妒忌这只小小松鼠的生存方式。

他在京都的侄儿是个刚满二十八岁的单身汉，是获准在皇宫效劳的最年轻的书法家。他真心诚意地接待小次郎。他看到叔叔病得很重，从第一天起就竭尽所能地服侍老人。但幕府老天文师不久就问侄儿，能不能让他进入枢密大臣或仆人的核心圈子，甚至接触到公家。他有极紧急、极重要的事情报告，而且只可以将其告诉皇帝的近臣。小次郎不想将消息的内容告诉侄儿，免得给他带来危险。侄儿知书达礼，素养很高，他不再坚持，尽心竭力，想方设法，都没能帮小次郎联系到他想找的人。书法家远道而来的叔叔是个外人，而且快死了，皇室没人愿意跟一个濒死的人会谈，都怕这会损害自身的名誉。

小次郎的病情在恶化，他越来越虚弱。一天晚上他病危了，忠诚的侄儿忧心忡忡，日夜守在他的病榻前。为了止咳，他给了叔叔一种鸦片和药草的混合物。小次郎服用后松弛下来，他再也不能动弹了，连话都讲不了了。但他十分清醒。侄儿从他的眼睛和皮肤辨别出，小次郎活不过次日凌晨了。因此他决定向叔叔透露一个让人难以置信的秘密。他之所以敢讲出来，也只是因为他知道小次郎在这最后的几小时里再也不会讲话了。当侄儿对着他的耳朵说出秘密时，小次郎的脸上没有表情。只有眼睛透露出无限的震惊：皇帝不存在！刚满十六岁的年轻的桃园皇帝，不存在。整个皇宫、整座城市里都没有皇帝。侄儿目睹了有关皇帝的这出戏是如何策划出来的，在这具木偶、这个名字背后隐藏着什么，皇宫的礼仪官如何维持皇宫内有一个太阳神天照大神的直系后裔的假象。侄儿估计，皇帝不存在的事已经持续了好几代了。没有人知情。因为知情者只要泄露一句，就必死无疑。这是一场阴谋，可能已经持续了数百年了。

瘫痪的小次郎惊呆了。他想给敬爱的年轻皇帝，想给日本的唯一活神，送一个极紧急、极重要的消息：将军不存在！将军的宫殿是空的，不存在一个名叫家重的人。执政的是由幕府人员组成的机构，而将军，那世人永远不可以见到的可怕龙颜，是虚构出来的。两座宫殿都是空的，现在，由于小次郎快死了，他是全宇宙唯一知情的人。而这两座宫殿并不知道对方的情况。多叫人震惊啊！但是，由于死亡来得不及预料的快，小次郎还有时间。他已经感觉不到自己的身体了，因此他能全神贯注地思考。

他想着佛。佛的理论，一切都是表象，生命、灵魂、我和每道瀑布都只是表象。可就连将军也是吗？就连皇帝也是？从来没有佛教徒这么声说过，反正他是想不起来。他试图想象，如果一位佛教徒这么说，他会遭遇什么。他会被用钉子钉在十字架上，将军……他不存在啊……或者另一个……他或许也不存在？……会笑着站在十字架下面说，我亲爱的，你的这份疼痛，这很快就将杀死你的疼痛，它可是不存在的，就像你不存在一样。可是，如果不存在皇帝，也不存在将军，即有血有肉、万人服从的他们并不存在，那么，佛存在吗？

他对只有虚空的佛教理论感到恼火。他不怕死，他已经等了几年了。他想获得解脱，离开这世界。他自己就是佛教徒，他虽然没出家，但也相信生是一种苦难。星辰让他太忙了。可现在，当他看到，并且十分孤独地意识到，日本的宫殿是空的，早就空了，也就是至少在他的一生中，他感觉这世界、这生活欺骗了他。他问自己，在日本维持了一个半世纪的和平与空宫殿之间会不会有联系？也许，这是德川家康，这个世纪和平的缔造者，在他执政时期所做的极其聪明的预防措施，好让无休无止的内战最终停止？

　　是啊，他问自己，他想问自己……但他做不到，因为当他想这么做时，他发觉，问题是多么神奇的东西啊。这让他分心。问题！他快要死了，他感觉有无数问题，世界无限可疑，他也许不是一个幸福的人，但是一个觉悟了的人。他突然感觉到身旁有什么东西。他努力用浑浊的眼睛盯着那东西。他再次发现了某种让自己吃惊的东西。那是一根游杖，上面绑着一只皮革编织袋，游学的年轻剑手在长途漫游时就会随身携带这个袋子。走武士的道路，这是他年轻时未能实现的伟大愿望。他梦到过这袋子无数次！梦想只带着它、一顶帽子和一把剑到全国游学！它是离开的象征。他感到无比快乐、轻松，他站起来，再次摸了摸他那不幸的只知道一半情况的侄儿的额头，带上袋子和游杖，穿过墙上的一个小洞，爬出了世界。

　　　　　　　　　　　　　　　　　　　阿伦·门德尔松
　　　　　　　　　　　　　　　　　　　1826 年 6 月写于江户

第三章　诉　讼

你看看它吧，这个阴险的密探，当他决计要毁灭一个人时，他表现得多么信心十足啊！他都不需要直接动手，因为在人类当中，就连最好的人都至少有一个软肋。他总能将它找出来，利用它谋取私利，并使用种种诡计来控制它。你要记住一点：他的行动总是使用诡计，而不是使用凶残的暴力。

——丹尼尔·笛福，《魔鬼政治史》，1726 年

八仙花

1826 年 7 月 26 日，参勤团队于下午抵达长崎。道路两侧站满欢迎的人群。天气湿热，空气中充满刺耳的蝉鸣。由于健康状况很糟糕，施图尔勒和门德尔松压根儿不再离开驾笼了。另一方面，这座城市欢迎外国人，西博尔德不肯放弃享受这份宽容，他跟在门德尔松的驾笼旁，一直走到港口，最近几天门德尔松几乎都处于昏睡状态。

"门德尔松，您呼吸呼吸这城市的自由空气啊！"他试图透过撩起的小窗鼓励门德尔松，对方无力地冲他笑笑。

"是的，我也很高兴，至少能感觉到一丝清风拂过我的坟墓了。"

"您别这么灰心。我明天就开始给您治疗。我们一直坚持到今

165

天了，我放心多了。"

"那好吧，您真的已经尽力了，我不想表现得忘恩负义。真的，我迫切地想重新睡在我的荷兰床上。"

西博尔德一直在鼓掌的人群中寻找泷，虽然他们约好，回到出岛上她才正式迎接他。他很兴奋。长崎奉行亲自来到桥头迎接他们。这回施图尔勒必须下轿，必须鞠躬行礼了。从他的脸色看得出，他很虚弱，不愿意再行一次礼。奉行大概意识到了公使的不开心，但没有理睬，好像施图尔勒的想法和感觉根本不重要似的。他负责的整个旅行圆满完成了，没有比这更让他高兴的啦。与门德尔松一样，经过五个月的旅行，施图尔勒也明显地衰老了。由于越来越没有胃口，他们的体重都减了很多。西博尔德回来时却在各方面都变得更强壮了，他的脸是健康的棕色，因为他一有机会就在户外活动，既享受日式菜，也享受随团携带的荷兰菜。他在吉原被迫牺牲的发缕又长出来了，他没忘记在到达前请人给他理了发，再也看不出他曾经少了一缕头发。在岛前的广场上，他的学生们也在等着他，热烈地欢迎他，对顺利的旅程和他的健康外表大加恭维。

泷就等在出岛的桥后。他老远就看见了她，迫不及待地想走向她。可是，无论是按照日本风俗，还是按照这个小地方维持的荷兰古风，要是在公开场合——岸边围着一大群人，什么都看在眼里——就扑进对方怀里，这是无法想象的。于是，在哨兵们按照义务检查过他的证件之后，他只是向她走过去，望着她喜滋滋的脸，这张脸笑着望向他，像一颗星星。他还注意到了她怀里的小包裹。稻在睡觉。当他站在她面前时，泷深深地鞠了一躬，一言不发。她更成熟，更漂亮了。那就像戏台上的一次登台亮相。整个长崎都十分关心稻的出生，现在轮到这对情侣——这部戏里的主角，来打动观众们了。

西博尔德带头走向他们的房子，泷跟在他身后，保持着三步的距离。又过了一会儿，挑夫们才将行李扛进屋，堆放好。当他们终于关上门时，屋里只剩下他们，她走近他。

"您好，好久不见，很高兴！没错，我学了很多日语。"

说完他将她拉进怀里，热烈地吻在她的嘴上。

"我多么想你啊！你这美若天仙的女人，我太想念你了。"

"这正是我希望的，"她媚笑着说，然后又一脸严肃地讲道，"你重新回到这儿，回到我们身边，我很开心。你的样子多健康啊！现在还是先认识一下我们的女儿吧。"

他们转向稻，她安静地睡在一张精心编织的竹摇篮里，这是泷的父亲送给第一个外孙女的礼物。西博尔德轻手轻脚地抱起女儿，欣赏那张小脸。她不足两个月，可看上去已经不像新生儿了。她的肤色比他和泷的肤色深，淡淡的棕色里夹着一丝发光的青铜色。他闻了闻她，注意到她身上有股哺乳期婴儿的健康的、淡淡的酸甜气味。然后他将耳朵贴紧她的小脑袋，听她短暂、平静的呼吸。他看着泷，幸福地笑着，低声说："她好漂亮！这孩子是个美妙的礼物。我也给你带了点东西。"他将那睡着的包裹放进她怀里，从一只小箱子里取出一个文件夹，他将它放在最上面，就为了这一刻。他在桌上解开绳子，打开文件夹，一幅画着蓝色花朵的大彩图出现了，花序几乎是球形的。

"好漂亮的画啊！"泷叫起来，"我们称这种植物为紫阳花。你从哪儿找到它的？"

"在姬路城堡的大名花园里。但我的礼物不是这幅画，小姐。这是一个国外至今不知道的绣球花品种。我发现了它，我可以确定它的学名。亲爱的，我将按你的名字给它取名，*Hydrangea Otaksa*（八仙花）。这样欧洲和全世界都将永远记住你。这是我想送给你的一份小小的不朽。"Otaksa 是西博尔德给泷取的昵称。

她入迷地盯着那朵美丽的花，过了好一会儿才理解这份礼物的意义。然后她热泪盈眶地望着他，耳语了一声："谢谢！"

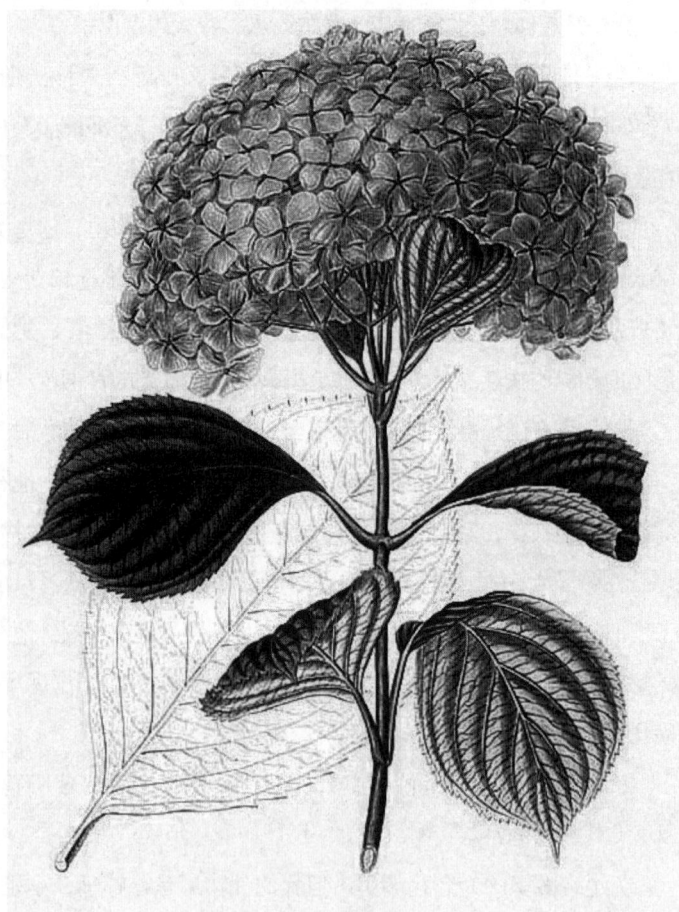

八仙花

梅 毒

打从江户回到长崎的那天起，他旅日生活最忙碌最幸福的时光就开始了。除了做讲座、上实习课、照顾并扩建花园与温室、接待全国各地来访的友好科学家和每天给病人治病之外，现在他还得将自己收集和购买的所有物品归类、编目，准备不久后用船将它们运回欧洲。他与巴达维亚总督及江户的熟人、朋友的通信也更频繁了，最重要的是，他催促他的朋友格洛比乌斯尽快将允诺过的地图寄过来，那是他所期待的所有研究工作的巅峰。西博尔德不分昼夜地工作。无论他是在出岛还是在鸣泷，他的小家庭都守在他身边，他可以亲眼看着小女儿成长，也让泷尽可能帮助自己。

德·施图尔勒给他的生活投下了一道阴影，他对西博尔德的反感已经使他暗自暴跳如雷了。西博尔德从江户返回后，收到了一位旧同学寄来的信，他这才得知上司对自己恨到了什么程度，那位同学现为巴达维亚总督的保健医生，看到了德·施图勒尔上校的书面报告。

> 他不断提出要求，希望你为针对他的暴力和挑衅受惩罚。他告发你，一直希望你被召回，甚至被送上军事法庭。一句话，他试图毁掉你。如果这个恶人不早点去见上帝——鉴于他顽强的生命力，这希望很小，他将会是你的一大麻烦。范·德·卡佩伦男爵一如既往地护着你，但谁也不知道，他还会在巴达维亚待多久，还会对他的继任布斯·德吉西格尼斯子爵有多大影响。你要小心，我亲爱的朋友和同事！

西博尔德从此不得不担心，他过去几年的工作都会有危险。但这回运气也护着他，因为施图尔勒很笨，当年 8 月他就用侮辱人的方式激怒并伤害了慷慨大方、给荷兰人极大自由的长崎奉行。因此，这位高官了解了在江户发生的事件后，忍无可忍，采取了最严厉的措施。他向施图尔勒宣布了皇室的驱逐令。于是施图尔勒就被撤销了"船长"一职，即荷兰商馆馆长的官职，驱逐令立即生效，他的继任费利克斯·梅廉在秋天乘船抵达出岛，同时施图尔勒不得不搭这艘船离开出岛。西博尔德终于摆脱了最危险的对手。

第二年春天，稻开始走路了。西博尔德的助手海因里希·比格尔因为装病没有参加参勤，他充分利用这段时间，与泷的姐姐常也生了一个孩子。他们的儿子朝吉生于 12 月份，从此比格尔就像照顾妻子常一样，体贴地照顾两个孩子。两对幸福的夫妻和他们的孩子就这样组成了一个不寻常的家庭，在这个家庭里，大人不管何时何地都尽量互相帮助。这与西博尔德在德国了解到的资产阶级生活截然不同。比格尔和西博尔德现在是姻亲了，他们互相照顾彼此的孩子，成了亲密知己。

西博尔德的另一个烦恼就是门德尔松的身体状况，这个问题不像施图尔勒的阴谋诡计那样容易解决，更何况施图尔勒在巴达维亚一定还会继续捣乱，这是西博尔德后来从他同学的另一封信中得知的。但他不再在乎，施图尔勒现在名声太坏，伤害不到他了。他对门德尔松进行的首个疗程没有效果。与同时代的欧洲同事和他们的前辈数百年的做法不同，西博尔德不想使用汗浴和禁食疗法。他从胡弗兰那儿了解了天花疫苗研究所犯的错误。他的直觉和吸取的教训，以及他长期以来对放血的看法，都让他决定不这么做。要想医治病人，绝不可以让病人继续虚弱下去。除了使用汞酊、水银盐和水银蒸汽，他别无选择，虽然他很清楚，应用这种剧毒金属的治愈概率一直很低。因此，虽然门德尔松没有胃口，西博尔德还是让他多吃瘦肉、鱼和蔬菜，将大量酊剂涂在他皮肤上发炎的部位，给他喝稀释的盐水，吸入蒸汽。西博尔德也对传统步骤做了如下改进：他不是在三星期左右的短时间内密集使用大剂量毒药，而是在较长时间内使用较低剂量的毒药。门德尔松熬过了前三个月的治疗，状态较好，既没脱发也未掉牙，这是他还能拥有的一点点快乐。但短期的改善没能持续下去。才过了几个星期，他又感觉像先前一样糟糕了。当时已经是冬天了，因此西博尔德让他的病人接受汗浴疗法，这让他更容易忍受这个季节的湿冷。当门德尔松的健康继续恶化、发病的皮肤越来越多时，他除了继续采用吸入疗法，又在 4 月份开始了水银疗法。现在，除了加大剂量，西博尔德无计可施了。病人垂头丧气，因为他希望自己已经熬过来的打算落空了，而且也知道接下来的典型治疗会是怎样的过程。一开始门德尔松显然坚忍地承受了水银疗法，但西博尔德发觉，朋友的生命已经危在旦夕了。

闷热的盛夏已经来临，一封从柏林寄来出岛的信带来了决定性的影响和转折。门德尔松的母亲写信告诉他，她与她丈夫，也就是他从未能结识的继父亚伯拉罕·门德尔松，一起皈依了新教。她就这样砍断了连接旧生活和他的最后的桥梁。这封信与之前的来信一样，通篇都是自怨自艾和抱怨，满纸鸡毛蒜皮的小事，没有一句关怀，甚至没有问问长子的情况。但她至少说了，他同样不认识的妹妹芳妮和弟弟费利克斯身体健康，他们也许正在走向最初的成功，费利克斯这年 2 月将第一次公开指挥。他平时师从于伟大的黑格尔教授。读着这封信，门德尔松像是在阅读母亲的自言自语，他只是获准在远方聆听。这与他毫无关系，一点关系也没有。他快死了，死前还得再蹒跚着走进人生的大剧场，里面又在上演《我母亲打不败的野心》这部戏，这是一部单幕独白剧。这是恶化的开端。这封信似乎从门德尔松体内吸走了全部力量。

唯一支撑他活下去的似乎是文学。一天晚上，西博尔德过去探视他，准备再次用那种有效的疗法在短时间内缓解他的痛苦。他没敲门就走进了他的房子，看到初级翻译岩濑八郎正坐在门德尔松的病床前，给他用荷兰语朗读。西博尔德笑了笑，向门德尔松打招呼。他脸上已经开始出现疙瘩和干燥的牛皮癣，它们让他的脸僵硬得像一张面具。岩濑站起来，为医生腾出椅子，默默地离开了。

"您推荐的高桥赠您的《源氏物语》，对我极有价值，"门德尔松吃力地说，"它可能是您给我的最好的药。"

"那您大概就不需要这个了，"西博尔德俏皮地笑笑，边说边举起一只装着鸦片酊的小瓶子，"真可惜，我刚刚专门为您准备了一种配方，使用了十分之三的鸦片，而不只是十分之一，和一种日本幸运草。"

"拿来！"门德尔松突然有点兴奋地叫道，"这与源氏皇子的故事十分吻合，可爱的岩濑逐章翻译，每天给我读一点。"

"您给我讲讲吧。"西博尔德感兴趣地说道，一边将小瓶子里的东西倒进两只玻璃杯，其中一只玻璃杯里面的药只有两指甲盖那么多。然后他用一只手从枕头上托起门德尔松的头，用另一只手将更满的那只杯子里的药倒进他嘴里，他与病人的空杯子碰杯，然后一口喝光了自己的那杯。他们一起静静地聆听内心，耐心等了一会儿，等效果出现。

"我的朋友，谢谢您再次在这条路上陪我走一小段。"

"哎呀，这是出于自私。我眼下工作那么忙，睡眠那么少，我偶尔也可以放松一下。您刚刚好像要跟我说点什么。"

"是的，日本早期黄金时代一位皇子的令人羡慕的生活，"门德尔松语调平和，再也没有了累坏的感觉，"故事发生在八百年前。我们年轻的主人公源氏是天皇和一位低级妃子的儿子，虽然父亲特别喜欢他，却不能让他享有神圣的皇家继承权，母亲早逝后，他被送给一户与皇室亲近的家庭。源氏在那儿无忧无虑地长大，他永远不可以担任官职，没有任何权力。父亲的一笔慷慨的资助让他不必从事任何劳动，活得舒坦、悠闲、高雅。他每天除了豪宴和狩猎，还可以专研诗歌、书法和绘画。他猎艳无数。其中的一位是藤壶公主，那是他的继母，皇帝娶她是因为她让自己想到源氏的母亲。另一位是妙龄女郎紫姬，估计也是本书的作者，他在她十岁时带走了她，准确地说，是拐走了，一开始当作女儿抚养，最后对她欲罢不能。我们就读到这里。岩濑先生费了很大劲才给我准确解释了这部小说的细节，比如特殊的书法艺术，尤其是给信件洒香水的细节。情色描写诗意盎然，即使从今天的眼光看也很有意思。布料堆成山，相爱者必须一直往里面钻才能找到对方，"他停下来想了想，"我妒忌这个风度翩翩的小流氓，他似乎完全生活在幸福中和当下，没有野心和更高的目标，只追求美丽、情欲及高尚。我多么想将这部最早的日本文学杰作介绍到欧洲去啊。"

"您发现了没有，门德尔松？"

"您说什么？"

"好吧，这完全是您自己的故事啊，只不过有些地方是相反的。这部小说里的天皇就是您的母亲。"

门德尔松困惑地望着西博尔德。

"没错！您说得对。我怎么就没想到呢？这太明显了。"

"现在就差这疾病了。它也许会在后面的章节里出现。"

"我干吗一边惊羡和钦佩一个贵族幸运儿的古老故事，一边蔑视我自己的呢？难道我们不相像吗？另外，我还有个沮丧的念头。我问自己，这病会不会是在惩罚我对母亲不知感恩。"

"您又在苛求自己了。"

"是的，我知道，我的朋友。不过，这是我的一个品质，我想与你分享，或至少留下。您知道我想说什么吗？"

"我大概明白。"

"那我想为我俩当中反应迟钝的那位再解释一下，"他假装威严地说道，就像老师在对他的笨学生发火，然后他一本正经地接着说起来，"您知道，我真为您和您的未来担心。我在日本见到的您勇敢无畏，充满无限的好奇和活力，不逃避任何阻碍，特别能够征服人心。您真的成为英雄了。"

"这开头听起来不错。"

"您等着！我还没讲完。您还记得去年参勤时我们在下关的交谈吧。"

"当然。"西博尔德注意到了他的欲言又止，这完全不像他一贯的交谈风格。

"我当时就直言不讳。这期间您又冒了许多更大的风险，而且不仅仅是给您自己带来了危险。您别以为我没看到您是如何欺骗正直的高桥天文师的。"

"可是……"

"我知道，您为这场物物交换准备了很长时间，但您欺骗了他。启程前您在这儿骄傲地给我展示了您的两套克鲁森施滕的作品。您有没有想过，一旦您某个触犯本国法律的行为被发现后，您的其他违法行为也全会暴露出来。您很清楚，日本当局及其司法机构会彻底调查这种事。什么也瞒不过他们，一切都有记录，所有联系都有据可查。您相信自己一直会这么顺利下去，这是不是天真过头了？您到底知不知道，您的朋友、同事和熟人中，有多少人的处境现在已经极其危险了？"

"老实说……不，我不知道。我甚至不能想到这事，否则我就无法继续我的工作了。"

"您的问题就在这里！您接受那些不必由自己做出的牺牲。您不是这个国家的公民，日本法律管不了您。但所有帮助过您的人可就不同了，无一例外。在日本，如果上司或家庭成员触犯了严厉的法律，下属和亲戚要一起承担责任。我看到您周围的日本公民日渐增多，刽子手无形的剑已经高举在他们的头顶了。这让我害怕。您只要出一个差错，这些善良的人就在劫难逃了。您明白我的意思吗？"

在这种情况下，西博尔德明显感觉不舒服。门德尔松这突然的攻击欲从何而来？药物本该让他放松、开心和安静啊，西博尔德如果没有面对这些真相，也会感觉如此。

"是的，我理解，"他顺从地回答，躲开辩论的压力，又继续追问道，"您认为我该怎么做呢？"

门德尔松似乎被自己的进攻累坏了。"反正已经太迟了。您千万不要出错，您就信任您的运气吧，直到您在这里的使命结束，"他听天由命地回答，"请您不要将这理解为对您个人的冒犯或拒绝。但愿您永远不会忘记，我是您最大的崇拜者之一，但是，作为朋友，您也得允许我说出我的担忧。就我所知，我也是唯一这样对您讲话的人，我很遗憾。可惜有太多的崇拜者在让您日渐狂妄。因此请您将我的话视为一种善意的精神药物，在您身上有更严重的疾病发作之前，我想先为您打一剂预防针。"

门德尔松的结局

　　这将是与门德尔松的最后一席长谈。接下来的几天，他的健康状况持续恶化。西博尔德每次都将水银疗法的剂量调到最大，但都不见效。门德尔松越来越衰弱，死亡的气息一直笼罩着他的病榻。他的牙齿渐渐掉光了，长发脱落得越来越多，那长发一直让他显得像位艺术家。门德尔松的最后挣扎是想再去一次户外。他请求西博尔德找人用担架将他抬去长椅，四年前他们头一回坐在那张长椅上，吸着烟斗，眺望海湾。如今长椅后的花园已经成了一座风景如画的原始小森林，西博尔德让人在里面种了许多收集来的日本植物和欧洲药用植物，这引来了很多鸟儿和昆虫，特别是蝴蝶。门德尔松躺在那里的一顶大伞下，吭哧吭哧地喘着粗气，但他向仆人保证，他在享受这美景和新鲜空气，绝对不想再回屋去。他就这样一直待到太阳落山。

　　接下来的几天，西博尔德无奈地发现，梅毒已经侵袭了病人的内脏，很可能也已经侵蚀了大脑。他无法准确诊断，因为口腔里也出现了一个会引起巨大痛楚的大脓肿，就在软腭上方，这让门德尔松越来越难说话和吞咽。西博尔德有种可怕的感觉，继续给朋友开水银是在处死朋友，但他别无办法。只有偶尔注进高剂量的鸦片酊才能让门德尔松轻松上几小时，与前不久不同的是，现在他不能再说心里话了。西博尔德也必须慎重对待库存的吗啡和鸦片，他还得用它们治疗其他病人，给他们做手术时需要用到这些。有时他去找门德尔松，对着他讲话，告诉他最新的消息，分散他的注意力。然后门德尔松就用扎着绷带的手碰碰他，以示感谢。门德尔松的手掌也长满湿疹。尽管治疗没有停止，病情却在加速恶化。门德尔松的牙齿已经全掉了，头顶光秃秃的。在其他梅毒患者身上兴许要许多年的进程，在他身上却只用了几个月。西博尔德认为之所以有这样不正常的发展，是因为日本南部夏季又湿又热的亚热带气候，这里与非洲的撒哈拉位于同一纬度。

没多久，门德尔松就不省人事了。他眼睛发黄，对动作或示意不再有反应，大多时候眼睛是闭着的。他的心脏还在跳动，但他已经没有了意识，身体开始活活地腐烂。虽然病房里放了好几盘香薰，恶臭还是让人几乎无法忍受。西博尔德已经中断了水银疗法，因为他不得不承认，已经结束了。然后门德尔松没有吞咽反应了。他唯一还能为门德尔松做的就是往他结痂的唇上蘸蘸水。

第二天清晨，西博尔德走进房间，发现门德尔松已经停止了呼吸。他无牙的嘴大张着，好像夜里用最后的力气吐出了他的灵魂。脸和身体凹陷下去了，像一具已经放在殓尸人那儿好几天的尸体。西博尔德在床沿坐下，额头撑在掌心里，低声哭起来。他很高兴朋友的巨大痛苦终于结束了，同时他头一回感到，自己虽然医术高明却回天乏术。他失败了，随他一起失败的还有当时的医学。他知道，失去这个男人的痛苦这下开始了，过去几年里这个人对自己来说是不可替代的。过去几星期里，他一直在为门德尔松的病故做心理准备。但这无济于事。现在它来了，那巨大的空虚，美好时光的结束。阿伦·门德尔松曾经支持他，始终照顾他。他想到自己对吉原享乐区的行动也负有责任时，他泪如泉涌，痛彻肺腑地哽咽起来。他的轻率不仅给许多日本朋友带去了危险，更是直接让这个信赖自己、无比善良的人染上了致命的疾病。如果他为此受到调查，等待他的会是什么惩罚呢？还会发生什么事呢？门德尔松最后的警告已经是预兆吗？

西博尔德振作精神，理顺被泪水浸湿的乱发，盖好尸体，去找梅廉馆长汇报荷兰商人门德尔松之死。他知道即将进行的程序令人沮丧。荷兰人既不可以将他们的死者葬在出岛上，也不可以火化。自1654年的公告以来，只有会馆馆长才享有土葬的特权，如果码头上不巧没有巴达维亚来的船只，他们去世后可以被安葬在山脚下的一小块单独的墓地里。如果死的是普通商人、工人或商馆的奴隶，他们的同事必须在离岛几英尺远的地方将他们扔进海里。不能被葬在陆地上，这是大多数虔诚的基督徒所能想象的最糟糕的命运。有天晚上，门德尔松在喝了许多葡萄酒和清酒之后，也曾承认，如果他离开这个世界后，头顶上没有一块好让家人和几代子孙拜祭的墓碑，那将是一种真正的形而上的恐惧。出岛上的人都自称囚犯，他们认为门德尔松虽然古怪，但始终客客气气、逗人开心，现在他们却要这样对待他。馆长梅廉本身就是一个喜好文学的敏感的人，出岛上的其他人大多是矮胖的商人，比起他们，馆长更欣赏门德尔松的谦逊和机敏。他安排大家站在岸上进行海葬，当晚举行礼拜仪式。门德尔松不是新教徒，但他是亚伯拉罕的后裔，这没关系。仪式只能在黑暗中举行，甚至都不能使用《圣经》。荷兰人带来的所有《圣经》都被收在一只桶里，由日本当局用钉子钉死，贴好了封条。西博尔德让人将尸体缝进一块帆布。太阳下山后，在火把的映照下，他被运到海边，在那儿，包括西博尔德在内的几名男子，将他绑上重物，抛进海浪，让他沉没了。这个过程带给人的打击相当大。死者就这样被交给了一座潮湿的坟墓，像犯人一样，偷偷摸摸，没有相应的仪式，没有向上帝的祈祷。这是西博尔德头一回亲身经历这个过程，他被深深地震动了。这一刻，他也感觉到了日本文化的冷酷和野蛮，在这个文化里，佛教徒否认灵魂的存在，神道教视人类的遗体为不洁的垃圾。京都的一位学者曾经告诉他，在日本的早期历史里，在**弥生**时代，就连皇帝的尸体也会被抛进林中喂野兽。一群人重新返回陆地后，梅廉讲了几句悼念的话，小小的送葬队伍低声唱了几首大家都会的赞美诗。这就是文艺爱好者和哲学家阿伦·门德尔松在遥远的日本的悲伤结局。

与高桥书信往来

随后的几个星期，西博尔德靠家庭和比平时更多的工作安慰自己，他的工作进展很大。夏天，巴达维亚的总督已经决定让西博尔德依照合同返回。因此，他必须在来年秋天，即1828年的秋天之前完成他的所有任务。但是，他将在欧洲展示的作品还缺少最重要的基石。12月他又给江户的高桥去信，这回是催促，信中他没有掩饰自己越来越不耐烦的情绪。

十分尊敬的先生，可贵的朋友：

从阁下的上封来函，我高兴地得知，您的身体十分健康。在此期间我不得不告别我们善良的门德尔松，他的花柳病未能治愈，那大概是他——我只可以向您透露——去吉原那次染上的，为此我就更加为您的健康高兴。我虽然竭尽了全力，那个可怜的人还是痛苦地逝去了。

我的另一个烦恼和痛苦是我至今尚未收到您的KvJ——他们约定用这个缩写或"K"代表"日本地图"，以防他们的通信落进歹人之手——您写信告诉我，您9月就已寄出了。鉴于日本的邮递速度很快，现在我们不得不假定它们丢了。

尊敬的朋友，这东西将给我和整个日本带来很大的荣誉，您很清楚我对它有多重视。因此我恳请您仔细核查一下这件不幸的事。必要时我将请您再找人复制两张，立即将其寄给我。我会通过不同的渠道将它们带去欧洲，万一我不幸随船沉没，这美丽光荣的资料保留不下来，那就太不幸了；那将是艺术和科学的一大损失。

另外，为了得到您的友谊，我给您寄去一只用钟制作的小天象仪，它非常适合用来教学，随信还寄去一份关于虾夷和千岛列岛的介绍，这是我的朋友皮斯托瑞斯专门为您从英语翻译过来的。我希望您会喜欢这则消息，因为其中所载的意见与间官的意见吻合。您从中也可以发现俄国人对日本人了解多少。我也自作主张给阁下寄去一份小礼物，这是一根金线刀带，它也许会让阁下高兴，这象征着阁下真诚的朋友的持久友谊和崇高敬意。

冯·西博尔德博士

当西博尔德通过邮差寄走这封信时，他的心情十分复杂，按他的标准，这是纠缠不休。但此事不容再拖了，不管他有没有得到珍贵的地图，8月他的船即将起航。令他十分吃惊的是，不到四星期，他就接到了高桥的回信。

致长崎出岛上尊敬、正直的朋友冯·西博尔德博士：

惊悉我们亲爱的朋友门德尔松谢世，我万分难过。我想永远保留我对他的最美好的记忆，我们与他进行的交谈是我的科学道路上最渊博、最富哲学意味的谈话之一。这位颇有建树的思想家竟没留下一篇能为他树碑立传的文章，这是何等遗憾啊。

至于 KvJ，它们的失踪和由此带给您的困境令我深为震惊。我向您保证，当您读到此信时，我已经下令让人再复制两份了。但是，重新绘制这些 K. 至少需要两个月。三个人正在全力以赴。如果像您承诺的那样，这些东西能在巴达维亚印刷出来，请阁下给我寄上四十到五十份。

至于有关虾夷的介绍，这对我无比重要，因为这是一个重要的东西，从中能得出重大结论。但最打动我的是那个小天象仪，您推荐我用它来做教具。这表明，您真的在设法为我着想，尽可能理解我的爱好和兴趣。在此，仅说"谢谢您"难以表达我的真实感情。

请您耐心等候那张及那些 KvJ，如果第一批又意外地出现了，请您赶紧告诉我。

现在，我能有幸自称为阁下重要的、真正的朋友了。

S. 高桥，又名格洛比乌斯

这消息让西博尔德既放心又不安。高桥确实在尽力而为，赶制交换物品，这消息让他高兴。但是，鉴于邮政系统非常出色，尤其是寄件人地位这么高，地图邮包的失踪非常奇怪。西博尔德随口向当地邮差打听以前是否发生过类似的事情，但没提这批特殊货物丢失的事。他无奈地得知，信使被拦路抢劫者袭击和打劫的事时有发生。他想起来，自己也听说过这种故事。在江户附近的箱根町山，匪徒特别臭名昭著，他已经很熟悉那里的边防站，那里看守很严。但他没想到，这些拦路抢劫者也敢伏击政府的信使。他连续几夜无法入眠，在脑中假想了所有的可能性，思考那张秘密地图此刻会在哪里。他反复思考，它最好不要落进日本当局手里，他们能评估内容的真实价值，信中肯定附有书面资料，他们也会找人翻译。

但是，纵使形势这么危险，幸运却再一次站在了西博尔德这边。两天后，失踪的货物就送到了他手里，并附有大阪邮政局局长的一封低声下气的道歉信。邮件被搁在那儿，被忘记了。西博尔德顿感轻松，不得不强压欢呼的冲动。他兴奋地指示出岛诊所里的仆人，将寄达的包裹留在办公室的桌子上，让他一个人待着。然后他开心地撕开绳结上的封印，高桥是高级官员，包裹上若盖上封印，未经授权谁都不可以拆封。他去掉厚厚的绉布，露出一只长形木盒。盒子上也有一个封印，他同样将它撕开了。他从中取出向往已久的地图，将它铺在桌面上。就是它了！高桥按西博尔德的愿望，将北方也绘制了进去，这将地图扩大了，京都不再因政治原因位于中间。1∶864 000 的比例尺是顶视图的最佳标准。被日本人叫作桦太的库页岛和主岛虾夷岛都分别按1∶432 000 的比例绘在附页上。地图特别详细，标有许多山脉的海拔，所有中等城市和大城市都标出来了，海岸线和所有海湾及对面的岛屿都精确地画出来了。全部名称都使用片假名，这样就不必翻译很难懂的汉字了，翻译这些汉字所需要的词典还没出现。所有地图中唯一缺少的是按照国际惯例绘出经纬线的墨卡托投影，那是供航海使用的，杰出的地理学家高桥本人也还没掌握这个技术。但这张地图完全能够满足西博尔德的科研目的。此刻他是第一个也是唯一一个拥有一张精确的日本岛国地图的外国人，他已经预感到，凭借这个独特的发现，自己将会在欧洲赢得荣誉。现在，出于礼貌和诚实，他该马上向寄件人承认自己收到地图了，因为寄件人至少与收件人一样担心。但西博尔德推迟了此事。他更希望在通知高桥之前，高桥允诺的另两张地图副本的绘制工作也取得了足够的进展。因为有三张地图肯定要好过只有一张。

第二年的春天到了。每天都充满着研究、考察、病人的造访、与家人共度的短暂的幸福时光，以及为秋天的旅行的准备。3 月底九州的樱花开了，两个月后，整个国家的樱花都绽放了，包括北方。他与泷、海因里希·比格尔、常一块儿去了一个神道教神社，它坐落在能俯瞰如画海湾的高山上。他们在那里野炊，稻和朝吉一起玩，在白色花雨中翩翩起舞。就这样，差不多三个月之后，西博尔德才给高桥写了下一封信。

高桥阁下，学富五车的朋友格洛比乌斯：

请您原谅我沉默了这么久，这只是因为，我必须从事的工作和必须承担的义务多得让人喘不过气来。为此，我在此信中要告诉您一个喜讯。我很高兴地告诉您，失踪的 KvJ 又出现了，完好地抵达了我处！——他没有说出准确的日期。听到这消息，您一定会像我一样如释重负。如果另两个副本的工作取得了您预期的进展，我也很乐意收到它们。如果您不认为这是非分要求，我甚至想再请求一份有关您身居高位的大都市——这是对"江户"一词的改写——的同样熟练、详细的介绍。当然我将承担就此产生的费用。为了回报您，随同此信您会收到几种对您有用的礼物。我另外也准备了一个包裹来表示我的谢意，请您将它转交给间宫林藏先生，谢谢他的出色工作。

愿我们的友谊长存，我万分尊敬的朋友和支持者！

冯·西博尔德博士，1828 年 3 月于出岛

光阴荏苒，又是几个月过去了，西博尔德一直没有收到高桥的

回复，但他尚未觉得奇怪，因为自己之前也隔了那么久才回复。夏天还是炎热潮湿，但西博尔德已经非常适应这种天气了，不再感到难以忍受。相反，如今他觉得高湿度与高温的结合令人愉快，尤其是比起寒冬的那几个月，日本的建筑墙壁很薄，这种设计不适合御寒。出岛和鸣泷的花园里，植物苗壮成长，别具一格。日本植物形形色色，他们将一部分重要植物集中在了一个很小的空间里。西博尔德不仅白天与泷在一起很快活，而且大多数夜晚他们也其乐融融，因为他的年轻妻子对与他同床共枕和与他尝试不断进步的做爱技巧表现得乐此不疲。

西博尔德在城里和整个地区的威望已经达到了几乎无法超越的高度。他继续给所有病人治疗，从不收费。从全国各地涌向鸣泷的学生越来越多，跟他学了较长时间的学生又返回各自的藩国，自己也成了名医。西博尔德收集的植物学、矿物学和民俗学藏品规模巨大，他知道，他需要几十年才能完成对所有宝物的分析和描述，然后才能向欧洲知识界公布。因此，当8月荷兰的护卫舰"科尼利斯·豪特曼"号终于在出岛外不远处抛锚时，他放心了。它将把这位成了博物学家的医生的珍贵货物漂洋过海运回家乡，这对他来说是一个显著的象征，这表明他科学事业的第一阶段行将结束。

外国人的包裹

在江户，已经是5月中旬了，春天还不想离去。空气清新，伴随着暖风暴、每天的暴雨和高湿度的一年一度的台风季迟迟不来。蛇时[①]，一位信使来到神乐坂区间宫林藏家的房前，高喊了好几声房

———————
① 指上午九点至十一点。

主的名字，直到一位女仆出来推开门。信使从肩上取下棍子，解开牢系在棍尾的一只布袋，拿出包裹，深深地鞠了一躬，呢喃着必要的礼貌话语，交出包裹，小跑着离开了。

间宫白天在江户北部丈量土地，晚上回家后，他一进门，妻子真由美就问他那个奇怪的包裹是谁寄来的。林藏将包裹从玄关拿进工作室，小心地放到书桌上。他盘腿端坐在桌前的榻榻米上，十分警惕地打量起包裹。真由美走进房间，他不在家时她绝不可以进来，她在他身旁坐下来。

"什么事让您这么惶恐？您干吗不将它打开？"她好奇地催促道，林藏娶她是因为两个家庭有约在先，她的性格一直妨碍林藏工作。他是个一丝不苟、谨慎、有科学精神的人，她是个热情、漂亮的话唠，喜欢女人的八卦，喜欢传播谣言。他对探询陌生之物也很好奇，但只限于科学方面。他事事谨小慎微，富有责任感，正是这个性格让他成了一名一流的博物学家——也赢得了高桥对他的无条件信任。

"住嘴！你看不出这是个外国人的包裹吗？"

"可这儿有天文台的官印啊，这不是高桥先生的私印吗？"

"这是什么？这是荷兰语。包装也不是日本的硬纸板箱，绳子也不是日本的。"

"嗯——"她想了想，"我看出来了。可是，既然它是您的上司和恩人高桥先生送来的，您不需要打开它吗？"

"你想让我们全家都遭殃吗？"他忽然冲她吼道，"你根本不知道这是怎么回事！长崎来的荷兰使团上回来访时，高桥先生将地图给了那位荷兰医生。这是快两年前的事了。从此我就夜不能寐，吃饭也不香。你看看我都成什么样了！我担心得肤色发黑，头发斑白了。我瘦得像个乞丐。你还一点也不明白吗？"

此话一出口，他就知道自己犯了大错。他不该向妻子透露任何东西。他们的婚姻生活只流于形式，没有快乐和爱情可言。自打生下第二个儿子后，他们再也没有同床共枕过。必要时他会偷偷去妓院。他不知道她是怎么熬过来的，也不想知道。他偶尔也会问自己，这么多年来她怎么能一直这么开心和安静。将这些情况透露给她是大错特错，他倒不如马上将它们发表在一家畅销的八卦杂志上，那些杂志在市场上销量很大。让她成为知情人也威胁到他俩和两个儿子的性命。

可间宫真由美并不蠢。此刻她也明白了，这包裹可能意味着大灾难。她感觉自己被丈夫怠慢了很久了，但她一直佩服他的勤奋和可靠。与同样婚姻不太幸福的女邻居和女友们不同，她从不要丈夫分担什么，也避免讲他的不是。她知道他是个善良正直的人，她可能遇到更糟糕的人。他从没打过她，像刚才这样冲她吼叫，也只有在她自找麻烦的时候才会发生，事后她总是不得不如此承认。因此她理解了事态的严重性，闭上了嘴，惩罚自己轻佻的好奇。她后悔地望着他。她聪明的沉默给了他鼓励，他将压抑了这么久的心事统统倒了出来。

"高桥先生是位伟大的科学家，我崇拜他。你说得对，他提携了我，我永远感激他。可他与荷兰医生所做的事，比错误严重得多，那是犯罪。他将我们日本国的地图给了他，包括我的虾夷地图，以换取一些对他极其重要的东西，甚至这东西可能对我们国家很重要，这我无法判断。可是，如果这位西博尔德老师有完全不同的企图，怎么办？如果他是危害我们海岸地带的某个野蛮国家的间谍呢？你知道我们的敌人能用地图做什么吗，你知道它们的价值何在吗？"

"不知道。"她低垂着目光，恭顺地低语道。

"它们是最重要的围攻和入侵工具。因此，根据我国法律，将我国的地图交给外国人是最严重的叛国行径。高桥先生这么做真是太幼稚了。也许这只是出于虚荣，他要用从荷兰人那儿得到的资料来提高他的科学声望。高桥先生是我们日本科学界的耀眼明星。可是，自从这次非法交换以来，我感觉自己只是挂在他亮闪闪的屁股上的金鱼屎，我将与他一起落进我们政府的网里。我想到的不光是对这个行为的惩罚，它将无比残忍，也将祸及我们的家庭。我更为我们的国家担心。因此，如果我能肯定，长崎的这位医生真的只是一位科学家，他会将这些地图交给我们的荷兰朋友保存，他们会将其仅仅用于研究国情，这对我来说将是一种解脱。"

"您有什么打算？怎么才能阻止高桥的背叛行为祸及我们呢？"

"我要去警察局，去那里指控这个包裹是一位外国人非法寄来的。我不提地图，因为我不是此事的目击证人。"

第二天上午，间宫到最近的警察局，上交了没有拆开的包裹。官员们立刻警惕起来，他们讨论了一下，派一名听差给江户总局送去一封短信。总局立马派来一名翻译和两位官员，让他们亲自见证包裹的拆封过程。撕掉邮政封印之后，他们在里面发现了一封信和一块机织粗棉布——一种受欢迎的荷兰礼物，因为日本人还不懂机械织机。翻译当场阅读并翻译了信的内容，这封信是在夸奖间宫对日本北部的考察。之后警察们又讨论开了，间宫被带去隔壁房间等候。

过了一会儿，总局来的官员之一，副警长金野单独进了房间，在间宫对面坐下来。

"间宫先生，您做得对。您是个富有责任心的公民。我很高兴地告诉您，这个外国人的包裹里没有什么触犯我国法律或者会给您带来麻烦的东西。"

"谢谢，副警长先生！"间宫如释重负地低声说道，没能从对方的口吻中察觉到话还没讲完。

"但是，有些事还需要我们提高警惕。信里透露，这个包裹只是幕府天文师高桥先生收到的一个较大邮包的一部分。但他没有向我们汇报收到了一个外国包裹。我们还从信中读出来，荷兰人和高桥先生之间已经有过多次书信往来了。我们当然想知道那里正在发生什么我们不知道的事情。"金野停了下来，间宫感觉有必要说点什么。

"我能做点什么呢，副警长先生？"

"您主动问起这个，很好。现在，在高桥先生面前，您也要表现得像什么也没有发生似的。您没有来过警察局，没来报告过。您不要把我们的谈话告诉任何人，也不要告诉您的家庭。我要您向我起誓。您听明白了吗？"

"是的，副警长先生，我明白了！"

★ ★ ★

地平线背后，太阳正在沉落，巨大的光圈红彤彤的，将九州上方的天空变成了晚霞的王国。在久住山树木繁茂的山巅，两个高大的身影坐在刚刚降临的晚霞里，一个神经质地坐在脚趾上，另一个双腿交叉，正在冥思。这是南方主岛的最高位置，他们越过树梢，从这里望向长崎湾。本地人都会避开这座山。据说里面有神魔出没。凡是遇见过他们的人，眼睛都被烧毁了。如果他们先前是某位神或圣灵的虔诚的忠仆，就会长出隐形的第三只眼睛，成为先知。就像云仙岳山脚冰见渔村的一名年轻女子那样，百年前她在森林覆盖的山坡上采集奇花异草和蘑菇，突然她就站在了野蛮的雷神面前。

"蛮夷又在将我们的财富装上他们的船了，"威武的须佐之男透过一排排锋利的尖牙和锯齿吼道，"数百年来我一直在看着他们运走我们的贵金属，提炼这些贵金属的矿石是我的小百姓从地里挖掘出来的，这是用来做生意和供奉我的神龛的。"

"这对你为什么这么重要？你就没有别的烦恼吗？"佛陀无所谓地问道。

"他们掠夺的是我的血、我的土地、我的山崖、我的岩石、我的铁矿、我的金属、我收到的祭品，是我的，我的，我的！他们劫走的是你的话语、你的文字、你的画像和雕像。你总不能就让这些东西从你肥胖的达摩屁股旁运过去吧。"庞大的佛陀先是傲慢地看了看他肥大臀部的两侧，然后堆出比先前更满意的笑脸。

"万物皆是苦，"他用充满终极智慧的口吻回答，"这只不幸的轮子为什么一直旋转下去，你就是个好例子。正是愤怒让这个世界变得悲伤和愚蠢。而我坚持忍耐，等待万物消散。可是，为了公正地对待你的不快：你好好想想西方来的魔鬼吧！他也许会助你摆脱蛮夷之灾，因为听他的口气，他不像是他们的朋友。"

"他来时，未经我的允许就点燃云仙岳，淹没海岸。我不会放过他的。"须佐之男气得直喘粗气，抬脚用力踩地，直踩得周围的山和风景都颤抖起来。

"你不该忘记，我们与他缔结了合约。让他处理去吧，不要破坏他的计划，你等着你的报酬吧。你当时好像对他给你的许诺很满意。"

"我又不懂了。你怎么能信任他呢？他是个外国人。我们既不知道他的威力——他到底是一位什么样的神或魔鬼，也不知道你所说的他的计划。"

"你总是渴望反驳。"

须佐之男从屁股里放出一个响屁，它的响声和恶臭赶走了山上所有的动物。佛陀坐在那里，纹丝不动。

"是的，就这么办。"须佐之男对他得到的理解表示满意。

"那就行使你的职权吧，你这个捣蛋鬼和破坏分子。"佛陀镇定地微笑着，提议道。

台　风

"科尼利斯·豪特曼"号开始装货的时间晚于原计划，因为此前必须进行修理。9月中旬在西博尔德的亲自监督下，封好的大箱子被运上了护卫舰。按照现行法律，地方当局只检查入港船只的装运，而不检查出港船只，装货是例行公事，一点不复杂。但是，1828年9月17日下午，海浪很高，舢板和驳船有倾覆的危险。傍晚，西博尔德测了一下气压，发现一个巨大的低压区正在移近。他让泷带着幼小的稻回鸣泷，自己留在出岛上，以防万一。黑暗降临得比平时早，深灰色的云层吞没了地平线。西博尔德的办公桌旁满是尚未装运的箱子，他在这些箱子中间忙到深夜，他填写货单，给总督写报告。室外的风势明显变强了，第一批四处乱飞的物体发出令人不安的噪声。西博尔德一开始不想理睬，后来还是站起来，走到门口，小心翼翼地打开门。压力很大，门弹开的力量很猛，几乎将他撞倒。他走出去，又费力地重新关上身后的门，紧贴着墙壁，摸索着走向他的花园。眼前的花园已是一片凌乱，臣服于呼啸着的强劲的狂风。至少所有植物都还在。他从拐角探出头去，张望海湾。他看到"科尼利斯·豪特曼"号的航迹灯在黑暗中剧烈晃荡。风暴越来越大，大海也被搅得翻滚起来。波浪撞碎在沿海的岩壁上，浪花飞溅，形成美丽洁白的花朵，它们转眼又被风撕成碎片，横扫过岛屿上空。细针似的雨点扎在西博尔德的脸上，他的脸湿漉漉的，他尝到了唇上的盐。他慢慢走回屋子，想从里面锁上窗子。但暴风越来越猛。突然，一块块瓦片从屋顶掉下来，随风旋舞，砸碎在路面上，有一块险些砸中他。西博尔德渐渐开始担心起来。回到屋里后，他无法专心工作下去了，满耳是狂风的怒吼。风势一点也没有减弱，反而在继续增大。然后两层楼的建筑开始发出咔嚓声。它在抵抗飓风，似乎也能顶住。情况就这样持续了一会儿，直到西博尔德发觉楼上的噪声骤然变大了。他小心翼翼地走上楼梯，来到楼梯间，停在那里回头张望。就在这一刻，随着一声爆炸似的巨响，房子的屋顶被掀走了。西博尔德都快吓死了。朝向大海的墙壁像纸一样被折断了，他突然就置身在露天里。他往回走了三步，拿小臂护住脸，还想看看接下来会发生什么。风将家具推到对面的墙边，一张椅子飞过他身旁，倏地穿窗而过，然后这面墙也断了，与全部家具一起跌在路面上。响声震耳欲聋。西博尔德撤回前还想再望一眼海湾，它现在就在他面前。水面上有盏灯，正发着冷光，海湾上空翻卷的云团反射着灯光。这是一幕骇人的景象，好像利维坦亲自从海底钻了出来，想上岸毁掉一切。但更让西博尔德受到惊吓的是，他再也看不见"科尼利斯·豪特曼"号的航迹灯了！他惊慌失措，冲下楼梯，跑向门口，想赶去街对面邻居家的房子，去那里躲一躲，那房子还未受损。自家房屋的废墟和砸碎的家具挡住了他的路。他试图翻爬过去，却找不到能抓稳的东西。西博尔德手脚并用地爬行，一块木板松脱了，飞过来，重重地砸在他背上，痛得他大叫起来。板壁被扯破了，他想爬到木板之间的缝里，但风无情地吹着他，将他推开了。一旦松开手，他会像一个玩具似的被吹上天。他开始谨慎地往后撤，想回到门口的避风处去。到了那里后，他战战兢兢地打开门，不确定风是不是也将底楼的一切都扯破了。但墙和天花板还在。他哆嗦着在身后锁上门。他想起了在"三姐妹"号上他们捞起遭遇海难的日本人之后所经历的那场恐怖风暴。那回他虽然也不舒服，尤其是因为在深海上有溺毙的危险，但令人惊讶的是，这远远比不上他刚刚感受到的恐惧。这回一切都有风险，不仅是他的生命，还有他的整个事业，如今这对他来说比他自己的性命更重要。否则，他就无法解释他的莫名恐惧。雨从楼梯上鞭打下来，这楼梯通向一个不复存在的楼层。他爬进房间一角，在箱子之间坐下来，想着浤。幸好她带着稻回鸣浤了，但西博尔德热切地希望坚固的房子也能经受住风的暴力。她一定为他担心得要命，这也是应该的。风暴之神还在外面怒吼，它将海浪推上陆地。底楼的石墙抵挡着涌来的海水。风暴可怕的怒吼，闪电的反光，擂鼓似的敲击着房屋残骸的噼啪雨声，在这样的背景下，筋疲力尽的西博尔德打起瞌睡来。不知什么时候，他睡着了。

　　他在清晨醒过来，感到背痛。墙壁还在，他走出门，想看看破坏的程度。他看到了断垣残壁，所有家具都被刮走了，路上空荡荡的，只有一堆堆碎瓦。周围的世界苍白昏暗。暴风雨过去了，但还在刮着大风。他孤身一人。当他来到花园时，他的喉咙像被卡住了。他面对的是一块废墟。树要么断了，要么被连根拔起，灌木就更不用说了，所有的花卉、蕨类植物和药草像是被刈割过一样躺在地上，它们先是被风吹得东倒西歪，然后被海水冲刷过。岸边堆着死去的海洋生物和被冲上来的海藻。他想，大概是它们当中的磷光生物在夜间发出了奇怪的光。更严重的是海湾的景象，他能从山坡上看到海湾惨遭蹂躏的情形。平时绿油油的森林失去了生命，树木像一堆堆掉落的火柴，躺在地上。屋顶被掀掉了，许多薄壁木屋都坍塌了。它们看上去像是被折叠了起来。但他最担心的问题是："科尼利斯·豪特曼"号在哪里？目光所及之处它都不见踪影。它直接消失不见了。

不久，其他荷兰人也走到了他们的屋子前。西博尔德的一些学生和翻译来岛上看望他，他们聚集在被毁的诊所里。

"老师，这场风暴太可怕了。这是台风，可现在根本不是台风季节，晚了很多。"高良斋用断断续续的荷兰语陈述道。他也想尽可能保持冷静，但昨夜的经历让他还是很激动。他家的房子被毁了，妻子险些丧命。这时商馆馆长梅廉出人意料地进来了。他环顾四周，想找个空位置，最后在一只箱子上坐了下来。

"上午好，诸位。亲爱的冯·西博尔德博士，我只向您简短汇报一下港口警长刚刚通知我的事情。您想先听什么呢？好消息还是坏消息？"

"请先说好消息，我现在需要好消息。"

梅廉想了想："好吧，如果我没猜错，两个消息其实只是一个，至于它会不会是好消息，那就值得怀疑了。"

"您就不要故弄玄虚了！"

"'科尼利斯·豪特曼'号虽然没有沉没，"——他故意顿了顿，"但它搁浅在离这儿几英里的地方，而且损坏严重。据我接到的报告，船首撞进了海边的一座房屋，杀死了全家人。"

众人都尴尬地沉默了。西博尔德还不知道他该有什么感觉，该如何感觉。

"夜里，一艘中国帆船在港口脱锚了，撞上了我们的船。于是锚链断掉了，船先是被冲到海上，然后被抛回岸边。我们的一条船脱锚后被冲走，这种事自贸易殖民地以来还从未发生过，更别说搁浅了。顺便说一下，船上的工作人员安然无恙，帆具没有损伤。但船体被损坏了。"

西博尔德设法控制住自己，因为他不想暴露他心里现在占上风的轻松感。

"其他的损害呢？有人伤亡吗？"

梅廉的目光阴沉下来。他在出岛上生活的时间虽短，但他已经学会尊重日本人，因为他们会更亲切地回报他的友善。面对西博尔德和他在与日本人打交道方面取得的成功，梅廉是唯一没有任何妒忌或私心的人。

"还没有确切的消息，但仅人员伤亡就达数千人。房屋没能顶住台风的压力，许多居民被埋在了房子里。另一些人被飞来飞去的物品砸死了。风速据说达到了一百六十里每小时。这一带还从没遇到过这种情况。这是百年一遇的大风暴。港口警长告诉我们，这一定是一场神圣的风暴，是一次惩罚。他只是还不知道所为何事。我们的船受损了，他也为此很担心。可现在他必须按相关法律行事，将搁浅的'科尼利斯·豪特曼'号当作一艘入港船只来处理。全部货物又得卸下来，这不仅是为了将船修好，让它又能航行，也是为了检查。"

西博尔德感觉一阵寒栗在沿着他的脖颈往上爬。船上有几只箱子，箱子里装的东西会非常有损名誉。幸好他还没让人将地图装上船，但船上有许多日本武器、日军士兵、违禁植物的图，以及他的绘图师登与助在参勤途中画的很多风景画。还有一样他此刻根本不愿去想的东西。

"馆长，我们就不能绕过这道烦琐的程序吗？我担心，如果检查时我不在场，他们会将我的收藏弄得乱七八糟。"

"不行，虽然港口警长自己也很抱歉，但他让人通知我，在这件事上，尤其是在这种紧张的情形下，他必须不折不扣地依法行事。"

"既然如此，检查时我可不可以亲临现场呢？"

"这也不行。情况恰恰相反。在此次官方行动结束以及长崎的社会秩序重新恢复之前，您在陆地上自由行动的特权也被取消了。我很抱歉，但您必须在出岛上待几星期，和我们一起过受限制的生活。您知道，我说这番话的时候也由衷地感到遗憾，因为您在这儿的工作似乎对荷兰王室极其重要。"

这真是个坏消息。可西博尔德不能将实情告诉上司。

将军的纹章

西博尔德现在必须住在出岛上，几天后，泷和小稻搬回来陪他。这可能是他在日本生活的最后几个星期，她们当然要陪在他身边。她们在鸣泷没出什么事，房子奇迹般地没有受损。附近起火了，火花飞舞，燃烧的木块像炸弹一样飞来飞去，差点就殃及鸣泷。因此人们也说那是一阵火雨，是伴随那幽灵似的风暴而来的。这场有史以来最大的台风给九州造成的破坏规模渐渐显示出来了。受害人数升至一万四千以上。他们被埋在房屋底下，被烧死，或在"科尼利斯·豪特曼"号搁浅的东岸浅水区被潮水淹死了。

出岛上技术熟练的木工花了不到一星期，就重新修好了西博尔德的房屋的上层，里面可以住人了。"科尼利斯·豪特曼"号的维修就不一样了。日本人一时间忙着重建他们的家园，没有匠人能闲下来修补这艘荷兰船。最后梅廉馆长不得不催促长崎奉行优先处理这个任务，因为一旦延迟出港，等到春天，护卫舰就会遭遇困难和危险。地方当局终于安排了人力。日本造船工人没有造这种大船的经验，全国都找不到这么大的船坞。虽然两个世纪里，荷兰人一再主动提出将造船的高超技术和科学原理教给日本人，但日本一次次拒绝了，因为自从锁国以来，日本就严禁制造能够远洋航行的帆船。

"科尼利斯·豪特曼"号停泊在海滩上，像一条被冲上滩的鲸鱼，倾斜得很厉害。尽管如此，由于相关法律，船上人员还是不可以离船。第一步无疑是卸掉货物，这不仅是为了按要求接受检查，也是为了减轻船体的重量。光是西博尔德的货就装了八十九只大箱子，加起来有一幢房子那么大。工人们在船周围垒起一道十英尺高、三十英尺宽的坝，形成了一个四百五十英尺长的池子；接着再朝着大海的方向挖了一条小沟，让船能够滑进海里；然后固定好桶、树和竹子，以便在水池被淹没时提供必要的浮力。这些工作特别辛苦，也耗时费力，因此官员们一开始没有过问货物。西博尔德只能依靠学生和翻译们的报告远远地关注这一切，无法施加任何影响。当他确认检查不可避免后，他彻夜难眠。泷察觉到了他的不安，但他不能向她透露，这也是为了保护她。

连续数星期，什么也没有发生。直到有一天，馆长梅廉公事公办，派人叫医生过去，但没有告知原因。当他在梅廉的秘书的陪同下，被带去贸易殖民地首脑办公室时，西博尔德感觉到胃里不舒服。梅廉一脸严肃地坐在办公桌后面。

"冯·西博尔德博士，我接到了长崎最高行政长官野上本田的一封令人不安的公函，您本人也认识他的。他在公函里试图巨细靡遗地向我解释对货物的检查结果。您箱子里的一些东西恐怕有问题，具体是哪些他没有细说。他请我通知您，今晚会有一位密使去找您了解事实真相。他想婉转地告诉我，他想采取非官方的途径。您知道，这消息弄得我一头雾水。我也觉得这件事怪怪的。善良的野上本田平时可是个有话直说的人。对此您有什么要告诉我的吗？"

"我很想这么做，但我既然不知道是什么事，也就无法给您更多的信息。"西博尔德说了谎。事情可能还会出现对他有利的结果，他萌生的这个希望比他与上司分担忧愁的需要更强烈。"好吧，那我至少认为，在您与密使会谈过后，我会了解到更多情况。"

"当然。我自己现在都有点不安，因为我既不知道这个会谈是关于什么，也不知道这样的事正不正常。"

接下来的几小时，西博尔德设想了各种可能。他们会不会向他提令人不快的问题，直到他坚持不说出真相，才给他麻烦？他们已经全都知道，全都发现了吗？他们是否已经确定要正式控告他，这一切是否只是在做准备？晚上，港口警长，一个身材矮小、脸部有疤、长着狐狸似的眼睛的人，在首席翻译末永甚左卫门的陪同下来到西博尔德的诊所里。对方挑选了声望很高并且与西博尔德早就交好的末永，这只可能意味着对方想在保密和信赖的基础上交涉此事。这是个好兆头。

"尊敬的西博尔德老师，"警长开口说道，末永翻译，其实根本没必要翻译，因为西博尔德完全听得懂他的话，"我先概括一下。事情十分敏感，我不想自己直接用日语和您讲。我只希望，在末永用荷兰语向您解释过一切并提出了关键问题之后，我能够带着您给我的正确答案离开此屋。"他冲末永点点头。

"老师，在检查装着您的收藏品的箱子时我们发现了让警长和奉行十分震惊的东西。那是些违禁品，比如画着佛像、神道教神像、武器、军人及风景的画，这些画显然是在参勤途中画的。最重要的是，其中有一样最珍贵的圣物，一件长袍，这件长袍属于我们的统治者家齐将军，上面别着德川纹章。您得知道，佩戴德川纹章是我国最高的荣誉。它代表无限的权力，也意味着绝对忠诚的义务。只有少数人拥有和佩戴将军的纹章，他们是将军的武士们。他们的义务是协助这位强大的大名切腹自尽，将他的头颅砍下来。上述物品均不得为外国人所有。准确地说，严禁任何日本臣民将这种东西交给外国人，否则会被处以死刑。奉行、他的副手和港口警长认为您是外国人，对我国严厉的法律知之不详，这当然是为您着想。不过，为了不给所有当事人造成大的损失，现在有个解决此事的办法，而且这是唯一的办法。因为在日本，关于与荷兰船只交往的敕令只禁止出口违禁品，但对"科尼利斯·豪特曼"号上货物的检查，依照的却是检查入港船只的形式。禁止输入的物品仅限于各种版本的《圣经》和武器，除非那是幕府专门预订的。"

当然！西博尔德在焦头烂额地思考时根本没想到这一点。

"由于'科尼利斯·豪特曼'号现在又要载着经过检查的货物出港，"末永继续说道，"奉行和港口警长认为，只有一个解决办法。您必须交出全部违禁物品，且不开具书面证明。这些物品根本就不可以存在。您如果同意这么做，它们也就不存在了。奉行认为，否则就不得不进行彻底检查，搜查您的房屋，将您扣留在出岛，直到案件的细节全部水落石出。"

西博尔德从首席翻译和港口警长的脸上看得出来，告诉他这个消息让他们十分难堪。这样做也是要保护长崎地方当局不被幕府惩罚。因此，他们严格遵守法律条文，拒绝任何解释。他们的任务是应用法律，而不是解释法律。他们装傻，好与西博尔德一起逃脱必然的处罚。因为幕府只要怀疑有人与外国人从事非法交易，就会强硬无情地采取措施，将所有当事人绳之以法。西博尔德欣喜地看到，自己再一次侥幸脱身，一颗悬着的心落下了，他粗略计算起这样做的可能性和成本。

"既然你们说我的那些科研物品属于违禁品，如果我同意你们私下没收，且不给予补偿，你们会如何处理它们呢？它们又会被送回前主人那里吗？"

"不，它们会被销毁。它们没有存在过，您明白吗？"

西博尔德释然了，因为这意味着他们不会向他索要名单。那本来也是不可能的。他永远不会透露送他东西和帮助他的那些人的姓名。那些图，尤其是参勤途中绘制的，他不必担心。那些只是要寄走的副本。他还有全部原件。唯一让他心痛的是失去珍贵的长袍，那是他用阿托品的制作方法从羽生原石那儿交换来的。不过，如果警方搜查，他会被拘留一段时间，万一进入诉讼程序——鉴于事态严重，这是不可避免的，结果肯定是一场重罚，因此相较而言，现在的牺牲是微乎其微的。

"我同意并希望就这样解决掉此事。这一定给野上本田大人添麻烦了，我也想为此表示道歉。"

港口警长马上就理解了，点点头。会谈就此结束。第二天西博尔德放心地向梅廉馆长汇报，说是有几张图引起了检查人员的反感。他也向他解释了彻底解决此事的古怪程序，这几乎把梅廉逗乐了。事情就这样解决了，西博尔德又可以安心工作和陪伴家人了。

接下来的几天里，泷几个礼拜以来第一次见到了自己以前认识的那个西博尔德，他开心、轻松、满怀信心。她满足他的愿望，做了一道香喷喷的日式锅物，这是一种用鸡、香菇和海带做的火锅，寒冷的季节里人们喜欢吃它。稻被送去了保姆那儿，这天晚上小两口终于可以享受一回二人世界了。饭后他们一起喝甜酒。

"菲利普，您就不想对我说说，过去这段时间是什么事让你这么心神不宁吗？我还从没见过你这样。就连门德尔松先生去世时，你都没有这么绝望过。"西博尔德对这个问题早有准备。

"你说得对，泷。有时我的工作会将我带到极限，在那里，科学、研究、政治和我们自己的命运缠成一个无法解开的死结。这种时候我就必须决定，要不要解开这个结，又该如何解开这个结。真相并非总是正确的。因为今天正确、合适的东西，不久后常常就是错误、不合适的了。这些决定让我很为难，也会让其他人很为难，前不久我就不得不做一个这样的决定。决定的后果并非我所能控制得了的，这就是我担心的事。"

"这是说，你做了某种错误的、不合适的事，好让它在将来会变得正确、合适吗？"

他又一次低估了她。她听得很仔细，思考了他的每一个词。她一针见血地道出了他的纠结，这让门德尔松的批判精神在他们之间复活了，这简直不可思议。他痛苦地想起了朋友临终前与自己的最后一席谈话。他说得那么含糊，只是为了保护她。他绝不可以让她成为他危险行为的知情人。

"宝贝，未来，是站在我这边的。我们在欧洲称之为'时运'。这才华……我必须使用这份才华，只要我还拥有。过不了多久，几年之后，我将重返日本。到时候，我就是一个得到所有文明国家认可的科学家，拥有与现在完全不同的工具。我会有更多自由，我们会一起畅游你的国家，我会继续考察。我将领你出入日本贵族中最有声望的家庭，你会成为我的妻子，被介绍给将军本人。我会做他的顾问，除了鸣泷，我们还会在江户拥有一座大庄园。这就是未来。"

针对泷的问题，他的这部分回答是事先没有准备过的，听到自己这么讲，他也吃了一惊。他从没有这么全面又这么具体地描述过他的愿望。

"你这个样子让我喜欢，菲利普，我认识的你就是这样的，"她显然放心了，说道，"不管你做什么——我都信赖你，我将我的生命和女儿的生命托付给了你。"

说完，泷打发马来仆人回去了，他们上楼，去了卧室，那里还散发着新木板的气味。满月从窗户照进来，月色溶溶，他们像初来出岛的最初几夜那样，亲密、狂热地做爱。这将是他们最后几小时快乐无忧的时光。

记忆增强

第二天早晨，西博尔德与两名助手站在花园里，忙着给花圃浇水施肥，飓风破坏的痕迹还依稀可见。他心情极佳。太阳爬上了东方的山顶，照耀着天空，淡黄色的光环在西南方渐渐变成新鲜的深蓝色。在与妻子的一夜狂欢之后，侍弄植物成了他能想到的最愉快的活动。这时梅廉的一名仆人跑过来，匆匆地通知他：

"老师，馆长想找您谈话。"

"现在？我这里还没忙完，而且衣衫不整。"他穿着一件麻布衬衫，衣袖高挽，下身是园丁裤、齐膝袜、低帮鞋，两只鞋都被真正的园丁活计弄脏了。

"这件事刻不容缓。馆长要立即见您。"

西博尔德给助手布置了接下来的任务，就跟着那个仆人走了。当他走进馆长办公室时，梅廉双臂交叉在背后，正站在窗前，他向窗外望去。他一开始没有转身，也没吱声。他甚至没有回答军医的问候，像是自言自语地说起来。

"我本以为我们熬过了最糟的事情。我以为风暴过去了，我们排除了所有障碍，又可以专心做自己的事了。想！希望！祝愿！可能是我天真吧。"

说完他转过身来，坐回他的办公桌旁。

"坐吧，西博尔德。"他没说头衔和任何礼貌的称谓。西博尔德警惕起来。他在铺有软垫的木椅上坐下来，梅廉一直目光阴郁地盯着他。

"昨天夜里，一艘快船从江户赶来。我被从床上叫起来，被迫接待野上本田奉行的一位私人翻译。他将这封由幕府直接送来的公函交给了我。这是专门用荷兰语写的。不正常，对不对？您自己读读吧。"

西博尔德接过信卷，同时感觉到脚下的地面正在裂开。

致荷兰船长
事由：荷兰外科医生西博尔德

上述人士在江户期间多次与高桥天文方会面，在他的请求下，他从高桥处得到了日本和江户的地图及其他东西，高桥正在江户接受讯问。因此，我们也要将西博尔德的全部财产，包括他的行李，盖上公章，并当着您的面打开查验，没收禁止输出的物品。

我们特此通知您，请您负责让西博尔德先生在检查时不要节外生枝，不要妨碍官员们的行动。

文政年十一年十一月

由一名翻译协助交给船长

　　"信使还报告了什么其他内容吗？"西博尔德低声问道，他很清楚上司此时想听的肯定不是他的问题，而是答案。但梅廉还从没见过西博尔德这么惊慌，这让他的语气和缓了一些。

　　"没有，当然没有。但紧接着您的朋友末永就找到我，向我介绍了形势有多严峻，告诉我他在奉行办公室里听到的事情。上个月，幕府天文师高桥和其他人员在江户被捕了。他受到审讯，被要求供出所有参与者和知情者的姓名。幕府感觉发现了一场阴谋的线索。只不过江户那些人还不确定您在其中扮演着什么角色。日本当局的情形不比我这儿好。西博尔德，除了这件有将军纹章的长袍，您曾试图将其他违禁物品运出去吗？"

　　"对，没错。我从高桥那儿得到了日本地图。可我已经将它随上一趟船寄去巴达维亚了。它们是安全的，"西博尔德撒谎道，紧跟着又补充道，"我以为，有将军纹章的长袍、雕像和那些图应该从未存在过。难道我与港口警长和奉行不是这么约定的吗？"

　　"我就知道是我天真，"梅廉沮丧地叹息道，"你来日本已经很久了，应该比我更了解这个国家和这个国家的人。您真相信，一位日本官员会毁掉这种象征最高权力的圣物吗？"西博尔德感到冷热交加。"从昨夜开始，野上本田奉行和他的亲信都惶恐不安。他们担心巧妙掩饰的长袍事件这下还是会暴露出来，会找到他们头上。因为知情者太多了，而且他们个个都知道，如果由幕府接管此事并残酷无情地采取行动，他们的家人和朋友将有性命之虞。您知道这是什么意思。"

"我根本不愿去想。我们还有多少时间？"

"时间？做什么？"梅廉不解地问道。

"有些东西，我必须在搜查之前藏起来。这也是为了保护您，为了商馆能够不受危害，继续开下去。"他希望自身的利益永远是让步的强大动机。梅廉果真愣住了，思考起来。

"我也许能帮您创造一点时间。我先以官方身份请求了解详细情况，因为这是我们数百年友好交往中唯一的事故。然后我可以声称，我不能乱动您的行李和您的科学收藏，因为它们与会馆的经济使命无关。这样您就会有三天的时间来理顺一切，最多四天。您看这样够了吗？"

"必须够。现在请您原谅，我立即回去处理。"

西博尔德一刻都不能停下来去为朋友高桥的命运表示遗憾。他甚至不想考虑一下他还有哪些违禁物品，都堆在哪里，如何才能处理掉它们。他只想着那些地图。慌乱中他忘记了其他的一切。这是他最珍贵的考察成果，他如何才能保护好它们，不让日本当局搜走呢？他无疑必须将原件交给奉行的官员。他没在有时间的时候进行复制，这是多么轻率啊！高桥和间宫林藏告诉过他，要制作一张能派上科学用途的副本，需要数星期甚至数月。

这时他忽然想起一件他很长时间没有想过的事。一线希望忽然闪过。回到家里，他吩咐泷立即带稻回鸣泷，不要问任何问题，只要信任他。他也将仆人们打发走了。他现在用不上任何证人，只需要绝对安静。他在门上挂上牌子，接下来几天诊所关门，只处理急诊。他也祈祷不要有急诊病人。然后他清空他的大办公桌，从治疗室夹墙里的藏放处取出高桥的地图，铺开，用铜块固定好，长时间盯着它，像是要记住许多细节似的。最后他回到楼上，从卧室的书橱里取出那本 *Secretum Tabularorum Magnorum*①——关于大地图秘密的奇书，这是接下来的几小时和几天里最重要的工具，这是五年前他从巴达维亚出发时唐·莫斯提马送他的另一样礼物。他在来日本的途中，没敢将评论涂写在看上去很古老的珍贵羊皮纸上，现在他又找到了插在书页间当书签的纸条，其中有一处对他来说特别重要，他立刻找了出来。他捧着书坐到床上，像架桥一样把读写支架架在腿上，然后将大开本的书放在上面。

记忆增强

要复制一张已经绘制好的地图，很大程度上，并不需要前几章提到的绘画技巧。要将一张地图变成两张，或更多，目光锐利和心灵手巧当然不可缺少。但必须为此努力的不是我们脸上的眼睛，而是我们的精神之眼。将全部细节从一张地图上搬到另一张上，目光来回扫描，不停地用圆规和尺测量距离和比例，是个辛苦无聊的工作，它可能需要数星期甚至数月。一个小小的差错就会造成不可弥补的损失，让地图变得毫无价值。因此就要求一"目"窥全豹。我称这个方法为记忆增强。它是记忆缺失的反面，它赋予记忆极其精确地记牢和复述图片的能力。

为此，复制者必须端详原图，进入一种打开精神之眼的状态。最有助于做到这一步的是一只运转的钟，或者，如果没有

---

① 拉丁文，意为"大地图秘密"。

钟的话，将一只容器装满水，让水一滴一滴地漏下，再用一只盆接住。这种响声的单调性会让复制者保持一种清醒地睡着的状态，我同样用一个希腊语词 Hypnose① 来称呼它。在催眠状态下，复制者应该清空他的精神，将地图连同其特性，整体摄入自己的精神。他应该成为地图，让它变成自己。要做到这一步，复制者必须清空他精神里的所有其他内容，为大地图腾出位置，它只不过是一个神圣的创造。要达到清空精神的状态，古代的斯多葛学派将 Megalopsychia② 传给了我们。那是指思想像鹰隼一样飞翔，它盘旋向上，离尘世的一切越来越远，忘记人类的一切，让纯粹的精神与整个世界融为一体。红葡萄酒和反复回想或低语下列格言会有帮助：

"*Nihil cogito,mundum sum,tabula sum*" ③。

这种静修需要持续多久，就做多久。可能是数小时，甚至数天。不能缩短。结束是突如其来的，因为复制者会骤然意识到他已完全掌握这张地图，然后从催眠状态中苏醒过来。

从这一刻起，复制者就能随时重新绘出原地图的完美副本，因为它就在他体内。他用他的精神之眼吸纳它，甚至闭着眼都能将它画出来。

处于这种催眠的觉悟状态，他不可能出错。

记忆增强、催眠、坦荡——西博尔德在其他的科学书籍里从未见过这些概念。从巴达维亚前往长崎的航程中，他阅读了这一章，

---

① 希腊语，意为"催眠状态"。
② 意为"坦荡"。
③ 拉丁语，意为"没有我，我是世界，我是图"。

觉得它虽然玄奥难懂，但非常吸引人。这时他想起来，他从没将这本书拿给门德尔松看过。兴许他能给自己讲讲它的背景和作者的情况呢。但此时此刻，一切只有一个目的，那就是尽快制作他从高桥那儿得到的地图的副本。这启发了西博尔德，如果你对它有准确的把握，如果它能像一件艺术品一样，一下子从你脑中蹦出来，复制一张地图的速度会快得多。他必须试试这个独特的记忆增强法，这是不可避免的。他又下了楼，从厨房里取出一瓶葡萄酒和一只水晶杯，从钢琴上拿起节拍器，将所有东西放到办公桌上。这个仪器是他直接从它的发明人——住在阿姆斯特丹的机械师兼管风琴制造匠德里希·尼古拉斯·温克尔——那儿买来的。在这个过程中，他用它来取代嘀嗒的钟声和水声。西博尔德拔出葡萄酒的软木塞，给自己倒上一杯，喝下一大口。虽然还没到中午，但室外暗下来了。一场雷雨即将来临。

为了平静下来，他先是望向铺在面前的地图。它是多么精确啊！这个念头安慰了他。他想起高桥讲的那位地图学家的故事，他叫伊能忠敬，三十年前他为首张日本地图奠定了基础，他一生中大部分时间都在乡下度过，是位成功的清酒商和大米商。然后，在五十岁那年，身体硬朗的他盘掉了他的店，收拾好必要的物品，带上积攒下来的财产前往江户，在那儿拜高桥的父亲——兰学家高桥至时为师，学习西方数学、地质学和天文学。五年后他得到幕府的许可，自费丈量日本帝国。伊能就这样开始了大漫游，横穿整个国家，穿过所有的山谷，沿着无穷无尽的海岸，游遍所有的岛屿。据说他一路徒步、骑马和乘帆船，共走了两万里，差不多花了二十年，一切都是用一种他练习过的步子测量的，不管走在什么地带，步子都是一样大。二十年徒步穿越日本！从北往南，自东往西——

207

然后返回。西博尔德沉浸在这个美妙的思绪里。他的眼睛盯紧着地图，与他的精神向导伊能一起，以均匀的丈量节奏走过海岸线、河流、湖泊和山岭，穿越日本的平原、森林和田地，与他一起出发，前往这个国家的无数岛屿，在正午的灼热光芒下，它们横亘在他们面前，像是太阳女神天照大神的礼物一样。

第三天上午，传来了敲门声。一定是有人没看牌子，要么就是有急诊。西博尔德打开门，站在他面前的是商馆的一名初级翻译吉尾次郎。

"老师！"他惊叫道，"您的神色好可怕！"

"别担心，吉尾先生，我很好。您进来吧。"西博尔德忘了他曾请对方今天来翻译日文章。他是在江户认识吉尾的，吉尾当时在天文台做口译，与高桥晤谈时，吉尾也在场。之后，他放弃了天文台的工作，跟随西博尔德来到长崎。两年过去了，吉尾为西博尔德做了大量翻译工作，在他晋见日本大名时也为他担任翻译。这段时间里，他们成了朋友。但西博尔德从未将自己与高桥的全部交易告诉他。

"我努力工作，两夜没睡觉了。离开前的准备工作要求我全力以赴。还有很多事要做。这儿，我收到了关于千岛列岛问题的最新研究消息。必须赶紧翻译。"

吉尾从西博尔德手里接过资料，默默地坐到办公桌旁。他不太对劲。他是西博尔德的同龄人，平时一直聪明伶俐，始终乐呵呵的。西博尔德感觉到了什么。

"这儿，您看，"他说道，边说边拉开办公桌的一只抽屉，"天文钟还在这里，等着被交给您呢。但眼下我没有别的好钟，您让它在我这儿再放几天吧。"

他答应过吉尾，离开时将这个仪器赠给对方，作为纪念品和他们友谊的见证。但西博尔德从他痛苦到扭曲的脸上看出来，这个消息一点也没有让他感到欣慰。突然，吉尾站起来，将他手里拿的荷日词典"砰"一声扔到办公桌上。

"不是这事，老师！"他竭力搜索恰当的话语，"现在我将成为效忠皇帝的日本人里最糟糕的那个了！"他几乎是在嚷，眼睛转向天花板。

"我觉得您是疯了。"西博尔德十分平静地回答。他无法将这夸张的表演当真。另外，他虽然疲惫不堪，却也有点兴奋和放松，因为他刚刚完成了复制工作，成果好得出乎意料。

"不，"吉尾坚决地大声回答，歇了歇后又说道，"地图的事是背叛。我刚刚是从奉行官邸过来的，是他让人叫我去的。他知道整件事，知道我在其中起了什么作用，我是您的代理人和高桥先生的朋友。我被逮捕了，不得不发毒誓，才被释放出来。他们接受了我的誓言，要我从您这儿取出地图，打听您是否还存有其他违禁品，它们被放在哪里。他们甚至命令我带来几本禁书，要用它们做重要的物证。"吉尾说完后重新坐了下去。"我将这一切透露给您，是因为我的生命再也没有价值了。"他沮丧地补充道。西博尔德知道他说得对。但是，让他困惑的是，除了当局致梅廉的官方要求，似乎另有一道命令，要通过非官方渠道将这些地图收回日本人手里。还有，吉尾只谈到一张地图。难道管理层存在两个指挥系统，都在处理同一桩案子，但彼此不知情？抑或长崎地方当局在亡羊补牢，希望最终能够安然脱身？吉尾的坦白像一块石头压在西博尔德的胸口，因为他知道朋友必须支付的代价，但他心里还是燃起了希望，但愿至少长崎许多帮助过他的人能够幸运地躲过此劫。如果他将一张自己不再需要的地图原件直接交给吉尾，说不定还能帮得了吉尾。

"吉尾先生，您会得到那张地图。朋友的性命要比任何日本地图宝贵得多。我们要设法避免最糟糕的事情发生。可是，请您告诉我，事情是怎么泄露出来的。您知道什么细节吗？"

"这是由于一只您让高桥先生转交给间宫林藏的包裹。间宫先生按照我国的法律，将它交给了警察局，又在官员们的监督下打开了包裹。他是告密者。"

"可这事已经过去了半年。为什么我们现在才知道？"

"间宫先生受到威胁，无法说出此事，否则就会遭到处罚。这段时间高桥先生一直处于警方和密探的监视之下。他们要有绝对的把握，才会起诉政府部门的这样德高望重的科学家。11月中旬，警察包围了高桥先生的家，将他逮捕，连续搜查了几天。他被用一根蓝绳子绑在**架笼**里面，最后被五花大绑地投进了监狱。只有一个人犯了大罪时，才会被这样对待。从那以后，他就一直在狱里遭到审讯和折磨。"

这个消息让西博尔德大吃一惊。他现在不仅更清楚高桥的处境有多悲惨，而且不得不承认是自己的错误导致了这场根本不是告密的"告密"。他也立即理解了，间宫只是尽了自己的义务，并没做别的事。他很清楚，拿地图交换图书是非法的。最后，这件事也跟他的虾夷地图有关，它是这笔交换中重要且极其珍贵的一部分。西博尔德只有用它才能在欧洲证明，萨哈林岛不是与俄罗斯大陆相连的半岛，而是一座在法律上属于日本的岛屿。但间宫这个知情人似乎没有泄露秘密交换，否则高桥肯定不会过了那么久才被捕。西博尔德意识到自己是多么草率。带有将军纹章的长袍还可以推诿于**神风**。这回却是因为他自己的过失，日本警方诡计多端，他的行为太掉以轻心了。他本该更清楚，他想到了梅廉的指责，他忘记了日本的政府机构一旦疑心涉及外国人的罪行，就会多么认真、机智、有耐心地去处理此事。他想象江户的一流翻译为政府官员翻译他与高桥的信件，并毫不费力地破译两人试图使信件变得难以辨认的愚蠢缩写。

西博尔德的脑海里思绪翻滚。他该怎么办？两方都在向他要回地图，一方是要几张，另一方只要一张。他不能告诉梅廉，自己事先没有和他商量就将地图给了吉尾，是梅廉给他争取到了时间。他也不能将吉尾两手空空地打发走，尤其是在答应帮助吉尾之后。

"吉尾先生，请您先去一下厨房，在那里等我。我不想让您知道我将地图藏在哪里，以免给您增加不必要的麻烦。"他提到地图时有意使用了单数。

吉尾默默地点点头，顺从地走进了厨房。西博尔德打开会诊室双层夹墙的抽屉，取出一张地图。他将它卷好并系好，然后拿去厨房见吉尾。

"这就是那份资料，一张虾夷的地图，是告密者间宫自己绘制的。这是我收到的唯一一张地图。奉行这下应该满意了。"

吉尾意外地接过地图。他根本没想到间宫本人会卷进这起交换。他的神情顿时一亮，因为他看到了一丝希望。他钦佩他的荷兰朋友的这个漂亮手法，这样就让此次泄密的肇事者将自己牵扯了进来，同时也就减轻了高桥的责任。西博尔德察觉到了他的情绪变化，鼓励似的冲他笑笑。他很清楚，他正将一个正直的人卷进一场原本只涉及他和高桥的诉讼。他寄希望于时间，指望这个舍卒保车的做法能够挽救其他人和他自己的性命。日本当局错综复杂，他们仍有可能根本没有下决心将此事追查到底，也许他们或多或少还是想像处理有德川纹章的长袍一样处理此事。因此西博尔德只需要暗示，告密者也是犯罪者。他诽谤高桥，为的只是自保。他不指望这个论据十分缜密，但他指望运气，在这些方面他至今一直很走运，因为日本总有很多恩人在保护他，其中一部分他根本不认识。他必须赌一赌。他不担心梅廉，因为日本当局也许根本不敢继续坚持索要他们的"地图"。毕竟，出岛不是日本，而是荷兰的驻外办事处，是一个与大陆保持着严格的外交关系的治外法权区。同时荷兰人又是日本与世界其他地区的唯一联系。在全国，他想，有数百、数千，甚至是数万受过教育的日本人有权有势，他们绝不愿为了几张地图拿这宝贵的关系冒险。他相信，这样一来他又处于攻势了，他能够阻止两国文化交流的怀疑分子和妨碍分子的冲击。吉尾起身告辞，看得出来，他心情矛盾。西博尔德疲惫地扑到床上，转眼就睡熟了。

二十小时后他才醒过来，时间已经又是上午了，他惊讶地发现，自己还穿着肮脏的园丁服，只换了鞋。他洗漱，重新穿戴整齐，变得符合军医的打扮，然后开始煮茶。天色尚早。一记敲门声打断了西博尔德惬意的思绪。他以为那是他的马来仆人，之前为了复制地图他将仆人打发走了。西博尔德打开门，站在他面前的是梅廉馆长、他的秘书和一队日本人，他只认识其中的港口警长和两名翻译。西博尔德一脸诧异。

"冯·西博尔德博士，我接到日本政府的命令，要求您交出一些按照现行法律禁止运出境的物品。我必须要求您让这些官员进入您的房子，并将您仓库储藏室的钥匙交给他们。"梅廉讲话时严肃认真，一名翻译将他的话一字一句地翻译给警长听了。西博尔德像瘫痪了似的。至今没人告诉他要搜查。他以为，必要时对方得依靠他的合作，他只需要主动交出几样要求的物品就行。他已经挑出了

212

几张画着风景和茶树的画。他原指望交给吉尾的虾夷地图能让整个行动中止，现在这个希望也破灭了。事态的发展让他第一次感到害怕。这害怕写在他的脸上，他沉默地盯着梅廉和代表团。

"请您让开，让这些官员进入您的房子。"梅廉说道，西博尔德的纹丝不动让他恼火。西博尔德照办了。随后四名警察与一位初级翻译进了屋子，开始了搜查。西博尔德也取出了储藏室的钥匙，交给四名警察，他们立即就去仓库了。警长和翻译不参与搜查，当他们离开后，西博尔德和梅廉站在办公室里，看着警察如何逐一鉴定所有物品，在表格上进行登记。

"当局为何执行这种严格的做法？"西博尔德问道，声音里透露出事态急转直下带给他的震惊。

"形势恶化了。昨天江户又送来一封紧急公函。政府将派来一位特使，权力很大，过几天就到。这人相当于单人临时军事法庭，他可以提起诉讼，同时担任起诉人和法官。他甚至专门带来了一名刽子手，野上本田奉行、警察局长和港口警长现在都瑟瑟发抖。他们甚至认为，将军长袍的事可能还是暴露了。因此他现在明显加强了措施，想弄到地图和他们认为您拥有的其他非法物品。但我还是希望，我给您创造了足够的时间，让您处理掉了将会有损名誉的东西。请您明天下午来我的办公室。那时我们也就拿到搜查结果了。"

西博尔德感觉好像有一只棺材盖在头顶合上了。他什么都没有运走。自他们上次谈话以来，他只复制地图了。他无法清醒地思考，在房子里坐立不安，跑来跑去，警察们好奇地查看和登记所有物件、仪器、药品、图书和资料，一边不停地询问替他们翻译荷兰语书名和标题的翻译。他们没有发现夹墙里藏着地图的秘密抽屉。

第二天下午，他从藏匿处取出高桥的地图，将它卷起并夹在腋下，前往梅廉的办公室。西博尔德不安且沮丧。他像是在走向刑场。虽然梅廉昨天出人意外地没有要求他这么做，他希望自己通过主动交出主要地图，能够稍许改善一下处境。当西博尔德走进他的办公室时，馆长正俯身看一张长长的表格。警察们让翻译小组将他们的清点登记表和奉行的表态立刻翻译成了荷兰语。

"坐吧。"梅廉头也没抬地说道。他先读完了发现物品清单和件数的那两栏，然后才转向西博尔德。

"三天前我们一起坐在这里，商量想办法给您争取时间，处理掉非法物品，不是吗？"

"是的，我们这样做过。"西博尔德低声回答。

"那我很想知道，还有什么东西比我读到的更有损名誉？我的天啊，西博尔德！看看您都干了什么！上面写着——我只说奉行在附信中评论过的几项，你在烧酒里保存了一颗男性头颅和一颗女性头颅，两者都是日本人。还有宫殿和城堡的图纸，武器和军备图纸。可这还不是最严重的！你他妈的要一幅江户将军官邸的准确图纸做什么？图上还标注了他所有私人房间的大小和位置？"梅廉怒不可遏，在他意识到这一点之后，他又试图让自己平静下来。

"老实说，我无法想象还能有什么比这更严重的事，我现在十分理解为什么日本当局要调查此事。"

"这是高桥给我的地图。"西博尔德愧疚地说道。

"哎呀呀，这张地图不是应该已经到巴达维亚了吗？另一张地图呢，虾夷的？"

"那一张我不得不交给了我的朋友吉尾次郎，好让他有机会救自己和家人的命。"

"好吧，我很高兴您在保护您的朋友。但是，作为您的上司，

214

撒开您对我说的关于地图的谎不谈,我还有个小小的问题:您为什么没将地图交给我?"梅廉觉得奇怪,自己这么气愤,竟然还能够嘲讽西博尔德。

"我本来希望我们可以这样结束整件事,不会有任何搜查和进一步行动。但我的运气似乎已经耗尽了。"

"可以这么讲,"说完,他从椅子上站起来,"因为我有义务通知您,日方将在幕府的监督下进行正式搜查,从现在开始,您被软禁了。您被禁止离开这个国家,您必须随时准备接受日本当局的讯问。"西博尔德愣住了。

"您到现在都没理解您所说的'事件'有多严重。我们与日本人友好相处了二百年,现在头一回面临这样一个时刻:我们的小飞地出岛上也许会爆发一场民族危机,一场可能会导致革命的严重的国家大事。西博尔德,您可能是一位杰出的医生和科学家,您知道,我多么尊敬您这样的人。可您对政治一窍不通。您引发了一场危机,我们才刚刚处于引爆点。"他重新坐下,蜷缩成一团,阴沉着脸思考起来。

"我们必须务实,"他接着说道,"我需要巴达维亚的指示,我作为使团的成员,当然会在我的权力范围内向您提供所有保护。毕竟我们是荷兰王室的代表,要表现出相应的自信和自豪。我不希望我们被日本当局驱赶。我们不可以示弱。请您针对此次事件的整个过程写一封详细报告给我,我再将它转交给总督。请您在您的住处听候指示,像平时一样从事您的医务工作。您现在可以走了。请将这张该死的地图留在这儿。"

软　禁

西博尔德惊惶地返回他的住处。事情比他想象中要糟得多。他的部分收藏品被没收了，他的多名朋友已经身陷囹圄，对他的调查也正在展开，他不能离开这个国家。真是一场噩梦。

接下来的几星期，事态日渐白热化，坏消息源源不断。被捕者的范围越来越大，西博尔德还被告知，他们大多数人都受到了残酷迫害。高桥和另外几人被敲掉了全部牙齿，被用有结的涂了盐的绳子鞭打得血肉模糊，双脚被锤子砸烂了，这样他们就无法逃跑。当局告诉西博尔德这些细节，想让他招供，好从他这里得到所有在江户之行途中帮助过他的人的姓名。他拿到一张有二十四道问题的列表，被要求逐一做出书面回答。同时梅廉接到了一封特使的信，信上要求他对西博尔德施压，让他告诉西博尔德，若不说出支持者的姓名，当局就会逮捕参勤之行的所有成员，并处以最严厉的惩罚。西博尔德几乎不再睡觉，除非彻底累坏了。理智告诉他，他应该做点体力活，否则会疯掉。因此他采集植物，助手们甚至获准协助他。

1829 年 1 月一个晴朗的上午，重新修好的"科尼利斯·豪特曼"号满帆离开长崎湾，但西博尔德不在船上。他在出岛花园目送它离去，希望和绝望交织在心头。所谓希望，是指那条船正将他的遗赠物运回故乡，因为他还是将地图的副本偷偷藏进了货物里。它们装在一只盖有封印的金属箱里，被藏在猴笼的双层底板里，那只猴子会咬人，他希望它是安全的。但自打舰船从视线中消失的那一刻起，绝望就占据了上风。他已经有几个星期没见到泷和稻了，鸣泷也遭到了搜查，谁也不能告诉他她们在那里的情况。他还听到谣言，要将与他要好的长崎港翻译扔进出岛对面的一只大锅里煮熟，"红毛鬼们"必须看着。后来又有人说，当局要将他们钉上十字架，用矛捅死——在荷兰商馆的历史上，荷兰人已经多次看到这种场面，以前都是因为发现了无关紧要的走私行为。这回的罪行要严重得多。西博尔德的身体越来越虚弱，他不再吃东西，不可避免地病倒了。

一天夜晚，泷来到出岛。她获得了特许，因为日本当局从翻译那里听说西博尔德身心俱疲，他们可不想要一个生病的、不能接受审讯的荷兰医生。她到家时，天已经黑了。

"喂！菲利普！你在哪里？"

没有声音。泷只感觉屋里好凉。她点燃油灯，拿上其中一盏，走上楼梯。她打开门，面前的画面令她的四肢掠过一阵颤抖。黑暗中，窗户敞开着，西博尔德弓着身子躺在窗前的木地板上。寒冷的北风吹进来。西博尔德身上只穿着薄衬衫，没穿裤子，也没穿鞋。这时泷看到，窗户根本不是打开的，而是被全部卸掉了。她扑向他，他蜷缩成一团，一动不动地躺在那儿，像一具冬天被扔进森林里的尸体。他全身青紫，但还发着烧。

"泷！我的漂亮老婆！你来了，真是太好了。"他睁开眼，低声说着胡话。

"你在这儿做什么，你这个疯家伙？你为什么光溜溜地躺在这冰冷的地板上？你想死吗？"她想采用一种鼓励、友善、教训的口吻，但声音泄露了她的恐慌。

"死是不公平的恩惠。活又不能好好活。当我的朋友在狱中受苦，忍受着最严重的困苦和折磨时，我怎么能毫不犹豫地生或死呢？他们肯定有充分的理由只求一死。他们的生活已经毁了，这都是我的错。"西博尔德轻声抽泣，然后抱紧泷，号啕大哭起来。看到自己曾经那么骄傲的丈夫，现在无助、绝望地躺在那儿，而且病得很重，她不知所措地轻抚他的头发，也哭了起来。她低声给他解释她为什么可以来，她是被派来照顾他的。他现在必须保持坚强，就算他试图与朋友分担痛苦、饥饿和寒冷，也帮不了他们多少，不，甚至一点都帮不了。他应该保持健康，好在诉讼中尽量保护家庭和朋友，大家都是冤枉的，因为无论是个人还是集体，他们都只想带给日本好处。她早就明白为什么他必须瞒着她，这样做是对的。他的朋友们谁也不会认为他不对或说他的坏话，相反，他们知道，他们始终有一个共同的目的。他现在应该站起来，重新安上窗户，然后躺上床去，让她来照顾他。

　　妻子亲切的话语安慰了西博尔德。它们打断了他钻入的牛角尖。他那冻僵发烧的身体真的挣扎着爬了起来。两扇窗户几下子就安装好了，冷空气被挡住了。西博尔德躺到床上，转眼就睡着了。他就这样躺了四天，泷给他擦拭因发烧出的汗，一次次地喂他喝汤。她看护他，睡在他身边，随时准备帮助他，她睡不安宁，老做噩梦。一天夜里，她被摇醒了。

　　"泷！醒醒！"她睁开眼，吓了一跳，好像床畔站了个鬼似的。西博尔德一身黑衣。在门德尔松令人悲伤的水葬仪式上，她见过他这么穿。她丈夫穿上了丧袍。

　　"出什么事了？你这是做什么？你手里拿的是什么？"夜里到处黑黝黝的，苍白的星光从窗户洒进来，她看到有个金属在闪光。

　　"我考虑好了，泷。我不能活下去了。"

　　"你还在发烧？还是你在幻想？"

　　"不是，烧已经退掉了。但我的罪过越来越大。"

　　"亲爱的，请不要这么吓我。"

　　"我为你和稻全安排好了。你会在我的办公桌上找到一只盒子，里面装有全部资料，尤其是支取我在商馆的存款的授权信。这至少

218

能从经济上保证你像现在这样过上几年。我的日记也在那里，这样你将来可以给稻一点我的私人物品。我很爱你俩，但我无法忍受继续生活在耻辱里。我以前从未理解过你们的切腹传统。我觉得自杀是狂热的，是对家庭不负责任。现在我改变看法了。"

她坐直身体，小心地抓住他握着匕首的手，将它拉向自己。

"过来，坐到我身边来，给我解释解释。"

"我还能解释什么？你知道形势。我犯了一个，不，我犯了许多错误，无辜者不得不为之付出代价。很可能是生命的代价。我怎么还能活下去呢？"

"你上回不是对我说，死亡是个不公正的恩惠吗？"

"是的，可现在我不能再承担责任了。这些想法比我经历过的一切都更折磨我。"

"但你的死还是帮不了任何人。尤其帮不了我和我们的女儿。如果你面对诉讼而不替自己辩护，就永远不会有人获悉，你的想法都是出自好意。"

"是这样吗？我真的是这样吗？泷，门德尔松的话在折磨着我的心灵。他看到了即将来临的一切，他看透了我的动机。我从没对你讲过。他临死前还最后一次表达了他的友谊，向我揭示了我的真相。太可怕了。这灾难是可以预见的，但我没有采取任何措施来予以避免。当时我只想着我的好处。我总指望我会一直幸运下去。"

"你也应该继续指望下去，这是你强大的一面。另外，你没有权力剖腹自杀。因为你既不是日本人，也没有被宣判。如果没有确凿无疑的罪责，没有被宣判，被告试图逃避判决是一种耻辱。没有人要求你切腹，你也没有必须以死相报的领主。如果你想死，那就像个堂堂正正的男人一样，正直地死去吧。"西博尔德愣住了。

"另外，我不想要你用来保障我的生活的财产。我希望你将它分给那些确实因为你的行为而蒙受伤害的人。我要你用它来帮助那些必须长期坐牢甚至被处决的朋友的家庭。菲利普，你有义务帮助这些人！"

西博尔德震惊地看着她，她披散着头发坐在床上，漂亮的眼睛于幽暗中盯着他，可爱的小嘴在说出真相。他长叹一声，在床上躺了下来。握着匕首的手松开了。他突然意识到自己在难以抑制的、自我安慰的自怜中躲藏得很深，而不是坦诚地面对现实。一股幸福的暖流突然袭来，融化了他胸中的石头。这个他可以称作妻子的女人，是一个多么神奇、坚强和智慧的女人啊！他们一直交谈到破晓时分，之后睡了一小会儿。醒来后他又一次感觉精力充沛、活力满满了。是的，他要面对自己的过失，且尽力弥补。他要全力以赴，去帮助他受难的朋友们。他知道，还有许多痛楚、苦难和羞辱在等着他，但他感觉求生的欲望又回来了，因为他终于知道自己必须做什么。

审　判

两天后，西博尔德去找梅廉，告诉梅廉他要重返岗位。他详细回答了那个有二十四道问题的列表，准备接受日本当局的讯问。他已经全想清楚了。

"见到您的身体又恢复了，我很高兴。"梅廉沉思着，一边说，一边搅拌着他的茶。他停了下来，西博尔德知道这不是好兆头。"我越是想告诉您好消息，帮助您继续康复，我就越感到抱歉，因为这没法做到。至少在最近这段时间里没法做到。"

西博尔德一愣，然后他重新振作起精神，坚定地问道："这回又是什么？又指控了别的罪行吗？"

"日本人发现了您不是荷兰人。我们不知道他们是怎么发现的。您向哪位朋友、员工或助手透露过吗？会不会是哪位翻译？"

"没有，这不可能！我没有对任何人讲过！只有我的妻子知道此事。"

"不管怎样，搜查扩大了，现在整个荷兰使团都面临危险。我不想将此事归咎于您，因为殖民部自己知道他们在做什么。说到底，您也不是第一个在出岛上为我们服务的外国人。但您肯定能够想象，这消息在江户和长崎引起了怎样的震动。"

"是的，我能想到。"西博尔德不安地回答。他已经做好了形势恶化的心理准备，但完全没料到会出现这样的状况。这下又多了一个战场，无论他怎么为自己辩护，都会危害到他的雇主与日本的外交关系。

"请您做好准备，审讯不久将在大陆上举行。我这方面会做好一切准备，我将就我们为什么违反合同、滥用朱印状里赋予我们的特权这个问题给出一个明智的答复。"

"什么是朱印状？"西博尔德惊讶地问道。

"您不知道？就是那份允许我们二百多年来留在出岛、与日本人通商的文件。是神圣的德川家康在 1609 年亲自签署的。"

"我不知道还有一份文件规定我们可以在此居住。我还以为那是多年来签署的一系列合同呢。我可以看看这个朱印状吗？您有原件吗？"

"其他合同自然也有，但它们只是在最初的通商许可证的框架内规定了细节。原件不在这里了。多伊夫馆长将它带走了，他本想将它交给殖民部档案馆保管的。可它还一直留在巴达维亚。我可以向您提供一份翻译好的副本。也许您从中能发现什么合适的防守策略，好应付即将到来的麻烦。到时候请您告诉我，好吗？"

上司话中的讽刺意味让西博尔德难过。离开时他让秘书将最早的荷兰人合同的副本也给了自己。他仔细研究，心中暗想，为什么英国人没有类似的文件。毕竟他们比荷兰人更早得到通商和开设驻外商馆的特权。虽然由于没有盈利，英国设在平户的商馆没多久就关闭了。但英国人一定随时都能拿出这份规定了不可撤销的特权的合同。他们为什么不这么做呢？他们将它弄丢了吗？或者只是忘了？西博尔德知道，这些考虑只是为了分散注意力。

他自身事件的严重后果又将他带回了现实。长崎奉行和幕府特使拿到了西博尔德对提问表的答复，十分不满。一连串的讯问开始了，几乎每天都有，一开始是在出岛上梅廉的办公室里，后来在陆地上。为此西博尔德还被日本警察带去了奉行的衙门。桥头的哨兵由原先的两名增至六名，近来他们也上岛巡逻。岛屿周围第一次有哨艇巡查。西博尔德感觉这些做法很过分，甚至可笑。在衙门里进行讯问时，坐在主审位置上的虽然是野上本田，但一眼就能看出来，决定权在江户来的特使，表面上他只是三位陪审官之一。这是个阴险的人物，长着蜥蜴般深褐色的脸，脸上有天花疤痕，他恶狠狠地盯着西博尔德，毫不掩饰对他的鄙视。审问期间他一言不发。很明显，幕府的耳目在场，这让奉行很不高兴。西博尔德很清楚，野上本田对待荷兰人，特别是对待他本人，一直很友好，这让他更加郁闷。但这种情形下，他不可以暴露出这种迹象。先是讨论了西博尔德对问题的书面答复。翻译不得不老是追问和解释一系列调查委员会成员不懂的细节，比如，与高桥的通信里缩写"K"和"KvJ"是什么意思，再如，什么是"天文钟"。调查委员会特别想知道，哪些人在支持西博尔德进行这些非法交易。他们想听他报出姓名。西博尔德态度坚决，重复了他已经写过的内容，也就是他想不起具体的名字，一方面是因为他在参勤途中打交道的人太多了，另一方面是因为他回忆不起复杂的日本文字，就算他记得某个名字，他也不知道这个名字是谁的了。委员会显然很不满意。然后谈到西博尔德的国籍。主审官介绍，有线索说明西博尔德不是荷兰人。让他就这个怀疑说几句。西博尔德陈述，他确实是在德意志帝国的一个地区出生和长大的，那地区不属于荷兰。但是，由于他的国君巴伐利亚国王正式批准他为荷兰殖民部效劳，他同时也就成了荷兰国王的臣民。为了证明这一说法，他拿出了巴伐利亚的马克西米利安·约瑟夫国王让人给他开具的证明。资料在翻译和调查委员会之间多次传来传去。除了特使，其他的主审官和陪审官都既意外又吃惊。这解释听起来合情合理，翻译也证明，材料似乎是真的，这证实了西博尔德的说法。接下来奉行和特使退下去讨论。审讯室里没人讲话。当他们返回时，野上本田气喘吁吁地重新坐回他的坐垫，断断续续地概括了日本当局的官方态度。

"西博尔德老师，我们不得不通知您，您对我们的问题的回答让幕府极不满意。您放弃了与我们的合作，不肯向我们供出您的帮助人和知情人的姓名。因此我们要对参勤之行的所有参与者，包括翻译、所有非法同行的医生，以及与您打过交道的官员和仆人，处以重罚，无一例外。这些调查最初只涉及那些因您的活动而犯罪的日本公民。另外，您未能使委员会相信您确实是一位荷兰人，这样一来，您就触犯了有关日本国与外国人往来的神圣法律。我们还得到消息，据说您效劳于一个敌对国家。我们原本是调查您的违禁品生意和假荷兰人身份，现在调查范围又扩大到间谍活动。我们将向您证明，您是一名间谍，怀着邪恶的目的，在日本为俄国情报机构搜集与战争相关的情报，为侵略做准备。"

西博尔德被激怒了，跳起来，他想说什么，但没人再听他说了。警察随即将他带下，送回出岛上的房子，从此他就被软禁在了家里，受到严密监视。从这一天开始，西博尔德诉讼案就成了一桩国家丑闻，这是日本人数百年来闻所未闻的丑闻。西博尔德可能会被判处死刑。泷和梅廉也不得不接受调查委员会的严厉讯问，但他们没有泄露任何姓名，从他们的供述中也听不出能证明他是间谍的证据。一星期之后，西博尔德的朋友和最优秀的同事高良斋、其他医生和翻译都被逮捕入狱了。西博尔德被指控为间谍的消息比风还快地传了出去。全国各地都在谈论野蛮侵略者对国家构成的威胁。数代人以来，仇外情绪在忠于天皇的圈子里盛行，为了破坏将军的合法性，公家对此也推波助澜，现在，这情绪也传到普通老百姓当中了。江户的幕府意识到了这一危险，采取了相应的措施。

高桥和松平

1829 年 3 月，位于小传马町的江户总监狱正在等候一位高官的来访，监狱官员们全都十分紧张。这是日本最大的监狱，是第一座用巨石砌成的堡垒式多层监狱，它有多种功能，包括警方的临时拘押，监督从软禁到放逐的执行情况，拘留，长期监禁，多为鞭打的体罚，作为逼供或处罚手段的折磨，包括劓刑在内的断肢，以及砍头、钉十字架或在城里的一座露天刑场上焚烧罪犯的处决。其中一处叫作小塚原，在那里，约翰·亚当·库尔姆斯的《解剖学图表》的译者杉田玄白医生，在世纪之交前与一位同事一起参与处决几名刑事犯，随后，他们经官方许可，当着围观人群的面对尸体进行了解剖。那天他们发现中国的解剖学图是错的，因为器官的分布与库尔姆斯的介绍相符。中西医之间的斗争就此爆发。

如果有高层人物来到小传马町，尤其是贵族和武士，他们就像没有勇气或时间切腹自尽的犯人一样。因为他们的命运已经注定。身为行将接受判决或已被判决的犯人，他们直接走进行刑室的地狱，在那里以残酷得难以想象的方式结束性命。就像著名科学家、幕府天文师高桥景保一样，不过他正在享受特殊待遇。为了不让他被迫害致死，他被罕见地单独囚禁，而不是被关在集体狱室里，他正在等待对他的判决。一般情况下，一间小狱室里会关押十二个犯人，甚至更多，他们挤在一起，蹲在自己的屎尿里，无法真正躺下去睡觉。由于身体挤在一起，他们大多热得难以忍受，在冬天也不会觉得冷。躺在地上的粪便当中的人都已经死了，几天后看守人员才会拖走尸体，这时它已经鼓胀，腐烂，被蛆虫啃空了。这就是通常的监狱制度，因为只有少数囚犯能够活上一两年，因此任何较长的刑期都是死刑。

高桥经历了真正的诉讼，有证人听审和正式起诉的过程，这本身就不寻常。因为通常情况下，对普通人，尤其是对商人和农民的判决，都是由具有司法权威的官员、贵族或幕府的武士直接宣布并下令执行的。监狱的典狱长也不记得之前何时接待过无所不能的幕府亲信圈子来的显贵。出于安全原因，他的身份一直被保密到最后一刻。江户警察局长亲自陪他来，单是这一点就已经够特别了。典狱长担心自己能否按照命令将高桥的生命维持到宣判的那一刻。经过专门挑选的酷刑之后，高桥的身体状态比预期的要差，而诉讼可能还要拖上数星期，甚至数月。

高桥躺在狱室里的一张薄草席上，没有被子。他冷得发抖，但他知道，因为有这个住处，到目前为止他少挨了许多折磨。寒意和疼痛从四面八方钻进他的身体，为了分散注意力，他放飞思绪，神游于他美丽的日本岛国，神游于他从小读过的令人快乐的长短篇小说，神游到他思念的朋友们身边。他很长时间没再想到门德尔松了，当两名看守进来时，他正要去拜访门德尔松。他们一声不吭地抓住他的肩膀，像拎木偶似的用力拎起他僵硬的身体，又让他以下跪的姿势坍塌下去。他们将他的脸按在地面上。他的手脚再也动弹不了了，所有的骨头都被一把沉重的石锤敲碎了。剧烈的疼痛只从他体内挤出了一声低沉、含糊的呻吟。他早就喊不出声了。寂静。有一会儿毫无动静。高桥的脸继续被压在冰冷的地板上，他一动不动，只发出很小的呼噜呼噜声。一阵脚步声传来，然后是布料的窸窣声。突然，一声大喊。

"枢密顾问松平定信阁下！犯人，站起来！"

高桥想动弹，但只有上身战栗了一下。他没有力气。于是两名看守扶起他，将他的屁股放在被砸碎的脚趾上，让他坐起来。他又痛得呻吟起来。他挺直身体，透过婆娑的泪眼，看到一张灰暗、瘦削的脸正冷冷地厌恶地盯着自己。松平定信坐在一个大垫子上，身穿宽松的贵族式袍服，他的仆人将坐垫与一个套着丝绒的漆扶手一起铺在狱室地面上。

"这没有用！"松平吼道，"这样我不能与他讲话。将他放倒。宇田川，给他鸦片。然后你们都给我出去。"仆人们依令而行，又将高桥放倒在席子上。与粗鲁的看守不同，他们的动作小心翼翼。当医生将专门带来的鸦片酊从一只小瓶子里滴进高桥嘴里时，他吓了一跳。

"阁下，我认为这位犯人无法与您讲话。他口腔里的伤口化脓了，牙龈肿得厉害，舌头也变厚了。"

"不能讲话？好吧，那就不讲。我没有什么要问他的。他只需要听着就行了。出去吧。"

医生、仆人和看守离开了狱室，在他们身后关上门。鸦片在高桥身上起作用了。疼痛减弱，身体失去全部的重量，那是一种奇妙的感觉。可宇田川说得对，他没法讲话。高桥嘴里一颗牙齿也没有了，它们全被用钳子和凿子拔掉或敲掉了。松平右臂搁在扶手上，若有所思地用左臂抹平他的羽织和袴上的折痕。

"高桥，你知道我是谁。"松平本不想提问题，但这还是一个问题，他望着对方，想得到答复。高桥点点头。

"我已经正式放弃了我的官职，我不做大名也已经快二十年了。我本来可以成为将军的，征夷大将军，但我放弃了，以免继承争端演变成内战。我放弃了，我选择了为德川家齐、幕府和我的国家效劳。我今天还是家齐的幕阁成员，协助他保护国家，不让国家遭受侵略。你知道我这是想说什么。"

高桥轻轻地摇摇头。他真的不知道。他在将军官邸里从未遇见过这位亲王。但他当然知道，在正式放弃官职后松平仍属于将军最亲近的幕僚。同样，松平敌视外国的一切，对过去几年锁国令的加强负有责任。松平是个聪明人，拥有很厉害的政治和外交手腕，他没有主动接近国内最重要的外国专家，这也就不足为奇了。因此，高桥想知道是什么让这位高官来到自己寒酸肮脏的狱室，他不带任何礼貌敬语，像对最卑微的仆人那样对自己讲话，这高桥不在乎。这反倒让他更放松。高桥原本出身寒微，对方粗暴轻蔑的口吻反倒让他变得像松平的朋友或酒友，身为贵族，松平是不熟悉这些交往形式的。这想法让高桥开心。而松平一脸怒气。

"我这是想说，"他怒冲冲地尖叫道，"通过牺牲国家和民族的和平来让自己变得重要从来不是我的最高目标！而你亲手将保卫国家的钥匙交到了我们的敌人手里，这只为了提高你的科学家声望！"

高桥顿时醒悟，知道这位伟大的影子大名想说什么了。松平真的认为他与西博尔德的地图生意会关系到日本国的存亡。他不关心这位非凡的人给日本人带来的信息和基础知识。这一刹那高桥认识到，西博尔德真的可能是他的欧洲孪生兄弟。因为西博尔德也受到了起诉，不得不担心自己和家人的生死。这场诉讼的外交影响可能会让西博尔德失宠于荷兰政府，同时受到双重的惩罚。他们的目的是一致的。虽然出身不同，他俩都相信理性和知识的力量，相信它们是改善所有人生活的工具。这是野心在作怪吗？高桥这方面可以坚定地否认。他还能再升多高，还能得到怎样的荣誉和头衔呢？他是日本帝国身份最高、最受尊敬的科学家。相反，在松平身上，他清楚地看到，一个衰败国家的邪恶智慧在作祟，它正在破坏一个安全、富裕的未来所需要的最重要资本。尽管他的怒火不可思议，但这位亲王仍然算得上是一名成熟聪明的政客，然而，他永远无法为他的国家做出高桥和西博尔德能够做出的贡献。他是个蠢货，是许多蠢货中的一个。全幕府如今都这么想，想将蛮夷拒之于海外，而不是向他们学习。过去几年里，高桥痛苦地意识到，政府只对有利于军事的外国知识感兴趣，可这方面也没有进步。能够与葡萄牙或荷兰的护卫舰较量的日本帆船在哪儿？能与英国大炮射程一样远的大炮在哪儿？高桥突然看到，高桥面前坐着的只是一位老人，他在流着涎，不懂得诠释新时代的信号。

"现在我们知道了，出岛上的那位医生不是荷兰人。他可能是间谍，效劳于一个敌国。"

说西博尔德不是荷兰人，这没有让高桥吃惊。从他讲荷兰语的怪口音就能听出来。那天，当写着"普鲁士的医生寄"的包裹寄到他家时，他就肯定，西博尔德这样写是想告诉他一些信息。西博尔德是个间谍？高桥认为这不可能。哪个间谍会给他理应侦察的国家带来这么丰富的礼物呢？这些礼物价值连城，根本没有什么情报能够抵得上。

"我们要看看这一切会怎么发展。就我们所知，你交给外国人的所有地图都被我们从他那儿取回来了。但是，如果接下来的几年仍有蛮夷的战船出现在江户湾，那我们就知道这是谁的罪过了。到时候，我要在小塚原刑场上当着你所欺骗的人民的面，将你和你全部的亲人活烹。这你不会亲眼看到了，因为你会先死。法庭会判你死刑。至于如何宣判，这是我留给你的特别惊喜。"

这是多大的仇恨，多大的恐惧啊！高桥想道。这个大人物来到他的狱室里，就是为了让他知道这些，让他感觉这些吗？他，一个被踩碎的蠕虫，一具只挂着一缕灵魂的被粉碎的身体？他不解。高桥注意到，松平病恹恹的，脸色灰暗，皱纹密布，额渗冷汗，眼睛浑浊、迷茫，深陷在眼窝里。他身上已经有死神来临的迹象了。早就听天由命的他，不得不被一位站在死亡门外的亲王辱骂和威胁，这是怎样的反讽啊。这就好像一个病危的人想用死亡吓唬一个已经死去的人。这份荒谬让高桥开心。他想笑，但他肿胀的脸再也做不出这种表情了。

"但你的罪行和官司还是有点好处的。它揭露了蛮夷是多么危险，多么狡猾。就连荷兰人都信不得了。我会设法让全国知道，你是如何出卖国家，如何将对付我们的军火和武器交给敌国的。这会引发对所有陌生的、异国的和非本土的东西的仇恨。到时候我们大家都会看到，除了将军，没有人能在蛮夷面前保护他的臣民，他们将集合在他的麾下。"

说完他威严地喊来仆人，让人收起坐垫和扶手，带领他的随从人员无声地消失了，像个幽灵似的。

原来如此！松平太虚荣了，在高桥死前还要私下里告诉他，松平要将他犯的叛国罪转化为一项国家政策，这政策上面将有松平的签名，日本还将强力推行锁国政策。这是个怎样的傻瓜啊！他是一个正在灭亡的世界的活纪念碑。此时此刻他真为松平难过，因为他不希望任何人，甚至他的敌人，如此深深沦为幻象的牺牲品，不得不这么愚昧、盲目地死去。除了遗憾他也怀有感激，因为松平不知道，他给的鸦片让高桥无比轻松。面对这位满怀仇恨地独白着的暴君，疼痛消失了，遍体鳞伤的肉体与清醒无损的精神分离了，这带给他一种无限的感觉。松平加害不了我，他想，无论是他的怒火，还是他的话语。高桥像是在从太空里俯瞰自己、松平、这间狱室、这座监狱、江户、日本和地球上的芸芸众生。他与一切和解了，再也没有什么在限制他了，他没有责任了，没有烦恼了。他还从未有过这种感觉。他第一次想道：思想是自由的！我是自由的！太美妙了！世上再没有什么比无限、真实的自由感更美好。没有什么暴力可以侮辱它，就连众神也不能与它较量。多么了不起的神化啊！这已经是我死亡的瞬间吗？不，请不要死！再等等。我还要想想。我不后悔任何事。我不后悔触犯了国家的法律，我感谢我的朋友西博尔德将我带来了这里。这是多么惊人的结局啊！这是怎样的馈赠啊！然后，是的，还有最后一个回忆，伊曼努尔·康德的这句妙语，是善良的门德尔松那天晚上在长崎屋朗读的——

有两样东西，我们越经常越持久地加以思索，就越是日新
月异、有增无已地使心灵对它们充满景仰和敬畏：我头顶的星
空和我心中的道德法则。

我知道他指的什么。我终于知道了。我美丽的死亡，现在你可
以来了。

宣 判

1829 年夏天，长崎的事情层出不穷。西博尔德遭到连续审讯
和搜家。在他的储藏室里，不断有新的违禁品被发现和没收。从仍
然忠于他的医生那里，他获悉高桥死在了狱中。他的尸体被掏空，
并被浸在盐里，他将以这种方式，被保存到宣判的那一天为止。官
方想向西博尔德隐瞒这一消息，好让他指望自己还能通过招供为朋
友高桥做点什么。但西博尔德早就做好了心理准备，因为他从一开
始就对江户的总监狱和那里的刑讯方法不抱幻想。他伤心了好几天，
一点东西也不吃，只喝葡萄酒，借酒浇愁，在钢琴上弹奏巴赫和莫
扎特的忧伤曲子。泷这时候就让他单独待着。她相信他不会再自尽
了。最后，西博尔德决定了要走最后一步，他要保护其他朋友和助
手，不让他们遭受高桥的命运。他给长崎奉行写了一封信，请求将
他的国籍改为日本。他是想完全服从日本司法，希望能被判处终身
监禁，将全部责任揽到自己身上。同时他让出岛的总会计支出他全
部的现金财产，指示泷将其公正地分发给他的共同被告人及其家
庭，以缓解他们的困顿。

荷兰方面也向他施加了压力。巴达维亚总督指示梅廉严厉斥责
西博尔德，因为他违背了他的纯科学使命，危害到了荷兰与日本的

外交关系。伴随着训斥，他还接到命令，荷兰方面要他返回巴达维亚。同时，总督让梅廉告知长崎奉行和江户政府，荷兰王室不同意将西博尔德关押在日本。要求立即释放西博尔德，让他能够奉命返回巴达维亚，在那里接受荷兰司法的制裁。

好像这一切还不够似的，巴达维亚总督府还接到一封匿名信。信中声称，西博尔德在出岛上使用计谋，从他的上司德·施图尔勒上校那儿偷走了日本政府交给上校印刷的日本地图。匿名者还声称，西博尔德被日本人拘捕，是为了让江户政府向荷兰人勒索赎金。西博尔德目瞪口呆，怒不可遏，谁也没见他那样愤怒过。这诽谤极有可能来自施图尔勒本人，好在谁也不相信里面的内容。于是，所有知情者都不得不重新支持西博尔德，这让他与梅廉交往时比较容易些。

讯问过程中西博尔德获悉，之所以怀疑他是间谍，是因为一个愚蠢的翻译错误。他请高桥转寄给地理学家间宫林藏的包裹上有寄信人地址，上面写着"普鲁士的医生寄"。西博尔德想不起来为什么会写"普鲁士的"，一定是一时兴起，也许是想起了与间宫的一次谈话，里面谈到了普鲁士的道德。但翻译在给江户当局翻译这个地址时，错译成了"俄罗斯的医生寄"①。西博尔德完全能够理解这件事引起的震怒。可是，什么间谍才会将自己的化名写在包裹上啊？幸好普鲁士未被视作敌国，因为它还没有派出舰船来与日本接触。相反，弗里德里希二世被称为"弗里德里希大帝"，那些听过或读过他的事迹的政治家和学者都表示钦佩。这个新发展让人有理由希望关于间谍的起诉会被撤销，西博尔德不必再担心最严厉的惩

---

① 两个单词相近，"普鲁士的"为 preussisch，"俄罗斯的"为 russisch。

罚。另一方面，他加入日本国籍的请求被拒绝了，他不可能为被捕的朋友做任何事情了。此时全国共有五十多人因"西博尔德事件"被关在监狱里，许多人遭到了严刑拷打，三人已经自杀，另有四人，包括高桥，死在了酷刑之下。西博尔德的科研欲望的血债在增加，他每天都担心会听到别的坏消息。他很久之后才获悉，松平定信，这位幕府的幕后操纵者、锁国政策的强烈捍卫者，极其痛苦地死去了，可能是死于胃癌。西博尔德和他还活着的朋友不知道这对诉讼的进展会有何影响，但他既不抱特别的希望，也没有更加恐惧。

时间飞逝，西博尔德没有一刻闲暇。他变得严肃安静了，努力承担自己的罪责。从他脸上能看出过去几个月的辛劳，因为他还是最多只能睡四到五个小时。泷大多数时间在照顾他们的女儿稻。她不想给丈夫添麻烦，每当她感觉到他在伤心地怀念朋友，就让他单独待着。她帮不了他。除此之外，她不遗余力地为他减轻生活负担，设法让他吃好。后来，1829 年 10 月 22 日，决定性的一步终于来了。日本看守人员接走了西博尔德，将他带进奉行的衙门。这回幕府的特使不在。首席翻译展开一张字卷，直接用荷兰语宣读了判决。

对冯·西博尔德博士的判决

　　文政十二年农历九月二十五日，于馆山楼，奉行和两名副奉行在场。

　　您，冯·西博尔德博士，在参勤途中与天文台的官员缔结了友谊，从他们那里收到了许多物品。此外，对于想要接受治疗疾病和荷兰医术培训的医生们，您还提供了各种相关的指导。尤其是在江户期间及参勤途中，您给找您治疗的人开了药，为他们做了手术。您从这些人那里接受的谢礼中有很多违禁物品，您未向翻译汇报就贸然收下了它们，又在案情调查时做出了不实的供述。作为刚来日本的人，您也许不懂这些禁令，但您搜集违禁物品这件事践踏了我国的法律，应该受到严厉的谴责。这些物品将被没收，您被永远驱逐出本国。在此也通知您，所有涉事日本人也将受到重罚。

永远驱逐！关于间谍活动的起诉撤销了，但他必须离开这个国家。他将永远见不到他的妻子泷和女儿稻了。因他而受尽折磨的许多朋友，他再也帮不了了。西博尔德挺直身体，试图冷静地接受这个判决。他的痛苦心情让他无法决定是该哭还是该晕倒。一切都崩溃了。他原认为死刑是他可能遭遇的最重的惩罚。但此刻他明白了，死亡可能只是缩短他的痛楚，是一种恩赦。他的心脏在痉挛，他呼吸困难，难受得想吐。这个高大、身穿制服的金发男人歪向一旁，"哇"的一声，倒在榻榻米上呕吐起来。他的眼睛睁得大大的，全身抽搐不已。

依依不舍

两天之后，西博尔德在他的床上醒过来。他又回到了出岛，什么也记不起来。他感觉虚弱无力，他呼唤泷，近几个月来，每当他需要她时，她都会在他身边。但这回无人应答。相反，腾古走了进来，他是两名马来仆人之一，他们负责做饭、洗衣、做其他家务。

"老师，其扇夫人不在这儿了。我能帮您什么吗？"

"她不在这儿了是什么意思？"西博尔德困惑地问道。

"诉讼结束后她就不可以再登岛了。您不记得了？"

于是他想起来，他听到了对他的驱逐判决。之后的事也就什么也想不起来了。

"不记得。宣判之后发生了什么事？"

腾古腼腆地走近床边，西博尔德和衣躺在床上。腾古低垂着目光，犹豫地讲起来。从他的表情看得出，他感觉自己是个转达坏消息的人。

"老师，您昏迷了，被几个日本看守送到这儿来。他们要求我通知您，您不得离开这座房子，否则会被处以死刑。几星期后会有一艘船载您返回巴达维亚。其扇夫人不可以再见您。这段婚姻被判离异了。"

西博尔德倒回枕头上。泪水盈满他的眼眶。腾古默默地离开了。他在厨房里都能听到那个男人从胸腔里发出的低沉抽泣，他刚刚又一次向西博尔德宣读了判决。晚上西博尔德下了楼，他尽量保持镇定，保持整洁。他精神很差，头发很乱，眼睛通红。腾古给他端来一碗为他准备的浓汤。西博尔德略一迟疑，感激地接过去了。他向腾古详细打听其他情况。他发现腾古是唯一可以未经登记就留在西博尔德房子里的人。西博尔德只可以通过他送消息给梅廉馆长，但不可以送消息给别的人。这么说来，接下来的这段时间里，腾古，这个瘦弱、黑皮肤、特别温顺、长得像女人的仆人，将是西博尔德与外界的唯一联系。事情完全可以更糟。西博尔德尊重这个温顺的人，在他面前从没有感觉到不舒服。腾古喜欢这位老师，西博尔德从不恶待别人，始终心情愉快，每当腾古服务得好，或实现了他的一个特殊愿望时，他总是表现得很大方。腾古心胸开阔，一直认为自己可以在日常生活中体会西博尔德和他的日本妻子之间的爱情，是特别幸运的。腾古十分同情老师。他会想念那个漂亮女人其扇和可爱的女儿稻，他感觉这件事特别让人伤心。

第二天西博尔德睡够了，又坐回他的办公桌旁，考虑起他的机会来。下午他派腾古去找商馆馆长，请对方来看他。梅廉并不急，第二天傍晚才通知要来。他走进西博尔德的房子时，心情轻松愉快。整个事件都结束了，他终于又可以专注于与日本人的通商了。当西博尔德请求他帮几个忙时，他特别审慎。不过，仔细听完后，他意识到，那只是规规矩矩地处理西博尔德离开前还得处理的几桩要事。次日他派来会计和仓库管理员。西博尔德告诉他们，他想将尚未收到的剩余薪水换成糖，定期寄给他的妻子楠本泷。糖是最好的货币，他至少可以用它再供养她两年，因为糖是热销商品，不会因通货膨胀而贬值。西博尔德仍然称那个日本高级妓女为他的妻子，那些荷兰人对此感到吃惊，但他们答应会满足他的愿望。会计将他的要求列成表格，仓库管理员给了他一个好价格，好将钱换算成相应的糖。

一星期后西博尔德又有了一个请求。他请求允许他在屋子里养只母羊。他声称自己需要羊奶来维持身体健康。他要求一位与他合作过的日本医生去打回野草，交给哨兵，用来做饲料。梅廉觉得这个请求很怪，但还是向奉行转告了这个请求，这立马就被批准了。西博尔德上次被拘时就明白了，如果他的身体恶化，日本当局绝对不想承担责任。因此奉行对这位荷兰医生的健康状况特别当心。他的仆人腾古也觉得在屋子里养羊很奇怪，这让他想起老家与牲口同居一屋的农民。另外，他也不是很乐意每天清理动物的粪便。但他很快明白，那不是为了羊奶。每当捆好的饲料送来时，西博尔德都很激动。他解开它们，将那些植物一根根摊在他的大办公桌上。然后他工作几个小时，检查它们，绘制图样，撰写笔记。即使是在这样的困境和孤独中，西博尔德也找到了推进植物学研究的办法。夜晚，西博尔德站在楼上的窗前，渴望地望向大陆，特别是望向鸣泷的方向，它就位于一座山背后的山脚下，他刚好能看见那座山。现在，由于他的监狱比之前任何时候都要小，他感觉从前在出岛上的散步和在花园里的工作像是无法想象的特权。他有充裕的时间再一次回顾过去这些年的每一件事。对受难的朋友及其家庭的担忧没有因此减少，但他内心又恢复了一定的安宁，他已经很久没有这样的感觉了。

就这样，离开前的那几个星期过得要比预期中更快。1829 年 12 月底，那一天终于来了。一艘荷兰帆船准时卸下了它的货，经过修理，准备重新出港了。最后那天晚上，三名商人与梅廉一起来了，他们早就熟识西博尔德，一直很佩服他。出岛的大多数居民都不太理解这位冒充荷兰人的德国医生的冒险，有些人更是妒忌过他的很多特权。但说到底，他们都是荷兰的爱国分子，他们的上司和总督府巧妙处理了这桩可能会危害整个使命的麻烦局面，这令他们感到骄傲。因此西博尔德感受到了一波他没有料到的同情。在数月的迫害和敌视之后，这场告别对他有好处。只是，他再也不可以见他的家庭，这是一道永远不会愈合的伤口。尽管如此，这是很久以来第一次丰盛的宴席，西博尔德与梅廉及商人们一起喝酒，直喝得大家齐声唱起歌来，他时而哭，时而笑。

次日，在被软禁了两个月之后，西博尔德终于可以离开他的房子。五名日本警卫前来接他。他脸色苍白，对着太阳眨眨眼睛。昨晚葡萄酒喝多了，他头痛。他与善良的腾古告别，感谢他的服务。他们发誓要对彼此一生衷心，然后腾古就关上了门，去为下一位住客准备一切了。由海因里希·比格尔接西博尔德的班，他将接手岛上医生的职业及西博尔德的房子。警卫人员带西博尔德来到码头，有条舢板在那儿等着他。那场面令人伤心。他登上小船，日本官员站在栈桥上面无表情地监视着他。没有别人前来送行，朋友没来是因为不被允许，商馆同胞没来是因为他们没兴趣，他心爱的妻子和他们的小女儿更没法来。他垂头丧气。这就是结局，西博尔德想道，这些普通的港口警察就是我最后打交道的日本人。这个我只想带来好处的国家，这个我想考察的国家，现在我必须永远离开了。

四名荷兰水手也不讲话，他们将舢板划出海港，划进海湾，划向"科尼利斯·豪特曼"号抛锚的位置，它已经做好起航的准备，只等西博尔德上船了。舢板划近后，西博尔德自责、痛苦地打量着护卫舰。那带给许多人极大痛楚、现在又要将他驱逐出他的梦想之国的不幸就始于一场台风和这艘船的搁浅。它早就开始重新服役了，它那华丽的外表丝毫没有使人想起它在风暴中挣脱锚链时的命运。在舷梯末端，西博尔德受到了船长的欢迎。

"欢迎来到船上，少校先生。我叫鲁本·乔根森，本船船长。而您是我们的特殊乘客。"那位矮墩墩的男人愉快地说道，边说边狡黠地冲着他笑。西博尔德没心情开玩笑，他只是礼节性地简单打了下招呼。他身体不舒服，只想安静地待着。乔根森立即理解了，他转过身去，扬帆起航。西博尔德走上后甲板，独自站在那儿的栏杆边，望向长崎的方向，他看起来生病了，满心内疚、伤感和渴望。他在那儿生活了六年多，在那儿考察、教学，并组建了一个家庭。现在一切都过去了。他亲爱的漂亮妻子泷和他们共同的女儿稻，他将永远见不到了。他想起死去的朋友门德尔松和高桥，想起他忠心的学生——是的，也想起吉原的太夫东间和她仙女般的完美形象。当锚被拔起，"科尼利斯·豪特曼"号起航时，这一切都在远方沉没了。

一阵轻微的西北风从后侧将船慢慢推出海湾。天空晴朗，阳光灿烂，在 12 月底，这样的气温算是暖和的。他们才驶出不足三海里，长崎刚刚从视线里消失，乔根森船长就突然让人抛锚，船停在濑户渔村附近。西博尔德正想回自己的舱室，去睡眠中寻找一点安慰，就发现了这异常的举动。当乔根森向他走来时，他感到不安。又一次纠缠？他不想再经受漫长的刑事诉讼和屈辱的特殊处置。他累坏了，他担心事情还没有结束。

　　"冯·西博尔德博士先生，为了您，我们不得不小小地偏离一下航道。因此我先前曾称您为'特殊乘客'。"

　　"我的天，怎么回事？我们为什么抛锚？"

　　"别担心，您不用紧张。只是一个惊喜。您看见没？"他往海岸方向一指，那里有只小船正在驶过来。船上有几名戴着宽檐草帽的渔夫。西博尔德没看出这有什么特别。

　　"这是怎么回事？"他不解地问道。

　　"您等等，再等一会儿。"乔根森带着诡谲的快乐答道，西博尔德茫然不解。

　　当渔船划到了声音能被听见的距离时，最前面的人突然站起来，摘下帽子，全力大声地喊道："老师！老师！"

　　是高！善良的高良斋，西博尔德的得意门生和好友！紧接着，别的渔夫也摘下了他们的草帽。这下他看到了二宫敬作——还有抱着稻的美丽的泷。西博尔德扬起胳膊，兴奋得直叫，手舞足蹈，有点疯狂。乔根森站在他身旁，像匹快乐的马一样咧嘴笑着。惊喜成功了。戏弄一下日本当局，对他个人来说也是一种享受，因为日本当局禁止他和船员上岸，这让他十分恼火。跳板被放了下去，那三人带着孩子来到了船上。西博尔德既忘记了日本的礼节，也忘记了荷兰的礼节，他逐一拥抱他们，最后特别亲热地拥抱了泷，亲吻年幼的稻。她喜滋滋地看着他，用最可爱的声音说道："Otōsan! Ureshii!"意思是："爸爸！见到你我好开心！"高良斋和二宫敬作简单地解释了一番，他们被关了几个月后就获释了，他们的处罚就此结束了。但别的朋友和同事还被关着，有些还在等候判决。

"可惜我们没有多少时间，少校先生，"乔根森打断道，"您想不想与您的家庭单独待一会儿？"

"多谢了。是的，我们单独待会儿。"

西博尔德领泷去他的舱室，里面还没有收拾。他们坐在床上，紧紧贴在一起拥抱，亲热，热吻，哭泣。稻迈着她的短腿，惊奇地来回奔跑，触摸各种东西。西博尔德感觉自己快要融化了，他再也无法克制自己的感情，被爱情、快乐、悲伤和两种孤独——一种是他已经熬过来的孤独，另一种是他还将面对的更大的孤独——撕碎了。他泪流满面，泷克制着自己，温柔地对他讲话，安慰他，可她不能也不想压抑那些痛苦的叹息。他们发誓永远相爱，西博尔德承诺自己在欧洲会继续照顾她和稻。泷说，她很为他骄傲，因为他勇敢地挺过了一切，现在他终于因此幸免于难了。她祝他在欧洲幸福成功，恳求他不要忘记她和稻。她从腰带里取出两只小布袋，将它们交给西博尔德，说这能让他想起母女俩。西博尔德发现布袋里面各有一只黑色漆盒，一只里面装着泷的肖像，另一只里是稻的肖像。

西博尔德万分感激，一颗心快跳出胸腔了。他们一起抱起稻，三人最后一次拥抱在一起。然后他们登上甲板，到了高和二宫身边，他们在与乔根森聊天，开心地笑着，一星期前他们化装成渔民，与乔根森一起策划了这个小小的阴谋。乔根森与梅廉商量过此事，也得到了他的同意。西博尔德恳求学生们照顾泷，请他们想办法让稻得到良好的教育。最后，当他们的朋友和老师最后一次拥抱他们时，也轮到他们一掬离别之泪了。西博尔德目送小船远去，两个朋友和他的小家庭又化装成渔民，坐在了上面，他伤心欲绝，但还是感到轻松和解脱。然后他发自肺腑地向乔根森船长道谢，态度几乎毕恭毕敬。船长友好地拍拍他的肩，对他讲了几句鼓励的话，请他休息好之后去自己那儿吃饭，给自己讲讲他在旭日之国的冒险。西博尔德答应了，重新走上后甲板，孤零零地站在那里，向船的后面张望，直到地平线上的日本海岸被暮色吞没。